网络上疯转的婚恋读本:

栀子 著

掰开的婚姻

前妻也是"妻"?
前夫也是"夫"?
三对**离异家庭**的各路**前任们**纷纷而来,
上演一出出生活气息浓郁的**悲喜闹剧**。

中国华侨出版社

图书在版编目（CIP）数据

掰开的婚姻／栀子著. —北京：中国华侨出版社，2015.3

ISBN 978 - 7 - 5113 - 5278 - 1

Ⅰ.①掰… Ⅱ.①栀… Ⅲ.①长篇小说—中国—当代
Ⅳ.①I247.5

中国版本图书馆 CIP 数据核字（2015）第 046887 号

掰开的婚姻

作　　者／栀子
出 版 人／方鸣
责任编辑／王嘉
装帧设计／天之赋设计
经　　销／新华书店
开　　本／710mm×1000mm　1/16　印张：27.5　字数：539 千字
印　　刷／北京市书林印刷有限公司印刷
印　　次／2015 年 4 月第 1 版　2015 年 4 月第 1 次印刷
书　　号／ISBN 978 - 7 - 5113 - 5278 - 1
定　　价／39.00 元

中国华侨出版社　北京市朝阳区静安里 26 号通成达大厦 3 层　邮编：100028
法律顾问：陈鹰律师事务所
发行部：(010) 64443051　　　　　传真：(010) 64439708
网　址：www. oveaschin. com
E - mail：oveaschin@ sina. com

如发现图书质量有问题，可联系调换。

婚姻的力量, 到底有多强大

——栀子长篇婚恋小说《掰开的婚姻》有感

方鸣

最先读到女作者栀子的文字，是《潜伏在影视圈儿》，其文字的意向、情思、比喻、勾画、描摹，令人眼前一亮。乃至看到这部散发着凡俗生活的柴米油盐味的《掰开的婚姻》，更为赞叹作者对人性和生活细节的把握能力。

小说的主线是和母亲相依为命的女医生邱栀子与年龄相当但家境贫寒的杂志社编辑顾顺良之间结婚、离婚、复婚的坎坷经历，副线是写邱栀子的闺蜜慕容雪与一个长她 30 岁的有钱老板郑军武之间的情感纠葛，故事千峰回转之后，主、副线交合，却发现……

掰开几桩离异家庭的内瓤，裸露出生活的种种真相。一些生活里的人，因所处的角度不同，发生这样那样的摩擦。写了婚姻里的男女，每个人的成长，和人性的温馨。故事中所有离异的人，都在前面的婚姻造成的阴影里流转，用离婚后男女双方掰扯不断的千丝万缕，写了婚姻的力量。

读罢这部小说的时候，联想到了《牵手》、《结婚十年》、《马文的战争》等脍炙人口的作品，虽是不同人生的婚恋读本，同样表达的都是那种对生活细微如触的质感。

故事写了三对离异家庭之间掰扯不清的千丝万缕，其中有女主角邱栀子和母亲的，有邱栀子离异后的恋爱对象蒋成一的。不管是哪一对离异家庭，都有着牵扯不清的情愫和后遗症，有人性的美好和温暖，比如离异后的邱栀子和顾顺良之间，邱栀子的母亲邱美娥和前夫之间；也有不堪其扰的纠缠，如蒋成一的前妻许枫对蒋成一。正应了人们对婚姻的一种说法，"婚姻是一件瓷器，做好它很费事，打破它很简单，而收拾起那些碎片又很麻烦。"好在离异后的男女呈现的人性温暖占据着小说的主要篇幅，使整部作品充满了正能量。这世界上还有一种亲情，叫前妻前夫。

婚姻题材不好写，因为大家几乎都沉浸其中，在大的故事框架上难有另类题材的新鲜感，作者的功力就在对细微处的把控上，《掰开的婚姻》的写作，在这方面是成功的，主要表现在：

一、人性的真实与温暖。

故事中的几个主要人物没有高大全式的正面人物，也没有恶贯满盈的反派人物，身上都有弱点和温暖，有着人类共同的劣行，比如势利，但最终都是人性中美好温暖的东西战胜了自身中的弱点，给自己带来了善果。故事中的人，一个个都是生活中活灵活现、有血有肉的真实的人，在人性的明与暗之间流转，在冷与暖之间闪回，或者，这就是人生吧，这个世界上，没有绝对的好人和坏人，在绝大多数情况下是好人，也就行了。

男女一号的塑造暂且不提了，虽都是正面人物，但也有着人性的小弱点。但说另三个人，慕容雪这个女性人物，对她与年长她30岁的老板郑军武的同居行为，通常里是要将她归类到爱慕虚荣的女孩堆里的，但她怎么也做不到用郑军武给予她的恩惠去养小白脸，性格中的那份良善和为人处事基本的讲究跃然纸上；还有刘诗摇，是导致邱栀子与顾顺良离婚的罪魁祸首，满腹的小心眼，被文学异化，但在故事的最后，她拿出杜老板往邱栀子餐馆下毒的证据，为邱栀子解了困境，表达了自己的人性之美和对邱栀子的愧疚之情。

还有邱栀子的母亲邱美娥，对女儿婚姻的过多干预也是导致邱栀子与顾顺良离婚的原因之一，其动不动就因女婿父母的贫穷而恶语奚落，一副市井市侩妇女的模样，但就是这样一位母亲，将自己捡了二十多年垃圾积攒的一麻袋零钞给女儿女婿付首付买了房子，看见有钱男人蒋成一诱引已婚的女儿时，坚决站在穷女婿一边，在为前女婿顾顺良讨债时的泼辣所为，尤其显得可爱，在顾顺良母亲生病时将自己的房子抵押给高利贷凑手术费的行为，凸显出人性的亮色。正是因为这些有着弱点但还算可爱的人物，这个世界才显得不那么令人绝望。每个人都因为一些世事而成长。

二、细节的真实和生动。

除了人物的真实可信外，小说中散落遍地的细节几乎都能在现实生活中找到，人物的对白尤其栩栩如生，这是一部接地气的作品。

三、部分情节的黑色幽默。

离婚题材，本身是一件悲悲切切的事，但作者尽最大可能地，将一些细节用喜剧方式来处理。因为草木一秋的人生本身就是一场悲剧，用尽可能多的喜剧方式来度过，是人生最大的胜利。能用喜剧的方式处理细微的悲凉，也是写作者至高的境界。

虽然大家都是有弱点的人，但还是愿离异的惨痛不发生在每一个家庭身上，因为婚姻绝不是轻易就能挣脱的千丝万缕。

最后，祝愿栀子在写作的道路上走得更远。

目 录

第一章　两女两男邂逅了

1

"他要是敢在外面有花花事，我就把他那个给剪了！！"

直到下班后走出医院门诊楼了，邱栀子的耳朵里还回响着她的顶头上司，办公座对面的科主任徐老太太面露狰狞的这句话，忽然产生了一种恶心感。

她扶住一棵树干呕了几声，也没吐出什么来。无意中一抬头，不巧又撞见了徐老太太在不远处正如临大敌般警觉地审视着她的那双突出的鱼眼睛。

邱栀子顿时如大白天撞了鬼一般落荒而逃。那一瞬，她产生了一种强烈的愿望：来一场狂风暴雨吧，将旮旮旯旯里的那些小虫子、小鬼都冲得无影无踪，还世界一个干净。

这时，不远处的一个隐蔽处，有一双眼睛在紧张地看着邱栀子的举动。男人的眼睛。

邱栀子，26岁的北京未婚女孩，是北京一家规模不大的中医院营养科的医生。今天的科室里像往常一样，病人稀落，这会儿下班时间快到了，更没有病人了，邱栀子正在看一篇医学文章，一个秃顶的中年男人走了进来，走近邱栀子问："邱栀子，老徐不在啊，你告她一声，我晚上在外面吃饭。"

"好的汪副院长。"邱栀子站起身来恭敬地应道。

这时，一个貌丑的五十多岁的中年妇女瞪着一双鱼眼睛走了进来，见状瞬时变了脸，恶狠狠地盯一眼邱栀子，邱栀子目光闪烁着，竟然不自然地脸红了一下。

中年妇女转过身去审问秃顶男："我刚出去一会儿，你怎么就进来了？"

"我晚上不在家吃饭了，过来跟你说一声，别一天到晚盯特务似的。"汪副院长不悦地转身走了。

徐老太在邱栀子的对面坐下来，那是她作威作福的位置。

这间屋的空气里瞬时弥漫起一种异样。

徐老太太拿起座机拨电话："老张，别忘了啊，咱们明天上午九点一块去美容院。"

"好的汪夫人，咱们不见不散。"电话里的张姓女说。

"我给你说啊，我一再给我们老汪敲打，他要是敢在外面有花花事，我就把他那个给剪了！"徐老太对着话筒说，咬牙切齿又充满一种莫明的快意。

电话里爆发出那个中年女人滋滋的怪笑，邱栀子忽然发现徐老太说这话的时候眼睛狠狠地剜着自己，那是一双阴毒得就要着火的眼睛，让人毛骨悚然。

邱栀子的情绪一下变得极其烦躁。这时，她的手机响了，她拿过来接听："喂？是慕容雪啊。"

"宝贝，你下班后我们一块儿去吃盖饭好么？"闺蜜慕容雪在电话里说。

"好啊。"邱栀子悄声道。

这时，邱栀子的对面却忽然爆起一声喊："上班时间，你在干什么？"是徐老太。

"我，快下班了嘛。"邱栀子心虚道，赶紧关了电话。

"快下班了，就是还没下班！你上班时间打私人电话，什么工作态度？！"徐老太又道。

邱栀子噤声了，赶紧装模作样成工作样，心里恨道，"你刚才的话题是工作内容么？"

总算熬到了下班时间，邱栀子迅速逃离开那间乌烟瘴气的办公室，却在楼外又碰到了徐老太那双盯视着自己的鱼眼睛。

"简直像个摆脱不掉的鬼影子一样，这样的日子，什么时候是个头啊！"邱栀子烦躁道。

她拿起手机拨通了："慕容雪，咱们去哪儿吃啊？"

2

"那个心理变态的徐老太又怀疑我勾引她丈夫，而对我指桑骂槐了！"

邱栀子在饭馆里见到慕容雪后便一通牢骚。

"就他那丈夫？窝窝囊囊的样子，我邱栀子能看上？啊呸！也不看看本姑娘什么气质，什么风度！他还到不了值得我邱栀子使用女色的程度！"邱栀子气道。

慕容雪兀自无声地看着邱栀子笑。

"我都气成这样了，你还笑？！真是事不关己，高高挂起！"邱栀子嗔怪道。

邱栀子忽然起了一个念头，眼睛亮亮地对慕容雪说："你不是特会逢场作戏么？你去勾引一下汪老头？那会是帮我报复徐老太的最好的方式，那样的话徐老太的那张丑脸会哭成什么样子了？"

慕容雪初听到邱栀子的建议时兴奋得满脸放光，说："这可是我的嗜好。"

仅仅是想象一下她俩就高兴得手舞足蹈的，吱吱乱叫地钻到了桌底下，弄得满头满身的灰，像2只欢快的小老鼠。

但慕容雪纵情地高兴够了后不屑地耸耸肩："我出马？我还怕脏了我的时

间，脏了我的心！这个老妖婆的男人，我烦死了，即便是勾引，谁能去勾引一个讨厌的人呢？"

发泄了一通后，邱栀子的情绪稍微平复了些，道：

"你知道么慕容雪，有一次我听见徐老太和一个年长女人在一起叹息：'男人都喜欢年轻姑娘，可我们不也都是从年轻走过来的吗？'那一刻，我顿生悲哀，因为我们也会有五十多岁的那一天。你说，几十年的婚姻难道真的没有一点分量？如果家中有一个良善无比的妻子，纵使男人对年青女人感兴趣，又岂能影响到婚姻的安全？"

慕容雪淡然道："这是中年女性的通病，因为自己对其他男人失去诱惑力了，丈夫是她们唯一的所有，所以便老鸡护小鸡般张开全身的毛发，紧张地盯着每一个走近自己丈夫的女人。"

邱栀子苦笑了下道："她真是心疑生暗鬼。自己觉得，自己丈夫当个芝麻粒大的官，别的女人都趋之若鹜啊？单位那么不景气，我呆在单位的只是个蝉蜕后的空壳，对那个办公楼上的哪个男人多看过一眼？可气的是，我自己干吗脸红呢？我明明心底无私、坦坦荡荡的，干吗脸红呢？因为她自己整天疑神疑鬼的，好像我们办公室里就真的有鬼了！"

"叫我说啊邱栀子，你赶紧找个男人嫁了是最好的办法。一个人单着，就是一种不稳定状态。一个未婚的年青女性在身边，尤其是一种安全隐患，就意味着对其他已婚的年长女人构成威胁。"慕容雪一副超然的样子道。

"这么说，我还没有单身的权力了？"邱栀子气道。

"这么说就对了。《圣经》上说：两个人总比一个人好，因为二人劳碌同得美好的果效。若是跌倒，这人可以扶起他的同伴；若是孤身跌倒，没有别人扶起他来，这人就有祸了。"慕容雪道。

"在当今这个时代里，单身女性获得了足够养活自己的经济能力，人与人之间或人与家庭之间的依附关系日渐疏离，这是单身的资格。"邱栀子又道，给自己打气。

"整个社会就是一股结婚势力的大合唱，你不结，就是异类分子，就是天理不容。"慕容雪道。

"你哪，最近有什么动向没有？"邱栀子问。

"唉，全是些嘴上没毛的小男孩，降服不住我。"慕容雪一脸无奈道。

3

地铁里，人挨人的像是肉罐头般。

"我的脚！踩着我的脚了！"其中一个貌相质朴而英俊的三十岁左右的男青

年叫道,即便在拥挤的地铁里,即便站着,他还在校对一叠稿子。他叫顾顺良,老家河北农村,大学毕业后在北京一家出版社当编辑。

终于到站了。顾顺良从地铁里狼狈地挤了出来,他出了地铁口,已是黄昏了。他在暮色里跑向公交站点,费了九牛二虎之力,终于挤了上去。

当顾顺良从同样肉罐头般拥挤的公交车里挤下来的时候,已是夜里九点了。

他疲惫不堪地走向一栋旧楼,推开一个单元的门,一盏小灯昏沉沉地亮着,每个小隔间门挨门,让人觉得很是压抑。

他走向自己的房间,打开灯,那是一个只能放得开一张单床的小隔断间,一盏小灯同样昏沉沉地亮着。

他一声不吭地泡了一包方便面,这就是自己的晚餐。吃完方便面后,他关了灯,又一声不吭地在窄窄的小床上躺下去,隔断墙一点都不隔音,周围人的说话、刷牙,洗脸,大小便,冲水等各种杂乱的声音时不时地传来,顾顺良气得拿毛巾塞住耳朵,还是辗转难眠。

这是顾顺良大学毕业后在北京工作了三年后,换的第十二个租处。

4

这是一个周日,慕容雪从租住的地下室里走出来,骑上自行车飞一样驶向郊外,风吹起她飘扬的长发和衣裾。

她由衷地喜欢这座城市。这座繁华的大都市里不知包裹着多少未知。可身为北漂的她只是这里的一个过客,一朵浮萍。这诺大的城市里,哪里有一小处缝隙,有一小撮土,可以将她种下来?那时她才是这里的主人。

在一个风景优美的僻静处,慕容雪停下了自行车。终于远离了这个喧嚣嘈杂的大都市,她淋漓地呼吸着郊区清新的空气,然后坐在一棵树下俯在带来的一个小凳上写起什么来。

不远处一个五十五岁左右的白衣飘飘的男人在打太极拳。

"在写什么哪?"不知什么时候,那个打太极拳的男人走了过来,面带微笑地看着慕容雪问。

慕容雪兀地抬起头来,她的美貌令男人面露惊喜,微笑里瞬时夹了一丝与他的年龄不相称的腼腆。那种似乎经历过很多世事的腼腆有一丝动人。慕容雪也报以诚恳的微笑,把草稿本朝他晃了晃。男人貌黑清瘦,但眉宇间有一股锋芒。

男人看着凌乱的草稿惊讶地问,"原来,你是个作家?"眼睛里闪着晶晶的亮光。

慕容雪嘴里浮上一丝自嘲般的苦笑:"对每一个艰难的写作者来说,'作家'都是一个听起来挺悦耳的字眼。我在一家小报当记者。"

两人聊了一阵后，男人好奇地在旁边的一块石头上坐下来，看着女孩旁边放着的一本书问："《瓦尔登湖》？是本讲什么的书？"

"是一个美国作家梭罗只身一人在人迹稀少的瓦尔登湖边所过的纯自然的生活方式……"慕容雪面颊上带着一种神往、迷醉的表情道。

"你也喜欢这种生活？"男人笑着问。

"那当然，岂止是喜欢，简直是梦牵魂绕！"慕容雪道。

"我家的大花园里，可以种各种瓜果和蔬菜，也栽了很多品种的花。"男人说。

"你家？"

"喏，就是那儿！"男人指着附近一栋漂亮精致得像画报上的小别墅。

"哇！简直像童话故事里的房子，这就是豪宅了！"慕容雪羡慕地叫道。

"到我家里坐坐？"男人望着慕容雪的眼睛邀请。

慕容雪眼里闪过强烈的向往，但心底又闪过一丝警觉，去一个陌生男人的家里，万一遭遇什么不测？男人好像猜到了慕容雪的戒备，笑了笑，从旁边的包里掏出一张身份证来，"我叫郑军武，是一家私营广告公司的老板，你可以在手机上上网核查一下我身份的真假，并转告你的朋友，你去了一个叫郑军武的朋友家做客。"

"你对我也不怎么了解，就贸然请我去你家？"慕容雪笑道。

"我想，一个喜欢看书的女人，总不会是坏女人的。再说，你能怎么着我？"郑军武看着慕容雪道，眼睛里泛出笑泡来。

慕容雪也扑哧一下笑了，起身便往那里走去。

"蔷薇别墅，真是个诗意的名字。"慕容雪新奇道，这是她第一次进入别墅。在郑军武的引领下，慕容雪好奇地楼上楼下地看个不停，房子里的精美和豪华让她赞叹不已，羡慕道："住在这样的房子里，那也叫活着。"她的情绪忽然低落起来。

"怎么了？"郑军武问，倒了一杯红酒给慕容雪喝。

"我是外地的，只身一人在北京，想起了自己租住处的狭小，不由地黯然神伤。"慕容雪说。

"二十多年前我们一家也是住在六十平米的房子里的，情况会慢慢变好的。"郑军武鼓励道。

慕容雪敬慕地看着郑军武道："二十多年的岁月，可以使人的境况发生这么大的改变？"

郑军武苦笑道："也是被逼到绝处了。孩子她妈整天唠叨我，嫌我穷……算了，不说这些了，我也是经过了很多磕磕绊绊，这两年生意上才步入了轨道，现今一切都有了，却没有跟我共享的人。"说到这里的时候，郑军武意味深长地深看了一眼慕容雪。

5

两人交往半个月之后的一个黄昏，慕容雪在郑军武的别墅里坐了一会儿后要回去的时候，郑军武抓住她的手，脸扭向别处，小声但执拗地喊："你可以成为这栋别墅的女主人，陪我过以后的日子！"

慕容雪像一片风中的树叶轻轻地抖了一下，但没有抽出自己的手。

"我可以长期在这里住下来，每天晚上都枕着树叶的说话声入眠，每天早晨都能看见小鸟在窗台上扑闪着翅膀向我探头探脑？"慕容雪问。

"那当然。这是我们的家啊！"

"我可以再也不用为了生存做那份跟我的文学离题万里，且枯燥、忙碌紧张的工作，而把所有的时间都用来读书、写作、游玩？"

"那是自然，我养活你还不跟养只小猫似的？"

"我可以有一个月季园吗？"慕容雪觉得自己似乎过分贪婪了，有些羞怯地看着他。

"你可以有一个百花园，只要你会待弄。"郑军武轻笑着。

"我们可以像三毛一样将千山万水走遍？"慕容雪道。

"我们有自己的车，这似乎不是太难的事。"郑军武一直笑着。

最后，郑军武伸手抚摩着慕容雪的脸颊直截了当地说："我已经这么大岁数了，没有太多时间谈情说爱，你搬过来吧，我虽然年龄大了些，但你可以享受现成的富足生活，不必像同龄人那样去苦苦奋斗。"

他皮肤粗糙，有一种把她细腻的肌肤划伤的感觉。

慕容雪没怎么犹豫，便坚定地点了点头。

郑军武牵起慕容雪的手来到小别墅的院子说："这小院里一年四季花事不断，我在院子里还种了各样的蔬菜，有丝瓜、豆角、西红柿、南瓜，秋日里累累的果子将坠满了枝头，有石榴、核桃、雪梨……自产的蔬菜和水果就够我们吃的了。"

慕容雪道："好，那我就等着一树一树的花开，等着这新鲜的生活给我的所有惊喜。"

6

这天，慕容雪又约邱栀子出来吃饭，淡淡地说："告诉你个事，我就要嫁人了。他叫郑军武，今年56岁了，是个私企老板。"

"什么？"邱栀子腾地站了起来，"你是说，26岁的你慕容雪，要成为一个56岁男人的妻子？"

"没错。"慕容雪淡然道，按下邱栀子的肩膀。

"慕容雪，你把自己给卖了！"邱栀子反应激烈道。

"你看看你，第一反应就是这个！我就知道你们都有这偏见，所以事先没有征求任何人的意见。我明确地告诉你，我很依赖他。"

"怎么可能，你嫁一个比自己大30岁的男人？！"

"我从小就喜欢比我年长的男人。在我的感觉里，那些年龄比我小的男孩，压根不是男人，而只是些呱呱乱叫的小公鸡。我想当然地认为，那些年龄比我长的男人，会成熟，能承担。再说，我真高兴，从此以后可以再不用上班了，只做自己真正喜欢做的事。"慕容雪欢欣道。

"这，不会是你嫁人的真正原因吧？"邱栀子问。

"恰恰是，我累了。我要让这点残余的青春过自己真正想过的生活，再不必为了生存到尘土飞扬里去承受人堆里的刀光剑影；再也不必因为柴米油盐而蓬头垢面。凭什么？凭什么我慕容雪就不能过养尊处优的生活？女人和男人各取所需，各补所憾，有何不可？而婚姻是让我衣食无忧的最佳途径，所以便匆匆地决定找个有钱男人。"慕容雪道。

邱栀子玩笑道："你可真是三日不见，让人刮目相看，思想境界哪去了？"

慕容雪道："让那些蓬头垢面的女人挥舞着细瘦的手臂到大街上叫喊女权去吧，靠男人得到倾慕已久的生活，是我慕容雪喜欢的感觉。我喜欢像一根柔软的藤般缠在男人的身上。"

邱栀子道："既然你都先斩了，后奏给我也没什么意义了。"

慕容雪顿了顿，改了一副认真的表情道："栀子，我不像你，毕竟，你是北京人，在北京有一个家，有房子住。你不知道住在地下室里有多糟糕，一次下暴雨的时候，水都倒灌下去了，我只得用几块砖摞起来垫在脚下走路，那洗手间根本就进不去。"

邱栀子拍拍慕容雪的手："我理解你。你有自己的情况，别人没有理由对你的选择说三道四。"

"比你小的都要结婚了，你还一个人晃着，打算把自己剩到什么时候？"慕容雪笑道。

"我妈那里，也整天逼婚，压力大如山啊，"邱栀子犯愁道，"唉，我若是也能认识个富二代或老板什么的，就好了，帮我调个工作，脱离开那个苦海。在个性怪癖、张狂的女上司手下做事的女人们本来都很倒霉，何况徐老太又有她丈夫那么一块镇山之物，她的嚣张气焰几乎冲到了天上。你知道么？上班时间，她让我一件又一件地给她织毛活，不止给她一家三口织，还有她的那些七大姑、八大姨的毛衣、毛裤的织个没完。徐老太还有倍加讲究的养生之道，比如在办公室里用热水泡脚，水不热了就让我将脏水倒掉再端新水来，暖壶里的热水用完了，我又得她的女佣般一趟趟地跑水房去打，她兴致好的时候能一盆接一盆地泡上整整一个下午！"

慕容雪惊讶道："老天，原来你的生活这么杯具啊？"

7

"闺女，起来吧，跟我去菜市场买菜去。"一栋有着三十多年房龄的红砖楼里的一套小单元里，邱美娥隔着门缝轻轻地说。

"讨厌！好不容易熬到周末——"女儿邱栀子穿着睡衣像只懒猫似的蜷在床上，嗔怪母亲搅了她的梦境。

"别睡懒觉了，这么大闺女了，得学会当家过日子那套了。"邱美娥又道。

"又唠叨这个，烦不烦啊。"邱栀子爬起来揉着睡眼道。

"等你以后结了婚过起日子来，就知道家里有个妈是件多享福的事了。"邱美娥又唠叨。

母女俩穿戴好。邱美娥边装钱戴手套边得意地对邱栀子说："闺女你看，知道你妈我每次出门前为什么总是戴着一只手套了吧？我把钱装在一个小布兜里，揉成一团，抓在左手心里，外面再套上手套，这样便万无一失了！像别人那样，把钱放在衣兜里或包里，多容易招小偷，多傻！"

邱栀子笑笑："知道了，说过多少遍了。我妈总是比别人精明，我妈对生活的经验，一箩筐一箩筐的。"

"臭丫头！"邱美娥嗔笑。

邱栀子忽然想起了什么，道："妈，我好朋友慕容雪就要嫁人了。"

"是嘛？那男的是干什么的？"邱美娥问。

"是个 56 岁的私企老板。"

"什么？她图什么呀？这孩子有点不正常吧？以后你少跟她来往啊，不然把你带坏了。"邱美娥数落着。

8

周日的清晨，楼下的自由市场上又开始了让人腻歪的喧闹。

邱栀子跟着母亲邱美娥趿着拖鞋、手里拎着菜篮子，淹没在那一片闹哄哄里。

"西红柿每天是一定要买的，你不是贫血嘛，我从报纸上看到了，西红柿里有一种能造血的物质。"邱美娥对邱栀子说。又大又艳的西红柿一堆一堆的，邱美娥从一家家前走过，对邱栀子唠叨："买西红柿哪，我找那种专门挑出来的小的、有疤的那种，小的怕什么？营养价值还不是一样？西红柿又没有核。"

终于发现了一堆这样的。"多少钱一斤？"邱美娥问男摊主。

"一块钱一斤。"

"价格比大个的便宜一半！"邱美娥兴奋地小声跟邱栀子嘀咕。但她是精明的，绝不在摊主面前表露自己的兴奋和满足，她绷着脸蹲下来，挑剔道："怎么这么小啊，这哪叫西红柿啊？简直像鸡蛋了。颜色怎么这么不正啊？像打了激素的，瞧这疤"！

只贬斥得卖主脸红脖子粗的，邱美娥这才开始砍价："八毛？"

"九毛。"男摊主说。

"八毛。"邱美娥坚持。

砍得卖主都不耐烦了，苦笑了下挥了挥手依了她："拿吧。"

邱美娥精心地挑选着，瞅着卖主给别人找零钱的间隙神速地从贵的那堆里拿了一个大个儿的放在自己的一堆里，但还是被卖主发现了，卖主在城市人面前感到的自卑这时总算可以翻翻身了，鼻子不是鼻子脸不是脸地道："还城里人哪！明抢！"这就拉拉扯扯地把西红柿拿了回来。

邱美娥讪讪的，情绪有些低落。这时，她忽然发现一枚小西红柿从摊上滚到了地上，她瞅瞅摊主，再瞅瞅地上，捡起来时似乎会被发现，只是，只是那枚鸡蛋大小的西红柿是那么鲜艳，还带着一枚葱绿的青叶。

邱美娥终于克制不住了，以迅雷不及掩耳之势弯腰就去拣那枚小西红柿，终于捡到手了！

只是，"干什么?!"邱美娥已有零星老年斑的干瘦手腕一下就被一只粗糙的大手抓住了，"放下，这是我的!"那个皮肤黝黑的粗壮汉子凶凶地叫道。

"掉地下了么不是。"邱美娥红着脸分辩，攥住那只西红柿不撒手。

"掉地下了也是我的!"粗壮汉子再次叫道，"松手!"

邱美娥的手腕原本被攥得生疼，眼里噙了泪，这会儿只得松开了手，她疼得嘤嘤哈哈地揉着自己的手腕，气恼道："这些乡下人！"

"乡下人怎么了？乡下人不偷别人的东西！"黑大汉叫道。

"你牛什么牛？不就是个种地的么？"邱美娥嚷。

"种地的怎么啦？种地的也比你有钱！一个鸡蛋大小的东西，能值几个钱？也值得偷！"黑大汉撇着嘴不屑道。

周围的人都鸭子似的伸长了脖子瞧热闹。

邱栀子刚才在别的菜摊前耽搁了，和母亲分开了会儿，这会儿赶了过来，看见了这难堪的一幕，赶紧拉着母亲走开了，劝道："妈，以后别这样，掉价儿。"

邱美娥抹着眼泪说："掉价儿？你是不当家不知柴米贵。"

"这些外地人——好像北京城什么人都可以来的！这些农村人！素质就是低！"邱美娥念叨着泄愤。

邱栀子的情绪陷入了一种莫名的低沉里。

但邱美娥看着那袋西红柿沾了多大的便宜似的心情很快好起来了，对邱栀子道："小的营养价值不是一样的么？价钱却便宜了一块二！"

9

邱栀子和母亲邱美娥的手指、手腕上缠满了大兜小兜的塑料袋，步履艰难地进了自家的楼道。

邱栀子家属于北京贫困家庭，父亲曾是一个艺术学校的老师，曾经是。母亲邱美娥原是河北乡村的，跟着男人进了北京。而今，母女俩住着房龄已三十多年的六十平米的旧房子，外面有一道长长的公共走廊的那种房型。邱美娥家门外，堆着五、六个装着旧报纸、纸盒子、空饮料瓶等杂物的大尼龙袋。是邱美娥拣的。每次回到家的时候，邱栀子都觉得像钻进垃圾堆里一样。

这时，几个女邻居在楼道里走过，其中一个50来岁的妇女以一种厌恶的表情撇着嘴道："整天把垃圾堆在楼道里，没素质！"

"我这就跟物业说去，再不整走，我们就不交物业费了！"另一个40来岁的妇女说。

"我是放在自家门口了，又没放在你家门口！"邱美娥分辩。

"你家门口也是公共场合！"那个50来岁的女人不满地努着嘴，冲着邱栀子母女的方向小声嘟囔："嗯，放！放！放来放去自己闺女都放成一根鸡骨头了，嫁不出去的老姑娘！还苏小小哪，整个一苏大大，苏老老，都快30岁了，还嫁不出去的大姑娘，老姑娘！"

邱美娥和邱栀子的脸色瞬时变了，邱美娥猛地转回头，爆起一声声色俱厉的喊："你再说一遍！"

只是那两个女人已经走远了。

邱美娥母女气呼呼地进了家门。

"你麻溜的！麻溜的领家个大款来给这些小市民看看！"邱美娥指着邱栀子道。

"妈，我说过多少遍了，把这些破烂让楼下收垃圾的收了得了！非攒着到远处的那家废品收购站去卖。"

"到那里卖不是能多挣点钱么？"邱美娥说，"都怪你那个狠心的爸！留下一张离婚协议把咱娘儿俩扔下便跑没影了，二十年来，咱孤儿寡母的，受了人家多少欺负?!"邱美娥又哭起来，指着墙上挂着的一张一家三口的照片数落。

照片上的邱栀子，只有 6 岁左右的样子，**而照片上的男人，长相跟郑军武有些相似，只是年轻了很多。**

过了会儿，邱美娥环顾一眼这个家又说，"你说说，咱们这样的家庭，除了女儿嫁的好些，还有其它改变家境的出路么？"

邱栀子望一眼家中的陈旧，升起一种说不出的绝望。

邱美娥抹着眼泪说："看见了吧？这会儿明白我为什么让你找个有钱的了？贫贱夫妻百事哀。何况你妈我连个贫贱丈夫都没有，你爸那个花心大萝卜，只顾着自己风流快活去了，舍下咱们娘儿俩，咱们家既摸不着彩票，也没有富裕的亲戚，唯一的指望就是盼着你能嫁的好点，看看那些老戏里，嫌贫爱富都是反面角色，可是，你妈我一辈子磕磕绊绊地过来了，才知道富是一件多么好的事，每花一块钱，心疼得都要攥出汗来的感觉——这一辈子活的，多么憋屈。"邱美娥由衷道，眼里涌上一汪泪。

邱栀子深看一眼母亲，母亲的一件睡裤上，破了无数的洞，已经磨得要透了，这件衣服，母亲已经穿了十多年。人一辈子，怎么能这么窝囊地活着？邱栀子看着狭小的住房，顿生悲哀。人的能力，是多么有限，很多的创业成功，一夜暴富，都是传奇，她，她的家庭，都是普通的不能再普通的人，她的母亲，把垃圾堆在楼道里，忍受着楼里的人对自家嫌弃的目光。

"你说说你，到现在也没个固定的男朋友，女人家，年龄就是资本，越大越贬值，楼上的那家，闺女都三十三了，她妈急得整天抹眼泪，"邱美娥说着，忽然想起了什么，打开了壁柜，往深处掏了掏，道，"你看，这还是十年前棉布降价时我买的成匹的花布，是为你结婚时做被褥用的。"

"妈，结婚，是自己的生命和另一个人紧密相连的感觉，而不是给外人看的。"邱栀子道。

"一个近三十岁的大姑娘放在家里，我日夜不安啊，越放越贬值。"邱美娥念叨。

10

也不知过了多久，顾顺良嘴角挂着一丝酸涩的苦笑，刚要进入梦乡的时候，忽然响起了敲门声：砰！砰！砰！

他疲惫不堪地揉着惺忪的睡眼爬起来打开门，是房东那张势利的脸。

"该交房租了。"房东阴沉着脸说。

"对不起，我们这个月工资没有及时发。等发了工资，我一定马上给您!"

房东板着脸说："不是我不照顾你，我这里也有急用钱的地方，后面想租房的，排着队呢。我是房东，不是慈善机构。给你三天时间，再不交，便搬走吧。"说罢扭头走了。

三天后，顾顺良还是没有凑到房租，奔波了一番后，也没有找到更便宜的落脚点。

第四天下班回去后，顾顺良发现自己的衣服、被褥等被扔在了门口，他的几个干瘪的大包，像只受气的鸭子似的耷拉着脖子蜷缩在那里。

那一刻，顾顺良的泪水一下子出来了，万千的滋味，涌上他的心头，他无奈地背起自己的行李卷，离开那里走上街头。

天忽然下起了雨，整个成了一座冰凉的城。他拿出雨衣，将行李卷包起来，徒步在雨中走着，走着。雨淋湿了他的头发，"我不能被生活击倒，一定要挺住!"他一遍遍地对自己说，"爸，娘，我一定要在北京混出个人样来，给你们脸上争光……"

他走在街头，身上也被淋湿了，迷蒙的水雾中一家家亮着灯的窗口是那么温暖，"什么时候有一个窗口属于自己?"他心里喊着。

呼呼的大风刮着，咆哮着。顾顺良疲惫不堪地在街上走着，"哪里有一处廉价而能栖身的地方? 哪怕是一顶帐篷啊!"他心里喊着。

走着，走着，顾顺良来到了邱栀子所在的医院旁。

此时的顾顺良已被淋得全身冰凉，哆嗦不止。出于一种本能，他跑向医院的急诊室，一个穿白大褂的纤瘦身影正巧在旁边匆匆走过，顾顺良一下扯住了那女大夫的白大褂，喊道："大夫，你救救我!"

女大夫转过身来，却是邱栀子。

那个瞬间，白皙纤弱、一脸柔善的邱栀子，在顾顺良的感觉里，像一个天使。

也是碰巧了，今天的邱栀子正替一个关系不错的女同事在急诊室值班。

顾顺良眼中的无助一下子激发出了邱栀子身为女性的柔软心肠，"赶紧把湿衣服脱了，用被子捂一捂，不然会生病的!"邱栀子见此情形，将顾顺良领进一间病房里，随后，便抱过一床被子来。

顾顺良蜷缩在洁白的被子里，感觉暖和了很多。

"来，把这碗姜汤喝了。我让旁边的小饭馆给熬的。"天使再次飞临了顾顺良的床边。是邱栀子端着一碗热气腾腾的姜汤站在那儿。

顾顺良喝完了那碗姜汤，泪水一下子涌出来了。

11

三个月后的一个周日，邱栀子正在家里看书，慕容雪打来电话问："亲爱的，今天晚上的相亲可别忘了啊，这回儿见的主儿是托郑军武的朋友给介绍的，可是个有房有钱的，总算找到一个符合你妈要求的人了。那人说了，他的小轿车在你们小区门口等着呢，怎么样，对方够诚心的吧？"慕容雪在电话里喜眉喜眼地说。

"但愿如此吧。"邱栀子有些麻木地说，"相亲相得我都累了。"话虽这么说，放下电话的邱栀子还是描眉画眼了一番。

过了会儿，精心打扮后的邱栀子心怀憧憬地从楼里急走出来。

不远处的一辆小轿车里，一个穿着体面的中年男人坐在里面，他对着手中的照片认出了邱栀子，面露惊喜地伸手对邱栀子打了个招呼，然后下了车。

邱栀子神情羞涩地向着那个男人走去。

"邱栀子！"忽然背后传来一声动情得近乎颤抖的喊。

邱栀子停下了脚步，环顾左右。

一个瘦高的男青年从大门外的一根柱子后面闪出来，怯懦而又目光灼灼地看着她："邱栀子！"

"咦，是顾顺良，你怎么来我小区了？怎么知道的我家的地址？"邱栀子惊喜又惊讶地问。

"我，有一次跟在你后面——"顾顺良低下头，用脚揉搓着地面。

"有什么事快说啊，我还有事。"邱栀子着急地说。

顾顺良低下头，他已在这里等了几个小时，就为了见邱栀子一面。

"哎呀，你这个人，有事快说啊，这么慢腾腾的！我还有事，"邱栀子看一下表，用手指了指不远处的那辆小轿车旁的男人道，"我，要相亲去。"

不远处，那个穿着体面的中年男人正掏着裤兜倚着车身站在那里，看起来还算潇洒。

顾顺良听罢此话见此情形，顿时如被狂风吹了一下的树叶般，浑身哆嗦了一下，他用那副受了重创般的神情怔怔地看着邱栀子，断断续续地道："我还是忘不了你。看到你的第一眼，我就有一种要和你过一生一世的感觉。"

邱栀子有些为难地道："我原来已经说过了，我们俩不合适。我妈非逼着我找有房有钱的，你老家又是——，我担心过不了我妈那一关。"说罢，便甩下顾顺良一人，走过去上了那中年男人的车，小轿车傲慢地吐出一串烟，跑了，消失在城市的深处。

顾顺良难堪地站在那里，妒火如焚，但他顽强地站在那里，凛冽的寒风一阵阵吹着他。

也不知过了多久，顾顺良依然站在那里。

他走到旁边小卖部的窗口前买了一个硬面包，和冷风一起塞进肚子里去。他想去饭馆里喝一碗热汤，又怕邱栀子不定什么时候回来，他必须一刻不离地坚守在那里。

一个又一个人从小区门口出出进进的，好奇地看着顾顺良。他站在旁边一棵树的阴影里，灯光便照不着他了。脚麻了，他围着那棵树一圈圈地转。

一个小时过去了，又两个小时，已是夜里十二点多了，邱栀子才和那个中年男人玩得痛快淋漓地回来，他们看了电影，又去吃了夜宵。两个人嘀嘀咕咕的笑声将寂静的夜色划破，使寒凉的夜色中站立着的顾顺良更加剧烈地抖动。

邱栀子惊讶不已地看着大门口的人："咦，顾顺良，你怎么还在这儿？"

顾顺良无言地看着邱栀子，泪水哗啦一下出来了，忽然就举着一枝玫瑰跪在了地上："邱栀子，嫁给我！"

邱栀子心生柔软，拉顾顺良起来陪着他在深夜的大街上散着步。

"你在我里面走，万一过来的车失控什么的。"顾顺良说，言外之意是，万一过来的车失控，有他挡着。邱栀子深看一眼顾顺良，为这个男人的体贴。

"冷吧？我给你握着手。"顾顺良又说，用左手推着自己的自行车，右手攥住邱栀子的手。

瞬时间，邱栀子心生一股温暖，在这呼啸的北风中，在这深夜的都市街头，一个男人正把他的温度向自己的手心里传递。

不知不觉中，两个人说着话已经走出去了很远。

天忽然下起了大雨。

顾顺良从自己的包里拿出一把伞递给邱栀子，赶紧骑上自行车驮着邱栀子往回赶。因是顶风前行，顾顺良弓着身吃力地骑着自行车，头发淋得湿漉漉的。

邱栀子将伞给顾顺良遮上。

顾顺良果决道："别管我！将你自己遮好，女孩家身体娇弱，最怕受寒。"

邱栀子只好用伞遮住自己。再看那暴露在大雨里的顾顺良，浑身已淋成了个落汤鸡般。

风雨很大，吹着伞，他们的自行车也被吹得斜斜的，载着两人艰难地前行，像风浪中一只飘摇的小舟。

到了邱栀子家的楼道门口，顾顺良从包里拿出厚厚的一叠纸递给邱栀子，难为情道："这是我写给你的诗，回家再看——"

邱栀子接过来往楼道里走去，回头看一眼顾顺良，正脱下上衣拧着水，见邱栀子回头了，笑着挥挥手让她赶紧进去。

邱栀子的眼睛顿时潮润了。仅因为这一个小小的细节，邱栀子便决定将自己的终身托付于这个男人。爱，有时候不需要太多，只仅仅是几个小细节的温暖，便够了。

回到卧室里，邱栀子坐在被窝里一页页地读着顾顺良写给自己的情诗，心生感动，她将自己的脸贴到那些诗稿上去……

12

几天后，慕容雪便给邱栀子打来电话问："亲爱的，那天的相亲结果怎样？"

"相处的倒是挺愉快的，男人倒也有房有钱的，可他已经四十三岁了，是个二婚。我进门就要给人当后妈，回来后越想越硌应的慌，我妈也不同意。"邱栀子心灰意懒道。

"是么？我对男方的情况也不大了解，都是人托人的。"慕容雪歉意道。

"唉，跟你说个事，"邱栀子犹豫道，"最近有一个叫顾顺良的，追我追得很厉害——"

"是嘛？他干嘛的？赶紧老实交代！"

"他学中文的，在一家杂志社当编辑。人又高又帅，对我也挺痴心的。"

"那还犹豫什么？赶紧从了他吧。"慕容雪玩笑道。

邱栀子犯愁道："我对他的感觉——倒也来电。可他老家是河北农村的，据他自己说他家里穷的家徒四壁。我自己倒不在乎这个，可担心他这一点过不了我妈那一关，所以一直有意疏远他。你知道的，我妈憋了这么多年的劲就是为了让我找个有钱的。"

"那倒是。要不这样，你让你妈见见他？见面三分情，万一他讨你妈喜欢呢？所谓百俊遮一丑。"

"那就见见？我也来个先斩后奏，先让我妈见见人，暂不说他家庭背景。"邱栀子道。

"也不让我把把关？"慕容雪笑道。

邱栀子笑道："可不敢。哪个男人见了你这么个大美女啊，都失魂落魄的，让众多粉黛顿失颜色。"

"小气的！也不给我一次以身试法的机会！"慕容雪玩笑。

第二章　邱栀子订婚了，慕容雪……

1

这是个阳光灿烂的日子，邱栀子家的未来女婿顾顺良上门来了！

只见顾顺良穿了一双新皮鞋，系了一条新领带，头发用发胶喷过，浑身崭新地骑了一辆旧自行车来到了邱栀子家的楼下。自行车把上叮叮咣咣地挂了四瓶酒，两瓶蜂蜜，一篮水果。

"雄赳赳啊，气昂昂，去见丈母娘！"顾顺良随意地哼着歌提着那些叮叮咣咣跑进了楼道。

这时，那双暗处的眼睛又在看着顾顺良了。

邱栀子家里，邱美娥母女正在厨房里忙活。

邱美娥边煎着鱼边兴致勃勃地说："小伙子在一家杂志社做编辑？工作真是不错，文化人。"

"人长得也帅，一米八的个头——"邱栀子给母亲打着下手道。

"砰！砰！砰！"响起了敲门声。

邱美娥听罢慌乱地赶紧去照镜子、抚头发，又往脸上补妆，一副手忙脚乱的样子。邱栀子笑道："妈，瞧你，紧张的这样儿，倒像自己是丑媳妇，初见公婆。"

邱美娥笑道："你知道什么？我是不能让未来女婿小瞧我这个妈，小瞧咱们家。"

邱栀子忙跑过来开了门，顾顺良一进门，邱美娥的眼睛就亮了，喜形于色道："这么帅的小伙子啊？好！好！"说着，连忙洗净了手，这就忙不叠地端茶倒水，削苹果。

一道又一道的菜被端上了餐桌。三个人坐下来吃饭。

邱美娥满脸喜爱地看着顾顺良，不停地让道："吃菜！吃菜！"

顾顺良拘谨地坐在那里，一副受宠若惊的样子："谢谢！谢谢阿姨！"

邱美娥问："小顾啊，你哪个大学毕业的来？"

顾顺良道："北京师范大学。"

邱美娥喜形于色道："真好！是名牌啊！给外人一说，我这脸上多有光！"

邱美娥说着给顾顺良夹了一个鸡腿："尝尝阿姨的手艺！"很快又问："你父母是做什么工作的？家里境况怎样？"

"我父母都是农民，家里很穷。"顾顺良低着头说。

"什么？"邱美娥脸色一变腾地一下站了起来，嗖地一下又把鸡腿夹回去了！

一旁的邱栀子赶紧给母亲使眼色。

邱美娥神情有些黯然地重新坐了下去，问顾顺良："小顾啊，你一个月挣多少钱？"

"一个月两千多。"

"工作倒是不错，文化人，只是钱挣的少了点。"邱美娥高高在上地评论。

很快，邱美娥又问了："你在北京有房么？"

顾顺良的脸腾地一下红了，再次低下头小声道："没有。"

邱美娥的脸一下又变了，下意识道："那你拿什么娶我的女儿？！"

这之后，邱美娥的脸就开始耷拉下来了。

顾顺良见状赶紧表态："阿姨，虽然我家庭条件差，事业也刚起步，暂时买不了房，但您放心，我会努力奋斗的——我现在虽然什么也不拥有，但我会力所能及地把我所能给的温暖和呵护都给栀子。"

邱美娥冷冷地撇了撇嘴："空话谁都会说，又不上税，"并说了句，"我身体有些不舒服，回屋歇会儿去。"就把顾顺良给晾那了，带来的礼物也灰溜溜地堆在屋角。

顾顺良羞辱难当，站起来跑了。"顾顺良！"邱栀子在后面赶了出去。

跑到楼外后，顾顺良已经没影了。邱栀子懊丧地跺了跺脚。

2

"妈，你怎么能这样对人家？显得多没礼貌啊。"邱栀子回来后，一进门便气冲冲地埋怨母亲。

"这门婚事我坚决不同意啊我跟你说！"邱美娥连连摆手，"无地位、无金钱、无背景、无房产，一典型的'四无青年'，你还往家领？领什么领？！"

"市侩气！"邱栀子又埋怨母亲。

邱美娥苦笑一下道："我市侩气？我俗？我干涉你们的好姻缘？等有一天，你背上几十万的房贷，想钱想的眼睛都绿了的时候，他那些农村的穷亲戚，不但一分钱的忙都帮不上，还给你添这样那样的累赘，到那个时候，你就不说我俗了。"

顿了顿，邱美娥又说："我现今，对没本事的家庭充满了厌恶，是因为眼见着，那些条件好的家庭，孩子享的是怎样的福，邻居家闺女找的对象，公婆有一套商铺，一年的租金就是40万，花300万在三环内买了套房子。再看看那些条件不好的家庭——更别说那些农村出身的孩子，仅因为小时候粗茶淡饭的养育之恩，对那个家，有一辈子还不完的债，你妈我是有切肤之痛啊，我这辈子算完了，指望你改变门楣啊！"

邱栀子分辩："但农村长大的男孩也有很多优点啊，因为他们知道自己没人依靠，所以压力更大，动力更足，也更加勤奋耐劳，比很多平庸的城市男不知优秀多少，还有，我不是没接触过那些拥有很多的男人，因为他们的拥有，女人在他们的心里便变得轻贱。"

"不行！农村男负担太重，咱家这个情况，我是要靠你养活的，再养他家，一个男人要养两个家，哪里担得起啊，再说他农村亲戚过多会影响生活。咱家我这一辈子就深受农村亲戚的苦了，好不容易你这一辈子算是正宗的北京人了，你再招惹上顾顺良身后的一大家农村人，七大姑八大姨的，整天不是这个来就是那个来，以后的日子可怎么过啊？"邱美娥态度坚决道。

"妈，别一口一个'农村人'的，我怎么觉得这话这么刺耳呢？你不是农村出身的么？如果不是老家的亲戚，你的心理优越感从何而来？"

邱美娥被戳了软肋，气急道："你是不当家不知道柴米贵啊。你看看周围的人家，哪家的夫妻吵架不是因为缺钱心烦、互相埋怨？"

邱栀子说："没准顾顺良是支潜力股呢？在这个情感浮躁的年代，房子再大也关不住爱情，一起奋斗出来的东西享受着才踏实。"

"将来的事，谁都难说。咱娘儿俩的日子原本就穷，再也受不了你将来的小日子穷。不然咱娘儿俩还有什么盼头啊？"邱美娥又抹起了眼泪。

"不管怎样，我还是挺喜欢他的。"邱栀子又说。

"你别在我面前说那些虚头八脑、不着调的事，结婚过日子，连油盐酱醋都没有的日子，你的心情能好么？什么情啊爱的，温饱问题都没有解决，饿着肚子的你有心思去谈情说爱吗？"邱美娥烦躁道。

邱栀子一字一顿地说："我们干吗非要啃老？我们就不能用自己的努力换来富裕的生活吗！你干吗非要干预我们的事？"

邱美娥心生寒凉，不耐烦地摆了摆手："也罢，我一切都是为了你好，还落埋怨，当恶人，你自己的事自己做主吧，该说的话我都说在前面了。我到处托人给你介绍对象，临了，倒成了狗拿耗子的了，好像我是你幸福生活的拦路虎似的，也罢！天要下雨，女要嫁人，你爱怎么着就怎么着吧，到时候，撞了南墙可别回家来哭。"

"我就是要饭去，也不回家来哭！"邱栀子赌气道。

"这话可是你说的，你再说一遍！"邱美娥气道。

一阵冲动之下，满脸铁青的邱栀子拿起手机便打："顾顺良么？我答应和你结婚!"

邱美娥听罢像受了重大打击般，一下瘫坐在了沙发上。

邱栀子见状回到沙发上坐下，酸涩地苦笑道："妈，其实，婚姻绝不是我真想嫁什么人，而是在有限的结识范围内，我只能选择的那一个。哪个女人都想找一个白马王子，可是你看看我，一个住在这么旧的房子里的女孩子，怎么可能有结识王子的机会？即便结识了，人家能看上我么？你看看我，一面是即将消逝的再也耗不起的青春，一面是无可奈何的现实。"邱栀子情绪黯然道。

"妈，还有件事我一直想跟你说，我单位那个女上司，老怀疑我勾引她那个丑丈夫，而对我百般欺负，就因为，一个未婚的年青女性在身边，对年长色衰的她说，是一种安全隐患，她想当然地认为，我会对她的婚姻构成威胁。你说妈，这哪跟哪啊?!"

邱美娥一听一下就气炸了肺："什么?! 她敢这么作践你？我闺女是什么人我不知道啊?! 我找她拼命去!"说着便挽胳膊锊袖子地要换鞋出去。

邱栀子上前拽住母亲，苦笑道："你找她拼命去？闹得满城风雨的，那不更无中生有，坏了我的名声了么？"

"说的是啊。"邱美娥回过味来。

"妈，工作上，暂时我又没有更好的去处，只能先憋屈着，赶紧找个男人嫁了是最好的办法，可以换来工作的安宁。人啊，谁都得向现实低头，向处境低头。"邱栀子有些酸涩地说。

邱美娥心疼地将邱栀子搂在怀里："闺女啊，你受难为了。"

"妈，那你同意我和顾顺良结婚了？"邱栀子看着母亲的脸色问。

"同意结婚？哪有这么便宜的事！房子，一个在婚前必须要面对的话题，"邱美娥板着脸说，扳着指头这就数落开了，"房子就像是 60 年代的'三大件儿'，手表、自行车、缝纫机。社会风尚标，婚嫁必备品。我把女儿养到这么大，如果这臭小子连个房子都没有，怎么能让女儿嫁他呢。况且，他要是没个房子，我在老家的亲戚们面前，多没面子啊。"

邱栀子苦笑道："他哪里能买得起房子？我去过他租住的地方，只放得下一张床。"

"买不起也得逼着他们买！不管怎样，在这件事上我们绝对不让步!"邱美娥道。

邱栀子苦笑道："这个年龄段的男人，有多少完全凭借自己的能力买得起房子的？有房者，不过动用的父母的积蓄。找有钱的对象？哼，哪是找男人啊，而是找对方的父母。"

"你这话倒是说到点子上了，这样吧，让顾顺良的家长来北京一趟，先办个订婚仪式，双方的家长坐下来，谈谈结婚的问题，郑重地把房子的事提到日程上来。"邱美娥板着脸自恃道。

3

邱栀子和顾顺良下次约会的时候便把母亲的意思都跟顾顺良转达了。

"不能先租房过渡一下？"顾顺良愁闷道。

"我妈说了，她闺女无房不嫁。"邱栀子苦涩道。

顾顺良惨淡地笑了笑："我工作这几年，只攒了两万元的积蓄，离首付还差得远哪，即便我们能付得起首付了，以我们两个人的收入，也还不起每个月的贷款。"顾顺良被勾起了伤心事，嘴角撇上一丝愁闷的苦笑。

"可那是生活最基本的要求。"邱栀子说。

过了会儿，顾顺良看着邱栀子的脸色小心翼翼地问："栀子，虽然我功不成，名不就的，可我会一辈子对你好——我们先把结婚证领了？"

"一定要让我嫁个有房子的男人，是我妈心中的坚持。我耽搁到这个年龄了，再妥协，亲戚们会笑话她的，"邱栀子犹豫着开了口，"也许因为我家里一直住房紧张的缘故，我妈特别渴望我在这座城市里能拥有一套像样的房子。"

"谁不想拥有一套房子哪？"顾顺良苦涩道，"我父母一辈子土里刨食，供养一个大学生多不容易，压根没能力再管我买房的事。"

这个时候，邱栀子的手机响了，"怎么啦亲爱的？"邱栀子亲昵地接着电话，走到一边去，跟电话里的人小声嘀咕着什么。

通完话后，顾顺良有些醋意地问："跟谁通电话啊这么亲密？"

"是个大美女！"邱栀子笑道，她忽然想起个事来，说道："我该在订婚前先介绍你和慕容雪认识，考验一下你对其他女人的免疫力。慕容雪可是个大美女，又有才，会写小说，太多美好济于一身，男人见了她，很少有不动心的。"

顾顺良逗贫："你是希望我对她动心呢还是不动心？"

邱栀子说笑着便去扭顾顺良的耳朵道："慕容雪可是惯会谈情说爱的，你若敢动歪脑子，看我怎么收拾你！"

顾顺良佯装疼地叫："哎呦！"

邱栀子半开玩笑半认真道："不过若是慕容雪喜欢你，我可以将你分她一半。你们男人间的友谊，讲究为朋友两肋插刀，我和慕容雪间的感情哪，深厚到可以一切共享。"

顾顺良拱手笑道："够大方，邱大女侠！"

4

编辑部内，顾顺良跟小兄弟石利诉着苦：

"唉，漂着不易，想结婚也难啊。找个好女孩难，找个好的丈母娘更难啊。当你遇上一个好女孩的时候，谁想到后面会配送一个极度势利的丈母娘呢。你不知道，我每次去她家，她都门缝里看人，什么厕所的抽水马桶堵了，灯泡坏了，油烟机该擦洗了，为了讨好她，我努力钻研，刻苦学习，整天忙得屁颠屁颠地，终于成了她们家的厨师、电器修理工、泥瓦匠、修车师傅、水暖工……我简直是他们家的万能长工啊，就这样，还是不肯把女儿嫁给我啊！"顾顺良愁苦道，一副苦大仇深的样子。

石利笑道："我猜的没错的话，顾哥的未来丈母娘是无房不让女儿嫁，是吧？"

"是啊，房子，这个没血没肉的东西，已不仅仅是居者之屋，它裹挟着人们对稳定而有尊严的生活的期待。"

"当下中国女性对婚姻的期待中掺杂了太多的利益考虑。我认为许多中国女性对于未来伴侣的要求反映了她们的软弱而不是强势。女性过度依赖男性，生活中她们生怕自己得不到想要的东西，转而依赖男性的给予。为什么她们不能和伴侣一起努力工作买房呢？"顾顺良苦笑道。

"实在不行，我把父母给我买婚房的钱借给你付首付。"石利说。

5

顾顺良很快将邱栀子母亲的意思转告给了老家。

很快，顾顺良的父母领着男男女女的十多个人来到了北京火车站。一个个穿着土气，外人一看就是从农村来的。顾顺良前去接站，先后喊着："叔"、"舅"、"姨"、"姑"、"婶子"、"表姨"。

"先去看天安门！"其中一个亲戚说。

"好，先去看天安门！"顾顺良热情地说。

顾顺良走到一边去小声对母亲说："来这么多亲戚干什么？又不是打架。"

"都是亲戚，让这个来不让那个来的，怕人家挑理。"母亲说。

医院办公室内，徐老太正在百无聊赖地看着一份杂志。

座机电话响了，徐老太拿起电话接："喂？"

"请问，邱栀子在么？"里面传来一个充满磁性的男音，声音激动得有些微微的颤抖。

徐老太的脸色顿时有些不快，道："她请假在酒店办订婚宴哪。"

"哦，是么？"电话里的男人意外道，即便是在电话里，也能感觉到对方失落的情绪潮水一样褪了下去。

徐老太放下电话后对着话机不屑地撇了撇嘴道："哼，都订婚了，还招三惹四的！"

在一家酒店里，两家人坐在了一起。顾顺良一一给双方做了介绍。大家边吃边聊。

顾顺良这边的亲戚们都一身土气，女方这边只邱美娥和邱栀子母女，气势上便显得势单力薄。两家各自的穿着、身份有一种无形的攀比。

因为人少，邱美娥尤其要长出气势来，从心理上压住对方。故而，邱美娥板着脸坐在那里，一动不动，摆足了做丈母娘的谱，"是订婚，又不是打架。来这么多人干什么？"邱美娥先发制人道。

男方一帮人便悻悻的。

邱美娥与顾顺良的母亲对视的第一眼，内涵复杂，有好奇，还好像一场无形的较量，拉开了序幕。

顺良娘表面上故作亲热，先拉住了邱美娥的手："亲家母！你看两个孩子要订婚了，能娶到栀子是我们老顾家的福气，我们家是高攀了，你有什么要求尽管提，只要是我们能做到的。"

邱美娥居高临下地说："三金必须得准备好。"

"那是自然的。已经准备好了，"顾顺良的母亲悻悻着，打开了一个首饰盒子，露出了里面的金光闪闪，"金项链，金耳环、金戒指。亲家，栀子，你们可满意么？嫌小的话，咱们再换！"顺良娘陪着小心说。

邱美娥瞥了一眼，没有说话。

"按风俗，彩礼钱总得有的。"邱美娥又说。

顾顺良父母显然没有预先准备，脸上一阵不自然，顾顺良父亲陪着小心问："亲家母，这次因为来得仓促，没带上，回头我让顺良给您送家去。你看多少合适呢？"

"你们看着办吧，最少也得6万吧，让栀子在同龄的女孩子们面前别太丢面子就行。"邱美娥高高在上地道。

顾顺良父母的脸色一下就白了，顺良娘赶紧说好话："我们农村条件差，一辈子在土里扒食，手里攒不下几个钱。"

"妈，彩礼钱别要了！都挺不容易的。"邱栀子在旁插言。

"都不容易，就你妈我容易？！"邱美娥气道。

"亲家，赶紧吃！吃！"顾顺良母亲又让，生怕女方再生事。

邱美娥端着架子说："要想结婚的话，必须得在北京有套婚房。"

顾顺良的母亲顿时急了，脱口而出道："这北京的房子这么贵，就是把我们老公母俩扔进油锅里熬成渣，也榨不出那么多钱来啊。"

邱美娥撇了撇嘴，气恼道："嗤！没钱？！没钱你们娶媳妇干什么？没钱你们拿什么娶媳妇？"

顾顺良的父亲也许是为了掩饰自己的难堪，掏出一根纸烟抽起来，是最廉价的那种自己包烟叶的纸烟。

邱美娥被烟呛得咳嗽了几声，不屑地撇着嘴："现在哭穷了，早干嘛去了？自己家生的是个男孩心里没数么？应该打小就开始为儿子以后的结婚、买房攒钱的，还有脸抽烟！那是抽烟么？那是一根根的抽钱！"

顾顺良父亲夹着烟的手指一下停住了，尴尬在那里。

"当然，我邱美娥也没本事，可我生的是个闺女啊。"

顺良娘控制住自己的情绪，说："年轻人先磨练磨练，租房子过渡过渡，以后有条件再买？"

邱美娥板着脸说："没房子怎么结婚？既然今天不是来谈婚事的，那就不要浪费口舌了！以后有能力买了房后再说吧。"说着便站起身来拽着邱栀子往外走。

顾顺良紧张得什么似的，下意识道："阿姨，等等！"

邱美娥站住了，扭过头来看着顾顺良。

顾顺良灵机一转，支支吾吾道："那个，我有个同事很有钱，我能从他那里借到钱付首付——一个月内，我一定把房子买到手——"

邱美娥的眼睛一下亮了，重新坐回了座位上，道："既然这样，还有的谈。"

邱栀子狐疑地看着顾顺良。

顾顺良母亲也半信半疑地看一眼儿子顾顺良，道："下面就商量婚礼的事？"

"好，我们商量婚礼的事。订酒店得花5万多，请客人、找婚庆公司得花5万多……"邱美娥扳着指头一一说起。

房间里的空气兀地皱了起来，这时，顾顺良的父亲，也就是邱栀子的未来公公开口了："在城里办一场婚礼太贵了，不如在我们老家办，简单又省钱。"

"在你们老家办？让我们女家亲戚们到农村去参加婚礼去？"邱美娥不满道。

"我们村里有个风俗，谁家有事的话，全村的人都得随礼。我们随了这么多年的礼了，总算轮到我们家有喜事了——再说了，儿子结婚，也是一种光彩，何况，又娶了栀子这么好的一个北京媳妇，也让我们在十里八乡的显摆显摆！"未来婆婆看着邱美娥的脸色讨好道。

"敢情，让我闺女给你们顾家充门面去了。"邱美娥有些自得道。

"妈！"邱栀子小声嗔怪母亲。

邱栀子的未来婆婆满脸堆笑地看着邱美娥的脸色说："在农村办婚礼也挺热闹的，要请戏班，放鞭炮，流水酒席要摆上整整一天——"

邱美娥板着脸依然坚持："婚礼得在北京办。我们女方这边还得请一大家子亲戚呢。"

场面再次僵在那里。

这时，顾顺良的父亲嗑了磕烟袋锅板着脸发话了："是我们男方家娶媳妇，该听我们安排。婚礼就在农村办！"

邱美娥一下被噎住了，一时说不出话来，邱栀子见状接过话茬道："妈，我喜欢在农村办，新鲜、热闹，在北京办，千篇一律的，没什么意思。"

"那就从农村回来后再在北京办一场！"邱美娥板着脸道。

"好，那就听亲家母的。在老家和北京各办一场。婚期订在春节前，阴历的年二十六。您看怎样？"顾顺良父亲看着邱美娥说。

"春节前办？天那么冷，我就没法穿婚纱了。"邱栀子说。

"穿件红羽绒服就行了。"顾顺良在旁劝。

"婚房得过了我这一关后再说婚期的事！"邱美娥甩下这句话后站起身来硬拽着邱栀子气昂昂地走了，不欢而散。

剩下顾顺良这边的亲戚们坐在空荡荡的包间里。

"娶了这家的闺女，以后我们顺良得受气了，会处处被他那个丈母娘压着。"其中一个亲戚议论。

"不就是生了个闺女么？端的那架子像慈禧太后似的。"另一个亲戚议论。

顾顺良看到自己的母亲哭了，使劲压抑着，用衣服袖子咬住袖角。

"娘，是我自己没用，让您们受委屈了。咱跟她们家散！哪怕我一辈子不娶媳妇了，也不能让二老再受一点委屈。"顾顺良心疼道。

顾顺良的母亲倒是看得开，抹干了眼泪道："傻儿子，说什么气话，我看那个邱栀子还行，不像她妈那样，再说了，哪家娶媳妇前，男家不受女家的气啊？唉，一辈辈，一家家的，都这么过来的。等媳妇娶进门，女家就没法拿捏我们家了！"说到这里，顾顺良的母亲紧咬着嘴唇，脸上掠过一丝狡诘。

顾顺良父亲在旁让："说的是，大伙儿快吃，吃不完咱打包！"

一帮人便狼吞虎咽地吃起来。唯有顾顺良，愁闷得两眼发呆，傻坐在那里一言不发。

6

"妈，瞧你，这辈子可逮着一次当丈母娘的机会，瞧端着的那个样子，可摆足派头了！"邱栀子回到家后一进门便埋怨母亲，"再说了，咱家又没穷到那个份上，何苦非要从他们手心里抠那点钱?!"

邱美娥指画着邱栀子数落："傻丫头！你哪里知道，没有付出过代价的东西往往不知珍惜，首先，彩礼体现男人的诚意。再说，也就在这个节骨眼上，还能榨出点油水来，等你进了门，就什么也抠不出来了。"

"这次订婚，亏了没让咱们老家的那些亲戚们来，不然，让她们一看，你要嫁的这家，一大家子的农村人，多丢面子啊。"邱美娥说。

"你看看顾顺良他父母的穿着，穷的让人辛酸，哪里还有钱买婚房?"邱栀子道。

"邱栀子，你已经不知好歹了，我现在当恶人，也是为了你将来啊，我现在一时的心硬，为了换来你一生一世的衣食无忧啊。"邱美娥生气道。

邱栀子见状只得缄口了。

7

这同一天，郑军武的别墅前，慕容雪兴致勃勃道："我们的订婚仪式，就在别墅里举行如何？我把我的朋友喊来，你喊你的朋友。"

郑军武的脸上闪过一丝不自然，他拉着慕容雪的手走向汽车，开车载着慕容雪离开了别墅区。

他们很快来到了一家汽车4s店前。走进店内大厅，郑军武牵着慕容雪的手来到一辆红色的跑车前，眼睛里泛着笑泡道："想把这辆车送给你，喜欢么？上去试试！"

慕容雪难以置信地看一眼郑军武，兴奋异常地去试车。

买车手续很快办完了，郑军武又领慕容雪去商场给她买了大钻戒，让慕容雪一件又一件地试穿着原来想都不敢想的高档时装，并将它们一一收入囊中。

晚上，两人在一家豪华酒店的雅间里吃饭，"鱼翅、鲍鱼、海参汤……"郑军武熟稔地点着一道道的高级菜。

慕容雪幸福地偎在郑军武的肩头，旁边的女服务员以异样的眼神看着慕容雪。慕容雪赶紧欠身闪开。

郑军武道："你现在该明白了，我为什么不愿大张旗鼓地办什么仪式。"

慕容雪道："我明白，人们会都用异样的眼神看着我们。她们会在背后对我指指点点，说我是攀附富贵的虚荣女人，跟你在一起，是看上了你的财产。"

"而说我是老牛吃嫩草。我们俩独自享受一些美好的日子，岂不更好？何必要什么订婚、结婚的？"郑军武道。

"我这么见不得光，不会是个小三吧？我可以看一下你的离婚证么？"慕容雪看着郑军武的脸色小心道。

郑军武的脸一下沉下来了，啪地一下摔了筷子，不快道："如果我们俩连这点起码的信任都没有的话，还有什么必要在一起？"

慕容雪见状赶紧哄他，用小手指挠他的手心。

郑军武扑哧一下被挠笑了，他拿出钻戒给慕容雪戴上，将那双柔软的手攥在手心里，深情脉脉道："起码在物质方面，我要让你成为一个养尊处优的女人。"

8

第二天，编辑部办公室内，当顾顺良开口向小兄弟石利借钱时，石利为难道："我刚看上了一个楼盘，正促销哪，想自己买一套，就没钱借你了。"

顾顺良犯愁道："唉，怎么办呢？我已经在邱栀子的娘家人面前夸下海口了，未来丈母娘说了，她闺女是无房不嫁。"

"实在不行，就出此下策……"石利附在顾顺良的耳边说。

第二天，顾顺良把邱栀子约了出去，说着什么。邱栀子一听一下炸了，连连摆手。

顾顺良耐心地说着什么，久久地。邱栀子终于被说服了，点点头。

9

不久后的一天，一个环境不错的住宅小区里，邱栀子和顾顺良领着邱美娥兴致勃勃地在小区里转来转去地。"这小区的环境还真不错，绿化真好。"邱美娥满意地点着头。

三个人又进了一套两居室的室内。

"这客厅不错！"邱美娥进去后兴奋地感慨。

"这是主卧室。"顾顺良介绍给邱美娥，神色有些心虚。

"哎呀，这么大的阳台！在这阳台上挂满吊兰！多好！"邱美娥感慨。

邱栀子目光闪烁地躲开母亲亮亮的眼神。

最后，邱美娥满意地对顾顺良说："成，这房子不错。那就按你父母说的，婚期定在腊月 26，你们去登记吧！我这就领你们去看家具去！买家具的钱我出！"

顾顺良如获大赦般把邱栀子紧紧拥在怀里。

10

邱美娥三个人看完房回来疲惫不堪地从公交车上下来，往家里走去。

他们不知道的是，这个时候，另有一双深沉的眼睛在不远处的一栋楼里的一个窗口里正关切地看着她们和顾顺良。

邱美娥一瘸一拐地进了门后赶紧泡脚。

邱栀子发现了什么，扳过母亲的脚惊道："您看您的脚糙的，都长老茧了。"

邱美娥不以为然道："这有什么大惊小怪的。"

顾顺良去卫生间的时候，邱栀子悄悄问母亲："妈，你最近又出去找我爸爸了？"

邱美娥的神情一下变得很悲苦，泪水汪汪道："你不是要结婚了么？他该参加一下独生女儿的婚礼。"

邱栀子劝："妈，要不，就别找了？如果爸爸想回来，是不用出去找的。如果爸爸想在这个家里呆，当初，就不会离家出走了。"

"可我呆在家里的话，心情会更糟，会活活被那种坏情绪给沤死，出去找着，每时每刻就有希望。我就是想不通，那么多的苦日子，咱们一家三口苦苦地熬过来了，他怎么能全忘了？工作、家庭，说抛下就全抛下啦？那个小狐狸精就有那么大的魅力？我无论如何也想不通啊！"邱美娥说起这茬来，泪水又盈满了眼睛。

"妈！"邱栀子的泪水也出来了，将瘦削的母亲揽在怀里拍拍她安慰："既然这么放不下爸爸，何苦当时拿着爸爸留下的离婚协议去办手续，然后登报公示离婚？如果不办离婚手续的话，也许爸爸对这个家还有念想，还会回来——"

"我当时也是一时好强，可即使办了离婚，他就真能把咱娘儿俩忘得一干二净了？"邱美娥偎在邱栀子的肩上，似乎感觉到了力量，"真好，你结婚了，我心里这块石头总算落了地，以后我就能抽出更多的时间去找你爸爸了！"

顾顺良从卫生间出来后，邱美娥谆谆教导："顾顺良，以后，你一定不能做负心的男人，不是我嫌贫爱富，主要是我们家的情况太困难了。我的年纪一年比一年大了，还需要邱栀子养活，她若再吃了上顿没下顿，这日子实在没法过。"

顾顺良道："以后我和邱栀子一定好好干事业，争取多挣钱，孝敬两边的老人。"

邱美娥笑道："这话我爱听。"

说罢，邱美娥便忙不叠地给顾顺良做这样那样的好吃的。

11

邱栀子和顾顺良这就赶紧准备结婚的事，先是领了结婚证。

邱栀子拿着那个鲜艳的结婚证和一张请假条硬气地往顶头上司徐老太那里一放，脆生生地道："主任，我要请婚假！"

徐老太面露惊喜道："吆，这么快啊邱栀子，恭喜你！"说着飞快地在请假条上龙飞凤舞地签了字。

邱栀子拿起婚假条趾高气扬地离开了徐老太，心里冷笑道，"哼，这下，你那颗整天七上八下、忐忑不安的心总算踏实了吧?！"

随后，邱栀子便忙着拍婚纱照，布置新家，提前买回老家的车票。

买车票时，顾顺良尴尬地对邱栀子道："我那二万块钱，除了那个的，剩下的寄回老家去准备婚宴了，我身上，只剩下八块钱了，车票，你买?"

邱栀子平时的工资都交给母亲保管的，便去跟母亲要。

"什么? 他穷到这份上了么? 拍婚纱照的钱不也是你出的么?"邱美娥吃惊地问。

"顾顺良穷得兜里只有八块钱了。"邱栀子心生悲凉道。

邱美娥苦涩道： "敢情，是我们倒贴着把你嫁出去的。这婚结的，真窝囊。"

邱栀子随后便跟慕容雪打电话："我跟顾顺良，婚期订了，腊月二十六，你有时间么? 出来陪我去买结婚的红衣?"

"是嘛，恭喜啦! 当然有时间! 还有比这更重要的么?"慕容雪笑道。

过了会儿，慕容雪和邱栀子已经在街上逛了。

进了一家商场后，邱栀子看上了一件红羽绒服，因为手头上的拮据，邱栀子老在那儿砍价，那个三十多岁、非常瘦的女卖主不耐烦地说："结婚穿的衣服是不能讲价的。"

但因为邱栀子很喜欢那件衣服，还是买下了。

邱栀子拿着衣服悻悻地离开那家摊位，对慕容雪尴尬地说：

"还没结婚我便意识到'贫贱夫妻百事哀'了。结婚原本是件喜事，我却让钱愁得眉头都展不开。我知道他家穷，但我没想到，会穷到那种程度。这几天我一直在想，我的这个婚，结的对么? 我和顾顺良，将要组成一个家庭，两人会长久吗? 我怀疑，担心。推翻一切，还来得及，可我缺乏勇气，因为我不知道这是对还是错，我就像一片随波逐流的叶子，来到生活的一个转折点上了。"

"你现在还这个心态，就决定嫁给他，这不是很危险吗？"慕容雪道。

"纵然他穷成那样，可如果我发现他真心爱我的话，我也会跳进这个罗网的，可他真心爱我吗？还是只想结婚，完成一个简单的组合？我觉得我们俩的结合，只是遇到婚点上了，说结婚就结婚了。"邱栀子道。

慕容雪安慰道："我还不是一样，我想找个有钱人，在遇到一个有钱人后便匆匆忙忙地决定跟他，哪怕他比我大 30 岁。说穿了，也就是一笔简单的'财貌'交易，他出钱，我有青春美貌。你爱顾顺良是因他的貌、才、人品，至于他的钱少些，你就暂且讲究些，张爱玲说的对，这世上没有无疮孔的情感。"

第三章　邱栀子结婚了，慕容雪搬进了郑军武的别墅

1

腊月二十五凌晨，邱栀子跟着顾顺良拎着大包小包挤上了火车。

过年回家的人特多，火车上没有座，过道里人挨人，人挤人的，邱栀子被挤得脚都没地方站，整个火车箱被挤成了人肉罐头。

火车终于开到了地级市，邱栀子跟着顾顺良挤下火车然后又转乘了一辆破旧的大巴。大巴上同样拥挤不堪，路况又差，全车人被挤得东倒西歪、前仰后翻地，颠得邱栀子一阵阵头晕。

两人坐大巴到了镇上，然后又改乘了一辆拖拉机，忍受着一路颠簸，寒风刺骨，夜晚的时候，终于到了村里。

婆婆家三间平房，房子很低，地面是土的。还好有电灯，他父母热切地等着。

"快上炕！上炕！"婆婆进门后便热情如火地让邱栀子。

邱栀子洗了手脸后便脱鞋上炕，是那种土炕，坐在上面烫得慌。"你婆婆怕你们热又怕栀子嫌硌得慌，专门给铺了三层褥子。"公公在旁解释。

很快，两碗热腾腾的面条端上了炕桌。顾顺良狼吞虎咽地吃着道："可把我饿坏了。"

邱栀子浑身打着寒战却看着那碗热面迟迟地不动筷。

"快吃吧，里面窝了3个鸡蛋呢！"婆婆让道。

邱栀子懊恼地拍着自己的头道："我忘了带自己的碗筷了，"又转身小声问顾顺良，"村里有小卖部么？里面是否有卖碗筷的？"

顾顺良这就转身下炕要去买的样子。

婆婆的脸上悻悻道："咱村的小卖部没卖的。知道你们城里人爱干净，碗筷我都用热水烫过了。"

众目睽睽之下，也是实在饿了，邱栀子只得硬着头皮吃了那碗面。

吃完饭后，婆婆公公都出去收拾了，顾顺良悄声埋怨邱栀子："刚来家就惹这一出。"

2

第二天便办婚礼了，在院子里搭起了大棚子，乡邻亲戚们陆续来了。还专

门雇了几个唱戏的，倒也热闹。院子里摆了二十桌的酒席。亲戚们也特别多，随五十元钱的礼，一家老小五口人全来吃。

七大姑八大姨的一边吃一边对新娘邱栀子指指画画。

男人们一边吃还一边拼酒，划拳，喝醉了就在婚宴上耍酒疯。邱栀子站在那儿都傻了，这哪儿像婚礼啊，简直就是一场闹剧。满院子的狼藉。

邱栀子看着那个场面，忽然心生悲哀，"这就是自己嫁的人的背景，同时也就成了自己的背景。这就是自己的层次，因为自己的婚礼，她和这些人纠结在了一起。"

酒席散了，几个乡邻在帮着收拾桌凳、碗碟。邱栀子和顾顺良也在那里帮忙。

几个乡村妇女在那里叽叽喳喳。

"顺良娘，你这北京媳妇，要了多少彩礼？很贵吧？"

婆婆跟人说："我们那媳妇，是自己愿意的。"

这话传到了邱栀子的耳里，越咂摸越不舒服，她走到顾顺良跟前，气道：

"我小时候经常回姥姥家。我知道的，农村都是讲究三媒六聘的，要大小见面礼钱、婚前聘礼等，还要盖五间新婚房，娶一房媳妇往往折腾得男家倾家荡产、负债累累，从男孩满地跑时，男方父母就憋足了劲地吃苦耐劳，要闯过儿子娶妻的这一关，而我和你顾顺良是自由恋爱的，婚前没花你们家多少钱，意思就是，我邱栀子是贱的、上赶着你们家的？！"

"你是大学本科生，是一个医生，不能跟她们一般见识，啊？"顾顺良劝。

但邱栀子有一种说不出的空虚，被闪了一下的感觉。

"顺良媳妇在北京是做什么的？"又有妇女问。

"媳妇是大医生，顺良是大编辑，他们小两口在北京可厉害了，有事找他们去！"顺良娘拍着胸脯显摆。

"啧啧，顺良娘，你真有福气，儿子媳妇这么有本事，真了不起！"那几个乡村妇女赞叹不已。

顺良娘听罢美得脸上泛着光。

3

晚饭的炕桌上，端来的是一大盆婚宴上的剩菜。

顺良娘伸着筷子在剩菜盆里扒拉来扒拉去的，淘金似的，眼睛紧盯着盆里，终于捡起了一块肥肉。

"这里面还有块肉哪！给你吃栀子！"顺良娘面有喜色地说着将那块肉夹进了邱栀子的饭碗里。

邱栀子的脑子里兀地闪现出那么多人在院子里嘈杂吃喝的样子，想象着碗中的这块肉，经过了那些人中也不知谁的嘴唇和唾液，而今进了自己的饭碗。

想到这些，"我不要！"邱栀子像被烫着般喊着，赶紧将那块肉夹出去，放到垃圾袋里，她忽然一阵反胃，下炕跑到外面吐起来。

顺良娘的脸瞬时变了色，将筷子摔在污迹斑斑的饭桌上，不快道："我的筷子有这么脏么？"

顾顺良见状眼睛一转，赶紧打圆场："娘，栀子不是那个意思，她，她不吃肥肉，嫌油腻。"

顺良娘一听这话脸色却突然放晴了，目光烁烁地看着顾顺良问："她有这反应多久了？"

"多久了？"顾顺良不明就理，为难地挠着头皮，不知做何回答。

顺良娘进一步诱导顾顺良："她有多久没见红了？"

顾顺良明白过来，脸一红，赶紧分辩："娘你说什么哪？你儿子我还是个童男子哪。"

顺良娘摁一下儿子的额头，嗔笑道："你就装吧，现在的年轻人！没认识多久就猫挠爪子似的，我们年轻的时候，多守规矩——"

顾顺良一本正经地拍着胸脯继续分辩："是真的，我对毛主席发誓！你儿子我从小受的什么教育？！三好学生，优秀团员，那些荣耀白得的么？"

顾顺良的一本正经却让顺良娘的脸色发生了剧变，她再次啪地一声将筷子摔在污迹斑斑的饭桌上，凑近顾顺良道："你要真是个童男子问题可就真大了！你们两个真没同过房？"

顾顺良摇摇头。

"那她这段时间和其他男人有过来往么？"顺良娘紧张地问。

邱栀子这时满脸铁青地进了屋，她无意中将刚才那些话都听见了，她气得什么似地盯视着婆婆，在幽暗的光线里，婆婆满是皱纹的脸上充满了鬼祟，整个房间里都充满了鬼祟。

"我正式声明一下，我刚才的呕吐是因让我吃剩菜导致的恶心，不是怀孕的反应，更不是跟其他男人怀孕啦！"邱栀子说罢扭头便跑了出去！

"栀子！穿上羽绒服，别冻着！"顾顺良见状赶紧抱上衣服追了出去。

在胡同里一个黑幽幽的角落里，顾顺良找着了不知是气得发抖还是冻得发抖的邱栀子，"快穿上回屋去，别感冒了！是误会了，娘见你吐便很容易怀疑——"

"我就不回去，我想回北京！"邱栀子赌气道。

顾顺良又是劝又是哄的："别生气了，今天是我们的洞房花烛夜啊，春宵一刻值千金啊。"

顺良娘打着手电出来找了，冻得嘴里哈着热气喊着："栀子，快回屋吧，别冻坏了！"

邱栀子只得被顾顺良拥着往回走。

4

顾顺良和邱栀子总算回到仅属于他们俩的空间里了，那是一间小偏房。

邱栀子一下躺到了炕上，舒心地欢呼："总算只我们两个独处啦！"又往四周看着，"这是你小时候住过的房间么？这么小啊？"

顾顺良在邱栀子耳边吹气，逗邱栀子。

"小房间最好更小一点，我可以把你抱得更紧！"说着把邱栀子紧抱在怀里。

一旦进到那个宽阔的怀里，娇柔的邱栀子就要化了，黑亮的长发撒满了男人的胸前。

顾顺良扑过来将邱栀子压在身下，急不可耐地道："不是说，特想体验第一次在我们家里时的感觉吗？我现在就让你体验——"顾顺良说着手便往邱栀子的睡衣里伸。

"啊！"邱栀子尖叫着躲闪。

顾顺良继续动作："让你叫！你喊下天来恐怕我家人也不会跑来救你！"

邱栀子再次尖叫："坏家伙！慢着点！"

顾顺良继续动作："在这种事上能什么都依着你?!"

邱栀子笑着在房间里乱跑着，躲闪着顾顺良的追赶。

"看你往哪儿跑！已经落入虎口，还能躲得过老虎的撕咬、啃吃么？"顾顺良说着扎撒起双手做出老虎扑向小羊的样子。

"啊！"邱栀子又尖叫着笑着躲闪到了墙角上。

这时忽然门外传来顺良娘的喊声："顺良，早点睡吧，累了一天了。"

"知道了娘。"顾顺良答应着。

房内的两个人互相扮了个鬼脸，捂嘴轻嘘，再不敢大声。

顾顺良将邱栀子反身压在墙上，喘息急促地小声道："其实，也可以不需要床，只一堵墙就够了——

说着，便将邱栀子的睡衣从身后撩开，自己去拉裤链。

"我真的累了。"邱栀子喘息着已难以自制，但试图回到炕上去。

顾顺良已等不及，邱栀子离开墙之后又被顾顺良一把揽住，将她往空中按着："也可以不需要墙，只一点空间就够了——"

这时，忽然响起了刺耳的手机铃声，邱栀子懊恼地去接手机——

顾顺良烦躁道："谁呀，单这个时候——"

"嗨，亲爱的！"邱栀子笑着接电话。

"怎么样？搅了你们的鸳鸯梦了吧？"慕容雪在电话里笑说。

"没事。"邱栀子笑道。

"祝新婚快乐！"慕容雪在电话里笑说。

"谢谢！对了亲爱的，回京补办婚宴时，你给我当伴娘啊。"邱栀子笑道，收了电话。

"谁啊这个时候来电话，不明着当电灯泡么？"顾顺良道。

邱栀子看着顾顺良，玩笑道："是个才女，又美貌。我没用慕容雪这块试金石试试你，就跟你结婚了，这婚姻经得起考验么？"

"唯恐天下不乱么？放心吧，预备共产党员的意志也是钢铁炼成的！"顾顺良拍着胸脯道。

"不过你的电话倒提醒我了，"顾顺良说着也拨通了自己的手机，"石利，你给我当伴郎怎么样？"

石利在电话里义气地拍着自己的胸脯："没说的顾哥！您的事就是我的事！保准给您办的利利索索的！"

小两口的房内很快按灭了灯……

5

第二天凌晨，两个人还在沉睡着。"喔！喔！喔"大公鸡的鸣声把两人吵醒了。

顾顺良把邱栀子揽在怀里道："过了昨夜你就真正算我的人了，再也逃不出我的手掌心喽。"

两人深情凝望，顾顺良正要俯下脸轻吻邱栀子。

突然门口传来敲门声，婆婆在外唤着："顺良，快点跟栀子换好衣服，出来洗脸啦！"

气氛顿时被打断，顾顺良高声应了一句，两人仍相拥着，听着外面顺良娘离去的脚步声，都笑了，继续吻下去！

但很快，房间外的门口，顺良娘又来敲门啦，叫道："好了没呀？"

顾顺良答应着："来了！"

房内，顾顺良跟邱栀子玩笑："现在明白'偷人'一词是怎么来的了吧？"

两人相互扮了个鬼脸赶紧走出房去。

　　婆婆正在削土豆，邱栀子便自告奋勇地抢着做饭，刚把土豆皮削了，婆婆眼睛老是往邱栀子削下的土豆皮那里瞅，紧张地瞅着邱栀子的动作，邱栀子一脸茫然。

　　婆婆不自然道："这样太浪费，削下的土豆皮，啊，够炒一盘菜了。"

　　邱栀子一脸尴尬，又赶紧去洗菜，是用凉水洗，一双纤手冻成了红萝卜。

　　几天下来，邱栀子的手上脚上，竟然生了冻疮。

　　邱栀子最憷头的是上厕所。

　　顾顺良家的厕所在院角上，一进去刺鼻的气味便扑面袭来，满地的污垢难以落脚。

　　这天，邱栀子无意中听见婆婆在跟顾顺良小声嘀咕："一定要存些私房钱，不能全交给媳妇，不然以后咱家用钱的时候，她成把门的了……"邱栀子顿时气得什么似的。

　　只听婆婆又说："结了婚，就尽快生孩子啊，就能拴住她了，她也会懂得怎样照顾人。"

　　这就是邱栀子来婆家的日子。她也说不清到底哪里不好，但就如光脚走在一个园子里，被很多的小沙粒硌着。不管怎样，新婚的生活还是开始了。

<h2 style="text-align:center">6</h2>

　　除夕夜到来了，满村的鞭炮齐鸣。

　　顾顺良家的院门口挂上了红灯笼，一家人围在炕上吃饺子，看春晚。

　　那浓烈的节日气氛一下就把邱栀子给击中了，她忽然想自己的妈了，悄声对顾顺良说："我妈一个人也不知怎么过的这个年？这些年都是我们娘儿俩相依为命，我从没有离开过她。"

　　"那就赶紧给你妈打个电话吧。"顾顺良说，并跟父母打招呼，"爸，娘，我们困了，先回屋睡了。"说着善解人意地拉着邱栀子回他们的房间去了。

　　回屋后，邱栀子便拿手机跟母亲拨通了电话："妈，过年好啊！"

　　"过年好闺女！"邱美娥惊喜地在电话里应道，"吃过饺子了么？"

　　"吃过了。你包的什么馅的？"邱栀子问。

　　"唉，懒得包，买了包速冻的。"邱美娥懒懒地说。

　　"妈你多保重身体啊，我初六就回京了。"

　　"好啊。农村冷，注意保暖啊闺女。"邱美娥说。

　　顾顺良示意邱栀子把电话给自己。

　　"知道了妈，顺良要跟您说话。"邱栀子说着把手机递给顾顺良。

　　"妈，过年好！给您老拜年了！"顾顺良在电话里恭敬地对丈母娘道。

"过年好。你父母都挺好的?"邱美娥道。

"都挺好的,他们也问您好。"顾顺良说。

"好,也问他们好。"邱美娥应道,挂了电话。

"我妈平时做饭可用心了,可这大过年的,竟煮速冻水饺凑合,肯定是一个人懒得做——我这会儿巴不得立码就回到她身边去!"邱栀子说着眼圈潮了。

"还有几天就回京了,坚持一下宝贝,啊,就当是为了我——"顾顺良哄她。

在鞭炮声中,邱栀子偎在顾顺良的怀里,好不容易睡着了。

7

而郑军武别墅里的除夕之夜,是他和慕容雪初次同居的日子。

别墅内,贴了很多红窗花,也添了很多精致的摆设。

慕容雪坐在松软的被子里看一眼卧房的豪华,这是自己以后的家?她是这里的女主人?她有一种如梦如幻、难以置信的感觉。

郑军武沐浴完后穿着睡衣走了进来,慕容雪身着真丝睡衣的身体让人砰然心动,他上床揽过女人,嗅着她发间的馨香,手伸进她的睡衣里去,这里那里地摩挲着。耀眼的灯光下,慕容雪刚才分明看见,郑军武的那双骨节嶙峋的手上,已长满了老年斑。

慕容雪顿时有一种毛骨悚然的感觉,像被蜂蜇了一下般将自己的身体往后退缩着,并用力拽出了男人的手。

敏感的郑军武尴尬道:"我知道,我配不上你的青春,可这是我们俩的初夜——"

慕容雪故意绕开话题道:"选在除夕夜真好,举国欢庆为咱庆祝!你听外面的鞭炮,还有礼花!给咱办的庆祝晚会也要开始了!快看!"慕容雪忙不迭地跳下床打开电视。春节晚会开始了。

郑军武意兴阑珊地看着春晚。

"啊!",半夜里,慕容雪一声尖叫,受了惊吓似的爬起来抱着肩蜷缩到床角,惊魂未定。

郑军武摸过一支烟,闷闷地抽着,受了极深的伤害似的沉默着。

清醒过来的慕容雪忽然明白,刚才是他趁她熟睡时在抚摸她。

"我是这样让你恐怖的吗?啊?"他眼睛里的神情脆弱不堪。

"对不起,我不是故意的,我只是还不太习惯与一个还不太熟悉的男人间的亲昵。"

郑军武静静地苦笑着："肌肤之亲是男女情感的最高境界，女人的身体能否接受一个男人是检验她对这个人情感的标准，你是连自己都弄不懂呢？还是圆场糊弄我？一个写小说的人应该对人性的枝枝丫丫、细细微微都了解的不是？"

慕容雪蹭到他身边来，一只手伸进他的腿跟处，委屈的眼泪都要出来了，这世上没有只得到而不付出的不是？她是那种受人滴水之恩当涌泉相报的人，何况，他为自己构筑了一份养尊处优的日子。如果他觉得她没用、乏味，不要她了怎么办？无论如何，她再也不愿回到原来的生活里去。

他把身体躲闪开，扶她躺好，把羽绒被给她盖好、披严，轻轻地拍着她："好好睡吧，啊？是我不好。"

慕容雪却再也睡不着，她被击中了。真的吗，他们之间不是爱？可很多时候她是踏实、温暖的。好感、亲切、感激之情与肌肤之亲的愿望隔着多远？如果不算爱、那么自己又算什么？自己和那些为了生存的吧女又有什么不同？自己为了诗意的生存？这一份诗意是有这么不诗意的东西支撑着吗？她孩子气地想，什么时候，自己能写出一本畅销小说就好了，挣很多的钱，靠稿酬能过自己向往的生活。

他后背对着她。她知道他不会睡着，他生气了？

"人总是应向生活本身妥协的，如果你有足够的能力过自己向往的生活，或许便不会和我在一起，但既然我们已经在一起，我们得慢慢接受人生的缺憾。"郑军武道。

"我都明白，或许，我们需要时间。"慕容雪对着他的后背说。

8

邱栀子还在睡梦中哪，婆婆便在门外喊了："起来啦！起来煮饺子！"

新婚夫妇被吵醒了，邱栀子从被窝里伸出手来，摸出手机看了看："才凌晨两点。这么早起来干什么？"

"村里有这习惯，大年初一早晨谁家吃饺子吃的最早，谁家这一年的福气最多。"顾顺良说。

"是嘛？那就起来吧，"邱栀子克服着困倦爬起来，忽然叫起来，"怎么这么亮啊外面？"

顾顺良爬到窗台上也朝外看，只见窗外白花花一片，柴禾垛上也是一片白。

"下雪啦！"顾顺良惊喜地叫道。

这时，外屋里忽然响起一阵喊声："二大爷，二大娘，拜年啦！"

只见十多个男人从院外进来，呼啦一下跪倒在地，再次喊着："二大娘，过年好，拜年啦！"

顺良爹娘赶紧迎出去："过年好！大伙儿进屋坐会儿吧！"

"不了！走啦！"一伙人喊一声转身走了。

"瑞雪兆丰年啊！"婆婆说了句，转身回屋用舀子往大锅里淘着水，邱栀子赶紧穿好衣服出来，从雪底下抽出柴禾来，抱到灶台下。柴禾很潮，屋子里烟雾缭绕，邱栀子被呛得直咳嗽。

一拨又一拨的人来拜年。

饺子煮好了，邱栀子拿笤帚扫着地上的瓜子皮和灰尘。

"千万别扫，这样一年的财运都被扫光了！"顺良娘紧张道。

邱栀子尴尬地赶紧住了手。

婆婆又忙着给祖先上供，燃香。婆婆、公公、顾顺良先后给祖先跪下磕头。在顾顺良的示意下，邱栀子也跪下磕头。

磕完后，一盘又一盘热腾腾的饺子被端上了桌子，邱栀子刚要坐到桌前吃，顾顺良过来拉邱栀子来到外屋，喊着："爸，娘，给您二老拜年啦！"然后扑通一下跪地上了。

在新婚丈夫的示意下，邱栀子生硬地扑通一下也跪地上了，学顾顺良喊着："爸，娘，给您二老拜年啦！"

一家人还吃着饺子，几个本家的兄弟、媳妇便过来了，顺良娘安排顾顺良："领着新媳妇跟大伙儿一块出去拜年去吧！"

一出门，一股刺骨的寒风便扑面而来，邱栀子被冻得浑身一哆嗦，她强忍着迎风向前走去。天已蒙蒙亮，邱栀子踩着一路泥泞，走进一家又一家农家小院。

"这是老姑奶奶。"顾顺良在旁介绍。一个老太太盘腿端坐在炕桌旁。

"老姑奶奶过年好！"邱栀子跪下去。

"这是顺良媳妇啊。"老人热情地拉住邱栀子的手打量不止，长长的指甲盖抠着邱栀子的手。

在另一家农家小院里，顾顺良在旁介绍："这是老舅爷爷。"

一个老头端着烟袋锅危襟正坐在八仙桌旁，手中抽着的纸烟的烟火一闪一闪的。

"老舅爷爷过年好！"邱栀子进了屋门后又扑通一声跪在地上，因为来拜年的都是踏雪而来，室内地上踩满了粘着湿泥和雪迹的脚印子，邱栀子的膝盖上便沾满了湿泥。

乡村的雪地上，散落着鞭炮的碎屑。

穿着高跟鞋的邱栀子吃力地走在乡村的胡同里，感觉自己的膝盖上已经湿透了，"还得给多少人家磕头拜年？"她犯愁地问新婚丈夫顾顺良。

"必须得把全村人都拜遍，如果漏了哪家，人家会挑礼的，好像两家有什么过结似的。"顾顺良说。

转了一早晨，邱栀子疲惫不堪地回到婆婆家自己的房间，一下便栽歪到炕上，喊道："累死我了！"

这时，忽然从外面闯进来一个五十多岁的男人，扑腾一声跪在邱栀子的跟前道："听说你是北京的医生，你救救我全家的命！"

"怎么啦？快起来！"邱栀子赶紧起身问。

婆婆和顾顺良随后跟进来。婆婆给邱栀子介绍："这是我娘家的表兄弟，你们应该喊表舅。"

"哦，表舅你好！有什么事么？"邱栀子礼貌道。

"我儿子到了该结婚的时候，想批块宅基地盖房，可是我们村那个坏村长，死活不批给我们家！想托外甥媳妇在北京找个官管管他！"

邱栀子为难道："这事都是层层管理的，我真不认识这方面的人。"

"不是有句话说么？不到北京，不知道官多，外甥媳妇和顺良在北京，在大街上还不随便划拉个官就能管住他？"来人说。邱栀子苦笑不得。

婆婆在旁插言："栀子啊，你是医生，找你看病的人多，认识的人不就多嘛。"

"我那里只是一个小医院，很不景气，不像北京那些大医院的名医生，社会关系多。这事我真办不了。"邱栀子为难道。

"表姐，表姐夫，跟你们拜年了。"表舅说罢脸色很难看地走了。

表舅刚走一会儿，又进来一个五十多岁的妇女，气哼哼地道：

"顺良娘你说，他陈家庄的这不是欺负人么？他家闺女另攀高枝去了，却不肯退我们家彩礼！我们家攒那点钱容易么？他家不退我们彩礼，我家拿什么再给二小子娶媳妇？"

"就是啊！"顺良娘应和。

来人讨好地看着邱栀子和顾顺良对顺良娘说："能否让你儿子、儿媳出面找他们评理去？让陈家庄的看看，我们家有在北京的亲戚给撑腰！"

顾顺良为难道："三表姨，我们俩，能有那面子么？"

来人脸色难看地转脸走了。

亲戚们络绎不绝地来拜年，提这样那样的要求。

"赶快逃吧。求人难，被人求办不了的事，更难。"邱栀子烦躁道。

"唉，回这趟家，还招惹上这么多事。"顾顺良也犯愁道。

9

一栋郊区的高档别墅内，清晨的阳光透过窗帘射了进来。

慕容雪醒来了，她慵懒地伸了个懒腰，目光柔和地看一眼身边的郑军武，他还酣睡着。

这时，郑军武醒了，慕容雪柔情似水地问："早饭想吃什么？我起来做。"说着便欲起床。

"让我先吃一口清晨的你。"郑军武眼含热望地说，然后拥慕容雪入怀，吻她。

这时，慕容雪的手机不合时宜地响了，是邱栀子的来电。慕容雪拿过电话接："嗨，新娘子，过年好啊！新婚快乐！"

邱栀子在电话里说："过年好！干嘛哪宝贝？"

"刚睡醒。"慕容雪说。

"啊？这会儿都九点了，对不起，吵着你了，春宵一刻值千金哪。"邱栀子道。

"你在婆家的日子过得怎么样？新婚生活还快乐吧？"慕容雪问。

"唉，别提了，一地鸡毛！回京后跟你细说。你都想象不到，他家有多穷，结婚第一天晚上就让我吃婚宴上的剩菜——"邱栀子在电话里唠叨，"对了，怎么过年啊你们俩？"

"我们下午就飞欧洲，跑六个国家。"慕容雪说。

"啧啧！真是羡慕、嫉妒、恨！你过年是周游欧洲列国，我是在一个小村庄里到处磕头，差距怎么就那么大呢？"邱栀子学着范伟的语气半开玩笑半认真道。

"贫嘴！"慕容雪笑道。

"你这算是蜜月旅行么？什么时候请我喝喜酒？我定要狠宰你一顿！你傍上了个大款，我从此后，就傍你了。"邱栀子玩笑。

慕容雪的情绪一下子低落下来，有些尴尬道："不是，我们还没有扯证，"她忽然想起个事来，赶紧转移话题，"对了，顾顺良是个编辑？他们社里出版小说么？我刚写完了一部长篇，能不能让他看看？"

邱栀子道："好像是出，我把他邮箱发你，你把稿子给他吧。"

"好的。"邱栀子关了手机，郑军武已经走到她跟前，问："谁的电话？"

"邱栀子，我闺蜜。"慕容雪回答。

慕容雪从身后抱住了她，吻着她道："年后便把工作辞了吧，专心当我的女人。从今以后，你的任务就是安静地呆在房间里看书、写作，或者出去购物、健身，然后等我回家来一起吃饭。"

慕容雪看一眼四周："我从没有想过能过上现今这样的日子，谢谢你！只是，这样不明不白地住着，我有一种不踏实的感觉，我们是在旅行前还是旅行后，把正式的结婚手续办了？"

郑军武有些慌张道："那个，不急，你觉得那一纸证书真的有那么重要么？"

慕容雪的脸色一下变了，紧张地看着郑军武再次问："我不会是个小三吧？"

"那绝不是。我给你说过我是离异的。"郑军武坦荡道。

"那你把离婚证书给我看一下？"慕容雪看着郑军武的眼睛道。

郑军武躲开慕容雪的注视，目光游离着，下意识地瞥了一眼卧室墙角处的保险柜，有些不悦道：

"你说过我是离异的，就肯定是。我们之间连这点起码的信任都没有么？"

慕容雪不敢再碰这个话题，她瞅一眼那个保险柜，那里面藏着什么秘密？

10

大年初六，邱栀子总算回到了北京的家里。

"总算回到家里了！可把我冻死了！"邱栀子进了家门就叫道。

神色憔悴的邱美娥正瑟缩在沙发里看电视，见了邱栀子吃惊地站起来道："怎么了孩子？怎么裤子上都是泥？手上还生了冻疮！"

"他老家没暖气，冷得简直像冰窟窿一样！"邱栀子打着寒战道。

这时，邱栀子见家里的垃圾桶里扔的都是方便面袋，指画着道："妈，过年这些天你就吃方便面啊？"

邱美娥嘴角绽开一丝苦笑："平时做这做那的，是因为你在，是你给妈的动力，一个人在家，懒得动，什么都觉得没意思。"邱美娥颓废地说。

"妈！"邱栀子心疼地将母亲拥在怀里。

"快脱了羽绒服，妈给你下碗热汤面！"邱美娥道。

邱栀子脱掉外套，钻进卧室内的被窝里，瑟缩在被窝里还抖个不止，喊着："妈，再给我加一床被子！"

邱美娥又抱来一床被子盖在邱栀子身上，心疼道："可受罪了，孩子。"

很快，邱美娥便端来了一碗热腾腾的荷包面，邱栀子坐起来喝了后恢复了体温，欲起身道："妈，我给您磕头拜年吧，您把我养这么大，我还没给您磕头拜过年哪。"

邱美娥嗔笑着制止道："磕什么头！回一趟婆婆家，懂事了。"

邱栀子苦笑道："我这一辈子没磕过头的人，给他妈妈爸爸磕头，给他们的长辈亲戚磕头，挨门挨户地给他们村我不认识的老头老太们磕头，向家中供奉的祖宗牌位磕头。为了老公，我都忍了，做了。"

邱美娥道："哎，嫁鸡随鸡，嫁狗随狗，你慢慢就会体味到当初我为什么反对这门婚事了。婚礼办的怎么样？"

邱栀子道："还能怎么样？就那么简简单单的一件红羽绒服就把自己打发了，婚礼就在他们家院子里，大冬天的在院子里摆了几十桌，就是农村自己烧地锅做的菜。回老家过一次年还揽上一大堆差事。不过这都是小事，最害怕的是，吃饭的碗筷共用的，一盆洗脸水全家都用，也不知我得没得上传染病。"

邱美娥安慰道："没事的闺女，咱在北京的婚宴，好好补办一场，办排场些。"

11

医院办公室内，徐老太又在百无聊赖地看着一份杂志。

座机电话响了，徐老太拿起电话接："喂？"

"请问，邱栀子在么？"里面传来一个充满磁性的男音，声音激动得有些微微的颤抖。

徐老太的脸色顿时有些不快，道："她今天在喜乐酒店办结婚宴席哪。"

"哦，是么？"电话里的男人意外道，跟上次一样，即便是在电话里，也能感觉到对方失落的情绪潮水一样褪了下去。

徐老太放下电话后对着话机不屑地撇了撇嘴道："哼，又到处招三惹四的！"

邱栀子这天结婚。

六辆迎亲的小轿车在楼前缓缓地停了下来，楼洞口的鞭炮噼噼啪啪地响起来了。穿戴一新、喜气洋洋的新郎官顾顺良带着一帮人下了车，簇拥着进了邱栀子家。

伴郎石利是个嘴很甜的小伙子，为了给这个欢乐的场合增加点气氛，亲热地喊邱美娥："这是咱妈吧？!"但他环顾左右，接着问"咱爸哪？"

聪明的小伙子说了一句最不聪明的话。

邱美娥的脸色瞬时便变了，这是怎样的一击？不偏不斜正击中了邱美娥在这个时间、这个场合中最敏感、最脆弱的部分，屋子里兀的静了一刻。

新郎官顾顺良赶紧给石利使眼色。

石利眼睛机灵灵一转，马上想出话来了："这下我明白我的新娘嫂子为什么这么漂亮了，源头在咱妈这儿啊！妈，我是跟着顾哥实习的徒弟，也是顾哥的小跟班，以后家里有什么事，你支我一声便行！顾哥的丈母娘就是我的妈！妈你当初怎么不给我小嫂子生个妹妹呢？那您也是我的丈母娘了！”

邱美娥扑哧一声被逗笑了："这孩子！嘴真像抹了蜜，快吃糖！"

"我嫂子打扮好了么？该上轿了！"石利环顾左右。

"得给红包才让进新娘的闺房啊！"慕容雪嚷着从里屋闪出来。

那一瞬，顾顺良、石利都瞬时怔了怔。

今天的慕容雪一袭粉红毛套裙，长发飘逸，淡妆略施，但也已经算得上是惊艳了。

"顾顺良，要是后悔现在还来得及，啊？"忽然背后响起一声，是邱栀子玩笑道，不知哪会儿一身白色婚纱的她从里屋出来了。

顾顺良激灵了一下，赶紧回过神来，脸上闪过一丝红晕。

邱栀子并没有发现掠过顾顺良脸上的红晕，但发现了石利的异样，她亲昵地拍一下石利的肩："这位大才女可是史君有夫了，别垂涎三尺了。"

"那怎么不早介绍我们认识哪嫂子？这么漂亮的姐妹，自己雪藏着，真不够义气！"石利笑道。

"现在介绍也不晚啊，对了，介绍你们认识一下，这位是石利，出版社的实习编辑，顾顺良的助手，也是他的小兄弟。这位是慕容雪，我闺蜜，是个才女，会写小说。"邱栀子道。

石利的眼睛一下亮了，主动向慕容雪伸出手道："你是作者？好啊！回头你写了稿子给我！"说着，石利马上掏出一张名片给慕容雪。

"我已经把稿子给顾老师发过去了。"慕容雪指着顾顺良道。

石利脸色一变。

"我已经快看完了，写得不错，但太短了，得再扩写 16 万字才有出版的可能，等我忙过这阵把意见给你，啊，"顾顺良对慕容雪说道，转脸深情地望着一身白色婚纱的邱栀子赞叹："栀子，你真美！"

慕容雪上前做挡住邱栀子状。

顾顺良笑着将预先准备好的红包递给慕容雪。

慕容雪闪身推着邱栀子笑嚷道："上轿去！晚上到被窝里浓情蜜意去吧！"

一帮人嘻嘻哈哈哈地簇拥着新娘邱栀子出去了。

12

迎亲的队伍走了。

屋里只剩下了邱美娥一个人。那一团花团簇拥的热闹，像一阵风，兀的没了，茶几上客人们扔弃的糖纸、果皮，女儿的空空的房间……似秋后的庄稼收割后的田野，空荡得让人惆怅，这以后的日子里她就要一个人呆在这空荡里了？楼下的住儿子家的农村老太太养的一只老母鸡咕咕咕地率领着几只黄绒绒的小鸡在院子里觅食，一阵大风刮来，树叶哗哗地响着，那老母鸡以为出了什么事似的一下张开翅膀将那几只小鸡护在下面，老母鸡紧张得毛发直立，紧张什么？翅膀硬了，一只只都会跑散的。

邱美娥穿着一身新衣走来走去地想找一把扫帚清理一下屋子，为了女儿的婚礼她专门做了一身新衣，找了半天也未摸着，忽然发现就在自己的手里。

她拿出一张男人的照片来，惆怅道："苏一雄，你知道么？咱们的女儿邱栀子今天结婚了！孩子的上学、考大学、找工作、结婚这样的大事，一件一件的都是我邱美娥一手撑着走过来了！"

窗外忽然下起雨来了，雨水落在树叶上、对面的屋檐下，啪哒啪哒地响着，穿着雨衣、雨鞋的人像片模糊的影子似的在雨里也啪哒啪哒地走路，邱美娥拿着手上的照片，心生了一股莫明的情绪，她不知这情绪叫"惆怅"。

二十年前的雨、树、阳光，是什么模样的？它们永远地不见了，任人怎样去捕捉，捉不住、掬不住的还有她的年轻，她年轻时的美丽，看过她的二十岁时照片的人都说她那时长得真"妩媚"，她大睁着眼茫然着，不知"妩媚"是什么意思，是贬还是褒，虽然她曾经那么妩媚。而今，在她的身上再也看不到那时的一丝影子了，岁月是多么可怕和无情的一种东西。

二十年前的一个桃花盛开的春日，身为河北农村的年轻姑娘邱美娥怎么也未预料到，和那个叫苏一雄的北京男人的邂逅，会给自己带来一生的坎坷。

七年琐碎的的婚姻生活过去后，他们的女儿邱栀子也已经六岁了。

也不知哪一天起，邱美娥家住的楼下花园里出现了一个拉小提琴的女孩子。长发飘飘的女孩经常穿着一身飘逸的白裙，动情、专注地拉着小提琴，好听的琴音四处飞散，把陈旧的小区渲染得诗意盎然。

邋邋遢遢的邱美娥从菜市场回来的时候，经常会好奇地看一眼那个拉小提琴的女孩子。

结果有一天晚上，邱美娥带着邱栀子从外面回来，将饭菜做好后等着丈夫，孩子一直喊饿，可苏一雄迟迟地没有回家。他单位、他父母家、他常去的朋友家，邱美娥不停脚地奔跑、寻找着，那是怎样揪心的一夜。

第二天早晨，"妈妈，爸爸的刮胡刀和拖鞋怎么不见了？"邱栀子忽然问。

邱美娥咋然一惊，这才发现，苏一雄的衣服、证件，这个家里他的东西都不见了，邱美娥懵了好一阵才回过味来，苏一雄的失踪是，一场有预谋的离家出走?！

邱美娥一下就傻眼了，一头栽倒在床上。

一天一夜后邱美娥才苏醒过来，邱美娥醒过来的时候，总不相信苏一雄会真的从此离家了，他烦了，烦了这个家，出去呆些日子，散散心，就会回来，她这样想。

但当得知苏一雄连工作都舍弃了时，邱美娥心里硌磴一下恐慌起来：他是真的下决心从她娘儿俩的生命里消失了！她又开始疯了般到他的父母、亲戚、朋友家找，然而都说不知道。

经过一阵手忙脚乱的寻找，而一无所获后，邱美娥冷静了些，她明白她必须得面对和独自承担眼前的局面，家里的一点积蓄就要用完了，她必须立即找点活干，养活孩子和她自己。然而找什么活呢？她没有钱，任何需要点本钱的事她都不敢干，她又没多少文化，只念到过小学五年级。后来，邱美娥想到了拣垃圾，捡垃圾的同时又方便找苏一雄。

而从苏一雄失踪的那天开始，楼下花园里那个拉小提琴的女孩子再也没有出现过。

……

此刻的邱美娥揉揉眼睛，这是多久前的事了？这一找，就是二十年啊。怎样才能将逝去的日子扯到跟前来呢，怎样才能抓住那个不见了的人？

苏一雄的面孔，她的手指触到他身上的感觉，在一天天变得模糊，他成了她生命里一个无声的存在，转眼间这么多年就过去了。邱美娥变了那么多，因长期的捡垃圾，背也驼了，脸黑黑的爬满了皱纹。

这时手机响了，她拿过来接，邱栀子在电话里喊："妈，你快下楼来酒店啊，司机在楼下等你哪。"

13

婚宴设在一家一般档次的酒店里。

大堂里坐满了客人，服务生穿流其间。

穿着一新的石利在门口忙碌地引领着一拨又一拨的客人。

这时，一个穿着高档、气质轩昂的中年男人走进了喜乐饭店，在喜宴厅门口交了礼金后，写下了"蒋成一"这个名字，然后犹豫着走进了喜宴大厅。

石利迎过去问："请问，你是男方的朋友或亲戚，还是女方的？我们好根据身份安排座位。"

那个叫蒋成一的陌生男子目光闪烁着，躲开石利的直视，有些慌乱地道："我，我是男方的——"

顾顺良刚好走过去。

石利示意新郎官顾顺良："顾哥，你朋友！"

顾顺良以一副陌生的目光打量着来客，问道："哦，你好！欢迎光临。请问你是？"

蒋成一慌乱地躲开顾顺良的眼神回答："我，我是女方的朋友。"

顾顺良道："哦，请跟我到那张座位上坐。"

蒋成一在座位上坐定后，一杯又一杯地喝着茶，以一种忧伤的眼神看着穿着一身婚纱的邱栀子。

石利走近顾顺良小声说："这个客人很奇怪，我去问了，说他刚才交礼金时也是一会儿说是女方的朋友，一会儿又说是男方的。"

顾顺良无言地看一眼那个陌生男人，莫明地感到一丝隐隐的不安。

就在这时，另一个已在酒店外徘徊了很久的不速之客又走进了婚礼现场，这是个戴墨镜、穿裙子的老年妇女，留着一头浓密的短发，在这个寒冷的正月里，"她"的裙装显得非常的女性化，但裙子下穿着一双男性化的大尺码的皮鞋。

"她"在门口匆匆地放了一个鼓鼓的大红包后便默默地走了进来，在男方宾客席随意找了个座位坐下了，始终低着头，并没有注意到慕容雪也在场。

结婚仪式开始了，结婚进行曲响起来了，石利做司仪开场："谢谢各位嘉宾的光临！欢迎新郎、新娘入场！"

在结婚进行曲中，顾顺良挽着邱栀子出场，夹道的亲友将彩带打在两对新人身上，现场一片欢欣热闹。

石利讲完套话后，新郎新娘讲话了。邱栀子说：

"在今天这个场合，我最感谢我的妈妈，她辛辛苦苦地把我养育大，是我心中最好的妈妈。在婚礼仪式上，有一个环节是由父亲牵着女儿的手把她交给新郎。可是我没有这个环节，结婚，本应是人生中最幸福，最快乐的事情之一，可作为新娘的我，最大的遗憾，就是我的亲生父亲没有来参加。那是我除了母亲外，在这个世上最亲的亲人，可在我人生最重要的时刻，父亲不在现场。父亲在我六岁的时候离家出走了，我不能理解，为什么小时候那么疼我的爸爸，选择了逃避。每逢佳节倍思亲，父亲不知道，他的出走带给我们母女怎样巨大的痛苦。假如我知道父亲在这个世界的哪个地方，哪怕是天涯海角，我也一定要找到他，我不在乎爸爸是否有钱，我只希望我们一家三口能够团聚。"邱栀子动情地哽咽道。

台下邱美娥的泪水也涌出来了。

那个戴墨镜、穿裙子的老年妇女，情绪波动得尤其厉害，一行行泪水从墨镜下淌下来。

　　邱栀子接着说："我和老公一定好好地过，让我们的孩子结婚的时候，没有这个遗憾！"

　　台下掌声雷动。顾顺良的泪水也出来了。

　　……

　　过了会儿，顾顺良和邱栀子到各座前敬酒了，就要走到那个叫蒋成一的陌生男人的座位前了，蒋成一起身离开了，向门外走去，顾顺良留心观察着，邱栀子一脸茫然，好像压根不认识那个男人。

　　在酒席间，石利时不时地主动向慕容雪献殷勤。

　　邱美娥农村老家的亲戚们都赶来参加婚礼了。老家弟弟和弟妹紧挨着坐在酒席上。弟妹家穷则穷，却是夫妻和美的。

　　"邱栀子昨天又上饭馆了，非要把周围的饭店都吃个遍！这个孩子，一点也不知过日子！就知道整天买衣服！家里她的衣服堆成了山！"邱美娥道。

　　"我找的这个女婿，是个编辑，文化人！"邱美娥喜滋滋地看着正忙碌地招待着客人们的新郎官顾顺良又显摆道。

　　只有在农村的亲戚面前，邱美娥心理上的优势像是上足了马力的弦条，"啧啧，上次我回老家，一下火车，看到咱们那儿的破烂样，啧啧，那里的人怎么活呵？"邱美娥道。

　　老家弟妹看着一身红妆的邱栀子道："栀子今天真漂亮，要是姐夫在，该多高兴啊！"

　　那个戴墨镜、穿裙子的老年妇女似乎听到了这话，情绪又受了触动，匆匆地离开了婚礼现场。

　　就在这时，邱美娥无意中一抬头，一下看见了那个陌生妇人，"她"的身形和走路的姿势让邱美娥一阵恍惚，邱美娥使劲摇了摇头，将脑子闪过的什么甩掉了。

　　在酒店外的一个拐角处，那个穿裙子的老年妇女一把扯下了头上的发套，低头褪下了裙子，原来是个男人！他痛苦地扶在一段墙上，压抑地无声抽泣起来，肩膀剧烈地抽动着。

14

　　婚宴结束后，邱美娥兴致勃勃地喊着大家去看婚房。

　　一帮人挤在婚房里，热闹非凡。

　　"吃糖！大家吃糖！"邱美娥喜气洋洋地让着大家。

　　"瞧这婚房，多亮堂！咱们栀子挑了这么多年，总算挑到了一个如意郎君。"邱美娥的老家弟妹说。

"开始时他家说没房子，我就说了，我们家邱栀子无房不嫁！结果，就把房子给逼出来了！哼，我邱美娥的闺女能嫁没婚房的？嗤！"邱美娥洋洋自得道。

就在这时，一个拖着行李的男人站在了新房的房外，啪啪地拍着门。

门紧闭着，久久地没有回音。因为屋里的嘈杂，谁也没听见敲门声。

男人便拿钥匙开刚才敲的那扇门。

屋内的邱美娥隐约听见了敲门声，她刚要去开门，正巧碰见那个男人打开门进来了，手中还拿着钥匙。

"你是谁？你怎么有的这套房子的钥匙？"邱美娥惊问。

"这是我家，我是房东，刚从国外回来。"

"房东？这是我女婿新买的房子，怎么你是房东？"邱美娥惊问。

那男人也惊住了，道："怎么是你女婿的房子？我确实是房东啊，不信给你看房产证！"男人说着，便从行李箱里拿出房产证来给邱美娥看。

邱美娥仔细看了一遍，门牌、地址都对。

这时新郎官顾顺良听见动静走过来看究竟，他看见来人后马上扭头想回屋躲起来，但已经被来人发现了。

"嗨，顾顺良！"来人喊，并扭头向邱美娥解释，"我只不过将房子租给了这个人。"

顾顺良下意识道："刘先生，你怎么回国啦？你明明跟我订了三年的合同。"

"我实在适应不了国外的环境，便买了张机票跑回来了。我赔你违约金便是了。"来人说。

邱美娥明白了一切，直直地看着顾顺良的眼睛，来看婚房的宾客不知什么时候都聚了来，也明白了一切。邱栀子面有愧色地躲避着母亲的逼视。

邱美娥走上前去，"啪"地给了新郎官顾顺良一个耳光，骂道："骗子！你这简直是骗婚哪！"

"妈，等有一天我顾顺良发达了，会在北京买一套又一套的房子！"

邱美娥不屑地撇了撇嘴道："那你怎么不等着发达了再结婚？你结不起婚就别结！"说罢转身离去。

在众目睽睽之下，顾顺良的尊严被严重刺伤了，满脸铁青地站在那儿。

其他宾客见状也纷纷离去，邱栀子看见顶头上司徐老太的脸上流露出一种古怪的笑。

原房东还算善良，打量了眼四周道："我今天去宾馆住，你们先结婚，明晚给我把房子腾出来。"

　　回到家后，邱美娥坐在自家的床上，气得喘着粗气，泪眼汪汪道："他这简直是骗婚哪。这不是明摆着欺负我们孤儿寡母么？"

　　邱美娥的那些娘家亲戚们围坐在邱美娥周边，一个个愤愤不平。

　　"说起来也没什么，骗媳妇骗媳妇嘛，老家里，借别人的衣服，借别人家的家具相亲，也是常有的。"邱美娥的弟弟无奈道。

　　"这会儿说什么也晚了，生米已经煮成熟饭啦。"邱美娥的弟妹无奈道，脸上却有着一种幸灾乐祸的神情。

　　"今天我这张老脸都丢尽了！我上辈子做的什么孽啊？摊上这样的事！"邱美娥啪啪地扇着自己的脸。

15

　　客人们走后，邱栀子茫然地在新房里走来走去，那些喜字怪怪地挂在那里，她好想一个人逃到一个什么地方去，远远地离开这一切，然她不能把这一切残局都留给顾顺良一个人收拾，虽然因为这事她心底对顾顺良有太多埋怨，然而事情的成因也有她很大的因素，她不能那么不讲理。

　　他们都已被此事伤得脆弱不堪了，再怎么能互相伤害？邱栀子倒在顾顺良的怀里大滴大滴地掉眼泪，把他的衣服都快湿透了。

　　顾顺良紧抱着邱栀子不停地说："我会一辈子都对你好的，以弥补这件事给你造成的伤害。"

　　邱栀子心碎地看着顾顺良，第一次体会到，即便是男人，他的能力其实也是很有限的。

　　这时，邱栀子的手机响了。是邱美娥的。

　　"栀子，出怪事了！"邱美娥在电话里有些神秘地道。

　　"什么事啊妈？"

　　"我回到家后清点红包，其中一个叫蒋成一的，红包里包了一万块钱！他和你是什么关系啊送这么重的礼？"

　　"蒋成一？我朋友里没这个名字啊，"邱栀子回答母亲，扭头又问顾顺良，"是你的朋友？"

　　顾顺良摇头："我朋友里也没有叫这个名字的。"

　　邱美娥在电话里听见了他俩的对话，对邱栀子说道："那就奇怪了。还有更蹊跷的事哪——"邱美娥压低了声音。

　　邱栀子说："什么事啊妈？神神秘秘的。"

　　"还有一个未署名的大红包，里面包了两万美金！"邱美娥叫道。

　　"你仔细看看，真的没有署名么？"邱栀子惊问。

"真没写，真是奇了怪了！你说，是谁给的哪？"邱美娥念叨。

"会不会是，爸爸？"邱栀子想了一会儿，忽然问。

听到这儿，邱美娥的手剧烈地颤抖了一下，无声地挂了电话。

当天夜里，邱美娥辗转反侧，她下意识地去摸了摸身边的枕头。

经常在迷迷瞪瞪地醒来的半夜，邱美娥下意识地就伸手去摸旁边的人，这是她习惯了的动作，然而触到的只是一个枕头。邱美娥把那个枕头抱在怀里，脸偎在上面，想嗅出那个熟悉的体味，这注定又是一个不眠之夜了，邱美娥趴在窗口看着外面的夜色，默默地唤着：

"一雄，你在哪里？我知道你烦了我，烦了这日子，可这一手你做的实在是太绝了！你让我对你所有的话都说不出来，所有的想念都无法表达，所有的怨气都没地方撒，所有的力气都使不上啊……"

邱美娥拉亮了灯，找出苏一雄的那张照片，苏一雄走时带走了他所有的照片，这是在床角处遗落的。她用手摩挲着他的照片，一遍遍地，他的每一寸肌肤，每一丝头发，这曾是她的生命里伸手可触的，然而说不见就不见了，就什么也够不着了。

那张照片上的男人跟郑军武有些想象，像极了郑军武年轻时的样子。

新婚第一夜，邱栀子将顾顺良的手上抓出了一道道的血痕子。

婚后多少天里，邱栀子都无法和顾顺良真正的亲热，是在北京办的这场婚礼给她造成的心理障碍。有那么多东西横在中间，那么多莫明的眼睛看着，破坏了这个事件，这个行为本身的美感、幸福感，她记得那些在街角处媾和的牲畜，被人们莫明地怪笑。

第二天，邱栀子和顾顺良便在郊区租了一间小平房，让搬家公司来了辆车，仓促地将自己结婚的家具用品搬离了那套租来的单元房。为了攒钱尽快买上自己的房子，他们选择了租便宜的小平房。

第四章 生与不生

1

市郊那个简陋的平房小院里，邱栀子和顾顺良租住的那间小平房的窗子和门上贴的大红喜字已被风吹雨淋得褪了颜色。

两人婚后柴米油盐的日子在这个小院里已流淌了半年。

这是夏日里的一个周日早晨，无论怎样都是掸不掉躲不开的躁热。

邱栀子觉着小平房里就像一个闷热的笼子，她如一只被困着的小兽，在房间里焦躁地走来走去，有一刻，她忽然觉得，自己再也熬不下去了，她将被子晾晒到院里后便背着包出去串门了。

慕容雪住的别墅院里已是繁华盛开，青翠如滴。

慕容雪穿着粉红色的真丝晨褛推门出来，在葡萄藤下梳完头，然后在藤下取下平时采摘花枝用的篮子，仰着头采摘些先红的葡萄。

门吱呀一声响了，郑军武出来了，叼着他斯大林式的大烟斗。慕容雪挎着篮子在水笼头下将葡萄洗了，然后踮着脚一颗颗地往郑军武的大嘴里送。

"好了，好了，我得赶紧上班去了。"郑军武笑道，和慕容雪拥抱吻别后走向车库。

郑军武开车走后不久，门铃响了，慕容雪过去开门，邱栀子走了进去。

慕容雪惊喜道："来搞突然袭击了？怎么也不提前打个招呼？"

"突击检查一下，看看资本家过着怎样奢侈的生活。"邱栀子笑道，四下打量着，她低头嗅嗅一朵花，从花枝下走过，不知名的鸟儿在树枝间扑棱棱地飞着，"啧啧，还让不让我们贫下中农活了啊？"

"当我第一眼看到这个院子的时候，我就想，这是我慕容雪梦中栖息的地方。"慕容雪显摆道。

此时，小狗贝贝从房内串出来，往慕容雪的身上扑，慕容雪递给贝贝一截香肠，说道："除了郑军武外，贝贝是我在这所宅子里最亲密的伙伴了。"

这时，钟点工做好了午餐，送到葡萄架下的石桌上。

"总算摆脱了我最厌烦的柴米油盐了，"慕容雪说，"先到房里看看！"

两人进了房间。"这栋别墅里有十几个房间，除了我和郑军武外，就只有小狗贝贝了。钟点工准时来做一日三餐和其它家务，正常时间并不来打扰我们。"

邱栀子在别墅内好奇地往四下里打量着问:"你们俩怎么没张婚纱照啊?我到现在还不识你那位的巫山真面目哪。"

慕容雪笑道:"人家不肯跟我照,说是让别人一看就是老牛啃嫩草,他有一种犯罪感。"

邱栀子玩笑:"哦,晚上搂着嫩草睡就没有犯罪感了?"

"我毫不讳言,我要这个男人更多地是为了这院子,这如诗如画的生存环境。"慕容雪自得道。

"哪天喊其他朋友们来这里聚聚?这么好的环境,只让你一个人享受?"邱栀子玩笑道。

"不不,这份不合常规的感情,肯定会引起家人和朋友的一片喧哗。为此,我几乎斩断了和周围一切人的联系,跟所有的过去一刀两断了,这多好,那些指指点点,那些看我的莫名的眼睛。我现在,只想躲在这个男人的背后,再不出这个院落,我恐惧出门,发怵结识陌生的人,"慕容雪道,又问,"你和你那位顾顺良,过得怎样?"

邱栀子叹息了一声道:"唉,怎么说哪?我感觉我们俩就像两个可怜的孩子,两只灰溜溜的小麻雀,瑟缩在家的屋檐下,透过自己湿漉漉的羽毛,传递给对方一点温热。"

"怎么啦?"

"顾顺良仕途上的不顺像一座大山般横亘在面前,无法逾越,也无法搬移。他是那种只埋头干业务,见了领导就胆怯、就远远地绕着走的人。现在哪个单位的领导不是提拔整天围着自己甜言蜜语地转的亲信?另外,他的同事们都说他太老实。顾顺良那个比他晚来几年的大学校友石利,开始时和我们家顺良很靠拢,称兄道弟的,现今竟成了顺良的顶头上司,整天对顺良吆三喝四的,他如何能不压抑难堪?"

"是这样啊?"

邱栀子说:"我也时常劝解,可顾顺良怎么就不能想开些呢,老是把工作的不顺带到家里来,影响两个人的生活。仕途之心,真是把男人害苦了。以仕途论成败,是人们习惯了的心理。你知道么,有的晚上顾顺良对我一吐为快后,很快响起了鼾声,我却辗转难眠,我对自己说:'我太累了,我不愿意给人当姐姐。'你看你找的男人多好,大别墅住着,小轿车开着,而我哪,天天为柴米油盐而烦恼,为了一份廉价的工资挨上司的白眼,真是找对一个人,比别的女人少奋斗几十年。"

"谁家女儿没有一颗被包养的心?"慕容雪道,"我喜欢爱能力强大的男人,那种社会上的强者。在那种强大的护荫下,女人少了很多磨难。"

"不过横竖一辈子就那一个男人了，知足者常乐吧，否则，徒增幽怨的自伤。"邱栀子无奈道。

2

邱栀子情绪低落地回到家里时，已是黄昏了，她去收院子里衣绳上的衣物，却发现被子上和她洗晒的一件白色连衣裙上落了些黑点。她仰起头，望着居处旁边的那座工厂用的大烟囱，它像一个雄壮的武士般岿立在她面前，像受了多大的压抑似的呼呼地往外冒着黑烟。

这一刻，邱栀子起了一股强烈的冲动，想拿一把大锯"噜噜噜"地把这根烟囱锯掉。可是，她原本就瘦削，在那座庞然大物面前越发显得她的渺小和无力，她的情绪莫明地伤感起来。

她将被子掸净后收回屋放进衣柜里去，忽然发出一声尖叫："啊!"一只老鼠噌地从衣柜下窜出来!

邱栀子升起一种说不出的绝望，这时恰巧顾顺良情绪蔫蔫地推着一辆自行车回来了，邱栀子的恶劣情绪一下子爆发出来了，咬牙切齿地嚷嚷道："谁有一套好的住房，我就去嫁给谁!哪怕是一个老头呢!你已经一年没有一个休息日了，这过的叫什么日子?哪怕找个退休老头呢，只要能给我温屋子，也比跟你过得好!"

顾顺良皱着眉苦苦地看一眼邱栀子，心事重重、心不在焉地应道："哦，啊?"根本未听清邱栀子在说什么。

邱栀子压抑得要疯了般，问道："今天工作上又怎么了?就不能回家之前，把工作上的不快都抖掉吗?两个人整天大眼瞪小眼地，情绪是相互传染的，你闷闷不乐的，我又如何能欢得起来哪?"

顾顺良道："我就你一个贴心的人，有了烦恼不跟你说又能对谁倾诉呢，邱栀子，你太让人失望了!我一年没休息一天，是业余找了个校对的活，挣点零碎钱。"

邱栀子苦笑道："我让你失望?我不是你心目中那个什么圣洁的白衣天使，我只是一个平常的家常女人。"

她看着镜中的自己，有相貌，也有才情，但命运是辛凉的，从来没有什么好事落在自己的头上。哪个女人不想沾男人的光?她的命怎么就这么苦?找了这样的一个男人，心和能力都是单薄的，并不能给她的生活带来什么大的改变。他没能力对现今的生活有丝毫改变!

3

夜里，邱栀子翻来覆去地睡不着，向丈夫念叨："怎么办呢你说，徐老太还是老欺负我。"

"叫我说？叫我说你就呆在那里！"顾顺良生气道，过了会儿又解释，"这让我很心烦，也感到很大的压力。我是真的不知该怎么办。"

"我有一种感觉，哪怕我在那个岗位上沤烂了，被徐老太欺负死了，你都没办法帮我换一份工作。一想到求人，你就憷头，是不是？"邱栀子叫道。

"对不起栀子，我曾一次次发出誓言，有一天，我要有足够的本事，让你脱离开那个恶劣的环境，只是，实际上，我连自己的一份生存，都难以应付，又如果能给予所爱的人些什么？唉，不想这些不愉快了！"顾顺良嬉笑道，"我们的造人运动应该开始了？"

邱栀子躲避道："我不是一直跟你说嘛，我现在不想要孩子。"

"这是历史赋予我们的伟大使命，人类总要生生不息地繁衍下去——"顾顺良道。

"我从不觉得制造生命是什么奇迹或伟大的事。我们国家的人实在是太多了，每次一上街，那些车声人流总让我烦躁不已。这个世界上的太多丑陋都是人的拥挤倾压出来的，像我和徐老太，俩人每月的工作量十天就能完成，如果办公室里只我一个人，生活会变得多么美好啊。"邱栀子振振有词。

"孩子就是我们的希望啊，有了孩子就有了盼头。"顾顺良又说。

"每一对夫妇都觉得自己年幼的孩子是一个天才，将来前途无量，而把种种的希望寄托在孩子身上，而单单不寄托在自己身上，孩子长大后才知道，他们只是给这个原本拥挤的世界又添了一个平庸之才而已。少生一个人，实在是对这个世界的一份贡献。"邱栀子又说。

顾顺良暂时词穷了。

邱栀子继续道："再说我也不想破坏自己苗条的身材，有了小孩，自己就显得老了，在我的感觉里，好像拒绝生小孩，就能拽住青春的流逝，就能护住女人的干净似的。怀过孕，生过小孩的女体，给人的感觉就像生过芽的马铃薯，被掰开过又缝和上的器皿，是被破坏过了的，她主要的美在于母性而失了很多女儿性，女人的价值从欣赏型的转化成了实用型的，比如养育孩子，操持家务等，而我觉得自己，从来就不是一个实用型的女人。要一个孩子，对女人来说，是一项太过庞大的工程，太过巨大的牺牲，我想起这一点就犯愁，看到同事家的小孩，一切都得围着他转，大人连个电视也看不清静，炎热的夏日中午，还得陪着他在太阳底下玩，烦死个人。我舍不得那些时间和精力。都说母爱是最强烈的感情，可对一个无形的生命，我无论如何也产生不出那种感觉。当然，我并不否认做母亲的女人的伟大和幸福，只是具体到我自己，决定放弃了。"邱栀子滔滔不绝道。

顾顺良严肃地看着邱栀子的眼睛："你是认真的？"

邱栀子重重地点着头："经过深思熟虑地。不过最根本的原因还是我们现在太穷了，贷款的压力如山般，哪里还有钱养小孩？"

"那我这一辈子就当不了父亲了？"顾顺良下意识道，忽然就悲从心中起，啪哒啪哒地掉起眼泪来，"难道就因为挣的钱少，连为人父母的基本权利也要被剥夺吗？"

邱栀子见状赶紧过来哄他，晃着顾顺良的后背撒娇道：

"你工作那么忙，压力那么大，已不能更多地陪伴和照顾我了，再把一个小孩完全地甩给我，是否太不公平了？有太多以孩子为寄托的女人，而我不是。你看看那个邻居女人，她孩子常生病，三天两头地住院、打针。看着那幅情景，我对自己说我担负了这些，是真的担负不了而绝不是我的娇情。"

顾顺良烦躁地把邱栀子推开，自己下床站到阳台上生闷气去。

"你这什么态度啊？我打滚啦！"被摔在床上的邱栀子拿出在顾顺良面前撒娇耍赖的拿手戏——在地上打滚，顾顺良也懒得理她。

一夜的僵持与冷战。

第二天凌晨的时候，顾顺良走过来，揽住脸上还有泪痕的邱栀子道："亲爱的，也罢，我们都不是强大的人，应付两个人的生存还手忙脚乱，你的感情支撑我，和我支撑你，还那么力不从心，因而无法想象再有一个幼小的生命瓜分我们。两个弱小脆弱的人，相扶相搀着过到老，也挺好。"

邱栀子惊喜道："你真的想开了？"

"想开了。"顾顺良点头。

"就是嘛，老了让人伺候，这对于还不到 30 岁的我们来说似乎是个太过遥远的问题，遥远得我们无法想象，"邱栀子说，她转而严肃道，"我也理解你的郁闷，这毕竟是件大事。"

两个人深情地拥在一起。邱栀子主动给顾顺良宽衣解带，将自己娇柔的胴体像张弓一样弯上去……

每当两个人之间闹别扭的时候，性是最好的化解方式。

一阵浓情蜜意的亲昵之后，顾顺良凑到邱栀子的耳边窃语："其实，你不生小孩对我这辈子来说，何尝不是一件好事，因为你的身体跟姑娘其实差不太多。"

邱栀子搂着顾顺良撒娇道："昨晚上我降服住你的杀手锏——在地上打滚，怎么就无效了哪？"

顾顺良苦笑道："也罢，家里只你这一个小孩，就够我受的了，这哪儿像媳妇啊，整个像捡来的一个小闺女。"

"难道不是吗？在生活上，我是你的孩子，而精神上，你是我的孩子，我们压根也不需别的什么孩子。"邱栀子说。

说到这里，邱栀子动情地把顾顺良紧紧地抱在怀里道："对不起，我实在是欠你太多，我会用一生的温情来补偿你。"

4

而顾顺良的家里得知这一决定后十万火急，打电话，做顾顺良的工作，他的父亲坐了长途车亲自出马了，说要当面跟邱栀子谈一谈。

邱栀子一听就烦了，对顾顺良唠叨："这不单纯是要不要小孩的问题，而是一个作为长辈的年长男人，跟我谈这种事的感觉，这绝对不应是他一个老公公对作为儿媳身份的女人磕碰的话题，实在是对我的不尊重。"

很快，门砰砰地被砸响了，一种异常的响动，邱栀子的心里就有一种不好的直觉。打开门一看，果然是顾顺良的父亲，气喘吁吁地站在门外，好像自己的到来是件多大的事似的。

邱栀子的情绪一下子跌落下去，像是一个灾难来到了自己跟前。

"栀子，生一个吧，孙子或孙女都行。"顾顺良父亲看着她说。

"生！生！多么不雅、丑陋的一个词，让人联想到大腹便便的母猪，好像我对他家是一头母猪的意义。"邱栀子心里话，气得扭过头去，她硌硬了这个人，烦了这个人。

再说又有哪条法律规定女人必须得生小孩？

邱栀子喜欢女人的风情，比如长发筒裙，比如诗情画意，可她偏生在一个普通人家，需为了自己的生存而奔波。

吃饭的时候，上了一盘芥茉葱丝拌猪肚，是邱栀子喜欢吃的菜，顾顺良父亲那么难以克制的神态，三下两下就给扒拉完了。

在平时两个人的家里，邱栀子就是家里的娇娇宝，吃饭从不挑食的顾顺良什么都让着她，她哪里习惯别人跟她抢食？

他父亲依然在那里大吃大嚼，不一会儿又把一只鸡全吃完了，地板上吐了一堆鸡骨头，那让邱栀子和顾顺良，会吃一星期。邱栀子的脸色很难看，端着个小碗到里屋去。顾顺良见状紧张地跟过来瞅着邱栀子的脸色，又担心他父亲受冷落，赶紧返回饭厅。

　　邱栀子在里屋看书，他父子俩在客厅里看电视，声响弄得很大。她听见他们在说话，可是听不清在嘀咕些什么。

　　邱栀子拿起话机跟慕容雪悄声打电话："亲爱的，他爷儿俩在一起瞎嘀咕哪。你说，他父亲会不会唆使顾顺良不要我了，找一个肯给他家传宗接代的女人？这目的似乎太容易达到。"

　　慕容雪在电话里笑道："怎么啦，发虚了？"

　　邱栀子对着话机说："你说，如果顾顺良不跟我过了，我怎么办？"

　　"怎么办？离了顾顺良你就不活啦？"慕容雪还是在电话里笑。

　　"那当然，离了男人的爱，我无论如何是不行的。且不说别的男人是否会喜欢我，我可不想跟那些离过婚的男人再结婚，他曾经的老婆、孩子，一个个居家的日子，久而久之的，会形成一种散发着陈腐的烂菜叶子般的东西，他的浑身上下，他的每一声气息里，都是装满那些积垢的皱折，怎么掸都掸不净，怎么洗都洗不清，而我自己何尝不给别人这种感觉？在别的男人那里何尝不贬值？再说，性格随和的谁离婚？所以，我只要和顾顺良的这种原汁原味的婚姻，再说，我也不大相信再会有顾顺良这样仁厚、娇宠我的人，我只要顾顺良。"

　　"既然这么在乎人家，那还跟我瞎叨叨什么？去把顾顺良勾过来啊！"慕容雪在电话里遥控道。

　　"得令哦！"邱栀子说罢挂了电话，"啪"地一下把手电筒摔在地上，她是故意闹动静要把顾顺良招来。顾顺良进来后看了她一眼又陪他父亲去了。

　　邱栀子又拿起话机跟慕容雪倾诉：

　　"气死我啦！顾顺良明明知道我在生气，闹事，却不过来哄我，还和他父亲在一个屋里，这充分说明了什么？还是跟他父亲近，跟他家里人近？你说，既然他这么在乎他父亲，会不会就听他的话，非要我生小孩，或者跟我离，再娶别的女人？"

　　"你就这么担心失去你们家顾顺良啊？"慕容雪在电话里笑说。

　　"那当然啦，我跟你说，我是个自我感觉非常不好的女人，比如说，像我这样，不喜欢生育，不喜欢作爱，不喜欢做家务，不喜欢一切的女人活，对吃饭却挑三拣四，工作上的前途似乎也很渺茫，从世俗的角度讲，我是个太没有实用价值的女人。这样的女人除了顾顺良谁能接受？"

　　"把自己说的这么一无是处啊？真是长男人的威风，灭自己的志气。你这么一无是处的话你们家顾顺良怎么会那么爱你？"慕容雪笑道。

　　"我骨子里对人生有一种恐惧感，担心自己无依无靠。比如说顾顺良，因为从不故意伤我，在我的感觉里也永远不会抛弃我，所以我此生就要缠住这个男人，像一根藤似的缠住他。一个男人，不伤我，不抛弃我，也就行了。这是我邱栀子对生活，对男人最低的要求，在没有找到更好的退路之前，我绝不放弃所拥有的。"

"典型的保守派。"慕容雪笑道。

"但这呆在顾顺良身边的没有危机感，又使我的惰性滋长出来，原来我是一个特别勤快的姑娘，婚后因为顾顺良对我的娇惯，不管我什么坏毛病，都不致招来他多大的反感，因而什么都由着性子来。这在某种意义上，其实对我整个的人是没有多大好处的。"邱栀子唠叨。

慕容雪在电话里说："你这一点恰恰和我相反。我是一定要爱各方面远远地高于我的男人，然后给自己定下目标：'我一定要让他爱上我。'于是整个人都处于一种戒备和高度竞争状态，这渴望得到爱的过程对我的人生就是一种无形的拔高。我绝不会爱同班的男同学或邻居的男孩之类的，我只爱那种丰厚雄健得能将我整个人，整个灵魂裹挟起来的男人。"

"而我，是对特别出色的男人尽量躲着，免得因为自己爱上人家而陪受折磨，横竖不是自己的，离得越远越好，落得自己心态的清净和平和。我也没有足够的心力，从别的女人手里抢男人。我更需要的是呆在一个男人身边不被挑剔、嫌弃的安全感，那种彻底的放松。可现在，这种安全感又要失去了——"邱栀子说着兀自放下电话。

担忧，绝望，邱栀子把枕头扔在地上，拿了一把剪子，把一条小褥子剪了，剪得疵牙咧嘴的，露着白白的棉花，又把一条被单剪成了碎布条，"这日子没法过啦！"她说。

顾顺良终于进这屋来了，看到那副情景，心碎地捂住自己的胸口道："这日子没法过啦！"他说。

"你这话什么意思？"邱栀子问，她内心又一阵虚弱，伸出手抚摸着顾顺良的下体，很丑陋也很本色的女人的行径，有些歇斯底里地说："顺良你看是我重要还是你爸重要？你离得开女人，离得开我吗？还是女人好，对吧？要是在乎我你就把他赶走！"

顾顺良把邱栀子的手扑打开，一下子坐起来，撕扯着自己的头发道：

"我疯了！我就要崩溃了！我受不了了！女人怎么这么难缠啊？一个人过有多好，我跟你说过多少遍了，这是不同的，你干嘛非要较这个真？你怎么这么不讲理？你知道我为什么在外那么懦弱吗？因为在家首先就被你压住了！"

邱栀子兀地怔在那里，道："你性格里有我的因素？我平时给了你很大的压迫吗？虽然我表面上整天安慰你，你凡事对我的谦让是因为你对我的爱还是你谦和的性格本身？你对我的爱到底有多少？"

像掀开了生活不愿正视的一角，赶紧盖上去。即便顾顺良对她的感情有所疏离的话，她也不愿正视，不会正视的，因为他是她的唯一。

"你想不要我了？你要是不要我了，我，我——"邱栀子茫然无措着，不知怎么办。

这个世界上，她不想要孩子了，只有顾顺良一个人了，他是她的命根子，然而一个糟老头子又来抢，又来夺。

"我怎么想也想不明白，那么个脏老头，穿着一双破布鞋，穿着件破的卡裤子，身上的衣服值不了十块钱，在你心里的分量怎么这么重？难道他的臭身体是金子、银子做的？"邱栀子吵，她拽着顾顺良冲到镜子跟前，"你看看我！又文气又秀气，长发飘飘的，我怎么就比不过一个脏老头？他的头发都快掉光了！我怎么想都想不通啊！"邱栀子使劲地将头发甩啊甩的。顾顺良连看也不看她。

"我连个脏老头都比不过，要是个黄花小闺女更不用说了！"邱栀子说。

"别碰我！"顾顺良看也不看她，不管是镜子里的还是真实的。

"顾顺良，难道你真的不爱我了吗？"邱栀子抱住顾顺良，自己整个的身体倒向他的身体。

"别碰我！"顾顺良把自己抽出去，"是的，我确实是不爱你了！我们离婚！这样的日子没法过了！"

邱栀子整个人一下子僵住了，像海水哗哗地退潮，像满树的树叶纷纷凋落，"离婚可以，你得赔偿我的青春损失！"

"那你要多少？"顾顺良问，他的兴致来了。

"30万。只要给我30万我就跟你离婚。"

"我哪儿去弄这么多钱！我没有这么多钱啊。"顾顺良满脸愁苦地说。

"对了！你可以去跟你父亲要啊！他不是想要孙子吗？他砸锅卖铁地凑啊，给我30万他就可以得偿心愿了。"邱栀子启发顾顺良。

她因自己想象出的这个数字激动莫明，那像岩缝里的阳光，一下子使她的人生金光灿灿起来，一下子使曾经和她海誓山盟，决定生死相依的顾顺良黯然失色。有了30万，她就不需要上班了？

"我不会去死吗？我一头往墙上撞死！你怎么让我赔偿？你就没法要挟我啦！"顾顺良洋洋自得地说，为自己想到的这个绝好的主意。

"你可以去借，去贷款啊？"邱栀子又兴致勃勃地启发顾顺良。

"我去贷款？我有那么傻吗？为了离婚去贷款？再娶媳妇还得花钱！"顾顺良冷笑着，显得自己很聪明的样子。

邱栀子严肃起来，嘴角浮上一丝嘲讽的苦笑，说：

"顾顺良，你听着，我并不是多么稀罕你，你挣那仨瓜俩枣，又整天这么忙，自结婚后你未陪过我散一次步，这个婚姻对我来说只是个空壳而已，纯粹形同虚设。再说，你整天皱着眉苦苦的样子，你不知道，让你身边的那个人多么压抑！我找个退休老头过都比跟你强，起码能陪着我散散步，起码有一个人给我'温屋子'，可是我要是将你放手的话，太便宜你了，因为女人一旦离婚后便严重贬值了，可离异对男人却没有多大的影响。"

"好啊，我就给你机会！去找个退休老头吧！"顾顺良道，气得扭头出去了。

顾顺良拉着他父亲出了家门，把邱栀子一个人扔在家里，她坐在床上，看着天花板，时间嘀嘀哒哒地过去，等待都快把时间给绷断了，然而没有顾顺良的脚步声，顾顺良和他父亲在哪里过的夜？又是一夜的无眠。顾顺良的立场明显不过。

<h2 style="text-align:center">5</h2>

第二天早晨，邱栀子买菜回来，在客厅里便听见了房间内顾顺良父子的说话声。爷儿俩不知什么时候回来了。

只听顾顺良的父亲说："要断咱家的香火？这简直是大逆不道，你娘说了，实在说不通就离婚，我和你娘太想要孙子了。"

只听顾顺良说："哪能那么做？我和栀子的感情还是挺深的，栀子不是不想要孩子，是我们的生存压力太大了。再说，我最清楚栀子的能耐、本事了，平时连碗面条也煮不好，我出差的时候，要么家里堆满了方便面，要么她顿顿吃食堂。她压根没能力当妈妈。"

又听顾顺良的父亲说："我们不管那么多。哎，你娶一个不生孩子的女人做什么呢？我们生了一个窝囊儿子，当不了老婆的主啊。"

听到这里，邱栀子顿时觉得全身的血直往上涌，气得什么似的，大声叫道："这日子大家谁都别过啦！"说着便冲进厨房，雄赳赳、气昂昂地拿出一把柴刀来，在客厅里转转悠悠地，无所适从。

顾顺良刚好从门内出来，看见这一幕后心碎地喊："要出人命啦！"他回房拽着他父亲便拉开门往外跑去。

邱栀子伸手没有抓住，出于一种本能的直觉，她光着脚就追出去，只见顾顺良跑到了马路中间，掀开上衣，嘴里喊着："来啊！来啊！"随时准备着迎头向飞奔而来的一辆车撞去。

他疯了。

邱栀子拼命地将他往回拽，大声哭泣着，终于将他拉扯到了路边。

而这尤其激起了邱栀子对老公公的憎恨，她弯腰拣起一根树枝气昂昂地指着老公公的鼻子问："你亲眼看见了顾顺良痛苦的矛盾、挣扎，你对跟前活生生的儿子不疼惜，却对一个莫须有的孙子较什么真？你简直就像横亘在我和顾顺良之间的一个绿毛怪。你这么大岁数了，搅和我们的日子干什么？"

"我只是想要个孙子。不然，村里人说我绝户，我再也抬不起头来了。"顾顺良父亲泪眼汪汪地小声嘟囔。

平房小院里，几扇窗子都打开了一条缝，有很多眼睛和耳朵贴在那里。

"你夺我的人！也不照镜子看看自己的模样！还想霸占我的人！"回到屋里的邱栀子气昏了般，对老公公数落。

"我不想活啦！"随后跟进家门的顾顺良又在那里说。

邱栀子扭过头去心碎且万分不解地看着顾顺良，嚷道：

"为了他，你不但丝毫不爱惜我，还想扔弃你自己，一个自己不想活的人，别人拿着他最没有办法，而你不想活了，关键的就是想绝我，因为我这辈子只靠你了。我怎么想也想不明白啊，他怎么就这么重要？只要他在这里，就没有我和你顾顺良的素净日子。"

这个时候，刚好邱美娥来邱栀子的平房小院，邻居女人认识邱美娥，赶紧拉住她，根据自己听到的只言片语指画着打小报告：

"你闺女家吵架啦！好像是顾顺良在外面又搞了个女的！还硬住在他两口子的家里，挤兑得邱栀子没法呆，满院子转悠着骂大街，你们说说，顾顺良这毛病怎么就不改？"

另一个女人说："怎么会改？人家就像饿了要吃饭一样。"

邱美娥一听这话一下就炸了，雄赳赳、气昂昂地这就往里冲。

邱栀子正巧从房里出来，和母亲撞了个趔趄。

俩邻居女人看见了邱栀子，赶紧捂住嘴低下头去。

邱栀子听见了邻居的议论，若无其事地高仰着头拉着母亲往外走："妈，出去说话！"

邱美娥瞅着邱栀子的脸色问："到底什么情况？"

邱栀子烦躁道："顺良他爸从老家来了。"

邱美娥扭身便回走："哦，那我该过去跟他打个招呼。"

邱栀子正在气头上，拉住母亲道："别理他！他来是催我给他们家生孙子的。"

"我来也是催你这事的。我想认真、郑重地跟你谈一谈这事。"邱美娥说。

母女俩说着话走出了平房小院，在附近一个街心花园里坐下了。

"我也着急要外孙啊。再说，女人生小孩越早越好。"邱美娥说。

"妈，说句真心话吧，我担心生了孩子后养不起。我们现在日子过得这么穷苦，何苦再十月怀胎地去制造一个'穷三代'？穷人家的孩子大多数都是要穷苦终生的，一辈子在社会底层苦苦求生。我们自己受苦就足够了，何苦再去祸害一个孩子陪着我们来尝尽这世间的辛酸呢？你看看我现在的境况——我哪里有做母亲的精力？首要解决的问题是生存啊，我总不能喝着西北风去怀孕生子吧？"邱栀子愁苦道。

"不是还有你妈我么？妈帮着你啊！"

邱栀子的泪水涌出来了："妈，你那点钱是怎么挣的，我心里最清楚。平时里你一块钱掰成八瓣花，辛辛苦苦地把我拉扯大，我怎么能忍心再让你帮我拉扯我的孩子？你苦了这么多年，也该为自己活一下了。"

邱美娥的泪水也涌出来了，道："哪个当妈的，不是为了自个儿的孩子活着？"

"妈，顾顺良当初是我眼里的'潜力股'，但是一年下来，我发现他只是一个再普通不过的男人。我们俩现在收入这么少，我对我们的未来一点也没有信心。"邱栀子灰扑扑地说。

"'儿孙自有儿孙福'。旧社会那么穷，饥寒交迫的，也没见谁家不要孩子的。"邱美娥说。

邱栀子道："我也不太明白自己，我的内心、性格那么有女人味，可也不知怎么的，我就是不愿干那些拾拾掇掇、擦擦洗洗的女人活。"

"这就是没个孩子的缘故，有个孩子的吃喝穿戴催着你，自然就勤快了，能干了。就说你吧，亏了这些年有你和妈相依为命，不然妈活着有什么意思？"邱美娥说着抹起眼泪来。

这时，刚好有一个年轻的母亲推着婴儿车在旁边走过，邱栀子眼神直直地看着婴儿车里的婴儿，眼里噙泪道："我其实是非常喜欢孩子的。只是现在养个孩子的成本那么高——"

"无论如何，我也不同意这事，一个不生孩子的女人，就不是一个完整的女人。说起来咱娘儿俩真是苦命，你爸把我撇下不管了，你又找了这么一户穷家。"邱美娥悲从心中起。

邱栀子见状只得安慰母亲："妈，我也并不是这辈子就肯定不要孩子了，只是暂时不要，等我们的经济情况有改善的时候再要。毕竟我们还年轻，难说我们就没有发迹的时候？"

"有你这句话我心里舒服多了，我就不相信我闺女没有转运的时候。"邱美娥道。

"可恨我那公公，听说我不想生孩子，竟然逼顾顺良跟我离婚。而顾顺良，竟然有所松动。我清醒地意识到，这个男人，是不可依靠的。我的工作那么糟，他也帮不了我，在人生的一些大事上，他什么也决定不了。他对于人生根本没有一个清醒的判断。你知道么妈，我现在已经产生了一种生理上的反应，只要他父子俩在一起，我就怀疑他们在蓄谋一场颠覆我婚姻的阴谋。"邱栀子说道。

"什么?!"邱美娥一听这话腾地从座位上站了起来，"他家非但没有养不起孙子的羞愧感，还逼你们离婚? 我找他说道说道去!"说着便气昂昂地往邱栀子家走去。

"妈你别生气!"邱栀子在后面追着。

6

"砰"地一声，那间小平房的破门被推开了，邱美娥站在那里，一副兴师问罪的架势。

"亲家母!"顾顺良父亲赶紧陪着笑脸迎上前来。

"亲家公想来要孙子了是吧?"邱美娥不屑地问。

"是啊，不孝有三，无后为大。"顾顺良父亲道。

邱美娥不屑地比划着道:"你还想要孙子? 你看看他们住的这个窝! 你孙子生出来住哪儿呀? 你儿子家连个给孙子落脚的地儿都没有，你们还想要孙子!"

邱美娥气哼哼地走进来，一撩衣襟端坐在椅子上，比比划划地说道开了:

"既然你们这么不解味，那我今天就把话说清楚了，我闺女暂时不想生孩子，是因为嫁了一个没房的穷老公，你看看他们现在住的这窝——该买房子吧啊? 可他们现在连首付都承担不起，即便哪天付得起首付了，还要做几十年的'房奴'，总不能让我闺女喝着西北风去给你们家怀孕生子去吧?"

顾顺良父子已是满脸通红。跟过来的邱栀子赶紧给母亲使脸色，但邱美娥不以为然地继续白话:"前两天我看电视上还说哪，动物圈中，没本事的雄性是没有交配权的，所以弱者的劣质基因不能被传承下去，这样的种族才能优胜劣汰发展壮大——等你儿子的收入足以养活老婆孩子的时候再谈生孩子的事吧——你还捅鼓他们小夫妻离婚，俗话说，宁拆一座庙，不破一桩婚!"

邱美娥滔滔不绝，觉得自己像一个舞台上的英雄。

顾顺良像受了奇耻大辱一般满脸铁青地紧咬着嘴唇，顾顺良父亲也被羞辱得脸上红一块、白一块的。顾顺良父亲深看了儿子一眼，说:"儿啊，早知这样，还不如在农村给你找个媳妇哪——"说罢背起自己的包便往外走。

"爸，你干嘛去?"顾顺良在后面追去。

"回老家!"偬老头倒背着手驼着背一颠一颠地往前走去。

顾顺良两眼噙泪地追赶父亲去了。

偬老头走了几步，又停下了，头也不回、口气坚硬地大喊了一句:"顺良是我们的独生儿子！"

邱美娥和邱栀子都被那句喊震住了，两个人心虚气短地你看看我，我看看你。

"如果你不要孩子的话，他们会一再挑拨顾顺良离婚？"邱美娥看着女儿说。

邱栀子连连摆手："我可不想离婚，也不想跟离过婚的男人再结婚，那像啃一块被别人嗦过的骨头，喝一碗别人喝过的残汤，多有心理障碍啊。所以，这一辈子我要缠住顾顺良，像一条藤似的缠住他！"

"那这件事就麻烦了。"邱美娥看着邱栀子的眼睛说。

"要不，就顺其自然？孩子来就来，不来就不来，一切听从天意？"邱栀子看着母亲的眼睛犹疑地说。

邱美娥点点头，她环顾一眼四周，苦涩道："你们只这一间屋子，若真有了孩子，孩子出生了后怎么住？你们俩又都上班，得有照顾孩子的人，住哪儿？"

这之后的邱美娥更加勤劳，她平时的活是推着三轮车在小区里转悠着，到各家收纸盒子，谁家买了冰箱、洗衣机了，送货后拆下的纸盒子都被邱美娥收走了。

但从那天以后，在收废品之余，她给自己又找了一个活，给一家歌厅看车子。

她一天到晚脑子里只有一个念头：攒钱。她每天晚上都骑着自行车奔波 6 里路去给那家歌厅看车子，为了每晚 2 块钱的报酬。邱美娥个矮得够不着车蹬，自行车的身子像个杠杆的两端，这一下那一下地左右摇晃。

7

这天，邱栀子正在娘家过周末，忽然一阵呕吐感涌了上来，赶紧捂住嘴冲向卫生间，在里面哇哇地吐起来。邱美娥跟过去，小心地探询："邱栀子，你，是不是有喜了？"

邱栀子猛地抬头看一眼邱美娥，小脸虚弱得一下子白了。

"赶紧的，赶紧去医院验验！"邱美娥这就拿起包拉着邱栀子往外走。

过后，邱栀子坐在医院走廊里看着手中那张化验单，问邱美娥，又像是自言自语："我将孩子做掉？"

邱美娥道："绝对不行！打胎会伤身子的。"

邱栀子心虚地问："那，会很疼么？"

邱美娥道："那当然！"

　　一缕忽然而至的坚硬掠过邱栀子的嘴角和脸颊："好，我一定将孩子生下来!"

　　过了会儿，邱栀子下意识地摸向自己的腹部，问邱美娥："当妈妈的感觉，很好吗?"

　　"当然啦，做母亲比得到一切都要幸福，"邱美娥微笑着嗔怪道："不过现在啊，像个土豆刚发了点芽芽，能摸着什么? 自己还是个孩子呢。"

　　邱栀子的面颊上泛起了一丝羞涩的红晕。一阵呕吐感又涌了上来，邱栀子再次捂着嘴冲向卫生间。

　　顾顺良和他老家的父母听到这个消息后自然是欣喜万分，不再细述。

第五章 邱栀子买房、 生小孩了, 慕容雪暴露生活的缺憾

1

这天晚上, 慕容雪腻着郑军武道: "我想跟你结婚。"

郑军武将慕容雪揽在怀里, 温存道: "我对你好就行了, 何必在乎形式?"

慕容雪看着郑军武的眼睛问: "我若是小三的话, 那可会遭人唾弃的!"

"我向你发誓, 你不是。"

"那我们为什么不办正式的结婚手续?"

郑军武下意识地扫一眼卧室墙角的保险柜, 脸上闪过一丝绯红道: "我可以不说么? 我不愿意对你撒谎。"慕容雪看着他, 这个男人, 到底有什么秘密? 她又看一眼那个保险柜, 这里面藏有这个男人的什么秘密?

待郑军武第二天上班去后, 房子里只剩下慕容雪一个人了, 她定定地看着那个保险柜, 那个上锁的保险柜, 虽心生好奇, 但也无可奈何。

正常的一天晚上, 牙刷了, 脚也洗了, 慕容雪和郑军武准备上床就寝了, 慕容雪躺在被窝里, 露着两只亮晶晶的眼睛, 像往常一样执拗地叫: "说啊, 说你爱我。"

"又来了," 郑军武下意识地闭了下眼睛, 咧着大嘴做出一副苦相, "我今天很累了。"

"一提这事你就找茬回避, 不是困了就是头疼的, 说这句话有那么难么?"慕容雪委屈道, "不行! 今晚你必须说, 我不信你就说不出来。"

"你明明知道, 我是爱你的, 你让我一万遍地重复一个问题, 有什么意思哪?"郑军武又是苦笑道。

是的, 慕容雪明明知道, 郑军武是很爱她的, 这一点表现在行动上, 比如慕容雪故意撒娇说想吃他做的饭时, 郑军武就成了个一进门就扎起围裙的男人。扎着个围裙在家中转来转去的男人不是没有, 问题是郑军武的工作又特别辛苦, 每天都披星戴月地回来不说, 自从在一起后, 就没有休过星期天, 整天忙得灰头灰脸的。而慕容雪的时间是有太多空闲的, 虽然她的空闲是在郑军武的护荫下才得来的。

不管怎样, 在慕容雪的感觉里, 一个整天只知道闷着头工作的人, 未免乏味了些, 何况慕容雪是一个感情太过丰富的、感情需求量很大的女人, 就如此

刻，慕容雪像一株干渴的植物，需要甜言蜜语的浇灌，尤其是临睡前，那是一支必不可少的催眠曲。

"说啊，你对我种种细微的感觉。"慕容雪对郑军武缠磨。

"要不，干脆就来？"郑军武忽然来了精神，欠身看着慕容雪，眼睛瞬间变得贼亮贼亮的。

"不行，我来着例假呢。"慕容雪说。

"那你闹腾什么？"郑军武的劲一下子被抽出去了，身体重新懒懒地塌进被子里去，很快便沉沉地睡去了。郑军武就有这本事，如果慕容雪不骚扰他的话，他能头一沾枕头便响起鼾声。

后来在慕容雪的一再声讨下，郑军武终于牺牲了些工作时间陪她。

秋凉深浓。树叶先是一片片地，而后便是铺天盖地地落。慕容雪将大门口的树叶扫净了，又落满一地。郑军武穿着风衣在落叶的纷飞中茫然地走着，充满对生命的感伤。大山似乎也受了风寒似的在夜晚发出轻轻的咳嗽声。她开始常主动地亲近他，她说那是秋凉，使人感到身体的温暖。

他经常一早便驾着车上班出去了。慕容雪常搬了个小凳坐着在别墅门口的暮色里等他回来，她是那么盼着那个身影，充满和他相依为命的感觉。日子，使情感就那么丝丝缕缕地浸过来了。

慕容雪和他到集上买来秧苗，开始在小别墅的花园里种白菜，两人每天早晨起来都拎了水壶去浇菜心，"今年冬天我们就能吃到自己亲手种的白菜了！"晨曦里弥漫着他们的喜悦。

空闲时间，慕容雪为了好玩，喜欢穿着他的男式的西装，挎着他的胳膊晃晃荡荡地在附近的林荫路上走来走去，累了的时候两人就坐在地头上吃一点随身带的零食，成群的麻雀在地上叽叽喳喳地寻觅着剩余的谷物，他们撒过去一点食物，一只麻雀感觉到他们的友好，竟然飞过来站在他的鞋子上啄他的鞋带，两个人活得像闲云野鹤。慕容雪比原来胖了很多，像只健壮的羚羊整天在别墅附近的田野上跑来跑去的。

这天晚上，慕容雪原本进了浴室要洗澡，可又觉得水不够热而不想洗了。

她走进卧室的时候，郑军武正在吃药，好像因她的突然回卧室而紧张，匆忙将药往床头柜里藏。

慕容雪很是吃惊和害怕，紧张道："怎么了军武？身体哪里不舒服？"

"哦，没什么的，补充点维生素而已。"郑军武慌乱地解释。

可他的神情明明暴露了别的。

慕容雪硬是拉开了床头柜拿出药来看，竟然是壮阳的。

他一脸尴尬道："我已经老了，不年轻了。"

"书上说吃这个对身体的肾功能伤害很大的，以后不许吃了啊！"慕容雪严肃道。

"那就不吃了？"郑军武惊喜地看着慕容雪。

"不许吃了！"慕容雪严肃道，"这种事，又不是粮食和水，少了又怎样？何必以伤害身体为代价。"

"我的好雪儿，你能这样想，实在太好了。"郑军武顿时松了一口气，如释重负的样子。

2

这个周日，邱美娥把邱栀子和顾顺良喊到了自己家里。

邱美娥眼睛亮亮地看着闺女和女婿，像是包裹着一个多大的秘密。

"什么事啊妈？"邱栀子问。

邱美娥有些神秘地掀开床板，露出一个大麻袋来。她吃力地提溜了出来，将麻袋解开口，露出里面的一大包钱来，全是一捆捆的零钱扎起来的，有十块一扎的，五块一扎的等等。

邱美娥洋洋自得道："这是二十万块钱，给你们交首付的。都说你妈我是个斤斤计较的人，这一大包钱，都是斤斤计较下来的。走，给你们俩买新房子去！我已经看好了一个楼盘。"

邱栀子和顾顺良惊讶得面面相觑。

邱美娥看着邱栀子的肚子嗔怪道："还不该买啊？孩子出生了后怎么住？"

邱栀子顿时惊呆了，泪水一股股地涌出来，上前将母亲紧紧地抱在怀里，哽咽道："谢谢妈！"

邱美娥拍拍女儿："带上你们自己的积蓄，咱这就去！对了，你们俩攒了多少了？"

"三万了，都在卡上，随身带着哪。"邱栀子说。

"才攒这么点啊，先去看看吧，我前几天看好了一个户型，就等你们最后拿主意哪。"邱美娥道。

三个人走出了小区，顾顺良扛着那麻袋钱便去门边拦出租车，邱美娥坚持道："去坐公交车吧，能省点便省点吧。"

三个人便挤上了公交车。车上没有座，三个人站着，邱美娥不放心，将大麻袋从顾顺良手里拽过来，自己蹲着，一路上将那个大麻袋紧紧地抱在怀里，丝毫不敢大意。

终于来到了售楼处，邱美娥直奔一个销售去："我想买的那个户型呢？我闺女和女婿来了，让他们也看看！"

"阿姨啊，那个户型已经卖光了，还有比那个面积大的，你们看看。"那个销售说。

"什么？怎么那么快就卖光了？"邱美娥懊恼道，拿过新的户型图看。邱栀子和顾顺良看了户型图，又去看了沙盘和交通位置图，都挺满意的。

"这个户型挺好的，只是总价高了，首付不够了，"邱美娥说道，扭头看着顾顺良的眼睛问："你父母，能给支持多少？"

顾顺良的脸上一阵不自然道："我家里，恐怕拿不出来的。为了供养我上学，家里穷得已经底朝天。"

"打个电话试试？这可真到了用钱的时候了，买房子是人生的大事啊。"邱美娥鼓动顾顺良。邱栀子也用充满希翼的眼神目光烁烁地看着顾顺良。

顾顺良掏出手机走到一边给老家拨通了电话，为难地说着什么，过了会儿走到邱美娥母女面前，脸上一阵白一阵红的，小声道："我家里，是真拿不出来的。"

邱美娥瞬间变了脸，不快道："我再想法去借点吧，先把带来的交上，赶紧订了吧，现在不买，以后更买不起了。"

邱栀子和顾顺良便把购房合同签了。大家先去交钱。售楼中心的收款处看到邱美娥拉开麻袋链的瞬间，都傻眼了。

邱美娥有些难为情地解释："不好意思，我是捡垃圾的，家里的积蓄都是靠卖一个个酒瓶子、一捆捆纸盒换来的，所以都是零钱。我就想给闺女和女婿一个属于自己的家。"

一个主管听罢感动地拍了下手喊道："大家都过来！所有工作人员齐上阵，帮着这位母亲清点零钞！"

1 毛、2 毛，5 块、10 块、20 块……工作人员一包包、一捆捆地逐一清点着。其中一个女孩数着数着哭起来了。

另一个女孩问："小常，你怎么啦？"

"我想起自己的妈来了，"那个叫小常的女孩哽咽着说，"我的爸妈也是这么一点点地攒钱把我养大、供我上学，想起来就辛酸，我们的父母真的好伟大。"

"可怜天下父母心啊。"又一个工作人员感慨。

邱美娥辛酸地说："原本还指望靠嫁女儿翻个身呢。这下可好，连棺材本都搭上了。"

邱栀子满眼潮润着无言地拥紧了母亲。

顾顺良在旁又愧疚又感激地说："妈，我们以后一定好好孝敬你，等我们挣多了钱，一定还给你！"

"好，那我就等着！"邱美娥自得道，"平日里别人都说我小气，遇到大事上拿得出钱来，那才叫本事！这么一大笔钱，我邱美娥硬是从日子里抠出来了！"

七、八个工作人员数了三个多小时，才将那些零钱数完收好。

3

毛坯房的钥匙很快拿到手了。"收房喽！"两个人拿着钥匙跑进那套房子里去，顾顺良兴奋道："我顾顺良在北京也有固定资产啦！当然，是在丈母娘的资助下。"

邱栀子转了一圈道："装修费还得六、七万哪，不行，这个钱怎么也没有了。"

顾顺良眼睛一亮道："有些活我自己干！这样不就省出一部分钱来了么？"

"你会么？"邱栀子问。

"没吃过猪肉还没见过猪跑么？我村里好几个没考上大学的小学同学，都去建筑工地上当民工了，我再买本施工规范学学，没问题的！"顾顺良拍着胸脯道。

顾顺良很快便操刀上阵了，拿着瓦刀，一块块地铺着地砖，邱栀子拿着铁锹给和泥。"小工，快点！"顾顺良兴致勃勃地喊着。"师傅，您接着！"邱栀子嬉笑着喊。

邱美娥提着保温罐什么的送饭来了，喊道："俩建筑小工，开饭啦！"

她看见邱栀子也在和泥，便惊叫着跑过去夺邱栀子手中的铁锹："我的小祖奶奶，别闪了腰！你现在最重要的任务是保胎！还搬砖、和泥呢。"

"自己家装修房子，我在旁边也呆不住啊！就让我参与吧，为了自己的小家添砖加瓦，出力出汗，是一种幸福的享受，你们就给我享受这种幸福的权力吧。"邱栀子道。

邱美娥和顾顺良听见这话都扑哧一下笑了。

这时，邱美娥看见了顾顺良的手，心疼地上前抓起来道："瞧这孩子，手上磨的这泡！快歇会儿！"

这时，顾顺良的手机响了，他打开来接听："喂？"

"是顾先生吧？你家买的厨卫间的地板砖送到了，我们就在楼下，你家在几楼？"电话里传来声音。

"是我。我家在四楼。"顾顺良回答。

"按店里的规定，我们只负责把地板砖卸到楼下。若你要求我们送到楼上的话，得加钱。"送货的人在电话里说。

"加多少?"顾顺良问。

"这楼有电梯么?"

"没有。"

"每箱5块钱。"

顾顺良犹豫了一下，有些心疼地道："还是我自己去背吧，我马上下来!"

邱栀子在旁说："太沉了，出点钱雇他们搬吧?"

丈母娘在旁也劝："是啊，他们经常搬，有力气，你长年读书，不行的!"

顾顺良果决道："省一点是一点!"说着便蹬蹬地跑下楼去了。

顾顺良从楼里急匆匆地出来了，一辆装满地板砖的小货车停在楼道口。

待顾顺良付了款后，几个工人有些轻蔑地撇了撇嘴，上了车，将货车开走了。

顾顺良弯下腰蹲在地上开始背地板砖，费了九牛二虎之力，终于将地板砖背上了腰。

楼梯上，顾顺良弓着身背着一箱地板砖汗流浃背地一步一步吃力地往上迈着。

终于进了家门，顾顺良累得一下子瘫坐在了地上，大口大口地喘着粗气，满头的汗水。

"快喝口水!"邱栀子见状赶紧给丈夫递过矿泉水去。

邱美娥又拿出手绢帮女婿擦汗。

这是顾顺良第一次感受到丈母娘邱美娥母亲般的疼爱，眼里竟然潮润了。

大着肚子的邱栀子一手提着又长又重的卫浴，另一手提着装有水龙头、插座、地漏盖等零碎的袋子气喘吁吁地从一家建材超市里出来。

而顾顺良则一只胳膊抱着一个不锈钢水盆也气喘吁吁地跟在她身边走着。

"买毛坯房可真难啊，连个插座、地漏盖都要自己买。"邱栀子议论。

他俩来到了公交站点，公交车来了，里面人很挤，顾顺良先挤上去了，邱栀子因为大着肚子不敢用力，怎么也挤不上去，顾顺良便放下手中的水盆下车帮她，先把她手中的东西往车塞。

"谁的水盆啊?压着我脚了!"车上有人懊恼地叫嚷。"看不见车上没空间了么?还塞!"另一个人烦躁道。

东西好歹塞上车了，人又很难上去，"是个孕妇，大家别挤着她!"顾顺良用自己的身体护着邱栀子给她开道。司机也不耐烦了，道："因为你俩，拖延我们的运程时间啦！带这么重的东西，还有个孕妇，干嘛不打的去？"

任周围的人怎样表达着他们的反感，两个人都一声不吭，默默地承受着一切羞辱。

好歹总算挤上了公交车，下车后又去改乘地铁。地铁里依然很挤，一番辛苦不再详述。

出地铁口的时候，那么高那么多的台阶，两个人一步步走上来，顾顺良累得实在不行了，埋怨道："你说说你，为了买到最便宜的洗手盆，硬要逛遍附近所有的建材市场，还怀着孕，顶着这么毒的太阳。"

邱栀子一直强忍着的委屈终于被划开了口子，颓然地一下子坐在台阶上，嘤嘤地哭起来。

顾顺良慌了，赶忙道歉："我错了，我不该埋怨你。"

邱栀子哭着打了他一下，抽泣道："你为什么这么穷哪？"

顾顺良手足无措的样子，想去牵她的手。她挣脱开，不让他牵，只是抱着卫浴自己一直哭。

顾顺良只得无助地陪着她，坐在她身边的台阶上，不知怎么做才能安抚她的情绪。

"让你父母在老家的旮旯旯里翻翻，就没件值钱的旧家具啊，旧古董之类的？旧铜钱也行啊。"她说。

顾顺良一脸无奈道："我老家是真没钱。自从贷款买了这套房子，家中的自来水我都舍不得喝，尽量每天在单位喝足免费的水，然后每天打一杯热水带回家，已经节省到这份儿上了，再也没别的招了。"

新房彻底装修完那天，在楼下，顾顺良伸开双臂道："来吧，我抱你上楼。"

邱栀子笑着推他一把："别，太沉了。"

顾顺良认真道："我一定要把你抱到我们的新家。世上有卑微的男女，却没有卑微的爱情，我想在自己'能'的范围内，给你最大的温暖。"说着便抱起邱栀子一步步地上了台阶。

"1、2、3、4、5、6……"每迈上一个台阶，邱栀子就大声数着。到了家门口后，邱栀子一脸幸福道："到咱们家总共有72级台阶。"

"这72个台阶，是通往幸福的台阶。"顾顺良道。

房门打开了，两个人看着装修完的小家幸福无比。

"得了，小家初成！"邱栀子洋洋自得道。顾顺良说："我爱我家。"两个人的手紧紧地攥在一起。

搬进来的那天晚上，邱栀子躺在床上摸着肚子里的小宝宝说："孩子，我们有自己的家了。"

她对身边的顾顺良说："以后，我们俩谁先下班回到家的时候，都要把厨房的灯先打开，让晚回来的那个人在路上就看到自家里的那盏灯，知道家里有人在等着他（她）。"

4

邱栀子的腹部已隆得很明显了。因为孕期反应厉害，她老是吐，吃不进东西去，整个人瘦成了个只有腹部滚圆的大蚂蚱。

"这孩子，吃我的肉，喝我的血啊，把妈妈熬成了一个火柴杆了。"邱栀子有气无力地捂着自己的腹部感慨。

这天半夜里，邱栀子翻来覆去地睡不着，顾顺良被吵醒了，"怎么啦宝贝？"他问。

"睡不着，饿得慌！"邱栀子说。

"想吃什么宝贝？我这就给你做去！"顾顺良说着便迅速地披衣下床。

"我想吃嫩玉米！"邱栀子说。

"家里没有嫩玉米啊，"顾顺良为难道，他开了灯，一看表说："这会儿才凌晨一点。我给你做点别的吃行么？"

"我只想吃嫩玉米，别的什么也不想吃，明天早晨你到早市上给我买去！"邱栀子说。

"好，乖，明天我到早市上买去。"顾顺良道。

两个人重新躺下，过了一阵，邱栀子还是翻来覆去地折腾。

"还是睡不着啊亲爱的？"顾顺良问。

"我就是犯了馋瘾了，气死了！"邱栀子道。

"等我一会儿，我出去买去！"顾顺良一个鲤鱼打挺下了床。

"别去！这个钟点到哪儿买去啊？"邱栀子着急地喊道。

顾顺良不再答话，穿上衣服就跑出去了。他从楼下的自行车棚里搬出自己的那辆旧自行车骑上就上了街。深夜的街上，空无一人，顾顺良骑着自行车，在北京的大街小巷里跑着找嫩玉米。后来终于在一家24小时营业的超市里买到了。

回家煮熟后，看着邱栀子像头贪吃的小猪似的啃吃着那几个嫩玉米，顾顺良欣慰地笑了。

邱栀子啃完玉米后，很快睡着了。

顾顺良虽然又累又困，却再也睡不着。

5

邱栀子的预产期眼看就要到了，却联系不到医院。

"都已经约满了，也不知现今是怎么了？生小孩要提前半年预约，上幼儿园要提前半年排队预约等，可这明明都是生活的必需。"顾顺良牢骚道。最后还是通过朋友的关系，才联系到了邱栀子平时做产检的那家妇幼保健院的床位。

邱栀子生产时顾顺良给医生提出要求要一直陪伴在邱栀子身边，被应允了。

生时发生了危险，开始时难产，"保大人还是保孩子？"医生问。

"当然保大人！"顾顺良道。

"当然保孩子！"邱栀子道。

两个人的回答几乎是同时的。

脸色苍白的邱栀子握住顾顺良的手孱弱道："这孩子是你的血脉，你父母那么喜欢要孙子。"

顾顺良泪流满面地紧攥住邱栀子的手道："这个孩子没了，以后还可以再要，而你，是世界上的唯一，无论如何我要保你！早知会发生这样的事，真的不该让你生这个孩子的。"

邱美娥在产房外也急得什么似的。

庆幸的是，经过一番痛苦挣扎，邱栀子最终还是平安地度过了那一劫，生下了一个男孩，取名兜兜，只是孩子的头被脐带缠着了，小脸憋得红紫红紫的，被放在氧气室里。

"恐怕，这孩子落不着了。"顾顺良紧张道。

"顺良，我们的儿子会出什么意外么？他还那么幼小，如果这孩子有个三长两短，我也不想活了。"邱栀子伤心地抓住顾顺良的手道。两双手紧紧地攥在一起，给对方和自己增添力量。

邱美娥在旁伤心道："人这一辈子长着哪，会遇到这样那样的坎坎坷坷，你们俩还这么年轻，就说这样丧气的话，让我一个孤老太太怎么办？"

好在兜兜最终度过了危险期。

在产房里，婴孩充满奶味的小身体偎依在邱栀子怀里，她感觉幸福极了。

她抚摸着顾顺良的脸颊道："有了孩子、房子，我觉得很满足了，以后，我们要好好地过日子，当然，还有一个任务就是防火防盗防小三。"

顾顺良抚摩着兜兜的小脸颊喷笑道："小三不是已经有了么？"

看着眼前这个娇柔的小生命，他有一种莫名的感动，他把一粒种子遗在了邱栀子的身体里，开成了这样一朵娇嫩的小树苗，他顾顺良在这个世上从此不再是一个单独的生命体，而是分了枝长了权。他的眼睛里忽然涌出了感动的泪花。

6

慕容雪得到消息后对郑军武说："我闺蜜生小孩了，我得买些东西去医院探望去，你陪我一块儿去吧。"

"好，我开车送你。"

到了妇幼保健院的院里，郑军武说："我还是不去了。我一个大男人，可能不让进产房，我在楼下等你吧。"

慕容雪便提着大包小包自己上楼了。

"让我看看我们的小宝贝！"随着那个娇柔的声音飘来，裙裾飘飘的慕容雪走进了病房门。

"谢谢你来看，兜兜，看看姨！"邱栀子道。

"干脆认我当干妈得了。儿子，来，让干妈抱抱！"慕容雪抱过孩子。

顾顺良兀地脸一红。

"我第一次抱这么小的婴儿。把一个小婴儿抱在怀里的感觉真好，这么软。"慕容雪新奇道。

邱美娥下楼买尿不湿去了，与郑军武的车擦肩而过。

而这时，郑军武正坐在自己的豪车里闭目养神，两人谁也没看见谁。

慕容雪回到家后，把空调打开，裸体站在卧室墙上的大镜子前，怜爱和疼惜地看着自己，她的手滑过光滑平展的小腹和小而坚挺的乳房。一个女人，是否生育过仅从乳房上就可以看出来。

她曾一直津津乐道于自己的身体，是未发过芽、裂过缝的。她也一直对生小孩的事有些不屑于，是个女人就能生出小孩来，有什么了不起？再说，她的骨子里是个自私的人，不愿意为他人付出一点，至于爱男人，是为了让男人爱她。

直到那天，她忽然在报纸上看到一篇医学文章，触动她太深，说女人如果不经过生育、哺乳这一关的话，人体的免抑力会下降十年。

最近，她看见小孩眼神就发直，心里像芽芽一样柔软的东西在拱动。或者，是因为自己的日渐年长，看见娇嫩的生命才倍加喜欢吧？还有那些郑军武出差去外地时黑夜里的孤寂，夜里她常常害怕。"一个小人儿也是一个人啊。"有时，她会忽然升起一种对幼儿在侧的强烈渴望，把被窝卷铺成2个，把另一个枕头抱在怀里。

终于在从医院回来的这天晚上，她直接表达出来了："军武，我也想要个孩子了。"

郑军武心虚道:"我这个年龄,实在没心力再带一个孩子成长了。"

"我真的特别想要。自从跟了你,我就想一辈子跟着你踏踏实实地过日子,没有别的心了。"

郑军武犹豫了下,说了真话:"我,不能生育了。"

慕容雪一下怔住了,自从他停药后,他们俩便一直处于无性状态,而今怎么,连小孩也不可能有了?

7

这天是邱栀子和儿子出院的日子。邱栀子抱着软软的一团,顾顺良和母亲提着其他物品走出了妇幼保健院的大门。

邱栀子站在那里,看着人来人往,这个世界,是决然地不同了,从此有了这样柔弱的一个小生命,依赖着她。

当邱栀子两个滚圆硕大的乳房喷溅出乳汁的时候,她也让顾顺良吃。"怎么没有汁呢?"她永远记得他初吻她的胸时疑惑而好奇的疑问,现在想来,他俩傻得多像孩子啊。丈夫,儿子,一个人一个,他们咂巴着嘴,啪嗒啪嗒地,像两头贪嘴而可爱的小猪吮着她的胸乳,那一刻,邱栀子觉得自己是世界上最幸福的女人。那一段时间,邱栀子饭量大得惊人,而顾顺良则异常白胖。

儿子兜兜的出生使邱栀子焕发出了女人所有的美德。

"小燕子,穿花衣,年年春天来这里。"邱栀子歌声优美地唱,每逢她唱这支歌,儿子就会撒尿。

邱栀子对儿子无比的温柔、呵护,与做姑娘时的大大咧咧判若两人。

刚生下来的儿子睡眠没有规律,邱栀子夜里经常被吵醒,经常听见儿子哭便马上惊醒,起身时头很响地撞在墙上。因为养育孩子的艰辛,邱栀子脸上出现了很多皱纹。

"不行!这样下去你的身体绝对吃不消的,让我父母来帮着带孩子?"顾顺良问。

邱栀子紧张道:"坐月子是件大事。本来就容易得产后抑郁症,还要和婆婆磨合生活习惯,怕是不妥吧?"

"在我们老家,媳妇必须由婆婆来伺候坐月子,不然婆家是要被戳脊梁骨的!"顾顺良坚持道。

这天,邱栀子打电话来给慕容雪唠叨个没完:"哎呀,带个孩子,累死了!如果不是自己亲生的,真想送人,你不知道那奶粉贵的,你说,这孩子怎么有这么个穷爸……"

慕容雪忽然心生烦躁，说道："邱栀子，你别身在福中不知福，得了便宜还卖乖。"说着挂了电话。

邱栀子怔在那里，为好友不知从何而来的烦躁。

过了会儿，慕容雪的电话打过来了，给邱栀子道歉："栀子，不好意思啊，我刚才心情不好。"

"怎么啦亲爱的？"邱栀子小心地问。

"唉，家家都有一本难念的经。"慕容雪像有什么难言之隐。

"怎么了？"

"军武开始竟然用'伟哥'，自停用后，我们俩，非但无性，还不能生小孩。他还一直不跟我领正式的结婚证。"

"是这样啊？"邱栀子吃惊道，她脱口而出，"那你还要这份关系干什么？你图什么呀傻丫头？"

"我们之间，是有感情的。可我现在，看见小孩眼神都发直，因为求而不得，我是那么羡慕你充满烟火味的生活。如果不出什么意外的话，他会比我早离世30年，在剩下的30年里，我将怎样度过余生？想想都后怕。我现在看《查太莱夫人的情人》，每一句都入骨。"慕容雪说。

"那你怎么办啊宝贝？"邱栀子关切道，"我只是为你着急，也不知道自己能为你做些什么。"

"什么也不需要，我只是向你倾诉一下，心情便好了很多。日子依然这样过吧，我是没勇气离开现拥有的一切的，"慕容雪说，"还是那句话，这世上没有无疮孔的情感，就像我和郑军武，他能满足我的物质生活，但身体、精神上，他都满足不了我，我还不是得一样过？我功不成，名不就的，靠写字压根养活不了自己，我又不想为了生计而从事文学之外的工作，所以找他是不错的选择。而你那个顾顺良呢，有学历、有未来，年轻英俊，缺的只有钱，而比起我生活的缺憾来，钱的问题是最容易解决的，所以你就知足吧。"

第六章　公婆来了

1

邱栀子生了个儿子的功劳很快传到了顾顺良的老家。

很快，婆婆公公背着大包小包上门来了。是顾顺良去火车站接的。

婆婆公公一开门，发现亲家母系着围裙，一副主人的样子站在儿子家。

"家里也没什么可捎的。只这点黄瓜，是自家墙跟边种的，没施化肥。"顺良娘露着怯怯的、讨好的笑看着邱栀子母女的脸色说。

邱美娥眼神里瞥过一丝不屑。

那一小捆黄瓜用黄瓜秧捆扎着，新鲜的黄缨似乎还沾着老家田野里的清新，顾顺良的眼睛就涩涩的。

一番寒暄之后，邱栀子对娘家妈道："妈，你这些天在医院值班，太辛苦了，回家歇几天吧。"

"也好，来接班的了。"邱美娥解下围裙回自己家了。

婆婆公公扑向襁褓中的婴儿，一番亲热、喜爱自是言说不尽。

婴儿睡着后，顺良娘便将围裙扎上，里里外外地开始忙活起来。

在小两口自己的房间里，顾顺良凑近邱栀子喜形于色地悄悄说："娘给带了5000块钱来，说是奖赏你给老顾家生了个带把的。"

"是么？这样我们这个月便可以多还5000块钱的贷款，背上的大石头又卸掉了一块，"邱栀子的脸上马上绽出了一朵花，长长地舒了一口气道，"那笔房贷像一块大石头压在我们的日子里，压得我喘不过气来，现今我看见钱眼神就发绿。"

"不，你现今是想一下钱眼神都发绿。"顾顺良笑她。

只是婆媳相处起来很快便有矛盾了。

邱栀子给儿子买进口奶粉，顺良娘在旁一听一罐奶粉一百多，便叫起来了："哎呀，这么贵啊！顺良小时候我的奶不够，喝米汤一样长得这么壮！"

"只是国产奶粉让人不塌实啊。"邱栀子分辩。

邱栀子因为怀孕生子比原来胖了，给自己买了件衣服，顺良娘一听那个价钱："啧啧！这么贵啊，够买一年的化肥的。"

每次吃完饭后，邱栀子每每要倒掉盘子、碗里的那点剩菜时，顺良娘就紧张地跑过去抢过来道："还够吃下一顿的！"

"电视上说了，吃剩菜不好。"邱栀子分辩。

顺良娘不以为然道："谁家不吃剩菜啊。"

"还有妈，以后别在市场买咸菜疙瘩了，吃淹制的咸菜对身体有害。"邱栀子又说。

"早年间，农村里每家都是靠一缸咸菜疙瘩过冬的，还不都活得好好的?!"顺良娘更加不以为然道，嘴角甚至流露出了有些嘲讽的意思，至少在邱栀子看来。邱栀子一下就被顺良娘的那种表情给伤着了，心里的火腾地一下便窜上来了，但使劲压在心里。

"你现在休产假没工资了，还有房贷，全家都仗着我儿一个人的工资，能省点便省点吧。"顺良娘又唠叨。

虽然话不中听，但邱栀子知道这话倒是真的。

"知道我们的日子紧张成这样，你们平时怎么不多攒点钱帮我们还房贷? 不是说带了 5000 块钱来么? 怎么还不往外拿??"邱栀子心里话。

顾顺良下班后进了家门，邱栀子这时正像热锅上的蚂蚁般团团转着，看也不看顾顺良一眼，却只火辣辣地瞅着顾顺良手中的包，上前一步一把就将顾顺良手中的包夺过去了，急切地翻着道："这个月的工资发了么?"

顾顺良往回抢，使劲按住自己的包，叫道："我要留 100 元的生活费，你别动我的包!"

邱栀子到底还是从顾顺良的包里翻出了钱，她晃着手中抢过来的几张人民币道："我从来没有觉得，钱是这么鲜艳，瞧，粉红粉红的!"

"我一个产妇，一张嘴喂两口人，需要多吃些猪蹄之类下奶的东西，可是你娘她，不是让我吃剩饭就是吃咸菜，这哪像做月子的啊? 你娘不是说带了 5000 块钱来么? 怎么还不往外拿?"邱栀子小声发牢骚。

顾顺良愁闷地叹息了一声："唉——"摇摇头抱孩子去了。

正在厨房忙活的顺良娘听见了邱栀子的话，心里话，"天知道这 5000 块钱我是怎么省下来的，我老俩口舍不得炒菜，经常用干粮蘸着酱油吃就是一顿饭，五年了，我们没舍得给自己添置一件衣裳，可看看你邱栀子吃的是什么? 穿的是什么? 你们的家，这么亮堂，这么好的家具，可我那座破房子，雨天漏雨，冬天冷得像个冰窟窿——可是，可是我已经说给我们家顺良带钱来了啊。"

顺良娘内心纠结着，她的手一次次伸进内衣口袋想将钱掏出来，又一次次地将钱攥住，那叠钱都快被她攥软了，她还是舍不得往外掏。

独立一摊过日子的邱栀子潜移默化中从母亲邱美娥那里学会了偷水的办法，将水龙头拧松些，下面接上塑料水桶，水稀落地滴答着，水表就不会走。

滴答、滴答，多么恼人的。

"兜兜他奶奶怎么还不往外掏那 5000 块钱呢?"邱栀子心里话。

　　她一分一秒地等着，滴答、滴答，空气似乎也快被绷断了，真正快被绷断的，是邱栀子的神经。

　　"涮我们哪这是？"邱栀子心里话，她开始找茬了。

　　顺良娘的眼神不好，将灯开了，眼睛眯缝着，弓着腰，盘腿坐在床上给孙子缝棉衣棉裤。是顺良娘从老家背来的棉花。

　　"大白天的，别开灯，浪费电！"邱栀子气冲冲地冲过来，'啪'地一下把灯关了。

　　顺良娘脸上的表情就悻悻的。

　　邱栀子这天从外面回来，看见顺良娘正将嘴里嚼碎的饼干往儿子的嘴里喂！

　　"干嘛呀？！"邱栀子兀地爆起一声喊，惊得顺良娘激灵一下。

　　"这么喂饭，多不讲卫生啊！孩子容易生病的！"邱栀子说道，上前心疼地将孩子抱在怀里，捶着孩子的背，想让孩子吃掉的东西吐出来。

　　顺良娘的眼里顿时涌出了一汪泪，她分辩说："老家房梁上筑的燕子，老燕哺小燕都是这么喂的呀，我们村里，都这样喂孩子的，顺良小时候我也是这么喂大的，不也健健壮壮的么？"

　　"村里是村里，燕子是燕子！你最好别再给我说什么村里村里的，村里的事，就是准则啊？！"邱栀子嚷道。顺良娘眼里噙着泪出去倒垃圾了。

　　在楼下的垃圾桶旁，一个老太太看见顺良娘在哭，便关切地问道："怎么啦老姐姐？"

　　"是个女人就会生孩子，有什么了不起的？原来的女人，六、七个的生呢，也没见谁的尾巴翘到了天上去！"顺良娘宣泄道。

　　"是啊！我那个媳妇也是，像个座上皇一样！"那个明显也是婆婆身份的妇人应和。

　　"放着水不喝，偏要喝可乐，那是喝钱啊，啧啧！"顺良娘念叨。

　　另一个婆婆忿忿不平地白话道："你不知道我们家那个儿媳妇呢，单位分点什么就拎到她娘家去！"

　　两个同病相怜的婆婆拉起呱来了，"愤怒声讨"着各自的儿媳妇……

2

　　顾顺良下班回家，远远地看见母亲正坐在宿舍楼前的马路牙子上抹眼泪。风吹着母亲绒绒的头发，像一蓬枯草。

　　"娘，怎么啦？"顾顺良赶紧跑上前紧张地问。

　　抬头看见儿子来了，又一股泪水瞬时从顺良娘的眼里汹涌而出，那眼里的悲伧一下击中了顾顺良，"娘，到底怎么啦？"顾顺良心疼地追问。

"我想回家，明儿你给我和你爸打两张车票去。"顺良娘说。

"刚来这么几天，怎么就要回去哪？"顾顺良着急道。

"家里的鸡鸭没人喂。"母亲说，用衣袖擦着眼角的泪。

"鸡会到田里觅食，饿不着的。"顾顺良说。

"家里的猪没人喂！"母亲抽泣道。

顾顺良蹲到母亲跟前，攥住母亲粗糙的手，道："娘，到底怎么啦？是邱栀子惹您生气了？"

"我给兜兜喂饭，邱栀子嫌我的嘴脏，你娘我这么大岁数了，还从没被小辈人这么训过！"顺良娘哽咽道，泪水再次汹涌而出。

顾顺良瞬时变了脸，腾地站起来径直向家走去。

"嘭！"地一声，门被撞开了，顾顺良裹着一阵风冲了进来。

这会儿，邱栀子还在弯着腰给孩子捶背，"吐！吐！"

顾顺良一把拽着了邱栀子的胳膊，眼睛逼视着邱栀子黑着脸问："邱栀子，你怎么惹着我娘了？！"

"怎么了？我回家的时候，看见你娘正将嘴里嚼碎的食物往咱儿子的嘴里喂！看看他奶奶的嘴里，长年也不刷牙，那么多黄东西堆在牙床上，也不知有多少细菌，孩子这么小，抵抗力多弱。"邱栀子气呼呼道。

"我也看见娘怎样喂孩子了。我不觉得娘舔一下孩子的食品是脏，她那是怕食物烫着孩子，自己先试试，也是为了孩子好，"顾顺良气呼呼道，"人这么大岁数了，有些毛病是不好改的，你就不能依顺一下她么？"

"其他事情我可以依顺，可事关咱儿子健康的事，我能退让么？我能拿着孩子一辈子的健康当儿戏？"邱栀子嚷道。

"有这么严重么？我小时候也是被我娘这么喂大的，不也健健壮壮的么？"顾顺良分辩。

"你小时候你妈健康不说明她现在一定健康，近几年她体检过么？"

顾顺良被说得也有些紧张，严肃道："那我给娘说说，以后不让她这样喂孩子了。但不管怎样，你是我顾顺良的妻子，就得善待我的父母。你爱我的话就得爱我的全部，也许老人是有点坏习惯，你可以用委婉的方式让他们适当地改变一下？"

顺良爸这时黑着脸拎着几棵大白菜从外面回来了，后面跟着满脸泪痕的顺良娘。

顺良爸坐在沙发上，磕着烟袋锅，板着脸发话了："子不教，父之过。我们一辈子节衣缩食地供儿子过上了城里人的生活，没有功劳也有苦劳。而儿媳妇，即便是北京人，但嫁给了我们儿子，就是我们老顾家的媳妇，就得三从四德，孝敬老人，遵守一辈辈传下来的老规矩！"

他这些话并没有对着邱栀子说，他是对着对面的墙说的，但一句句撒在空气里，掷地有声，邱栀子忽然感到势单力薄，一声不语地扭头回自己卧室了。

他们一家三口在客厅里嘀嘀咕咕地说着什么话，邱栀子感觉自己像个外人，被他们一家人排斥在外。

这时，顺良娘又在背后数落邱栀子的坏话了："都生了孩子了，还整天打扮得这么花里胡哨，都已经是孩子的妈了，还老是吃零食。左一小袋，右一小袋的，那么一大瓶酸奶，不一会儿就喝进去了！一点都不过日子。"

恰巧这话让邱栀子听见了，待顾顺良回房间后邱栀子气呼呼地嚷道：

"现今都什么年代了！我不买名牌，不进美容院，喝点酸奶还被管着，她在咱们家住，应该是客，而不该是来评判和监督我的生活的！我一个受人尊敬的医生，却被一个农村婆婆管三管四的！"

"不管怎样，他们是长辈！百事孝为先。"顾顺良道。

邱栀子绽开一丝苦涩的笑，道："长辈？在我们遇到天大的难处，想钱想的眼睛都绿了的时候，你父母一毛钱的忙也帮不上，却跟我们摆什么老人的谱？你母亲还好，不停地忙着忙那的，你那个爸爸，跑到这里充大爷！吃饭后坐在那里一动不动，连个碗筷也不收拾，坐在那里等吃等喝，酱油瓶子倒了也不扶。"邱栀子抱怨道。

"农村男人就这样，不做家务。"顾顺良解释道。

邱栀子不屑地撇了撇嘴："嗯，不做家务？不做家务能挣钱也行啊，男人不做家务的话，是能养家糊口，我可没沾着他一分钱的便宜，凭什么侍候他?！因为买这个房子，我们想钱想的眼神都绿了，恨不能一个钢镚掰成两瓣用，就差去卖血去了，哪怕你父母帮我们一万块钱哪，我心里也好受些。"

顾顺良面露尴尬，苦涩道："我父母是真拿不出来，农村里的上辈人，穷啊，能活下来已是不错，我父母这么大岁数了，种着3亩地，每年收两季，一季麦子，一季玉米。这两季庄稼，除去肥料和种子钱，收入三千元左右，这三千元也许对城里人来说，只不过是一个月的工资，但对于农民来说，却是一个家庭一年的全部。这还是年头好的时候，遇到旱涝失收的年头，情况更差了。"

"是么?"邱栀子惊讶道。

顾顺良苦涩道："这说起来令人难以置信，可这就是我家里的真实状况，这就是贫困地区农民的真实情况。你想想，那点钱除了买油盐酱醋，再遇到个头疼脑热，红白喜事的人情往来，哪里还有剩余哪？他们不是不给，是真没有。"

"好了，我收回我原来的话，我原来还自命清高，多少有些轻视我妈的俗气，今天我才发现，真过起小日子来，我比谁都俗，我整个人都活在一个俗的缸里，对两个对我们的生活没有多少帮助的人，我无论如何也亲不起来，其实，势利是所有人骨子里潜在的东西，谁也不比谁高尚。"

这时，电视里正在播鉴宝栏目，邱栀子道："真到你们老家的旮旮旯旯里翻翻！就没件什么老玉呀、明清的字画、旧家具呀什么的？"

顾顺良苦笑了一下："那一辈人，没饿死的便算侥幸。"

"活一辈子了，一点值钱的东西也攒不下，这一辈子活的，唉——"邱栀子道。

"上一辈人的贫穷，是时代造成的，不管怎样，他们是长辈。在我原来的感觉里，像个天使般圣洁的你，怎么跟个市井女人一样了？"

"天使？天使是不需要买柴米油盐过日子的，天使是不需要背负房贷的。我现在算体会到了，人们数落别人爱钱啊，小气啊，那是没真缺着钱。"

"我就想不通了，你对一个陌生的病人都那么热心肠，为什么对一对吃尽苦头的农村老人却这么苛刻？我经常在想，我第一次认识的你和真实生活里的你，是同一个人么？"顾顺良烦躁道。

邱栀子兀地怔住："什么意思？对我失望了？我现今休产假在家，这个家就是我全部的世界，而这残存的一片领地，也被别人侵占了。自己的家里住了外人，在我的感觉里，像身体里进了异物一样浑身咯硬得慌。"

"他们不是外人，是我的生身父母，你如果爱我就得接受他们！"

"你们有长年相处的感情，可是我没有。我一分钱的便宜也没沾过他们，因而我对他们没有真实的感情。和公婆一起住是件很痛苦的事情，年代的差距根本无法在一起生活，和老人在一起过根本找不到那种温馨小家的感觉。再说了一方强硬和老人住在一起对另一方很不公平。"邱栀子嘟囔。

"在单位里，同事的矛盾，领导的脸色，家是唯一能放松身心的空间，可家里整天这样鸡犬不宁的。这以后的日子，该怎么过啊？"顾顺良愁闷道。

"要不，还是让我妈来伺候月子吧？让你父母回老家去？"邱栀子艰难地吐出了这句话。

顾顺良无比为难道："我父母没有主动说回去，我怎么能赶他们？再说，我想让他们住一阵楼房享享福。"

邱栀子以一种异样的眼神看着顾顺良说："我真不知道当初你所说的，爱我的话是真的还是假的？你父母住在这里，我的心理感觉那么不好，都成了忧郁症了，可是你，抹不下面子来让他们走，却让我承受这么大的精神磨难，你的心里，最在乎的人到底是谁？我是那个和你相伴一生的人啊！"

顾顺良一脸的苦不堪言，道："农村里，一辈辈的，媳妇都是跟老人住在一栋房子里的。我想让父母在这里过冬，农村里冬天多冷你都看见了。当初，在那个冬夜里，你对一个陌生人都能伸出援手，那时的你，那么善良，简直像一个天使，"顾顺良的脸上现出了一丝温暖的追想，但很快又变得痛苦不堪道："可结婚后，为什么对我的父母，却这么冷酷？"

邱栀子被击中了什么，看着顾顺良道："你说的没错，对一个陌生人，我都能心生良善，可能我心理上，受传统的观念影响太深吧，在自己穷困不堪时，便对上辈心生怨气，尤其是男方的父母，好像理应在买婚房时给予支援的。主要是这一阶段实在太缺钱，太想钱了，便对给我们没有一分钱支援的他们心生厌倦。"

"不管怎样，我父母进了咱的家门。为什么，你就不能看在我的面子上，对我的家人好一点呢？"顾顺良说。

邱栀子忽然抬起自己乱蓬蓬的头发，声嘶力竭地说："说一千道一万，都是你的理。可你忽略了一个最基本的事实，这是我的家啊，我是这个家的主妇，可我却连一点基本的生存空间都没有了！你知道我白天去了哪里了吗？我去看了心理医生，再这样下去，我就要疯了！"

这时，忽然门边爆起一阵嚷："我儿子有本事，考上了大学，成了文化人，凭什么只你一个人沾他的光？你自己说说，倒有哪一方面能压得过我儿子去？再说，人，谁没个老？人在做，天在看，你就这样待你的公婆，小心兜兜把一切看在眼里，长大了后也学你！"

是瘦小的顺良娘，穿着一身黑色的衣服，立在他们的卧房门口，双手叉着腰，拿声拿调地说。

婆婆的气盛从何而来？

邱栀子忽然失控地冲向床边，顾顺良惊诧不已，以为她要对自己动武，她却绕过顾顺良，抱起两个鹅毛枕头来，投向屋内的家具、电灯，喊着，"这日子，没法过啦！"

满屋里顿时飞满了鹅毛，沸沸扬扬的，也落在顾顺良的身上、脸上，开始时他还想极力地掸，却怎么也掸不净，到后来他颓然地站在房内，任鹅毛落在自己的身上、脸上，木然如一棵树。

邱栀子扭头抱起孩子便往外走，扔下一句话："我回娘家住几天！"

3

邱栀子抱着孩子回娘家了，一进门便烦不胜烦道：

"妈，我真后悔当初不听你的话，找一个农村出生的老公，你不知道那个顾顺良，没有他爸妈的时候，他特别听话，好的不得了，可公婆一来，我这个老婆就是外人了，他恨不得我搬出去，给他爸妈腾地方！家里只有我们两个人的时候，谁伸点缩点都无所谓，现在，家中有另外的人看着，就是一种表演。"

"怎么样？不听老人言，吃亏在眼前啊吧？"邱美娥道。

"我那个婆婆，嫌菜价高，觉得只有大白菜便宜，便一天三顿都吃大白菜，我正在做月子啊！我最痛苦的是和他们同桌吃饭，他们吃饭说话很大声，唾沫星子乱飞，吃饭的声音啪啪的，真让人受不了！我那个公公，整天像尊雕塑似的坐在那里一动不动，酱油瓶子倒了都不扶一下，还喜欢听京剧，声音放到很大，影响我们娘儿俩休息，我说过几次都没用，只好忍着。"邱栀子继续牢骚。

"跟婆婆的矛盾还好说，主要是那个公公，开始时为了喂奶方便，我基本不穿内衣，穿着件外套晃晃荡荡地在屋里晃荡，可自从公公来了后，老觉得一双无形的目光看着自己，令我浑身不自在。公公常进屋看孩子，孩子有时正吃着又不能马上拔出来，气恼得我——老公不在家的时候，我常常把门关起来，但是住在一起，老锁门又不好——"邱栀子继续宣泄。

邱美娥说："你这算什么？被人家挤回娘家了？要走也是他们走！那是你的家啊，我辛辛苦苦攒钱买的房子就这样成了顾家的根据地了？孩子，你必须反抗！"

"怎么反抗？拉不下这个脸来啊。和公婆的关系不好，势必影响到和顾顺良的感情。强迫我去对两个心里那么腻歪的人有好感，这不是强人所难么？我怎么办哪？毕竟，我很爱老公，而他们，又是老公在这个世上最亲近的人，我对他们的态度必须有所忌讳，又不能老吵，可是他们又不走，我就像身体里进了异物一样，浑身难受。"邱栀子说。

母亲已经去厨房看锅里的饭了，邱栀子没有发现，还在那里自说自话："难道真是我错了吗？是我不够大度，不够孝敬长辈吗？如果我们买房的时候，他家里出点钱，哪怕一点点，我心里也平衡点。"

4

"砰"地一声，邱美娥气冲冲地进了门，此时，顾顺良父亲正坐在沙发上看电视里咿咿呀呀地唱戏，顺良娘正在给孙子纳一双小鞋。邱栀子抱着孩子跟在母亲后面。

邱美娥径直过去拿过遥控器啪地一声关了电视，道：

"小日子过的挺滋润的，啊？关键时刻，一根毛也拔不下来，却腆着脸跑到这里来住北京城了，这可是我付首付买的房子！却逼的我闺女有家不能回，这里倒成了你们家的地盘了！"

顾顺良父母顿时尴尬在那里。

"妈，说话太过分了。"邱栀子见状赶紧制止母亲，只是邱美娥还是说个不停……

这是个狂风暴雨的日子。

顾顺良刚好下班回来，在楼下的公交站上，看见了自己的父母，只见父母背着大包小包的，淋着雨站在那里。

顾顺良疾跑过去道："娘！爸！怎么啦？你们这是干嘛去？"赶紧将伞给父母打上。

"我们回老家。"娘哽咽着道，用衣袖抹了几把眼泪。

父亲头倚在树上抹着眼泪，肩膀剧烈地抽动着。

父母脚上穿的布鞋全被雨水打湿了。

"到底怎么了？"顾顺良疾问。

"邱栀子她娘说那是她付首付买的房子，不让我们住。"娘说。

顾顺良的眼泪顿时汹涌而出，脱下自己的皮鞋，给父亲换上。

"等停了雨再回去！"顾顺良哽咽道。

"算了，人家已经说了这话了，在你那个家里，我们一秒钟也呆不下去了。回到自己家里，我们浑身舒坦自在。"父亲说。

顾顺良听罢不再强留。一辆通向火车站的公交车来了，顾顺良送父母挤上了公交车。

在火车站，顾顺良给母亲买了一双新布鞋，让母亲换下了那双湿漉漉的鞋子。

目送着火车载着父母渐行渐远，顾顺良的泪水再次汹涌而出，心里发誓道："娘，爸，我一定努力奋斗，挣很多钱，给你们挣回尊严！"

5

顾顺良回到家里的时候，邱美娥已经回自己家了。

他用那种眼神久久地盯着邱栀子，那眼神冷得吓人。

"你父母哪？"邱栀子有些紧张，小心地问。

"我父母冒着大雨回老家了。"顾顺良道，眼睛又一次潮润了，他冷眼看着邱栀子，发出一连声的问：

"我对你的母亲，那么毕恭毕敬、小心翼翼地讨好她，可你对我父母那样，岂不是不把我放在眼里么？你对我家人不尊重，就是对我的不尊重。我父母是我在世上最亲的人，你对他们这种态度，我顾顺良对你，能亲近得起来么？"

第七章 丈母娘来了

1

丈母娘邱美娥很快便带着自己的换洗衣服进驻到了邱栀子的家里。

在看孩子之余，邱美娥首要的兴致是招呼老家的亲戚来京，这不，正打着电话哪：

"她小姨，邱栀子搬新家了，到新家里来温锅啊！"

"她舅，我们家邱栀子搬进新楼房了，到新家里来温锅吧。"

很快，邱美娥的老家妹妹左手领着孙子、孙女，右手拎了一袋婴孩的棉衣棉裤进了顾顺良家的门，邱栀子的老家舅舅身后跟着孙子、孙女，背上背了一袋地瓜也进了顾顺良家的门。

邱美娥领着娘家的大队人马兴致勃勃地这屋那屋地参观："看看，只这抽水马桶就花了一千多。"

"这张床花了两千哪！"邱美娥显摆。

"这房子真不错！""家具置办得好！"亲戚们应和。

"你们看看这房本，写着邱栀子和顾顺良的名字，这次这房子可是真的！"邱美娥显摆道。

当初邱栀子的那个婚礼，那张假房产证，邱美娥觉得自己在老家的亲戚们面前丢尽了颜面，而今，她要捡回来。

顾顺良下班回来在楼道里便听到了自家门里传来大声的喧哗声，不用说，是丈母娘老家的亲戚们又来了。她娘儿俩不让他的父母来住，可这位丈母娘的娘家人，一拨又一拨地来！

顾顺良调整了下表情硬着头皮进了家门，佯装热情地喊道："小姨、舅！您们来啦！"

"姑爷下班了。"亲戚们招呼。

顾顺良低头看了眼表，已到了饭时，而厨房里还是冷锅冷灶的，他说了句"我到饭店里要几个菜来！"转身出去了。

过了会儿，顾顺良从小区旁的一个饭店里提了几样现成的炒菜来，又去小超市买了一瓶北京二锅头，几瓶可乐，他心疼得哐哐哈哈的，心里话：这些钱够我们半个月的生活费的，天知道我们的小日子过得多么紧巴！

回到家后，餐桌摆开了，一帮人围在一起吃饭。

"我给你说小顾，你现在是当爹的人啦，拖家带口的，以后工作上得好好干！"邱栀子的娘家舅居高临下地说。"我记着了舅。"顾顺良点头。

"我们栀子现在有了孩子，凡事你可得多照顾照顾她娘儿俩！"邱栀子的小姨高高在上地说。

"那是！"顾顺良鸡啄米般地点着头。

"对，一个男人，必须要照顾好自己的媳妇，熬粥、煲汤都不会，怎么行呢？你就爱睡懒觉，我跟你说，以后你得天天早起熬粥。"丈母娘邱美娥指画着顾顺良说。

"我记着了妈！"顾顺良强压住心中不满，笑着应和着。

这帮人！就因为他顾顺良娶了他们家的邱栀子，似乎谁都可以数落他几句，他也从不好意思反驳，在势头上他像个弹簧一样，被他们压下去，压下去。"可是你们自己，混的怎样？在自己家里做的又怎样呢？有什么资格数落我？"顾顺良心里话。在背后，在心底，顾顺良对他们的不满伸展开来，弹回来，一寸一寸地。

这段时间，顾顺良借口工作上的事总是呆在外面久久地不回家，就是不愿面对邱栀子的这些娘家亲戚们。

夜里两点了，顾顺良才回到了自己的家里。这屋那屋地横七竖八地躺满了丈母娘的娘家人，包括客厅的沙发上。他蹑手蹑脚地回自己的房间，像一个小偷，走在自己的家里。

俗话说，人以貌相，顾顺良怎么看也是一副老实样，说话声音怯怯的，多少有点底气不足，且动不动就脸红，气质里透出一种柔弱，好像谁都可以数落他几句。他整个人像弹簧一样，被这个社会，被四周的人压着。可他总有对付这个世界的办法。

"别看我表面上对你们客套，可我心里烦你们，烦透了！我从心理上蔑视你们！"他在黑暗里对着那些丈母娘的娘家亲戚们指画着无声地喊。他因此获得了某种精神胜利。

"你们等着！等哪天我飞黄腾达了，要你们好看！"他心里说。

他因此平衡了自己。他不好意思对人凶、恶，但他自有平衡自己的办法。

2

邱栀子的这些娘家亲戚们总算走了，小家成了丈母娘邱美娥施展权力的舞台。

邱栀子瞅着孩子睡着了，便去卫生间洗顾顺良换洗下来的短裤和袜子。

邱美娥跟过来有些吃惊地问："内衣你都要替顾顺良洗吗？"

邱栀子不以为然道："是啊，几把就攥出来了。"

邱美娥生气道："你这个闺女！男人是不能惯的！我原来天天给你爸洗袜子，他还不是被小狐狸精给勾搭跑了？你俩都有工作，你也能挣钱，不比他矮半截，凭什么还侍候他？"说完，硬把顾顺良的内衣从盆里拽出来丢到龙头上。

邱栀子道："是啊，我也上班，凭什么还侍候他？"

顾顺良下班回来，看见自己湿乎乎的内衣卧在那里，奇怪地问："咦？这是怎么回事？"

邱栀子说："你自己洗！我妈原来天天给我爸洗袜子，结果爸爸还是被小狐狸精给勾搭跑了。"

这时丈母娘走过来开始用话敲打顾顺良了："我家邱栀子从小被我拿当心肝宝贝似的疼，我都舍不得让她干活，结婚前内衣都一直是我给洗的呢。一个大男人家，正是血气方刚的时候，连件内衣也洗不动么？"

顾顺良赌气拿起自己的内衣洗着，心里嘀咕道，"哪有这样教女儿的？婚姻是一杯茶，各有各的沏法，各有各的喝法。按传统女性才是家务的主力，我媳妇现在不上班，洗件小内衣还计较！"

"你嘟囔什么？！"忽然背后响起一声。

顾顺良扭头一看，丈母娘不知什么时候站在了身边，一下不敢吱声了。

夏天到了，这个夏天闷热难耐，顾顺良在卧室里开了空调，正在看电脑，丈母娘不知什么时候走进来了，啪地按了下遥控器，空调兀地停下来了，屋里的空气瞬时热起来。

顾顺良心起烦躁，分辩道："妈，电费我们掏得起。"

"你掏得起电费就可以随意浪费电么？老辈人都没用过空调，一辈辈的不都过来了么？小日子过的这么紧，也不知道省着点！"

"什么年代了啊，连个空调都舍不得用。"顾顺良不快道。

顾顺良的顶嘴让邱美娥不快起来了，嘴角撇了撇道："你的本事可真大，掏得起电费！"

顾顺良烦躁地走出屋去。

"还跟我撅蹶子！长本事啦！"丈母娘在背后数落。

正巧邱栀子下班回来，看见顾顺良在楼下站着，脸色很不好的样子，便问："怎么啦？"

"出来透口气！这个家呆着太憋屈啦！简直是'苛政猛于虎'，一举一动都被人管束着，让人浑身不自在！"

"到底怎么了？"邱栀子问。

"这是我自己的家，连开个空调的权力都没有！"顾顺良噘着嘴生气道。

"我妈又管你了？好了，回去吧，我给你扇扇子！"邱栀子连劝带哄地拉着丈夫回家去。

3

这个周日，邱美娥瞅着顾顺良不在家的时候，走进邱栀子的房间神秘兮兮地问："顾顺良每月的工资都交给你了么？"

邱栀子笑着不以为然道："没有谁交给谁的问题，我们每月的工资除了还贷，剩下的都放在那个抽屉里，谁用谁拿。"

"那哪行！以后让他把工资都交给你，只给他留100块钱的零花钱。小三凶猛啊，闺女，作为一个已婚女人，从今以后，你要进入高级戒备状态，防火防盗防小三——只要掏空男人的身体，榨干男人的钱包，套牢男人的时间，小三就没有可乘之机！"邱美娥严肃道。

邱栀子说："两人的关系融洽远比杂事上争出高低胜负重要得多，我想过得糊涂一些。"

邱美娥不高兴了，从鼻子里哼了一声："你个没良心的白眼狼！妈妈是要害你吗？你要不是我闺女，我才懒得操这个心，哼，好心当成驴肝肺，到时吃了亏可别来找我哭！"

丈母娘还有个不好的习惯，就是喜欢偷听。

这天，客厅里的座机电话响了，顾顺良过去接："喂？"

里面传来慕容雪的声音："哦，是顾大编辑啊，栀子在家么？"

"不在。"

"对了，我扩写完的那部长篇看完了么？怎样？"

"总体上来说不错，有些地方修改后，我这道关就算通过了，再送审给二审，必须三审通过才能出版。我是一审。"顾顺良说。

"要不，我们当面谈谈？我请你们夫妻俩吃午饭？"

"栀子不在家，要不我们改天再约？"

"我想马上修改，急需你的意见，要不我们就不等栀子了？我去你家？"

"我岳母在家哪，在她眼皮低下，我说话老结巴。"顾顺良小声说。

慕容雪在电话里扑哧一下笑了："我去你家附近的那家茶室里等你。我再跟栀子联系一下。"

"那，好吧。"顾顺良放下了电话。

这期间，邱美娥的耳朵一直竖着，她隐约听见了电话里是一个女音，马上全身的毛孔都张开来了，立即进入了一级戒备状态。

她留心观察着顾顺良的一举一动，每一丝细微，她听见顾顺良接电话的声音有些变调，放下电话后，他满脸泛红，情绪有一种特别的亢奋，临出门前，他还将梳子上蘸了点水，对着镜子将自己的那点短头发梳了又梳，又将自己的皮鞋擦了又擦，这压根不是平时大大咧咧的顾顺良的作派。

"有敌情！"邱美娥内心总结道。

在顾顺良出门后，邱美娥很快便学着电影里地下党的做法，从衣柜里翻出了一套邱栀子还没拆封过的新衣服换上，用一块花头巾将自己的头发蒙起来，又从抽屉里翻出邱栀子的墨镜戴上，整个看起来像一个花里胡哨、作风不正的老妖精，便出门了。

乔装打扮后的邱美娥尾随着顾顺良来到了一间茶室外。

一个打扮高雅的长发女人正背对着邱美娥坐在茶室内等着顾顺良。

两个人谈兴颇浓，顾顺良一改平时在邱栀子家人前的老实木讷，在那女人面前侃侃而谈，充满自信。

"文学就是人学，别把写文章想的高深不可测的样子，其实说话就是文章。平时里说出的话，随意地一撒一抛，打扫起来就是文章。只不过一般人都撒在风里了，而写作者，从地上捡起来，从空中一句句地捉住，落在了纸上，长成了一朵一朵的花，一枚一枚的谷穗。"顾顺良说。

慕容雪以仰慕的眼神看着顾顺良道："顾老师，我这人，除了牢骚满腹，除了说俏皮话，没别的具体的本事。"

"那些牢骚、空话，对某些工作来说，是闲话、碎话，毛病，然对写东西的人来说，便可以拿来安身立命。你现在是恰到好处地利用起了自己的特长。"顾顺良又说。

慕容雪以更加仰慕的眼神看着顾顺良道："顾老师，您真是才华横溢！"

顾顺良愉悦道："好久没跟人谈文学了，今天出来总算透了口气。"

慕容雪看着顾顺良的眼睛说："怎么啦？过得不快乐？"

顾顺良道："唉，丈母娘住在我家里。我们买房时，她出了20多万块钱，因此在我们家里，她俨然成了女主人，动不动便粗暴干涉我们小家庭的内政，平日里对我和栀子颐指气使，嚣张得很。我跟媳妇反倒成了寄人篱下者。"

"是这样啊？"

"我这位丈母娘，可不是一位平凡的劳动妇女。她的斤斤计较，令菜市场惯于缺斤短两的小贩们闻风丧胆；她的多疑，即便曹操在世也会自叹不如，而且惯会鸡蛋里挑骨头，在她眼皮底下做事，你就是做的再好，她也总能寻出纰漏，然后给你一通不痛不痒的数落。"

"有这么严重么?"慕容雪问。

"说一千道一万,就是因为我穷,我这心里啊,拔凉拔凉的。我也想赚大钱,没钱真的没人瞧的起你,可暂时找不到挣钱的门路。唉,就这么熬吧,谁知道将来会怎样。"提到这些,顾顺良的情绪一下子低落下来。

"还有栀子,曾是那样清白、寡语、说话细声细气的一个女孩子,一旦结了婚,就像一枚豆荚啪地爆裂开来,里面的小豆豆蹦到了厨房里,沾了柴米油盐的气息。其实栀子本质上不是为了鸡毛蒜皮的小事争执不休的市侩女人,都是因为丈母娘整天在旁挑唆,才造成了今天的局面。"顾顺良又牢骚。

邱美娥回到家的时候,邱栀子已经回家了,看见心事重重的邱美娥进了家门,便笑道:"这是干嘛哪妈?打扮成这样,被发展成地下党了?还是看上哪个小老头了?"

邱美娥将墨镜和花头巾摘下来,扔在沙发上,一脸的严肃,眼含悲戚地看着邱栀子道:"顾顺良那个兔崽子,他出轨啦!"

刚喝了一口水的邱栀子扑地一声将口里的水吐出来,难以置信地看着母亲笑道:"他在轨道内还走得歪七扭八、疲惫不堪的,还有力气和能耐到轨道外溜达去?"

邱美娥指画着邱栀子说: "傻闺女啊,男人如果靠得住,母猪都能爬上树!"

邱栀子不以为然地笑道:"妈,我这当事人还没怎么哪,我看你倒是患上'小三恐惧症'了,整天疑神疑鬼的。"

"我亲眼看见的,他和一个长得挺妖的女人在茶室里单独约会。"邱美娥板着脸再次强调。

邱栀子顿时严肃起来问:"真的啊?"

"你妈我这个岁数了,还能说假话不成?"邱美娥拍着胸脯,"你不知道,他俩人之间的那些话呀,简直像抽不断的线头——"

邱栀子的脸色一下变白了,"这个顾顺良,看起来是个挺安分的男人啊!"邱栀子困惑道。

"我怎么看着那女人的背影,像慕容雪啊。"邱美娥说。

邱栀子一下松了口气,不以为然地笑道:"哦,是慕容雪啊,她给我打过电话,说邀我和顾顺良一块喝茶,谈谈她稿子的事。"

邱美娥拿着本杂志指画着念叨:"傻闺女,你看看这杂志上说的,'为何说闺蜜是婚姻中最危险的杀手?'"邱美娥危襟正坐道,"有很多女人,当和丈夫出现矛盾时,便会向闺蜜讨教。在不知不觉中,让闺蜜知道了你所有的秘密,对你的底细摸得一清二楚。要知道，你们可以成为闺蜜，说明彼此有很多共同点，甚至对男人的审美观点都大同小异。如果此时的她起了歹意，想对你做点什么，简直易如反掌，毕竟她知道你们夫妻间的软肋。"

听到这里，邱栀子的脸色又变了，她的脑子里快速地闪过跟慕容雪的一次次交往……

邱美娥接着念："因此，女人们在与闺蜜相处的过程中要注意分寸，要有一定的底线。不能让闺蜜过多地参与自己家庭的事情，也不能视闺蜜为'亲密无间'的朋友而不设防，特别是你和丈夫之间的情感。否则，弄不好你就成了他们之间的红娘。"

顾顺良一回家便觉得家里的气氛不对，邱栀子母女一副横眉冷对的样子。

"干嘛去了？"邱栀子佯装自然道。

"跟慕容雪谈了谈她的那部小说。"

"以后还是少跟其他女的来往。"邱美娥说。

顾顺良一副坦荡磊落的样子说："现在不是封建时代，只要在社会上混，少不了与女性接触。"

邱美娥一下哑了，憋了满腔满腹的兴师问罪的话，竟一句也说不出了。

邱栀子虽嘴上不说什么，但遮掩不住脸上的不自然。

4

别墅内，慕容雪正在一楼的客厅里接顾顺良的电话。

"很遗憾，你那个稿子二审没通过。"顾顺良在电话里说。

"哦，"慕容雪的情绪一下黯然下来，"你是说让我参考一下哪本书再修改？《查太莱夫人的情人》？好的，记下了。"慕容雪低沉地挂了电话。

这时，恰巧郑军武从楼梯上下来，问："《查太莱夫人的情人》是写什么的？"

"是写一个已婚女人，宁肯抛弃了贵妇的身份和富裕的生活，也远离了因瘫痪而性无能的丈夫，和一个身体健壮的守林员私奔了。"慕容雪心不在焉地说。

郑军武的眉头就是一皱，说者无心，听者有意。

5

没过多久的又一个周日，邱美娥在外面串门回来，看见顾顺良坐在沙发上看报纸，不屑地数落道："你还好意思翘着二郎腿在家看报纸？你看看人家住的是什么房子？！开的是什么车！邻居家女儿结婚，人家男方光买一个钻戒就花了十万！别人养女儿是享福，而我却还要帮补！"

顾顺良无奈道："唉，其实我一直在努力，只是一直没挣到大钱。"

邱美娥继续数落："嫁汉嫁汉，穿衣吃饭！邱栀子嫁了你以后过的是什么日子？"

邱美娥见顾顺良并没有认真听自己的教训，而是依然专心看着报纸，便指派："顾顺良，还不快去剥蒜去？我一会要做饭了。"

"我看完这一段，就这一段。"顾顺良说。他显然被随手捡来的那张旧报纸上的一段什么新闻给吸引住了，他坐在沙发上，蜷曲着高大的身躯，眼睛就要凑到报纸上去了，而且，那显然是条很有趣的新闻，因为顾顺良腼腆的方脸上出现了孩童般纯真的笑意，是自个儿偷着笑的那种笑。

邱美娥一下就冲过来了，夺去了那张报纸道："还不擦油烟机去？整天像个老爷似的坐着，面也不买，米也不淘，难不成我们像老年代那样，给你讨一房小妾去？就是讨到了，你养得起吗？"

吃饭的时候，邱美娥在饭桌旁又烦乱地数落女婿顾顺良："不要吧哒嘴了，好吗？吃！亏你还吃得这么带劲！"

顾顺良正在咀嚼着的嘴嘎然止住，脸上的表情难堪地僵住。邱栀子觉出母亲话说重了，赶紧弥补，从菜里拨拉了一阵，夹出一块肉来放进顾顺良的碗里。

"江富有家的媳妇戴了那么沉的一个手链，鸭子似的晃荡着四处显摆，四处说明年要送她儿子上贵族学校！涨包得她！"邱美娥坐在那里胸脯起伏不平地又絮叨。

"那些有钱的男人大都花心。不是么？我虽然穷，可是我对栀子好啊。"顾顺良讪讪道。

邱美娥撇了撇嘴，不屑道："你要是有钱的话，也去花去啊！就算找个花心的富女婿，也总比找个穷女婿要好！"

顾顺良满脸羞红着，无言以对。

"妈，你就少说两句吧。"邱栀子见状赶紧劝道。

"我是恨铁不成钢啊，"邱美娥无奈地摇着头道，"我闺女怎么嫁了这么一个窝囊废！"

顾顺良一下被伤透了，脸色发生了剧变，紧咬着嘴唇转身出了家门。

邱栀子在旁劝母亲："妈，说话要永远给对方留有尊严，永远不要把带有情感伤害性的话脱口而出。即便是丈母娘跟女婿，话要出口先慢三分。"

跑啊跑，顾顺良跑到了郊外的一个小山上，他俯瞰着山下的楼房大喊道："你们，这些世俗的人，不要以为我现今没什么令人炫耀的地方，就可以随意侮辱诋毁我！我也有自己的尊严和骄傲！就因为我骑自行车，你就把我看贬了！说什么要找有车有房的，女方结婚都想找那样的，世界上哪有那么多那样的！有车有房的是有！只是人家也有老婆孩子啦！"

待顾顺良回到家后就对邱栀子说："婚姻是一对小夫妻之间的事情，它需要的是俩人并肩作战，只有身边的亲友越少，他们才越有可能抱团取暖。"

"可不让两边老人帮忙的话，就得请育婴嫂，那得每月要花 3000 来块哪，我们压根承担不起啊。我们应该知道，有两边的老人愿意给带孩子，是一种怎样的幸福，可相处，怎么就这么难呢？"邱栀子念叨。

她忽然升起了一个念头，道："我还是带着孩子到我妈那边住一阵子去吧。你一个人在家轻松一段时间，现在每个月的奶粉钱就一千来块，家庭开支上实在快吃不消了，全家就只靠你一个人的工资了，你再休息不好——"

顾顺良同意了。

邱栀子愁闷地念叨："都说丈母娘看女婿，越看越顺眼，你们俩怎么——唉，一边是通心贴肺的妈妈，一边是我亲爱的丈夫，我这稀泥怎么就和不匀呢？"

"一切的根源，还不就是嫌我是个穷女婿么？获得事业上的成功，当一个有钱人，到底有多难？能难于上青天么？"顾顺良嘟囔道。

只是邱栀子带着兜兜在母亲家过了几天，邱美娥就有些不放心她的穷女婿了，对邱栀子说："顾顺良一个人过行么？别看他原来过单身行，现今过惯了有家的日子了，饭来张开口、衣来张手的，不行，我得去你家看看。"

"要不我回去看看？"邱栀子说。

"孩子不一定什么时候吃奶，还是我去吧。"邱美娥道。

邱美娥一进闺女的家门，好么，家里乱成了一团糟，鞋子摆满了门口，到处扔着脏衣服、脏袜子，再去厨房一查看，一股霉味扑鼻而来，她嗅了嗅，霉味好像来自电饭锅，她掀开电饭锅盖，差点没晕倒，一锅米饭全发霉了，长了厚厚的绿毛，家里剩下的半棵白菜也是烂的，垃圾桶里只有几个方便面袋，她这就打电话去：

"邱栀子，你赶紧收拾一下东西，咱娘儿仨班师回朝，打道回府！"

"怎么啦妈？"

"这个顾顺良，简单把日子过烂了！这样下去，他的身体可受不了！"

"到底怎么了吗？"

"饭是发霉的，菜是烂了半截的，家里乱成了狗窝。你们这些年轻人啊，老嫌我们上辈人唠叨，说我们管得太多，干涉你们小夫妻的生活，可家里没个老人拾掇着，你们的日子过成什么样啊？工作都那么忙。"邱美娥絮叨。

于是，老的、小的，三个人又搬回了邱栀子家。

6

当天夜里，顾顺良的鼾声不知什么时候已响起来了。邱栀子烦躁地推搡着顾顺良道："又睡着了！一沾枕头立码就睡着，亏你能睡得着！跟你说话呢。"

"啊，嗯？"被推醒的顾顺良懵懵地说。

"你说，咱这穷日子就这样过下去么？"邱栀子哀声叹气地说。

"你别认为我的心里就好受，在单位混不出个人样来，我整天——"彻底醒了的顾顺良也情绪低落起来。两人说了会儿话，邱栀子打了个哈欠有了困意想睡了，但顾顺良再也睡不着，在床上翻来覆去地烙饼。

"对不起，我不该提这茬。"邱栀子晃一晃背对着她的顾顺良的肩膀。

"栀子，跟你说件事，我大学时的好朋友陶渊明在上海注册了一家图书出版公司，想让我过去跟他合伙干。"

"我坚决不同意！孩子才这么小，你把我们娘儿俩扔家里，自己跑出去躲清闲去！"邱栀子条件反射般地叫。

顾顺良苦笑道："躲清闲去？如果真丢了国营单位这个铁饭碗，跟朋友合伙创业，我那是孤注一掷了，前途未卜啊！"

"既然知道前途未卜，何必还要冒这个风险？"

"我在单位的压抑你是知道的。在国营单位，只要领导不提拔你，在事业上这辈子便基本被判了死刑，什么时候才能熬出来啊？何况又有了石利这个拦路虎，何况在家整天纠结于这些鸡毛蒜皮，我实在是过够了！"顾顺良愁闷道。

邱栀子说："顺良，生活是这么困顿，我们生活中的喜事太少了，所以我们抓着一点小快乐就要极力地渲染、夸张，无限地放大，我们既没钱又没势，不能再失去了快乐。"

"你的良苦用心我怎么会感觉不到呢？我只是实在无力将自己从那种低沉的情绪里拎出来，"顾顺良叹息道，"人啊，关键是取得事业的成功，不然，靠那种自我安慰，安慰得了一时，宽慰不了一世。"

邱栀子说："一个人，凭什么能力成为人群里的王？那主要是一种心力的问题。你气质里的文弱，本不是适合走仕途的人，然而在这个社会里，对于男人而言，太习惯于以仕途的成败论英雄了。"

"我有一种直觉，我不会这样一直平平淡淡下去，我对自己的前途隐隐地有一种期待，而这种前途究竟是什么，起点在哪里，我自己也并不清楚，不管怎样，我一定要闯一闯……抗争终究是一种积极向上的状态。陶渊明说，他相信我的能力，让我过去当总经理，他送我百分之十的股份，而他自己当董事长。"

"他自己的公司，怎么会白白送你百分之十的股份呢？"

"你不知道，陶渊明那人，比较讲究休闲养生，既想办公司，又不大愿吃苦，说白了，就是他出本钱，我出力。他老婆也是公司的董事，但她有另外的工作，不参与公司的具体经营。"

"哦，那三个人的公司只有你一个人具体干活啊，那你若过去的话，压力也挺大的。再考虑一下吧。这毕竟是大事。"邱栀子说。

"官运是掌握在别人手里的，不管自己怎样折腾、努力，那上面关键的掌权者不提拔你，一切也是枉然。再者，一个人是否能走仕途，是有着天生的素质的，比如心计、城府、人本身的性格，还有机遇。官运并不是人刻意追求就能得到的。而创业不同，只要自己肯吃苦，肯费脑力，总该有收获的。"顾顺良跃跃欲试道。

7

这天，邱栀子的公公婆婆忽然敲开了家门。

"我们想孩子想得都想疯了！"婆婆说着便挤进门来向卧室内床上的孩子扑去，亲个不够。

家里是二室一厅的房子，除了小夫妻的卧室，只剩下一间卧室。

只是邱美娥对邱栀子说："不行！我不回去，你婆婆不是让你吃咸菜就是让你吃大白菜，喂奶的人饮食很重要。"

丈母娘不回家，顾顺良便只得给自己的父母在客厅里搭了个地铺。

这下家里热闹起来了，一个娘家妈，一个婆婆，邱栀子夹在中间左右不是。

妈妈说要勤洗头保持清洁卫生，婆婆说月子里不能洗澡不能洗头；妈妈说奶可以用吸奶器存着喂孩子，婆婆说一定要半夜起来奶孩子；妈妈说卧室要保持通风良好，婆婆说不能见风，头上要包上头巾……到了最后，连煮面条是敞锅煮还是闷锅煮，两位老太太都吵得不可开交。

"你婆婆怎么还不回老家去哪？没有一个锅里两把铲子炒菜的道理。"邱美娥暗地里跟邱栀子嘀咕。

"我的亲妈啊，双方都是打断骨头连着筋的亲人，求求你们，就别较劲了！"邱栀子无奈地苦劝道。

邱美娥渐渐感觉出了，邱栀子的公婆已不单纯是喜欢在这里住，而是在和她邱美娥进行一场无言的较量：这个家，他们到底有没有权力住？他们就是要住下去，看她怎么办？

她已经摔摔打打地，给他们脸色看了，而他们依然住在这里，他们的依然故我是一种无形的语言：我们压根不在乎你，无视你的存在。

这让邱美娥愈加恨得慌。如果他们表示出受伤了，她或者会检讨自己，在以后的相处里尽量往好处相处，而邱栀子的公婆这样，无疑是摆出架势：到底，谁能斗过谁？

导致两家平时积压的矛盾集中爆发的原因是邱美娥的一帮娘家亲戚的到来，有邱栀子的舅舅和姨妈。

这天，邱栀子和母亲接到电话后去车站接人了，火车晚点，接到后已是午后一点了，大家饿得不行，便就近去了火车站旁的一家饭馆里吃饭。

饭后，邱美娥、邱栀子领着亲戚们回到了家。

一个个酒足饭饱的样子，男人们的脸上泛着红晕。

邱栀子问公婆："你们吃饭了么？"

"还没哪，菜都洗好了，想等着你们回家后再下锅。"婆婆脸色有些不自然地说。

邱栀子见状赶紧解释："接到舅舅和姨妈后已过了饭点，大家都饿了，便在外面吃了。我以为你们在家早吃了。"

婆婆这就起身要去做饭的样子。

邱美娥说："别再炒新菜了，我将剩菜打包回来了，挺好吃的。"说着，便将菜摆开在了餐桌上。

婆婆拿来了两个冷馒头，就着那几样剩菜吃着，脸上一阵阵不自然。

而舅舅又心粗得不行，看着邱栀子的公婆吃还一个劲地白话："嗯，这个虾挺新鲜，那个糖醋排骨火候不错，对吧？"

顾顺良父亲黑着脸一声不吭。

下午看电视的时候，顾顺良父亲与邱栀子舅舅之间又发生了些不愉快。顾顺良父亲爱看戏曲，而邱栀子舅舅喜欢看相声，邱栀子舅舅老是拿着遥控器不放，这样看哪个频道便基本由他控制着。

晚饭的时候，邱栀子的舅舅不停地给顾顺良的父亲让酒。

"我不喜欢喝酒。"顾顺良的父亲说，用手捂住自己的酒杯。

"来一杯？再来一杯？别客气么！"已喝得脸红脖子粗的邱栀子舅舅让，举着酒瓶子就要给顾顺良父亲倒酒。

顾顺良的父亲狠狠地把酒杯摔在饭桌上，"你让什么让？娘家人是客，是外人，婆家人才是主人！"

顾顺良父亲心里一直憋着的火总算撒出来了。

邱栀子舅舅一时没反应过来，气氛一下子僵在那里。

邱美娥不屑地撇了撇嘴，对顾顺良父亲说："你现在知道婆家人是主人了？买房付首付的时候你这主人在哪儿？怎么不出手啊？"

顾顺良的父亲一下子被噎得脸红脖子粗的，说不出话来了。

"我们闺女一下就给你老顾家生了个男孩，差点送掉半条命，岂不是你家的功臣么？可是看看你们家，两次都张着一双空手就来见孙子了，一个子儿也不往外蹦！真好意思你们！"邱美娥乘胜发飙。

"我们——"顺良娘极力想分辩什么。

"妈！"邱栀子冲着母亲摆手想制止母亲。但邱美娥不管这些，再次不屑地撇了撇嘴嘲讽顾顺良父母道：

"对，没有空手来，带了一篮子土鸡蛋来，带着棉衣棉裤来，连个红包都不包，没见过这么小气的！俩孩子遇到那么大的难处时，你们一毛不拔，现在却来捡现成的房子住了！还有你们的孙子，要不是仗着我闺女，压根落不上北京户口，你们知道一个北京户口值多少钱？50万！"

顾顺良爹娘被抢白得脸上红一阵白一阵地，"也不是小气，我们是真没有——"顺良娘讪讪地道，当时眼眶就红了，还勉强陪着笑脸。

"这些本鸡蛋，都是我娘一个一个攒起来的，自己都舍不得吃——"顾顺良道。

丈母娘指着顾顺良爹娘继续数落："你说说你们，一辈子活下来有什么劲呢？手里连点积蓄也没有，连给儿子娶个媳妇都娶不起，也不干脆脸上蒙块布，自己跳井去。要钱没钱，要房没房，要车没车，光有一张脸，厚得像城墙的拐弯——"

"妈！别说啦！"邱栀子厉声道。

"啊！"极度的羞辱之下，顾顺良发出一身尖叫，他转身冲进厨房去，抢了一把菜刀出来，团团转着，却不知从哪里下手，情急之下，对丈母娘说，"您这么训夫有术的人，怎么邱栀子他爸还离家出走了？"他总算找着了一个发泄点。

邱美娥被击中了软肋，一下怔住了，但她很快开始了更加猛烈的反击，指着顾顺良的鼻尖数落："你个兔崽子，本领没有，脾气倒很大！你还抢刀子？你拿着菜刀想砍谁？啊，你说？你个骗婚的！把我闺女骗到手了，你开始长脾气耍横了！别以为我闺女生了孩子就铁定是你的人了！走！回娘家！"说着，抱起外孙拉扯着邱栀子回自己家去了。

家里只剩下了顾顺良一家三口。

顺良娘趴在餐桌上哭泣道："活到这么大岁数了，被人指着鼻子数落。"

"都怪儿子没出息、没本事，二老为我辛苦了大半辈子，到老了该享福的时候，还被我连累，受别人的气。实在不行离婚得了，给你们说！这几年我受够了！在她们家人跟前，我就像二等公民一样，整天被丈母娘指着鼻子训，跟孙子一样。"

"瞎说什么?!'离婚'二字是轻易能说出口的?"顺良爸训斥儿子。

"说白了，就是她娘家的人贵，咱家人贱。大多数北京人看不起'外地人'，他们有一种天然的优越感。"

"早知今天，还不如在老家给你找个媳妇。"顺良娘唠叨。

"我常常觉得奇怪，作为邱栀子亲生的妈，她到底是希望女儿幸福还是希望她不幸？按理说应该是前者，可是她做的事，件件都是指向后者。我真的挺不住这个压力了，那位老佛爷对我的鄙视让我要疯了。我也想哪一天有成就了，大声对丈母娘说：你不是看不起我吗？不是说我笨吗？可这社会钱太难赚了。"顾顺良道。

顺良爸起身收拾行李，对儿子说："帮我们订两张票，我们立马回老家！"

顾顺良劝："明天一早再走吧?"

"让人家说那么难听的话，我屁股上像针扎似的，一会儿也坐不下去了。"顺良爸说着，便起身收拾行李。

顾顺良泪眼汪汪道："儿子，你也别拦我们，住在这儿，不是享福，是遭罪啊。"

二老当时就坐火车回老家了。

顾顺良心情恶劣到了极点，心里盘旋着一个念头，"养儿方知父母恩。父母的贫穷，是我的耻辱，我怎么就不能多挣钱来呢?"

第八章　顾顺良去上海艰苦创业，
　　　　刘诗摇对其萌生情愫

1

顾顺良是被又一阵"当、当、当"的闹钟声惊醒的。

醒来的一刻，他一动不动地躺在床上望着漆黑的屋顶，昨天的一幕幕马上一窝蜂般地又涌进了他的脑海。那种心的疼痛感又来了，这件事蜇他一口，那句话咬他一口，直把他的心啄成了马蜂窝，咝咝啦啦地疼。他下意识地往被子的深处蜷缩了下身体，然而能绻到哪里去呢？他从没有像这个夜晚这样，充满了颓废和失落感。

刚才他做了个梦，梦中的他头上那么多头皮屑，怎么掸都掸不净，就像他真实生活里琐碎的烦恼，还有丈母娘的"本领没有，脾气倒很大"的指责声。

"当——"闹钟又响了一下，那是时间的大嘴，左啃他一下，右啃他一下，人，追究是会被时间吃去的，他兀地起了一种惶恐感，"俗话说，'三十而立'，而你，立了什么？"他质问自己。一无所成的自己，仅仅是一条活着的命罢了，被这琐俗的日子一天天沤着，迟早会被沤成一个腐物！

"顾顺良，难道，你真的是一个拍不起来的瘪皮球了吗?!"他问自己，他男人的尊严，已是千疮百孔。

"再不能这样活着了！"他的内心发出一声无言的呐喊。随着这声喊，他猛然一挺身坐了起来，拧亮了灯，雷厉风行地开始收拾衣物，他想远远地逃离开这一切，工作上的不顺、和邱栀子的争吵，还有丈母娘等无聊的人，也许他真正想逃离开的，是自己琐碎而无能的处境、日子。

哦，上海，那里没有一个人见证他的失意、无能，在一个陌生的天地里就能活出一个崭新的自己来？人们总觉得，换一个地方，就能换一种人生似的。

给邱栀子留了个纸条后顾顺良便走出了家门。外面夜凉如水。凌晨的街上，冷清无人，只有几片树叶贴地打着旋儿。顾顺良提着只箱子向火车站走去。悄悄地离开一座城，竟无人可挥一挥手。整座城市里的人都安静地睡着，没有一个人知道他的离去，他对一座城市的离开轻贱得像一片树叶离枝。

踏上的火车就要开了，顾顺良回头惆怅满腹地看一眼北京，深深地呼出了一口气。

终于把一座城吐出去了，终于把与一座城市的芥蒂连根拔起，从此提着轻盈的自己四处晃荡。他设想到邱栀子看到他留信时的惊诧，他因此而获到了某种精神上的胜利。他觉得这走，是一个洒脱的手势。他不愿正视，他其实是被这座城给吐出去的。

火车缓缓地启动了，他坚毅地转过身去。

北京变成一个诺大的簸箕，将他落了一地的碎头皮屑统统扫起来，扔到他身后的什刹海里去吧。从这里走出去的一个自己，是一个清爽赤裸的新生命，在一片崭新的坡地上，会长成一株苗壮的新绿？在他的希翼里。

大地的远方，晨曦也真的闪现了。

2

几天后邱栀子抱着孩子在娘家妈的陪同下回到了自己的家里。

打开锁着的门，家里有一种难耐的寂静。邱栀子进了家门后便看见了桌子上的信。

读罢后她的脸色渐渐地变了，手将那张纸攥成了一团，"顾顺良，算你狠！"她对着某个方向恨恨地喊。然对一个已远去了的人，她的怨恨像一块石头，投进了一片空茫里，没有任何回弹。在她的感觉里，两人的小吵只是小葱拌豆腐，家常便饭，可没想到，他动真格的。

"栀子，怎么了？"妈在旁边看着邱栀子的脸色紧张地问。

"顾顺良，他撇下我一个人去上海工作了！"邱栀子道，说罢颓然地坐在旁边的床上，身子附在床上，嘤嘤地哭起来。

"什么？这个兔崽子！说他几句他还撒丫子了！"娘家妈邱美娥抱怨道。

过了会儿，母女俩的情绪都平复了些。

邱栀子苦笑道："又是一个逃跑的男人，爸爸当初，也是因为受不了你的唠叨和家里的琐碎而逃跑的么？"

"男人都这个德行！"邱美娥抱怨道。

"或者，我们女人也有问题，抱怨只能让男人逃得更远。"邱栀子有些后悔道。

过了一会儿，邱栀子又说："不过换一种环境闯闯也好，我和他，两个失意的人凑在一起，就是两份沉重，各忙各的，反倒有一份轻松。因为惯性、惰性，人们太喜欢原封不动的生活了。"

3

烟雨迷蒙里，灰蒙蒙的上海在不远处漂着，像一副水墨画。

风尘仆仆的顾顺良提着箱子随人流下了火车，走出了上海的火车站。

顾顺良和陶渊明合伙创建的陶顾文化公司租赁的办公室内，顾顺良在和陶渊明商量事：

"我这里有一部书稿，叫《美女当道的时代》，是一个叫慕容雪的女作者写的，虽然文章还有不少问题，但全文的情感表达非常细腻，文笔也清丽异常。我自己特喜欢，原来在出版社时没通过审核，我想做这个选题，我有一种直觉，这部书会销得不错。"

陶渊明道："业务的事，你自己定吧，我不过多参与。"

顾顺良道："好，那我就基本定她的了。"

陶渊明好奇道："那个女作者是个美女么？"

顾顺良玩笑道："是个美女，但没有你我打歪主意的份。她是我老婆的闺蜜，兔子还不能吃窝边草呢，其实，就是想吃也吃不到，人家已经明花有主了，听说找了一个有钱的老板，住着大别墅。"

陶渊明脱口而出："那她还有心力干写作这种苦活么？女人美了，靠自己的容貌就能得到不错的生活了，还有心力苦巴巴地经营文字么？"

"我也有这种顾虑，担心她坚持不下来，不过她确实挺有才情的，"顾顺良说，"对了，我们现在可以招兵买马了，编辑、校对、发行、财务，宣传……"

陶渊明黯然地将一个账本递给顾顺良道："实不相瞒，交了这一年的房租之后，还有这些钱，公司刚起步，咱们这种小本经营，能省则省吧。会计证我考下来了，我兼财务，发行和宣传你兼着，只招个编辑兼校对的就行。"

顾顺良看了眼账目，感到创业的严峻。

顾顺良在网上发了招聘启事后的第二天，一个留麻花长辫，穿素雅衣裙，身材纤柔、面容清丽的年轻女孩怯怯地走进了他的办公室。看到女孩的第一眼，顾顺良怔了一下，恍惚穿越了时空，遇到了一个诗情画意的民国女子。

那女孩机灵地从包里拿出简历递过去，恳切道："老板您好，这是我的简历，还有我发表过的诗歌，我是中文系的应届毕业生。"一个细声细气的娇柔女音。

顾顺良认真看了下女孩的简历和发表的作品，微笑道："刘诗摇，这个名字真好，一棵产诗的树？风一吹，满树的诗歌花朵一样一串串凋啊凋啊！"

刘诗摇放松地舒了一口气，她猜到自己可能会被聘用。果然，她被通知第二天便来上班，担任编辑一职。

3 个人的办公桌。桌子上放着慕容雪的那部打印稿。

"我想给公司的图书品牌取名'言情吧'，专做情感题材，这是公司成立后想做的第一本书，我们一定要竭尽全力做个开门红。对慕容雪的这部《美女当道的时代》，我经过苦思冥想，写了一份重新修改的意见，想必按着这个意见改完后重新包装，定会让渠道商抢要这本书，因为他们一转身就能卖出去，而不会砸在手里。"顾顺良踌躇满志地说。

陶渊明道："我还是那句话，业务的事，你自己定。"

"好，"顾顺良说，他忽然想到，上次他在北京和慕容雪单独见面时妻子邱栀子和丈母娘的不快，便笑道，"跟妻子的闺蜜联系频繁，毕竟是一种忌讳，为了避嫌，具体小刘你跟这个女作者联系吧，你们都是女同志，好沟通。"说罢他将慕容雪的手机号给了刘诗摇。

4

郑军武的别墅内，"因为我缺乏爱的激情。"经受长期写作上的困顿和难产的慕容雪对自己说。这时的她正慵散地泡着脚，钟点工在旁边给她揉着背，时时地弯下腰给她的脸盆里添些热水。她久久地、仔细地看着自己一个又一个的脚趾，看着它们怎样一点点地被泡得泛白，看着它们一个个空洞的表情。然后目光绕过钟点工望向外面，眼神里是一种茫然的空洞，看到的也是一块空洞的天空。

在这个年代，一个未写出畅销书的作家的底气，有时还抵不上一个废品收购的，慕容雪整天充满莫名的空虚和苦闷。写什么哪？她时时地对自己说。她看那些国外大作家的人物传记，未记得她们的勤奋，她们的经历，但记着了她们一个又一个的情人，她对企业改革、国家命运不感兴趣，但记着了《廊桥遗梦》的畅销。

这时，手机响了，是一个陌生的来电号码。"喂？"慕容雪接。

"是慕容雪么？"电话里忽然传来一句恶声恶语的问。

慕容雪将手机挪了挪，将那股不知从何而来的冲气散了散，然后问："是我。你是？"

"我是上海陶顾文化的编辑刘诗摇，顾顺良经理让我跟你联系。我们觉得，你这部《美女当道的时代》离出版的差距还很大，除非，你能做颠覆性的修改。"

"颠覆性的修改？我的思维已成定势了，具体怎么修改，您能谈得具体些么？"

刘诗摇忽然平地一声雷般爆发出一声恶声恶语："我们不是幼儿园的老师！"说着啪地一声挂了电话。

郑军武从外面回来的时候，慕容雪正坐在客厅的沙发上气得喘着粗气。

"怎么了亲爱的?"郑军武问。

"真不知道，那个女编辑对我莫名其妙的恶意从何而来? 一次次向文学追问，它给我带来了什么? 文学成了我生命里的一种羞耻，而绝没有丝毫的荣耀，因为它未给我的生活带来丝毫世俗的好处。唉，已经难以言说受了来自文学的多少伤害了，方方面面的。好像有人说过这样的话，选择了文学就等于选择了痛苦，果真如此，这种选择还有多大的意义?"慕容雪念叨。

"那就放弃了得了! 像我们雪儿这么美丽的女人，也不该沾手文学。那种苦心劳力会侵蚀女人原初的美。"郑军武不以为然道。

"放弃? 一个又一个的人从这个队伍里抽身出来，然能抽得出身来的人，也是一种道行啊。"慕容雪无奈道。

郑军武把这句话记在了心里。

事后，刘诗摇马上去向顾顺良回报了："慕容雪不愿再做修改。"

顾顺良失望道："也罢，一个为了物质享受肯跟比自己大 30 岁的男人在一起的女人，肯定受不了写作的那份苦的。"

这时的顾顺良还没有意识到，文学女人的美是只应该在纸上欣赏的，从清雅的纸上袅袅不绝地散发一种清雅的气息，那种惠质兰心。那层纸拿开了，人从背后走出来，也丑陋、邪恶，也自私、嫉妒，践踏了文字本身的美感。两个文学女人都从纸后走出来了，彼此间眼神里射出的敌意，是巴不得对方死的。除非一个人对另一个人彻底的折服，除非年龄上有很大的差异。

刘诗摇小心翼翼地看着顾顺良的脸色说："顾总，或者，你看看我写的一部长篇《初恋在栀子花开的季节》怎样? 我发您邮箱里了。"

待顾顺良看罢后说："文字虽然显稚嫩了些，但语流不错，不过你现有的文本太短，才 8 万字，你在最短的时间内扩写到 22 万字左右怎样? 鉴于目前没有其它成熟的稿子，我们又急于上马项目，一旦你扩写完后，我们便马上启动，首印五万册。"

"真的?"刘诗摇惊喜异常道，看顾顺良的眼睛，马上是另样的了。

"你加紧赶稿，我现在便着手封面的设计，并联系发行商，咱们齐头并进。你一定倾尽全力扩写啊，你赶的这次机会太好了，因为这是公司启动的第一个项目，咱们这个小公司的存亡在此一举，因此我会把创业的全部激情都用在这本书上!"

"我明白了顾总!"刘诗摇目光烁烁地看着顾顺良道，顿觉全身的血液都沸腾起来。

5

"再扩写些什么内容呢?"刘诗摇将心灵的角角落落,包括每一个皱折里情感的丝丝缕缕都打扫出来,苦苦地审视、翻捡着,哪一份感觉足以繁衍成14万字呢?

"小刘,大家都下班了,你怎么还不回去啊?"顾顺良站在刘诗摇门口,眼睛亮亮地问。

刘诗摇心里一动,只要他在她的视野里出现,她的心总是瞬间柔软。这是一个多么好的男人啊,潇洒、风趣,不知哪一天起,她就对他有了一种莫明的感觉了,对,就写和他之间的感觉,一些非常纯美、动人的情愫。

那么,他,就是这篇故事的男主人公的人物原型了。她在日记上写下了很多和顾顺良有关的生活细节和感受,指望从这些素材上挤出些小说的液汁来:

"他看到谁的桌子上有好东西吃,就一惊一乍地过去抢,像个孩子。有时候真想去他遥远的家乡,看是怎样的黄土和平原,结出他这样的果实。

他在门口走过,楼板似乎有了别一样的回声,他走过之后的空气里似乎还飘荡着一种异样的气息,只要他在,这栋办公大楼就成了一种有生命的东西,就似乎有轻轻的脉膊和呼吸。他的心如一口深井,我根本看不清,也看不透。他的妻子是什么样的?什么职业?那个妻子像个无形的影子老是徘徊在心里,驱不散……"

自从动笔写这篇小说之后,每次看到顾顺良的背影刘诗摇都砰然心动,"你是我小说里的男主人公,而你混然不知,你混然不觉中成了我小说中'我'的恋人啊。"

他们之间好像有了一种莫明的牵绊,刘诗摇再看顾顺良的眼神,异样的了。

刘诗摇借故借一份报纸走进顾顺良的办公室里,他正趴在桌子上,皱着眉,一只手拿着笔写什么材料,这个男人,他在想什么?他有怎样的喜怒哀乐啊?他的额头岩石一般,他整个人就像一块坚硬的岩石,女人的温情是屋檐下滴滴答答的水,能将这块石头润软吗?

回到办公室后,刘诗摇怔怔地半天平静不下来,忽然想到他的心中是否也会有些涟漪?

"这个日子对你也是不同的吗?"她默默地向着一堵墙之外的他办公室的方向问。

"在写什么呢?"一个午后,顾顺良走进了刘诗摇的办公室,刘诗摇下意识地一下用手捂住电脑,低着头没有理他,或者是没有看他的勇气,或者是莫名其妙地生气,刘诗摇看见了他雪白的袜子,他的皮鞋擦得黑黑亮亮的,她禁不住浑身颤栗。他悻悻地离去了，望着他宽大的背影，刘诗摇的心都要碎了，"我在写什么？你说我在写什么？"刘诗摇无声地喊。

生活表面上风平浪静，然而刘诗摇无人察觉的内心汹涌澎湃着，"我怎样才能得到你，得到你的爱啊？你的心，真可以这样硬？像石头一样？我对你的爱，你真的没有一点感觉？不管我怎样无语地呼喊，你都没有一点感应吗？"刘诗摇常怔怔地看着顾顺良办公室的方向无声地喊。

"我仅仅是在制造一篇小说。"即便刘诗摇反反复复地对自己说，但随着小说的渐进，她发现自己越来越深地，且无可救药地爱上了顾顺良。

终于有一天晚上，下班后，大家都散了，顾顺良办公室里的门忘了关。

刘诗摇走进顾顺良的办公室里去，她关上门，浑身颤栗地坐在顾顺良经常坐着的椅子上，抚摸着顾顺良经常支撑胳膊的办公桌台面，顾顺良握过的钢笔。桌上还有一叠资料，上面是顾顺良的笔迹，刘诗摇将自己的脸颊向那些字偎上去，蹭着，吻着，直吻得满脸的泪痕。

事情终于爆发出来。

"我这是怎么了？这样下去，迟早还会闹出什么惊人的事来的，"在那人来人往的夜风里走着，刘诗摇忽然就涌出泪来了，"我该怎么办啊？"

当然，刘诗摇知道，最有效的方式就是立即停止这篇小说，但是她不！对她来说，没有任何东西比一篇小说更重要，她都写了这么多，几乎快成型了。也或者，向他直接表白这份感情？但也不能，这份情感必须堵着！因为越受折磨越有话说，尽快完成那部作品当然比得到他的一份情感更重要，因为情感是飘忽不定的，而作品、成就，是铁铮铮的现实，一是一，二是二的，牢靠地杵在那儿。

当然，至少他顾顺良是不会有像刘诗摇对他的那种感觉的，否则，他会抑制不住主动表达，因为他是个男人呵，一个男人的不矜持是不会让人笑话的，是的，他不爱刘诗摇，他因此而对她有了一种高高在上的感觉，但是现在，他成了刘诗摇小说里的一个道具，至少可以在小说里被刘诗摇随意地塑造、调动，刘诗摇感到一种秘密的快乐：

"你被我利用啦！"

刘诗摇的 22 万字的《初恋在栀子花开的季节》完工了。顾顺良快速启动，为了想一个最佳的封面，他抓掉了自己的很多头发。

6

出乎意料的是，《初恋在栀子花开的季节》出版印刷后，却卖不动。

因为这是顾顺良做的第一笔图书买卖，他充满信心，所以就首印了 5 万册，没想到会是这样的结果。

3 个人的会议：

陶渊明懊丧道："出师不利啊！好家伙，一下就首印了 5 万册，可代理商来了，看完书只勉强答应带走 2000 册，剩下的全砸我们手里了，各种费用一合计，公司一下子就白付出去三十几万元！三十几万啊，就这么打水漂儿了啊，印出来的这堆垃圾，你们看看，到底怎么办？这样折腾上几回，公司便被你们玩完了！"说着把手中的笔摔在桌上，一改平时的文雅。

顾顺良脸上一阵阵发烧，主动检讨道："这里面，有我选材不慎的失误，刘诗摇毕竟是第一次出书的新作者，市场上没读者认可，但我不服输，我不相信，全国那么多人，难道就找不到 5 万个读者？既然代理商不要，我就自己去寻找零售书店，另外，三个月之后，上海有一个全国图书展销会，我会在这个展销会上尽全力一搏，提高这本书的知名度。另外，从今天起，我主动要求停发自己的工资，直到书卖出去为止。"

刘诗摇在旁也蔫蔫地道："既然公司暂时不启动其它项目，我这个编辑也没活可干，我就跟顾总一起想法卖书去，公司是因为推出我，才造成了这么大的损失，我会全力弥补。我也从今天起，主动要求停发自己的工资，直到书卖出去为止。"

下班后，顾顺良手里吃着一块干面包，在夜晚的街上晃晃荡荡地走在回住处的路上，风吹起他的风衣和头发。他走到一偏僻处，顺着墙跟溜坐下来，掏出手机拨电话："栀子，我这会儿心情很不好。"

电话里传来邱栀子关切的声音："怎么啦？"

顾顺良沮丧道："我来到这里出版的第一本书，卖出去寥寥，如果扳不回败局的话，看样子陶总会辞退我。一个失败的男人总是灰溜溜的不是？我总想努力的，让嫁给我的女人觉得没爱错人，可总也做不到。"

邱栀子道："我当初就说嘛，私营企业不好干的。不过事已至此，你也别给自己太大压力，实在不行就回北京再重新找工作。这世上的事情并不都是靠努力就能达到的，凡事顺其自然？成就、地位、金钱等决代表不了人品。男人大多恶毒，我只愿你是一个善良的人。"

顾顺良道："为了你和孩子我应该争气。"

邱栀子说："为了我和儿子你首先应该快乐地活着。"

顾顺良道："栀子，你心疼我？发自内心地心疼我？"

邱栀子道："你是我儿子的父亲，是我们母子俩的指望。"

稍过了会儿，顾顺良低沉而柔弱地喊："栀子？"

邱栀子温婉地轻语着："哎，怎么了?"

顾顺良道："没什么，我就是想感觉着你在那里，有一个你存在着，是比什么都重要的事。"

7

这天，顾顺良和刘诗摇各自提着一捆书走向公交车站，书很沉，他们俩走一走，停一停，累得气喘吁吁的，终于来到了公交站点。刘诗摇议论道："陶总平时看起来一副老好人的样子，没想到遇事时说话这么难听。"

顾顺良道："陶总说多难听的话都不为过，毕竟，花的是人家口袋里的钱，人家当然心疼。我就不相信了，挺好的书啊，怎么就卖不出去?"

公交车终于来了，他们俩提着书挤了上去。车上没有座，两个人一直站着，晃晃荡荡地站着坐了很多站，顾顺良提醒刘诗摇："下一个站点附近有个大书店，我们在这一站下。"

在站点下车后，他们走向路边的一家书店，将样书递给老板看了后，书店老板不屑一顾道："拿走! 拿走! 嗤! 这样的书，一本也卖不出去，白占地方了!"

此时此刻，顾顺良和刘诗摇都恨不得找个地缝钻进去，他们就那样提着书落荒而逃。

眼看天色近黄昏，顾顺良道："我们今天出来得太晚了，这书太沉了，手上都勒出血痕了，实在不愿提回去了，我们干脆摆个摊把书卖了再回去吧?"

"好啊。"刘诗摇答应道。两个人便在路边搬了个书摊，找了几张旧报纸坐在地上。

顾顺良像个小贩似地吆喝起来："卖书了! 女作家写的言情小说!"

刘诗摇眼圈潮润，她去买来了两个煮玉米，两个人一人一个吃着。路边上有很多摆摊的，都是那种五、六十岁的妇女，卖些袜子、手套之类。他们俩就这样，在昏暗的路灯下，大风中，与一群小商小贩为伍。

只是顾客寥寥。一个男人蹲在书摊前翻看了好长时间，刘诗摇满脸堆笑地站起来相迎道："先生，你想买书吗?"未想到那男人阴阴地忽然来了句："卖春宫图吧，肯定好卖!"

刘诗摇提起书拉着顾顺良就去公交站，他们俩站在那里等公交车，在暮色的掩盖下忽然就泪流满面，所有的委屈都涌上来了，整座城市都成了他们的伤口。

刘诗摇说："我一定要成名! 不然，身处社会的底层，任何人都可以踢你几脚，踩你几下!"

顾顺良紧咬住嘴唇，坚定地说："王侯将相，宁有种乎？别人能成功，你我怎么就不行？我必须坚持，改变这艰辛、贫穷和卑微的人生！"

刘诗摇忽然从身后抱住了顾顺良，脸贴在他的背上，顾顺良一下怔住了，但很快便用力挣脱，刘诗摇紧抱住他不松手，说道："在这个冰冷的世界，如果我们俩彼此再不给对方一点温暖，难道就任我们自己苦死吗？"

"可以给，但是心灵，精神上的。"顾顺良犹豫道。

这时，顾顺良的手机忽然响起来了，刘诗摇只得松开了顾顺良，是邱栀子的来电："顺良啊，在哪儿哪？吃饭了么？"

"吃过了，在外面哪。"顾顺良回答。

"自己一个人在外地，要多照顾好自己啊。来，让儿子跟你说说话。"邱栀子说着将话筒放到了儿子的嘴边。小家伙还只会咿咿呀呀，只是一听到那个稚嫩的声音，顾顺良便倍感安慰，也提醒了他，远方还有一个嗷嗷待哺的幼儿和妻子在翘首期盼着他。

"对不起栀子，我都来上海半年多了，还一分钱也未往家里寄，你们娘儿俩的生活，没问题吧？"顾顺良愧疚地问。

"你别想那么多，自己吃好休息好，我打算提前结束产假，回单位上班去，兜兜让妈带。"邱栀子说。她虽未明说，但已透露出了家中经济上的捉肘见肘。

顾顺良关了手机，振作了下精神对刘诗摇说："我们给陶总造成了三十多万的损失，自己的生存都快成问题了，哪里还有心情儿女情长？加油，我的战友！"

刘诗摇的心绪得到了校正，也挥着拳头道："加油，战友！"

顾顺良说："从明天开始，我们先跑报纸，争取在读书版上把书讯发出来，再跑销售。"

第二天下午，他们进了一家报社，找到了读书版主编，主编随意翻了下他们带来的《初恋在栀子花开的季节》说："是个新作者的书啊，这种书太多了，我们的版面有限啊，名人的书讯还不一定挤得上去，这不，贾凹凸正好来北京开会，我要去找他做个访谈。"说着便拿起包匆匆地往外走。

"您今天下午还回来么？"顾顺良赶紧问。

"难说。"那个主编抛下这句话便进了电梯。

"怎么办？还等么？"刘诗摇问顾顺良。

"等！"顾顺良坚定道。

一小时过去了，两小时，三小时……两个人在电梯口焦躁地走来走去地等着，报社的下班时间到了，职员们一个个离去，直到似乎一个人也没有了。

"人都走光了，我们还等么？看来那个主编回来的可能性几乎没有了。"刘诗摇沮丧地说。

"等！只要有一点希望，我们也等。"顾顺良咬着嘴唇依然坚定道。

又半个小时过去了，天黑了，楼梯口的光线暗了下来。

电梯突然响了，读书版主编从里面走出来，看见有两个人站在电梯口的黑暗里，惊讶道："你们俩还没走啊？我不是说了么版面紧张。"

顾顺良紧随着读书版主编进了他的办公室，恳切道："酒香也怕巷子深，所有的名家都是从无名者成长起来的，您就帮帮忙？"

主编沉默了一会儿说："好吧，你把内容提要和封面图给我。"

那一刻，跟进来的刘诗摇深看一眼顾顺良，此时此刻，她想奋不顾身地上前，把他紧紧地抱在怀里，久久地吻他。当然也仅仅是想象。

回去的路上，两个人走在灯火阑珊的上海街头。

刘诗摇发自内心道："今天我就把这句话先搁这儿，态度决定命运，顾总，你将来肯定能成功的。我对您，不仅感激，而且佩服，能跟您一起共事，是我的幸运。"

顾顺良看着四周的灯红酒绿苦涩道："上海，是个繁华的所在，也是个冷漠的城市，不苦心付出的话，怎能轻易挣来立足之地？"

走了一会儿，顾顺良又说："看情形，那些书的销售之难超出了我们的想象，为了方便，我们各自买辆二手自行车吧，将样书捆在后座上，轻松些，也省掉了公交车票钱，从明天开始，我们便开始'扫街'。"

"'扫街'？"刘诗摇不解道。

顾顺良说："所谓'扫街'，就是在写字楼中敲开一间间门，问问对方是否有买书需求，当然，敲开门后的惊喜会少，更多的是失望，我们必须有这种心理准备和心理承受能力。"

刘诗摇发憷道："我从来没做过这种事，再说，要是让人家知道我就是这本书的作者，多难堪，多没尊严，亏了书上没有印我的照片。"

顾顺良说："还是试试吧，做事情最需要的是勇气，你现在刚进入社会，一切都需要磨练，你参与了这本书的销售过程，知道了卖一本书有多难，以后就会对自己的文字更加精雕细琢，另外，多一些真实生活的体验，对你的创作也有好处，创作来源于生活。"

"好吧。"受了鼓舞的刘诗摇道。

"我们已经停发了工资，现在的首先目标是挣到饭钱活着，只有活下来，才会有机会和希望，其它的，已经无法顾及。人的尊严都是靠自己挣来的。"顾顺良说道，是说给刘诗摇，也是说给自己。

　　热闹的市街上从此多了顾顺良和刘诗摇两个骑着自行车匆匆而行的身影。

　　刘诗摇总怕遇见熟人的样子，帽沿老压得低低的。

　　驶到了一片商业区前，顾顺良骑向一栋大厦，刘诗摇驶向另一栋大厦，她将车子停好后搬下后座上的书，沉沉地抱着走向大厦，"干什么的?"大厦门卫忽然喊住了她。

　　"我，我是卖书的。"刘诗摇道。

　　"大厦里不让拉广告和搞销售的进! 出去!"大厦门卫厉声喝道，并走上前来驱赶。

　　刘诗摇脑子里顿时一片空白，心中充满了屈辱和挫败感，转身仓皇离开。

　　顾顺良骑着自己的破单车，行驶在另一条街上，风在他耳边呼呼地吹，整个身体已经快冻麻了，但他的头脑却是异常清晰，他要活下去，为了老婆儿子，为了老父老母。

　　他心里还一直憋着一口气：终有一天，他要让丈母娘和她的娘家人对他刮目相看!

　　尽管他们俩付出了那么多艰辛，但卖出去的书还是屈指可数，顾顺良把全部希望都寄托到了越来越迫近的全国图书订货会上。

第九章 邱栀子面临蒋成一的诱惑，顾顺良创业成功

1

北京的家里，邱栀子独自带着儿子过活。

在那些艰辛的日子里，她脑子里回旋着顾顺良的承诺，他留下的纸条：

"栀子：

我去上海了，活出一个样子后再回来。"

她就是靠这句话支撑着，度过一个个累得昏天暗地的日子。

又是一个平常的周日，邱栀子右手抱着兜兜，左手抱着一捆白菜，从菜市场上回到了自家的楼下，样子狼狈不堪。这个时候，邱栀子感到一双暖暖的目光投射在自己的身上，她转过身去，看见一个高大魁梧、穿着体面的四十岁左右的男人站在那里柔情地看着自己，整个人像一团阳光一样罩着她，让人舒服极了，温暖极了。

"这是你的孩子？"男人眼神直直地看着兜兜道，上前亲昵地将孩子抱起来，"叫兜兜，是吧？"

"你是？"邱栀子困惑道。

"我曾参加过你的婚礼。没印象么？"

邱栀子下意识地摇摇头，忽然想起了什么，问道："我婚礼上曾收到过两个匿名的红包，其中一个不会是你送的吧？"

来人点点头："是我。我叫蒋成一。多年前来北京你们医学院进修期间，一次打篮球跌伤了，是你搀着我把我送到了医务室，还给我买了几个橙子。你那时还上大一，那么青春飞扬的样子，整天爱穿一身白色的棉布连衣裙子，像个天使。"

"有这回事么？我怎么一点印象也没有了？"邱栀子困惑道。

"那说明你做的好事太多了。"蒋成一深情地看着邱栀子柔声道。

"你虽然已经记不得我了，但被你所救的那一刻我便立下誓言，早晚有一天，我要娶你为妻！"

邱栀子一下愣住了，怔怔地看着来人。

"可是在你面前我太自卑了，我要一直等到我有资格追求你的那一刻，再向你表白。我进修完后回到了家乡大连，先是离了婚，当然，我离婚，还有其他

原因，离婚后我又自己注册了一家医疗器械公司，拼命创业，事业有了起色后，便跟你联系。我第一次给你打长途电话的时候，你正在订婚，我退缩了；第二次给你打电话的时候，你正在结婚，我来参加了婚礼，看见你一脸幸福的样子，我又退缩了。几年过去了，我发现自己无论如何还是忘不了你，这次我来要亲眼看看，你过的好不好，从而确定，自己是否还有机会。"

"不管过得好不好，我都已经是人妻人母了。"邱栀子苦笑道。

"我暗中观察了你很多天，你过的很不快乐，所以今天我才出现在你面前的。我在北京设了一个分公司，我会给你时间让你慢慢了解我。如果你能接受我，以后我就常驻这边了。"蒋成一深情地看着邱栀子说。

邱栀子看着眼前的男人，也英武，也真诚，一副成功人士的样子，如果未婚时认识他，也许她会张开着双臂扑上前去的，只是现今一想到和顾顺良的分离，邱栀子兀的产生了一种骨肉撕扯般的感觉，有人想拆散他们，这简直就是一种不怀好意的恶作剧，她忽然觉得顾顺良像个受了委屈的孩子，她要保护他。

"婚姻，那一个又一个朝夕相处的日子，已使孩子他爸融成了我生命的一部分，纵是我对他有很多的不满和哀怨，那也是我对自身的不满，他就像我的另一个自我。"邱栀子说。

蒋成一使劲地攥住邱栀子的手："听我的！你给我一次机会，你放心，我会把兜兜当自己孩子一样疼的。"

"快松手！如果让人看见了，让孩子他爸如何在人前立足？这是太严重的事！"邱栀子使劲挣脱着。

这时，邱美娥刚好提着几件给兜兜买的衣服走到楼下，见此情形惊叫道："松手！你是谁啊？在干什么?!"

蒋成一松开了自己的手，将名片塞进邱栀子的手里后，尴尬地扭头匆匆离开了。

邱美娥警觉地看了那男人的背影一眼，问邱栀子："那男的是干吗的？看起来挺有钱的。"

邱栀子脸一红，支吾道："一个原来的朋友，我帮过他，说是来报恩了。"

邱美娥紧盯着女儿的脸严厉道："恐怕不单是报恩这么简单吧？我给你说闺女，虽然我之前压根就不同意你和顾顺良结婚，打心眼也看不起他家的穷，可我那是恨铁不成钢！但既然你和他结了婚，那你就一辈子是他顾家的人了，就得坚守妇道，不然人家会戳咱娘儿俩的脊梁骨的，再说你现在又是孩儿他妈，得给孩子做个榜样，顾顺良又跑外地创业去了，你若是在家里惹出什么风言风语来，你妈我第一个就饶不了你！一个女人家，名声是最重要的！再说，顾顺良虽然穷点，窝囊点，但人品上算是个好男人，夫妻俩有点小吵小闹是正常的，但你绝对不能做对不起他的事！"

"这些我都懂！放心吧妈。"邱栀子道。

"一个女人家，什么穷啊丑啊，笨啊懒啊，这都不是大毛病，最忌讳的就是不守妇道，这是做女人的大忌讳。"邱美娥念叨。

"记着了妈，从小你就整天在我耳边灌输这些，都渗透到我的血液里去了。"邱栀子道。

2

邱栀子从外面办事刚一回到办公室，就接到蒋成一气乎乎的电话，"你刚才干什么去了，我打电话到处找不着你。"

她愣在那里，为他不知从何而来的不快和醋意，他有什么资格管她的一举一动？但不知怎的，她喜欢他的这份霸气。

已经好几次了，是徐老太先接的蒋成一的电话，然后把电话递给邱栀子，徐老太就在身边，然而他还在电话里说带点感情色彩的话，邱栀子支支吾吾地吓得心惊肉跳的，不知徐老太是否听见或者感觉出了她的不自然，而放下电话后，她半天不敢直视徐老太的眼睛，但这一次，她想徐老太也知道了那个电话的暧昧。

第二天邱栀子下班后走出单位院门，向不远处的公交站走去，一辆车在等着她，是蒋成一，一脸热诚地迎向她："去幼儿园接孩子？我开车带你去！"

邱栀子紧张地往四周看，有同事在不远处走。她忽然想到，如果让徐老太发现她跟其他男人有来往怎么办？将置顾顺良的尊严和颜面于何地？

再说，她有自己的男人，两人感情基础不错，她没有必要再和另一个异性有什么瓜葛，惹得人仰马翻的，何苦呢？何必呢？那一点也不划算，她并不是离了他就不能活。

想到这里，邱栀子慌张道："你赶紧走吧。今天我就把话说透了吧，我孩子他爸现在辞去公职，在上海白手起家，艰苦创业，是他人生最艰难的时候，我无论如何也不可能在这个节骨眼儿上带着他的孩子跟别的男人怎样。"

"可是你现在过的这么不好。"蒋成一以怜悯的眼光上下打量一下邱栀子道。邱栀子知道自己，因为经济的拮据，她的衣着显得有些寒酸。

"慢慢就会好的。以后，你坚决别来这儿找我了，不然让同事看见，他们会用怎样的眼光看孩子他爸啊。"邱栀子道。

"哦，对不起。"

"还有，也别打我办公室的座机。单位那些上岁数的女人，精神特过敏。"

邱栀子又说。

"我明白了，我不该打扰你的生活，给你造成不良影响。我回去了，以后，只要需要我的时候，一个电话我就会出现在你面前，"蒋成一说着走向自己的车，走了几步，他又停住了，扭过头来问，"另外问一句，如果我早出现几年，你还没有结婚，你会接受我的求婚么？"

邱栀子灿然一笑："也许会吧。"

蒋成一笑了笑，扭头走了。

3

只是不久之后便发生了一件事，兜兜半夜里忽然发起了高烧，兜兜原本体弱多病，三天两头便感冒发烧。邱栀子抱着兜兜便冲出了家门，她站在路边等出租车，可空寂的深夜街道上没有一辆车路过。她给慕容雪打电话，她手机关机，给母亲打电话，手机关机，座机也打不进去，好像话筒没放好。

她抱着被厚棉被裹着的儿子翘首等车，抱得手软，身边连个换手的人都没有，而孩子的额头滚烫得吓人。邱栀子急得哭喊起来："兜兜，你这孩子，怎么老是生病？你让妈妈一个人怎么办啊？你想把妈妈难死啊！"

她给顾顺良打电话，明明知道，身在上海的丈夫远水解不了近渴，可在这个时候，听听他的声音诉诉苦也是好的。然顾顺良的电话无人接听，一直无人接听。

"都凌晨一点了，他还在跟谁通电话？"邱栀子自言自语道，气得什么似的。

她不知道，顾顺良今晚有应酬，在请人吃饭。结果喝醉了，躺倒在路边上，兜里的手机一直嘀铃铃、嘀铃铃地在寂静的夜幕里兀自叫着。

实在没办法了，邱栀子便给蒋成一打了电话，还好，他的电话是通的，邱栀子带着哭腔说："对不起蒋总，这么晚打扰你，我孩子发高烧了需要去医院！我现在在马路上，等不到出租车……"

蒋成一开着车很快赶来了，载她母子去了医院，到了医院，电梯停运了，儿科在五楼，邱栀子抱着儿子吃力地一步步迈着楼梯，蒋成一见状接过孩子帮她抱着，邱栀子感激地看了他一眼。他抱孩子的动作很笨拙。

"是急性肺炎！送晚了恐怕这小孩的命都没了。"医生说。

邱栀子惊吓得打了个寒战，再次以感激的目光看着蒋成一，真诚道："多亏了您！"

蒋成一说："听我的。以后有什么事，一定要给我打电话。"

儿子打针的时候，哭得撕心裂肺，嗓子都哭哑了，邱栀子心疼地紧紧搂着怀中的孩子，心中更添了对丈夫不在身边的埋怨。

天蒙蒙亮了，儿科病房内，邱栀子和蒋成一守候在兜兜的病床前。兜兜睡着了。

邱栀子的手轻轻地抚了下兜兜的额头，有些欣喜地对蒋成一小声说："烧退了很多。"

蒋成一也松了一口气的样子，轻声说："你看着点，我去买早点。"

蒋成一提着早点回到病房的时候，邱栀子趴在病床前睡着了，神色看起来那么疲倦，清晨的风有些清冷，邱栀子在睡梦中微微打了个寒战。

蒋成一放下早点脱下了自己的外衣给邱栀子披上，并将她垂到额前的一绺头发撩到后面去。邱栀子忽然醒来了。就在刚才，打一个盹的功夫，她竟做了些和一个男人鱼水相欢的乱七八糟的梦，是和蒋成一之间。她是被那梦惊醒的。她回味着梦里的感觉，眼神有些迷离地看着眼前的男人，想着这个男人的雄性气息实在太浓厚了，只第一眼看过去，她的身体就发出一种谛叫，能接受这个男人。和一个只见过几面的男人，就做这样的梦，起这样的念头，这就是阅历不堪的给予呵。而她和顾顺良两人之间，从来没有性欲的作用，都是相濡以沫的感情，疼爱。

她还有爱的权力？她今年才不到30岁，守着一个不在身边的顾顺良，就这样等到地老天荒？在她的感觉里，顾顺良像是她的一个亲人，生活像水一样平静，前面再没有迷人的景色可观赏，她忽然感到一种莫名的空虚，若干年后，他们都会老去，什么都不复存在，年轻的时候她硬硬地掐灭了心中对一个男人的喜欢，她会后悔，到老了时她会后悔？

或者，是邱栀子的眼神给了蒋成一某种鼓励，他攥过她一只白皙娇柔的手，揉搓着。

这是邱栀子的手平生第一次被顾顺良外的男人握住，她战栗得全身发抖。他抓着她的手在他的脸颊上蹭着，他的面颊柔软极了，这个细节让她的心一下子变得柔软无比，要知道他长得有些凶悍，简直像黑手党的头，又有那样的一个职位，一个硬朗而成功的男人，也是这样渴望异性间的亲昵的吗？那一刻她触到了这个外表强悍的男人内心的柔弱，外表和性格都强悍的男人偶尔露出的柔软和柔弱反倒更为动人。

然而也只限于如此，也只能如此了，清醒过来的邱栀子使劲将自己的手抽回来，道："对不起，我已是人妻，人母。"

这本来已很严重了，虽然这实在是太诱惑人。

她对一个男人，产生了强烈的感觉，但她不能这么轻率地言爱，她要让他用自己的亲历看看，她的感情生活很严谨，绝不是个随便的女人，虽然也会动情，但很克制和收敛。

这时，慕容雪的电话来了："栀子，你夜里给我打电话了？我关机了那会儿，有事么？"

"兜兜半夜里发烧了，我拦不到出租车，便给你打了电话，现在我们已经在儿童医院了，兜兜烧退了，没事了。"邱栀子回复道。

熹微的晨曦里，上海城在渐渐显出它的轮廓。

"嗨，醒醒？"一个环卫工人晃着一个躺在地上的男人。

顾顺良缓缓醒来了，他看了下自己的手机，有20来个凌晨一点左右的未接电话！全是邱栀子的。他全身的毛孔紧张地一下子全竖起来了，赶紧将电话打过去，急急地问："栀子，怎么了？夜里发生了什么事？"

"孩子半夜里得了急性肺炎，发高烧了，我拦不到出租车。"邱栀子带着怨气道。

"现在怎么样了？"顾顺良担忧道。

"孩子现在还在医院输着液，不过烧已经退了，没事了。"

顾顺良的眼睛一下子潮润了，想像着一个柔弱的女人抱着一个浑身滚烫的婴孩，在深夜的街头，茫然无助的样子。

"你夜里怎么回事？"邱栀子生气地问道。

"请人吃饭，喝多了，没听到电话响。"

邱栀子生气地挂了电话。

顾顺良马上给陶渊明打了个电话："陶总，我孩子发烧了，我一刻也呆不住了，得回北京看看老婆、孩子。"

儿科病房内，蒋成一和邱栀子两个人一边照顾着兜兜一边随意地聊着天。

"为什么对单位的同事那么紧张？单位的气氛让人觉得很压抑么？"蒋成一问。

"主要是那个女上司，对我一直实行高压政策，好像我拿的工资是她自己家的，对我一直极尽欺凌。"邱栀子说。

"我找几个哥们去办她？办她一家！竟然有人敢欺负我喜欢的女人！"蒋成一气愤不已地说。苍天在上，他当初这几句话曾带给邱栀子多大的安慰，不管他是否真的去做，她说："在我的感觉里，此时此刻的你简直像一个守护神，这才是男人，当然我并不会真让你去那样做。"

邱栀子对自己说，我真的喜欢这个男人，他的体贴，他的男人气。

蒋成一忽然又说："或者，我出资为你开家私人诊所怎样？离开那个环境。听说私人诊所收益也挺可观的。"

邱栀子的眼睛一亮，但她那团亮又很快熄灭了，她知道，这世上没有免费的午餐，既然知道自己不可能对人家有情感和身体的回报，就该远离这个男人的护荫，这是一个女人起码的道德。想到这里，邱栀子回绝道："谢谢你的好意，毕竟在大医院能多学些东西，我觉得自己现在还没有开私人诊所的能力。"

蒋成一明白了什么，表情上闪过一丝脆弱，小心地问："他，很优秀吗？"

他在和一个暗中想象里的对手竞争着什么？

"兜兜爸爸人品非常好，只是性格上有些弱点。"她真诚地说。她其实不愿涉及这样的话题的，她的心中放着这两个男人，没有比较，互不影响。

蒋成一又撩了撩邱栀子的头发，温情道："以后要是遇到什么麻烦，要第一个想到我。"

就在这个时候，慕容雪提着水果急匆匆地走进了病房，刚好看见了这一幕，好奇地打量了蒋成一一眼。

邱栀子赶紧站起身来，神色有些不自然，招呼慕容雪道："你怎么来了？"

"我不放心，过来看看，兜兜怎么样了？"慕容雪关切道，放下水果俯身看看病床上正在挂点滴的兜兜。

"又睡着了，烧已经退了，还辛苦你跑一趟，"邱栀子客气道，"对了，我给你们介绍一下，这是我闺蜜慕容雪，这是我朋友蒋总。"

"哦，你好。""你好！"那两个人握手招呼，彼此相看的眼神里都有电光闪过，但也只是一瞬间的事，很快都被各自人为地掐灭了。邱栀子没有发现这一细微。

慕容雪道："我还有事，先走了，你们聊！"说罢神秘地冲邱栀子眨了眨眼睛走了。

"慢点开车。"邱栀子在后面嘱咐。

估摸着慕容雪到家后，邱栀子躲开蒋成一走到走廊里给慕容雪的电话打过去了："我和那个蒋总只是朋友，你别多想啊！"

慕容雪在电话里玩笑道："你这就叫'欲盖弥彰'，既然是普通朋友，你打电话给我解释什么？既然是普通朋友，你把他让给我。"

邱栀子酸溜溜地笑道："你不是已经有郑军武了么？吃着碗里的，看着锅里的。"

慕容雪笑道："也不知道是谁，吃着碗里的，看着锅里的。"

"你别瞎想啊，我知道分寸。我和他之间，是发乎情，止于礼的，未曾对我和兜兜爸之间的情感造成丝毫的影响。"邱栀子说。

"知道分寸就好！你这只红杏都探头探脑地想出墙的话，这世上我再去哪里找传统女人当人生榜样啊？"慕容雪半开玩笑半认真道。

4

兜兜病好出院的时候，蒋成一开车送她们娘儿俩回家，在楼下，蒋成一在前面抱着已睡着的兜兜，邱栀子提着住院日常用品还有他给兜兜买的水果在后面跟着。那情形，俨然一家三口。

就在这时，顾顺良风尘仆仆地回到了自家楼下，他站在那里，看着那副情形，兀地怔住了，泪水一股股地流淌下来，一个男人，混得落魄了，连自己的老婆孩子都要保不住么？

邱栀子无意中回头的时候，看见了顾顺良，吃惊道："回来啦？这么快？"

"我是赶飞机回来的。"顾顺良说。

邱栀子的神色有些不自然，赶紧分别介绍："这是一个朋友蒋总。这是我爱人，兜兜爸爸。"

"哦，你好！"两个男人探究地互相对望了一眼，礼节性地握了下手。两人相碰的眼神和手像被灼着般赶紧分开。

蒋成一道："那既然你先生回来了，我就回去了。"说着将怀中的兜兜递给顾顺良，走向自己的车。顾顺良瞥了眼蒋成一的车，锃光瓦亮得灼人的眼，顾顺良的眼神赶紧挪开。

邱栀子在后面喊："谢谢你啊蒋总！"又转脸跟顾顺良解释，"这次兜兜生病，多亏了蒋总及时将孩子送到医院。"

顾顺良不快地抱着兜兜扭身便走向自家的楼道。

夫妻俩进了自家家门后，顾顺良将儿子放进卧室后便出来叫道："这个男人和你之间，一定有问题！不然他看我的眼神，为什么充满了嫉妒和敌意？"

邱栀子叫道："有问题？医生说，你儿子的急性肺炎，如果不是及时送到的话，连小命恐怕都保不住了，那个时候，你这个亲生父亲在哪里？在干什么?！"

"那也不能仅因为他及时将孩子送到了医院，就和你之间有问题吧？我告诉你，以后不许别的男人碰我的儿子！"顾顺良指画着邱栀子叫道。

"人家那是好心，担心我抱孩子累。人家一个堂堂的老总，给你家抱孩子，你非但不心存感激，反倒这样说人家，你看看人家身上穿的那衣服多贵，你儿子若是尿人家身上——"邱栀子唠叨。

"够了邱栀子！"顾顺良截住邱栀子的话茬，指画着数落，"看看你自己，就因为人家开着豪车穿着华服，就一口一个'人家'，啧啧，单独跟人家在一起的时候，还不知有多献媚哪，我发现你越来越像你妈了，一副势利样。"

邱栀子被数落得没面子了，道："对，我就是势利了，哪天你也开豪车穿华服，让我们娘儿俩住上豪宅，我也在别人面前提你时一口一个'人家'，我也天天向你献媚。"

顾顺良道："你等着！迟早有那一天！不过我提醒你啊邱栀子，这个男人绝非善茬，因为他看我的眼神充满了挑衅。你想啊，对一个有夫之妇有歹念的男人，看那个女人的法定丈夫时，竟然没有一丝慌乱，可想而知他的心理有多强势。俗话说，眼睛是心灵的窗户。"

"人善被人欺，马善被人骑。你不觉得，你我的性格里都欠缺些刚硬么？就因为我天生带着一副老实样，徐老太才敢那么欺负我。所以我欣赏那种性格强硬的男人。"邱栀子说。

这话倒是真话。或者因为她和顾顺良两个人心灵的单薄、性格的缺陷导致的人生的失败，为人处事的失败，她特别渴望成熟、丰厚、人生经验那些东西，她觉得那是一种无形的承担，是一种看不见的厚实。

5

是个大雨日，邱美娥家的家门忽然被"砰砰"地敲响。

"会是谁呢？"邱美娥趿拉着拖鞋去开屋门，"谁啊？这么大的雨。"她嘟囔着打开了门，离北京多日的女婿顾顺良浑身湿透地站在门外。

"她出问题了！"顾顺良说。他的泪水哗哗而出，似四周的雨水一样急。

"谁出问题啦？"邱美娥一时没反应过来。

"邱栀子啊！"顾顺良说，又一阵痛哭袭击了他，他捂住自己的脸，进门坐在沙发上，展开车轮战般开始哭诉邱栀子的劣迹：

"我在上海一听说兜兜病了，放下工作就马不停蹄地往家赶，结果一回到家楼下就看见那个男人抱着兜兜在前面走，邱栀子提着东西在后面跟着走，一副夫妻双双把家还的样子……"

"等等！"坐到顾顺良对面沙发上的邱美娥截住女婿的话头，"兜兜病了？我怎么不知道？"

"说的就是嘛，兜兜病了，你这个当姥姥的都不知道，她却让一个外人给帮忙，不是心存别的念头么？"

邱美娥拍一下大腿："是这么个理啊！等等，那个男人是谁？那个外人是谁？"

"姓蒋，据说是个医疗器械厂的厂长，开着豪车，四十岁左右的样子。"

"等等，"邱美娥拍一下自己的头，她脑子里快速闪过那次在邱栀子家楼下遇到那个陌生男人的情形，"是不是长得像个黑手党的那人？开着一辆黑奥迪车？"

"看看，连妈您都知道，只有我一个人蒙在鼓里，这种事，总是当事人最后一个知道。"顾顺良屈辱地揪着自己的头发，一副冤大头的样子。

"我已经跟邱栀子三令五申了，不许她再跟那个男人见面啦！怎么，他们还来往？"

"妈，你都看见他们俩有问题了，是吧？不然怎么会三令五申禁止？"

"我……我只是看见那男的握邱栀子的手了。"邱美娥心虚道，她盘起了腿。

"邱栀子还不到三十岁，而那男的，有四十岁了吧？四十岁啊，你说，他是称呼你大姐啊还是丈母娘啊？"

"是啊！他是称呼我大姐啊还是丈母娘啊?!"盘腿坐在沙发上的邱美娥再次拍一下大腿应和。

"妈，你也这么觉得，对吧，那个男的长得像个黑手党，你说，以邱栀子的柔弱，还不是秀才遇到兵，小白兔进了豹子窝啊？"

"是啊！还不是小白兔进了豹子窝啊?!"邱美娥再次拍一下大腿应和。

"妈，你说，邱栀子若是跟了他，兜兜还不从此饥寒交迫、挨打受骂，一下子回到了旧社会?!"

"是啊！我大外孙还不从此饥寒交迫，挨打受骂，一下子回到了旧社会?!"邱美娥应和着，"啪!"地拍一声站了起来，不过她这次拍的不是自己的大腿，而是茶几的桌面。

"走！我这就收拾东西上你家过日子去！我给你看着她！你放心，只要有我一口气，邱栀子一辈子都是你顾家的人！她要是不守妇道，我邱美娥有什么脸再走街串巷？"邱美娥边说边收拾着自己随身的洗漱用品。

"是啊！"这次轮到顾顺良拍着茶几面应和了。

"哦，对了，兜兜的病怎样了？"到了这会儿，邱美娥才忽然想起来问。

"已经好了。"顾顺良说。

在户外，顾顺良小心翼翼地给丈母娘举着伞背着包急匆匆地奔向公交车站，那情形像是李莲英侍奉慈禧太后。

邱美娥跟着女婿进了他们家门后，兀自从随手带来的包里拿出自己的拖鞋来换上，又拿出牙刷、牙膏、毛巾摆放到卫生间里去。

邱栀子见状疑惑地问娘家妈："怎么，要常驻沙家浜啦？"

邱美娥坐到闺女家的沙发上，翘起了二郎腿，一副要长期驻扎的架势道：

"你说对了。我女婿长年不在家，我要帮着他看家护院。"

再看那孩他爸顾顺良，一副有人撑腰做主，因而胆大气壮的样子。

邱栀子猜到了什么，苦笑道："什么时候，这丈母娘和女婿成了同一个战壕里的战友了？"

邱美娥显摆道："就在刚刚，我们才结成的同一战线。"

顾顺良也应和："对，是正义的力量，才使我和亲妈结成的同一战线。"

"嗯，"邱美娥扯了下嗓子，拉开了领导干部们在大会上做演讲的架势，然后开场了：

"兜兜他爸这人多实诚！"

"兜兜他爸心眼好！"

"这年头这么信赖长辈的年轻人太少了，何况人家还喝过那么多的墨水……"

邱栀子不搭理他俩，兀自转身给兜兜洗衣服去了。

邱美娥起身跟在闺女后面，不停地数落：

"兜兜病了，我这个当姥姥的都不知道，你却让一个外人给帮忙，不是心存别的念头么？"

"你邱栀子还不到三十岁，而那男的，有四十岁了吧？四十岁啊，你说，他是称呼我大姐啊还是丈母娘啊？"

"那个男的长得像个黑手党，你说，以你邱栀子的柔弱，还不是秀才遇到兵，小白兔进了豹子窝啊？"

"再说，你邱栀子若是跟了他，兜兜还不从此饥寒交迫、挨打受骂，一下子回到了旧社会？！"

邱美娥和顾顺良一前一后地跟在邱栀子的后面，将邱栀子团团围住。

"我疯了！我就要疯了！"邱栀子捂住自己的耳朵，乍然叫出一声，她忽然想起了什么，就去掏母亲的包，从包里掏出了母亲的手机，手机是关着的，她开了机，很快，一串未接来电的信息一声声冒出来，邱栀子将手机给他俩看，说："你们看，我给妈打了这么多电话，谁让她关机来着？"

邱栀子又去拿自己的手机，给他俩看："还有，你们看，这是我那个点给慕容雪打电话的记录，还有给你顾顺良的！最后的通话记录才是给蒋成一的，我是实在没招了才找人家的，当时难为得我……"邱栀子说到这里眼圈红了，"再说了，我一个成年女人，当妈妈的人了，跟其他男人间的交往分寸我会自己把握，还需要人看着？你们也太看贬我了。"

顾顺良见状赶紧给邱栀子找纸巾。

母亲也赶紧打圆场："是误会了，误会了。"

顾顺良说："既然兜兜的病好了，我还是赶紧回上海吧，那边的工作实在太忙了。"

邱栀子不舍道："都回来了，住一宿明天再走吧。"

丈母娘也说："是啊，这是你自己的家啊，跟掏把火似的，刚回来就要回转。"

顾顺良去卧室亲了亲熟睡的儿子，便说要去火车站，临出家门前，他给丈母娘拱了拱手，做了一个托付的手势。他知道，女人的心，靠看守，是看不住的，只有自己也在事业上发达了，才能在女人的心里有分量。

6

几天后的一个黄昏，蒋成一又联系邱栀子了，打来电话说："他回上海了么？今晚一块儿吃饭？"

"不了，另有事。"邱栀子回道。

邱美娥原本在厨房择着芹菜，听见邱栀子房里的手机第一声来电响后便悄悄来到了女儿的门外偷听。

"我已来到你家楼下了。"蒋成一在电话里温柔地说，一副痴情的样子。

那样绝望和苍凉的一种感觉击中了邱栀子，过去的经历一幕幕涌上前来了，工作中上司对她的欺辱，遇见过的不好的男人，她的眼里噙满了泪水，她已是满心满面的沧桑了，在她自我的感觉里。除了一个单薄的顾顺良，没有一个人对她好，她多么需要和渴望有人对她心怀善意啊，对跟前的这个男人，这份关系，她是想好好地珍惜的，可是她实在不知怎样去把握才好，进也不是，退也不是，退自然是好办的，可也就什么也没有了，只是她是个已婚的女人，又怎么能进呢？

他四十岁，是男人魅力四射的年龄，也是她那段时间最喜欢的男人的年龄。她想当然地认为，这个年龄的男人，看透了生活的一切，且能承担起一切。她的心，向着自己的想当然痴迷地弯着，像深夜里的一盏街灯。

一个四十岁的男人，充满了劲道。尝一口是一口的味道，这蒋成一，可以说魅力四射，很少有女人能对他有免疫力，邱栀子自己是女人，懂得的。这个人太独特，裹挟着人不由地往前走，女人很少有定力、内力能摆脱得了这股力量。当然，他给女人造成的感觉不是温暖、可靠、塌实，而是尖锐、强悍、强烈的震撼力。

只是她越是在乎他，对他有好感，越要在他心中保持住一个端庄、贤良的女子的印象，而非轻佻的，那种招三惹四的女人。她要让他用他的亲历看看，她是否是个克己的良家妇女，她是别人的媳妇，再没有爱其他男人的权力。

　　是啊，蒋成一再有魅力，那也是人家的事，她邱栀子能硬硬地割断兜兜和顾顺良的父子亲情么？但只这种想象，她的心口便产生了咝咝啦啦的剧痛感，不！她绝对不能让自己的儿子不呆在亲生父亲的身边长大。

　　有一刻，她忽然感到了某种不道德。只有自己明白自己的内心，如果确定了这份关系的底线，何苦要招惹人家？"你的心思到底是怎样的，得给人家一个明确的感觉。"她对自己说，于是给蒋成一回了个电话，果决道："好，我下楼，当面跟你把话说清楚。"

　　邱栀子穿好外套打开卧室门的时候，母亲迅速地离开门外，佯装没事人般地择着自己手里的芹菜。邱栀子有些不快道："妈，还真当起间谍来了？"

　　邱美娥见邱栀子走向门边，警觉道："你干嘛去？不许去！"

　　"妈，我都多大啦？！"邱栀子说罢不快地摔门而出了。

　　邱美娥赶紧走到窗边去观察，她看见了蒋成一的那辆惹眼的黑车趴在不远处，脸色一下变了。

　　邱栀子下楼来到蒋成一的车前，蒋成一迎了出来。

　　她抬起眼睛，以一种心碎的目光直看着他说："我是已婚的人，横亘在我们之间的东西强大得不可逾越啊。"她的泪水慢慢地涌出来了。

　　他望着她那双美丽含怨的眼睛，忽然就直走过去，牵起她的手，说道："听我的，跟我走！"那么粗暴、鲁莽的。她还未反应过来，就被一阵狂风般的力量裹挟着而去了，她的手腕被攥得生疼，他的步子那么快，她跟的磕磕绊绊的，像一只被黄鼠狼叼走的小鸡。她喜欢这一刻的感觉，被一种粗暴的外力硬硬地带走，给自己一个借口。

　　"听我的。"在有限的相处细微里，她特别爱听他说这句话，她喜欢听他的话，一言一行。

　　这是她在顾顺良那里感受不到的男性的魅力，顾顺良凡事总是爱听她的，从骨子里尊重她，然而女人的骨子里，其实是喜欢对男人臣服，被男人统治的感觉的。

　　到了一处树木浓密的地方，她忽然被一个坚实、宽阔的怀抱箍住了，他揉搓她，吻她的脸，他的气息扑在她的脸上。

　　"邱栀子！"忽然背后传来一声大喊，随后咔嚓一声，手机拍照的声音。是母亲不知什么时候跟出来了，她用手机拍下了刚才的情形。

　　那对男女赶紧分开。

　　邱美娥晃着手中的手机说：

　　"我在这栋楼里住了几十年了，你们就在这儿……若是被人看见了，那些街

125

坊邻居的会用什么眼光看我这张老脸？让顾顺良在社会上如何立足？他原本已经够艰难的了，作为一条船上的女人，你帮不了他，难道还要害他么？你和跟前这个男人，是过了今天不知明天会怎样的，而和顾顺良，是一生一世的，是你苍老得掉了牙、花了眼睛后他依然在你身边的，是你这一生的指望。今天我把这个拍下来了，如果再发现你们俩有来往，我就把这照片洗出来，寄给顾顺良，再贴到你们家的楼道里，你们单位的墙上，既然你们俩不要脸了，干脆我也豁出去这张老脸，让人家的唾沫星子把我淹死得了！"

邱栀子羞愧难当地捂着脸转身跑回家去了。

7

从那以后，蒋成一再来电话或短信时，邱栀子决绝地都没有回。

她是有丈夫的女人，那才是她真实的生存。她和蒋成一之间，虽然她心中或悲或喜地波涛汹涌着，然而也仅仅是她心中的云雨，像是空中飘着的细弱，又能真实地承担得了什么？她要硬硬地将心中的感觉统统掐死，趁着它们还是一丛芽芽。

人与人之间的关系，像一堆柴禾，一根根地添，火势自然越来越旺，一根根地撤，那么三下两下地，便剩下了星星点点。

在这个世俗的世界里，四周是风的世界里，点起、搭起一堆火是多么不易。但是那之后的日子里她过得很平静，情绪平和时，她没有对任何人的情感要求和精神上的依赖，只有在不胜内心和周围的寒冷时，才想起要温暖，才手忙脚乱地加一把柴禾，在别人那里，或者认为是势力？那是当然的，她能支撑住自己，靠自己的体温能温暖住自己的时候，是不会去招惹谁的。

日子一天天地过下去。有时想起蒋成一来，他成为一抹淡淡的影子，好像很遥远的一种存在，想着彼此间这样也好，就这么无声无息地，了结了，很好的一种结局，像一根火柴，无意中被划着了一点火星，在风里闪闪烁烁了一阵，然后无声无息地灭了。

她不知是否该嘉奖自己，对一个男人那么强烈的感觉，她自个儿人为地扑灭了，并没有灼着伤着谁。她原想用理性使之控制在一个美好的火候和分寸上，孰不知情感是植物般最自然生长的生命，这束和勒便也会在植物上烙下伤痕，只这伤，就使那株植物枯了。

8

回到上海的顾顺良把一切心力扑在工作上。

订货会前夕，顾顺良对刘诗摇说："图书订货会上的摊位都需要租金的，我们公司不会再出那个钱，我们干脆就把书挂在自己的身上，然后在展销会上到处行走，把自己的身体做成一个流动摊位。"

刘诗摇眼睛一亮道："好啊。"

顾顺良和刘诗摇背着几本书就去图书订货会了。订货会上图书林立。

即便他俩背着样书到处行走，怎奈众人都忙于自己的事，也很少注意到他们俩和他们身上的展示书。

刘诗摇沮丧道："真是不来订货会不知道书多啊，要想引起人注意，谈何容易？"

顾顺良忽然蒙生了一个良策，道："这样好不好，我们两个在到处行走时同时朗读你的《初恋在栀子花开的季节》，那么好的文字，定会引起大家的关注，只是需要很大的勇气，你行么？"

刘诗摇想了想道："你都能做到，我有何不能？豁出去了！"

顾顺良道："既然我当初决定出版这本书，就是觉得可以，只是这个信息爆炸的时代，人们的注意力太分散了，作品再好，人家不知道也没有用，内容和营销必须并重。再者人们太势力，太崇尚名气了，有名者，随便写点什么都有人推崇，无名者，再好的文字都没人打开看看，也是逼得我们没办法了，才出此下策。"

很快，两个人便在订货会上声情并茂地朗诵起来《初恋在栀子花开的季节》来，清丽的文字和生动的情节，及出其不意的宣传方式立即吸引了很多人的注意。

很多采购商纷纷要书，订书单一张张飞来，剩余的《初恋在栀子花开的季节》很快销售一空，顾顺良在订货会上便给陶总打去电话："赶紧加印！"

从订货会回去的时候，他们俩没有乘公交车，而是打的回去的。

在车上顾顺良情不自禁地高呼："我成功了！我们公司有钱了！"

刘诗摇则喊："我成名了！"

刘诗摇扭头深情地看着顾顺良道："大恩不言谢。我不会忘了，这段日子，你为我付出的所有心血。"

顾顺良道："这也是我分内的工作。我也庆幸这段艰难的日子里，有你一直陪着我。"

只是当出租车停在顾顺良的租住处的时候，刘诗摇也跟着下了车，说："这些天，太辛苦你了，我想亲手给你做顿饭，表达一下对你的感激。"

顾顺良也没多想，道："也好，我这会儿还真饿了，我们再买瓶酒，好好庆祝一下！这些天太累了。"

两个人便先去了菜市场，买了好多水果菜蔬的，提回了住处。

"诺，这就是我租的房子。"他用钥匙打开门引领着她进了房子。

一床被子摊在卧房里，房间里非常凌乱，整个房间散发出一种暧昧的气息。顾顺良羞愧道："不好意思啊，房间太乱了！"说着便去拉开了窗帘，并开始叠被子。

刘诗摇忽然就按住了他叠被子的手，并俯身到他的被子上陶醉地嗅着什么，顾顺良顿时怔住，顿觉全身躁动起来。

刘诗摇又伸手一寸寸地触摸着他的脸柔情百结地说："我设想过很多遍，当我的手摸在你的脸上，会是种什么感觉？不知道那一刻我是否会晕倒？现今，这一刻终于在我的生命里发生了。"

那一刻，时间变得一滴是一滴，一寸是一寸地，像小猫的舌头在舔一块糖。顾顺良眯着眼难以自制地享受着一个年轻女孩的爱抚，只是当刘诗摇的手摩挲着转而去解他的衬衣扣子和裤子拉链的时候，顾顺良被蜇了一下般才清醒过来，这就将刘诗摇往房外推，终于将她推到了房外，顾顺良迅速地插上了门的内销，倚在门上气喘吁吁。

刘诗摇隔着门深情地对顾顺良说："我不会忘了，当整个世界都看贬我的时候，只有你一个人站在我的身边。"

顾顺良说："我说过，那也是我的工作。"

刘诗摇拍着门说："我还没有给你做饭，我也饿了。"

顾顺良："你回去吧，我不会再开门了。"

刘诗摇依然拍着门，像是一声声无声的呼唤。

顾顺良不吱声，也不开门。

刘诗摇久久地站在那里，最终无望地走了。

9

陶总兴奋地约顾顺良和刘诗摇一块儿吃饭。

"这个图书订货会，还有小刘的那本书，真是咱们公司的福星啊！公司淘到了第一桶金。顾总，你的选题能力还是强，下一步要再接再厉，赶紧上别的图书项目，公司也要扩大规模，再多招聘一些人手，编辑啊，发行啊，不能让你们两个主将整天背着图书到写字楼里卖书去啊，刘诗摇就提拔为编辑室主任吧。"

顾顺良和刘诗摇相视一笑，心里话：胜者王侯败者寇。

顾顺良在上海一呆就是三年，直到邱栀子后来去上海看他，这期间，除了那次兜兜生病，他再没有回过一趟北京，他憋足了全身的力气全心创业，想着有朝一日让邱栀子一家刮目相看。

第十章　慕容雪被迫丢弃文学，刘诗摇 终获机会得到了顾顺良？

1

自从上次的宿舍事件后，顾顺良和刘诗摇两个人之间的关系虽没发生实质性的变化，但多了一分甜蜜的默契。

对这份情感，顾顺良一直是有些被动的，担心会耽搁了刘诗摇，因为知道自己，是不会给她什么实际的承诺的。种种的理智束着、勒着、捆着、绑着他，然人的本性、本能，时时地从绳子缝里漏出来，挤出来，说到底，谁又能抗拒得了两性的吸引？顾顺良整个人便显得冷热无常，这无常更激起了对刘诗摇的百般折磨，冷的时候回想热时的美好，热的时候惧怕冷的来临。

两个人不在一起的时候，刘诗摇经常给他发一些短信息，"你此时在哪里？""吃饭了么？""早晨好。""好好睡午觉。"这些短信像一只小鸟的啄时时地来啄一下，这会儿一小口那会儿一小口，直啄得顾顺良一个铮铮男儿全身都软了。

对顾顺良来说，因为总有一双爱慕的目光看着自己，他说话时思维如泉涌，妙语连珠，整个人快乐得就要溢出来，整天像一阵风一样，从这里刮到那里。他沉寂了多年的生命重新焕发了活力。

而刘诗摇，却不仅满足于这些。

"我和别的男人，哪怕有一点正常的交往，也会联想到你，感到某种心理障碍的存在，想为你守住某种情感的贞洁。说起来，你对我有什么呢？既没有承诺，又没有表达，甚至于还想疏远我。"刘诗摇说。

"在世俗的感觉里，你是我的上司。我向你表达情感，好像是有所图，是为了什么。不错，世事是这样纷乱的一种存在，然总有些纯净、真挚的东西的，像无语的小花，开在角落里，被南来北往的风吹着，风中裹着的，也有风沙和泥石，可是她开着，那样娇嫩柔弱的样子，在人所不知不见的地方，发出一缕缕纯净的香气。人的内心，总得守护着点什么。"她又说。

"一个男人从对面走过来了，并不是我敢奢望拥有的，然而那份真切的感受留下了，冷暖自知。"她还说。

"我一个女孩，手中无职无权的，不能在世俗利益上回报你些什么，又不和你有身体关系的话，我能用什么方式表达对一个男人的好？心又是什么哪？看不见摸不着的，我已经是个成熟的女人，对世态炎凉的很多渐渐懂的。"她依然说。

"你，到底想对我说什么？"顾顺良匆匆地问。

她无言地望望他，话太多了，成为一团紊乱了的线，不知道最初的线头在哪里。

"我，我就是想亲近你。"刘诗摇终于鼓足勇气道，伸手攥住了他的手。

"我对所拥有的已经很满意了，我好怕这些破碎了。"顾顺良道，抽出自己的手。

"可是我，嫌所拥有的还不够丰富。"刘诗摇说。

"两人间的关系是一种分寸和火候，欠了是生，不熟，过了火便是焦和糊，我实在不知怎样把握那一份细微的好。"顾顺良轻轻地叹了口气说。

"你是说怕熟了就不鲜了？你把我当青菜么？当调味的青菜？"刘诗摇道。

顾顺良被击中了什么，无语了。

不错，和刘诗摇在一起，比和妻子邱栀子在一起更快乐，但他明白，这是新鲜感，时间长了后，也会平淡的，他对自己的情感看得很清楚。

"顺良，邱栀子是个怎样的女人？泼吗？是否会领着一大帮娘家人找上门来拿硫酸泼我的脸，或者扯我的头发？我很害怕。"刘诗摇有些柔弱地抓紧了顾顺良的手。

顾顺良安慰道："不会的。我对她做事的底线有数。除了自己伤心外，她做不出很出格的事来。不过，她越这样，我越不忍心伤她。她娘家人看不起我，不是她的错，虽然我心里还是有些怨她。"顾顺良变得痛苦犹豫起来。

他越犹豫，刘诗摇越对自己不自信。

他们俩一起因工作外出的时候，在街上一遇到个特别漂亮的女人，刘诗摇就会问："邱栀子的眼睛比她还大吗？邱栀子的身材跟她比怎么样？"邱栀子到底是什么样子的，这是隐在刘诗摇生命里的一个巨大的悬念，这悬念使她坐卧不安。

每当这时候，顾顺良总是不置可否地笑笑，以男人的自尊心，他当然愿意刘诗摇把自己的妻子想得很漂亮，这是一个家庭无形的尊严，配偶的形象也是自己的颜面。只是，每当刘诗摇对邱栀子的相貌气质做种种超乎实际的想象时，刘诗摇的表情便变得很脆弱，抓住顾顺良的手变得很用力，那种柔弱的用力，小手抓得死死的，掰都掰不开，手心里冒出湿湿的汗来，似乎因为邱栀子的美，顾顺良对自己的垂爱转瞬就会逝了，每逢这时，顾顺良便觉得这实在有点，残忍。

刘诗摇是那种别人看起来很有美感，而她自己感觉不到的女孩，这使她没有女孩的张扬，总是谦和柔弱，人长得又纤细，整个人像一束风中纤细的垂柳，风一吹，就摇一摇的感觉。拥有青春的人，并不觉得青春的宝贵和美丽。再者，刘诗摇的生活很简单，又是情窦初开的女孩子，因而几乎把大部分情感都用在了顾顺良身上，而顾顺良这里，单位、家庭、孩子、朋友、亲戚，到处都是事，毕竟心散了些。

再者，身为年轻的上司，对自己的下属，心理上总有些俯瞰感的，他总觉得，以自己的身份，允许刘诗摇爱自己，便是一种姿态，难道还要他小男孩般手捧鲜花，一步一趋地跟在她后面，或者像那些毛头小男生们一样，将女孩堵在夜色昏暗的某一个墙角，挥舞着手臂指天捂胸着喋喋不休地说一些肉麻的情话么？他顾顺良横竖做不出来，那样也有跌他的身份，一个年龄段，有一个年龄段的行事作风。再说，自己的家庭虽说有些矛盾，但毕竟也算是和美的，多一份婚外的情感，自然好，没有的话，日子也该怎样还是怎样，甜蜜的同时也总伴随着一份提心吊胆，如果事发了怎么办？因而对这份情感，顾顺良一直是有些勉强的、被动的。再说，顾顺良今年才三十来岁，这个年龄的女人依然很有美感，也无怪乎 24 岁的刘诗摇在邱栀子面前也没多少年龄上的心理优势了。

因此种种，顾顺良的若即若离使刘诗摇倍受折磨，一定是，一定是他很爱自己的妻子，她老觉得那个未曾谋面的女人暗中和她较量着，因而整天处于一种紧张状态中。

这天，顾顺良将一摞杂志指给刘诗摇看："你看，这是我上大学时发表的诗。"

刘诗摇抽出一本翻开看了，惊奇道："这么好啊！真没想到，你的诗这么好！"

顾顺良道："我总是试图让邱栀子彻底看见我。一个生命的全部轨迹，应让身边最近的那个人看见，这样才会有真正的理解和沟通，我的心里有很多邱栀子看不见的地方，一个生命的全部真实是一个奇迹，纵然有些部分斑驳不堪。只是我写的诗歌，我曾经的日记，她从不对这些感兴趣，她可以将一张小报一字不漏地全部看完，而遇到我写的总是绕开去，我不明白这是怎么回事。她为什么对这个睡在她身边的男人的心灵不感兴趣呢？这颗纯洁的，没有一丝城府的小男孩似的心地。也许因为太熟了，自以为看透了对方，而对方觉得还有那么多别人看不见的东西。这使我怀疑她是否真的爱我，不过也懒得去细究。"

潜意识里，顾顺良说这些是有讨好刘诗摇的意思的。她心底那么喜欢他，他还让她整天提心吊胆的。

然而当时，刘诗摇一点也没有因此而高兴，而是用异样的眼神看了他一眼，那眼神让他很陌生，事后顾顺良想起来，也许是某种美好的东西在那一瞬在她心中碎了。然而，这不是让她牵动出来的吗？

从这句话，这个动作之后，顾顺良的内心便陷入了百般折磨、煎熬之中。也就是说，当在刘诗摇面前说了邱栀子的那句坏话后，顾顺良平和的心态一下子被毁了。

人，总得有点讲究的。一个人如果连自己最亲近的人都贬斥，那么，这个人还有什么可敬之处？顾顺良觉得自己很龌龊，很不地道。最糟糕的是，他让自己的崇拜者，自己非常喜欢的女孩，窥见了自己的这一龌龊。

刘诗摇反复说过，在她的心目中，顾顺良是善和美，涵养和博学的化身。每当她受了顾顺良的启蒙，而校正自己的为人处事，校正自己看世界的目光时，她都有这种感觉。其实，那些美学观点和视角是人类几千年的文化积淀下来的，顾顺良只不过是拿着书本的传业授道者，而刘诗摇，一厢情愿地把这一切都揉在了顾顺良的身上，那么多的知识和理论，她觉得都是从顾顺良的心灵里蒂落下来的。

对顾顺良来说，那种在刘诗摇心目中是一个美好的人的感觉真好啊。

可现今，他顾顺良在背后对一个和自己同床共眠了几年，给自己生儿育女的女人都说坏话，对和自己刚来往了不久的精神恋人又能怎样呢？这个男人是多么靠不住，多么不地道。

刘诗摇对他，恐怕有这种想法的吧？他的人品是有问题的。刘诗摇一定会这么想？他毁了自己在刘诗摇心目中的完美。可话说回来，这一切，不都是因为她刘诗摇吗？顾顺良在内心烦躁的同时充满了对刘诗摇和这份关系的怨。

爱美好的异性，这是一个人的情不自禁，是为这个世界增添一份美好，但他不允许自己卑鄙。而这，是刘诗摇牵引出来的，是她的存在，使他的人品出现了一个污点。

无论如何他都不能原谅自己，他这男人，在北京时吃着妻子给做的饭，穿着妻子给洗的衬衣，包括袜子和内裤，却在另一个女人面前说她的坏话。

人之所以为人，总得有些起码的讲究的，这样的一个男人不值得邱栀子的深爱，也不值得刘诗摇的爱，他无法面对这样的一个自己，他想把这个细节彻底忘掉，从自己的生命里裁下去。

而刘诗摇，窥见了自己人性的这一暇弊，这一窥见一盏扑不灭的小灯般亮着。因而，从那以后，他老觉得两人之间有一块小石子硌着，让人不舒服。

而最有效的办法是，远离刘诗摇。他再也无法挥舞着手臂在刘诗摇面前滔滔不绝地说这说那，一副正人君子的样子。

说到底，顾顺良骨子里还是个好人，一个有涵养、修养的人，心中有着强烈的自省和审美意识，那双审美的眼睛时时地盯视着自己。

"为什么开始回避我？我怎么了？"刘诗摇一直在追问。顾顺良避而不答。

"晚上出来吃顿饭吗？"刘诗摇又给顾顺良发短信息约他。他那里越是躲，她心里越惶恐。

"我有事。"顾顺良发过去的短信息说。

"春天到了，到郊区踏青去好吗？"刘诗摇又小心地约他。

"没情绪，不想去。"顾顺良回答。

说不出来的一种什么感觉，他就是不再愿意面对刘诗摇，不再愿面对这份关系，他的人品像被虫子咬了个洞，而刘诗摇，恰恰是个目击者，无意中的那张啄洞的小嘴。他一见到她，就会联想到自己的那个洞，她是个提醒者。而他们间的关系也被虫子啄了个洞，它没有使彼此趋向善美、高尚，反倒使他贬斥、作践了自己的妻子。那么，这份关系就是丑的。

"我到底怎么了？我哪里做错了？"刘诗摇倍受折磨，渐渐的，那心也就失去弹性了，两个人的关系恢复成了正常的同事关系。

2

像往常一样，郑军武每次进家后第一眼先看一下慕容雪的表情，以探询她这一天是否有什么不快的事。然而今天的慕容雪泪痕满脸，有大哭过的痕迹，"又怎么了？"他紧张而温柔地问。

一句问讯又牵动起慕容雪的一阵号啕大哭，她自个儿抽抽嗒嗒，大大咧咧地已哭了两个多小时了。"她出版啦！那个臭刘诗摇她以后可能会大红大紫了，男人们会都夸奖她，喜欢她，而没人理我。"慕容雪泪眼婆娑地拍打着一叠报纸和那部《初恋在栀子花开的季节》。

一阵妒火再一次席卷燃起，慕容雪披头散发着，疯了般团团转着，从抽屉里翻出一把大头针来，冲着报纸书讯上为刘诗摇所配发的照片扎啊扎啊，像黄世仁他娘对喜儿那样，只把刘诗摇的照片扎成了无数的窟窿眼："我叫你出版！我叫你出版！！"

"要不，咱干脆雇几个人把她杀了？"郑军武也团团转着，想法找话来安慰自己的女人。

但这句话所激起的想象显然有效地将慕容雪安抚了下来，她的泪脸上绽出了一丝笑意："这样就好了，她就无法显得比我能了。"

但慕容雪还是解不了恨，"我怎么也不明白，怎么就那么多人捧她？而我怎么就这么难？难啊，难啊，难啊……"

慕容雪一边捶着床，一边呼天抢地地哭喊。过了会儿，"我虽然并不成名，可我这一辈子只有过一个男人，我是个干净女人。"她在那里自我安慰。

慕容雪一只手遮住嘴的半边，肩头微微地弯着，和几个来别墅找她谈文学的文友头凑成一圈儿嘀嘀咕咕："啧啧啧，她刘诗摇要不是确实和男人们有一场又一场的花花事，怎么能写出那么多细密的言情作品？咱怎么写不出？咱未去过月球能写出月球上发生的故事吗？……"

在旁边经过的郑军武把这些话都听在了心里。

这天，慕容雪正在写作，石利的电话打来了。

"慕容小姐，最近写什么了？"石利问。两个人便在电话里聊起来了……

郑军武开门进家的时候，慕容雪正盘腿坐在地毯上，忘我地和石利通着手机：

"赵美是离婚了的？林墨也是？是的，这已经成了一个突出的现象了，谁知道呢，也不知是不规范的婚姻和情感导致的那些女作家从事的文学呢，还是文学导致了她们不规范的情感……"慕容雪说。

"你问我最近看什么书啊？我刚看了《第二性》，是的，伏波瓦和萨特，相爱了五十年也没有结婚，啧啧！"慕容雪又说。

"你说什么？我没听清。哦，你是说'爱情和性是写作的真正动力'？大诗人里尔克，书上记载的情人就有12个？卡萨诺瓦，因为其追逐的女人之多成就了他在世界文坛上的名气？法国女作家杜拉斯51岁的时候因为交了一个28岁的情人才写出了名篇《情人》？是嘛……"慕容雪还说。

慕容雪的手机忽然被一个人抢过去，关掉了，是郑军武，惊得正谈在兴头上的慕容雪一激灵，下意识道："你什么时候回家的？"

郑军武阴森着脸看了看表："一个小时前，就坐在这里，看着、听着你跟另外一个男人谈性。因为你跟另外一个男人谈得太忘我了，自己的先生回家都没有发觉。"

"我发现，一说起那些作家有多少情人来，你的眼神就发绿，活像荒原上的一只几天未吃到东西的大灰狼见到影影绰绰的小兔子时的眼神。"郑军武又奚落慕容雪。

第二天是周末，慕容雪打开电脑时，忽然惊叫起来："天啊！怎么回事啊？我电脑里的文档怎么都不见了？以往写的东西全丢了！那么多的心血！太诡异了！是不是染上病毒了？"

慕容雪胡乱敲着键盘，烦躁不已道。

郑军武淡然道："丢就丢了呗，写那些东西给你换来吃了还是换来喝了？"

"那是我的精神食粮！"慕容雪叫道。

"精神食粮？"郑军武苦笑了下道，"起码自从跟我在一起后，我没见文学给你带来任何价值。"

慕容雪忽然回过味来，指着郑军武道："是你！是你故意动了我的电脑，让我一个字一个字地敲出来的心血付之东流了？！"

郑军武走过来，把慕容雪指着自己鼻子的手指拨拉开，黑着脸道："我警告你，永远也不要用这个动作对着我！不错，是我安排人动了电脑，故意删了你写的那些东西。因为那些乱七八糟的东西会让你不安分！"

慕容雪满脸仇恨地看着郑军武，叫道："你简直是个魔鬼！"

喊罢，她简单收拾了自己的衣物，拖着行李箱便离开了别墅。

身后没有任何挽留的动静。

慕容雪拖着行李箱在嘈杂的街上走着，这时一个电话打来了，竟然是邱栀子的母亲邱美娥的。"邱阿姨，您最近挺好吧，你找我，有事？"慕容雪问。

"我是栀子的妈妈，我害怕她的婚姻出一点闪失啊！"邱美娥说。

"那是自然，可怜天下父母心嘛。"慕容雪应道。

"阿姨没什么文化，但我记得报纸上经常说的几句话，叫'千里之堤毁于一蚁'，'防患于未然'……"

"邱阿姨，您到底想说什么？有什么话您请直说。"

"有一次，我看见你和顾顺良单独喝茶了，顾顺良现在又去了外地，希望你和他以后，保持些距离……"

慕容雪的脸一下子红了，忙不迭地解释："阿姨，您想哪儿去了？怎么会哪？我和顾编辑只是谈谈稿子和文学。再说了，栀子是我的闺蜜，我若是和顾编辑有什么的话，那种心理障碍，我也无法逾越啊。"

"没这事自然好，你别怪阿姨多嘴啊，我只是太关心栀子了。"

"我明白的。"慕容雪说罢挂了电话，脸上青一块白一块地，烦躁地嘟囔了一句："这该死的文学！放弃了也罢。"

她走进一家中介的门面店道："我想租一间房子。"

"旁边的那个小区，刚挂出来一间，1500 元。"一个小中介说。

"我想租 800 元以下的。"

"那就只有地下室了。"小中介道。

"我不租地下室。"慕容雪埋怨道。

"每月 800 元以下的，除了地下室还能有哪儿？"小中介无奈道。

慕容雪只得先租了安顿下自己。

推开一扇斑驳不堪的旧门，她一步一步走进那间灰暗的底下室小屋，环顾一眼四周，一个住过豪宅的人，哪里还能再忍受住这样的环境？只是有什么办法哪。

第二天一早，慕容雪又跑去人才市场找工作，那么多的人，哪里都人满为患。

一天的徒劳奔波之后，已是暮色昏黄，慕容雪饥肠辘辘、脚步如铅地走在街上，像一只流浪猫。晚上回到地下室小屋里，她心潮翻滚地翻动着那些发表过的文章，它们像已发黄的往年的树叶，无力地躺在箱子里，而她曾为此付出了那么多的艰辛，曾为此大悲大喜，然而，面对自己人生真实的困苦，它们有什么用？那一刻，她顿时对文学本身，对自己的文学，怀了一种嘲弄的冷静。她也终于明白，一个人，关键的不是发表，不是当什么作家，而是首先要好好地生活。

这时，她的手机响了，是郑军武的来电。

"气消了吧？回家吧雪儿，你在哪儿？我去找你。"郑军武在电话里柔声道。

在一家高档饭店里，郑军武给慕容雪点了很多菜。

"不写那些破玩意也好！这些年，为了这个爱好受了多少委屈？！没有得到一丝实惠。"慕容雪狼吞虎咽地吃着精致的饭菜，自说自话道。

"你这样想就对了。写那个干嘛？不就是想成名么？成名后有什么好处？不就是能挣钱么？可你现在已经有钱了啊，有大别墅住，有人伺候着，我的钱随便你花，你干嘛写那些劳什子?！"郑军武笑道。

慕容雪嗔怪道："我刚出去的时候，你为什么不去追我？"

郑军武只是给她夹菜，看着她笑，什么也不说。

慕容雪兀然明白："你把我看得透透的，知道我再也受不了以前的苦了，还会乖乖地回来，是吧？"

郑军武还是笑。慕容雪嗔怪道："老狐狸！"

过了会儿，慕容雪道："既然我从此不写作了，就找份工作干？你也帮我找找？"

"在家呆着就行，不许出去工作。"郑军武板着脸果断道。

"为什么？我还这么年轻！"慕容雪问。

"一跟社会上的男人接触，你的心就会野掉。"郑军武道。

正吃着一只虾的慕容雪一下呆住，她兀然明白，自己选择的，是一份什么样的人生。

　　晚上，躺在松软的床上，身边的郑军武已经沉沉睡去了。慕容雪抚摩着自己凹凸有致的雌性身体，心中突然充满了寒凉。

　　以后的几十年里，她的身体就这样荒芜着，在漫漫的黑夜中度过一夜又一夜？她还算旺盛的生命，就在这栋别墅里，百无聊赖地度过一天又一天？

　　她忽然产生了一种莫名的恐惧，觉得这栋别墅，就像一个埋葬她的坟墓。

3

　　转眼间结婚两年过去了，眼看又临近了年关，邱栀子给正在办公室里忙着的顾顺良打来电话问："回北京的车票订了么？年前车票紧张，得提前买。"

　　顾顺良说："还没哪，你把咱们俩从北京到我老家的票也提前订了吧，咱们带兜兜回老家。"

　　"回你老年过年？不行啊！你平时不在家，咱一家三口难得单独相处，再说，我妈妈一个人在家过年，太凄凉了！那年你们全家人吃着团圆饭，欢聚一堂看春晚的时候，你知道我想妈想得偷偷抹眼泪吗？"邱栀子在电话里说。

　　"带着老婆孩子回男家过年，是中华民族几千年的传统。结了婚的男人过年不带媳妇回家，我父母在村里会很没面子的，街坊们会戳我的脊梁骨的！"

　　"兜兜这么爱感冒发烧，带他回老家过年肯定不行的！老家又没有暖气，那个冷劲你不是不知道。"邱栀子在电话里又说。

　　"穿厚点便没事了，村里那么多孩子，不都没事？小孩子不能太娇生惯养了。"

　　"你忘了么，那年我们回家，你家七大姑、八大姨的亲戚们都找咱们办事，咱又办不了，只得罪人。再说，你们家亲戚多，还得给各家亲戚的小孩们发红包，咱从北京回去的，太少了又拿不出手，再加上路费，这一趟花销太大，咱们现今又这么缺钱。"

　　"是啊，这方面我也想过，也顾虑重重的，可父母在村里，不能不回啊。"

　　邱栀子忽然想起个法子来，说："要不这样，干脆让公公婆婆来北京过年，在农村过年，哪是休息啊，而是累个半死，馒头什么的都得亲自蒸，还得将亲戚们走一遍拜年，寒冬腊月，受那个罪！"

　　顾顺良眼睛一亮道："你别说，这个法倒是各方都顾及周全了，我给父母说说。"

　　说罢，顾顺良便挂了电话给父亲打电话，没想到顺良父亲一听这话茬马上翻脸了，道："那可不行！大年初一街巷邻居来咱家拜年，咱家黑灯、冷灶的那算怎么回事？一个家初一的家景预示着一家的年景。再说，顾家新添了带把的男丁了，得回老家给祖宗磕头上坟的。我也想背着大孙子在村里人面前显摆显摆。你们平时不回家还可以，过年不回，受不了！"

顾顺良只得给邱栀子回电话："不行！我父母坚决不同意来北京过年。"

邱栀子烦躁道："你们家怎么这么多事啊，平时难得放几天假，本想好好休息一下，放松几天，倒成了过给别人看的了！你不记得么？我上次回你家都感冒了，你明明知道我一阵风就感冒，整个一弱不禁风了，哪还有力气管别人的面子？"

"不就几天的事么？怎么就不能坚持一下？"顾顺良道。

因心中烦躁和有气，顾顺良和邱栀子的通话声音越来越大，离他办公室不远处的刘诗摇不知什么时候已悄悄来到了顾顺良的办公室门外，竖起耳朵用心地听着一切。

"不管怎样，祖辈上传下来的规矩就是媳妇必须回婆家过大年，年后才能到媳妇娘家'走亲戚'"顾顺良气道。

"传统？老传统里，女人是不用出去工作的，老传统里，男方父母都把孩子结婚的一切给置办好了的。而他们呢？一分钱都没有给过。"邱栀子烦躁地叫道。

"中国几千年的传统！到你邱栀子这儿就被颠覆了？"

邱栀子的嘴角撇过一丝滑稽的苦笑："年是个什么东西啊？不过跟平时一样的日子，是人们人为地赋予了这个日子那么多的内涵。"

顾顺良烦躁道："旧社会因为穷，说是过年关，现在，对我们也成了年关了，一面临到这个问题你就跟我闹！"

邱栀子生气道："那就各回各家、各找各妈！"

这时，陶渊明听到动静也走进了顾顺良的办公室，问："跟媳妇生气了顺良？"

顾顺良烦躁道："现在的这些女人，简直把中国妇女几千年的传统美德都丢了。她与娘家同在一个城市，平时经常走动。而我家就不一样了，父母含辛茹苦供我读书上学，工作后一年半载回不去一趟，盼星星盼月亮般盼我们回家过个年，我也知道，城里长大的老婆在我家什么都不习惯，可是，再不习惯也就那么几天，为什么不迁就一下呢？"

陶渊明也激愤道："就是！百事孝为先。一首'常回家看看'为什么传遍了大江南北长盛不衰？因为它唱出了老人的期盼和心愿，道出了做父母的共同的心声。做父母的渴望多看看儿女一眼，渴望多拥有一点天伦之乐，这点要求一点也不过分。按照老传统，媳妇就应该跟着去老家过年，老家人很讲究这个。"

"说的就是嘛，一家人团圆过年对我来说是一年中最重要的事，这不仅仅是我父亲的要求，也是我从小受到的家风影响所致。"

"这样的女人不要也罢，他既然当初选择了你，就得接受你的家庭、你的父母。老婆可以再找，但是你能再去找个爹妈吗？"陶渊明依然激愤道。

正在气头上的顾顺良道："是这个理嘛，说什么'各回各家、各找各妈'！那我就自己回去，即使因为这件事离婚，我也是一定要回去的！"

门外的刘诗摇把一切都听在耳里，记在心里。

顾顺良早晨六点钟就站在了售票点排队，一去就知道穿少了，手套也没有带，浑身都在哆嗦，在寒风中一直站了一个多小时，也没买到车票。饥饿和寒冷使他几乎都走不了路了。

他看着前面长长的队伍，给刘诗摇打了个电话，"你们不是会在网上订票么？看能否给我买到一张年前回家的车票。"

刘诗摇很快回了短信："买到了，不过是年三十的。"

顾顺良看到后面露惊喜，离开了那长长的队伍。

北京，邱栀子拎着些年货进了母亲的家，一进门就说道：

"气死我了！顾顺良说让我带兜兜跟他回老家过年。我不愿去，说了句气话'各回各家、各找各妈'他就真要一个人回老家了。"

邱美娥道："女人身为人妇后，回婆家过年倒是我们中国人的传统。"

邱栀子烦躁道："他自己不带孩子没有亲身体会，不知道兜兜身体有多弱，多爱生病，难道冒着兜兜得肺炎的危险去给他老家脸上贴金么？还有，我们在北京，乡亲们以为我什么事都能办了，从学生分配到找临时工等杂七杂八的事儿都找我们，回老家过一次年还揽上一大堆差事；公婆都有个毛病，觉得自己的儿子娶了北京媳妇，好像多了不起的事情，一定要在人前显摆显摆。每当这样的时候，我心里就特别扭，特难受，我们自己在这里过的什么日子，自己最清楚，哪里有什么可显摆的？"邱栀子嘴角撇上一丝苦笑道。

4

一番辗转之后，顾顺良一个人顶着漫天的雪花，在年三十的黄昏，回到了自家门口，见到了父母。

母亲扭头看儿子身后，意外道："栀子和兜兜哪？"

顾顺良难堪道："怕兜兜感冒，她们娘儿俩在北京过年，不回来了。"

父亲一听便变了脸，指画着顾顺良："你个怂包男人啊！连这么点主都作不了。你娘一进腊月就洗洗涮涮地忙里忙外，跟迎接贵宾似的等着你们归来，结果……"

父亲一瘸一拐地走向屋里。

"爸，你的脚怎么了？"顾顺良担忧地问。

顺良娘在旁解释："你爸为了怕邱栀子和兜兜回家冻着，去挖树墩烧炕，结果伤着脚了！"

"上药了么爸？还疼么？"顾顺良赶紧问。

父亲只是弯腰背着手在前面一瘸一拐地走着，也不理儿子。

母亲从衣柜里拿出个大包袱来，道："看，这是我亲手给兜兜做的虎头鞋、棉袄、棉裤，还有给邱栀子做的棉袄。别看城里都兴什么羽绒服，鼓鼓囊囊的，哪有这棉衣棉裤的，暖和又养人。"

"你娘把最好的棉花留下来，给她娘儿俩做棉衣，结果人家都懒得来。"父亲说。

顾顺良心中对邱栀子更生了怨气。

母亲体贴道："儿子，是不是有什么心事？是跟栀子之间闹别扭了么？"

"没有，她一个人在家带孩子，也挺难的，你多体谅她。"顾顺良落落寡欢道。

初一早晨邱栀子打来电话时，顾顺良赌气没有接。

初一上午拜完了年，顾顺良忽然接到了刘诗摇打来的电话："过年好啊，顾总，给您拜年啦！"

"过年好！"顾顺良热络道。

"您猜我现在在哪里？"

"没在你家么？"

"我现在刚下了长途汽车，就踏在你乡镇的土地上，想去你家拜年，怎么走啊？"

顾顺良惊道："啊？小姑奶奶，你不是开玩笑吧？大过年的，你来我们老家做什么？"

"来给你家拜年，来陪你过年啊。"

"这不是胡闹么？赶快回去！"

"来了便是客。我几千里迢迢地来到你的一亩三分地上了，你连见我一面都没，便赶我走？"

"好，你等着！我去见你！"顾顺良道。

因路上都是积雪，也无法骑车，顾顺良是踏着一路积雪去乡上见的刘诗摇。

　　那天的刘诗摇穿着一身红色的羽绒服，远远看去像一树红梅花开在雪地里。

　　当顾顺良气喘吁吁地奔到她面前的时候，彻底被刘诗摇感动了，原本那么怕冷的一个南方姑娘，从天而降般站在他家乡的小镇上，她的脸颊上都冻红了，靴子上沾满了湿泥，浑身冻得直打哆嗦，他攥住她的手给她取暖，那只手冰凉得让他全身一激灵。是多大的动力，让一个年轻姑娘，在寒冬腊月里穿过几千里风和雪，站到了他的面前？

　　"这冰天雪地的，你怎么想起来我老家呢？"他问。

　　"我听见了你跟邱栀子的电话。因她不愿意陪你回老家过年，你那么生气和伤心，那么，我就来，我去你家过年吧？"

　　"你一个小姑娘家家的，怎么能去我家过年？村里人马上就会有议论了，会认为我和邱栀子离了婚。不过还是，谢谢你！快去喝点东西暖和一下身体，镇上有一家小饭店。"他拉着她跑向那家小餐馆。

　　那家简陋的乡镇小店里只有他们俩顾客，两个人在一家雅间里要了很多菜肴，还要了一瓶白酒，又吃又喝起来。

　　"我终于，站在生你养你的土地上了！喝一个！"她说。

　　"你一个南方姑娘，都能几千里迢迢地赶来陪我过年，她邱栀子是我们顾家名正言顺的媳妇，怎么就不能来老家陪我父母过个年？干一个！"他说。

　　"一边是养育我的老人，一边是要和我厮守一生的老婆，两边都是我生命中最重要的人，为什么他们就不能好好相处？"他又说。

　　……

　　喝着喝着，就喝得有些多了。

　　她举着酒瓶子宣告："我是一个鲜活的生命！我爱上了一个男人，这有什么可羞耻的？这是光明磊落的！"

　　"我其实也一直喜欢着你，可是老有一根绳子，捆着我，绑着我，不允许我去爱你。"他说。

　　"绳子？在哪儿？拿剪刀咔嚓一声我就把它剪断了！"她四下里寻找着什么说。

　　"你喝醉了，旁边有家小旅馆，我扶你去休息吧。"他上前搀起她走出去。

　　"顺良，我们原本不是两颗彼此相爱的心么？我们再不互相折磨，人为疏远了，好吗？这两年我绷自己绷得太累了。我不想管自己了，我想把自己放进水里，一切由着去吧！"她潇洒地挥着手。

　　"好，一切由着去吧！"他也潇洒地挥着手。

两个人跌跌撞撞地相搀相扶着进了那家小旅馆。

"要一个房间还是两个房间?"服务员问。

"当然是,两个房间,男女授受不亲。"他说。

他放下押金拿着钥匙先把她搀进了一个房间,给她脱了鞋子,盖上被子,然后打开了隔壁自己房间的门,门也不知道关,也脱下鞋子,给自己盖上了被子,很快响起了鼾声。

而隔壁房间里的她迷迷糊糊地并没有睡着,她给他打电话吵醒了他:"房间里连个暖气也没有,太冷啦!你暖暖我!"

"好!我暖暖你!"他连鞋也没穿,晃晃荡荡地进了她的屋。

她忽然抓住他的手说:"你感觉不出来么?《初恋在栀子花开的季节》里的每一个字,都是我对你的话语。"她径直拿过顾顺良的手,放在了自己柔软的胸上。

顾顺良惊悸地看一眼她,但没有力量将自己的手抽回来。

这时,一阵极度的困倦袭来,他实在是太困太累了,又喝了那么多酒,因而一下便睡着了。

刘诗摇也太困太累了,也喝了这么多酒,也很快睡去了。

……

顾顺良醒来的时候,看见自己的外衣不知什么时候已脱下来了,穿着内衣和刘诗摇一起盖在被子里,他惊得一下子跳下床来穿衣服。他拍了下自己的脑袋,明明记得昨夜自己是穿着衣服睡着的,他的衣服是什么时候脱下来的,怎么一点印象也没有呢?

刘诗摇也醒来了,其实一直是佯装睡着的。她坐了起来,羞涩地将被子捂住自己,只露出了一个头。

"醒了?"他不自然地跟她招呼,已将衬衣穿在了身上。

她柔情蜜意地伸开双臂对他召唤道:"亲爱的,我还困,再上来睡一会儿吧。"她的这个动作使自己雪白的双臂伸出了被子。

顾顺良下意识地躲远些,已将毛衣套在了身上,小心翼翼地问:"我昨夜,没怎么着你吧?"

刘诗摇一副纯情少女的羞态道:"傻样!没怎么着我,你我的外衣怎么不在身上了?"

"那也是,啊?"顾顺良混混沌沌道。

"有过这样的一遭,也不枉为女人一场了。"刘诗摇伸了个懒腰,又以一副已婚妇女房事后酒足饭饱般的满足道。因为她的伸懒腰动作,捂着的被子已褪到了她的肚脐处,整个上身只有一件镂花的黑胸罩遮着。

顾顺良顿觉浑身躁动，气喘得空前急促起来，但他抱起自己剩余的衣服和鞋子，光着两条腿、赤着脚便蹬蹬地跑出房间去了！

这时，刘诗摇的手机响了，"摇摇，你怎么还没回家？"是父亲怒气冲冲的声音。

"爸，我不是说了么我在同学家住下了。"

"谁知道是男同学还是女同学，马上给我回来！今天天黑前赶不回来的话，我用教鞭狠狠地抽你！我把你抽得一瘸一拐地！"父亲厉声道。

刘诗摇吓得这就也赶紧穿衣下床，开门对还在走廊里穿衣服的顾顺良喊："我必须马上去车站回家！"这便手忙脚乱地踏着雪往车站跑，顾顺良也手忙脚乱地踏着雪在后面跟着去送她，一辆破长途汽车很快晃晃荡荡地驶来了。

"哎呀，糟啦，忘了去你镇上的药店里买片避孕药吃了！"她忽然想起了什么，紧张地拍一下自己的头，但长途车已经来到跟前了，她一个箭步跨了上去，车开动了，她探出车窗外，挥动着手中的红围巾向呆若木鸡般站在雪地里的顾顺良挥啊挥啊。

直到那辆长途汽车已不见影了好一阵子，顾顺良才回身向家的方向走去。

走在回家的雪地上，顾顺良才意识到自己的生命里发生了什么事。

因为四周全是雪地，方圆多少里内没有一个人烟，因而他干脆将自己的内心活动都大声说了出来：

"发生大事啦！"他懵懵懂懂地走着道。

"傻样！没怎么着我，你我的外衣怎么不在身上了？"他学着刘诗摇的神态道。

"有过这样的一遭，也不枉为女人一场了。"他又学着刘诗摇的动作道。

他向着南方抒情道："我的诗摇，只有在你面前，我才像个男人。我事业不顺、经济上窘迫时，你不知道邱栀子她们那一家小市民是怎样对待我的，就因为我娶了他们家邱栀子，似乎任何人都有权力数落我一顿。"

"当然了，我今天犯错了，我知道自己是大错特错了，但是，难道全是我一个人的错？丈母娘你难道就没有错吗？"

他的眼睛泛出细小的笑泡来，他把手背到背后，挺直了腰，将军似的走几步，对着北京的方向，无声地宣告："邱栀子，我终于以这种方式报复了你！"

忽然，啪地一声，他的脚下滑了一脚，一屁股坐在了雪地上。

这时，他的手机又响了，是邱栀子的来电，他看了那个号码后不接，他就是不接！

5

年后回到上海上班的顾顺良再不敢碰刘诗摇一下，他对春节期间的"酒醉事件"是否留下了后遗症紧张万分，因而再不敢跟她有更多的身体接触，怕会使她怀孕。他是一个太过心软的男人，担心让这样一个娇柔的女孩承受手术之苦。

但在他的自我感觉里，他已经是拥有过两个女人的男人了，已经近乎"大红灯笼高高挂"里的"老爷"。这种感觉，真好。他的人生，齐全了。

再加上他年前新运作的几本书在年后上市后销量都到达了几十万册，顾顺良因此拥有了一段风光无限的日子，他改租了宽敞明亮的新房子，给自己买了一辆新车，但外出办公时为了讲究派头，还是经常让单位的司机开车。他经常胳膊肘里夹着黑皮包，腰板挺的直直的，目不斜视地坐着自己的新车在办公楼里出出进进，满脸严肃着巡视各个办公室里的下属们是否专心工作。

他办公室里的来人也整天川流不息，嘈杂异常。

跟生意伙伴们一块消闲购物，买女人礼物的时候，他总是准备两份，邱栀子的一份，刘诗摇的一份，生意伙伴向他投去疑问的目光。他总是脸上带着红光洋洋自得地对人显摆："一个是家里的，一个是外头的。"

生意伙伴眼含暧昧地道："哦，家里红旗不倒，外面彩旗飘飘。"

"在外面有个女人，不花钱哪行啊?"顾顺良拿腔拿势地感慨，将黑皮包往腋前夹了夹，胸挺得更直。

虽然春节回来后，他其实跟刘诗摇再没有任何的身体接触，但他还是愿意在其他男人面前这么说。

时代发展到了今天，"外面的女人"已经不再是一种羞耻，不是藏着掖着的，而成为暴发户和得势男人的一种显摆，一块腰佩。

只是有一次，顾顺良实在克制不住心中的顾虑了，问一个男性生意伙伴：

"你说，一个男人在酒醉后没有任何记忆的情况下，有让一个女孩怀孕的可能性么?"

那个生意伙伴不明就里，开了句玩笑："有。但那个女孩身体里的种子，是另一个男人提早撒进去的。"

顾顺良和陶渊明两个男人在一家酒店里喝着酒。

两人喝得都有些多了，脸都红成了一块布。

顾顺良捶胸跌足地道："烦啊，乱啊，烦不胜烦，乱不胜乱哪!"

陶渊明关切地问："怎么啦兄弟你这是?"

顾顺良头趴在桌子上，痛苦不已地摇着头，夸张道："痛苦啊！痛不欲生啊，那种情感的折磨……"

"到底怎么了？"陶渊明问。

"媳妇老害怕你跟她离婚，情人非要跟你结婚，这个给你打电话说想你，那个给你发短信说要见你，我就要被缠磨死了，你说，这日子还有法过吗？一个男人的心能掰成几瓣？"顾顺良接着说，他一个一个地掰着手指头："老大邱栀子也勉强算得上是贤妻良母，想挑人家的毛病都找不出来，除了对床第之事冷点。"

"老二刘诗摇是一座激情爆发的火山，令人难以抵挡。在爆发之前好像蕴积了一个世纪，人叫那个痴情！瞧她那双内容丰富的细眼睛，眨几下的话，什么男人能抵抗得了？"

"老三是内蒙古的一个笔名叫'吕布他弟'的女作者，是脚底上的一块口香糖的皮，怎么甩也甩不掉的，拒绝她一百次，她会101次地想往你身上粘。当然，我到现在连她什么模样也没见过。"

"老四是兰州的女作者'兰花花'，整天给我寄她唱给我的情歌磁带，可我怎么觉得，她跟阿宝的声音那么像呢？"

"老五是云南的女作者'五朵银花'，整天往给我的投稿信里夹照片，可我怎么觉得，她跟老电影《五朵金花》里的金花模样差不多呢？"

"你说，我跟谁近跟谁远？真不知道，旧社会的皇帝们三宫六院七十二嫔妃的，那日子是怎么过的?!"顾顺良一副痛苦、烦恼的样子，其实带着炫耀的意思，脸上的表情是甜蜜的，带着隐忍的甜蜜。

陶渊明不自然地伴笑了下。

"不管怎么说，跟我有瓜葛的女人，都算女人堆里的漂亮人吧？相貌平庸的女人，在我这儿，连点边都沾不上！我给你说，我都没法跟你说那些女作者们讨好我的细节，我若说了，她们就得脸上蒙上一块布，自个儿跳井！不久前河北有一个笔名叫'李魁他哥'的女作者，本来在当地一家刊物当文学编辑当的好好的，可因为苦恋我，你猜怎么着？人家竟说要辞了工作来咱们单位打扫卫生，在遭到我的拒绝后，竟然给我发邮件说想跳河自杀以表此情！"顾顺良像说书似的绘声绘色地白话着这个不久前发生的人和事，越说越兴奋，额头和瞳孔里都泛着亮光。

"真的啊?!"陶渊明也被吸引得兴趣盎然的样子，其实，陶的脸已经变成了铁青色。

两个男人的头凑得越来越近。

顾顺良又问陶渊明："你哪？咱哥儿俩，我可什么都没瞒你！"

陶渊明腼腆道:"我这辈子只有媳妇儿那一个女人。"

顾顺良以难以置信的目光看着陶渊明:"瞎掰吧,对兄弟不掏心窝子!"

陶渊明见顾顺良不相信的神态,急忙分辩:"是真的!"

顾顺良轰然而笑,指划着陶渊明笑着:"什么年代了啊,你的思想简直像出土文物一样!"

"一个情人也没有的男人,多乏味枯燥啊!一辈子只一个女人,多亏啊?男人这辈子,不能白活啊!"顾顺良拍着陶渊明的肩膀,又凑近陶渊明,眼睛眨啊眨地说道:

"咱们的办公室主任刁德二,像只看门的小哈巴狗,人前人后总摆出一副你的心腹的架势,我早就看出来了,她老主动往你跟前偎,横竖有她多两只眼看着咱单位里的那些大事小情,你何苦不收着?不收白不收啊兄弟!"

顾顺良说罢醉得趴在桌子上就要睡着了,在睡着前嘴里吐出四个字:"妻妾成群。"

陶渊明嘴角浮上一种莫名的内容。

6

"你没有发现,顾顺良最近的电话来得少了么?"北京的家中,母亲邱美娥问邱栀子。

邱栀子怔了一下,看着母亲,说道:"过年时没跟他回老家,感觉他一直赌着口气。他年后也没来北京和我们团聚,便有些蹊跷。"

"两个人,是经不得分开太久的,你这里,还有兜兜,而顾顺良的一个个寂寞长夜是怎么过的,你想过没有?"

邱栀子被击中了什么,猛地抬起头望着母亲,说道:"我休段时间的假,去上海看看他。"

第十一章　顾顺良回到北京发展，
　　邱栀子失去了自我

1

不久后一天，顾顺良忽然收到一个短信："顺良，我带着儿子要去上海看你。"

那天黄昏的时候，邱栀子带着孩子，经过一番辛苦走出了上海的火车站。一辆漆黑的轿车等着她们，车旁的顾顺良，穿着一身名牌西装姿势潇洒地掏着兜倚着车身站在那儿。

为这一刻，顾顺良酝酿了很久。当初，他是那么狼狈地离开北京，离开那个家的。他留在邱栀子心中的，是那个牢骚满腹而没有真才实学的男人形象，他急于让她看看现今的他，这个脱胎换骨的自己。她一定会以赞赏的目光看着他，含笑发出"士别三日，当刮目相看"的感叹。

一声火车的汽笛声响起。在黄昏的苍茫里，邱栀子在顾顺良的视野里终于出现了，手中紧紧牵着一个头发绒绒的小男孩站在那里，风吹着他同样细绒的头发。

这是自己原来的邱栀子吗？那个虽然也有小脾气、爱唠叨，但还算文质、可爱的邱栀子？分居才几年的时间，她好像一下子沧桑了很多。是独自在家带孩子疲劳的？顾顺良心里就是异样的一颤。几年的岁月流逝和人事变迁，早已将他们彼此间的不快消磨殆尽，只裸下了这样一个事实站在原地：

"这是我的妻子，我的亲人。"

"顺良！"邱栀子看见他的一瞬，眼睛一下子濡湿了，似有千言万语在这一刻涌上心头，她松开手中的包和儿子，扑向顾顺良，往他的怀里偎得那么紧，巴不得嵌进他的骨头里去，然后便抖动着身体，在他的怀里哭起来，好像积蓄了几年的想念和眼泪，都在这一刻倾泻出来。

他发福了些，脸色油光满面，穿着高档，脸习惯性地板着，气质上比原来添了太多雄性气息。

他的总是板着的脸，是习惯性的么？

他的脸上，平添了那么多锋芒，一根一根的，是什么，使那些东西长出来的？那些她看不见的日子里，他经历了什么？而自己，眉宇间添了很多沧桑吧？因为自己这几年日子的疲惫。

顾顺良虽然为两人的重逢情形做了种种的设想，但在他的感觉里，邱栀子的表现似乎太那个了些，当着孩子和川流的乘客。怀中的邱栀子，瑟缩抖动如一片秋日风中的树叶。他轻拍着怀中的邱栀子，似安慰，又似劝阻，像哄一个受了多大委屈的婴孩。但久久地劝不住，乘客们纷纷驻足看起了西洋景。顺良附身向邱栀子的耳边，小声说道："我们在一块儿的时候，好像你爱我并没有这么深。看来还是分开一段时间好，产生距离美了。"

邱栀子这才破涕而笑，从顾顺良怀里挣出来，因刚才的失态腼腆得脸红成了一块布。这才忽然想起什么似的，回头手指着一个方向，语气轻柔地说："快看，咱们的儿子。"

那小男孩头发绒绒地站在那里，茫然地看着顾顺良。

时间似乎在那一刻停滞了，软化了。

随着顾顺良的目光落在儿子身上，顾顺良的眼睛里一瞬间长出了很多东西，一个父亲的温柔，慰籍、疼爱。

顾顺良以异样的眼神上上下下地打量着那个小男孩，这是他顾顺良的儿子，越过漫漫几千里路，此刻站在了他的面前。顾顺良不由自主地慢慢向孩子走去，蹲在了他的跟前，伸手抚抚他的头发，一寸寸摸着他的脸颊，又将他的小手拿过来，仔细地看着，那么细嫩那么小号的小手，他情不自禁地将那小手抚向自己的脸颊。这一刻，他的生命忽然就有了分量，肩上添了责任。

"我认出来了，你是我爸爸。"小男孩忽然细声细气地说话了，"妈妈经常将你的照片拿给我看。"

顾顺良猛地一下将儿子拥在怀里，拥得紧了又紧，泪水汹涌而出。

"兜兜，快喊爸爸！"邱栀子在旁边催促。

"爸爸！"儿子在顾顺良怀里清脆地喊了声，又挣出顾顺良的怀抱来，用小手摩挲着顾顺良的脸颊，说道："我经常摸照片上爸爸的脸，这下摸到真爸爸了，"又扭过头去看了眼邱栀子对顾顺良说："妈妈有时看着爸爸的照片哭。"

顾顺良猛地一手抱起儿子，并不去看邱栀子，却用另一只胳膊无言地将邱栀子拥在怀里，看着前方坚定地说："走，回家！"

一家三口向汽车走去。那一刻顾顺良心生了真实的羞愧和自责，他把自己的妻和儿子，放在远处太久太久了。当初离家的时候，赌着一点小小的气，而这口气，竟然憋了三年。当然，他也对自己这样解释，之所以这几年未接邱栀子过来，主要是要卯足了全身的劲往上爬。只是人的一生，有几个三年呢？在这一刻，他是这么清晰地意识到，从此的活里，再不那么轻盈，有妻子、儿子在身边牵着他的衣角。

在汽车上，顾顺良还是左手开着方向盘，右手揽住邱栀子和她怀中的儿子，似乎在极力用自己的力量和体温弥补着过去的什么。邱栀子和兜兜，都一脸的幸福。此刻的他们，像三瓣蒜瓣紧偎在一起，成了一头完整的蒜。

2

回到上海的住处时，已是暮色四合。

"努，这是客厅、书房，那是我们俩的卧房，儿子的卧房，窗帘和被罩都是我精心挑选的，喜欢么？"顾顺良问。

"瞧窗外栅栏上的蔷薇，春天时粉红色的花都开满了！"顾顺良又说。

……

顾顺良领着邱栀子在那套大房子里转来转去地介绍，他在等着邱栀子的感慨。他记着的当初，为了在北京买那套小房子，他们所费的艰辛，而今的住房已是什么气派?! 不止房内摆设讲究，院子里竹影婆娑，花木繁盛。还有他的新车，看看，这就是一个男人的成功带来的！

而邱栀子对这一切，似乎有些心不在焉。他的邱栀子曾经是一个沾着生活尘烟的北京女人，会为家里添了件价廉而物美的小竹凳子而雀跃多少天，会为买的一件衣服贵了而懊恼，她总是有着太多细碎的快乐，细碎的烦恼，而现在，她似乎对一切变得麻木，在喊她的时候，她会忽然惊了一下般回过神来，神思好像老是游离在另外的什么地方。

邱栀子的心思确实在另外的地方，她打开衣柜嗅着，是否有女人衣服的香水味？她蹲到墙角、床后去看，是否有形迹可疑的长头发？

而兜兜对一切很新鲜，这个房间那个房间的，到处乱跑着喊："跟爸爸在一起，真好！""有爸爸的日子，真好！"兜兜这里、那里地扔了很多惊叹号。

顾顺良从身后看着兜兜的小胳膊、小腿，这样一个幼小的生命，是他把他牵引到这世界上来的，离了父母，是无法活的，因此在心目中，父母便是天是地。可他让这样一个幼小可爱的生命，只守着母亲，过了三年。

他将儿子牵到了阳台的藤椅上坐下，将儿子抱到了自己膝上，"看看，爸爸的胡子扎不扎？"说着伸着下巴去扎儿子。兜兜羞怯地点点头。他独自享受着和儿子单独相处的时光。

邱栀子在卫生间里久久地洗着澡。顾顺良心中暗笑，他想到那方面去了。

洗过澡、吃过丰盛的晚饭之后，邱栀子固执地非要给顾顺良洗脚，顾顺良腼腆地笑着，躲闪着："栀子，我自己来，我不习惯你对我这么好。"

过后，邱栀子穿着睡衣躺在宽大松软的床上，手紧抓被子，深深地感慨了声："总算来到上海，来到你身边了。"她全身匍匐在床上，往床的深处扎了又扎，好像那张床是太好的托依，而她，经过了太久疲惫的等待。

终于到了这个时刻了。顾顺良向邱栀子的棉布睡衣里伸过手去抚摸她，而邱栀子，条件反射般地往后缩了一下。顾顺良理解为，是久不在一起的生疏。他拿过被子给她盖上让她先睡，他懂得长途奔波的疲劳。

而其实，先睡去的却是顾顺良。

半夜里，顾顺良忽然醒了。醒来的，不只是神智，还有欲望。旁边，就是妻子柔软的身体，他听着沉睡中她均匀的喘息，以后，将天天在身边了，伸手可触。当然，应该好好让她睡一觉，可他等不及，向她身体的曲线伸过手去……

忽然，"谁？"邱栀子猛地坐了起来，就要去床边摸什么，"刀呢？"她下意识道。

那双眼睛在暗夜里发着嗖嗖的寒光。顾顺良惊得什么似的，一下子跌到地上去了，心脏抖个不停。

"邱栀子，是我啊，你这是干什么？找刀干什么？"顾顺良赶紧爬起来拧亮了灯惊问。

只见披头散发的邱栀子紧闭着眼，惊恐不已的样子。

"邱栀子！"顾顺良大声喊道。

邱栀子醒了似的睁开了眼，看着跟前的人恍惚道："顺良？"她似乎一瞬间认出了自己的丈夫，倒在顾顺良的怀里。

"好了，没事了！做恶梦了是吗？"顾顺良紧紧地将邱栀子拥住。

"不是，是一个人睡习惯了。因害怕家里夜间进贼，每晚临睡前都在床边放一把刀。"邱栀子说着，把他的手攥得那么紧。

"睡吧，啊？再睡一会儿。"顾顺良让邱栀子躺下。

邱栀子又睡去了。睡梦中的她却还紧紧地抓住顾顺良的一只手，顾顺良小心地去扳，却怎么也扳不开。顾顺良一只手枕着胳膊望着屋顶，再也睡不着。

第二天早晨，顾顺良朦胧醒来的时候，听见了客厅里的声响，有搬动椅子的声音，流水的声音，还有熟悉的邱栀子走路的声音，那是他的亲人在这个家里制造出来的声响。他再次清晰地意识到，邱栀子真实地回到他的生活里来了。

邱栀子这时系着围裙走了进来，撩开他额前的一缕头发，柔声说："醒了？早饭已经做好了，起来？"说着摸摸他的脸，又从床头柜上拿过他的衬衣和裤子，照顾儿童般要给他穿。这就是妻子在身旁的温暖了，顾顺良含笑由着邱栀子对自己的摆弄，毕竟，几年的相隔已使彼此生疏了很多，现在，需要的是温，是回锅。

顾顺良瞬间忽然做了一个决定：回北京发展去！一家三口要每天在一起，过和和美美的日子。

当然，还有一个潜在的原因，他想借此终止和刘诗摇的关系。

在他的再三游说之下，陶渊明也同意了将公司移址北京的提议。

顾顺良约刘诗摇在一个小公园里见面了。

"我想回北京发展去。"顾顺良说。

"什么，你回北京去？那么，我哪？"刘诗摇情绪激烈道。

"那次，是个意外，"顾顺良艰难地开了口，"终究，那是我的家，我得驮着的。"

刘诗摇直视着顾顺良的眼睛苦笑道："其实，你回北京的真正目的，是甩开我，对吧？"

"你别这么说，"顾顺良躲开对方的眼睛道："我每天都活在自责中，那种心分两处的感觉，太折磨人了……"

"那么我哪？如果我跟别的男人结婚了，你的心就没有掰成两瓣的感觉？"刘诗摇负气似地说罢，赌气跑了。

接下来就是一阵忙乱，退房、办公司移址手续、搬家，一番周折之后，顾顺良带着妻儿离开上海重新回到了北京生活。

3

回到北京后，公司买了一间写字楼，而顾顺良给自己家重新买了复式房子，并重新招聘了人，一阵忙碌之后，一切步入了正轨。

这天黄昏，顾顺良和邱栀子站在国贸顶层的咖啡座旁，俯瞰着北京的万家灯火，感慨道："北京，是强者的北京，不是哪些人的北京。"

这时顾顺良的手机响了，他接道："是么？卖得这样快？再加印20万册！"

顾顺良扭过头来对邱栀子说："这哪是印书啊，纯粹是印钞票！"

这时，顾顺良的手机又响了，"是我，最近太忙了……"顾顺良推辞道。

"顾总，我知道您忙，不会占用您太多时间的，只十分钟的时间便可……"电话里一个温柔的女音说。

"那，好吧，"顾顺良有些勉强道，收了手机后对邱栀子说："又是一家电视台的采访，推都推不掉。"

"男人身上的潜力真是难以估量，当初我们过得那么压抑、憋闷，真没想到，现今，我的丈夫也成了社会名人了。"邱栀子洋洋自得道。

"是啊，没想到现今，会有这么扬眉吐气的日子。我现在才明白，事业上的成功才能让人真正的快乐，不顺时靠自我安慰，那种感觉太牵强了。"顾顺良说。

"房子、车、儿子，都有了。日子好得已经不能再好了。我们俩现在，只剩下偷着乐了。"邱栀子一脸幸福地偎在顾顺良的身边。

顾顺良将手机上银行账号进账的短信一条条地发给邱栀子看，得意洋洋道，"看!"

邱栀子看罢后惊喜道："最近进帐这么多啊?!"

"那当然! 现在知道你老公不是吃素的了吧? 连我自己也没有想到，有一天会挣这么多钱!"顾顺良得意道。

"怪不得明朝人把钱叫做'精神'，人挣了钱就是高兴!"顾顺良得意洋洋道。

邱栀子有些辛凉道："唉，我挣那点工资，还不够你一个小时的收入，还得整天看那个老妖婆的脸色。"

"我的还不就是你的!"顾顺良不以为然道："为了仨瓜俩枣的，受那份窝囊气! 干脆辞了得了! 你那点工资，对咱家来说，可以到了忽略不计的程度。"

邱栀子眼睛一亮，冲动道："辞职?!"

"是啊，咱们的孩子还需要照顾。日本、韩国，为什么女人结婚后很多都辞职在家照顾丈夫、孩子? 因为男人一个人挣的钱足够养家的了。所以说，女人当全职太太，那是社会发达的标志。"顾顺良道。

"好，我辞，终于可以再不用去看徐老太那张我最憎恶的脸了!"邱栀子快意道。

"好，明天就去办! 嫁汉嫁汉，就是要管着老婆的穿衣吃饭。"顾顺良自得道。

邱栀子一脸甜蜜道："顺良，我现在才感觉真正爱上了你。"

4

邱栀子很快办了辞职手续，成了一个专职太太。转变就这样发生了。

邱栀子现在是一心侍奉郎君，变得越来越像个家庭主妇了，整天蓬头垢面，衣履不整。邱栀子经常像个小尾巴似的跟在顾顺良的后面：

"顺良，今天晚饭喜欢吃什么?"

"顺良，皮鞋给你擦好了。"

"顺良，我们出去散步呵?"

"顺良，顺良!"，这个名字在她的口里像一块糖滑来滑去，像是那对同胞兄弟做的一句广告词，"爽口，爽心!"又似春天的田野上布谷的谛叫，"割麦，插秧! 割麦，插秧!"。

"顺良，顺良!"一举手一转身间她便又喊了出来，却又不知自己喊来做什么，自个儿独自笑了。

在出门前，她总要用手给他梳理一下头发，她比他个矮些，总是艰难地翘着脚，一跳一跳地往上蹦着整理他的头发，而他是不耐烦的，男人对这些细节总是不耐烦的。"你是我出手的男人，邋邋遢遢的像什么样子？岂不是丢我的人么？"她说。

夫妻俩几乎每晚都出去散步，她紧紧地挎着他的肩膀，像只鸟似的仰着头望着他不停地说话，脸上是一种少女般的甜。

邱栀子整天小心周到地伺候着顾顺良，小心得有些卑微了，比如每晚给他洗脚，比如她来例假的时候便用嘴让他快乐。何况，现在一家三张嘴全靠顾顺良一个人的收入啊。她自我的卑微感使顾顺良觉得她真的是卑微的了。

头发蓬乱、素面朝天的邱栀子经常穿梭在一家大型的露天菜市场里，她穿着肥大的睡衣睡裤、趿拉着拖鞋，身后拉着个菜筐子，和那些退休多年的老头老太太们挤在一起，从背影上看，酷似一个中年家庭妇女了。

邱栀子来到一堆猕猴桃前。"又来了。"摊主招呼道。

邱栀子一脸甜蜜道："我老公爱吃猕猴桃。"说罢便精心挑拣着。

她又去买山竹，一脸甜蜜道："我儿子最爱吃山竹。"

在一个小摊上买完茄子后，邱栀子指着小贩叫："过一会儿我可到公平秤上称去，我跟你说！"

在另一个小摊上，邱栀子又凑近秤叫道："将秤擦干净！数字看不清。讲信誉以后才会多买你的！"

邱栀子还对着菜谱学着做一些精致的菜肴。她懂得"要抓住男人的心先抓住他的胃"，于是，一些餐馆名菜常出现在她家的餐桌上，宫保鸡丁、五更肠旺、葱油鸡、东坡肉……见丈夫吃得高兴，邱栀子也开怀，虽然不全是她爱吃的，但是，他爱吃就好。

"你看看你，整天邋邋遢遢的，再看看顾顺良，天天西装革履的，两个人站在一块儿，挺不般配的。"母亲邱美娥都感觉出来了，说道。

"穿这么用心干么？又不去相亲。"邱栀子不以为然地笑道。

"女人年龄越大越能体会到，什么事业啊理想啊，那都是虚无飘渺的东西，只有丈夫、孩子才是真正属于自己的。"邱栀子一脸甜蜜道。

女人只要有了爱，什么都有了。放弃了事业的邱栀子几乎把所有的精力都用在了顾顺良和孩子身上，顿顿煲汤，炒好吃的菜，把顾顺良和儿子养的白白胖胖的，大家都说顾顺良看起来比实际年龄小很多。

这天，顾顺良将一张50万的卡递给了邱美娥，说道："妈，这是50万，是还你当初给我们付首付的那笔钱。"

邱美娥惊喜道："那也不能给这么多啊！"

顾顺良真诚道："你当初要是拿那 20 万自己炒房去，挣的可比这个多多了。"

"什么叫潜力股？你就当在他身上入股了。你现在是股东了，应该分红。"邱栀子笑道。

邱美娥这下到同伴们面前有的显摆了："啧啧，我那女婿！现在是公司的老板了，给家里买了复式的新房子，开着大轿车！我闺女也辞了职，专心做全职太太了。"

5

这天，顾顺良进办公室所在的写字楼前时，看见了一个熟悉的身影，穿着一件牛仔上衣，好像很冷的样子蜷坐在台阶上，身边放着一个大行李箱，四周是满地的落叶和风，一片树叶刮到了她身上，风把她的头发吹得更乱。

顾顺良站在那里，所有的一切都潮水般涌来，那兀然而至的满心满腔的感慨使他什么也说不出，也迈不动步，就那么静静怔怔地站着。

一种心灵感应般，刘诗摇忽然也抬起头转向他，也一下怔住了，用那样的一种眼神久久地看着他，满面满眼的憔悴。

她走过去，脸贴在他胸上，小声地轻语："我彻底地失败了，怎么也忘不了你。"

刘诗摇撒着娇央求："我还是回单位上班吧，整天一个人关在屋里写，跟真实的生活都脱节了。"

"你回来也好，现在单位里又招了些新手，工作有点摸不着头绪，不过，这事我得跟陶总商量一下。"顾顺良说着便走到一边跟陶渊明通了个电话。

很快，顾顺良挂了手机走回来对刘诗摇说："陶总也同意了。你明天便来上班吧。"

6

日常的一天。早晨的顾家，邱栀子正在厨房里忙着，顾顺良急匆匆地探进头来说："栀子呀，最近我的衬衣要每天都换一件，提前给我洗好、熨好。啊？"

"好的！"邱栀子雀跃地答应。顾顺良说罢便匆匆地上班去了。

家里只剩下了邱栀子一个人。她担心洗衣机洗不干净，便用手仔细地搓洗着衬衣的领子、袖口。一件又一件地搓着，她额头上沁着细密的汗珠，时不时地捶几下自己的腰。

十多件男式衬衣晾在阳台上，各种颜色，各种式样的，风一吹来，扑棱棱的，都像鼓满了风的翅子。邱栀子怀着甜蜜的笑走过去，将自己的脸一一贴在那些衬衣上："他穿这件花格的，显得休闲、浪漫。穿这件黑色的，显得高贵。这件白色的，显得干净、利落。"

顾顺良下班进家门后急匆匆地便嚷："我要刮胡子，栀子，给我递刮胡刀！"

"好的！"邱栀子答应着赶紧找来刮胡刀递给丈夫，并且像母亲给吃饭前的幼儿脖子里围上一块毛巾以防食物掉在衣服上那样，也给丈夫脖子里围上一块毛巾以防他刮下的碎胡茬掉在衬衣上。

丈母娘也在他家。

"妈，给我放水，我要洗澡！"

"好的！"丈母娘小跑着冲进浴室。

刮完胡子的顾顺良匆匆地进了浴室洗浴。

"地上滑，别滑倒了！"邱栀子搀着沐浴后的丈夫从浴室里出来，就像李莲英搀着慈禧老佛爷下宫殿一样。这位顾氏仁兄只享受了几秒老佛爷的感受，马上想到了自己将要去做的事，甩开邱栀子，大刀阔斧、雷厉风行地迈向卧室，喊着："更衣！"

"今天穿哪一件衬衣？"邱栀子在卧室门外毕恭毕敬地问。

"黑色的！洗过熨过了吗？"顾顺良问。

"洗过、熨过了。"丈母娘回答着踮踮地小跑着跑到衣帽间拿来了叠得整整齐齐的那件黑衬衣，二传手给邱栀子。而邱栀子拿着进了卧室，像母亲给还不会穿衣的幼儿一样扳着丈夫的胳膊将它们分别塞进衬衣的两个袖子里。"皮鞋！皮鞋！"顾顺良又叫。

"好的！"丈母娘赶紧蹲在门口卖力地给他擦着皮鞋，只擦得锃光瓦亮的后，二传手给邱栀子。而邱栀子，接过皮鞋后又给他穿在脚上。

像《红楼梦》的贾宝玉，侍侯丫鬟也分为三六九等的，有可以近身的，有只能做粗活的。

在顾家，两个中年丫鬟争先恐后地侍侯着顾顺良，顾先生挺了挺腰，觉得这种感觉很享受。

邱栀子边给丈夫系着领带边笑说："顺良啊，你这种现象可是闹了有一阵子了，最近老有什么重要场合啊？"

顾顺良脸一板做威严状："生意场上的应酬，你们老百姓，别乱打听！"

再说邱栀子，因为顾顺良那身打扮的酷，她的欲望腾地一下被燃了起来。

顾顺良又在落地镜前转了转，再次享受了下自己那种"酷"的感觉，然后一打响指拿起黑皮包这就欲出身。

邱栀子赶紧喊："今天做了酸菜鱼，不在家吃么?"

"不吃了!"顾顺良了无心绪地应付了句赶紧溜了。

"顾顺良最近，怎么老有一种莫名的亢奋?"邱栀子对母亲说，她心里兀地一沉。

7

天黑了，此时顾家的餐桌上摆满了一道又一道的菜。邱栀子系着围裙正在将筷碟摆好。

"妈妈，我饿了。"儿子兜兜从外面跑进来坐在餐桌旁喊，就要动筷子。

"乖儿子，等爸爸回来一块儿吃，啊?这都是爸爸爱吃的菜。"邱栀子歉意地说道。

电话铃响了，顾顺良打来电话："今天我和陶总约好在外面吃饭，不回去了啊。"说罢匆匆地挂了电话。邱栀子有些失落地坐在儿子身边说："爸爸不回来吃饭了，我们俩吃吧。"

一间环境幽雅的饭馆里，顾顺良和老朋友陶渊明正在边吃边聊。

"你说，当一个男人，职位、房子、车、家庭等具体的东西都拥有了，是不是该追求些别的什么了?"陶渊明说。

顾顺良笑道："那是!俗话不是说么，'药补不如食补，食补不如情补。我们一天天老去了，该加紧补了。"

邱栀子每隔二十分钟便打一个电话来，强调："不许喝酒啊。"

陶渊明问："她怎么知道你在饭馆吃饭?"

"她让走到哪里都先给她打个电话。"顾顺良说。

"我那位也这样。我发现，婚姻简直就是女人们的宗教，让男性无所适从。她们需要无穷无尽的安全感，这份安全性须从情绪上、行为上、经济上时刻充分地供给。"陶渊明说。

邱栀子的又一次电话打来了。顾顺良忽然心生烦意，对着电话里嚷："我跟朋友安安静静地呆会儿的权力都没有吗?"说着摔了电话。电话那头的邱栀子尴尬在那里，落了个没趣。

"陶总我跟你说，有时候我真想一个人远远地走到一个地方去，跟家里切断所有的通讯联系。女人，太缠磨人了!"顾顺良说。

"女人对男人啊吧，老是有独占意识。我们家的那位，好像对你有敌意，一听说你约我出来吃饭便将嘴噘得老高。"陶渊明说道，学起妻子噘嘴的样子。

顾顺良做出拿筷子去打陶渊明噘着嘴的架势，说："邱栀子也是，一直吃我们间的醋。"

"别理她们！刘备不是说嘛，'兄弟如手足，女人如衣服'"陶渊明装腔作势道。

"衣服破，尚可缝；手足断，安可续。"顾顺良接着话茬笑道。

顾顺良忽然想起了什么，认真说道："邱栀子对我，比原来好了很多。我老在想，她爱的，到底是我这个人还是我的成功？假如有一天我落魄了，她对我的爱是否会消失？"

"这世上没有无疮孔的情感，难得糊涂吧。"陶渊明劝道。

"可是，那是我的枕边人啊。我连她对我的爱到底是真是假都弄不清楚。"顾顺良说。

两个人吃罢了饭出来，外面已是夜深人静，空寂的街上行人稀落。

陶渊明对着静谧的夜色伸了个懒腰说："真喜欢夜晚啊，人对人总是形成精神压迫。在这无人的街上，我觉得自己全身的每个细胞都舒展开了。"

顾顺良玩笑说："怎么？我们志得意满的董事长大人也压抑么？那我们这等小人物都被生活压成瘪的了。"说着抱住自己的肩，做出副身体被挤扁了的怪样。

陶渊明以拳击般的动作做出去擂顾顺良的样子，顾顺良笑着躲闪做欲逃跑状。两人都极开心的样子。

陶渊明说："有时候觉得友谊比爱情的感觉好多了，你看，又纯正，又清雅。"

顾顺良要贫道："这结了婚的男人啊，再跟男性朋友在一块儿，怎么老有一种小时候逃学般的快意呢？哈哈，简直有种闹革命的感觉。"他去捶旁边的一棵树，又跳起来，去拽那树上的叶子。

像是受了自己话语的感染，顾顺良接着说："走！到浴池里泡澡去！彻底放松一个晚上！"

"好！"陶渊明起哄道。两人都起了一种逆反心理，觉得这在外面的撒欢，像是对各自妻子的某种报复，无伤大碍的报复。

8

这同一个夜晚，邱栀子躺在床上眼神痴呆地望着屋顶。

终于听到了钥匙转动锁孔的声音。

因为是寂静的深夜，那声音显得分外清晰。顾顺良悄无声息地进了屋，像一片影子般飘进来，裹挟进来外面的夜色，跟一次次深夜归来的情景一样。

邱栀子进了客厅兀地拉开了灯，她的眼睛夜猫子般闪闪发亮，吓了顾顺良一跳。

“你还没睡啊？”他含糊地问了句，只脱了西装便进了卧室一头栽在了床上，而头一沾枕头，便打起了鼾声。伴着鼾声传来的，还有阵阵难闻的酒气。

邱栀子的火腾地一下燃起来了：“你又喝多了！”

只是顾顺良一滩软泥般躺在那里睡着，但并不反弹什么，让那吵闹的人，自己没了力气。她爬过去便对丈夫做种种的检查，看他衬衣上是否有女人的长头发，看他脸上是否有女人的口红，忽然，她抽了抽鼻子：“有女人的香水味?!”

她摇晃着顾顺良问：“到底是怎么回事？这香水味是哪来的？”

那噼噼啪啪的质问和晃动，终于将顾顺良弄醒了，他皱着眉，难受不堪的样子：“你去给我弄碗解酒汤。”

披头散发的邱栀子哪有心去弄什么解酒汤，道：“我问你，这香水味是哪来的？是小姐们的？你又去浴池和夜总会那种地方了？那种场合到底是怎么回事？有什么具体的服务？为什么男人们夜里一、二点了还往那种地方跑？”那疑问里所透出的脆弱和受伤，像一片秋风中残破的树叶。到处是小洞，声声如蝉翼。

“什么呀？不都是工作上的应酬么？若哪天我的胃喝坏了，我找谁说理去？我在外面，承受多大的压力啊，回来你还跟我吵，烦死了！”顾顺良不耐烦道，“我不是说过嘛，我有应酬时你自己先睡。谁让你等我的？”顾顺良又说。

“不行的，你不回来，我睡不着。每晚你回家后我才能睡着。”邱栀子噘着嘴委屈道。

“整天像条绳子似的缠着我，像个警察似的看管着我，你以为你是谁？”顾顺良忽然起了一阵烦乱，平起一声雷般吼叫，是真的如炸雷般的，几乎要将屋顶震下灰来。

“顾顺良，自从公司兴旺之后，你看人的眼神都变了。”邱栀子想劝他些什么。

“你那点社会阅历，还想给我上课……”顾顺良不屑理她，烦乱地抱着被子和枕头进了书房。

9

每天接送兜兜，顿顿熬小米粥，每顿饭都做几样精致的小菜，将家具、盆碟擦洗得锃光放光，将窗台和地板擦得一尘不染，在所有有太阳的日子，将被褥晒得松软，同时每晚将自己的身体洗好，随时为顾顺良准备着。这就是当下邱栀子生活的主要内容。

而顾顺良，却拒绝的时候更多。

夜深了。顾顺良脱衣后上了卧室的床。

已在床上躺着假寐的邱栀子这时将身体靠上前来磨蹭着："我今天穿了件新睡衣，还涂了香水。你没有发觉吗？"

"最近工作上压力太大。"顾顺良嘟囔了一句，不耐烦地转过身去将一个后背甩给邱栀子。

"我们俩已经两个月没有……我想了。"邱栀子喘息急促地去吻顾顺良的后背，咬他的肩膀。

"一点兴趣也没有。"顾顺良烦躁地抖了抖肩膀，躲避着，往床边挪缩着身体。

邱栀子尴尬在那里，徒然地面对着他的后背。

"顺良，给我说实话，你最近好像有什么事，哪怕是你不爱我了，也该明白地告诉我。"

"没有的事，别瞎说。"说着，顾顺良便应付差事般将手伸进邱栀子的睡衣里去，划过她的身体曲线。

邱栀子反感地往外扑打着那只手："你对我已没有激情了，任何一个成熟的女人都能感觉出这其中的细微。你对一个女人没有激情还对她动手动脚，这对她是一种侮辱，你知道吗？"

"你到底想让我怎么做？"顾顺良的情绪兀地变得烦躁，腾地一下坐了起来，抱着自己的枕头到书房去了。

"这日子没法过啦！"邱栀子将头埋进被子里去，嘤嘤地哭起来。

10

慕容雪和邱栀子两个闲妇又凑在一起了，两个人在美容院里做着美容。

"我现在的生命里只有这个家了，顾顺良现在就是我的天了。有的时候我也很惊异，我一个堂堂本科生，混来混去怎么混成一个家庭主妇了？还好有一个成功的丈夫，有一个家，支撑着自己。"邱栀子说。

"我现在也是，跟整个社会都脱节了，所有天地都因那个男人而关闭了。"慕容雪说。

"天上有个太阳，心中有个男人。"两个女人自嘲似地同声唱道。

"人是社会性的动物，你一个个地消灭你的社会角色，把所有的喜怒哀乐全部系于那个男人一身，你不想想他有多累？"慕容雪提醒邱栀子。

"你势必天天缠住他，问东问西说不完的心里话，还产生扯不断理还乱的小恩小怨小口角，想想他有多烦？"邱栀子提醒慕容雪说。

"男人不是我们的长期饭票。没有哪条法律规定谁一定要爱我们一万年不变。爱不爱我们是他们的自由。"邱栀子自省。

第十二章　邱栀子得知了顾顺良的外遇后

1

在家里的邱栀子给顾顺良打了电话："晚饭想吃什么？"

顾顺良正在和刘诗摇讨论一本书的封面，有些不耐烦道："我不是最爱吃饺子么？还专门打个电话问。"

"想吃什么馅的？"邱栀子柔情似水道。

"随便吧。"

"那就包你爱吃的韭菜虾仁？"

"好。"顾顺良匆匆地挂了电话。

邱栀子像得了领导指令一样高兴，她换了鞋子拉着小拖车便去菜市场。

在一家韭菜摊前，旁边一个 60 来岁的大妈小声对她嘀咕："这种粗叶韭菜，最要不得，在撒种子的时候，里面便放了农药了。"

"真的？那多可怕啊！"邱栀子怕被蜇着似的，放下了那捆粗叶韭菜。

"得挑那种细的，紫根的。"那大妈又告诉邱栀子。

菜市场上人特别多，邱栀子在人群中挤来挤去的找了很久才总算找着一家细条的韭菜卖。

她又去摊上买虾仁。刚称好，忽然想起个事来，对摊主说："对了，这菜市场上人流量这么大，这虾仁暴露在空气里，肯定被污染得很厉害。我还是直接买虾剥，卫生些。"

摊主说："不怕麻烦的话，那就买虾自己剥呗。"说着便去称虾。

"等等！"邱栀子叫，"你这虾是死的，我还是买活虾好。"

"真是的，称来称去的，又不买了。"摊主不满地冲着邱栀子的背影叫。

邱栀子装作听不见，快步离开，又在人群中挤来挤去的总算找着了活虾买。

邱栀子回到家后便系上围裙一个个地剥虾仁，然后便拌馅、和面地忙活开了。这时，慕容雪的电话打来了："邱栀子，我们见一面，我有特别重要的事告诉你！"

"什么事啊？这么严肃。"邱栀子不以为然地笑道。

"见面再说。你这会儿在家里么？"慕容雪问。

"我在家哪，你来吧。"

"一会儿见。"慕容雪匆匆地挂了电话。

进了家门后，慕容雪将刘诗摇的那本《初恋在栀子花开的季节》放在邱栀子的跟前，说道：

"这是你们家顾顺良给一个叫刘诗摇的女作者出版的一部情感小说，通过她对书中男主人公的描写，我感觉，像你们家顾顺良。而且，这个女人还是顾顺良的下属，你说，这么多的巧合凑在一起……"

邱栀子感觉自己的身体一下虚了，怔怔地看着慕容雪说："小说，不都是虚构的么？"

"我自己以前是写小说的我知道，人们，尤其是女作者们，为了揩掉自己私生活方面的种种嫌疑，老是爱'此地无银三百两'地嚷小说里的东西都是虚构的啊，只是，只有写作者们自身知道，大多数小说，情节、人物可能是虚构的，可里面填充的情感，往往都是真的，是作者自己的，不然，怎么写得出来呢？看一个人写的小说是窥探这个人的内心世界的一扇最通透的窗口。你把小说看一遍自己捉摸去吧。都怪我，其实早知道你们家顾顺良给她出版这部小说的事，但我没有早看小说内容，不然，就会早些发现其中的端倪了，"慕容雪喋喋不休地说着，她打量一下邱栀子，又道，"看看你自己，现在整天蓬头垢面的，成了一个标准的家庭妇女了，让我是男人，也会爱上一个整天满脑子情啊爱啊的女作者。"

邱栀子虚在沙发上，感觉自己已经动不了了。

2

当天晚上，邱栀子在洗澡间里淋着浴，里面传来哗哗的水声，水柱在玻璃上流着，流着。她回想起了自己的伟大母亲邱美娥的教导，"只要掏空男人的身体，榨干男人的钱包，套牢男人的时间，小三就没有可乘之机'。"

"真是不听老人言，吃亏在眼前啊。"满心忧伤的邱栀子感慨，更加精心地洗着自己。

过了很长时间，用白色浴巾在腰间随便裹了下的邱栀子从洗澡间里走了出来。她拿着香水瓶子往自己的身上这里那里地喷着，噗、噗、噗……然后从购物袋里拿出一件精致低胸的粉色睡衣换上。

将一切准备完后的邱栀子趴在卧室的阳台上翘首痴看着外面的马路，像房梁上的一只嗷嗷待哺的春燕。

夜深了，一身疲惫的顾顺良从外面回来，闪身进了卧室。

灯啪地一下亮了，邱栀子随之像一匹饿狼一样扑向他，将他摔到了床上，然后急不可耐地忙活起来，鞋子、袜子、外套、裤子，外面的武装统统被解除了，男人却像一团棉花一样瘫在床上睡着了，响起了浓重的鼾声。

邱栀子摇醒男人道："你不要用'睡着'这招蒙混过关！起来！"说着将男人硬拽了起来，并抚弄着男人的身体。困倦不堪的男人拨拉开女人的手："别碰我！"又要继续倒头睡。

"我难受，这可怎么办啊？我还算年轻，这是我正常的要求，是生物的本能。"邱栀子使劲地拍着床，大大咧咧地哭闹着。

顾顺良稳稳当当地躺在床上说："一点廉耻心也没有了。哼，若是哪天我当了皇帝，把你们这些放荡女人统统杀了，当姑娘的时候多好，整天羞羞怯怯地。"

"是谁啊，那时候老嫌我是个木头，现在了，又贬斥我这个，话语权都在你们男人手里了，不行！"邱栀子说着又开始了对男人的第二轮攻势，说道，"我还就不信了，拔苗助长，不是老祖宗积累了几千年的经验么？"

"不带这样强取豪夺的，历史已经反复证明了，拔苗助长是无效的。我今天一天从早忙到晚，只吃了一顿晚饭。我今早凌晨两点才睡的，这会儿困得眼睛都睁不开了。"男人裂着嘴苦巴巴地再三解释。

"看我的时候，你的眼睛就睁不开了，你看看，女人那里不都一个样么？你何必还出去偷食吃？"

"除了你，我没见过别的女人脱了衣服后是什么样的。"他这句话倒是真话。

"还装？我看你装到什么时候?！别的小妖精肯定使尽浑身解数，将你喂饱了，掏空啦，是不是?！"

"什么喂饱了？掏空啦？我不是每月工资和奖金都交给你了么？"

"我再重复一遍，'坦白从宽，抗拒从严'，你不要学那'钢铁是怎样炼成的'！"邱栀子声嘶力竭道。

"我向政府交代，别看邱栀子表面上文质彬彬的样子，实际上是一只母老虎。"男人说。

"怎么还不行？"邱栀子抚揉着男人道。

"我岁数大了，不是年轻小伙子了。"男人声明。

"才三十来岁，就岁数大了？今天网上不是有则新闻么，人家88岁的老头还让小保姆怀孕了哪。"女人叫。

"邱栀子，我发现你道德倾向有严重的问题。"

"你不要避重就轻，说，为什么不行？是不是被其他小妖精掏空啦？"邱栀子气急败坏地拽着他的私处，然他像一个软软的空空如也的小空口袋，怎么也立不起来。

"邱栀子，你若再这样对我，我去派出所报案去！警察叔叔，救命啊！"顾顺良欲爬起身往房外走的意思，嘤嘤地哭起来。但只嘤嘤了几下，又很快睡着了。

这时，顾顺良的手机短信忽然响了，邱栀子拿起来看，"我有多少天没有抱抱你了？"是这样一个短信，来电方有显示，是刘诗摇。

邱栀子的脸一下成了惨白，一下就栽倒在了床上，虚弱得一动也动不了了。

3

第二天下午快下班的时候，刘诗摇走进了顾顺良的办公室，恳切道："顾总，眼下这本书的宣发方案我写完了，下班后您看看，给指导一下行么？"

"好啊，我正要召集大家开会讨论这个议题哪，既然你写出来了，我就先看看。我本来今天也加班。"顾顺良一副忙乱不堪的样子，匆匆道。

下班后，其他同事都走了，顾顺良正伏案写着什么，忽然一双柔软的小手捂住了他的眼睛。他扭过头去，是刘诗摇，一张明媚如桃花的笑脸，手中举着一朵玫瑰花正欲逗他，茶几上已放了两份快餐。

"先吃饭吧，吃完饭再工作。"刘诗摇说着便拉顾顺良。

两个人坐在沙发上吃着快餐。

刘诗摇关切地轻声问："怎么胡子拉茬、衣履不整的，眼圈也黑了，夜里没有睡好？"

顾顺良长长地叹息了一声："亏了有工作，不然，得被那个家缠磨死。"

刘诗摇听罢夺去了顾顺良手中的餐盒，把他强按在沙发上躺下，自己拉了把椅子坐在跟前，然后一勺一勺地喂他吃饭。

顾顺良很享受的样子，道："整天那么多事，烦死了，这会儿的感觉真好，心特别地静。"

刘诗摇拂弄着顾顺良的头发，软语道："是吗？那就让我多陪你些时辰？我整天也孤身一人，只有指望你一个人的疼爱了。"这话倒也是真的，刘诗摇的眼睛一下子湿了，一滴泪水滴在顾顺良的脸颊上。

"真想就这么一直静静地看着你，怎么看都看不够。"刘诗摇又说。

顾顺良享受着眼前女孩的温柔，无言以对。

"你还有两个人，两处地方可逃。邱栀子能往哪里逃呢？"刘诗摇以一副同情的样子忽然说。

一语惊醒梦中人，顾顺良兀地抬起头，怔怔地看着刘诗摇。

"被击中了要害。是吧？"刘诗摇笑说。

"敢情，你们两个合起伙来评判我。你向着她？可你又明明是爱她的丈夫的。对于视家、视丈夫如命的邱栀子来说，你的存在就是她的天敌。哪天知道了你的存在，不知怎样大哭大闹。"顾顺良苦笑道。

"会是这样吗？一想到这点我也老隐隐地恐惧。"刘诗摇心虚道。

"我从来不觉得，爱了一个人就会影响对另一个人的感情。"顾顺良说。

"我没有将你往斜路上引，不是么？我因此而心安，可以心安地面对她。"刘诗摇道。

忙完工作临离开办公室前，刘诗摇从购物袋里拿出一件新外套来，硬要给顾顺良换上。

顾顺良推托："那怎么好意思？应该是我给你买衣服才对。"

刘诗摇伤感道："我的人不能时时刻刻在你身边，就让这件衣服代替我。"面对这样的柔情，哪个男人能拒绝？顾顺良深看一眼眼前的女孩，眼中流转着万千内容，但还是克制住了自己，没有上前拥抱她，便和她一前一后匆匆地离开了办公室。

顾顺良在夜色里走向停车场，看见很多人都回头朝他看，他内心洋洋自得道，"这件衣服能挣来这么多回头率？不一样啊就是不一样。"

街上，顾顺良开着车风驰电掣般赶在回家的路上，他内心的快乐，像一团火，腾腾地燃着。自从几年前的"春节小旅馆事件"之后，他一直在人为地疏远着刘诗摇，除了偶尔送她几件礼品之外，两人间私下并无过多亲密接触，直到今晚，他因此处于一种莫名的亢奋之中。

顾顺良停车进门后，邱栀子正坐在客厅里泡脚。

她一眼就看见了顾顺良身后夺拉着的东西，脸色瞬时变了，但她很快调整了自己，装出一副若无其事的样子穿上拖鞋上前问道："今天心情不错？"

心情大好的顾顺良学西方人那样耸了耸肩，摊了摊双手道："是的，加班很顺利，因此心情不错。"

邱栀子绕着男人走了几步道："瞧这加班后的心情，快乐得像长了翅膀一样。"

心情还是那么大好的顾顺良说道："确实，快乐得像长了翅膀一样。"说着伸开了双臂。

在内心巨大快乐的鼓噪下，顾顺良伸展双臂，左右摆臀地做起了少年儿童们经常做的那个游戏，边做边唱道："丢啊丢，丢手绢，丢在了小朋友们的身后面……"

顾顺良在偌大的客厅里转起圈来，重复唱着："丢啊丢，丢手绢，丢在了小朋友们的身后面……"

　　随着他身体的摇摆，那只身后的胸罩也随之抖动，看起来像一只醉了酒的大尾巴狼在蹦跳。

　　邱栀子的克制瞬间崩溃，回身端来那盆洗脚水便浇在了男人的头上！

　　落汤鸡般的顾顺良一脸茫然，神情沮丧。

　　随后发生的场景是可以想象到的：

　　"这是哪儿来的？"邱栀子一手扭着丈夫的耳朵一手提着那个祸根问。

　　顾顺良一脸茫然地指着窗外说道："也许是风吧，从谁家的阳台上吹到了我的身上？"

　　第二天一早，顾顺良赶在上班前便去了办公室，黑着脸将那个胸罩摔在刘诗摇的桌子上，比比划划地指责着什么。

　　刘诗摇听罢细节后捂着嘴笑着，笑得蹲到了地上，那串笑泡从她的身体里像一只小老鼠般，从这里到那里地钻着，拱着，又像被硬摁在水里的气泡一样，这里那里地往上泛着、冒着。

4

　　上班时间到了，失魂落魄的邱栀子随着员工走出电梯，走进了顾顺良的公司。

　　"刘诗摇在哪儿？谁是刘诗摇？"邱栀子气冲冲地问一个女员工。这个女员工姓梁，刚好是刘诗摇属下的一个编辑。

　　梁编辑给邱栀子指了指刘诗摇办公室的方位。但邱栀子的神色马上让这个梁编辑意识到了有什么劲爆的内幕将要被揭开，她赶紧向其他同事们招手，聚拢来的好事者们跟在邱栀子后面来到了刘诗摇办公室的门口，包括陶渊明。

　　刘诗摇这会儿没在办公室里，但邱栀子一眼就看见了房间的一角堆着一垛《初恋在栀子花开的季节》，她拿起了一本，这时那个梁编辑又过来指画着给邱栀子暗示刘诗摇此刻在哪儿。

　　顾顺良所在的总经理办公室内，顾顺良正站在那里对着刘诗摇数落："这一阵你们的工作差了些，你看看，这本书竟然错了五个字，当然，你的很多心力都用在了写作上，但既然拿这份工资，就要把这份份内的工作干好。"

　　"我记下了顾总！"刘诗摇陪着笑脸道。

　　"嘭"地一声，门被推开了！铁青着脸的邱栀子走了进来。同事们也随后挤到了门口看热闹。

　　顾顺良疑惑地望着邱栀子，似乎一瞬间未明白她来做什么。此刻的刘诗摇正仰着脸和顾顺良说着什么，满脸的媚笑，挤成了一朵花，和顾顺良的脸离得那么近。

这刺激的画面成为最后的一击，邱栀子举着那本书走向刘诗摇问："你就是刘诗摇？你这里面的男主人公，写的是顾顺良？"

"是。"刘诗摇回答。

"我丈夫手机上的那句'我有多少天没有抱抱你了?'的短信，也是你发的?"邱栀子问。

"是!"刘诗摇紧咬着嘴唇，以一副破釜沉舟般的决绝回答。

"那么，这就是和顾总同床共枕的那个叫邱栀子的女人了？那个曾激起过我无数想象的情敌，看起来也是平平淡淡的一个女人嘛，不过如此!"刘诗摇看着邱栀子内心不平道，"可同是女人，我甚至于连多看他一眼，多听听他的声音，都是一种奢望，而你，却可以长年累月地拥有他，凭什么?!"她的情绪一下子跌入了谷底，心生了一种绵绵不绝的伤感。

原本勉强支撑着的邱栀子被击得哗啦一下就全线崩溃了，她举着那本书就朝刘诗摇打去!

"妈呀!"刘诗摇下意识地抱着自己的头就往房外跑，逃回了自己的办公室。

邱栀子气得全身颤抖着，追进刘诗摇的办公室便一本本地去撕那些《初恋在栀子花开的季节》。

员工们叽叽喳喳的，有一种莫名的亢奋。

这时陶渊明发话了，批评大家道："看什么看？也不劝着点，都太没眼色了，这是咱们的总经理夫人。"

梁编辑听罢赶紧上前相劝："嫂夫人，别动气! 动气伤身体的!"说着又是给邱栀子递水又是拿毛巾给邱栀子擦汗，但遮掩不住脸上的幸灾乐祸。

顾顺良这时走了进来，他看见刘诗摇的那本书被撕成了一张张的碎片，那个女孩花瓣一样娇嫩脆弱的心事，原本只盛开给他一个人看的，现在，经过了这么多人的眼睛，经过风霜雨打后，污迹斑斑地凋零在地上，他下意识地去捡，忽然就起身上前给了邱栀子一巴掌，吼叫道："还不给我滚回家去?! 别在这里丢人现眼啦!"

邱栀子显然丝毫没料到丈夫会来这一手，她捂着自己的脸颊怔怔地看着顾顺良，在众目睽睽之下。

躲在角落里的刘诗摇面露惊喜。

顾顺良对邱栀子的懊恼之处，不只是邱栀子的将他和刘诗摇的私情公之于众，还有邱栀子的不请自来，她就这样从幕后兀自走出来，即便她今天也精心打扮了，可在他公司这些新招聘的刚走出校门的青春飞扬的女孩子们面前，邱栀子的相貌气质丝毫也没什么可炫耀之处，尤其是刘诗摇，她曾对邱栀子展开过那么多的想象，因为在想象里她抵不过邱栀子的魅力，所以才对他柔情百结，他即便克制住了她的诱引，但还是很享受这种感觉，现在，邱栀子自己走到了前台，刘诗摇心里一定会这么想，"你对我百般拒绝，却原来所拥有的女人，也不过如此。"顾顺良觉得邱栀子让自己，很丢了面子，他因此对她充满了反感。

5

蜷缩在家里的邱栀子还没想透怎么化解眼前的局面，刘诗摇竟然主动上门来了。

打开家门看见刘诗摇的瞬间，邱栀子怔了怔，门外的女人，年轻，气质好，有种咄咄逼人的美丽。今天的刘诗摇精心化了妆，故意穿了件艳丽的衣服，明显是有备而来。

刘诗摇未等邱栀子让，便兀自踏进门来，四下里打量着道："我一直很好奇，顾总和一个家庭妇女的家是怎样的。"

"你不打算放手。是吗？"刘诗摇以一双平静的目光看着邱栀子问，自己在沙发上坐下来，"婚姻就像两个人绑在一起登山，爬着爬着，一个人原地不动了，另一个人仍在攀登，他们维系的绳子终将会短，短到一定程度，便咯嘣一声断了。很多成功男人的婚姻大多如此，那些被抛弃的女人只能动用道德的力量为自己争取一份同情。"刘诗摇说。

所谓仇人相见，分外眼红。邱栀子满脸铁青，但还是强克制住自己，看看对方还有什么招数。

"你也会像其他女人们说已被重复了多少遍的那个字眼，'为了给孩子一个健全的家庭'，当自己的分量不够，不足以拴住对方的时候，便拿出孩子给自己增加斤两，或者是，给自己的不愿离婚找一个借口。做女人到这份上，也太失败了，真是可悲可怜！如果孩子知道自己被母亲拿来当借口捆绑她的婚姻，他会为这样的角色感到屈辱。"刘诗摇又说。

"我知道是我不好。但是现在的社会，弱肉强食，包括爱情。不是有句话说么，'小三是检验婚姻牢固性的唯一标准'，所以，你们的婚姻肯定是先有问题的，所以别把气都撒在我身上。你们之间的共同语言太少，顺良就说过，他的心里有很多你看不见的地方。他曾经的日记，他写的文章，你从不对这些感兴趣，你可以将一张小报一字不漏地全部看完，而遇到他写的总是绕开去。说白了，你对他的心不感兴趣，只在乎他挣钱多少，"刘诗摇说，"而我爱他，崇拜他。顺良说过，在我跟前，他觉得自己才像个男人。你们一家，因是北京人，原来对他一直心生歧视。"

"他说过这样的话？"邱栀子下意识道，顿觉一阵阵凉气，因为刘诗摇说的这些，并不完全是空穴来风，看来，顾顺良是真的对眼前的女人掏心掏肺了。

邱栀子擦擦眼里的水雾，挥挥手，示意那个女人出去。

而刘诗摇假装没看见这个动作，兀自滔滔不绝地说着：

"我知道你现在没有工作，会顾虑离婚后，自己的后半生没有经济保障，殊不知不走出这一步就永远不知道自己的潜力有多大，这个世道，人谁离开谁都可以活得很好，只要你肯进取；你可能还会顾忌流言而不敢离婚，当然了，流言可以杀人，但人活这一辈子，总共没有几万天，太在意别人的眼光，岂不活得太累？还有，你可能担心离婚后再婚不易，可你看看现在，再婚女嫁给未婚小伙子的事比比皆是，今天的网上不就有一则新闻么，一个67岁的老妇嫁给了一个27岁的小伙子。所以，别让以上这些顾虑困住了你追求幸福的脚步！"

邱栀子已气得浑身哆嗦，这一刻她起了一股强烈的冲动，想和这个女人同归于尽。她指画着刘诗摇道："你这个女人，跑到我的家里，喋喋不休地让我将自己的地盘对你拱手相让，你也太张狂，太不善良，太不厚道了！你给我滚！"

刘诗摇见状立码改变了策略，央求道："栀子姐，我求你成全我！当初，要是没有平鑫涛，哪有琼瑶现今的耀眼成就？我和顺良在一起，是最好的契合！"

"你听不懂人话么？这是我家！你给我滚出去！"邱栀子叫道，也不知道哪来的力气，一把将刘诗摇推出了家门。

6

邱栀子把自己反锁在屋里，躺在床上，眼神直直地看着屋顶。

母亲邱美娥闻讯跑来了，在外敲着门："邱栀子，快开门！"

"谁也别惹我。谁惹我我就跟谁拼命！"邱栀子在屋里嚷，说这话的时候，她觉得自己像个无赖。

"傻闺女，这么大的事情不能自己忍着，你得发泄。"母亲在外敲着门喊。

"妈，我想好好地睡一觉，行么？你让我一个人安静一下。"邱栀子在门里说。

"好孩子，那你就睡一觉，妈不打扰你。"母亲隔着门说，有下楼的声音。

因为连续几夜的睡眠不好，邱栀子一赌气吃了四片安定，很快睡着了。

邱栀子醒来的时候窗外已是黄昏了，她走到阳台上去透透气，但她刚探出头去，便呆住了。

她看见窗户下面有一个妇人，身影很像她母亲，只是头上的白头发比母亲要多很多。那妇人在捡地上的一个空雪碧瓶子，好像是一种心灵感应，地上的妇人恰巧在这时抬起头来，和邱栀子的目光相撞了，那人正是邱美娥！因为担心女儿，一天的时间便急白了头发。

邱美娥见女儿醒了，便蹬蹬地跑上楼来，看见女儿卧室床边上放着安定，便担忧地问："你吃安定了？我说怎么睡这么久？"

"是的，我吃了四片，感觉好极了，一眨眼十多个小时就过去了。妈，你说，如果把一瓶全吃下去，一生就什么感觉也没有地过去了，那是否是一种非常的甜蜜呢？"邱栀子目光呆滞地说。

母亲的泪水一下出来了，泪水盈盈道：

"邱栀子！你不是你一个人的，你是我和兜兜的依靠，你若有个三长二短，我们祖孙俩怎么活？你这不是要我的老命么？死本身没什么痛苦和可怕的，但活着的人总会居高临下地对逝去的人议论几句，活着本身就是一种胜利，你若是有个好歹，岂不正中了那狐狸精的心意？你绝不能让恨你的人去议论你，而是你要去议论她！仅因为这一点，你发誓也要好好地活下去，把你的仇人熬死！是吧，只要那个小狐狸精还活着，你就绝不能去死！"

"可是妈，我的心太痛了！"邱栀子道。母女俩抱头痛哭。

"闺女，天塌下来，还有妈帮你顶着哪！自从你爸爸离家出走这么多年来，咱娘儿俩相依为命，什么苦没吃过？什么难没经过？现今不就是一个讨人嫌的小丫头片子么？有什么大不了的？！改天妈去收拾她！"

这时母亲忽然发现邱栀子的额头有些热，便用手去摸，惊道："烫得这么厉害，你在发烧！赶快去医院！"

7

"师傅，这本书卖得好么？"路边的报亭边，刘诗摇站在那里指着摆在那里销售的自己的书《初恋像栀子花一样》问。

"卖得可火啦！这一上午就卖了6本！"报亭师傅说。

"是嘛。"刘诗摇喜滋滋道，转身离开了。

今天的刘诗摇穿着一双超尖的高跟鞋，又一副人逢喜事精神爽的样子，她袅袅婷婷地走着，如细柳拂风，时不时地低头自己笑一下。

就在这时，忽然从旁边冲过一个妇女来，一下就将没有丝毫准备的刘诗摇推倒了，刘诗摇一个嘴啃地趴在了地上。

"不要脸的！撬我闺女的老公！"来人是怒气冲冲的邱美娥。她提着空饭盒刚从医院里出来。

邱美娥一个马步跨了上去，骑牲口般骑在刘诗摇的身上，拽着她的长发往地上磕着她的头："你个披着狼皮的狐狸精！你个白骨精！害人精！"

"你干吗呀？有事说事，有话说话！我和顾顺良是真心相爱！"刘诗摇带着哭声道。

邱美娥继续暴打着刘诗摇："大家都来看！就是这个不要脸的女人，撬我闺女的老公！我女婿是个穷小子的时候，你怎么不跟他真心去？你个描眉画眼的女土匪，明明想杀富劫贫，却打着什么情啊爱啊的名义！你怎么不去爱那大街上的民工去？"

刘诗摇的长发被拽下了几绺，被磕得满嘴的青紫，鼻子里也淌着血，她屈辱地在地上爬着，试图爬出邱美娥的胯下。

"大家都来看看，看看这个女人有多不要脸！"邱美娥说着，又扯破了刘诗摇的衣服，"你不是想勾引男人么？就让满大街的男人看看你这个骚样！"

刘诗摇的衣服被扯破了几处，露着白花花的肉。

路人像看西洋景一样津津有味地看着热闹，有人喝彩道："好！这就是当小三的下场！"

这时，正巧顾顺良开车从旁边驶过，看见了这不堪的一幕。

"干什么呀？简直是个疯子！"顾顺良停下车跑过去，一下将邱美娥搡倒了，赶紧扶起刘诗摇来。

"顺良！你要给我报仇啊！"刘诗摇扑倒在顾顺良的怀里号啕大哭。

"顾顺良，你竟敢推你丈母娘！你个胳膊肘朝外拐的兔崽子！"邱美娥叫道，自己爬起来，掸掸身上的土，继续数落，"好你个顾顺良，样子憨厚，却有这么多花花肠子！看起来老实，却原来是个骗子！"

顾顺良不理邱美娥，揽着刘诗摇跌跌撞撞地向车走去，走了几步，刘诗摇才发现自己只穿着一只高跟鞋，顾顺良急走回去帮刘诗摇捡起那只鞋，然后搀着刘诗摇上了自己的车。

"啊呸！"邱美娥冲着两人离去的方向啐了一口，继续骂道，"一对狗男女！专干偷鸡摸狗的事儿！"

<h2 style="text-align:center">8</h2>

邱栀子正在医院里挂着吊瓶。

门"砰"一声被推开了，顾顺良气势汹汹地来到了邱栀子的床前，将几张纸甩给邱栀子道："签字吧！"

邱栀子拿过纸一看，竟是一张离婚协议书！她意外地睁大了眼睛。

"这位是？"邱栀子问顾顺良身后跟着的那个穿戴整齐的陌生男人。

"是律师。"

"办事真够麻利的，"邱栀子苦笑道，她嘴角撇过一丝凄美的辛凉，道："顾顺良，你有必要这么着急么？"

律师在旁边看不下去了，说："我看，还是等病好以后再说吧。"

顾顺良脑子里兀地闪过邱美娥在街上暴打刘诗摇的情形，撇着嘴不屑道："还动不动就以北京人自傲？什么呀，纯粹是一家地道的小市民！还动手打人?!我完全可以将她扭送到派出所去！我跟你说，如果不是看在以往情面上的话！"

邱栀子不明就理，听的稀里糊涂的，问："谁动手打人了？"

"还有谁？你那个小市民的妈！"

邱栀子忽然回想起母亲说过的要去收拾刘诗摇的话，心里猜到了几分。

"我妈若是打了人，是她不对，可往人心口上捅刀子的事，比打人严重多了！我妈是小市民，可你别忘了，当初，就是这个小市民，靠捡垃圾的钱，付首付给了我们一个栖身的窝！"邱栀子声嘶力竭道。

"又来了。你们家想用这件事压我一辈子，是么？我不是想和你离婚。我是想跟百般憋屈、压抑的过去一刀两断，彻底忘了那些日子。你，你的家人，就像是我过去的一架摄影机。在新结识的人面前，我才有尊严。"顾顺良痛楚道。

邱栀子扯着顾顺良的衣角乞怜道："如果离了婚，兜兜怎么办？你忍心让他不跟亲生父母在一起？再说，让我在人前何以立足？只那些同事的眼光就会杀了我，你说我哪儿不妥，我改！我改还不行么？"

顾顺良搋回自己的衣角道："只有我们自己幸福快乐了，才能让身边的孩子幸福快乐。再说，我亏欠她很多，她是因为跟我在一起，才受到这么深的伤害。"

邱栀子的精神快要崩溃了般，哭诉着："我知道，她比我年轻，漂亮，还有文采，可我人本身就这样了，我有什么办法呢？我比原来更勤快、贤惠，不行么？"

"夫妻之间的欣赏已荡然无存了，苦苦地绑在一起互相折磨，浪费自己与对方的生命，这样的婚姻还有价值吗？"顾顺良一字一句地说。

邱栀子泪眼汪汪地一字一句道："这么说，你是真的想舍弃这个婚姻了？"

顾顺良不耐烦道："男人在外面有点风吹草动了，你们这些原配一个个都眼泪汪汪、一副苦大仇深的样子。只不过，你们没想过以前是什么样子么？对老公蛮横无礼，对没钱的公婆冷眼相向，你们不要认为占了'名份'二字就可以为所欲为！婚姻绝不是一蹴而就可以一次性投资就终生收益的低风险事业！"

"不错，因为你老家穷，我妈对你家心生歧视，可我们最终还是选择了你；你混的不好时，我有抱怨有不满，但我从没有想过和你离婚；在我们结婚后，别的有钱男人也曾追求过我，可我也没跟他怎样……"邱栀子分辩。

"你终于肯承认了？我在上海创业的时候，20块钱吃半个月，你却在家跟别的男人拉拉扯扯，眉来眼去，把一顶绿帽子扣在我头上……"顾顺良痛苦道。

"是有这个影子，可我克制住了……"邱栀子解释。

"你也承认了确有其事。前些年，你和你妈时常表达对我的不满，不是一直想要一个跟其他有钱男人的机会？好啊，现在，这个机会来了，你还等什么？"

"闭上你的臭嘴！"就在这个时候，邱美娥忽然爆起一声喝，她不知什么时候来的，她冷冷地看着顾顺良，忽然就上前一个巴掌冲着顾顺良扇去："你个兔崽子，你人一阔脸就变啊！想离婚？没门！"

顾顺良捂着自己被扇疼的面颊，一脸屈辱道：

"你还打我？什么丈母娘啊，泼妇！长这么大，只我父亲打过我！你们这些原配的后援团们，不要动不动就说什么男人天生花心，说什么男人有钱就变坏，都是你们逼的！男人事业不顺时，在外承受工作的巨大压力，回到家还遭受奚落与白眼。在女人的眼里，男人似乎就应该永远成功，就应该满足女人的各种物质、精神、生理需求，凭什么？！所以，把你们家的骄横收起来，不要以为我娶了你们家的闺女，就成为你为所欲为地欺负的对象！现今，千年的铁树开了花，十年的媳妇熬成了婆，我顾顺良成功啦！"

邱美娥指画着顾顺良数落："你个没良心的白眼狼，你如今成功啦？你知道你一拍屁股就去上海创业后，邱栀子一个人在家带孩子受了多少累？吃了多少苦？小兜兜一夜里醒好几次，他妈就得跟着醒几次，不是一天两天，是三年的夜夜折腾啊，那几年，邱栀子才三十来岁的人啊，累得脸上的褶子像五十岁的，兜兜还动不动就生病，邱栀子经常难得在半夜里哭……"

顾顺良听到这里有些心虚气短了，强词夺理道："反正伤害过我父母的人，我永远不能原谅！"

邱美娥说道："好啊，咱就让你父母来评评理！"说着，这就拨通了一个电话，"亲家母，你们快来，你们家顾顺良要当陈世美啦！"

随后，邱美娥一把将放在邱栀子跟前的那张离婚协议书扯过来撕了，冷冷地看着顾顺良道："我不会让我闺女给那个小妖精腾地方的！你们俩这对奸夫淫妇，做梦去吧！"说着将碎纸片冲着顾顺良投去。

顾顺良和带来的那个律师狼狈地逃去了。

病房内，邱栀子哭道："妈，看来除了答应离婚，我没有路可走了！"

邱美娥教导闺女："孩子，你一定要咬紧牙关，坚决不离婚啊。只要不离婚，这正宫娘娘的位置，就是你的，别的女人就是使尽了浑身解数，也只能呆在暗处，不能见光的。"

"我们原来也有不对的地方。"邱栀子说。

"不要老想着我们的错误，你没什么错误，就是他痒了，贱了，想找新鲜感了。"母亲道。

"现在的大环境是这样，男人再婚，小姑娘挤破头。女人再婚，不带孩子另找人的机会还大些，拖拉着个孩子，那可就是市场上打折的白菜了，可是有几个女人为了再嫁而舍得扔掉自己的亲骨肉呢，那相当于要自己的命啊。所以，这个婚你坚决不能离！"母亲又道。

"只是这个'三'，死缠难打的样子，看样子不容易应付的。"邱栀子愁闷道。

"你怕什么？在法律上你是最占理的人，在道德上你有最多的支持者。你若离了，岂不让小三轻易地就上位了？孩子和经济是男人的软肋，你只要抓紧这两点，他就离不了婚。"邱美娥给闺女说道。

9

顾顺良的父母很快赶来了北京。

顾顺良开车带着儿子兜兜前去接的站，邱栀子和母亲在家做了满满一桌精致的饭菜迎接着。

在饭桌上，邱栀子和母亲对顾顺良父母又是让菜又是敬酒的，热情招待，小心奉迎着。而原来顾顺良父母来北京时，母女俩是从不遮掩对他们的隔膜和轻视的，而今，她俩对他一家人都变得小心，本质上是对顾顺良的小心，是因为顾顺良身份和经济境况的变化么？即便是夫妻之间，也存在着势利，人生，原本有着不堪面对的苍凉啊。

饭后，为了方便顾家人说话，邱栀子和母亲借口出去了。

顾顺良父亲在沙发上坐定后猛地磕了磕烟袋锅，脸板得像包公一样道："我们家只认邱栀子这一个儿媳妇！其他庙里跑出来的野女人，别想进我顾家的门！"

顾顺良母亲也说："儿啊，你才风光了几天啊，就想当陈世美？"

顾顺良解释："爸，娘，在外人面前，我才感觉自己像个男人，这些年在邱栀子家人面前，我太憋屈了。"

顾顺良的父亲又磕了磕烟袋锅道："儿啊，你说的话爹明白。只是以前亲家母家高，咱家低，她家自然低着头看咱，你混出息了，她家自然也仰着头看你了。人的面子是靠自己挣来的。"

顾顺良猛地抬起头看着父亲，身为农民的父亲，却说出了最本真的道理，他联想到了刘诗摇对自己的崇拜，刘诗摇碰见的自己，是对她有利用价值的自己，是成功的自己，假如在自己早年的憋屈压抑期遇见刘诗摇，她还会对自己如此么？

"年轻人哪有不犯错的，栀子纵有不对的地方，可她是兜兜的亲妈，这是铁的事实。你们若离了婚，是想让我的孙子跟着后妈呀还是跟着后爹啊！"婆婆苦口婆心道。

"顾家门里，从来没有人离婚！你若敢离婚，丢祖宗的脸，我就打断你的腿！不认你这个儿子！"顺良的父亲训斥着，随后'啪'地一声把一只啤酒瓶子摔在了地上，啤酒瓶子碎成了玻璃渣。

在家门外偷听的邱栀子和邱美娥兀地怔住，尤其是邱栀子，意外得双泪长流。自从发现顾顺良出轨以来，这个冰窖般的世界里，除了母亲的关心之外，竟还有一丝温暖，没想到，这温暖竟然来自公婆！

想到这里，邱栀子推门而进，悔恨万分道："爸，妈，现在是我邱栀子的人生最低谷的时候，可以说是四面楚歌，没想到这个时刻，你们选择和我站在一边，想想我原来，太不懂事了！"

跟进来的邱美娥也羞愧道："是啊，我原来因为一些鸡毛蒜皮还和你们之间发生争执，没想到在关键的时候，亲家母、亲家公这么深明大义，你们不知道那个小狐狸精有多张狂，竟然上门逼宫……"

"你必须当面向我写下字据，不离婚，不再在外面勾三搭四！"顾顺良父亲再次磕了磕烟袋锅训斥儿子道，面露威严。

"爸，我答应你！"顾顺良赶紧应承，面带惧色，这就立码找了纸笔写下了。

顾顺良父亲揣了字据，起身喊道："孩儿他娘，咱回家！"

顾顺良听罢赶紧上前阻拦："爸，娘，在这儿住几天吧？"

邱栀子母女也让："是啊，住几天再走吧。"

"家里的农活正需要人手，顺良啊，你就不能让父母省省心么？唉。"顺良娘按了下儿子的额头走了。

顾顺良赶紧开车去送。

将父母送走后，顾顺良便去找刘诗摇谈："不行，我父母坚决不同意我离婚。那个念头去掉了吧。"

"你不离婚?! 你不和邱栀子离婚，怎么和我结婚?!"刘诗摇尖利地叫道。

"可是一想到真的分手，就有一种血肉撕扯般的疼痛。情感的千丝万缕，怎么撕扯得开？"顾顺良说。

10

慕容雪得到消息便风风火火地跑来了，一见邱栀子的样子便惊得倒吸了一口凉气："亲爱的，你这是怎么了？像个纸人一样。"

"体重几天之内便减少了7斤，可不就成了个纸人了？"邱栀子说着，泪水汹涌而出。

慕容雪赶紧抽出一叠卷纸递给邱栀子擦，急切地问道："到底发生什么事了？天塌下来，还有我慕容雪的一个肩膀哪。"

"还能发生什么事？我，撞'三'了。十恶不赦的时代罪行潜入了我家。"

"是不是确实是那个刘诗摇？"

"是她。我的婚姻，失败在了一地鸡毛里，现在只剩下一张纸了。"

"家电都要售后服务，婚姻岂能包用百年？婚姻就像机器，坏了就修呗。"慕容雪劝道。

邱栀子反省："我错了，当初在小平房里时，虽日子过得清苦，但日子过得平平静静的，我为什么要那么虚荣，非盼着他成功，有本事哪？生意场是一个大染缸，男人一步入生意场，便容易变坏了。我现在也算明白了，爱的本质是距离。当初，我和顾顺良几乎处在同一个台阶上。我们之间，压根没有强烈的爱，只是都到了婚嫁年龄，而跟前又有一个合适的，便结婚了。从家境上，我家还比他家稍好些，所以我和我妈在他家人跟前，多少有些居高临下，所以他就受了憋屈了。"

慕容雪接着话茬劝道："不错，那个刘诗摇，因为有求于顾顺良，站在比他低的台阶上，所以对他的感觉便很强烈，他就感觉到刘诗摇是真爱他的。只是一旦刘诗摇踩着他的肩膀事业到达更高的台阶上后，他们之间的感觉便会淡掉。所以，你一定要沉住气，把第三者交给时间磨灭，在这场感情战争中，多出来的那第三个人，不过是个爱情过客，婚姻最后会被时间漂回一片洁白。"

"他现在在办公室里睡，都不回家了，围城都沦为一座空城了，我哪里还能沉得住气？"邱栀子说。

"你明确说吧，你还爱他吗？这段婚姻是要弃还是要留？"慕容雪问。

"我现在连工作都没有，如果再失去了家庭，那我在这个世界上，可真的一无所有了。"邱栀子说。

"只要你态度明确，目标清晰，那就好办！"慕容雪说，这就给顾顺良打电话，以教官训斥犯人般的口吻道，"我是慕容雪，我现在在你家哪，你马上回来一趟！"

在等顾顺良的节骨眼儿上，慕容雪又给邱栀子做起思想工作来了："爱的售后服务是一项技术活。原来的时候，没有其他的竞争对手在，顾顺良是你可松可紧地掌控的，但现在，有了其他女人有意的抢夺，顾顺良便尤其珍贵起来，你要有一种危机意识……"

过了会儿，顾顺良蔫巴巴地进了家门，和邱栀子之间，谁也不理谁。

慕容雪将一个兜兜平时用的小号马扎递给顾顺良，又以一副教官训斥犯人般的口吻道："你坐下！"

顾顺良便垂头丧气地坐在了儿子的小马扎上。

慕容雪拿过一把椅子来坐下，以保持在顾顺良面前的居高临下，她喝了一口水，便开始演讲起来：

"看着街上那些二十岁左右的女孩，是女性最美的年龄，而旁边和她年龄相适的男孩，清瘦、稚嫩，看起来还称不上算个男人，而顶多算是只呱呱乱叫的小公鸡，却将如花的女孩占着，挥舞着干瘦的小拳头，将女孩堵在某一个街角，指天盟誓或喋喋不休，而女孩为之也流泪、也伤心，多么不值。

而男人到了三、四十岁以后，变得脚步沉稳，目光深邃，也练达丰富，也功成名就，开始美到极至。而旁边和他年龄相当的妻子，却满是凋落的痕迹，却占着旁边魅力四射的丈夫，让做男人的多么委屈。"

顾顺良听了进去，抬起头看着慕容雪，赞同地拍一下自己的右大腿。

慕容雪又喝了一口水继续演讲：

"中年男人绕过身边的妻子，将喜爱的目光投向那些花季的女孩，妻子敏感地嗅到了丈夫生命深处散发出来的想出轨的气息，像老母鸡护小鸡般竖起紧张的毛发，一旦丈夫在外面有点风吹草动，随时准备着一哭二闹三上吊，还率领着背后的娘家人、孩子、妇联等庞大的支持团队，随时准备着向春心摇荡的丈夫和不知在什么角落里蛰伏着的'小妖精'发起一场撕心裂肺、沸沸扬扬的战斗。

没办法，谁让女人的美在于年轻，而男人的美在于成熟和功成名就呢？

妙龄的女孩和功成名就的男人在一起，原是绝配，是珠联璧合，是小鸟绕枝，中间却隔着多年的岁月，还有道德、家庭等世俗而强大的东西，彼此苦巴巴地翘首相望着，多么不公的世事！"

顾顺良张着嘴看着慕容雪，听得入了神，再次使劲拍一下自己的右大腿，表达着心里的那句"是啊！"

"但是，"慕容雪擎下自己的杯子，像是法官擎惊堂木那样，继续说道：

"只是如果大家都这样想的话，那些小男孩们就没有人陪着了，在一无所有的年龄，孤军奋战，身边连个陪伴的也没有。

176

　　还有，六十岁以后的男人开始迅速地垮下去，从气韵到身体。也许因为，男人的勃勃生机主要靠工作支撑着的，一旦事业从生命里抽出去，整个人便塌了、软了。到了那个时候，如果不是相濡以沫的妻子，不是日积月累的相处导致的浓浓的情感，谁肯收拾这幅残局？"

　　"所以，"最后，慕容雪再次擎了下自己的'惊堂木'，做总结性发言，"男女之间，必须承受着某一阶段的'委屈'，才能有相守一生的结局。"

　　顾顺良望着慕容雪忽然说道："你有这样的才华，干嘛要放弃小说写作啊？"

　　慕容雪一下怔住了。

　　这时，顾顺良忽然一屁股摔在了地上，把小马扎给压塌了！原本一直板着脸的邱栀子克制不住笑了。

　　慕容雪见状赶紧道："收兵回府了！"离开了他们家。

　　家里只剩下了夫妻俩。

　　邱栀子说："女人与女人之间的感觉是很敏感的，这个刘诗摇，表面看起来涉世未深，却是心机累累。"

　　顾顺良低声说："那天的要求离婚，只是一时的气愤，我不想离开你，不想失去这个家，失去儿子。"

　　"这可是你的心里话？"邱栀子问。

　　"其实，除了那年春节，她去我老家，我们俩喝醉了在小旅馆里——我们就再没有过什么。"顾顺良老实交代。

　　"什么？她都追到你老家去啦!?"邱栀子惊得拍一下桌子。

　　"其实，我一到上海，她就追我，有一次还去了我宿舍，我是硬硬地把她推出房去的啊！想必革命时期的革命干部，也没这么坚强的意志啊！"顾顺良再次交代。

　　"什么？你一到上海就和她搅合在一起啦!?"邱栀子惊得再次拍一下桌子站起来。

　　再次坐下的时候，她坐偏了椅子，一下坐在了地上，嘤嘤地哭起来："顾顺良，你这个大骗子，超级骗子！世界级的骗子！"

　　顾顺良嘟囔道："什么'坦白从宽，抗拒从严'啊，纯粹是糊弄犯人的手段。"

11

　　多日之后的一天夜里，顾顺良爬到了邱栀子的身上……

邱栀子疯子般忽然坐了起来，拽着顾顺良的睡衣领子叫："你和她，也是这样的?!"说着一下子把顾顺良掀到了地上。

"你干嘛呀!"黑暗中爆起顾顺良烦躁的叫声。

邱栀子看着黑黑的屋顶久久地无语着，终于冷静地说出了一句："我们还是离婚吧，一想到你那个东西在那个女人的身体穿插过，我就恶心得受不了！是真的受不了！我过不了我自己的这一关。"

顾顺良抱着被子和枕头到书房睡去了。

过后，邱栀子正式地跟母亲邱美娥提要离婚的事。

母亲埋怨道："你干什么呀？给个台阶，他跨出去的腿就收回来了。他都已经说不离婚了，你又不依不饶地闹腾什么?"

邱栀子严肃道："妈，我们其实已经分居多日了。无论是心理上还是生理上，我都已经不能接受这个男人了。他的短信一响我就心慌，怀疑又是那个女人的来电，打他的手机他不接，我就会觉得他们又在一起办坏事，说白了，我无法再信任他，这是我永远也战胜不了的心魔。失去了信任的婚姻，就好像没有了地基的房子，经不起一点风雨了。再说他现今，因为太多的压力，太多的事情，太多的诱惑，根本无法用心地爱我，经常忙得甚至连跟我说句话的时间都没有，我要这样的一个男人做什么?"

邱美娥说："唉，早知今天，还不如让他安安心心地做个小职员哪。"

过了会儿，邱美娥又说："既然决定了要离，那就多要些钱，得让他痛一下，不能让他对你像掸灰尘一样轻易地给掸掉了。"

邱栀子果决道："妈，我现今每天都处于紧张和恐惧中，担心他们依然私下来往，时间长了，我的身体会垮掉的，人的命是最要紧的，哪顾得其它什么房子啊钱的？我要的是解脱。再说，当初既然选择了那个人，他肯定有一些值得欣赏的地方，离了婚，大家还要各自过各自的生活。我最关键的是要兜兜，兜兜是无价之宝。"

两人很快达成了离婚协议：儿子兜兜归邱栀子抚养，顾顺良给抚养费，每月有两次探视权；原来的小房子归邱栀子，从上海回来后买的大房子归顾顺良。

顾顺良曾要求："把大房子归你吧。我回小房子里住。"

邱栀子坚持："不，我觉得在小房子里的时光更值得留恋。"

第十三章　离异家庭的男孩

1

当办完离婚手续走出民政局大门的那一刻，"我是一个离婚女人了，"这个念头盘旋在邱栀子的脑子里，"从此后再没有依靠，只有从自己的内心里生出力量来，因为还有手中牵着的一个小人儿依赖自己，还有一个白发老娘需要赡养。"她感觉整条街上都空荡荡的，其实是她的心空了。

旁边一直沉默的顾顺良对她说："离婚的事，先不要告诉兜兜和我父母好么？我不想让他们为此痛苦。"邱栀子木然地点了点头。她苍白的脸上一双眼睛眼窝深陷，看着让人心里戚然。

两个人在大房子里收拾着东西。

她将他的衣服一件件地洗好，熨好，放进大衣柜里，正如她经常做的那样，将他的衬衣衬裤、内衣内裤洗好放在床头柜上，她习惯了的。还有他的刮胡刀、拉力器，都一样样的给他放好了，然后将自己和兜兜的衣物一件件放进几个大皮箱里，她努力想把自己和儿子的气息从这个家里彻底带走，可是能么？

"你的这件衬衣，我想带走，留在以前的家里，可以么？"她问。他点点头。

他提着她的那些衣物箱走向搬运的车上，又流了泪，纵然这个男人是极少流泪的，那些东西上似乎沾着黏着她的气息，拂不掉、掸不去，这个家里、他的身上，哪一个缝隙里不沾着黏着她的气息呢，事情怎么到了这一步的？

"别总忘记带钥匙，以后这个房子就剩下你一个人了，别弄得自己进不去门。"她对他说。

"不要总是用凉水洗脚，万病皆有受凉起，"她又对他说，"记着不要因为工作常常饿着，对身体不好，还有你有胃病，要少和朋友出去喝酒。"

他对她说："你也要多照顾自己，一个人在世上，终究还是靠自己照顾自己。"

她将一把钥匙从钥匙链中褪下放到桌上说："这是大房子的钥匙。"

他重又将那把钥匙放进她手心里，说："这套房子，原本有你的一半。"她无言地接受了。

她又将另一把钥匙从钥匙链中褪下放到他手心说："这是小房子的钥匙。那套房子，原本也有你的一半。"他也无言地接受了。

"是的，不爱了，就算了，我还得活下去。明日再有什么状况，只有我一个人去扛。"她对自己说，提着最后一个箱子走向外面。

望着邱栀子那渐渐远去的凄凉背影，环顾自己苦心呵护多年的家就此破碎，顾顺良忍不住失声哭了起来。她为什么不能冷静一些？谁不渴望新鲜的异性？她就不吗？她只是没遇到这种机会？人生苦短，她何必那么认真？可是她说她咽不下这口气。他环顾一眼四周，一把泥、一把土的，终于把一个家像模像样地塑造成型了，有了房子、车、儿子，只不过轻轻一摔就碎了，那些零落的碎片里还烙着岁月的痕迹。

一家三口像三块蒜瓣围在一起成了一头蒜，现在兀的掰了两瓣去，似乎四面漏风，每个人都摇摇晃晃的有一种松动感。婚姻是什么？多年的共同生活，两个人似乎已长成了一棵树，现在却要活活地劈撕开来，那种痛苦与惨烈，又岂是短时间内能愈合的？

搬家公司的车载着邱栀子晃晃荡荡地离开了，随后，刘诗摇从不远处的一个墙角走了出来。

2

刘诗摇走进大房子里的时候，顾顺良正仰面躺在客厅里的地毯上。

在邱栀子提着最后一个箱子走出房门的那一刻，他便像一棵树一样轰然一下直直地仰身躺在了地毯上。生活的巨大变故使他丧失了全身的力气，甚至连将自己挪到床上去的力气都没有了。

刘诗摇一句话也不说，只是上前跪在他面前吻他的脸颊，解他的衣服，他睁开眼睛看见是她，只是凄美地笑了笑便又闭上了眼睛，也许是连说句话的力气都没有了，也许是那条几年来无形捆绑着他的绳子今天终于砰然断裂了，他被解放了，他自由了，于是一切由着她。

顾顺良裤子的拉链被拉开了，那双柔若无骨的小手伸了进去，伸向他的腿根处了，手中满满的一盈。

他的粗硬愣愣地直起来了，朝天翘着，像一枚坦克。

"你是个女妖精吗？"他问。

"我是。"她说。

"你要是想吃了我，就吃吧，我把这条命都交给你啦！"他又说。

她又到了他身体的上方，两只小巧的胸乳在他眼前跳跃，他终于克制不住，一口便噙住了它，她瘫软在地上，他反身压了上去……

她趴在地上，发出急促的呻吟声。为了这一刻，她渴望了几年，也用了无法告人的手段，这就算所谓的得到这个男人了？她忽然产生了一种强烈的屈辱感。

忽然，他看见了她身下一小片殷红的血迹。

他惊得腾地一下坐了起来，问道："你怎么，还是个处女??"

那天真实的情形其实是这样的：

那个春节，在顾顺良家乡小镇的小旅馆里，她径直拿过顾顺良的手，放在了自己柔软的胸上。

顾顺良惊悸地看一眼她，但没有力量将自己的手抽回来。

这时，一阵极度的困倦袭来，他实在是太困太累了，又喝了那么多酒，因而一下便睡着了。

刘诗摇也太困太累了，也喝了这么多酒，也很快睡去了。

一只谁家的红公鸡站在墙头上引哼高歌：喔！喔！喔！

凌晨的这只红公鸡的谛叫啄醒了刘诗摇，她看着身边全副武装地酣然沉睡的男人，忽然一计心生。

她开始给顾顺良脱鞋子和衣服。

给一个睡着的男人脱下一层又一层的冬衣，又不能惊醒他，是一项伟大而艰巨的任务。

她轻手轻脚地一点点给他扯着外套，不好！他翻了下身，她紧张得赶紧躲在床下，不敢动了，等他再次睡实之后，再开始行动；终于将他的外套脱下来了，再开始小心翼翼地给他脱毛衣，这可实在有点难度，他忽然咯咯地笑起来了，紧张得她赶紧趴到桌子底下，她不动作了，他便也不笑了，原本是被碰着了痒痒肉；她又开始给他脱牛仔裤，这个难度更大，"流氓！"他忽然一把抓住了她，她吓得不敢动了，他那里却依然睡着，又没有下文了，原本是本睡半醒中的梦话……

他终于被脱得只剩下了短裤和背心，却睡得更酣，她一脸无奈地看着他，累得气喘嘘嘘。

她急促的喘息声在房间里久久地弥漫着，惹得窗外的一只小鸟都往里探头探脑。惹得房外路过的两个女服务员都克制不住驻足聆听，一个义愤填膺地说："咱去公安局报案吧，室内可能正在嫖娼。"

另一个说："这是春节，各行各业都放假了，很多犯人都被特赦回家过年了，就让人家也过个年吧。"

经过一番激烈的思想斗争，她们俩最终还是放弃了这个正义行为。

室内，刘诗摇给他盖上了被子，然后自己也脱了衣服钻进他的被窝里，假寐起来。

剩下的情节在前章中表述了，他醒了后，惊得一下跳下了床穿衣服，之后又发生了几个情节，他便抱起自己剩余的衣服和鞋子，光着两条腿、赤着脚便蹬蹬地跑出房间去了。

3

多日后，邱栀子忽然想起自己的几本书还留在大房子里，她决定过去拿。

反正自己有那大房子的钥匙，她事先也没跟顾顺良打招呼，便直接去了。

用钥匙打开大房子的门，兀地，邱栀子发现门厅的一角放了一双女士鞋，鞋的尺码37左右，那个女人的身高应该在一米六左右，跟刘诗摇的身高相似，会是她么？邱栀子全身的血紧张得一下子便凝住了。

她环顾一眼四周，这房间的角角落落里已活动着一个女人走来走去的身影？

她走进主卧房间，在柜子里找着了自己的书，他原来盖的被子胡乱摊在床上，邱栀子的手伸进他的被子里去，想感觉里面是否还有顾顺良的体温。

就在这时，一个年轻女人从外面走进来了，正是刘诗摇。

她用一种敌意的眼神看着邱栀子，说道："你是怎么进来的？哦，还留有以前的钥匙，是吧？"

"我过来拿几本书。"邱栀子解释，她不快极了，有一种铁的事实清晰如初地摆在那里：这个女人，已经代替了自己在这个家的位置。

一切都已物是人非。这个家里的一切都已与她无关。她早已是个局外人？

邱栀子的眼神里射出一股阴冷的妒忌，内心痛楚道，"这明明是我的男人，怎么倒成了你的了？"可明明是她自己，给别的女人腾出地方来的。

邱栀子走向门口，走到门边时，刘诗摇忽然在后面喊："这大房子里的钥匙，你应该留下了。"

邱栀子气恼地扔了钥匙便跑出门去。她以一种看穿一切的豁达，内心咬牙切齿地恨道："哼，刘诗摇，你别得意得太早了，女人都容易爱上成功的男人，只是如果跟个平常男人，你或许还能平平静静地过份安静日子，而爱上一个成功男人，你就等着万箭穿心吧！"

这些天来，对顾顺良的恨成为她生活的主要内容。只是对他的恨又有什么意义哪？爱还可以自温自暖，度过一个个凄清冰冷的夜晚，而恨，除了摧残自己，又有什么意义？这些天，她的日子过的这么凄凉，而他，过得风生水起。

回去的路上，邱栀子哭泣着给慕容雪打电话："我没想到，刘诗摇这么快就登堂入室了。"

"是你自己把地方腾出来的，"慕容雪说，又不知从何劝起，"你的离开，就是给别的女人腾地方。离婚这么大事，也不跟我商量。"

4

　　不久后的一天，邱栀子领着兜兜走在去菜市场买菜的路上，回想着原来一家三口在一起逛公园、去菜市场的情景，心情灰暗到了极点，就在这时，忽然一辆黑车从前面驶来，熟悉的车型，熟烂于心的车牌，车内，刘诗摇坐在副驾驶座上，亲热地将自己的一只胳膊搭在顾顺良肩上。

　　邱栀子刚好看到了这一幕，显然被这一幕刺激得受不了，她难以自制地伸手去拦前夫的汽车。

　　顾顺良带着刘诗摇正驾车经过一个路口，忽然，路边杀出一个女人来，是邱栀子！

　　顾顺良惊得魂都快飞了，赶紧按急刹车，嘎地一声刺耳的响声，汽车好歹停在了邱栀子前面半步远的地方。

　　邱栀子走到刘诗摇跟前，上前拉开车门，往车下拽着刘诗摇说："你起来！这个车垫子是我逛了很多商场，精心挑选来的，你没有权利坐！"

　　刘诗摇被拽下了车，邱栀子拿起自己的垫子，就在这时，一个避孕套被从垫子里抖在了地上，她以前和顾顺良是从不用这个的，显然是……邱栀子显然受到了更加强烈的刺激，刺激得她浑身发抖，她的情绪忽然就失控了，扔了垫子转身就去抓刘诗摇的长头发，并且抓起她的脸来，没有丝毫准备的刘诗摇长发就被扯住了，脸也被抓破了，出于本能，她也开始还击，两个女人撕扯扭打在了一起。

　　原本因为邱栀子的当街拦车而惊魂未定的顾顺良被眼前的突发情景惊呆了，竟然不知道前去拉架，因为在他的印象里，邱栀子一直是个文质纤柔的女人，他怎么也没料到，邱栀子竟然会在大街上伸手跟人打架，他的不动窝也或者是因为心理的极度疲惫和无所适从，拉架的话，他偏向谁？

　　无所适从的，还有兜兜，他坐在地上嚎啕大哭起来。

　　倒是周围的群众上前拉起架来，也劝阻和谴责，强行将两个女人拉开了。

　　或许是邱栀子的激愤情绪更强烈的缘故，在这场武装冲突中，刘诗摇明显处于下风，她的一头散发被扯下了几绺，颈部也被抓出了道道的血痕，她伤心地哭泣着一瘸一拐地回到了车上。

　　"还不快跑！"她提醒顾顺良。"哦！"不知所措的男人这才赶紧启动了车，车尾巴吐出一阵烟后车跑远了。

　　战场上留下了一只高跟鞋。"这是你的鞋么？"一个没眼力劲的围观群众问邱栀子，邱栀子伸出自己穿着平跟鞋的脚狠狠地将那只高跟鞋踢向垃圾筒的方向，骂道："破鞋！"

邱栀子以胜利者的姿态掸了掸身上的土，然后上前牵起兜兜回家了。

5

但到了第二天，邱栀子开始为昨天自己的英雄行为后悔了，她担心有一天那个女人真当了顾顺良的妻子，她就是兜兜的后妈了，而一个后妈和孩子肯定有很多单独相处的机会的，到那时候，她对兜兜不好怎么办？

于是，邱栀子提着一篮水果去了大房子。

走过小区里一道长长窄窄的幽暗的小道，邱栀子来到了以前的家门前，她敲门，但没有人应答，门也没有关。邱栀子推门进去，一股扑鼻的酒味迎面扑来，邱栀子下意识地捂了下自己的鼻子。房间里光线昏暗，厚厚的窗帘遮掩着。

"给你说了多少遍了刘诗摇！给我走得远远的！"一个男人的声音。

忽然，一个空酒瓶子迎面投来，邱栀子躲闪了一下，酒瓶子啪地碎在地上。

却见一个胡子拉茬、眼睛红红、头发乱糟糟的男人正坐在墙角的地上仰头给自己灌酒。旁边横七竖八着好几个空酒瓶子。

邱栀子惊异道："是顾顺良？你怎么成了这副样子？"

醉熏熏的顾顺良认出了邱栀子。

"邱栀子？是你。你怎么来啦？"顾顺良的声音柔软，有些泪湿的样子。

这时，刘诗摇提着一兜水果从外面走了进来，见到邱栀子有些意外。

"你们俩都走！让我一个人呆着！"又两个空酒瓶子朝着她俩投来。一只酒瓶子投在了刘诗摇身上，两个女人跌跌撞撞地仓皇而逃。

到了楼外，邱栀子真诚地对刘诗摇说："我今天过来，是专门向你道歉的。昨天是情绪失控了。"

邱栀子的文明让刘诗摇也文明起来了，说道："其实，在你面前我也心虚，你发泄一次也好，心里的邪火就撒出来了，我们俩扯平了。"

邱栀子问刘诗摇："顾顺良他，怎么变得这么颓废？"

刘诗摇吞吞吐吐道："被对以前家庭的愧疚感折磨得。他既不忍放弃我，又时刻惦记着你们娘儿俩。他现在，经常酗酒，工作上也不像以前用心了。"

邱栀子有些泪湿道："是这样啊？那怎么行？你得多劝他啊。"

6

邱栀子又走进了原来医院的院长办公室："院长，我离婚了，家里没经济来源了，儿子还需要我养，我想重新回医院工作。"再三恳求之后，老院长同意了邱栀子的回岗工作。

恢复上班的第一天，邱栀子去单位食堂吃饭，刚进去，就听见背后飘出几个声音来：

"哎，邱栀子离婚了，阔太太没当几天，便离了。"

"这是混不下去了，又回单位上班了。"

立马儿就有一堆锥子似的目光齐刷刷地冲着邱栀子扎过来，夹着嘀嘀咕咕的议论。邱栀子难堪得头也不敢抬，好像做了什么亏心事似的径直往打饭窗口走去。

邱美娥很快将自己简单的行李搬到了闺女家，说："这段时间，我陪你们住。"

<h2 style="text-align:center">7</h2>

兜兜背着书包走在放学的路上，拍着手中的一个小皮球，给自己数着数："一、二、三、四……"

几个小男孩走在他旁边，一个指画着兜兜说："他没有爸爸。"

另一个指着兜兜说："你和你妈妈没人要了！"

兜兜的小脸憋得通红，上前揉着一个男孩声嘶力竭道："谁说的?! 我爸爸只是出差了！"

那个男孩比兜兜的个子大，一下就把兜兜揉倒在了地上，说道："还不信，你回家问问大人，是我妈说的，你爸妈离婚了。"

兜兜哭着跑回家去找姥姥了。"姥姥，同学说我爸妈离婚了？是吗？"

"是啊，你被判给了你妈，你爸爸一个月有两次探视，"邱美娥说，她多日的压抑被划开了一个口子，又盘腿坐在了沙发上，开始指画着一个方向数落："你那个花心爸爸，光顾着自己风流快活去了，抛下你们娘儿俩不管啦！你记着，是一个叫刘诗摇的狐狸精把你爸给勾去的，你长大后，要找那个狐狸精复仇去！你记着，等你爸爸老得牙掉了、眼花了的时候，你要不孝顺他！你记着，要和你妈妈和姥姥组成对敌斗争的'统一战线'！"邱美娥说着伸着胳膊举了举拳头。

坐在邱美娥对面的小马扎上的小学生兜兜，不时地点着头，一副认真听讲的样子。

这时，邱栀子从外面推门进来了，埋怨道："妈，从楼道里便听见你在给兜兜做反面宣传，以后，别这样教孩子，会影响他的心理健康的。我们俩离婚后都不曾在孩子面前说过对方一句坏话，你也别说……"说着，扭头摸着儿子的头异常和蔼道，"爸爸虽然跟妈妈之间闹了点矛盾，但爸爸最喜欢兜兜，最疼兜兜了。"

兜兜摆脱开妈妈的抚摸，异常痛楚地问："姥姥，妈妈，你们说，这世界上有那么多小朋友，这么不幸的事情怎么就单单让我碰上了呢？是不是我上辈子做了坏事，得到老天爷的报应了？”

邱栀子惊道："傻孩子，你怎么有这样的想法呢？"

"我就像家里的一件东西，他们两个想把我放到哪里就放到哪里，一点也不征求我的意见，丝毫也不考虑我的感受！"兜兜哭喊着便跑到自己的房间里，将门插上了，在里面哭。

"唉，大人离婚，孩子是最大的受害者。"邱美娥叹息一声。

"兜兜，开门！"邱栀子敲门。里面依然是孩子的哭。

"兜兜，是妈妈错了，妈妈应该事先征求兜兜的意见，以后，妈妈有什么事都先跟兜兜商量，行么？"邱栀子依然在敲着门央求。

过了会儿，里面的哭声停了，邱栀子搬了把椅子来踩着，从卧室门的上亮里看见兜兜趴在自己的小床上睡着了。"睡着了。"邱栀子指画着里面给母亲说。邱美娥赶紧把电视关了，邱栀子轻手轻脚地把凳子搬走。

"或者，该给孩子换个环境？别说孩子了，就我，因为你的离婚，那些熟人打量我的眼光，都让我觉得难以承受，好奇？怜悯？鄙夷？那眼光复杂得啊……"邱美娥道。

"孩子必须在房子的户口所在区域上幼儿园，我又没能力买新房子，只能强忍着。"邱栀子苦涩道。

"我说当初你别离婚，别离婚，你不听啊，到底还是你们年轻啊，想事情简单……"邱美娥念叨。

第二天早晨，兜兜背着小书包穿戴整齐地从自己的房间里走出来，神色上像受了多大的打击。

他姥姥赶紧把孩子拉到餐桌前道："宝贝孙子，快吃饭！昨天没吃晚饭啊。"

兜兜坐在那里，一口一口地咽着面包，诺大的泪滴一滴一滴地滴在面包上。

邱栀子心疼得针扎一样，指着窗外说道："宝贝你看，太阳照常升起。虽然爸妈离婚了，但天并没有塌下来，即便天塌下来，还有妈妈和姥姥撑着哪！"

兜兜一言不发，只是一口一口地吃着饭。

邱栀子骑着自行车送兜兜去幼儿园。到了幼儿园门口，邱栀子要离开时，兜兜忽然一下拉着了她的衣服不让走，说："妈妈，你会不会哪天也不要我了？"

邱栀子心疼地一把将孩子揽在怀里道："傻孩子，妈妈即使不要全世界了，也会要兜兜和姥姥。"

得到母亲一番抚慰后，兜兜背着小书包走向自己的教室，走的路上还悄悄地用小手抹着眼泪。

看着那个小小的身影却承受这样的痛苦，邱栀子充满自责：或者，自己真不该离婚？

兜兜啃着自己的手指走到教室门口，一个小女孩有意无意地问："顾兜兜，原来都是你爸爸开车送你的，怎么最近都是你妈妈骑自行车送啊，你爸爸呢？"

"别跟我提这个话题！"兜兜板起脸小大人般嚷。

8

转眼就到了顾顺良探视的时间，是个周六，顾顺良早早地便给家里的座机打来电话。

是邱美娥接的，邱栀子一早出去买菜了。"喂？"邱美娥问。

"哦，是妈啊，我一会儿过来接兜兜，他在吧？"顾顺良在电话里怯怯地问。

邱美娥对着话筒兀地爆起一声连珠炮般的喊："我不是你妈！这个时候想到儿子了。你花天酒地的时候想到过儿子吗？你找狐狸精的时候怎么没想到儿子啊？"

顾顺良皱了皱眉，按住性子说："妈，今天是离婚协议上规定的探视时间，刚好又是周六，我难得能抽出点时间来，再说，我想孩子想得都快疯了！"顾顺良强调。

邱美娥摆出一副正气凛然的样子，一字一句地说："不行！你这会儿想孩子想疯了？兜兜小时候往大人身上拉屎撒尿的时候你怎么不想孩子？兜兜得肺炎的时候你怎么不想儿子？现今孩子大了，好玩懂事了，你来捡现成的爹当了，没门！"说着啪地一声摔了电话。

很快，邱栀子的手机响了，她出去时没带手机。邱美娥拿起手机一看是顾顺良的来电，便三下两除二地将顾顺良的手机号码设置成了黑名单。

电话那头的顾顺良关了手机，一脸无奈和痛苦。

后来的几次探视时间，都是这样的状况。

这天，邱美娥歪歪扭扭地骑着那辆旧三轮车去幼儿园接兜兜。

一辆黑色的轿车在她跟前擦了过去。

郁郁寡欢的兜兜背着小书包唗着自己的手指夹在一帮小学生中走向校门口。

邱美娥远远地看到了站在校门口翘首等待的兜兜，加快了蹬车的速度，忽然看见前面的一男一女以迅雷不及掩耳之势冲上前去，就把兜兜抱走了，然后上了一辆黑车，那车一眨眼的功夫便消失不见了！

邱美娥惊恐得一下子下了车，瘫在地上，这就带着哭音给邱栀子打电话："邱栀子，你快来幼儿园！兜兜被人绑架啦！"

待邱栀子打的飞速赶来后，邱美娥抓着邱栀子的手哇地一声大哭了起来，喊道："闺女啊，兜兜让人贩子给拐走了！可怎么办啊？被拐卖到贫困山区去还好说，要是孩子被摘了器官卖，或者让犯罪团队给致残了，强迫乞讨去，我可怎么活啊？"

邱栀子听罢腿也一下软了，扑通一下跌倒在了地上。但邱栀子毕竟有文化些，马上道："报警啊！报警了么？"

"哦，对对，报警！"邱美娥这才反应过来。

邱栀子连忙打110报警。一辆警车飞驰而来，民警很快赶到了现场了解情况。

邱美娥比划着说："是一男一女抱走的我外孙，那女的蒙着围巾，男的戴着墨镜，一看就是犯罪分子！他们上了一辆黑车后一眨眼间就不见了！"

"上了一辆黑车？"那民警警觉道，对身边的同伴说，"快去调这个路段的监控录像！"

在监控处，邱栀子也跟在民警身边查看那段监控录像。

录像被越放越大，当看清抱走兜兜的那对男女逃逸时所上的那辆黑车的车牌时，邱栀子一下子放松了，苦笑不得道："这辆车，是我们家孩子他爸爸的。"

她这就给顾顺良打手机，气冲冲地问："孩子是不是在你那儿啊？"

"是啊，我抱来了。"顾顺良理直气壮道。

"你抱孩子，怎么不光明正大地抱啊，这么鬼鬼祟祟地干什么？害我们还报警。"

顾顺良气不打一处来的样子："我光明正大地抱？我光明正大地能抱来么？离婚协议上明明规定的有探视时间，可你们明知故犯！"

"谁不允许你探视孩子了？"邱栀子一头雾水道。

"孩子是我们两个人的，这是铁的事实。邱栀子，你别想把独占孩子当成报复我的手段，你这样做，也太下作了！你还把我的手机号设置成黑名单，限制呼叫，你也太绝情了。"顾顺良气呼呼地说着便挂了电话。

一旁的邱美娥听见了顾顺良在电话里所说的话，气道："我们下作？我们整天忙前忙后的，为孩子操碎了心，我们还下作起来了？好！他别得了便宜还卖乖！从今儿个以后，不但法律规定的探视时间让他看孩子，平时咱娘儿俩忙时累时也把孩子推给他！你说，咱们娘儿俩不成了个傻帽了么？累死累活的带孩子，腾出时间让他跟那个小娘们逍遥自在去！"

旁边的民警听明白了这场"绑架闹剧"的起因，劝道："以后要好好商量孩子的事情，不能意气用事，也要尊重法律的判决。"

邱栀子连声道："好，好！对不起啊，警察同志，让你们跑一趟。"

待警察走后，邱栀子摆弄着自己的手机，自语道："我什么时候把他手机号设置成黑名单了呢？"然后又恢复了正常。

一旁的邱美娥暗自窃笑。

黄昏的暮色里，顾顺良亲昵地牵着兜兜的手在街上散着步，刘诗摇在后面跟着。他回味着刚才的"作案"经过，心中不免有种胜利者的得意。

就在刚才，戴着墨镜的他开车向着兜兜的幼儿园驶去，对车上的刘诗摇和另一个男下属说："我前妻和前丈母娘啊，把不让我和儿子亲近作为报复我的一种手段，今天，我就直接杀到幼儿园门口去，把儿子接上就走，看她们怎么办?!"

"对，看她们怎么办！"刘诗摇应和。

就在这时，顾顺良忽然发现了他的前丈母娘邱美娥歪歪扭扭地骑着她那辆旧三轮车正向校门口驶去，紧张道："坏了，我前丈母娘也去接孩子了，咱们先下手为强。"说着开车擦过了邱美娥的身边。

车在门口停下后，顾顺良紧张得腿打着哆嗦道："我一看见这个丈母娘，就发怵，再说，我的身影她太熟悉，一看就知道是我，你们俩下去帮我去抢孩子吧，我打掩护。"

说着，他将自己的墨镜摘下来回头戴在那个男下属的脸上，又将刘诗摇系在脖子里的丝巾摘下来，给她蒙在头上。

刘诗摇笑话道："在社会上有头有脸的，私下里让一个前丈母娘给吓成这样。"

一切就绪了，顾顺良指了指站在校门口吮着手指的兜兜下令道："开始行动！"

于是那两个神秘人打开车门便向孩子冲去……

"我自己的亲生儿子，想看看都需要用这种方式，这叫什么事啊？"车上的顾顺良苦笑不得道。

这就是这桩"绑架案"的经过。

刘诗摇见路边店里有绒绒的熊猫玩具卖，便买了一个送给兜兜。

兜兜不接，说："你就是那个叫刘诗摇的狐狸精？你等着，等我长大后，要找你复仇去！"兜兜说着捡起根细树枝跳到了一个高处，做舞枪弄棍状。

刘诗摇惊的什么似的，无所适从地看着顾顺良。

兜兜又看着自己的生身父亲说："爸爸，你记着，等你老得牙掉了、眼花了的时候，我不孝顺你！"

顾顺良也惊的什么似的，目瞪口呆地看着刘诗摇。

兜兜见自己的话语招惹得这两个大人反应这么强烈，愈加得意，继续背着姥姥教的台词："你们俩记着，我要和我妈妈和姥姥组成对敌斗争的'统一战线'！"说着还学着姥姥的样子挥了挥细瘦的小胳膊，"你们不要以为一个小熊猫就能把我给收买啦！"

顾顺良和刘诗摇再次惊得面面相觑。

刘诗摇惊道："这才几岁的孩子啊？满脑子的都是些什么呀？"

顾顺良严肃道："这少年儿童的脑子里，就像一个空容器一样，往里面灌输什么，就会盛装什么。以后，得多带带这孩子，不然，全让他姥姥给带坏了。"

9

在楼下，邱美娥坐在一个马扎上择着韭菜。兜兜在一边自己弹玻璃球玩。

"这是个什么世道啊，风气败坏！男人？男人是最靠不住，最狡猾的，女人想跟男人斗？没门！十个女人也抵不上一个男人的心眼……"邱美娥坐在路边，和跟她随意地打一下招呼的人就感慨起来。

这感慨似启开盖的啤酒，受的多大的压抑终于遏止不住地往外喷涌，又似抽顺了的线头，连阴天的小雨，一时半天也没有停下来的势头，开始时人们总是很耐心地听她说，旁敲侧击地打听她女儿婚变的内幕和细节，表面上好心地安慰她，也加入到对坏男人和世道的谴责行列里去，背地里却拿了去当饭前饭后的磨牙的工具。后来人们知道了详情，便似乎也感到时间的宝贵了，瞅着邱美娥话语的间隙赶紧溜了去。

而和邱美娥年龄相仿的同住一个大院的淑惠也有的是时间的，两人坐在楼前的马扎上一边择着韭菜，一边闲拉呱，摘完了韭菜，邱美娥便拿过毛线来织，她一年四季的手里都放不下毛活，织了拆，拆了织。

邱美娥说："淑惠，你今天的脸色怎么这么差啊？大姨妈还来？"

淑惠说："是啊，脏乎乎的，真烦人，怎么还不停？"

邱美娥说："这是好事！说明衰老得晚。那老年间，常有娘和闺女一同生孩子的事……"说着和淑惠两人吃吃地笑起来。

兜兜停止了弹玻璃球，黑葡萄般纯净的大眼睛眨啊眨的，听着大人们的话。

淑惠说兜兜姥姥："你的脸色怎么这么好啊？越来越年轻啦！"

邱美娥得意地抚了抚自己的脸："是么？老啦！"

淑惠神神秘秘地道："是不是有第二春啦？看大门的那个老头，一看见你路过时就脸红。"

兜兜姥姥的脸瞬时红了，对淑惠娇嗔道："去你的！"

兜兜又停止了弹玻璃球，黑葡萄般纯净的大眼睛依然眨啊眨的，听着大人们的话。

邱美娥看了看夕阳，道："该回家做饭了！"说着拉着兜兜回家了。

祖孙俩刚回到家里，邱栀子回来了，一脸的憔悴。

邱美娥问："你今天的脸色怎么这么差啊？"

兜兜接过话茬，一脸严肃地做关心状："是不是来大姨妈了？"

邱栀子和母亲一下被雷到了，惊得面面相觑。

兜兜又走到妈妈跟前，神神秘秘地道："妈，姥姥有第二春啦！看大门的那个老头，一看见姥姥路过时就脸红。"

邱栀子和母亲再次惊得面面相觑。邱美娥红着脸去打兜兜："我打你个小兔崽子！这么点的小人儿，会传话拉舌头那一套了！"

邱栀子这就给顾顺良打电话："顾顺良！我给你说啊，以后你得经常带孩子出去玩玩，不然他老是跟我们腻在一起，越来越女性化了！一口的娘娘腔。"

顾顺良在电话里也气呼呼道："这正是我所希望的，不然我儿子都让你们给带坏了！"

兜兜似懂非懂地捏着嗓子学着妈妈的话："越来越女性化了！一口的娘娘腔。"

邱栀子和母亲哭笑不得的样子，一脸的无奈。

10

又到了顾顺良探视兜兜的时间，这次邱栀子和母亲早早地便给兜兜穿戴好了，等着顾顺良的来接。

兜兜说："妈妈，那个狐狸精也会跟爸爸在一起么？"

邱栀子说："要叫那个人阿姨，别叫她'狐狸精'，不然你爸听了会不高兴的。"

兜兜说："妈妈，你放心，我将来只孝敬你一个人，我和他们俩不是一伙的，我今天过去是'身在曹营心在汉'。"

邱栀子感动地一把把兜兜搂在怀里道："好儿子，还会说'身在曹营心在汉'了。"

邱美娥在旁嗔怪："你个没良心的白眼狼，只孝敬你妈一个人？不孝敬姥姥？白疼你了！隔代疼，都是白疼！"兜兜顽皮地对姥姥做了个鬼脸。

邱栀子拉着儿子的小手，认真地看着儿子的眼睛语重心长道：

"好儿子，我知道，在兜兜的心里，妈妈占据着最重要的位置。但是兜兜，在这个世界上没有谁对你的疼爱是天经地义的，包括将要做你后妈的那个女人，她没有义务一定要对你好，所以你要首先尊敬她，对她有礼貌，争取得到她对你的喜欢，然后带着一颗感恩的心，由衷感谢每一个人对你的好。这个世界上，都是人心换人心。"邱栀子语重心长地对儿子说。

兜兜认真地点着头。

顾顺良兴奋得什么似的，带兜兜回到了大房子里。

刘诗摇听说兜兜过来了，大包小包地提着过来主动示好，亲热道："听说兜兜喜欢画画儿，阿姨给兜兜买了本儿童画册来，兜兜可以临摹着这个画，阿姨还给兜兜买了水果，还有玩具。"

兜兜翻了下画册，不屑一顾道："这本画册太简单了！我画的比这个好！"把顾顺良和刘诗摇都惹笑了。

"兜兜，说谢谢阿姨！"顾顺良教导孩子。

"谢谢阿姨！"兜兜礼貌道。

兜兜从背来的小书包里掏出了自己的随身用品，喝水杯子，玻璃球什么的。

兜兜高兴地吃着刘诗摇给买的车厘子，说："阿姨的水果真好吃。"然后又指着餐桌旁一个空椅子说："这个位子是我妈妈的吧，以后我妈妈就坐在这里，打电话也叫妈妈过来吃水果好不好？"刘诗摇一听，气得鼻子都歪了。

这时，顾顺良的手机忽然响了，他接道："什么？市场上出现了盗版？好，我马上过去看看！"

顾顺良挂了手机后便对刘诗摇说："我们刚运作的那本书，市场上出现了盗版，我去看看，你帮我照看一下兜兜。"

"好，你去吧。快去快回。"刘诗摇温柔道。

"兜兜，在家听阿姨的话。"顾顺良说罢便急匆匆地离开了。

一旦顾顺良离开了家，刘诗摇马上打开随身带来的笔记本电脑，写自己的去了。

兜兜在客厅里拍着皮球，砰砰砰，砰砰砰。

"兜兜，太吵了，别拍了行么？阿姨在写东西，需要安静，过来看电视——"刘诗摇说着给打开了电视机，找着一个动画频道，但按了下静音状态，然后把兜兜拉到沙发上坐下。

兜兜自己重按了下静音，电视的声音恢复了，兜兜津津有味地看起来。

刘诗摇把脸拉得老长，不快地呵斥道："阿姨不是说需要安静么?!"

"可是阿姨，电视没声音，不好看。"兜兜声辩道，吓得赶紧按了静音，电视又没声音了。

刘诗摇将自己随身带的一本外国小说递给兜兜看，自己重新回到了电脑前，忙自己的。

"可是阿姨，这上面的字我不认得。"兜兜怯怯地表达。

刘诗摇没时间理他。

兜兜将书扔在一边，干坐在那里，百无聊赖的样子，便开始咬自己的手指，小孩的耐性总是很短暂的，他又给自己找着了一个新的游戏方式，那就是在沙发上蹦，边蹦便念叨着："小树苗啊快长大! 我要长大!"

"唉吆，我的小祖宗，别蹦了! 万一伤着怎么给你爸交代啊，你是不是有多动症啊?! 睡觉去!"刘诗摇走过来烦躁地大声呵斥道，声音比刚才还大。

"可是阿姨，我一点也不困。"兜兜停止了蹦跳怯怯地再次表达。

"不困就一动不动地呆着!"刘诗摇再次呵斥道。

年幼的兜兜吓得蜷缩在沙发的角落里，再不敢轻易乱动了。他吮动着自己干渴的嘴唇，望着饮水机，再胆怯地看看刘诗摇的脸色，但不敢表达想喝水的诉求。

刘诗摇发现了孩子的意向，她的眼睛忽然鬼祟地一转，便拿起兜兜的儿童水杯倒满水后，走向自己的包处，她从包里拿出一个小药瓶来，从里面倒进2片药片来放进兜兜的水杯里。

就在这时，恰巧顾顺良走了进去，因为刚才走得匆忙，他没有锁门。他惊骇道："你在干什么? 你往兜兜的水杯里放了什么药?"

"啊? 没什么。"刘诗摇慌乱不已道，赶紧拿起那个药瓶欲往包里塞。

顾顺良上前夺过来一看，惊讶道："是安定片? 你让这么小的孩子吃安定?"

刘诗摇只得解释："这孩子太闹了，吵得我没法写作，我想让他睡觉去。我自己失眠时经常吃，没什么大不了的。"

顾顺良以陌生的目光看着刘诗摇道："没什么大不了的? 你让这么幼小的孩子吃安定，竟然说没什么大不了的! 以后，我怎么放心让我的孩子单独呆在你身边?!"

刘诗摇嘟囔："这孩子都已经判给你前妻了，你付抚养费，然后让人家好好照顾就是了，我们两个人一心一意地准备自己的婚事，以后生我们自己的孩子不好吗? 你何必这样——"

顾顺良苦笑道："准备我们的婚事？我怎么敢让一个给我孩子下药的人当他的后妈？"

刘诗摇分辩："你别'下药''下药'的说的这么难听，我不是说么，我自己也经常吃。既然你这么反对，我向你保证，以后再不发生这样的事了！"

顾顺良嚷道："你如果想和我有将来，就得真心真意地对待我的孩子！"

刘诗摇痛楚地叫道："是的，我知道爱一个人就要爱他的全部，可我实在过不去心里那道坎，我也明明知道，孩子是无辜的，我没权利也没资格剥夺一个父亲对自己孩子的爱，我压抑着心里的不快表现出来的都是对他的好，可说实话我看到你和别的女人生的孩子心里真的很不舒服，不舒服极了！每次看见你们父子俩在一起时，我的心里就翻江倒海般难受，暗地里我为此咬破过自己的舌头，抓破过自己的胳膊。我知道自己太自私，太小心眼了，但我就是无法控制自己。"

顾顺良叹息一声，不知说什么。

兜兜看见自己的父亲回来了，顿时觉得有了撑腰的靠山，指画着刘诗摇道："你是个狐狸精！坏女人！都是因为你，我爸爸才跟我妈妈离婚的！"又跑过来抱着父亲说："爸爸，快点把这个狐狸精赶出去，我要自己的妈妈！"

刘诗摇红着眼睛嚷道："你要你妈，那你找她去啊，去了就再也不要回来，你以为别人多愿意看见你啊?!"

顾顺良喊道："这是我的家！"

刘诗摇伤心道："对，这是你的家，是你的儿子，就我是个外人！"说着收拾起自己的东西跑了。

兜兜被顾顺良带了一天被送回母亲家后，邱栀子和邱美娥好奇地向兜兜打探在那边的情形。

"妈妈，安定到底是什么药啊？为什么爸爸一看见那个阿姨给我吃安定就跟她吵架了哪？"

"什么?!"邱栀子和邱美娥惊得一下子就炸了。

邱栀子这就给顾顺良打电话："她竟然给咱们兜兜吃安定？她也太歹毒了吧？打扮得一副纯情玉女、诗情画意的样子！"

顾顺良说："你放心，我以后不会让她跟咱们孩子单独相处的。你放心，她往兜兜杯子里放安定的时候就被我发现了，兜兜并没有喝。"

邱美娥听见了电话里的内容，得意道："怎么样？我说啊吧，咱不让顾顺良带兜兜是大错特错，这不，兜兜在他们那儿带了一天，这矛盾就出来了，走着瞧吧！"

11

顾顺良和刘诗摇正在办公室内谈工作上的事，邱栀子的电话来了。

"顾顺良，你马上到儿童医院来一趟！兜兜病了。"邱栀子在电话里忧虑道。

"怎么啦？"

"你来了就知道了。"邱栀子匆匆地挂了电话。

"这个邱栀子，老拿着孩子当钩子！你没有感觉到么？她有儿子这张王牌，便捏住了你的软肋，以为可以在你面前随意地指手画脚。"刘诗摇在旁边嘟囔。

顾顺良不满地看了刘诗摇一眼，匆匆离去。

顾顺良急匆匆地赶到医院。邱栀子带着孩子正在医院走廊里排队等号。

"兜兜怎么了？"顾顺良着急地问。

"你看看他把自己的手指头啃的，都露着白花花的骨头了！"

"怎么了兜兜？"顾顺良急道，蹲在孩子的面前察看。

兜兜依然起劲地啃着自己的手指，他劝："别啃了孩子，啊，医院的空气里可能有病菌。"

走廊里挤满了人，那么多的人。邱栀子牢骚："真是的，看病难，上幼儿园难，可这是生活基本的需求。"

总算挨到他们了。医生看了兜兜的情况后说："这种情况有两种可能，一是小孩身体里缺少维生素，比如缺锌、钙、铁之类，如果是这样的话，那就缺什么补什么，"医生说着给开了张单子，"你们先去给孩子查一查微量元素，看看结果后再说。"

邱栀子和顾顺良便带着孩子去做检查。

拿到结果后医生一看说："微量元素各项指标都正常，那就是小孩心理的问题了。"

"心理问题？"邱栀子和顾顺良一听这话紧张起来。

"比如内心焦虑，欠缺安全感之类，儿童的安全感主要来自爸爸妈妈，所以你们当父母的平时要多抽时间陪陪孩子，找到孩子焦虑的背后原因，从而找到解决的方法。另外，要多带孩子到户外活动，使孩子的生活丰富多采，用他感兴趣的事情转移开他的注意力，让他多做些用手的工作，如搬把小椅子、拿个盆什么的，让他双手不空着，这样就能在不知不觉中，让他淡忘这个习惯，改掉这个毛病。"

"记下了医生。"邱栀子和顾顺良都认真地听着。

医生最后又强调："家长要有耐心，千万不可体罚，不可大声训斥，不要粗暴地强行将孩子的手指从嘴里拉出，这样可能会适得其反。直接的制止只会强化孩子的咬手指行为。这是家长最容易忽略的一点。"

看完了医生，邱栀子和顾顺良一边一个牵着兜兜的小手走出了医院。

顾顺良念叨："这么点的孩子，还焦虑，焦虑什么哪？"

兜兜一字一句地大声叫道："我想爸爸、妈妈在一起！"

紧接着，兜兜又崩出一句惊人的话来："生病真好，这样爸爸就能来看我了！"

两个大人面面相觑，真是百感交集。

顾顺良抹了下眼角的湿润赶紧说："兜兜，你喜欢去哪儿玩？明天是周日，爸爸妈妈带你去！"

兜兜一听高兴得又蹦又跳道："好啊，爸爸妈妈带我去玩喽！"

邱栀子道："兜兜那么喜欢画画，我一直想带他去宋庄和798艺术区转转，让他开拓一下视野，只是路太远一直没去，你有车方便些，既然明天能抽出时间来，咱们就带孩子去那里转转？"

顾顺良眼睛一亮道："好啊！我明天一早去接你们。"

12

第二天一早，顾顺良便开车来接了邱栀子母子去了那两个地方。兜兜一只手牵着父亲，另一只手牵着母亲，到处看着，兴奋得难以言表。

期间，顾顺良的手机上来了个电话，是刘诗摇的。

"你在哪儿？"刘诗摇问。

"我在宋庄啊。"

"宋庄？是领着兜兜在看？"刘诗摇警觉地问。

"是啊。这孩子既然这么喜欢画画，想带他开拓一下视野。"

"她妈妈，也在吧？"刘诗摇小心翼翼地问。

顾顺良什么也没说，便挂了电话。

中午的时候，三个人在一家餐馆吃饭。两个大人分坐两边，兜兜坐在中间。

邱栀子看着孩子一脸幸福的样子辛酸道："对别的孩子来说再正常不过的事，对兜兜来说，却像重大的节日。"

顾顺良道："是我的不对，亏欠孩子太多。我在上海那几年，都不知他一天天是怎样长大的。"

就在这时，餐馆里忽然闯进一个人来，是神色异样的刘诗摇，一副兴师问罪的神情。

顾顺良有些心虚，意外得一下站了起来，下意识道："你怎么知道我们在这儿？"

"我在餐馆外找着了你的车，"刘诗摇疲惫不堪地坐下来道，"我疯了般跑遍了宋庄，最后在餐馆外找着了你的车，这才捉住了你们。"

顾顺良不快道："什么叫'捉着了我们'？我离婚已经深深地伤害了儿子，他没有权力偶尔享受一下快乐时光么？"

"你不忍心让你儿子难过，可你忍心让我难过？全国有那么多离异家庭，那些家庭的孩子难道就从此没有快乐时光了？我希望再见你儿子时必须要带着我一起见，免得给那心怀叵测的人可乘之机！"刘诗摇对顾顺良气盛道，她扭过头去干脆直接对着邱栀子开火，"我希望，你别老拿孩子当借口，制造你们俩相处的机会，我国每天有 5000 对夫妻离婚，再婚候选队伍大着呢，只要用心，总能找到。你们俩已经离婚了，翻篇了！你为什么直到今天都不肯接受现实？靠前夫施舍一点爱活着，有意思么？"

"够了！刘诗摇，谁给你的权力在这儿张牙舞爪?!"顾顺良啪地把筷子摔在桌子上呵斥。

邱栀子受了屈辱，起身便往外跑。外面忽然下起了雨。

"她没带伞！"顾顺良下意识地叫道，随后追出屋去，只见邱栀子瘦弱的身影跌跌撞撞地在雨中往前奔跑着，他赶紧去车的后备箱拿出伞来追上去，打伞给她遮着雨。

这时兜兜冒雨跑来了，喊着："妈妈，我要跟妈妈在一起！"

顾顺良回头冲站在屋檐下无所适从的刘诗摇喊道："还不赶快把孩子抱回屋去！不淋坏了么?!"

"哦！"刘诗摇听罢赶紧冒雨跑过来抱起兜兜欲回屋。

兜兜顽强地蹬搭着腿："我要找妈妈！"说着便狠狠地咬了一口刘诗摇，乘机跳下来跑到邱栀子的身边，邱栀子一手牵起儿子，一手夺过顾顺良手中的伞撑着往前走去。

顾顺良一把拉住邱栀子的胳膊，大吼："你疯了么？这么大的雨你带儿子去哪里？赶快回车上！"

邱栀子甩开顾顺良的拉扯，执拗道："你们俩回车上吧！我和儿子回自己家！"说着往前跑去。

刘诗摇过来拽着顾顺良的胳膊道："赶紧回车上，开车去追啊！"

顾顺良这才回过神来，赶紧回到车上，开动车子赶到了邱栀子和儿子的身边，喊道："赶紧上车啊！"

而邱栀子和儿子则像没听见一样，顽强地在雨中疾走着。地上的雨水已淹没了他们的鞋子。

　　这些天里，邱栀子已经多次后悔对顾顺良的离开了，即便是残缺的，然家中终究有一个男人呵，这世上原没有无疮孔的情感。然既然是有孔透气的一件衣服披在身上，又能挡多少风寒呢?

　　"赶紧停下，上车啊! 会淋坏身体的!"车上的顾顺良带着哭声央求道。

　　"你和我跟妈妈，不是一国的啦!"儿子在雨声中大声回复。

　　眼看着那一大一小相牵着的单薄身影在茫茫的雨雾里相依为命着越走越远的情景，顾顺良心如刀绞，他绝望得停下车趴在方向盘上失声痛哭起来。

　　"她娘儿俩上了一辆出租车! 好了，没事了。"刘诗摇将自己的发现告诉顾顺良，但依然制止不了他的痛哭。

第十四章　邱栀子：　去做拆情党？

1

邱栀子因为这次淋雨感冒发烧偎在被窝里，起不了床了。

慕容雪得到消息后过来探望，听清原委后一顿数落：

"这就是一纸婚书的重要性了。有很多权利是必须有那一纸婚书的保证才能生效的，你现在失去了那一纸婚书，属于自动放权，遂所有的讨要，都已失去有效期了。真正的物是人非，不是地域上的，而是身份上的。你从前是人家的妻，现在女朋友的身份易主到了刘诗摇手里。这种主权上的交换仪式，已经完成了。是你率先撤离了主战场，所以人家现在可以随意地指责你。"

"我现在才明白，两个人一旦有了孩子，再怎么分开，也不能分得完完全全。或者，我真的不该离婚？这件事明明就是感冒的症状，但我却判了我的婚姻死刑。哪个男人都会有禁不住诱惑的时候，聪明女人是不会在这个事情上大做文章的？我发现自己，就是放不下顾顺良，过去的一切历历在目，想要割舍实难做到。"邱栀子道。

"婚内过失是婚内过失，移交主权，是移交主权。你现在是把对顾顺良的婚内过失的惩罚换算到了自己头上。撤离就撤离吧，却又留了一颗念旧的心作为旧部存在前夫家里，这又算是哪一门子的撤离呢？"慕容雪道。

"反正我觉得现在肯定还不到彻底离开他的时候，我是在离婚后才发现，自己不能没有他。"

"其实对于那些对我们早已无益的人和事，最好的方法，就是远离。好比你凭吊你的一段早已坏死的盲肠。可以凭吊，但绝不能缝上搁到肚子里继续用。"

"我现在明白了，什么叫岁月的力量。我和顾顺良之间，在一起过的一个又一个日子，经历的一件又一件事，就是缠在心口上的一根又一根绳子，勒下的一道道的深痕，很难抹平的。我现在才清楚，离婚不仅仅是个法律过程，更多的，是一个心理过程，要把一个曾经朝夕相处的人，从内心里变成一个和自己的生活毫不相干的人，何其难啊，你知道么？我现在每天晚上都哭。"邱栀子道。

慕容雪笑道："你对顾顺良，有这么深的感情么？"

"你不懂，其实我哭的不是他，我哭的是自己这一段感情，这一段婚姻。给你说吧，如果现在有一个男人，只要他能和我说说话，能让我把心里的苦吐出来，只要他说永远不抛弃我，我就立码嫁他。"

"你可别乱来啊，你这叫有病乱投医，这叫自暴自弃，解铃还需系铃人啊，只有失去了的，才觉得宝贵，既然你真放不下他，也有另外的招数。"

邱栀子一下来兴趣了，急切地问道："什么招？"

慕容雪比划着道："去做拆情党！把失去的阵地重新夺回来！"

邱栀子睁大了眼睛："拆情党？或者真的可以，我将顾顺良夺回来？哪怕仅仅是为了打击刘诗摇，他原本是属于我的。"

慕容雪道："资料有这样一种论调，说女人太贤惠了，男人出轨的几率更高，因为贤妻把家中的一切都打理得井井有条，男人便有闲了，便感觉不到那个家庭对他的需要了，而你这里，又有那么一个暖妈时时在旁帮衬着，顾顺良更是当足了甩手大爷，你以后，有什么麻烦自管对他提。"

邱栀子道："人家已经是前夫了，法律上已跟我没有任何关系，那样不显得我太掉价么？"

慕容雪道："错！这也是给顾顺良和刘诗摇重新评估感情的机会，前妻和现任女友同时落水后，他先救哪个，最能准确地让他看清自己的感情，你得给他这个机会。"

邱栀子道："肯定先救她。她又年轻，又漂亮，还会写小说。"

慕容雪道："那也未必，那就要看看你们俩以前的几年婚姻在这场角逐里能起多大的作用了。如果人家选择了她，那你就快刀斩乱麻，赶紧另觅佳偶去，别再整天悲悲切切地扯人家的衣角了，也别让他经常见孩子了，这种拉拉扯扯对彼此都是一种伤害，小孩的适应能力和遗忘能力都很强的，倒不让他用那功夫和新爹培养感情去。"

邱栀子嗔怪道："什么新爹啊。"

慕容雪道："记着，以后有什么情况给我随时汇报，我 24 小时提供咨询服务，兼现场指导。"

2

不久后的一天，刘诗摇和顾顺良正在共进午餐。

邱栀子突然打电话来说，说家里的水管崩了，淌的家里到处是水，家具都给泡了。

顾顺良听罢马上拿起包就要往家跑，刘诗摇顿时火冒三丈，一把死死地抓住他的胳膊道："瞧你这个样子，一接到她的电话，就像接到命令一样，她水管崩了，去找物业啊，找你干什么？"

"物业只管水管，那家里肯定泡得乱七八糟的！"他说着欲挣脱开她离开。

"你还不明白么？她邱栀子这样做的目的是显示给我刘诗摇看，她对你依然还有号召力，是为了打击我！你的日子若是过得溢光流彩的，闲得无聊，到你前妻那里表达一下爱心也未尝不可，可你看看咱眼下，事业上的压力这么大，你还有闲心搞那些闲篇！"刘诗摇吵闹道。

"可那是我的前妻，我能不管她的死活?!"

刘诗摇一下变了脸道："现在，我是你未来的老婆！"

"可她是我儿子的母亲，这是怎么都改变不了的事实！"

"既然离婚了，她就不该再来烦你！"刘诗摇道。

顾顺良痛楚道："这话没错，但是面对曾相伴相守多年的人，真能没有丝毫的关心？她一个人带着个孩子，肯定有很多难处，不找我找谁啊?"

"可这些都是新生活开始的严重羁绊。一个人有过去并不可怕。可怕的是他的过去和现在纠集在一起。"

"即便是离了婚，但因为有孩子，还是打断骨头连着筋，人与人之间，不是一纸离婚协议就能完全斩断的，总有些千丝万缕的东西。那边的水管崩了，事不宜迟，你却在这里胡搅蛮缠！"顾顺良忽然就烦躁不已道："松开手！"

刘诗摇也忽然一下就爆发出来："邱栀子，怎么这个名字总像个影子般尾随着你？我对你这么用心，难道还抵不上一个影子吗？你从来就不考虑一下我的感受吗？"

顾顺良像是被猛地触动了什么，脸色忽然变得铁青，吼道："是的，她就是一个甩不掉的影子！为什么，你总是搞不清自己的身份，这样公然地挑衅我?"

两人像只斗架的公鸡般对峙了一阵，刘诗摇扭身离去。

3

"顺良，我们赶紧结婚吧。"过后，刘诗摇温柔地央求。

"结婚？——再等等，我担心我这么快再婚的话，邱栀子和孩子会受不了这个刺激。我得等她有了着落，等她能适应离婚后的生活后，再——"

"你还想打马送她一程？等她再婚后你再结婚？你没有感觉出么？她现在有跟你复婚的企图，只有你再婚了，她彻底绝望后才会重新找人。"

顾顺良无语了。

刘诗摇拿着一张医院的怀孕证明放到顾顺良面前的时候，顾顺良惊得睁大了眼睛。

"实在下不了马上结婚的决定的话，那就先订婚？不然，肚子突显后我就没法做人了。起码给我个定心丸吃，让我肚子里的孩子呆的安稳些啊。"刘诗摇摇着顾顺良乞怜道。

"那，好吧。"顾顺良犹豫不决道。

4

几天后，邱栀子在街上远远地看见顾顺良挽着刘诗摇的手在逛街，两人亲密无间的样子。邱栀子的心痛得疼挛了一下。想想以往的自己，对他的体贴和爱都不够。他出轨事发后，想认错回归这个家庭时，她又一次地将他推开。

当真要失去时，才发觉，蓦回首，彼此已是两茫茫。

刘诗摇也远远地看见了邱栀子。

"明晚是我和顺良的订婚宴，邀请你来参加。"邱栀子的手机上忽然蹦来了刘诗摇的一条短信。邱栀子的脸色一下就变了，痛楚得全身都哆嗦起来，明显地，刘诗摇是来挑衅的，也可能是显摆？报复？为了邱美娥在街头对她的暴打和羞辱？

她这就给慕容雪打电话，嘴唇哆嗦着说："他们俩要订婚了，还给我发来了参加订婚宴的邀请，你说她，也太猖狂了！这不是成心想气死我么？"

慕容雪果决道："她既然邀请你了，那就把自己打扮的漂漂亮亮的，去参加！你现在就是顾顺良一个过去的影子，你这个影子越躲得远，他越能心无负荷地开始新的一页，你就去！他如果能在你的眼皮底下，对另一个女人言爱，你也就死了那份心了。"

邱栀子受到了鼓舞，道："好，我去！"

"我陪你去！另外，你也没几件像样的衣服，我带几件我的衣服给你。"慕容雪义气道。

第二天下午是周末，慕容雪早早地便来到了邱栀子家，带着自己的衣服和首饰、化妆品。

邱栀子化了妆，再将慕容雪的高档行头往自己身上一披挂后，顿时显得光彩照人起来。慕容雪以异样的眼神打量着邱栀子感慨："天啊，真是人靠衣裳马靠鞍，我说邱栀子啊，你这些年活的屈死了，原来吧，是顾顺良穷，情有可原，可他发达了后你怎么不花点本钱置办几套出门用的行头哪？"

邱栀子道："他那些钱挣的不容易，我不舍得花，再说，我过穷日子惯了。"

慕容雪道："你舍不得？这下好了，你辛勤施肥的小树苗，现在长成大树了，给别的小姑娘乘凉去了；你辛勤种的瓜，让年轻女人摘去了。"

邱栀子道："你这些行头，都是郑军武给你买的？"

慕容雪自得道："不是他还有谁？"

邱栀子嗔怪道："人家创业时受的苦你没看见，所以才舍得这么大手大脚地造人家的钱。"

慕容雪自得道："这话倒是真的。"

临出门前，慕容雪又给邱栀子添了几笔妆，将眉毛再画黑些，将唇红再抹浓些，说道："女人年长后，脸色暗淡了，抹口红实在太重要了，是画龙点睛之笔。"画完后，慕容雪后退一步观摩了下自己的成就，满意道："得，齐活！像一朵啼叫的红石榴！让那个家伙后悔去！"

说罢，慕容雪挎着邱栀子出门了，嘴里随意地唱道："雄赳赳啊，气昂昂，跨过鸭绿江！"

到了晚上，慕容雪陪着邱栀子到达酒店的时候，里面的订婚宴已经开始了。

两个人找了个空位子，坐定了。

顾顺良一身西装革履，看起来很帅，而刘诗摇则一袭白婚纱裙，纯洁得像个天使。

邱栀子伤感道："我结婚的时候，连件婚纱都没穿，舍不得花钱。"

慕容雪拍拍她的肩安慰。

刘诗摇先拿过话筒讲话了："各位朋友，感谢你们来参加我们的订婚宴，有了你们的祝福我们的幸福才更圆满。希望在座的亲友都能见证我们美好的未来。"说罢一脸娇羞地主动亲了顾顺良一下。

支持人率众人拍手欢呼："准新郎，回吻一个！"

顾顺良心事重重的样子，好像没听清大家的话，呆若木鸡地站在台上。

而邱栀子的眼泪开始在眼眶里打转，是被眼前的一幕给刺激了。她打开桌上的白酒给自己倒了满满一杯，一口一口地喝下去。

"这明明是我的男人，只限于我的动作，怎么会有一天，属于另一个女人呢？"邱栀子红着眼睛问慕容雪。

"邱栀子，少喝！别忘了咱们今天来的初衷，咱是来砸场子的，你若喝醉了还有什么战斗力啊？"慕容雪小声叮咛。

刘诗摇看见了邱栀子，她恶作剧般继续晒着幸福，拿话筒说着："我和顺良一步步走到今天，很不容易，今天，我们的爱情终于有了结果，我心中充满了感动！"说着再次一脸娇羞地主动亲了顾顺良一下。

众人再次拍手起哄："准新郎，回吻一个！"

顾顺良这次听清了观众的起哄内容，他嘬着嘴做欲回吻刘诗摇状，刘诗摇也伸过脸颊嘬着嘴闭着眼等着。

就在这时，顾顺良忽然看见了邱栀子，他舍下刘诗摇一步步向邱栀子走去。而刘诗摇并不知道，那个姿势还久久地保持着。

邱栀子又给自己倒了满满一杯白酒，一口口喝着，自语道："今朝有酒今朝醉，明日不知老公的新娘会是谁？"

"邱栀子，你若喝醉了，我一个人孤掌难鸣啊！"慕容雪再次小声强调。

"邱栀子，你怎么来啦？"顾顺良来到邱栀子的近旁问。

慕容雪觉得自己为朋友出力的时候到了，不伦不类地比划着代邱栀子回答："由来只有新人笑，有谁听到旧人哭？"

大家看见这话，都好奇地向邱栀子聚拢来。慕容雪看见自己的话语起了效应，大声重复："由来只有新人笑，有谁听到旧人哭？"

刘诗摇也听见了这话，兀地睁开眼睛，她看见众人包括预备新郎顾顺良，都抛下自己向邱栀子聚拢去，心中不悦，遂大声喊道："开席啦！大家开席啦！"

大家没有心思吃饭，都心生了一种莫名的兴奋，凑上前去看西洋景。

顾顺良劝说道："栀子，别喝了，好好的，啊？"

邱栀子因喝了太多酒，情绪失控地失声哭泣道："你希望我'好'，可我的'好'依附在你身上，你能给我吗？你说，要将我'扶上马送一程'，然后你才能安心地再婚，可连我自己都找不到路的时候，你又要把我往哪里送？啊，往哪里送？"

顾顺良又耐心道："先别喝了，回家去！有什么话以后再说，啊？"

邱栀子哭闹道："不！我现在就说！我天天晚上看着电话机发呆，一次次地拿起又放下，想拨通那个熟烂于心的电话号码，可总是拨到最后一个号码的时候又挂掉，对自己说不能打，不能打，他已经不是自个儿的了，然后就趴在枕头上一直哭到天明……我在吃饭的时候会想到你，买菜的时候会想起你，上班的时候也想你，你的影子无时不在，无处不在……"

顾顺良抹着眼角的湿润，无话相应。

刘诗摇叫道："邱栀子，你是成心来搅局的是吧？今天是我们的订婚日！"

邱栀子不理她，在那里哭泣着自说自话："你们知道离婚后我一天天，一刻刻地是怎么熬过来的么？太痛了！人生最大的失败是婚姻的失败，人生最痛的是离婚之痛。不到万不得已，坚决不能走这一步啊同志们！"

因泪水的冲洗，邱栀子脸上的浓妆被冲得斑斑驳驳的，眼睛成了熊猫眼，而原本画得像一朵啼叫的红石榴般的嘴唇，也因口红的斑驳而成了一朵残缺不全的花瓣。

顾顺良看见自己一身华服的前妻，满脸的残妆，时而哭泣，时而诉说，被众人指指画画着，像舞台中心的一个小丑，而慕容雪不时说着"由来只有新人笑，有谁听到旧人哭？"的所谓"正义之举"，在别人的感觉里，更像是那街头上将拐来的小孩致残后沿街展示的乞讨者，他心中顿时起了一种说不出的心疼和悲凉，上前搀起邱栀子便往外走去，邱栀子挣扎着坚决不走，他干脆拦腰抱起邱栀子便向外面的车里走去，在众目睽睽之下。

慕容雪惊住了，刘诗摇傻了眼，这个剧情显示超出了她的设计。

其他客人们见状纷纷离去。原本热闹的场合只剩下了刘诗摇一个人和一桌桌一筷未动的酒席。

顾顺良将邱栀子搀到车上，开车将她送到了家里。

当将邱栀子搀到卧室的床上，顾顺良想离开时，邱栀子竟然一把抓着了他，哭道："你又去找她？我不放你走！我就不放你走！"说着死死地抓住了顾顺良的手，很快，竟抓住顾顺良的手睡着了。

顾顺良见她睡着了，便想悄悄地将自己的手抽出来，没想到刚要抽出来，她便激灵一下醒了，叫道："又想跑！我不让你走！"

顾顺良便不敢动了，等过了会儿，她又睡着了，便尝试再次将自己的手抽出来，还是那样，他一抽，她就迷迷糊糊地醒了，叫道："往哪里跑！"将他的手攥得更紧。

无奈，顾顺良便放弃了离开的念头，竟然也躺在邱栀子身边睡着了。

当天晚上，刘诗摇一个人回到了顾顺良的大房子里住，她也自己喝起酒来，懊恼不已地自言自语：

"今天是我们的订婚宴，你却去先送她？而且夜不归宿，把我一个人晾在这里，这叫什么事啊？我怎么就这么贱啊，何苦去喝一碗别人喝剩的粥？给邱栀子发那个短信，原本想刺激一下她，让她知难而退，放弃复婚的念头，没想到反弄巧成拙，搬起石头砸自己的脚了！"

她打开电视，也没什么好看的节目，又去柜子里找碟片看，一个抽屉一个抽屉地找着，她发现一个抽屉是锁着的，那激起了她的好奇心，一番寻找后，在另一个抽屉里发现了钥匙，打开后发现里面有一个档案袋，袋子里装着顾顺良和邱栀子之间的信件、盖了作废章的结婚证、蜜月的照片等。

5

第二天早晨，阳光照在了床上，顾顺良几乎是和邱栀子同时醒来的，他们看见了对方，恍然间，以为是婚前的日子，邱栀子打了个哈欠下意识地问："几点了？你怎么今天不早起？"

但很快，各自都忆起了发生过的一系列的事，几乎同时紧张地坐了起来，但看看自己和对方都衣衫完整的样子，又猜定没发生什么越格的事。

"你怎么会睡在这儿？"邱栀子揉揉头问。

"还问我哪，是你自己喝醉了不让我走。"

"是么？真对不起。"

兜兜和邱美娥听见响动过来看，兜兜高兴的什么似的，上前扑到爸爸的怀里喊道："爸爸！我不是在做梦吧？早晨醒来的时候爸爸在家真好！"

"对于别家孩子再正常不过的事，对咱家兜兜，就像是重大的节日似的。"邱栀子伤感道。

邱美娥也兴奋莫名的样子道："我早晨一起来就看见客厅里的男鞋，便出去多买了早点来，快点吃吧。"说着便拉着顾顺良去吃饭。

顾顺良应付地吃了几口，也不知说什么，便匆匆离去了。

慕容雪的电话很快给邱栀子打过来了，问清大体的经过后得意洋洋道："怎么样？按我的套路出招没错吧？关键时刻，他来照顾你，把那'三'扔一边去了，一切昭然若揭！"

"他只是同情我喝醉了，并不代表什么。"邱栀子说。

"不管黑猫白猫，能抓住老鼠的，就是好猫。不管明招暗招，能把敌人诱降过来，就是捷报。几次出战已告捷，再接再厉啊！"慕容雪在电话里摇旗呐喊道。

顾顺良刚走出楼外，一个人就在楼角处走了过来。是神色异样的刘诗摇，一副兴师问罪的样子。

还没等顾顺良张口说什么，刘诗摇就摆着手叫嚷道："不要跟我说你是清白的！大清早，头发散乱地从前妻家出来，再糊涂的人也能想到发生了什么！订婚之夜，把准新娘一个人扔在酒店里，自己抱着前妻过夜去！这都什么呀！亏了昨天不是结婚日，不然如果我搭上了这辈子，却不知你最爱的那个人到底是谁，多憋屈！"刘诗摇说着把装有邱栀子照片等的档案袋扔给他跑了。

顾顺良也懒得去追，觉得疲惫得没有一丝力气了。

6

这天，顾顺良开车载着刘诗摇外出的路上，遇到一个红绿灯的路口，车缓了下来，忽然，顾顺良透过车窗看见前丈母娘邱美娥的三轮车在不远处的一个小路上爆胎了，前丈母娘正在那里犯难。顾顺良的眼圈一下子就濡湿了，很多过往的日子忽然扑棱棱而来……

等过了红绿灯后，顾顺良找了个地方把车停了，下车后去打开了后备箱。

"亲爱的，你干什么去？"刘诗摇在车里喊。

顾顺良也不回答她，兀自从后备箱里拎出个脏兮兮的牛仔布的包来，拎着走向邱美娥。

邱美娥正在吃力地试图推动爆了胎的三轮车前行，顾顺良一把拦下了她，道："妈，我来吧。"

邱美娥看一眼顾顺良，什么也没说。

顾顺良一撸胳膊，摆开了阵势，他先把丈母娘的三轮车翻过来，三下五除二地就干了起来：

只见他从随身带来的牛仔布的包里拿出补胎胶水、一块小皮子、小打气筒等零碎。先把气门箍松开，把外胎撬起来，抽出内胎，然后打气，到水盆里查找出漏气点，再把漏气处用木锉打毛，剪一块小皮子也锉毛，把内胎待修补处与小皮子上都涂抹上补胎胶水，然后晾置一会儿，最后，将小皮子与内胎漏气处粘合压紧，装好内胎外胎，璇上气门箍并打气，搞定了！

邱美娥依然一句话也没说，抹了抹眼角的泪水，推着修好的三轮车前行了。

顾顺良拎着牛仔包返回车处，放进后备箱，然后坐回到车上。

刘诗摇刚才在车里看见了一切，酸溜溜地嘲讽道：

"真没看出来，你一个大名鼎鼎的出版家，还会补胎修车，不简单啊不简单！都离婚多日了，还把给前丈母娘的修车工具放在后备箱里，随时备用。找一个离异的男人真麻烦啊，抽屉里藏着前妻的照片，连走在马路上，都会遇到前丈母娘，连后备箱里都放着给前丈母娘的修车工具！"心怀妒意的刘诗摇不停地奚落。

顾顺良实在忍耐不住了，吼道："住口！你知道么，我这个前丈母娘，就是骑着她这辆旧三轮车，风里来雨里去地捡垃圾，用积攒了二十来年的二十万零钞给我们付首付买的婚房，那是我在北京拥有的第一个属于自己的窝！"

7

一天半夜里，邱栀子忽然被自己的剧烈腹痛惊醒了，她赶紧揉醒兜兜，喊道："儿子，快给120打电话，说我可能得了急性阑尾炎！"

兜兜跳下床便跑到客厅里拿起座机打电话，却将电话打给了他父亲。

顾顺良正和刘诗摇相拥着睡觉，被电话声吵醒了，他拿过手机接听，是兜兜焦急的声音："爸爸，我妈妈肚子痛得厉害，说急性阑尾炎，你快回家来！"

顾顺良激灵一下赶紧起身穿衣，拿着车钥匙便冲出门去……

刘诗摇也被吵醒了，迷迷糊糊地叫道："你干嘛去？"屋里早已没了顾顺良的身影。

很快，顾顺良闯进门来，抱起邱栀子便往外冲，兜兜抱着妈妈的外套跟在后面。

顾顺良开车疾驶在去医院的路上。

过了会儿，顾顺良抱着邱栀子冲到医院的急诊室外，喊道："大夫，快救人！"

医护人员很快围了上来……

第二天早晨，邱栀子已做完手术被推回了病房。

顾顺良在旁安慰："阑尾已被切掉了，没事了。"

这时邱美娥提着饭盒风风火火地跑来，喊着："闺女，没事吧？"

顾顺良站起身来喊了声："妈，手术做完了，没事了。"

这一声"妈"喊得前丈母娘有些伤感，邱美娥挪开眼神，不和前女婿对视。

神情孱弱的邱栀子对顾顺良说："妈来了，能照顾我，你回去补点觉吧。"

"好，那我晚上再来值班，替换妈。"顾顺良起身走了。

几天后的办公室内，顾顺良困得趴在桌上打了个盹儿，醒来后睁眼一看，跟前是刘诗摇心怀怨恨的脸。"昨夜里又给前妻值班去了？"刘诗摇奚落道。

"特殊时期，别那么小心眼。"顾顺良打着哈欠说。

"我小心眼？我的未婚夫天天夜里侍候前妻去，我小心眼？黑灯瞎火的，谁知道你们俩做什么？"

"她是刚做过手术的病人，再说病房里还有其他病人，我们还能做什么？不是因为我白天要上班，才去值夜班么？总不能让我丈母娘24小时连轴转吧？"

"是你前丈母娘！"刘诗摇强调，她忽然有了个主意，道，"或者，今晚我陪你一起去医院值班？"

顾顺良犹豫了一下说："你还是别去了，免得刺激到她。"

"你天天往医院跑，就不怕我受刺激么？"

"她现在是个病人，你就别计较这个了，这几天我累成什么了。"顾顺良疲惫不堪道。

"顺良，我想马上结婚。"

"孩子她妈天天在医院里躺着，我哪有心情喜气洋洋地结婚？再说，我在这个节骨眼上结婚，对她是多沉重的打击。"顾顺良又烦躁道。

下班铃声响了。刘诗摇说："晚饭咱们接上兜兜去后面那家餐馆吃吧，你这几天这么累，要点好吃的给你补补。"

"好吧。"顾顺良这就起身拿包和外套，这时他的手机响了，是前丈母娘的来电，"顺良啊，家里没米、没面了，你有车方便，下班后到超市里买些去，再买些排骨，我晚上回家后给栀子炖上。"是邱美娥疲惫的声音。

"好的妈，我这就去。"顾顺良答应着，急慌慌地就要往外走。

刘诗摇听见了电话的内容，一下子就火了："她凭什么啊，这样随便使唤人？你现在是公司的二把手，不是供她家吆三喝四的小伙计！"

"现在家里不是有病人么？我能连这点起码的人道都没么？大家就算是普通朋友，帮帮忙也是应该的。"

"如果你们仅是普通朋友，我会不同意你帮忙？她不仅仅是个病人，还是你的前妻！"刘诗摇恨恨地道，"看你那个样子，前丈母娘一声令下，立码要行动，就跟接了圣旨一样，怕什么？凭什么？"

顾顺良一脸无奈道："那是多年形成的习惯，习惯！"

"你没有想过？你前丈母娘那人特别有心机，还很会算计，你是个聪明的男人，她这是故意搅散我们。"

顾顺良一下子就不快了，道："你的意思是，她故意使坏？她女儿住院本身已经很可怜了，你还这样猜忌她。"

"你这样袒护她们家，丝毫也不顾忌我的感受！有我，没她，有她没我，你在我和邱栀子之中选一个吧，做个了断。"

顾顺良赌气说："两个女人我都不要。"

刘诗摇不快道："分手可以，但你不能跟邱栀子在一起，如果你离开我是为了跟邱栀子在一起，我不会离开的！我就奇怪了，她这么好，当初你怎么会离婚哪？"

顾顺良试图解释："没有离过婚的人恐怕永远都不能够明白离婚究竟是怎样的一种痛苦，那不仅是离开一个人，结束一种生活，最重要的是将一个朝夕相对，已经血肉相连，紧贴在我们生命中的人狠狠地从我们的身体上和感情中上撕下来！"

"你说，既然你们俩感情这么深，到初干嘛离婚啊？哦，我明白了，距离产生美，因为有了我，你们之间产生距离了，所以所有的美感都扑棱棱来了？"

顾顺良被击中了什么，怔怔地看一眼刘诗摇，起身离开了。

看着远去的背影，刘诗摇无奈地跺一下脚。

第二天的办公室内，陶渊明指了指刘诗摇办公室所在的方向对顾顺良说："怎么，最近你们俩老吵架？"

顾顺良说："因为离婚这件事对邱栀子有蚀骨的伤害，我一直对她心怀愧疚，这不，邱栀子最近又病了，我对她只是尽一份道义上的责任，以一个朋友的身份照顾一下她，如此而已，如果刘诗摇能理解我，显得她是一个多好的女孩子，可她偏偏不依不饶，就此事对我冷嘲热讽，一心要把邱栀子从我心中彻底剔出去！她这样做的结果，适得其反！我看够了现在女孩子的尖酸和势利，等邱栀子身体恢复后，我就找她要求复婚去！"

这天，刘诗摇提着一篮水果来病房探望的时候，正巧顾顺良和邱栀子在病房内说话，病房门开着一条缝，刘诗摇便躲在外面偷听。

只听邱栀子说："医生说，幸亏来得及时，否则后果不堪设想，真是太谢谢你了。你怎么那么晚了还开着手机？"

顾顺良回答："不是那么晚了还开着，而是自从离婚后我的手机从来不关机，一直开着，怕你或者兜兜有事找不到我，因为平时不在你们俩身边，总是不放心。以后有什么事一定要找我，我会24小时为你们开机。"

听到这里，刘诗摇绝望得离开了病房，她的神情呆滞着，"我会24小时为你们开机！""我会24小时为你们开机！"这句话如影随形般在她的脑子里一遍遍地盘旋着，盘旋着，像驱赶不掉的魔咒。她忽然捂住了自己的耳朵。

8

邱栀子出院不久后的一天，她的手机忽然响起了刘诗摇的来电显示："栀子姐，我有事找你，恳请你百忙之中抽点时间，我们见面谈好么？"

这次的刘诗摇一副友善的样子。邱栀子很是纳闷，也有些好奇。

在一家茶室里，刘诗摇将那张怀孕证明放到了邱栀子跟前。

邱栀子看后惊讶不已的样子，脸色一下变了。

刘诗摇很有风度地说："我知道，顺良很珍惜和你及兜兜之间的旧情，可都是做母亲的人，你的孩子没有父母同时陪伴，你都伤心欲绝的样子。可我的孩子，如果被活生生地杀死于腹中，你于心何忍？我知道栀子姐你是个善良的女人，你不会当刽子手，双手沾满一个未成形的婴儿的鲜血的，是吧？听说，那些未成形的被扼杀的胎儿，会转世投胎……"

刘诗摇越说让邱栀子越惊悚，赶紧摆手制止她道：

"我明白怎么做了。你放心吧，我会从此远离你们的生活，你们俩好好过自己的日子吧。"

刘诗摇破涕为笑，将一张卡递给邱栀子道："这是顺良让我转交给你的，兜兜几年的抚养费。"

回家后，邱栀子给顾顺良发了个短信："或者，只有彻底甩掉过去的牵绊，彼此才都能掀开新的一页，希望暂时不要跟我和兜兜联系了。这是我给你发的最后一个短信，之后我便换新的手机号了。"

发过去之后，邱栀子将自己手机里的卡片取出来，重新换上一个新号。

真实的情况其实是这样的：

刘诗摇那里，通过在宋庄餐馆前顾顺良在雨中痛哭的场景让她大为震撼，也充满了恐惧，她第一次清晰地看到前一场婚姻对他的烙痕是如此之深，如果她不加紧行动，恐怕这个男人会重回邱栀子的怀抱，于是，她的眼睛鬼祟地一转，计上心来。

她来到户外一栋旧楼前，墙壁上写有"办证"的字样，她拿出手机打通了"办证"字样后面的手机号码，问："你好，你那里能办假的怀孕证明么？"

不久后，顾顺良见刘诗摇的肚子没有任何反应，便问她怎么回事。她说，可能是误判了吧。顾顺良狐疑地看一眼她，没说什么。

第十五章　邱栀子面临再婚之难，
　　　　邱美娥发现了前夫的踪影

1

母亲又给邱栀子打电话来："我托朋友又给你介绍了一个，去见见吧。"

邱栀子意兴阑珊地说："算了吧，懒得，没兴趣。"

邱美娥气道："你认为自己是炙手可热的小姑娘哪？还这么挑剔？一个三十多岁的女人，还带着个托油瓶，人家不是说么？二手男人是个宝，二手女人是根草。"

"既然是根草，就干晾着呗。"邱栀子赌气道。

"你一个人的日子过得这么苦，却又不开始新生活，你想像你妈一样，一个人苦巴巴地守一辈子？你是为谁守啊？傻丫头！"

"对其他男人，就是提不起兴趣来。"邱栀子懒懒地说。

邱美娥一下子爆发出来：

"邱栀子，你到底是怎么回事啊?！成心把我气死是么？我把旮旮旯旯里的关系都翻出来了，四处托人给你介绍对象，可是你不是不见，就是给人甩冷脸子，你到底是什么意思啊？成心跟自己过不去，是吧？"

邱栀子声嘶力竭地脱口而出："就因为这些人里，谁都不是顾顺良！爸爸离家出走这么多年，别人没少给你介绍老伴，你怎么也不找？"

邱美娥兀然怔住："我这个死心眼的傻丫头啊！"

过后，邱美娥带着哭腔给慕容雪打了电话："雪儿啊，阿姨想求你件事，邱栀子啊，自从离婚后，整天把自己关在家里，我到处托人给她介绍对象，她死活不见，我怕她憋出病来，你和她是好朋友，去劝劝她？阿姨求你了。"

"好的阿姨，我一定去劝她，你放心吧，别急啊。"慕容雪答应。

邱栀子正在看原来和顾顺良一起拍的照片。

很快，慕容雪一阵风般卷进了邱栀子的家里，把脸色灰暗、蓬头垢面的邱栀子硬拉到镜子前道："看看你自己，没有爱情滋润的女人，形容多么枯燥。麻溜的，将自己打理好，把内心里的那些爱恨情仇，该扑的扑，该掐的掐，将自己掸得清清爽爽的，去承接新的情感！我已给你约好了一个人，是个研究生，是军武的朋友给牵的线，今天晚上六点，在北海公园门口见。"

"不想见。"

"为什么?"

"没有兴趣，懒得动。"邱栀子心灰意冷地说。

"邱栀子，你到底什么意思? 本来机会就不多，你一次次地又给扑灭了! 你是在自己虐待自己，自己摧残自己，如果你自己都不想好好地活着了，其他人又有什么办法呢? 傻女人啊，你这是在为谁坚守? 是为了顾顺良么? 人家那里花红柳绿的，你却在这里……为了那个花心萝卜，值得么? 不是有个说法么? 忘掉一个男人的办法，是和另一个男人开始。"慕容雪生气道，硬拉着邱栀子走出了家门。

慕容雪指着院里的一棵树道:"看这棵树，高大、粗壮、枝繁叶茂啊吧?"

她又硬拉着邱栀子向不远处的一座小山上爬去。

到了山顶，慕容雪又指着刚才的方位问邱栀子道:"还能看见那棵树么?"

邱栀子放眼望去，一片茫茫。

慕容雪耐心地劝说道:"顾顺良，你原来的婚姻，就像那棵树，如果你始终呆在它旁边，眼睛看到的、心里想到的，全是它。但如果你离远了，站在山顶上去了，你的目光就不会再局限在那一棵树上，你的眼前，是一片森林!"

这原本是个阳光灿烂的日子，邱栀子顿觉心胸开阔，她伸出双臂，让风吹佛着自己。

"人，必须往前走，走着走着，或许就遇上了新的人和事，走着走着，风就把眼泪吹干了。"慕容雪又劝说。

邱栀子扑哧一下被逗笑了，一下变得豁然开朗，拉起慕容雪便往山下跑:"好，往前走!"

2

当天黄昏的北海公园，邱栀子在跟一个男人相亲。对方是个和邱栀子年龄相当的戴深度眼镜的斯文男人。

"什么? 你带了个男孩? 不行! 以后还得给他买房结婚，负担太重，算了吧。"那个男人摇摇头，起身走了。

此时，兜兜正在附近的水边无忧无虑地拍着皮球:"一两三、打老虎。"风中传来他童稚无邪的声音。邱栀子瞅一眼儿子，眼睛一下子濡湿了。

这时，慕容雪的电话打来了，神神秘秘地问:"接上头了么? 感觉如何?"

"他嫌我带着个儿子，是个拖累，一句话没多说就走了。"邱栀子懊恼道。

"那人怎么这么个德行啊? 走了也好! 或者，你干脆把你儿子推给顾顺良，免得影响你再婚。"

邱栀子咬着嘴唇说："我就是把全世界都失去了，也不能失去儿子和母亲！"

这时，兜兜抱着皮球跑了过来："妈妈，你看那船，我长大以后要当航海家。"

邱栀子泪湿着把兜兜抱在怀里。

又一次相亲。一家咖啡屋里，一个五十多岁的秃顶男人在等着邱栀子，男人穿着一身名牌，脖子里挂着根绳子般粗的项链，一副土豪打扮。

邱栀子坐定后，男人上下打量着邱栀子问："你今年多大了？"

"32岁。"邱栀子回答。

秃顶男人有些失望道："哦，是么？婚介所给弄错了，对不起，我想找23岁以下的。"说着拿起包起身走了。

邱栀子被晾在那里，尴尬得什么似的，她起身欲走，服务员过来了，喊着："小姐请买单。"邱栀子懊恼地掏着钱包。

另一次相亲，在一间茶室里，对方是个四十岁左右的清瘦男人，一副小算计的样子，目光烁烁地看着邱栀子。

"我在北京有四套房，一辆车。对于两个重新'组装'的家庭来说，咱丑话说在前头，我希望婚前做财产公证，结婚后各管各的钱，各养各的小孩。以后用我挣的钱买的房子得写我孩子的名字。"男人说。

"先生，你是来找爱人的么？"邱栀子奚落道，拿起包起身离去了。

每个人的生活圈子都很封闭。邱栀子和男人很少有结识的机会，只得被介绍人牵着，一次次走到一个陌生男人面前。每次去之前，她都低着头细细地搓着泡在盆里的脚，对着镜子往脸上擦着这样那样的化妆品，一层又一层地，然而每次见面总是闪见闪散。

这对一个女人来说，是怎样的尴尬和羞辱，男女之间，不管有多么故事，如果第三者不知道。而她这里，每一次的相亲经过事后都会落进介绍人的耳朵里，那些耳朵小灯一样亮着，她无法掐灭，一次次的。

3

邱栀子另外结识的男人程钢是在网上认识的，南方苏州人，两人通过很多次电话。据他自我介绍，说是一家机关单位的处长。

男人的声音非常美，像海水轻轻晃动时的感觉。人，是这么容易对一个只听见过声音的异性产生好感和好奇的，他长得什么样子，他是一个怎样的人，恰因为除了他的声音外一切都是未知的，这个人便倍加神秘。邱栀子不可救药地形成了对那个声音的依赖。几天听不到那个声音她就犯了毒瘾般团团转着，浑身难受。

因为一个人，一座陌生的城市兀然在邱栀子的心中亮了起来，且通体透明。

邱栀子走在落叶纷纷的大街上，常无声地向空中喊着他的名字，因为她从来没有见过他，他便无处不在，无所不在。

一天晚上看新闻，忽然从电视上看到他的城市里下了很大的雨，发生了水灾，很多路人被阻在路上，有的人还抱在树上。

邱栀子迅速地跑出去摸起电话拨他的手机，"喂？"他在里面应。很平静，没有丝毫异样的感觉。电话是一种多么好的东西呵，可以在一片空茫里一下就把一个人抓住。她松了口气，但还是急急地喊，"你在哪儿？你现在在哪儿？"

"在家里啊，怎么了？"他笑了笑说。

邱栀子彻底放松下来，说了她的担心。他说那是他城市里低洼一带的状况，他家附近安然无恙。"你是这样牵挂和在乎我的吗？"他的声音柔软无比地问。她左右言它地放了电话。

她想象着他此时的样子，她喜欢想象一个男人在家里的样子，他穿着拖鞋吗？他的头发很乱？穿着宽松的便衣？什么颜色什么质地的？他的四周是什么情形？那是日日夜夜包裹他的巢啊，她也喜欢碰触在家里的男人的声音，这时的男人似乎剥去了所有坚硬的外壳，显得真实而柔软。

"你怎么了？从声音里我觉出你情绪好像很低落？"邱栀子问。

"也不知怎么的，这些天老掉头发，也不知能不能活到去看你的那一天，你什么时候让我去看你？"

邱栀子的心一阵揪似的疼："瞎说什么呀，你好好的，多吃饭，多休息。"

"那我明天去看你？"

"我去火车站接你！"邱栀子激动难抑地说。那是怎样激动人心的时刻？

"我手里拿什么标记呢？比如一本读者文摘？"他问。

"不用！"邱栀子在电话里大喊，"凭感觉！凭感觉我能认出你。"

第二天，邱栀子站在出站口，看着蜂拥而至的人群，看着迎面走过来的一双双的眼睛，哪一双和她的张望能产生共振？她激动又紧张得腿都几乎抖，一个个的身影，一双双的鞋子走过去了，时间变得一寸是一寸的，每一寸都是悬念，终于，一个高大的身影走到她面前，几乎将她罩住了："请问你是在等一个来自苏州的人吗？"

从外形上，他比邱栀子想象的还要好，为此，她深深地感激上苍。她给他的感觉呢？

没让他太失望，也不至使他太惊喜吧？

没想到两人刚在一个公园里坐下他就动手动脚。邱栀子极力躲闪着。

"你竟然连手也不让拉？我这么远的跑来。"

哦，因为你这么远的跑来，她就得乖乖巧巧地将自己送上去？这叫什么逻辑？

"我们不是曾经非常想念的吗？"他说。

"我紧张。"邱栀子低着头摆弄着自己的手指小声说。

"你怎么这么平静？"他道。

"我紧张。"

"我们见一次面多么不容易呵。"他说。

"我紧张。"

"就知道紧张，除了紧张你还会说什么？你干脆就叫'紧张'算了。"

邱栀子心里又有点不快，你凭什么对我凶？在电话里时，他有时也表现出在情感上对她的居高临下，但她觉得那很好玩，是一种沉迷的享受，对女人来说，有时男人凶一些，冷一些，会比甜言软语更能激起女人的柔情百结，或者，女人的本性就是贱的吧？骨子里是喜欢对男人俯首称臣的感觉的，像土匪头往往更容易得到女人的青睐，因了顾顺良的文质和性格的柔弱，她对粗鲁、强悍的男人是充满隐隐的好奇的。但人到跟前了，她又似乎接受不了。

他又问她穿的衣服的料子，平时用什么化妆品诸如此类的事，这真让她受不了，她受不了男人对女人的衣服、装扮之类的细节过分注意和评价，像顾顺良，就从不在意这些鸡毛蒜皮。他的注意让她心理上开始紧张，她衣服的搭配是否合适？她的脸色是否不好？因为走了这么多路她皮鞋上蒙了些灰尘了，他是否注意到了？这份紧张马上又让邱栀子不舒服了，以前在顾顺良身边的彻底放松已习惯了，把自己扔到一个陌生男人的眼下，接受他的审视，这种感觉太别扭人了。

他炫耀自己离异前在家中的地位种种。邱栀子心中起了一股鄙夷，如果妻子连买一双鞋都得请示他，那是否是值得做丈夫的自豪的？像以前她和顾顺良，谁都不管对方怎样花钱，一种完全的松弛。

很多细细微微的感觉不好极了。她想起了未谋面前的那些通话，那些声音，像是漫天的鸟，在无际的晴空里自由自在地飞翔。那株旺盛的情感之树原是种植在未着过面的真空瓶里的，一旦进了空气，就这样的残黄不堪了。

他的手又摸索着伸过来，邱栀子马上明白反应过来，将那只大手攥住，推回，挡住了。

他想用一些亲昵来缓和他们之间的些许不快吗？可这会使她更加不适，为了身体的一点点欢娱，牺牲那么强大的道德和羞耻感，太不划算了。

然而男人依然我行我素，或者，他认为这是女人的故作姿态？

"干什么呀！"邱栀子的愤慨忽然而起，生气地推开他。

"你是嫌，嫌我的眼睛是近视眼？还是我的嘴大？"男人也受伤了，虚弱地问。

这哪儿跟哪儿呀？人与人之间，怎么这么不容易互相理解？

"我们之间是什么关系啊，你说？"他问她。

自始至终，她承诺过他什么吗？除了语气。

对一个精神上曾非常依赖的男人，当他把她当成纯粹的女人看的时候，她心里倍受伤害，然不因自己是女人，怎么会有那些电话呢？

因为那些电话，心灵上她是那么强烈地渴望接近他，真实地触到他，然他的人真的在她面前的时候，那种陌生感，像一层无形的隔膜横在他们中间，她怔怔地看着他甚至在想，那些电话里的声音，是从这个人的身上发出来的吗？不会是个冒名的吧？然而明明是那个声音。

女人的身体本身，有什么意思？凡女人都有身体，有什么可在意的？她希望他注重些别的，她对他的情义，她对人生的思索，然而他绕开那些，老注意些别的。她不明白男人干嘛老注重这个。

"你觉得自己有多圣洁，多宝贵?!"他开始气急败坏地反击。

邱栀子因了他的激烈也激烈起来了，以异样的眼神冷冷地看着他，一句话也不说。她看着一个男人失掉了善和温柔后，变成了一头怎样狰狞的动物。

邱栀子心里话，你有什么资格对我说这种话，我欠你什么？我花过你一分钱吗？

"这样闹我的心情很不好。"他说，语气有些柔软和委屈。他想用这份柔软来挽回些什么？

但是邱栀子的心一点也不软，觉得被深深地伤害了，他凭什么认为我是这样随便的？一个男人，他还什么好处也未给过这个女人，从世俗的一面讲，也未给她办过什么事，然而就想碰这个女人，不让他碰还狮子般的咆哮发怒，他凭什么认为她是这样廉价的？

"在我们那里，很多女人想靠我还靠不上。"他气恼至极地说。

邱栀子嘴角挂上一丝莫明的讥笑：我既不是你的部下，又未得到你职位的任何护荫，你摆弄这个有什么意思？你用这个压我多没劲，因为身处两市，又不是一个系统，你的职位其实对我没有任何意义，当初你打电话来的时候，我知道你是干什么的吗？不纯粹是因为你好听的声音吗？

她想他感觉到了她的讥笑。对一个自以为非常成功的男人，再也没有比一个女人漠视他的成功而令他恼羞成怒的了。

虽然有那么多的不快了，当他说要当天赶回去的时候，邱栀子还是很舍不得，那个缥缈而真实的声音呵，都是从跟前的这个人身上凋下来的，就像吃了太多的橘柑了，终于见到了美丽的橘柑树，见这一次面多么不容易，太多的话还未来得急说，太多的情感还未倾诉。

"不要！再呆两天？"邱栀子乞求地望着他说。

"除非，你晚上陪我。"他语气细柔了些。

邱栀子的情绪又激烈起来了，一个女人，如果这么轻易，这么莫名其妙地就跟人上床的话，这辈子得跟多少个男人睡过觉了？

"简直是天方夜谭！"她绝不客气地反击。她要长出刺来，还击扎在她身上的刺。

"那么，结婚哪？"他问。

他这么轻易地提结婚，好像这个时代里男人比女人更不游戏情感，她不知道他是否真的闪过这个念头，还是虚假地以此来显示真诚而糊弄她。他对婚姻这个神圣字眼的轻易搬动，激起了她强烈的抵触情绪，觉得是在对她不负责任的逗引。

"身处两座城市，又刚见过一次面，怎么可能就结婚？简直是天方夜谭。"邱栀子又没好气地说。

他也被彻底地伤着了，"你的城市里有那么多人，干嘛要找我？"他质问她，好像这份关系他是完全无辜和被动的。

邱栀子无言地看他一眼，他是在追究她诱惑了他？到底谁先诱惑的谁？他把所有的责任都推在她身上也显得太没有做人的起码的涵养。

话到了这份上，再多说一句话都没意思了。

她又想起那些雨天，雪天里的电话，那些接到电话时心里的涟漪，如果彼此不走近的话，那个美丽的声音，那份美好的感觉，或许能伴随和滋养彼此的一生，又何来这些龌龊？

总之这是一次太糟糕的约会，就那么歪歪扭扭的，好好的关系往彼此都未预想到的路上走去了。她相信彼此都不想故意地伤对方，只是很多细微未把握好，真实的交往是一种太难伺侯的东西。

他当天就回苏州了。第二天，他打来电话，语气很脆弱地说，"我现在在家里，昨天弄得我感冒了。"

约会过一个人后，头一次磕碰他声音的瞬间，任谁也无法冷静，那一刻邱栀子的心一下子软了，纵然他们之间发生了那么多的不快，可毕竟，在声音的那头，是一个柔软真实的生命，一个他们通过那么多电话，她触过他手的男人。然而她刚张嘴想说点什么，他就挂断了电话。

他又这样，他总是这样！他从单位打电话时，总是谈很久，而他每次从他家里给她打电话时，总是匆匆地说上一两句就迅急地挂断电话，邱栀子嘴角上浮上一丝嘲笑，一个连给她多说一句话的电话费都舍不得的男人，竟然还跟她谈什么结婚，还想让她跟他怎么的，她还跟他云里雾里地奢谈什么情感，他这些悉悉嗦嗦的小细微！

这之后，邱栀子在街上一看见男人就恶心，这种感觉大约过了一个来月，才恢复了对男人的正常感觉。

一天晚上，邱栀子从一种极度的快感中醒来，发现自己的手放在身体最隐秘的地方，而那个梦里的男主角，竟然面目模糊。那一刻她突然明白，她一直不愿正视的，她的生理需求，她对性的需要。

在风吹过她肩头的某一刻，偶尔想到蒋成一的时候，她心里何尝不后悔，她曾经多次想过，如果和他亲热，具体不知会是怎样强烈的感觉？她那时，道德感怎么就那么强？她为了顾顺良，坚守住了一个女人的贞洁感，可顾顺良对她，却不坚守，她是否犯傻？

哦，蒋成一啊蒋成一，曾经对他那么强烈的一份感觉，而今也平静下来了，又有什么是不能消褪的？当有一天，他们都老了，在街上邂逅了，彼此含着无尽的苍凉看着对方，曾经爱过，也并没有因为不爱，彼此便疏远了，这之后的日子里各自都经历了什么？

那个时候，邱栀子怎么也未料到，她还会和蒋成一有再次相遇的机会，并且……

4

邱栀子和慕容雪两个怨妇在一家小餐馆里喝着啤酒。

"一个韶华已逝的女人，在别的男人眼里，真的是一块豆腐渣的，"邱栀子黯然地对慕容雪道，"我现在才真实地体会到，再婚的艰难。对我有兴趣的男人不是没有，但我喜欢，又能给我一份婚姻的，少了又少。因为这个年龄段的男人，都有了自己的婚姻。而婚姻绝不是轻易就能挣脱的千丝万缕。第一步迈错了后，陷入的将是一个怎样难言的泥潭。"

"现在后悔啦？既然后悔了，就和顾顺良好好地沟通？毕竟，你们之间有感情的底子，有彼此的了解，有儿子的牵绊。你抹不开这个面的话，我把你的感觉透露给顾顺良?"慕容雪道。

邱栀子摇摇头:"好马不吃回头草。或者,我这就是犯贱吧,明知跟顾顺良之间复合的话也难有平静的日子,可跟其他男人之间,稍微有些进一步的来往,就觉得是在背叛顾顺良,就觉得他的一双眼睛在看着我。"

慕容雪苦笑了一下:"这说明你心里还有他。"

"可我丝毫也没有勇气再和他重新开始啊。我觉得自己真是悲哀,离婚这么久了都走不出顾顺良带给我的阴影。每当和别的男人有点交往时,都忍不住把他们与顾顺良相比。每当他们的举动和言语与顾顺良有所不同时,我心里就感到极度不安,甚至是反感。比来比去,总觉得这个男人哪儿都不如顾顺良好。"

"说明你心里始终放不下第一段感情。不过坏事变好事,总想倾斜着身体从男人那里得到支撑,是女人的本能,一旦意识到再无男人可以指望的时候,才会从自身滋生出力量。"慕容雪道。

"从今以后,不要再给我介绍了。我决定,停止一切相亲活动。我还就不信了,离了男的还就没法活了!"邱栀子道。

"吆,我的邱大小姐,从今以后变成女汉子了啦?"

"不错,那些大脚、短发,身材棱硬的雄性动物,表面上各式各样,内里都是一样的。我不招惹,不接近他们,他们怎能伤着我?俗话说,人无欲则刚。我要将男人在我的生命里打扫一空,以后,就守着孩子和母亲过!"邱栀子道,"一个女人,干嘛非要一份婚姻?要有情感需求?"

慕容雪拍手称道:"这才应该是你邱栀子!整天悲悲切切的,算什么?你那种状态又怎么能吸引住男人?"

"是的,我不能让这坏情绪给沤死,我一定要振作起来,从今天开始!走,陪我去做一下头发,再陪我去商场买一身时髦的新衣服,我不能这样颓废下去!从明天开始,我要以崭新的面貌,真正开始单身女人的生活!"邱栀子挥着手道。

确实,那天之后的邱栀子,像一个发疯的小刺猬,挥舞着细瘦的手臂,敌意地面对着这一个类群。她终于获得了一种精神胜利法,在任何男人面前都强大、自尊。

5

第二天是周一,邱栀子穿了一身艳丽的衣服昂首挺胸地上班去了,楼道里响着她高跟鞋的噔噔噔的声音。进了办公室后,徐老太以异样警觉的眼光瞅了她一眼。

中午去单位食堂吃饭,邱栀子端着餐盘在一个座位上落座后,旁边原本安静吃饭的几个女人话忽然多起来：

"这个菜真难吃，还不如我老公做的哪。"张女说。

"这个包子真好吃，星期天我也给我老公蒸。"李女说。

"小李，你这件衣服真好看。"张女又说。

"是么？是我老公给我买的。"李女一脸幸福道。

邱栀子坐在那里，若坐针毡。她发现，因为自己的离婚，这个单位里所有的女人都在自己面前拥有了心理优越感，张口"我老公"，闭口"我老公"，不管秃的瞎的，拥有一个现任老公，就比你邱栀子强！

"呦，邱栀子今天穿得这么花枝招展的，像孔雀开屏一样，是不是有什么新情况了？"一个戴姓女同事说。

邱栀子内心气道："怎么，我连穿套鲜艳衣服的权力都没有了？仅因为我是个离婚女人？"

下班后，邱栀子正提着菜篮子在菜市场上买菜，"这西红柿多少钱一斤？"邱栀子低头问一家女摊主。

"三块五。"

"这么贵啊？这堆坏的哪？"邱栀子问。

"这都是打扫卫生的才来买的。"女摊主不屑地撇了撇嘴唇。

邱栀子从那堆坏西红柿里扒拉来扒拉去的，挑了3个小西红柿。称完后，"给送缕小葱吧。"邱栀子讪笑着，从对方的菜堆里拿过一缕小葱往自己的塑料袋里放。

"这不是明抢吗？没钱就别买东西啊！看着像个文化人似的。"女摊主凶凶地又将那缕小葱夺了回去。

邱栀子尴尬地离开那家菜摊，在街上走着，泪水忽然就涌出来了。她发现，在生活的一些细节上，自己越来越像母亲了。难道，母亲的今天就是自己的将来么？因为日子的拮据，整天在菜市场上跟小贩们斤斤计较？

邱栀子这天提着那个菜篮子从菜市场回来，随便打开了电视，却正是顾顺良和刘诗摇在电视上做访谈，穿着高档、气质优雅的刘诗摇在帅气的男节目主持人的配合下，侃侃而谈，那么自信、美丽。

"顾总，《初恋在栀子花开的季节》获得了很大的成功，作为幕后的主推手，您能说说当初是怎样发现这部作品的么？"主持人说。西装革履的顾顺良滔滔不绝地说着什么，过了会儿刘诗摇又说着什么，两个人配合的珠联璧合。相比之下，显得邱栀子那么落魄、黯淡。

邱栀子内心痛楚道："这曾是我的男人，可现今成她的了。这就是这个世界

221

的严酷，优胜劣汰，强者为王，邱栀子，你这个无能的人啊，嫉妒是有用的么？她为什么能成为成功者？而我怎么就这么没本事？那么些大好光阴你都干什么去了？"

她忽然回想起刘诗摇上门挑衅时曾对她说过的话，"婚姻就像两个人绑在一起登山，爬着爬着，一个人原地不动了，另一个人仍在攀登，他们维系的绳子终将会短，短到一定程度，便咯嘣一声断了。很多成功男人的婚姻大多如此。"想到这些，邱栀子为之一震，联想到自己和顾顺良的婚姻，受了很大的刺激。

紧接着单位上又发生的一件事让她受了更大的刺激，这天，顶头上司徐老太有事请假了，办公室里来了一个平素和她关系不错的张姓中年妇女，坐在徐老太的座位上，一整天都心不在焉地翻看着报纸，这期间，徐老太来了一个电话，只听张女悄悄地对徐老太说："放心吧，我看着哪。"

邱栀子听罢当时整个人一下子要跳起来，这个张姓女，是来帮着徐老太盯着自己的？就因为自己是个离婚女人，又成了一种不稳定状态？一个单身公害？

"什么意思，难道，就以为我独身太久，闻到点男人味，就会激动得全身发抖地晕倒在男人怀里？我邱栀子再饥不择食，也轮不到你那歪瓜裂枣的丑丈夫的份。"邱栀子内心气道，她想象着，搬起把凳子便朝着脸上长满雀斑的徐老太砸去！砸得她满头开花！当然，也仅仅只是想象。那一刻，一个想法已在她心里生成，离开这个鬼地方！

当天夜里，邱栀子躺在床上翻来覆去，天快亮时，做了平生一个重大的决定。

邱栀子去跟母亲说这事。

"什么？你一个受人尊敬的医生，想辞职去开小饭馆？太掉价了。"邱美娥说。

"我不偷不抢的，开饭馆又怎么了？做事情第一步之难不在于资金或是能力，而是勇气。兜兜喜欢画画，我决定每周六送儿子去学画，那点廉价的工资养活不了我和儿子了，另外，母亲大人你来跟我合伙，也尝尝当老板娘的滋味，你想捡一辈子垃圾啊？"邱栀子又说。

邱美娥听到这里沉默了。

"现代人最需要的是什么，是养生。这是个全民养生的时代。咱就做养生套餐，养生粥什么的，我不是营养科的医生么？就利用这个特长，我坐镇店里，给每一个进店的客人把脉，看舌苔，根据每个人真实的身体状况，给出滋补的食谱，如何？"邱栀子说。

邱美娥听到这里眼睛一下子亮了，兴致勃勃道："别说，这个主意还真好！食补强于药补，这也是区别于满大街的其它餐馆的一大特色。"

"母亲大人发挥你的特长，负责采购和管账。我哪，负责开食方和全面统筹。怎样?"邱栀子憧憬道。

"你妈我这辈子也能混个负责人当?"

"既然二老板也同意了，我就尽快辞职、选址，将店开起来?"邱栀子笑道。

"开起来!"母女俩击掌而鸣。

邱栀子很快便去单位办了辞职手续。当递出辞职信的那一刻，那长久以来束缚着她的东西，终于像一件旧大衣似的被扔了。她一下子成了一个自由自在的生命，只有放弃才是真正的获得? 那个阳光满地的上午，她换上一身牛仔装，满大街的闲逛，寻找着开店的店址。

6

邱美娥去邱栀子家的时候，几个中介正从里面出来。

"你这是干嘛?"邱美娥盯着邱栀子问。

"我想将房子卖了，然后贷款买个商铺。租别人的铺子开店的话，只装修费就得十几万，万一经营不利，将店面转让的话，等于给别人装修房子了。"

"绝对不行!"邱美娥厉声道，"你把原来的手机号都换了，再把房子卖了，顾顺良哪天想回家时，找不着你娘儿俩了。"

邱栀子的泪水一下子出来了，酸楚道，"妈，这套房子里装盛着太多我和顾顺良的回忆，赶也赶不走，忘也忘不掉，住在里面，我的心太痛了!"

"我何尝不是?"邱美娥泪水盈盈道，"可是再痛也要留着，留着这房子，就是给离家出走的男人留一条回家的路啊。你刚考上大学那会儿，我卖血给你凑足的学费，也没有想过去卖老房子。"

"妈!"邱栀子将母亲拥在怀里，母女俩相拥而泣。

这时，邱美娥包里的手机响了，她过去接:"喂?"

"美娥啊，我刚才看见你们家苏一雄啦!"好朋友淑惠在电话里说。听到此言，邱美娥惊喜得趔趄了一下。

淑惠接着说:"他从咱们住的这栋楼的前面那栋楼里一单元出来的! 手里好像还拿了个望远镜，我远远看见他后赶紧去追他，可他转过楼角就不见了。"

"我马上过去!"邱美娥收了电话拉着邱栀子就往杨庄中区跑，"你淑惠阿姨说看见你爸爸了!"

7

母女俩跌跌撞撞地来到了那栋楼下，淑惠正等在那儿。

"一单元的住户，除了 602 号租给了一个陌生女人，其他住的都是咱单位的老职工，我一家家挨个问了，都说苏一雄刚才没去过他们家，那么，就只有一种可能，苏一雄是从 602 号出来的。"淑惠说。

"你看清楚了么？确实是苏一雄？"邱美娥问。"哦，是他！没错！"淑惠说。

邱美娥的心就是一抖。

"只是老了很多，驼背了，也秃了头顶。"淑惠说。

"哦？"邱美娥下意识地喊出了一声，一股心软，一种人世的沧桑像一只大鸟般从她的心头掠过。"他原本不驼背的呀。"她自言自语道。

"努！就是这套房子。"淑惠领着邱美娥母女走上 6 楼指给邱美娥看。

602 号？那是一扇绿漆剥落的破门，让人能想象到风雨天时它晃晃荡荡的样子。

3 个人赶紧敲门，没有人应答。

邱栀子便去敲 601 的门，一个妇女走出来。

"602 的租户哪？"邱栀子问。

"退租了。搬了。"

"搬走了？什么时候？"邱栀子急问。

"一个小时前。602 的房东出差在外地，租客把钥匙留我这儿了，让我转交房东。"

"一个小时前？是苏一雄知道自己被发现了而仓惶逃走的？"邱美娥的嘴角浮上一丝苦笑，对 601 的房东恳求，"你能开一下门，让我们进去看一眼么？"

那人打开了门。

邱美娥看了一眼那扇斑驳的门，走了进去，几次欲摔倒，她的腿老是抖，浑身发虚，她觉得这里的空气都有一种异样的感觉，但马上想到她扶着的地方会不只沾过他的手迹，她又被烫着了似的一下子将手缩回。

"妈，快看，站在这里，正好可以看见咱家！怪不得爸爸租这里的房子住哪，他是为了方便偷窥咱家！我婚礼上的超大红包，肯定是爸爸送的！他就是从这里，知道了我结婚的日子。"邱栀子惊叫。

淑惠说："说这话就对上茬口了，怪不得他拿着个望远镜。"

"一天天的，他就租住在这套屋子里，一边过着自己的小日子，一边拿着个望远镜窥探着家里的生活？"邱美娥苦笑道。

邱栀子赶紧安慰母亲："爸爸其实完全可以换个地方，过自己的生活的，他是放心不下家里，才……"

"几个人在这里住？"邱美娥小声地问 601 的房东，她的声音抖得厉害，几乎把空气都给绷断了。这是她对这套房子最敏感的部分。

"有时在楼道里碰到母女俩出入，一个40来岁的女的，和她的儿子。"601的女房东说。

"我们家苏一雄不住在这里么？"邱美娥问。

"从没见过。我跟她们平素也没什么来往，这还是第一次迈进这家门呢。"601的房东说。

"哼，他肯定是黑天后才回来，天不亮便离开，见不得人呗。"邱美娥宣泄，她觉得再也无法在这间屋子里呆下去了，到处都有一个女人走来走去的身影。

迈出屋门前，邱美娥还是不由自主地回头看了一眼，这房里的一草一木，一砖一瓦，像一个蝉蜕后的空壳，装满了她看不见的那些日子，那些日子里，她攥着他的照片疯了般在大街上到处找他，把半个城市都快翻过来了，然而他躲藏在这儿！

从这里走出来后，邱美娥的心情有一种莫明的低沉，说道："这些年来，我到处找他，先是感情，后来是想向他讨一个公道，我绷了全身的力气，攥成了一个拳头，想着等找着他时将那个拳头伸向他，然而，现在才知道，他混的也并不好，还自顾不暇。我全身的劲好像一下子就懈了下来，有一种说不出的酸涩和疲惫，从此后，我再也不找他了！"

邱栀子说："这样是对的。妈你总算将这件事放下了。那种寻找的过程已将你伤得遍体鳞伤，而爸爸，或者，那种到处躲藏的感觉，他逃避后的生活本身已将他伤得极重。"

邱美娥苦笑道："这二十年来，如果我把心思用到怎样做点生意，而不是都用到对苏一雄的哀怨和寻找上，或许现今能有一份不错的日子了？"想到这里，她果决道，"闺女，你的养生餐馆，咱开！妈当你的合伙人。妈就不相信，我捡一辈子垃圾？咱把你我的那两套房子都抵押给银行，用抵押贷款当做装修和日常的周转资金。另外，等咱们的店兴旺以后，你到报纸上登个'不再寻人启事'……"

事情其实是这样的：

几年前的有一天，郑军武敲响了602的门，女租客打开了门，问："你找谁？"

郑军武真诚道："我有事找你。我可以进去说么？"

郑军武的衣冠楚楚让女租客放松了戒备，便放他进来。

郑军武走到客厅的北窗边上，指着对面说：

"是这样的，对面那栋楼的那一户，是我原来的家，现在住着我的前妻。我离家出走多年，我前妻一直在到处找我，我不愿意她找到我，可对她和女儿又有一份放不下的牵挂。而你租的这套602，从视线上正好可以窥探我家，我想偶尔来这里，窥探一下她们的生活。因为这栋楼上都是我原单位的职工，我不方便出面租。既然你租了，我就租你家一块用于立足使用望远镜的地方，可以么？这是预付的租金。我只是偶尔来一次，每次看一会儿就走。"说着把一叠厚厚的现金放在桌子上。

女租客目光烁烁地看了眼那叠现金，点头了。

"另外我有一个请求，务必不要将我来这里的事给这楼里其他人说。"

"好的。"女租客答应了。

而就在今天上午，那个女租客给郑军武打了个电话："郑先生，我因为有急事要回老家，将那套房子退了。你赶紧来一趟，把你的望远镜拿走吧。"

于是就有了郑军武拿着个望远镜被淑惠看见的一幕，而郑军武离家出走前的原名，就叫苏一雄。

第十六章　邱栀子和母亲开餐馆成功，顾顺良和郑军武先后而来

1

很快，邱栀子和母亲便租好了店面。为了省钱，餐厅的很多装修活都是母女俩自己一点一点完成的。尤其是那些灯以及墙壁里的线路，都是母女俩用凿子、锤子一点点敲出来、凿出来的。

因为市里不允许货车白天行驶，所以许多装修材料都得到晚上运，母女俩有时候忙到凌晨两三点了，才将货卸完。

最让人头疼的是办理各种执照。工商、税务……邱栀子已经记不清去过服务大厅多少次，才总算办齐了开业的必备手续。经过一番辛苦，取名"小小养生餐馆"的餐厅总算具备了开业条件。

开业的前一天，邱栀子给店员们开了一个会。邱栀子说：

"餐饮这一行，我认为只有有良心的人才能涉足。做餐饮的，都知道后厨的一些猫腻，什么地沟油啊、苏丹红啊，罂粟壳什么的，还有各种化学添加剂、增香剂、增稠剂、增白剂，各种肉精，什么浓汤宝、高汤粉、骨头粉、嫩肉粉等等，这些东西香、辣、麻，会刺激食客的味觉，让大家觉着好吃，带劲，从老板的角度，用这些东西也可以大大降低食材的经营成本。

但是，那都是有害的！因为吃了后不会马上有病态反应，也不会马上致命，所以客人们都不怎么在乎，但是，我是学医的我知道，这些东西带给人身体的后遗症，总有一天会在人的身体里爆发。所以，我们'小小养生餐馆'从一开业，就必须与这些破玩意绝缘！"

店员们拍手称道。

邱栀子接着强调："不止是那些外加剂，还有过期变质的食材，我们也绝不能碰！我不可能每一个细节都监控到，这就需要采购不许购，厨师不许用。妈，你主要负责采购，又习惯了精打细算地过日子，这些禁忌必须要切记！"

邱美娥有些不以为然，小声嘟囔："好么，闺女当老板的第一招，就是冲着你妈下手。"

邱栀子忽然变了脸，啪地拍一下旁边的桌子，喊道："邱美娥同志，这是事关顾客的性命攸关，事关餐厅的存亡，你严肃点！"

邱美娥不满地噘着嘴，但不敢再多话了。邱栀子的这一声吼对其他员工也确实起了威慑力，大家一下子昂首挺胸，神态紧张起来。

开业这天上午，门口两边放了花篮，一时间鞭炮齐鸣。

2个迎宾女孩穿着漂亮的旗袍，亭亭玉立。

邱美娥站在餐厅门口和迎宾女孩一起迎客，而邱栀子则穿着一身白大褂坐在店内的门边，随时准备着给进门的客人把脉。

只是因为宣传不到位，除了故意来捧场的慕容雪和淑惠等几个朋友，一个客人也没有，压根没有人认这家新店。而隔壁的'老杜家餐馆'则生意兴隆。

一个五十多岁、面相奸诈的男人走进了"小小养生餐馆"，用心地四下里打量了一眼。

邱栀子赶紧满脸堆笑地迎上去："您好，我给您把把脉？"

男人摆了摆手："我是隔壁'老杜家餐馆'的杜老板，餐饮这一行，可不好干，不是谁都能轻易入行的。"说罢幸灾乐祸地扭头走了。

邱栀子受了刺激，喊大家到附近发宣传单去。

那个时候，邱栀子没有预料到，就是这个杜老板，后来几乎给自己的餐馆带来了灭顶之灾。

在大风里，邱栀子站在路边，满面微笑着迎向过往的每一个人："我们新开了家中医养生餐厅'小小养生餐馆'，去看看？"

路过的人不耐烦地摆摆手，看也不看她一眼。

"新开了家中医养生餐厅，请您去看看？"邱栀子低头哈腰地殷切道，四处散发着传单。风声把她嘶哑的喊声传得很远。

但并没有人对她的传单感兴趣，路人要么傲慢地压根就不接传单，或者接了后看也不看，走几步便扔了。邱栀子感到一种巨大的心理落差，从一个受人尊敬的医生，一下变成了路边吆喝的了。

但发的宣传单还是起了效果，到了晚上，餐馆里陆续来了很多客人。

邱栀子穿着件白大褂，坐在店内的一边，身后的墙上挂着她的学历证书，从医资格证书。

邱美娥在一旁介绍："我女儿原来是中医院营养科的医生，大家看，这是我女儿的学历证书，从医资格证书，她会为每个客人把脉，然后根据脉象开出滋补的菜谱，如此一来，吃饭、养生、温习中国传统文化，3件事一条线就都搞定了！"

邱栀子给一个壮年男客按过脉后说："你的肝火很旺，我推荐您点清炒苦瓜，另外来道'红花莲子扣山药'，这些饮食清淡，能防止肝火上亢——"

邱栀子给一个上岁数的女客按过脉后说："根据你的体质，我觉得'杏仁雪莲果焖排骨'是不错的选择，除了有宣肺止嗽的功效外，还具有调剂血压的作用——"

"这汤真好喝！""菜不错！""你们店里的这醋溜土豆丝最好吃！价格又便宜。"客人们纷纷赞扬。

邱栀子和母亲相视一笑，这些天的辛苦总算得到了食客的认可。

这时一个老年食客走了进来，惊讶道："这不是邱医生么？我去营养科看过病。当医生挺体面的，你怎么想起开餐馆了？"

邱栀子笑道："药补不如食补，所以我来给大家食补了。"

大家都笑了。

这时厨房忽然叫道："停水了！"

"啊？怎么回事啊这是？"邱栀子道，赶紧打电话到有关部门咨询，"什么？自来水厂的高压线烧掉了，正在抢修，那什么时候能来水哪？不知道？！"

邱栀子气恼地挂了电话。

"快上菜啊，我还要赶火车！"有食客叫。"老板，怎么办哪？"男厨师小陈问。

"那就买矿泉水！客人总要吃饭的，"邱栀子果决道，这就打电话，"水店么？我是栀子花路929号的"小小养生餐馆"，我们这里需要30大桶矿泉水！什么？因为停水，需要送水的太多，忙不过来，只能我们自己去拉？"邱栀子懊恼地挂了电话。

一旁的母亲听罢心疼得滋滋哈哈的，把邱栀子拉到一边小声说："用矿泉水洗菜，那得多贵啊！那菜，偶尔一次不洗也没什么的。淑惠曾在一家餐馆打过工，说那菜压根不洗的，直接拿来切片进锅，上面还粘着泥巴哪。"

邱栀子厉声道："妈！不管发生任何状况，我们都不能违反餐饮业的卫生规定，这是铁的原则！我们自己是开餐馆的，如果做出来的饭菜自己都无法吃，怎么能端出去让客人吃呢？"说罢扭头吩咐厨师，"小陈，记着，所有的菜必须洗干净才能下锅，否则让我看见一次便开除！"

"记着了老板。"小陈点头哈腰道。

邱栀子又吩咐："小陈，你去水店买矿泉水！"

"我去帮忙。"邱美娥随后跟着小陈出店了。

"因为自来水厂的高压线烧掉了，导致停水，我们已经派人出去买矿泉水了，很快就回来！大家吃点瓜子，少安勿躁！"邱栀子陪着笑脸安抚大家。

过了好一阵子，水还没买来，食客们忍耐不住了，一个食客叫："那菜都点了有半小时了，还不上菜！有你这样开餐厅的吗？"

"我晚上还有约，耽搁了事，你赔偿我的损失啊。"另一个食客叫。

"我出去迎迎，小翠，你照看一下店里。"邱栀子急道，走出店骑上自行车向着水店的方向驶去。

半路上，小陈吃力地骑着那辆装满矿泉水桶的三轮车前行着，而邱美娥则弯腰在后面推着，因为是一段上坡路，装的水又过多，所以前行分外吃力，摇摇晃晃的样子。

邱栀子远远地看见了，便冲这边赶来。

忽然，因为捆绑水桶的绳子松了，一个又一个的水桶从三轮车上滚落了下来，就着坡度往后滚去！

邱美娥赶紧追着去捡，一个水桶滚到了快车道上，邱美娥跑着去捡，后面赶来的一辆轿车猛发出一声刺耳的刹车声，好在离邱美娥几寸远的地方嘎然止住了，没发生严重的车祸，惊恐的司机探出头来大骂："找死啊！"

邱美娥也顾不得分辩，又去追赶别的水桶。及时赶来的邱栀子也扔了自行车去捡。

小陈一时惊慌，也赶紧下车，自己又不慎摔倒，三轮车就着坡度也往后滚去！

身后4名骑自行车的行人躲闪不及，被滚落的水桶先后碰得车仰人翻！更为严重的是，在她们摔倒之后还被后面的骑车人给撞上了。

那辆失控的三轮车"砰"地一声撞在了一辆车上！

……

夜色深沉，邱栀子和邱美娥、小陈疲惫不堪地走在回店的路上。

"医药费、赔偿金、罚款，得，就因为买这一车水，赔进去8万块！我们第一天开店，就遇到了这种状况，恶兆啊，咱赶紧停了，把这店转出去得了！"邱美娥苦涩道。

"什么兆头不兆头的，我就不信这个邪，这只是一次偶然事件，一次意外。"邱栀子咬着牙说。

回到店里，客人们已经走光了，店里一片狼藉，小翠和几个员工正在收拾。

主管小翠说："久久等不来水，客人们的情绪后来烦躁得失控，有叫骂的，有拍桌子、踢凳子的，有抓起盘子摔的，弄得店堂里一片混乱。"

邱栀子拍拍小翠的肩，算是一种安慰。

这时，邱栀子忽然想起个事来，猛拍一下自己的额头，就要往外跑："兜兜！"

小翠说："老板，我已经把兜兜从幼儿园接来了，也给他吃了饭，这会儿睡着了。"

小翠的手指处，只见兜兜躺在几把椅子支起的临时床上，睡得正酣。

邱栀子一阵辛酸。

3个人和大家一起忙，将歪倒的桌凳扶起来归位，将摔碎的瓷片扫进簸箕，将餐具摆放好，还要盘点、对帐，厨房里还有一大推的盘子，碗筷。因创业初期，生意前景还未卜，为了降低成本，邱栀子就暂没雇洗碗工，母女便亲自上阵，把所有的餐具洗净，将地板拖得一层不染。都收拾完后，墙上的表显示，已经是凌晨两点了。

开张第一天的生意，对餐饮行业尤为重要，倒不在于第一天能赚多少钱，主要是为了展示餐馆的实力。邱栀子做梦也想不到，自己的开张竟是这样的局面。

2

因为"小小养生餐馆"经营方式的新颖，还是吸引了部分顾客，但因为邱栀子对食材的讲究，从不以次充好，饭菜又足量，因而一直处于收不抵支的状况。

餐馆运转了半年后，邱栀子神色黯然地给店员们开会：

"餐馆从开业起连连亏损，本来是烧菜餐馆却变成了烧钱的炉子，前景令人担忧。最近，我们的周围又新开了几家饭店，方圆100米的范围内居然有18家餐饮店，竞争已经到了白热化的地步了。为了最大限度地节约经营成本，提高员工工作效率。我店决定拓展外卖这一市场。这是新印刷出的外卖菜单，大家要到地铁站外和人潮密集的地方发传单。在10点半到11点之间，是人们订餐的高峰点，写字楼里的白领区9点上班，我们的销售人员要在9点半以后，就赶到白领上班人潮最密集的写字楼里发传单，也就是所谓的'扫楼'。"

散会后，大家便开始执行。纷纷到地铁口和写字楼里发传单，其中一个店员就进了顾顺良公司新搬的写字楼，并恰巧将他们的外卖菜单发放到了顾顺良公司的一个职员手里，就是刘诗摇。

外卖业务开展得不错。一天晚上，下着倾盆大雨，外卖电话便特别多。这时，写字楼里的一位女客人用手机给小翠打来电话："'小小养生餐馆'么？我要点二份餐，我们在加班，尽快送来啊，我们的地址是……"

因除了必须在店里盯守的，其他员工都出来送外卖了，邱栀子便撑着伞拿着地址条亲自送去了。又是坐公交，又是步行，因风雨交加，又是斜风狂雨，邱栀子举着的那把伞压根起不了多大作用，她整个人都被淋湿了。

好不容易到了那栋写字楼前，却发现电梯因为进水停开了。点餐的客人在25楼，一步步爬楼梯上去的话实在太辛苦，可如果不及时送去的话，店里的信誉就没有了，想到这一点，邱栀子毅然去爬楼梯，就这样一级级、一层一层地往上爬着，爬着爬着，邱栀子实在是累得不行了，眼泪忍不住扑扑地往下流着，心升了一个念头，"把这份外卖扔掉，把店转掉算了！"但她又马上咬着牙一遍遍地鼓励自己，"在这个世界上，你没有男人可以依靠，你只有你自己。身后还拖着年幼的儿子和年迈的母亲，一老一小都需要你养活，你不能倒下！"想到这些，她在楼梯台阶上坐下歇了一小会儿便又继续爬。

邱栀子气喘吁吁地爬到 25 楼的时候，腿已经快软了，全身也已湿透，也不知是汗水还是雨水。因太过疲惫，她找着门牌"2503"后便推门进去了。诺大的办公区里只有一间办公室里还亮着灯、开着门，邱栀子走向那团光，嘶哑着嗓子喊："外卖来了！谁叫的外卖？"

"是我叫的！"一个女人从那间办公室走出来，在看见邱栀子的瞬间一下就怔住了，邱栀子也怔住了，那人是刘诗摇。

"快拿进来啊，我饿了。"一个男人从办公室里紧跟着走出来，在看见邱栀子的瞬间也一下就怔住了，男人是顾顺良。

"我，我不知道你们公司换了地址，我实在是太累了，只看了眼门牌就进来了，没顾得看公司名称。"邱栀子慌乱地解释着什么，好像自己的上门是居心巨测的捣乱。

更让她受伤的是这对衣冠楚楚的男女看自己的眼神，充满了怜悯，当然，他们是有资格怜悯自己的，他们在这高档气派的写字楼里，穿着一尘不染的高档衣服，刘诗摇的身上还散发着阵阵浓郁的香水味，而落汤鸡般的自己，因为刚爬了 25 层的楼梯，连自己也闻到了自己身上散发出来的汗臭味，邱栀子难堪地放下外卖便转身跑出去了。

"栀子！"顾顺良很快反应过来追出门去。邱栀子已不见了人影，他去按电梯，这才发现电梯坏了，那么，邱栀子是从楼梯间跑下去了？他也去走楼梯，边往下跑边喊"栀子！"

在楼梯间跌跌撞撞地往下跑着的邱栀子听见了后面顾顺良追赶自己的脚步声和喊声，声音越来越近了，她躲进了一个楼层的暗处，很快，顾顺良从她旁边跑下去了。

顾顺良跑到了楼外，茫茫夜幕里只有白茫茫的瓢泼大雨，压根没有邱栀子的身影。他对着茫茫雨雾大声喊着："栀子！"泪水淌满了他的脸。

而办公室内，刘诗摇赶紧将"小小养生餐馆"的外卖宣传单撕碎了扔进了抽水马桶，并将自己手机里打给"小小养生餐馆"的要餐电话记录删除了。

过了会儿，失魂落魄的顾顺良回到了办公室，上前抓起刘诗摇的手腕问："那家外卖餐馆的名称和电话哪？"

刘诗摇以一副坦荡的样子拍一下自己的头道："哎呀，我忘了！我今天在走廊里碰见一个外卖销售在散发宣传单，便记下了他电话，但没有接他手里的单子，打过要餐电话后便将那个号码删了。"

"是刚才我出去这会儿你删的吧？"顾顺良苦笑道。

他这就给邱栀子上班的那家中医院的值班总机打电话："喂，中医院么？你们医院营养科的那个医生邱栀子现在还在单位上班么？"

"邱栀子？她早已辞职了。"总机说。

"她去了哪家单位？"

"不知道。"对方说着挂了电话。

他又给慕容雪打了个电话："是慕容雪么？我顾顺良。"

"哦，是顾大老板啊，什么事？"慕容雪讥讽道。

"我这才刚知道栀子辞职了。你知道她辞职后去了哪里么？"

"她不让我告诉你。"慕容雪说罢便匆匆地挂了电话。

顾顺良再打，慕容雪关机了。

顾顺良再打前丈母娘邱美娥的手机，是对方已停机的回应。

顾顺良又打兜兜幼儿园老师的手机："唐老师么？我是顾兜兜的爸爸，我儿子现在还在你们班上么？"

"顾兜兜啊？他早已转园了。"

"你知道他转到哪里去了么？"

"不知道。你这个当爸爸的都不知道儿子去哪儿了？"唐老师说着挂了手机。

顾顺良颓然地坐在椅子上，顿时有一种沧海桑田、人事皆非的感觉。

刘诗摇在旁讥讽："当对方故意斩断跟你的一切联系方式，就是一种决绝的表示，她不想再和你有任何瓜葛。"

3

第二天一早，顾顺良在抽屉里到处翻找着什么东西，刘诗摇喊他去上班时，他说："你自己打的去吧。"

刘诗摇赌气一个人走了。

顾顺良依然在抽屉里翻找着，终于找到了，是一串钥匙，那是他以前的小房子的家门钥匙，他拿起钥匙便离开了大房子，出门开车回到了以前他和邱栀子住的小房子所在的小区楼前。

几年的时间，原来的新楼已经成旧楼了，站在曾经无数次进出的那栋楼的楼道前，他脚步沉重地一步步迈上四楼的台阶，曾经很新的楼道墙上到处写有"通下水道"或"求租房"的广告，四处污迹斑斑。

他记起最初拿到这个房子的钥匙时自己抱着邱栀子上楼的情形……过往的岁月一幕幕轰隆隆地来到了跟前，他瞬时五味俱全。

终于来到了自己以前家的门外，他拿出钥匙开门，门锁没有换，竟一下就把门打开了，家里还是老样子，松木的餐桌、松木的衣柜，连床上的被罩竟也是原来的花色，一切都还是原来的，他进了儿童房，墙上贴着几张稚嫩的画作，是儿子近期的画作？顾顺良的眼泪汹涌而出，他已经几年没看到儿子了。

顾顺良在熟悉的双人床上躺下来，嗅着过去生活的味道，恍惚间跟原来的日子又接上了茬，没有风雨跌宕的这几年，那一刻，他忽然觉得心静如水，想着当初如果不是和刘诗摇的瓜葛，他和邱栀子现在也许过着非常平静的家常日子？他在枕头上捡到了一根长长的头发，是邱栀子的头发？

顾顺良起身打开鞋柜，里面并没有男人的鞋子，又打开衣橱，里面也没有男人的衣服，他心里长舒了一口气，看来邱栀子还没有再婚。却忽然发现自己的那件衬衣竟然还挂在衣橱里，干净如新，他的泪水一下就涌出来了。

他又打开冰箱，发现里面除了几个鸡蛋外空空如也，又去了厨房，菜橱内除了几把干面条再无它物，这娘儿俩的日子过到什么光景可想而知，他锁上门便开车去了超市，买了牛羊肉鱼、鸡蛋、牛奶等等，还买了几盆绿色植物和鲜花。

将邱栀子的冰箱、菜橱塞满后，他再次锁门离开，开车驶在去上班的路上，在陌生的人流里寻找着邱栀子的身影，只是在大街上寻找一个人，像搜寻一滴进了海里的水，哪里去找？

下午下班时，刘诗摇又过来喊顾顺良一块下班回家时，他再次说："你自己打的回去吧，我还有事要处理。"刘诗摇只得一个人走了，从邱栀子的上门送餐邂逅，她便意识到了失去顾顺良的隐患。

顾顺良开车重又开回了以前的家所在的小区里，他坐在车里，望着进自家的楼道，就那么等着，等着。

天近黄昏了，下班的人陆续进了楼道，但没有邱栀子。夜灯一盏盏都亮起来了，有模糊的人影在楼道里进进出出，但还是没有邱栀子。

夜里十点多的时候，邱栀子牵着儿子终于进入了顾顺良的视野，邱栀子头发蓬乱，疲惫不堪的样子，而儿子，个子也已高了些许，在昏黄的灯光下，邱栀子显老了很多。

顾顺良顿时百感交集，"她干什么去了？为什么这么晚才回来？"顾顺良心里升起一连串的疑问，他动了动身体，但没有勇气前去，不知道该怎么面对她。

过了会儿，四楼的家里亮起了灯光，顾顺良抬头久久地看着那团光，终于鼓起勇气上去了。

他站在门外，刚要敲门，门开了，是邱栀子拎着一袋垃圾要出来。她看见顾顺良一下愣住了，眼圈一红，随即眼泪就掉下来了。

她闪身让顾顺良进了门，问："你来干什么?"话虽这样说，还是扭头去拿水杯倒了杯水给他。

顾顺良说："我来看看你。"

邱栀子生气道："这回你看见了，我们娘儿俩的日子过得有多落魄，你满足了? 那么多的艰难和苦涩，我都一个人挺过来了，那个时候你在哪里? 现在又回来做什么?"

顾顺良不接这个话茬，关切道："我打电话到你原来的单位了，说你辞职了。为什么辞职? 你现在靠送外卖维持生计么?"

"我受不了单位人的歧视，便辞职和我妈一起开了家中医养生餐馆，但生意非常难做，举步唯艰。"

"哦，是自己当老板啊? 那就好。这几年，你过的好么?"

"承蒙先生你当初的手下留情，我现在还勉强活着。"

"儿子哪?"

"已经睡着了。"

顾顺良走进儿童房，悄悄地在儿子的小脸上吻了几下，几滴泪落在孩子的脸上，怕吵醒孩子，他赶紧退了出来。

"我下了班便来楼下蹲守了，这会儿饿了。你吃晚饭了么?"他说。

"我在店里已经吃过了。我去给你下碗鸡蛋面。"她说着进了厨房，这才发现家里多了食品，问："是你买的?"

"家里的门，不是还没有换锁么，我上午进来的，"顾顺良指着口袋里的钥匙说，"亏了这套房子没有卖，不然，我就再也找不着你娘儿俩了。"

顾顺良坐在餐桌前吃着邱栀子给煮的面道："我现在，还能吃上你煮的面，真好。"

他怔怔地无言地深看着她，拂去这几年的岁月，她沉稳了很多，眉宇间也多了些沧桑，再不是那个无忧无虑的少妇了。然而人还是那个人啊。

她也看着他，他重新在自己的生命里出现了，她有些恍然若梦的感觉，难以置信跟前的事实。有这种可能性吗? 跟所有的过去都衔接上，没有这几年的世事变迁，没有那一天的惨痛离婚。

顾顺良放下饭碗忽然就上前把邱栀子拥在怀里，而邱栀子，一碰着那个怀抱，几年来的委屈似乎一下子找到了发泄口，偎在前夫的怀里失声痛哭起来，瘦削的身体像片瑟瑟发抖的树叶。

哭了一阵，邱栀子似乎忽然才想起眼前的男人已经不是自己能随意碰触的，赶紧闪身躲开，问道："你们的孩子多大了？是男孩还是女孩？"

顾顺良困惑道："孩子？什么孩子啊？"

"就是因为刘诗摇说她怀了孕，我才给你发了那条从此不要再来往的短信，并换了手机号断绝联系的啊。"邱栀子说。

"莫须有的事，我们又中计了。"顾顺良苦笑道。

过了会儿，顾顺良气冲冲地回到了大房子里，问刘诗摇："我们的孩子哪？在哪儿？"

刘诗摇恨道："过了这么久，你还跟我谈这个话题，我就知道你又跟邱栀子联系上了，因为除了你，我只跟她一个人说过这件事。"

顾顺良指画着她恨道："怀孕的事，压根是无中生有的，是你为了离间我和邱栀子而做的假医院证明，是么？好你个刘诗摇，想我顾顺良，也算有头又脸，却被你几次玩弄于股掌之间。"

刘诗摇声嘶力竭道："玩弄？我的一切，不都是为了爱你么？"

顾顺良无语了。

刘诗摇依然满腹怨恨道："就算真有了你的孩子，我也会活活地把他掐死！因为他有这样一个心猿意马的父亲！"

4

几天后的一个晚上，顾顺良忙完了工作，赶紧抽空去"小小养生餐馆"看个究竟，却见餐厅里的服务员们忙成了一团，没有邱栀子和邱美娥的身影，一个小人儿正在吃力地拖地，那不是儿子么？

"兜兜？"顾顺良异样地喊。

兜兜回过头来，看着爸爸，惊喜万分道："爸爸？真的是爸爸？我不是在做梦吧？"

顾顺良的双眼顿时潮润了，上前揽起儿子胡乱亲着："儿子，是爸爸。"

父子俩亲热了一番后，顾顺良问："你妈妈和姥姥哪？"

"在厨房。"儿子指着说。

顾顺良走近厨房，这才发现前丈母娘穿着厨师的白衣服，戴着厨师的白帽子正在忙活着炒菜，而邱栀子，带着袖套和围兜正在挥汗如雨地洗碗，他问："怎么回事？你们不是大老板、二老板么，怎么都亲自披挂上阵了？连兜兜都被你们当童工使用了。"

邱栀子懊恼道："附近新开了一家饭店，把我的厨师小陈和他的一伙人高薪挖走了，还没来得及招聘新人，人手一时不够用的。"

顾顺良这就也脱了外套，挽胳膊捋袖子地进了厨房，道："我也算一个！我干什么？"并向前丈母娘打招呼："妈！"

邱美娥板着脸道："可不敢当！你这大老板，快出去吧，我们这底层社会，别弄脏了你的高档衣服！"

邱栀子埋怨道："妈！"又扭头对顾顺良笑道："真想帮忙的话，就把我洗好的碗往碗橱里放吧。"

"好！"顾顺良便干起来。

邱栀子累得狼狈不堪的样子，边洗边说："长这么大，我没洗过这么多的碗，看来要把一辈子的碗都洗光了。"

"哎呀！"邱美娥忽然叫起来。

"怎么啦？"邱栀子和顾顺良赶紧上前问。

"没事没事，是油点溅到手上了。"

"哎呀！"餐厅里的兜兜又忽然叫起来。

"怎么啦？"3个大人赶紧探头问。

"没事没事，滑倒了，我已经爬起来了。"兜兜说。

……

一番忙碌后，厨房里的活总算干完了。客人们也散尽了。

邱栀子累得瘫坐在餐厅里的椅子上喘口气，喝口水，愤愤不平地对旁边的顾顺良说：

"你说那个厨师小陈，也太不厚道，你知道么？我刚给他付了学费让他到一个速成餐饮班学习回来，第二天一大早他就打电话给我，说他妈妈出车祸了，要马上赶回家，身上没钱。我马上给了他两千块钱让他回家，第二天还打电话过去问候他妈妈的情况，过两天他又打电话给我，说他妈住院的钱不够，要我再给他汇些。虽然我有些不好的猜测，但我想没人会拿父母的命来骗人，结果几天后就看到他在对面餐馆上班了，还拉去了一帮人，听说对面在还没得到他回应时就给了他5000元钱，对面就是冲着我来的，想把我一下子打垮啊！"

顾顺良道："这样品质的人，令人不齿，走了也好。再说，行业竞争不都这样么？你也想开些，尽快招聘新人就是了。"

"现在是用工荒，招工挺难的，"邱栀子道，她看一眼还在收拾餐桌的母亲和兜兜感慨，"唉，这样的生活是我想要的吗？原本想着让妈和兜兜跟着我过上幸福生活，可现在，让大家都跟着我受累，有点后悔选择餐饮行业了，实在太累人了！"

顾顺良道："实在不行，就转行干点别的？"

"不，我坚决不能放弃，"邱栀子咬着牙认真道，"我要给孩子做个榜样，让兜兜从小就知道，做什么事情都不要轻言放弃。"

顾顺良定定地看着邱栀子道："我像第一次才认识你。原来看到的你，是温柔的一面，而今天，我看到了你的坚韧，你的自强不息，你真令人刮目相看。"

邱栀子苦笑道："一个弃妇，只不过为了养活儿子和母亲，讨生活而已。"

这时邱栀子才忽然想起看表，惊道："哎呀，都十二点啦！你赶快回去吧，不然刘诗摇……"

顾顺良开车把她们三口送到了家里的楼下后，开车走了。

回到屋里后，母亲埋怨邱栀子道："你真是好了伤疤忘了疼。当初，你被顾顺良伤得多惨，你忘了么？现今刚过了几天安生日子，你又去招惹他！"

邱栀子被击中了什么，瞬间无语，过了会儿说："妈，你知道么？今天是我最快乐的一天，和他之间的郁结化开了很多，怨恨别人，受伤害最深的是自己啊。"

母亲道："也罢，人总得往前走啊。老抱住过去的恩怨，能成什么事啊。"

5

邱栀子兴致勃勃地又给员工们开会了："自从开展外卖以来，餐馆一下赢利了。而且，那些吃过外卖的人，因为觉得味道好，又跑到店里来高消费，那些外卖，等于给咱们餐馆打开了一扇扇宣传窗口，以后，大家要再接再厉！"

员工们拍着手，脸上都一片喜色。

小翠说："外卖中最受欢迎的就是醋溜土豆丝，新厨师炒土豆丝的火候把握得特别好，这道菜既经济又实惠，所以最受欢迎。"

那个时候，邱栀子怎么也没料到，餐馆的灾祸就出在土豆丝上。

这天黄昏的"小小养生餐馆"内，生意依然火爆。

一桌客人忽然嚷他们的粥里有一只虫子，喊老板过去，

邱栀子走了过去，笑脸相迎道："各位客人，怎么了？我是老板。"

她仔细打量了几眼那桌客人，有八个人，穿着脏旧，看起来像外地来京的干粗活的务工者。一个带头的男人指着一碗粥里的一个黑点说："我们粥里有一只虫子，你得赔偿。"

邱栀子看了一眼，里面果然有一只虫子，说道：我向你们道歉，这样吧，这顿饭我就给你们免单了，今天客人也挺多的，餐位不够用，你们早点回去工作吧。

带头的男人说："那可不行！这只虫子会让我们恶心多少天，你得赔偿我们的精神损失费。"

邱栀子问："你们想要多少赔偿？"

带头的男人气冲道："一万元！"

"你们也太狮子大开口了，想讹人哪？"邱栀子说罢气得扭头欲走。这时，她忽然看到了他们桌下的地上扔着个小纸包，根据那纸包的形状和大小，明显是包虫子的，邱栀子心里有了数，但没有人亲眼看到他们扔虫子的动作，一切也是枉然。

邱栀子回到自己平时给客人按脉的桌后坐下来，气得喘着粗气。

小翠凑上前问道："他们到底想干嘛？"

邱栀子道："我们碰上敲诈的了，而且对方是有备而来。"

小翠道："那怎么办？"

邱栀子道："如果我今天答应了，以后他们会吃定我们的，所以坚决不能屈服！"

那桌人见邱栀子不答应他们的要求，就一直在店里坐着，并不停地用筷子敲着碗碟吆喝："饭里有虫子！饭里有虫子啊！"

弄得其他顾客们纷纷侧目，有的食客产生了恶心感吃到一半便匆匆离去，有的刚进门的客人一听到这种喊扭头便离开了，烦躁得邱栀子心里像活吞了只苍蝇般难受，她终于忍耐不住了，走向那帮人问："你们到底想怎么样？"

那个带头的男人说："要么赔偿我们一万元，要么我们打卫生局的投诉电话，要么你把这只虫子吞下去！"

小翠将邱栀子拉到一边去说："就让他们打投诉电话去！不就是一只虫子么？卫生局的来了，还能怎么样？"

邱栀子看一眼四周说："这会儿店里正是高峰期，卫生局的人都穿着制服，他们一来，到店里又是拍照片，又是录口供的，影响太坏，周围店里的人看见卫生局进了咱的店，也会有看笑话的心理。再说，卫生局的态度是有投诉必罚，所以又得损失一笔钱。"说到这里，邱栀子气冲冲地走过去便用筷子夹了那只虫子一口吃下去了。

那帮人见状面有羞愧地赶紧走了。

而邱栀子，跑到餐馆外扶着一棵树呕吐不已。

顾顺良正巧带着几个朋友开车欲来餐馆吃饭，他在车里便看见了邱栀子的情状，停车后赶紧跑上前来问："栀子，怎么啦？哪里不舒服？"

却见邱栀子在那里只是干呕，并没有吐出什么来。

邱栀子眼里噙着泪花看了他一眼，什么也没说，继续干呕。那眼神一下子就把顾顺良给击中了，像是受了特别大的难以言说的屈辱和委屈。

跟过来的小翠跟顾顺良说："有一桌客人在他们的粥里发现了虫子，他们要么要一万元的赔偿，要么要打卫生局的投诉电话，要么让栀子姐把那只虫子吞下去，栀子姐为了息事宁人，就把那只虫子吃下去了。"

顾顺良挥动着手中的拳头就要往里冲，问道："那帮小子在哪儿？我找他们算账去！"

小翠说："他们已经走了。"

顾顺良问："知道他们什么来历么？这事绝不能这么善罢甘休！"

这时邱栀子说话了："那桌人虽然看起来是做粗活的，但貌相上都有忠厚之色，不像那种地痞无赖之流，凭我的直觉，他们是被雇来故意捣乱的，而雇他们的人，应该是周围这几家新开的餐馆，其中一家店，已经高薪挖去了我们店的厨师。但我们苦于找不到证据，即便找到了又怎样，一只虫子的事，到哪个部门去告？也舍不得那个功夫啊。"

顾顺良恨道："不是说炉火如焚么？我要想法帮你把店开得更红火，把他们活活地气死！"

邱栀子交代小翠："等我妈回店后，别把刚才的事告诉她，免得她心疼生气的。"

顾顺良领客人去雅间吃饭了。

邱栀子在店里比划着跟小翠商量："如果有摄像头的话，刚才他们往粥里扔虫子的动作我们的监控里就能看见。或者，我们这里按上几个摄像头？"

这时邱美娥从外面牵着兜兜回来了，只听见了她们说的后半句，道："唉，按什么摄像头？那不得多花钱么？算了吧，送多少趟外卖才能挣回按摄像头的钱啊？"

母亲的话也有一定的道理，邱栀子便不再坚持，**当时，她怎么也没有预料到，她对此事的不再坚持，事后给她的生意几乎带来毁灭性的打击。**

这天晚上，顾顺良夜深回到大房子里的时候，一脸怒气的刘诗摇正坐在卧室床上等着他。

"今天的饭局又带着客人去'小小养生餐馆'了？"刘诗摇气呼呼地问。

"是的。"顾顺良心事重重的样子，对她爱搭不理的。

"我去财务看了你最近的报账票据，凡有饭局，都是在'小小养生餐馆'的。"刘诗摇叫道。

"到哪儿吃不是吃啊？再说，那里的饭确实不错，客人们也很满意，"顾顺良不以为然道，"再说，她两个单身女人开餐馆，会遇到三教九流、形形色色的人，我去吃饭时随便看看是否有什么情况。"

"这句话把你的真实心理暴露出来了吧？你去那里吃饭是假，想看看她是真！"刘诗摇叫道。

"我去那里看看怎么了？她一个人拉扯着儿子，为了讨生活开个餐馆多么不易，你怎么连点基本的同情心也没有？"

"顾顺良，你头脑清醒清醒吧，前妻已经不再是'妻'了！"

"可她是我儿子的母亲！"

"我没有同情心？谁来同情一下我？我的未婚夫三天两头去他前妻的餐馆里吃饭，我心里像吞了个苍蝇一样难受，谁来顾及一下我的感受？"

"那你就真吃一个苍蝇试试，看看是什么感觉？你知道么？今天竟然有上门闹事者逼邱栀子吃了一只虫子！你不知道她当时看我的眼神，充满了难以言说的屈辱和委屈，即便是个陌生人，看到那样的眼神都会忍不住想帮她做些什么，何况我是她儿子的父亲。"顾顺良说着，心情极度不好的样子，抱起自己的被子去另一间卧室了，留下刘诗摇一个人，无奈地面对着自己。

这之后的日子里，他们俩一直分居着。

6

几天后，顾顺良来"小小养生餐馆"吃饭的时候，正巧碰到邱栀子正在给食客们讲养生话题，只听她说：

"21世纪什么最贵？是健康。现代人越来越认同食疗养生，但很多人没有多余的时间自己在家里进行此项工作，特别是上班族，因此我们开了这家食疗餐厅，可以针对各个群体的人。中医养生哲学讲究的是'养生先养心，浇花需浇根'，其实每个人真正的医生是自己，人活着要对得起自己，不要为外界的情感、钱财所左右，要做到动脑不动心，用智不用情，保持内心世界的恬淡虚无、心安理得。

另外，要懂得'春生夏长、秋收冬藏'的四季养生原则。随着人体结构的衰老，要经常通过外界的物理疗法刺激调节自己的机能，要定期地对人体外部器官给予刺激，激活人体的动能。养生要懂得自然规律，懂得了自然规律就是懂得了生命规律，懂得了自然是大宇宙，人是小宇宙。人要与自然生物统一，与自然规律统一，与自然结构统一……"

顾顺良听得津津有味，其他食客们也不住地点头称道。只听食客中一个白发老者说："来这家餐馆吃饭真好，不仅给免费把脉，饭吃得健康，还免费听中医讲座。"

顾顺良听了心里一动，既然前妻这家店这么有特色，却因为没有更多的人知道，而生意不火。

等邱栀子空下来之后，顾顺良上前说："这样吧，我来做一个你的访谈，在晚报上发表，文章我来整理，你可以多谈谈你的中医养生理念。"

邱栀子羞怯道："我一个餐馆老板，又不是什么名人，还做什么访谈，人家不笑话我么？"

顾顺良道："酒香也怕巷子深。我这几年做图书，对营销有些思路。"

顾顺良这就拿来纸笔，就中医养生和餐馆的一些问题和邱栀子两个人严肃地聊起来。

凭顾顺良的才华，做这种事是小菜一碟，回去后半天的时间就将稿子整理完了，并很快在晚报上发表了出来，访谈文章旁还附了邱栀子身着旗袍的照片，附了"小小养生餐馆"门面的照片。

刘诗摇在办公室里也看见了那篇采访者的署名为顾顺良的访谈，她嫉恨得把那张报纸揉成了一团。

访谈发表出来后，餐馆的生意马上有了立竿见影的效果，客人络绎不绝。

月底在家里一算账，母女俩乐得更合不拢嘴了，"这么说，咱是发了？"邱美娥狂喜道。

"是的，发了！"邱栀子兴奋地叫道，"这么个流水法，三个月以后，咱就能还了银行的贷款，把那两套房子收回来了，然后我要先给自己买辆新车。再之后，再挣的钱就是纯利润了！"

极度兴奋的邱栀子举着胳膊道，"我邱栀子从今天起，也活得扬眉吐气了！"

邱美娥喜得抹着眼泪道："妈这辈子也没想到能挣这么多钱，从以后，妈就跟着闺女混了，跟定你了！"

说着上前挎起闺女的胳膊，两个人边唱边挥动着胳膊转着："雄赳赳啊，气昂昂，跨过鸭绿江！"

兜兜听见动静也从房内跑出来，加入她俩的队伍，学唱着："雄赳赳啊，气昂昂，跨过鸭绿江！"

压抑多日的家里，终于出现了欢乐的气氛。

过了会儿，两个人静了下来，邱栀子道："有了钱后才意识到自己以前的错误，日子窘迫了，怨天怨地，怨丈夫没本事，怨婆家穷，为什么不怨自己没本事哪？一个大学毕业的都市青年，想从一对农村老人手里抠那点钱，多么让人看不起。说起来根源还是女人对男人的依赖心理在作祟。"

母亲道："是啊，要是早有这么多钱，我也不至于整天埋怨唠叨你爸爸，把他逼走了。"

"每个人都在自我成长。许多家庭的不幸，也许就是女人的依赖心理造成的。我现在才发现，事业是一个人的脊梁，在这个世界上，只有自己才是最靠得住的。"邱栀子认真道。

邱美娥说："这次最要感谢的还是顾顺良，我们只想到处发传单去了，怎么就没想到在报纸上做宣传呢，这是什么力度啊。"

"那是当然，他不亏是做文化的，思想就是活络，有高度。其实我原来也想过到报纸上做宣传的事，但如果仅仅以广告的方式做，人们会很反感，也没多大的效果，但经他一动笔，就成了弘扬中医文化的特色餐馆了，高啊，他水平就是高。"邱栀子道。

"他这么帮你，是不是有复婚的意思啊？如果有这意思，你可不能错失了机会啊。"母亲道。

"妈，人家现在是在怜悯、同情我们。我觉得，我和他的差距越来越大了，你看，咱俩为了餐馆费了多少心血，可也没有多大的起色，但让人家大笔一挥那么一拨拉，就把知名度给打出来了。再说，我现在心里只有三样东西：母亲、儿子和餐馆。"

7

那天，邱美娥对邱栀子说："咱的餐馆现已步入正轨了，你在报纸上帮妈登那个'**不再寻人启事**'吧。"

几天后，郑军武在报纸上看到了这样一则信息：

不再寻人启事

苏一雄，我知道你就在北京，别再躲着藏着了，从今后，我再也不会去找你，再也不会打扰和干涉你的任何生活，你就大大方方、坦坦荡荡地过自己的日子，别再躲着藏着了。

我和咱闺女苏小小（她现在叫邱栀子）合伙在栀子花路929号开了一家叫'小小养生餐馆'的餐厅。'苏小小'是你给女儿取的名字。你离家出走后，我赌气让女儿跟了我的姓，改名邱栀子。事后，我觉得这是错的，不管她的父亲是否在她的身边守护她，她都是她生身父亲的女儿，这是一个永远也无法更改的事实，为了改正这个错误，我们娘儿俩将店名取为'小小养生餐馆'，是为了表达对你的想念，也是呼唤。你也可以来店里吃点养生餐，喝点养生粥，女儿毕业于中医学院，她搭配的菜肴既科学又营养。

我们找着了前楼你住在里面窥探我们娘儿俩的那套房子。日子过得不舒心时，或者吃的不合胃口时就来店里，好歹，这里有碗养生热粥喝，有可口的小菜，随时给你准备着。

邱美娥

一字一句地看罢后，郑军武拿着报纸的手哆嗦不已，泪如雨注般一股股淌过他沧桑的脸。

他放下报纸马上驱车来到了'小小养生餐馆'附近，透过车窗感情复杂地看着'小小养生餐馆'的一举一动。邱美娥骑着三轮车买菜回来了，穿着白大褂的邱栀子走出门来对几个顾客相送。他起了一股强烈的冲动，想下车迎上前去说话，但终于还是没动。

天黑后，郑军武走进'小小养生餐馆'斜对面的一家店铺里，对店里的伙计说："请留心一下对面的'小小养生餐馆'，若有什么动静，及时给我打电话。"说着，将一张名片和一卷钱递给了小伙计。

'小小养生餐馆'内，一片嘈杂，很多食客在大厅里排队等候用餐。

邱栀子喜不自禁道："妈，你看，现在是顾客盈到了门外头了，没想到你让登的那则'不再寻人启事'无意中给咱打了一个广告，很多人因为好奇，都来咱店里看看，吃顿饭。妈，这些年你真是屈才了！"

邱美娥苦笑道："那是歪打正着。妈可没想用这种方式给咱的餐馆拉客流，那是咱娘儿俩最深的伤口啊，谁愿意把自己的伤口晾在光天化日之下啊，可你爸把所有的联系方式都掐断了，不给咱说一句话的机会啊。"

慕容雪正在别墅内看电视。邱栀子的电话打来了："雪儿啊，我店里进了一批新鲜食材，喊着你们家郑军武一块儿来我们餐馆吃饭吧。他若觉得好，推荐他那些生意场上的朋友，多来捧场。"

"好啊！给我们打半折？"

"给你免单！"

"一言为定！"慕容雪笑道，这就给郑军武打电话，"晚饭我们一块出去吃吧？"

郑军武在电话那头笑道："好啊，想去哪里吃？"

"栀子花路929号，'小小养生餐馆'。"慕容雪回答。

"啊？"郑军武慌乱道，但他很快调整了自己道，"哦，我这里来客人了，会一块儿谈事到很晚。晚饭你自己去吧。"说罢挂了电话。

"得，三伏天，孩儿面，说变就变。"慕容雪念叨着。

慕容雪一阵风似地进了店，坐在邱栀子跟前道："看看我需要补什么?!"

邱栀子给慕容雪按了会儿脉后嗔笑着说："给你推荐那道'补中益气鸡'吧，原只清炖的鸡肉里吸收了红枣、当归、杞子等药材，又清香又鲜滑。"

慕容雪吃着饭时念叨："家里想重新雇个保姆，现在那个做的饭不好吃，想换个人。"

"雇我吧?"一旁的邱美娥笑说。

慕容雪笑道："可不敢劳烦阿姨，你现今是餐馆响当当的二老板啊。我们军武工作特累，回到家就不愿动窝，你们餐馆送外卖么?"

"送啊，送!"邱美娥连声道。

"你们这儿的饭这么好吃，以后我们干脆吃你们餐馆给送的外卖得了。"慕容雪笑道。

"好啊，有需要时你打我们店里电话，随叫随道!"邱美娥笑道。

几天后的一个黄昏，慕容雪果然打来了要餐电话。

收拾完后，邱美娥就要提着餐盒前往。

邱栀子在旁劝："妈，你整天负责采购就够累的了，这样的活，让店里的外卖员去吧。"

邱美娥小声嘟囔："外卖员送一趟收一块钱的人工费，从这里到蔷薇别墅也不远，少花一个是一个，这房子押出去，我心里时刻跟打鼓似的，早点还上款，咱早点把房子赎回来，我这心就放到肚子里了。"

邱美娥出去骑上三轮车便出发了。不一会儿，便提着餐盒来到了慕容雪所在的蔷薇别墅×号，按动门铃。

慕容雪正在浴室洗澡。保姆外出了。郑军武正在家里，听到门铃后刚要出去开门，忽然从窗口里看见了邱美娥，一下怔住了。

邱美娥久久地按动着门铃，郑军武就是不开。

邱美娥好奇地往别墅院内瞅着，一脸羡慕。

郑军武躲在窗帘后心情复杂地看着邱美娥，她老了很多，衣服也穿得简朴得不能再简朴，还是一贯的节俭，也不知她这些年经历了多少难处，只看见了她脸上的沧桑。

过了会儿，慕容雪从浴室里出来了，听见了门铃响，也看见了窗外的邱美娥，埋怨道："我叫的外卖来了，你怎么也不去开一下门?"说着披上外衣拿了零钱就欲出门。

郑军武紧张道："别让外人进家里来。"

"哦，知道了。"慕容雪说着出去了。

很快，慕容雪提着外卖回到了房内，喊郑军武："快吃啊，这家餐馆的东西很好吃，喊了你多次都不去，这不，给你要家里来了，以后经常给你要。"

郑军武吃着饭说："以后，还是不要叫外卖了。家的隐私让外人知道多了不好。"

慕容雪不以为然地大大咧咧道："你又不是贪官污吏，这买别墅的钱难道不是正道来的？"

郑军武啪地摔了下筷子，叫道："我再重发一遍，不要叫外卖了！"

"好，好，一切听你的，不叫外卖了，这么点事，至于发这么大火么？"慕容雪赶紧给郑军武抚着胸口道。

邱美娥回到店里后便跟女儿唠叨：

"什么时候，咱娘儿俩能住上大别墅啊？唉，这辈子也别想了，进去当个保姆也把我给幸福死了，你问问慕容雪，把她家保姆换成我得了。"

邱栀子笑道："算了吧，她家那保姆可不好当，慕容雪说过，她家保姆除了侍候他俩之外，还被她男人安排暗中监视她的一举一动，以防她跟其他男人勾搭。"

"是这样啊。那我还是想进去当保姆。"

"我的妈啊，你就这追求啊？天生的穷命！你就没想过？哪天咱的餐馆名声大噪后，再开很多分店，挣了大钱咱娘儿俩买栋大别墅自己住！"

"你妈我这辈子是不敢想了，只把咱那两套房子尽快赎出来，我就阿弥陀佛了！"

邱栀子嗔笑："瞧你这点志向！天生的穷命！"

"你说这个慕容雪，跟你是多年的朋友了，上咱家吃过多少顿我给做的饭？可到了她家门口了，她都不让我进她家里坐坐，我多想进去多看几眼啊！"邱美娥嘟囔。

第十七章　刘诗摇和顾顺良分道扬镳，
顾顺良濒临破产

1

即便《初恋在栀子花开的季节》使刘诗摇在文坛崭露头角，刘诗摇自己也付出了相当大的努力，但离她的大红大紫还是遥遥无期。她整天压抑着，她的喜怒哀乐，她整个的情绪，都被文学给控制了。一个染上毒品的人什么反应，她就什么反应。千万条理由汇集成一个最强烈、最坚硬的愿望：我要成名！

什么都是虚的、假的，只有名气是最坚硬的事实。有道是人活一口气。

在一种热锅上的蚂蚁般团团转的急迫下，一部起名《我是一只花蝴蝶》的长篇小说的构思在一个神秘的时刻来到刘诗摇的心中。

小说的主要故事是：

"我"的父亲长期霸占着"我"，"我"和妹妹同性恋，"我"为了各种各样的目的和不同的男人睡觉。在"我"人生的每一步，比如大三的升级考试，比如大学分配找工作，比如为了升一级工资，比如发表第一篇小说，都是跟男人怎样怎样睡觉得来的。小说以第一人称写。

"可以这样写吗？"在夜深人静忽然醒来的时候，刘诗摇自己也会抱住肩忽然就爬到床底下去，她被自己的文字惊吓着。人的承受力毕竟是有限的，何况是一个女人，即便是一个思想有些激进的现代女人，但毕竟，毕竟……

"只要能强烈地刺激人们的视觉神经。一句话，只要能成名，什么都不在乎，什么都豁出去了！小说毕竟是小说，谁能因此给我定罪？"她又这样安慰自己。

或许是出于一种女人的直觉，刘诗摇预感出这样的一部小说能闹出些动静来，她要去触人们最敏感的神经，动人们道德系统中的大忌讳，总之，她要去捅一捅社会这个马蜂窝，捅一捅文坛这个马蜂窝。有些影视明星的成名轨迹不明摆在那儿吗？只要能闹出动静来，就能出名。

再说，除了剩下的一点清誉，她也再没什么可为文学付出的了。

历经三个月的打磨，小说终于完成了。

当刘诗摇将这部作品放到顾顺良案前的时候，"你制造出了一只绿头大苍蝇！一只从粪坑里飞出来的苍蝇，飞到哪里，哪里就臭哄哄一片。走开！拿着它马上走开！"

洁身自好的顾顺良先生脸色难看地嚷嚷着，把那部手稿重重地摔在刘诗摇身上，挥着手作驱赶状，说："到处是揭隐私的声响和动作。腻了，想吐。试想一下，我们走在路上，路边上站满了一个又一个的、撩开着自己的衣衫给我们看的人，那会是一种什么感觉？这可真是一个商品时代啊，该卖的、能卖的、都卖出去了，实在没什么可卖的了，至少还有一点隐私。只是如果连稍微能见点阳光的隐私都卖光了怎么办？最后，好歹，还有一点编造的丑闻。"

刘诗摇灰溜溜地抱起自己的一叠退稿道："人们对一切内幕都好奇，这种揭露黑暗的作品会有销量。"

"文艺作品对社会风气有潜移默化的作用，如果到处是揭露黑暗的作品，会使社会更加黑暗。我以为，文化作品应该具有阳光、花香般的属性，能将角落里滋生的病毒杀死，作家们要'铁肩担道义，妙手著文章'，多写弘扬正能量的作品。从文笔和情节的构筑上，《我是一只花蝴蝶》确是一部非常好的小说，但通篇的道德意识错了，而这恰恰是一部作品的关键。"顾顺良说。

"销售我的第一本书费了多少心力你我最清楚，我不出奇招，能大红大紫么？"刘诗摇说。

顾顺良生气道："真应了那句话，女孩家要富养，我让你参与那本书的销售过程，是想让你看看，卖一本书有多难，从而对你自己的作品更加用心雕琢，而不是让你走旁门左道，即便我们在那个图书订货会上用了销售奇招，但也算是正道。"

这天晚上，刘诗摇在外租了一个小套间，没有回顾顺良的大房子住。

2

第二天，刘诗摇气冲冲地走进了陶渊明的办公室，问道："陶总，你和顾总之间，到底谁是真正的老板？不是说，当初开公司的本钱都是你出的么，为什么大权旁落到顾总那里？"

"怎么了？"陶渊明兴趣盎然地问，有些隐隐的兴奋。即便他曾是顾顺良的同窗好友，现今又是良好的合作伙伴，本质上也是清雅脱俗的人，但也一直对刘诗摇和顾顺良之间的恋情，有隐隐的嫉妒。在这个世界上，任何人都希望所有的异性都争着抢着来爱自己，而嫉妒异性爱自己之外的其他同性。

"我这个人，向来懒散，再说，顾总选书稿的眼光比较毒，工作又卖力，所以我把很多事推给他。怎么了？"穿着一身高档休闲装的陶渊明把玩着手中的一块和田玉玩件说。

"我这部书稿，我自己觉得写得特别好，可顾总不给出版，您看看？按说，你是董事长，顾总是总经理，您才应是真正的大老板。"刘诗摇道。

她的这句话一下就把陶渊明的权力欲、表现欲激起来了，他原是个没有权利欲的人，只是话跟话的，事情就被激到这个劲上了。

"好，我看看，看后再说。"陶渊明说。

这'看看再说'，就是一个活口，一下子给了她希望，她目光烁烁地看着陶总，开始诉说自己的人生艰难，生存困境。比如说，她的父亲至今还住在县城小学的一间漏雨的教室宿舍里，她那么渴望自己出大名后能用稿费给父亲在县城里买一套房子；比如她和顾顺良的关系，虽然因为邱栀子的那次来单位闹，已经闹得满城风雨，可是顾顺良迟迟不和她结婚，就这么黑不提、白不提地耗着。

过后，连刘诗摇自己也奇怪，怎么跟陶总说了那么多。而她的艰难，她真实的处境而并不想跟顾顺良说。或者，越是在跟自己有情感纠葛的人面前，越有份自尊的护持吧，想表现自己强大和体面的一面。

再者，也有另一层心理，向顾顺良诉苦是什么意思？是想将自己生存的负荷往他的身上转嫁吗？是对他，有更多的所图吗？那一直是隐隐约约悬在他们背后的，极力该回避的东西。

和一个男人之间，越有了情感纠葛了，越不能有过多世俗的索求。而向陶总求助，她觉得清爽、磊落。因为实际上，她是需要帮助，也是需要钱的。

而且，刘诗摇很快便代替了打扫卫生的阿姨的身份，每天将陶总办公室打扫得窗明几净，每天都给换上不同的鲜花，变着花样地给摆上新鲜的果盘，每天几次将热腾腾的咖啡奉上，以致于将陶总讨好得再不给她办点事都不好意思了。

这天下午下班后，刘诗摇又请陶总吃饭了。这个时候，恰巧顾顺良来电话了，陶渊明对着手机朗朗地笑道："哦，是顺良哪，我们在吃饭，刘诗摇也在，你也过来吧！啊，不过来啊？对了，正要跟你说个事，刘诗摇的那部《我是一只花蝴蝶》，我看就出了吧，原来你给出过的那本，卖得不错不是么？"

顾顺良听后马上就不快了，不快极了，刘诗摇碰了一个大忌讳，那就是他顾顺良否定了的事，她再去找他的上司说情，因此，顾顺良的语气里带了很大的情绪："陶总，那部《我是一只花蝴蝶》，是真不能出，表达的道德意识跟主流价值观偏差太大，这是个原则问题！"

陶渊明马上就不快了，心里说，"你跟我讲原则？要知道，你的权力都是我给的，以往，不是我赋予你的权力，那些小姑娘们怎么会扎撒着胳膊往你怀里扑？现今，怎么，我就不能做一回主了？"

这个公司平时的运转，基本上是陶渊明当着清闲自在的董事长，顾顺良当着苦心竭虑、鞠躬尽瘁的总经理，总编辑，但董事长毕竟是东家，因而顾顺良的不听话就显得是对董事长的大不敬了，陶渊明心里便窝了火了，性格中刚硬的部分一下子被激起了。

晚上在大房子里吃饭的时候，顾顺良小心而小声地问："和陶总，最近关系不错，是吗？"说这话的时候，他侧着脸看墙，不正视她。

"我就知道，我就知道你一直在敏感着什么，旁敲侧击地，想磕出什么细微来。在你的感觉里，好像我遇见个男的，就会跟人家好似的，你何来的这种感觉？我看起来是个轻浮的人么？是啊，我最近确实和陶总关系不错，还在一块吃过一顿饭。"她说。并不知潜意识里出于一种什么心理，是喜欢他吃醋吗？

顾顺良嫉妒得忽然就受不了了，一把攥住她，痛苦道："你是一个情感上这么紊乱的、变幻无常的人吗？不错，你温柔，你情感丰富，可你温柔四方？"

刘诗摇哀求道："你把我的手腕弄疼了。"

顾顺良一下将刘诗摇搂在怀里，痛楚道："你是我的，我不让别的男人碰你！"

刘诗摇忽然就不快起来，道："我知道《我是一只花蝴蝶》被你否定后我再去找陶总的事不妥，可我实在是太想出版了，为此有些不顾一切了。我对你，有这么厚重强烈的一份情感，然而你怀疑别的，你什么意思？我就知道，我就知道有这种负面效应，既然和你好，你也就怀疑我和其他的权力男人好，我岂是牵三扯四的人？我既没那个资本，也没那个心力，我纵有这样那样的不是，却不至于让人这么硌硬。"

恰巧第二天，因为工作上的事，陶总带刘诗摇和梁编辑去昌平开会了，结果在那里住了一晚，第二天才回来。

事后，刘诗摇把这事说了。就因为两个男人是整天抬头不见低头见的合作伙伴，她和陶总的接触多少有些心理障碍，她觉得将这事说出来了，她就坦荡了，磊落了。

"是么？"顾顺良下意识道，他的脸色马上不自然了。

"他甚至于还会怀疑，我和陶总那个夜晚怎样了？如果我和陶总间哪怕有一点私情，我藏着掖着还来不及，怎会……"想到这些，刘诗摇心里就有了气了，质问道："我刘诗摇再不堪，也不至于和同一个单位的一、二把手同时有身体关系吧？我被怎样的作践了？我们之间的感情，原本是纷乱、浮躁的生活里长出来的一支清凌的荷，别人未怎样，我们自己先就将此往污浊里摁，把我摁进去，将我弄得脏兮兮的，你的感觉会好吗？"

而顾顺良那里觉得，一个跟自己有情感纠葛的女人，再跟自己身边的另一个男人有过密往来，是最让人硌硬的。是的，就是这样一种感觉，硌硬。

顾顺良觉得甩掉这团硌硬最好的方式就是，远离她。

而刘诗摇，想到和顾顺良平时相处的一切，他的迟迟不向自己求婚，她为此所受的煎熬，实在也够了。

也罢。离了这份关系，真的对她的活有多大影响么？话说回来，当一个男人，不能为她提供帮助，他在她的心里，还能有多重的分量么？

再上班时，三个人在办公室里相遇的时候，彼此间都把一些心中的话撒在空气里：

"又想攀高枝了，是么？当然啦，他比我的位置更高，能带给你的利益更大。不是吗？"顾顺良望着刘诗摇的背影心里酸酸怪怪地说。

而顾顺良望着陶渊明的背影时心里在说，"俗话说，朋友妻不可欺！"

而陶渊明望着顾顺良的身影时眼神里的内容是，"她，是你的妻吗？"

几天的关系紧张后，陶总走到顾顺良跟前，疏远道："顾总，纸出版越来越不景气，我早已有退意——我决定撤资回上海搞动漫去，这一摊，你自己单干吧。"

顾顺良顿时怔住。

两个男人之间，只要搅合上一个女人，友谊便会迅速地土崩瓦解。

这件不愉快其实只是个导火索，但很多事情的发生，往往就是因为压倒骆驼的最后那根稻草。

陶渊明回上海了，带着他撤走的公司百分之九十的股金，顾顺良一下子身单力薄起来，即便法人换成了他的名字。

而刘诗摇，也从他的大房子里搬了出去，自己单独在外面租房住了。本来他们自从邱栀子的"虫子事件"后也经常在两个房间分居着。

3

刘诗摇和顾顺良的关系很快又发生了一件致命的矛盾。

这天，刘诗摇从外面回来，忽然在单位门口和一个青春飞扬的女孩撞了一下，待看清了那个人后，刘诗摇的脸色一下子变了。她气冲冲地进了门，问梁编辑："刚才那女的来干什么？"

梁编辑赶紧站起来说："她来签一本书的合同，我们的预订款已经付了。"

"撤了！"刘诗摇气冲冲地说。

"这……"梁编辑有些为难地。

"磨蹭什么？马上打电话，让她回来拿着她的合同远远地从这儿滚开！"刘诗摇大声训斥道，情绪有些失控地，一改平时的风度。

这时顾顺良刚好推门走了进来，见状问道："怎么回事？"

梁编辑解释说："刚才那个千指柔的《我的青春是火焰》出版合同已经签了，刘主任让撤了……"

"哪有这样的道理？我公司没有这样的先例。"顾顺良不悦道。

"这个公司是靠我那本书打开的局面，这么个小小的先例，我开不得吗？"刘诗摇扭头去质问顾顺良。正在气头上的刘诗摇把气撒到了顾顺良身上。

"你这是用什么语气跟我说话？"顾顺良气恼道，"这个合同是我让签的。"

"实话给你说，我和这个女人有些宿怨。有一家杂志，我费了九牛二虎之力，都没在上面发表一个字，可是她，竟然在上面发表了一个长篇。我们自己辛辛苦苦打下的江山不能让她渔翁得利！不然，我就像心口里吞了个苍蝇般难受，不行！我必须把这只苍蝇驱逐出去！"刘诗摇气得胸口剧烈地起伏着。

"千指柔的那部小说，在网上引起的反响很大，出版后销量应该不错，希望你能撇开个人的恩怨，以公司的利益为重，从大局出发。"顾顺良焦头乱额道，他的眼睛里布满了血丝。

"当然，商人以利益为第一，可难道就可以没有讲究了吗？公司的利益？那么，我的感觉，我的心情哪？一个人的情绪是会直接影响到她的命的！"

"开公司，追求的是利益最大化，不是为你一个人服务的。你不知道，我的父母至今还在贫困线上挣扎，还有我的儿子，也需要我挣钱养活，我现在，还没有能力一切围绕着你转。"

"顾顺良，到今天我才总算彻底认识了你，"刘诗摇用寒彻的目光看着顾顺良道，"在你的心里，公司的利益高于一切。我的感觉、生死，在你的心里轻贱得连片树叶也不如！"

"千头万绪的事情等着我，你就不要因为这些鸡毛蒜皮的事来烦我了！"顾顺良烦躁不已地道，"一个男人，得有操纵全盘的能力，如果能让哪个女人轻易给控制了，他还能成什么事?!"

刘诗摇破釜沉舟道："公司的书稿都是三审定稿，我这个二审不知道的书稿，你这个终审直接定，是对我们的不尊重。"

"哼，三审？如果都通过三审过关的话，那么我们公司出的都是男作者的书了，编辑们已经不止一次给我反映，只要是女作者的书稿，你基本给卡下，尤其是比你年轻的女作者，在你这里基本没有通过的可能，你心理这么狭隘，怎么能当一个好伯乐？我正要就这事给你正式谈一次哪。如果你这种心理改不了的话，就只有撤职了。"

"撤职？"刘诗摇下意识道，一下蔫了，用寒冷的目光看着顾顺良道，"你想将我扫地出门？"

"听说石利也脱离了原来的出版社，成立了一个图书工作室，正在到处抓稿子呢，也在招兵买马。我想将稿子给他看看。"刘诗摇说。

顾顺良的心痛楚得抽搐了一下道："石利？我就是因为受他的排挤才离开的

原单位，他是我的宿敌，你就不能不在我认识的男人圈里打转转么？"

刘诗摇滑稽地笑了一下道："你这话真是可笑至极，你把我的作品扔到垃圾筒里去，把我憎恨的女人捧上天，却要求我不在你认识的男人圈里打转转？你明明知道，什么是我生命里最需要最匮乏的东西。"

"可是，千指柔写的东西确实比你的好。"顾顺良认真地说。

刘诗摇内心里爆了一句骂人的粗话："好她奶奶的大头鬼！"

她满眼仇恨地望着眼前这张进出这句话的嘴，巴不得立码拿来湿泥巴将那张嘴塞得满满的，再糊起来，再拿来做手术的那种大粗针，将他的上下嘴唇缝合上，倒要看看，那时这张嘴里还能再进出别的女作者的好话么？

永远也不要在一个女人面前，夸另一个女人，他不会连这点基本的常识都不知道吧？

"因为这件事，我会恨你一辈子。你明明知道，这个崇尚成功的社会，那些势利的嘴脸有多丑陋，成名者，人们顶礼膜拜，无名者，谁都可以随意地踹她一脚，谁都可以往她的身上吐口唾沫。而你，却将一些好的机会让给别的女人。"刘诗摇说罢转身离开了。

是的，从顾顺良出版千指柔的小说而放弃她的《我是一只花蝴蝶》的那一刻，她对他所有的好感都土崩瓦解，灰飞烟灭，更不要说什么情感了。那一刻，她忽然就明白了自己，她以外对他的狂热、迷恋，其实爱的是他对自己的肯定和帮助，而压根不是他这个人本身。

而顾顺良，也已意识到了两人间的关系到了分崩离析的时候。

几天之后，千指柔的那本书排完版后的二审稿送到了刘诗摇那里。前勒口上有千指柔的艺术照片。刘诗摇拿来一个大头针，对着千指柔照片上眼睛、脸颊等部位一下一下地扎着，将那张娇柔做作的脸扎成了一个蜂窝，刘诗摇嘴角上浮上一丝怪笑。

和当初慕容雪用大头针扎刘诗摇的照片场景如出一辙。女人啊，文学女人啊。

4

眼光另类的出版商石利看了刘诗摇的《我是一只花蝴蝶》后则如获至宝，且对刘诗摇提出了具体的修改意见：将"我"就读的大学和原来的工作单位，"我"父亲的名字和所在的学校名，"我"妹妹的名字和所就读的大学，都改成刘诗摇这一部分生活内容的真实面貌。以增加"我"的真实性。

石利摆弄着刘诗摇的以前的那本《初恋在栀子花开的季节》，有些不屑说："这顾顺良，还比我早工作，像你这样的容貌，这样年轻，他竟然不知道打

'美女作家'的旗号，这样，你去档次比较高的那种照相馆照一组艺术照，我选上最好的一张，直接做《我是一只花蝴蝶》的封面。"

刘诗摇很快便离开了顾顺良的公司转投了石利的门下。

这天，石利握住刘诗摇的小手在自己的脸上蹭着，说道：

"我对你，保证专一，绝不像顾顺良对女人那么花……我已经喜欢你很久了。"说着，伸手又在刘诗摇的身上划拉。

刘诗摇把他的手拿开，坚定道："不行。"

"你心里有人，是吧？"石利不悦道。

"我心里有事，"刘诗摇说，"等事情办成后再……"

"你给在地铁和机场、火车站的户外上都给做上广告。"她说。

"好，给做。"他说。

"再在各家电商和各大网站的读书版首页上给重点推出。"她又说。

"好，找人给推出。"他答应。

很快，经出版商石利精心打造的"一部自传体的、融着美女作家刘诗摇的血与泪的心灵史"的《我是一只花蝴蝶》新鲜出炉了。

小说出版后整个社会一片哗然，各式各样的文章登在小报上，乱成了一锅粥：

是女作家还是淫女？

刘诗摇女士这部《我是一只花蝴蝶》的小说到底说了什么？

不过是：

"来吧，来吧，只要你给我一点利益。"刘诗摇女士向男人们散发着她女人的肉香。

"去啊，上啊，对你身边能抓到手的每一个人，不管是亲生父亲，还是妹妹。"刘诗摇女士，你真的就这样饥不择食？是个色情狂？

可恨、可气、人神共愤的是，我们竟让这样变态的女人混进了文坛！高尚的文坛就真的后继无人了？神圣的文坛就真的没有谦谦君子把门了？就不怕一块臭肉熏得满锅腥？

洗脚房、练歌厅、美容院、夜总汇，这个社会里有多么藏污纳垢的地方可供刘诗摇之类的女人伸展拳脚啊，据说收入也颇丰，又何必来搅和神圣、高雅的文坛呢？其心态也无怪乎：既想当婊子，又要立牌坊。（作者：郑义）

也说刘诗摇

那天，拿着遥控器胡乱地转换着电视频道，忽然看见了一个青年作家刘诗摇的访谈，画面中的刘诗摇是一个那么美丽的女人，但不是一般女作家的端庄、娴雅的美，而是夜总会的美，街上时髦女人的美。心中升起的第一念头是：一个这么新潮美丽的女人，能安下心来写作吗？在我的感觉里，写作的女人最好不要太美丽。女人如果靠美丽能轻易得到幸福的话，受不住写作的煎熬。刘诗摇给人的感觉更像是影视歌星，而怎么也不像苦心劳力的女作家。

刘诗摇说："女人想爱谁就爱谁，拿身体和男人做交易尤其表现了女人的智慧。"

我坐在沙发上浑身发虚，像是往谁家的窗玻璃上扔小石头的快意，一种恶作剧的快意。不管是谁扔。想到电视台这样严肃正统的场合怎么能让这样的话冒出来，似乎能感觉到此时电视台的大楼在发出轻微的晃荡，电台主任坐在椅子上正在用手绢擦虚汗的样子。

而采访的记者小姐对刘诗摇采取的则是以一种俯瞰的，采访监狱里的失足女青年般的口吻——以此显得自身和刘诗摇的道德观是分开来的？

刘诗摇谈到自己一本《我是一只花蝴蝶》的走红。当时想，一个这么时尚、美丽的女人写的走红作品，肯定是轻浅、另类的吧？克制不住好奇，赶紧上街买了来。

故事和语言深深地吸引了我，一夜未眠读完。这些高超的文字真的是那个女人写出来的？我深深地疑惑。

刘诗摇触了人们最敏感的神经，故意的。为了引起人的兴奋点，好出版，和有个好市场。反叛的东西往往给人强烈的刺激。作为一个也喜欢写小说的作者，我什么都明白。

多么精美的文字，在《我是一只花蝴蝶》之前，我们的文坛正道上的名家行列里怎么竟没有她的一席之地？我们整天吵吵嚷嚷的评论家们干什么去了？到底哪个环节上出了问题？因为小说里的"我"在遇到人生的一些关口时动不动就跟男人睡觉，我们洁身自好的男人们为了避嫌，帮她说句话就会被人怀疑跟她有染？我们的良家妇女们就会显得自身的道德意识跟她苟同？

只是，一个遇到难处就琢磨跟男人睡觉的女人，是否能汇足心力和有足够的能力写出这么好的长篇？这些文字是经过多少苦心锤练才出炉的，我看得见那些时光。况且，如果跟男人睡觉就能得到女人所需要的一切的话，也未免对男人太抬举了。在整个的生存大环境中，男人同样是疲惫不堪的，男人们压根也承担不起女人的依赖，而只是和女人共同对付生活的弟兄。

刘诗摇的文字比个别早就大红大紫的女作家不知要优秀多少。那些压根没多少才华，却一直大红大紫着的女作家倒让人颇为生疑。

刘诗摇的小说功底本身，说明了一切。

是金子总是要闪光的。听说《我是一只花蝴蝶》曾被一家出版公司退稿，是出版伯乐石利先生拂开灰尘，捧出了一颗被埋没太久的珍珠。那些说刘诗摇污言秽语的人，仔细地将小说读过一遍了吗？也请写出一部非淫女文学或淫男文学来给大家看看？昆德拉说过，小说是无道德的。

一个这么美丽的女人，这么横溢的才华，干嘛非要往自己的脸上抹一点灰才能引起大家的注意？那是否恰恰是文坛脸上的一抹灰呢？（作者：钟群众）

……

而刘诗摇不知在什么场合说的，也不知是真说的还是假说的一句"说我是淫女，我就是淫女。丑女人想当淫女还当不上呢"更引起了悍然大波。

"天啊，女作家刘诗摇承认自己是淫女！"这句话以醒目的黑体字在一张又一张小报上出现，像又一声惊雷，到处滚动。

而其实，郑义和钟群众这些评论文章都是石利一个人用不同的化名写的。这就是炒作。

和舆论一同纷纷扬扬的，是塞进出版商石利和刘诗摇各自腰包里的金钱。他们自然因这部书各发了一笔横财。

当《我是一只花蝴蝶》人声鼎沸，绝没有尘埃落定的迹象时，刘诗摇和出版商石利两个人在全市那家最高的旋转餐厅上，各自都是一身世界名牌，餐桌上点了酒店里最贵的菜肴，两个人扭头看一眼下面的万家灯火、芸芸众生，然后心照不宣地相视一笑，举起杯中的 XO 庆祝他们的合作成功。在斑驳的光影里，刘诗摇的笑其实是颇为凄凉、百味俱全的。

当天晚上，在一个房间内，刘诗摇把精疲力竭的石利揽在怀里，两人脱下的衣服凌乱地扔在一边。刘诗摇望着顾顺良单位的方向，嘴角浮上一丝报复的快意。

刘诗摇就这样浮出水面了，带着脸上的污迹斑斑。

在太过拥挤的文坛里要想大红大紫，要么就真的太过才华横溢，要么就出点怪招。

刘诗摇自己苦笑着，在她写纯美的东西的时候，激不起人们的多大兴趣，而往自己的脸上抹黑的时候，她忽然就大红大紫起来了。丑比美有着更强硬的力量么？

虽然男作家也有反叛道德的，写出《我是流氓我怕谁?》，写《我爱美元》，因为兜里没钱给父亲找个妓女，也引起了文学圈的一点微小的波动，但远不及刘诗摇闹的动静大。说不清、道不明，太容易招惹是非的女人啊。

5

刘诗摇父亲早就隐约感觉到了周围忽然而起的异样，单位人对他的叽叽喳喳自不用说，一些陌生的不知来自何处的人也来到校园里远远地用异样的眼神对着他指指点点。

父亲疑惑不解的，还有刘诗摇最近出手的阔绰，接二连三地给他买了皮衣、西装、金首饰什么的寄回老家来。直到有一天，父亲买报纸时无意中在书摊上看到了那本《我是一只花蝴蝶》，封面上是女儿的照片，作者写着女儿的名字，父亲惊喜不已，心里话女儿出书了怎么未告诉我呢，这便兴高采烈地买了一本准备回家看，买了一本还不忍，又买了几本，准备送给同一学校的同事和亲戚们显摆显摆。

这位高大文质、白皙儒雅的县城城关小学的数学老师内心仁爱悉心，妻子早年去世后，恐两个心爱的女儿受委屈，这些年他一直独身未娶。女儿的每一步成长都让他快慰，欣喜，觉得也算对得起九泉之下的妻子。

夹着《我是一只花蝴蝶》的父亲在回家的路上这才发现，甚至在一些烟酒店的门口，也写着："请看《我是一只花蝴蝶》!"，"《我是一只花蝴蝶》到货!"

更别说一些书店、书摊上的宣传广告了，甚至在天桥上，马路边，一些平素在市场上卖鸡蛋的老太太们也蹲在那里，鸡蛋筐里装满了《我是一只花蝴蝶》在卖。

父亲疑惑不已着，心想女儿到底写出了一本怎样的惊世之作，以至于这样春天的柳絮般满天飞了呢？恐怕连《红楼梦》问世时也未见过这样的阵势吧。

回到家后的父亲迫不急待地打开书看。

看罢后，父亲脸色发青、身体抖嗦不止地一手捂住胸口，一手打着手机问刘诗摇："你! 你怎可以这样血口喷人？我看了你写的书!"

刘诗摇明白了一切，她知道这一刻是必然要来的，尴尬地说出了早就想好的话："小说嘛，都是虚构的。"

"有些事情，必须一是一，二是二。"数学教师力争。

几天后，父亲拼尽了最后一丝力气咬破了自己的手指在《我是一只花蝴蝶》的封面上用血书写下了"我没有!"几个血迹斑斑的大字后，就那样心脏病突发身亡。

随后遭殃的是妹妹，男友弃她而去，到处是异样地看着她的眼睛，"这姊妹关系，从此一刀两断了!"妹妹气愤不已地给刘诗摇发了这句短信后，立即改名换姓。

"这对我的生活有多大的损失和妨碍呢？"刘诗摇自我安慰着，"唯有我的活是宝贵的。多少人的命也抵不上我一个人的。因为我和一项宏大的事业嫁接在了一起。我已经不是我自己了，我的生命成为文学的一缕。在宏大辉煌的文学事业面前，少了一、二个家人，又算得了什么呢？但凡为了一项事业，总得有些人做出牺牲的，江姐不是为了革命而牺牲了吗？最近的一架宇宙飞船出事，几个宇航员不就是为了航天事业而牺牲了么？我必须留下自己的活，谁知道我将来能写出什么好作品来呢？只有活着才是能产出作品来的土壤。悲伤会伤身体，所以家人的事不应该影响到我的情绪。"

那俯瞰一切生灵的目光原应是文学自身的，而现今，变成了刘诗摇自己的。

再说，她现今所面临的磨难，不更陷于人生的艰难，更近于文学处境了么？磨难出文学。家人的失去，使她的生命里又多了一项体验。

6

而在小说《我是一只花蝴蝶》大红大紫之际，顾顺良在市报上发表了一篇评论文章：

文字的道德意识
——读《我是一只花蝴蝶》之后

感觉不好。作家准确地捕捉语言和感觉的能力令我感叹不已。但整个的基调坏了，散发着生活腐败糜烂的气息。

但我是这样难以自制地被文字和故事吸引着读下去。这是一部怎样的小说，尖锐的新鲜感，像是踞着我的骨头。我能感觉到作家写作时那种撕裂的感觉。我知道这里面写出了什么。对人性的真实，即便是不同的个体，那真实也是千差万别的，但对真实的东西，人的心灵有感应，像读《绝对隐私》，我们确实感觉出了不同于言情小说里的东西。

我惊讶地捂住自己的嘴，我难堪地回过头去。

忘了在哪里看过的一句话，一个完全敢讲真话的人，就能成为一个伟大的作家。是这样的么？谁能说自己真实的生活和心灵是处处干净的？锨开种种的覆盖，在阳光下晾晒，斑驳不堪的吧？

文字首先应是一种过滤。

纵然有这样那样的瑕弊，但从没有像当今这样一个美好的时代，人们可以自由地表达自己和生活本身，不会因为一句话，一篇文章、一本书就遭受这样那样的厄运。但总得有所束缚的，面对我们的行为和文字，那是我们自身的审美，我们可以拿来示人的思想和行为，总得有些起码的美感，这是文字的禁忌。面对生活的原生态，文字必须有所回避和绕开。

清洁和基调是多么要紧的一种东西啊，能这样严重地把一个作家尖利的才华否定。

因为用了第一人称，影响到了我们对作家本身的感觉。写作本身有多少细微的把握啊。

传统美的东西既然有那么久的生命力，终究有它的理由。

如果现代、前卫意味着对古典美的破坏，这样的前卫又有什么意义？

人在毁坏什么、践踏什么的时候，有一种莫明的快意。读这部小说时我有一种强烈的好奇和阅读的快感，想必其他人也有，因而有了这部小说的热销。

这使我联想到当今言情小说的书写，里面充溢的都是什么啊？可如果主人公的形象是个在感情生活上拘谨的，在现实生活里被津津乐道的楷模，那激不起我们我们任何兴趣，我们会想，这个人物是多么乏味啊。这说明了人之初，性本浊的么？

说起来还是文学的作用到底是什么的问题。是去探索人性的纤毫，使其暴露无遗，还是满足人们的低级趣味、猎奇心理的消闲读物，抑或净化心灵，提升人们的道德意识，让人性趋向于善美的工具？在这个经济猛长的年代，道德意识的堕落已是有目共睹的，作为人类灵魂工程师的作家们，如果自身就没有道德意识，这个社会将会被引向何方？

教育价值和审美趋向，终究应是文学最根本的作用。

人性的很多东西都是丑的，我们自身和社会都在抑制那些，这是一场看不见的较量和战争，可丑恶如果可以在阳光下冠冕堂皇地生长，丑恶会长得更加旺盛，这是一种怎样错误的导引。（作者：顾顺良）

7

如预料的一样，几个月后，邱栀子用餐馆的盈利解押了自己和母亲的房子，也如愿以偿地买了一辆红色的新车。

这天，邱栀子将自己的新车开到了餐馆门前，进门便大声喊道："妈，我带你兜风去！"

母亲喜滋滋地走出来摸着车道："新车提来啦？真好。"

"提来啦！我带着你，再去幼儿园接上兜兜，咱们三个到郊外兜风、野餐去！"

"能也带上我么？"有人走过来说，竟是顾顺良。

"你怎么来了？"邱栀子问。

"我来吃饭了，怎么，不欢迎？出租车的拒载可以投诉，餐馆如果拒吃的话不知是否可以投诉。"顾顺良玩笑。

邱栀子扑哧一下笑了："好，原来都是坐你的车，现在还你一份人情，载你一次，野餐的东西我已带好，同志们，出发吧！"

邱美娥拉着顾顺良的胳膊道："你快跟我们去，邱栀子是个新手，我坐她开的车害怕，有你这个老司机跟着，我的心就踏实了。"

顾顺良便弃了自己的车，和前丈母娘先后坐上了邱栀子的车，很快又去学校接上了兜兜，四个人很快离开了城市，来到了郊区美丽的田间路上。

四周的景色美如画，邱栀子的心情大好，不由自主地边开车边哼起了"阳光总在风雨后，请相信有彩虹……"的歌曲。

母亲紧张道："小心点，一心不能二用。"

邱栀子随意地说道："放心，我生命里最重要的人都在这辆车上坐着了，我能不小心开么？"

一句无心的话，却是一语中的。顾顺良沉默了。

邱美娥试探着问顾顺良："你和那个小妖精至今还没有结婚，是什么原因哪？"

顾顺良惨淡地笑了下："我们已经分手了。"

"是么？"邱美娥惊喜道。邱栀子听罢忽然一下停住了车，沉默了一会儿，然后又继续开了。

到了一处风景优美的地方，便停了车下来玩。

邱美娥故意牵着兜兜到别处玩，给邱栀子和顾顺良单独相处的机会。

顾顺良以异样的眼神看着邱栀子道："栀子，你现在的精神状态真好，充满自信，言谈举止间充满了魅力，怎么说呢，整个人都发亮。"

邱栀子道："是么？给自己寻穷开心罢了。"

"栀子，我发现自己，现今真正爱上了你。"顾顺良忽然攥住了邱栀子的手说。

邱栀子道："到底为什么要回来？你确定以后再也不会对我造成伤害了么？"

顾顺良说："离婚后这几年的经历，才使我知道婚姻的后遗症有多么严重，多年的瓜葛，使对方成为心口上最深的烙痕，一旦分开了，心情怎么也好不了。"

邱美娥瞅机会也把顾顺良拉到一边劝说："你们俩，好好考虑一下复婚的事吧，这几年，邱栀子她，一直在为你守着，熬着，她心里接受不了别的男人。我实在不忍心看着她这么苦着自己。"

顾顺良说："我也是这么想的，只是不知道栀子是否还能接受我。"

邱美娥说："我知道离过婚的人心里都有疙瘩，可为了孩子，也该妥协，人活着要承受的东西很多。"

……

在郊外尽兴玩了一番后，已是黄昏了。邱栀子开车带着母亲和儿子、顾顺良回城了。

路过原来单位门诊楼前的马路上时，邱栀子停下了车，神态异样又感慨莫明地远远地看了一眼曾是她办公室的那间窗子，她指着那里说：

"你们看，那就是我以前的办公室，那像一间牢房，关押了我近五年的时光，像一个老虎钳，把一个鲜艳的生命活活地掐住，而为了那点工资，我必须天天钻到那里面去，倍受徐老太的蹂躏与欺负，而外面的世界莺飞草长，是那么美好。这就是那种叫做生存的东西，谁能不受此要挟？近五年的时光呵，如果那四面的墙壁上有无形的眼睛，有耳朵的话，它看见和记录了一个近乎腐烂的生命的所有丑态，和一个鲜活娇艳的生命对此的殉葬。声音也是一种物质，如果一千句污言秽语和废话能凝成一只苍蝇的尸首的话，那间房子恐怕也被那种尸首堆得恶臭不堪，快挤破房间了。"

顾顺良拍拍她的肩膀，以示安慰。

邱栀子的情绪剧烈地起伏着，继续说："我生命里最美好的年华，就葬送进了那间办公室里。当然，我不能把一切归结于外界。我柔顺的性格给了别人逞威的天地。性格决定命运。"

顾顺良安慰她："好在现今，你终于打拼出了自己的天地，再不受人白眼和欺负。不是应了那句话么，'有时一扇门关上了，而另一扇门却同时敞开了。'生存的空间都是靠自己拳打脚踢地挣来的。"

邱栀子道："只是这一切来得实在太晚了。"

这时，一个原单位的女大夫正巧在旁经过，就是曾帮徐老太"看守"过邱栀子的张姓大夫。

对方看见了邱栀子，惊喜道："这不是邱栀子么？"

"是我，张大夫你好！"邱栀子下车招呼。

张大夫看着邱栀子的新车道："真漂亮，听说你自己当老板娘开了家养生餐馆，生意火爆得不得了。"

"是的，有空去我餐馆坐坐啊张大夫。"

张大夫感叹："啧啧，真是树挪死，人挪活啊，在咱们医院时挣那俩死工资。对了，你知道你的老上司徐主任的事么？"张大夫忽然想起了什么问。

邱栀子摇摇头。

"前天忽然死了。"张大夫说道。

邱栀子一激灵："死了？怎么回事？"

"是怀疑她丈夫汪副院长跟单位的一个女护士怎样而割腕自杀的。老汪来办公室收拾老徐的东西时，老泪横流，因为看见桌抽屉里有老徐为他织了半截的毛裤，他呜咽着对大家说，人都死了我还说谎干什么？那件事纯属乌有。唉。"张大夫说罢叹息一声走了。

邱栀子抑制不住心底的快乐，捂住胸口说："上苍啊，是真的吗是真的吗？时光终于化掉了那个狰狞的恶人？是呵，没有什么能抵得过时光的坚硬。"

母亲拍拍邱栀子的肩说："死者为大，死者为大。"

邱栀子感慨莫名道："徐老太死了，她的家人会痛哭，而对她科室里的下属们来说，是怎样的一种解脱和快乐？生命到底是一种什么东西，是否都值得珍爱的？徐老太做人，为什么就不能与人为善些？以至于因她的死而让人拍手欢呼？"

顾顺良在旁道："对不起栀子，你肯定在这个单位那几年，受了很多难以言说的委屈，不然不会这个反应，我当时对你身处的困境，什么忙也帮不上，怪不得你整天对我心生埋怨。"

"人这一辈子，真难啊。"邱栀子感慨。

8

邱栀子先将母亲送回了她家里，邱美娥善解人意地拉兜兜下车让他今晚跟自己睡去。

车里只剩下了邱栀子和顾顺良。顾顺良拉着邱栀子的手柔声央求："今晚跟我去大房子里住吧。那原本是你的家，不是么？"

"你确定，刘诗摇的衣物已经完全搬走了？不会这里剩下一只袜子，那里剩个梳子什么的？"邱栀子克制住心中的不快问道。

"你放心，是因为我们之间发生了很大的不快她才搬走的，因此，不管是我，还是她，都不会愿留与她有关的任何痕迹在这栋房子里。"顾顺良说。

邱栀子点了点头。

顾顺良打开了大房子的门，邱栀子重新踏进阔别了几年的家里，五味俱杂。

顾顺良试图把气氛弄的自然和欢快些，说道："胡汉山又回来了！"

邱栀子听着很不舒服，却克制着自己，及时敛住自己的口，再不像原来那样，口无遮拦，而是温柔地看他一眼，轻声说："我给你做几样小菜吧。现今，我的厨艺可是大长了，看来，什么都是被逼出来的。"

邱栀子很快去厨房弄了几个精致的小菜来端上餐桌。顾顺良客气地问："你可想喝点红酒？"

邱栀子点点头。

顾顺良取了红酒来斟上。为了营造气氛，他还关了灯，点上了几根红烛。两个人在久违的温馨气氛里边喝边吃。"这菜可合你的口味？"她小心翼翼地问他。

"好吃。谢谢你。"

两个人小心翼翼地相处，有一种相敬如宾的感觉，已经是裂了长痕的两块镜子，各自小心翼翼地，想往一块儿粘。再拼凑起来过日子的话，就像一只锔缝过的碗再次使用，原是有缝的，自然须小心着，不像那原配的，禁摔。

饭后，按正常的程序，便是沐浴了。原是曾熟悉无比的身体，却彼此都有些羞涩。

"还是你先洗吧。"她说。他在里面洗的时候，她在家里四处转着，家里只有他简简单单一个男人的用品，在某一瞬间，她有些恍惚，那个叫刘诗摇的女人确实占领过这个房子么？

还有他这男人，这此刻正在浴室里洗自己的男人，是被另一个女人使用过的，现今，要归赵了，可是已经不完璧了，即便他清洗自己多少次。她怔怔地看着裹着浴巾出来的他，有些陌生。他说："快进去吧，水很热。"

她进了浴室，脱下了自己的衣服，浴室里有一块大镜子，想那刘诗摇，也一次次地在这个镜子里看她自己赤裸的身体吧？现在，女主人回来了，那个女人，只不过是一个曾几何时登堂入室的过客。而自己，才是这里真正的主人，想到这里，她笑了。

她打开龙头，开始沐浴，非常仔细地清洗自己，外面的男人，已经是有过别的女人的男人，他心里，便有了比较，有了鉴别，她要一改往日在床上的呆板，她要在今晚，风情万种，把那个女人的种种在他心里的留痕压倒，抹掉。

就在这时，她忽然在浴室墙角的地上发现了一根长头发，那头发的长度超出她的头发很多，明显就不是她的，而是刘诗摇的！邱栀子的情绪一下子被破坏了。

她裹着浴巾出来的时候，他已经在卧室的床上等着她。她坐到了他身边，他揽过她，凝视着她。静得可以听到两人"咚、咚"的心跳，她闭着眼睛承受着他的吻，当他就要进入她的时候，她的脑子里兀地闪现出了刘诗摇的那根长头发，那根长发幻化成了一个袅袅娜娜的小女鬼，夹在了她和顾顺良之间，她的身体兀地离开了他。

两个人各自坐在床的两边，久久地沉默着。人还是原来的人，但再不是原初的感觉了，她发现自己，已经走不回去了，中间隔着刘诗摇。

　　过了会儿，她说："对不起，我暂时还做不到。今晚我还是回小房子吧。"邱栀子说着，穿上了自己的衣服就往外走。

　　"可是你已经喝酒了啊。"他喊。

　　"我找代驾。"她说着带上了门。

9

　　邱栀子又去找慕容雪商量去了。

　　"顾顺良说，他看见我整个人都发亮，说现今真正爱上了我，他想复婚。"

　　"那还犹豫什么？赶紧婚去啊！"

　　邱栀子道："我现在好歹也算是老板了，可以和顾顺良平起平坐了？也就是说，我可以和他，以树的形象站在一起了，是吗？"

　　"必须的啊！"

　　邱栀子惨淡地苦笑了下，道："他现在说爱上我了。当初，顾顺良混的惨淡的时候，我虽然一直安慰他鼓励他，但心底里不由地看轻他，而在顾顺良创业成功的时候，我从真心里爱上了他，只是那个时候，其他女人也爱上了顾顺良。趋强，是所有人的劣性。只不过患难才见真情，如果大家都抛弃那些失败者、失意者，那么，这个世界的温暖在哪里呢？"

　　"优胜劣汰是这个世界的本质，不过这样也好，能刺激出人的斗志来。"慕容雪道。

　　"说的也有道理，如果当初顾顺良不是受到一些来自我妈的刺激，也不会自己创业；如果不是离婚后那个阶段，我的人生穷途末路了，我也不会开这个店，人的潜力都是逼出来的。"

　　"给顾顺良一个挽回的机会，也给自己一个机会吧。离婚后，你并没有找到另外的幸福，也没有做到真正的解脱，不是么？几年来我们俩每次见面你都数落顾顺良怎样怎样，这恰恰说明，你怎么都忘不了他。"

　　"一种奇怪的感觉，跟其他男人，一有点交往，就迈不过心里的那道槛，就好像是在背叛顾顺良，就觉得他的一双眼睛在看着我。我也无形中老是拿别的男人跟顾顺良比较，这个没有他的能力，那个没有和他之间的感觉。"

　　"既然你心里还有他，那就立码跟他复婚啊。只要你们俩的感觉还在，谁先低头，又有什么关系哪？"

　　"可一想到以前跟他过的那些日子的惨痛，便心有余悸，又似乎没有勇气重新开始。再说，我好不容易从这件事里走出来了，怎么敢再拿着自己当实验品？"

　　"那你就这么单着？这总不是一个正常的状态啊。"

"问题不是他到底是个怎样的人的问题，而是我自己心理上，只能接受他是自己的男人，我就是这么贱，这么没出息。"

慕容雪叹息了一声："唉，如果爱一个人就是贱的话，那犯贱的人也太多了。跟着感觉走吧。"

"我觉得吧，对他的爱还活着，只是被怨恨和岁月硬硬地按压下去了，一旦有什么风吹草动，就会恢复如新。"

"快点跟着感觉走吧，要知道，有些人，有些事，不及时抓着的话，一转身就是一辈子。"慕容雪道。

邱栀子兀地抬起头来，怔怔地看着慕容雪。正所谓一语惊醒梦中人。

她决定尽快答应他的复婚，而顾顺良那里，却发生了大事。

10

顾顺良发表的那篇《文字的道德意识》的评论文章引起了出版局领导和市委宣传部有关部门的关注。

他们拿来《我是一只花蝴蝶》仔细看了一遍，觉得里面确实散发出了一些不健康的道德倾向，很快下达了《我是一只花蝴蝶》全部下架查封的禁令。而出版此书的石利工作室，则被勒令停工整改。

可以想象，当刘诗摇看到《我是一只花蝴蝶》被下架的禁令通知时，她对顾顺良发表那篇评论的怨恨有多深，为了报复顾顺良，她实施了一次行动。

这天，她涂脂抹粉地给自己化了浓妆，然后故意穿了一件花花绿绿的蝙蝠衫，花枝招展地来到了顾顺良的办公室。

看到这个昔日恋人与以往迥然不同的打扮，顾顺良有些困惑。

刘诗摇读懂了他眼睛里的疑问，说道："不错，我的本质就是一只花蝴蝶。实话告诉你，我从来就没有爱过你。我和你之间的那些事，只是在我弱小的时候，找个成熟的男人来栖身，当羽翼丰满的时候，我就会扑扇着翅膀寻找更高更大的树来攀附。说白了，我只是把你这样的成熟男人当成一种事业来经营，用'最小'的投入，来换取最大的利润。说得更白些，你只不过是我通往成功路上的一块小小的跳板。你知道么？我现在跟石利在一起了，他在床上的功夫，可比你强多了。"

说罢，刘诗摇顿觉吐出了一口郁气，扬长而去，而走在楼外风中的她，却是泪流满面。

而室内的顾顺良气得浑身哆嗦不已。他痛楚地捂住了自己的胸口，从抽屉里拿出了以前一家三口的合影照片，一寸寸摩挲着，豆大的泪滴一滴滴落在上面，他这个男人，因了给别人当"一块小小的跳板"，弄得自己妻离子散。

也可以想象，石利对顾顺良的憎恨有多深，他让全国各个一、二线城市的印刷厂都加印了《我是一只花蝴蝶》，他因此而倾家荡产。

"姓顾的，你这样害我，别怪我对你手狠。你还跟我的女人有前科，这尤其是我消化不了的，我巴不得你灰飞烟灭，方解我心头之恨！"他对着一个方向恶狠狠地说。

坚强的刘诗摇并没有被《我是一只花蝴蝶》的下架所击倒，她离开了熟悉的圈子，在远离人群的郊区租了一个平房小院，深居简出地又开始下一部长篇的创作去了。

事隔多年以后，顾顺良最怕回忆的还是那场大火。

那天半夜，连外衣都没顾上穿的他面对自己书库里的熊熊大火，惊得目瞪口呆。那么多散发着墨香的书，折合成的那么多的财产，顷刻间灰飞烟灭。那一刻，他真正体会到了什么叫"多年心血付之一炬"。

第十八章　顾顺良破产后，邱栀子和邱美娥鼎力相助

1

邱栀子无意间在一张过期的报纸上看到了顾顺良公司的书库着火的新闻，马上打顾顺良的手机，显示关机。她赶紧开车带着母亲、兜兜到处寻找着顾顺良。

先去了顾顺良的公司。只见办公室内已没有一名员工，办公桌上摆着几台半旧不新的电脑，桌上物件七零八落，地上纸屑到处都是，房东正在领着新租客看房子。

"原来的公司和老板哪?"邱栀子问房东。

"垮摊了。还欠我一个月的房租哪，用这点破电脑充了，唉，自任倒霉了。"房东道。

她们又去了大房子，上面贴了封条。邻居说："因为欠款，这房子被抵押给银行了。"

邱栀子忽然感到一种说不出的凄凉，顾顺良去了哪里? 他像空气一样消失在这个熟悉的城市里。她开着车失魂落魄地行驶在大街小巷里，到处寻找着，她对自己说，等找到他后，她一定要好好对待那个沧桑的男人，他是自己儿子的生父!

胡子拉碴、憔悴不堪的顾顺良坐在马路牙上，呆呆地看着自己被毁于一旦的书库，好像一夜之间便苍老了很多。原来人真的可以一夜间便苍老很多的。

这时，一辆旧面包车嘎地一声停在了他的面前，从车上跳下几个穿着蹭满机油的脏大衣的男人来，是郊区印刷厂的。

"听说你要破产了，还我们的印刷欠款!"

"那是我们的血汗钱!"

几个男人吼叫着，一个个沾满油污的拳头雨点般抡向顾顺良，他抱住自己的头躲闪着。

几个男人又将他操倒在地上，用脚踹着。

"你以为死猪似地赖在这里装孙子，就没事啦?!"工人们依然用脚踹着顾顺良喊。

顾顺良疼痛不已地蜷缩在地上，发出痛苦的呻吟声。

就在这时，忽然传来邱美娥的一声大喊："住手!"

是邱美娥、邱栀子和兜兜赶来了。

见是几个柔弱妇幼，那几个男人并不停手。

"干什么呀你们！"邱栀子喊着，趴到顾顺良身上，挡住那些落在前夫身上的拳脚。而邱美娥，则脱下一只鞋来当武器去扇那些男人的头，而兜兜，扳起一个男人的手腕便去咬！

"哎呀，你这个小兔崽子，属狗的？咬人这么疼！"一个男人叫。

男人们的拳脚依然雨点般打在顾顺良的身上。

"我把自己的这辆车卖了，抵给你们行么？别打了！"邱栀子叫道。

看着那辆新车，一个男人住了手。

"我手里还有50万，是我女婿以前给我的，过后也给你们，够还你们的欠款了么？"邱美娥也喊。

那几个人都住了手，一个男人说："这次，只是给你些教训，尽快还上我们的印刷欠款，不然再来找你！我们挣点钱也不容易！"

"我会尽快还上你们的印刷款。"顾顺良承诺。

"这可是你说的，半个月之内还不完我们的款项的话，我们再来找你！"一个指画着顾顺良数落，几个人上了面包车扬长而去了。

顾顺良刚被邱栀子搀起来，帮他擦净嘴角上的血污，又一辆车嘎地一声停在了他的面前，从车上跳下几个文质彬彬的年轻男女来，是新成名的几个网络作家，其中包括千指柔。

"尽快还上欠我们的版税、稿费，不然，就等着法院的传票！"千指柔晃着一张起诉书说。

顾顺良苦笑道："想当初，你们几个不闻一名，如果不是我顾顺良沙里淘金般从网上挖掘出不了你们，并出资打造你们，哪有你们的今天？想不到我刚落难，你们就这样急不可耐地落井下石！尤其是你千指柔，为了重金打造你，还惹得我跟刘诗摇分道扬镳……你们怎么，就这么认钱哪？"

"我们写字有多辛苦你也是知道的！"千指柔有些心虚，抛下这句话后，便示意那几个人上车走了。

邱栀子急问："因为这场火灾，公司就真的面临破产了么？"

"如果几家电商和全国各地的图书零售商都还上拖欠的书款，公司还是可以起死回生的，不然，公司运转所需的资金链就会崩断，便会被从此'清洗'出'江湖'了。"顾顺良颓然道。

"那就去催款，说我们遇到难关了！"邱栀子说。

顾顺良苦笑道："平时为了催要书款，我每天都打上百个电话，他们要么不接，要么就找各种借口推托，现如今，也得破釜沉舟了，我亲自上门一家家去讨要！"

邱栀子担心道："你现在这个精神状态，再跑长途四处催款……我陪你去！"她想了想坚定道。

顾顺良难以置信地看着邱栀子："你自己的生意怎么办？"

"有我妈看着店，再雇一个原单位退休的同事帮我在店里给顾客把脉，生意应该能正常运转。"

"你俩去外地，本市的交给我。兜兜他爸，你给我拉个单子来，本市的哪家单位欠你的最多，我去给你讨！"邱美娥挽胳膊捋袖子的，一副跃跃欲试的样子。

顾顺良和邱栀子都以不信任的目光看着邱美娥。邱栀子道："妈，你从没干过这个，会么？"

"你们年轻人，有文化，脸皮薄，我一个老娘们，我怕什么？农村妇女撒泼打滚那一套，我是会的，原来你爸爸嫌弃我那些习气，我都慢慢改掉了，现如今，不是兜兜的亲爹有难了么？我哪能袖手旁观？瞧好吧，我要把十八般武艺都使出来，给你把帐讨来！"

顾顺良又感动又愧疚道："谢谢妈！我原来有对不住您和栀子的地方。"

邱美娥挥了挥手道："过去的都过去了，不提了，谁让你是兜兜的亲爹哪？咱打断骨头还连着筋不是？就这么说定了，咱兵分两路，你和邱栀子去外地讨债，我留在北京，看着店看着兜兜，瞅空再去把本市的债讨来。"

"对了，"邱美娥走了几步，忽然回过头来问，"兜兜他爸，那些欠款单位，你还注重跟他们的关系么？"

顾顺良道："不了！就因为这个注重'关系'的软肋，他们才充足了大爷，对我极尽拖欠，现今我已被逼到了绝处，只要把欠账要回来就有活路，其它的，什么也不顾忌了！"

"那就好！"邱美娥神秘地一笑。

邱栀子将车卖掉，邱美娥拿出了那50万，还了部分印刷欠款和几个作者的版税之后，大家很快便行动起来。

顾顺良指画着跟前的一张地图对邱栀子说："我们此行的计划是先'南下'，然后'西征'，最后'北伐'，我们要将全国的中小城市彻底扫荡一遍！一家书店一家书店地上门讨要！"

将后备箱里塞满了方便面、火腿肠、矿泉水后，顾顺良和邱栀子悲壮地开着车从北京出发了。

2

只是车没开出多久，顾顺良的手机忽然响了，是老家他父亲来的，顾顺良父亲声音有些颤抖道："儿子，赶紧回来，你娘特别想你……"

一种焦虑和不详之感袭上了顾顺良的眉头，马上扭转车头对邱栀子说："回老家！"

邱栀子很快将电话打了回去，着急道："爸，我是栀子，我和顺良在回老家的路上，顺良在开着车，具体什么事你跟我说！妈怎么啦？"

"你娘她脑出血了，我们在县医院里，你们直接来医院吧，你别给顺良说，免得他开车着急。"顾顺良父亲说罢，匆匆挂了电话。

但顾顺良在旁已听见了通话内容，恐惧道："真是祸不单行！"将车开得飞快。

终于到了县医院，车还未停稳，顾顺良便从车上跳了下来，一下摔在了地上，他爬起来，未顾得掸一下身上，便风风火火地向医院病房跑去。

找到了病房，顾顺良一下冲进门内喊："娘！我们回来啦！"

正脸色灰暗地歪倒在床上的顺良娘惊喜地向儿子和邱栀子摇了摇苍白无力的手，柔弱无力地说道："顺良，栀子，你们俩可回来啦。"说罢嘴角绽出一丝凄美的笑意。

顾顺良和邱栀子放下包便扑过去，各自紧紧攥住母亲的一只手，心焦地异口同声道："娘！你怎么啦？"

"为什么将娘的胳膊用绳子捆在床帮上？"邱栀子心疼地问。

顺良爸解释："你娘因为头痛老是用手去抓头，医生便将她的胳膊捆了。"

顾顺良心疼得针扎一样疼。

顺良娘虚弱无力地倚坐在病床上，无限留恋地看了眼窗台上一盆青葱的植物，眼含热泪道："顺良，栀子，我不怕死。你们俩过的好好的，娘即使死了这辈子也没什么可遗憾的。娘只是想着我走后你爸爸孤零零的一个人，不放心啊！"

邱栀子故做轻描淡写地佯笑着安慰病人："一点小毛病，什么死啊活的，哪有那么严重！你儿媳妇是北京的医生，婆婆的这点小病还给看不好？！"

顾顺良父亲用眼睛示意顾顺良和邱栀子到病房外去，泪水汪汪道："脑部已经出过两次血了，医生说，出一次血死亡率百分之三十三，片子拍出来了，可医院设备差，医生也看不出什么名堂，查不出什么原因来，只能给打止血针、降压药。医院已给下了病危通知了。"

"带娘去北京看病！"邱栀子说。

顾顺良父亲说："千万不能搬动啊，咱村里的，好几个脑出血的，一挪动人就不行了！"

邱栀子果断道："那这样，我带着片子立码赶回北京去，让大医院的专科大夫看看怎么说，我是干中医的，看片子不专业。"

说罢，邱栀子扭头便打了辆出租车往回赶，赶到协和医院的时候，才凌晨四点，她在医院的大楼外等着，急得团团转着，终于等到医生上班了，医生将邱栀子送来的片子一举，看了一眼后马上说："脑部有一个巨型的动脉瘤，可以做介入手术！把病人带来吧。"

邱栀子惊喜异常道："大夫，你的意思是说，病人可以挪动？她现在人在河北的一个县医院里，到这里有 3 个小时的车程。这一路上，不会出什么风险吧？"

"应该问题不大。"大夫说。

"得准备多少手术费？"

"近 30 万吧，准备 30 万好了。"医生说罢，便急匆匆地进了手术室。

"30 万？这么贵啊。"邱栀子吃惊道，她马上给母亲邱美娥打了个电话，"妈，兜兜奶奶得了脑出血，协和医院的大夫看了片子说能做手术，手术费得准备 30 万，我和顺良的信用卡能刷 10 万左右，剩下的你赶紧想法去筹。顺良家肯定没钱，我速去县城接病人来京！"

邱美娥急问："兜兜奶奶生病了？你不是和顺良去南方讨债去了么？怎么现在在北京？"

"我们刚出发便接到他老家的电话，便赶回去了，我带着片子回北京让医生看了。妈，当初我四面楚歌、被逼离婚的时候，那两位老人坚决站在我一边，这个恩，我们一定得报！"邱栀子说罢便匆匆地挂了电话。

"30 万？这会儿去哪里弄这 30 万啊？"邱美娥犯愁道。

3

再说说邱栀子赶回县城后，把北京医生的话说了，顾顺良也决定冒险带母亲来京做手术，但他父亲还是犹豫不决，担心人一挪动，在路上的颠簸会导致再次出血。

邱栀子道："去北京，路上的颠簸会有可能让病人发生危险，可不动的话，依然会有危险发生啊，现在已经有两次出血，再次出血的话，便危在旦夕了，不如一搏，可能有手术成功的希望！"

顾顺良略做犹豫后，对父亲和其他亲属们说："好，就以栀子的决定，毕竟她是学医的，对事情的决断会高我们一筹，那就决定出发去北京了！"

邱栀子果断地安排说："联系本县最好的救护车转院送人，这样在路上的颠簸会小，病人身下再垫上几床厚被子，将颠簸降到最低程度。另外，我们出高额出诊费，让婆婆的主治医生和护士随行，并带上急救设备，以防在路上出意外时急救。"

顾顺良等赶快分头安排，一切很快就绪，救护车载着顺良娘和顺良爸、顾顺良、邱栀子和随行医生、护士出发了。顾顺良的车由一个随行的老家亲戚给开着。

　　一路上，大家紧张得心都提到了嗓子眼上，顾顺良和邱栀子每人攥住顺良娘的一只手，以给她精神安慰。进了北京市区后，老是堵车，大家急得巴不得能长出翅膀飞过去。

　　好在一路平安，终于顺利地到达了协和医院，因是危重病人，进了医院便被推进了手术室。医生让家属签字，并说因为病人年龄大了，那颗动脉瘤又很大，手术有一定的风险。

　　"手术会有风险？"顾顺良拿着笔的手剧烈地抖动着，牙齿哆嗦起来，越是最亲最爱的亲人，越是患得患失。

　　"所有的手术都有危险，但大多得做！我来签吧。"邱栀子说。

　　医生问："你是患者的什么人？"

　　"我是她前儿媳。"邱栀子说着便签下了字。

　　人被推进了手术室了，医生也进去了，却在等着交手术费，手术费不到帐上的话，人家不给做。邱栀子刚要给母亲打电话，母亲已气喘吁吁地赶来，将卡交给顾顺良后累得一下子瘫坐在了地上。

　　顾顺良赶紧跑去收费口交费，钱到账的那一刻，手术室的灯马上亮起来了，手术开始了。顾顺良在旁感慨："这会儿，才真正体会到了什么叫救命钱。"

　　邱栀子问母亲："妈，哪儿凑的30万现钱？"

　　邱美娥气喘吁吁道："将我的房子抵押给了高利贷。"

　　听罢，顾顺良一句话也没说，扑通一声给邱美娥跪下了，也或者是极度的紧张和恐惧给累瘫的。

　　大家都坐在手术室外心焦如焚地守着。手术室的门偶尔被风吹一下，他们就惊跳起来，担心手术过程中有什么不测。

　　医生原说的手术过程只有四个小时，可已经六个小时了，手术还没有结束。顾顺良被一种巨大的恐惧感给袭住了，"难道，母亲会下不来手术台么？"一些不祥的念头时不时地在他脑子闪过，"如果母亲有个三长两短，我也不活了。"

　　他变得那么脆弱无助，心理孱弱得像一片羽毛，被这场突然而降的巨大灾难肆意践踏着，他那么渴望更多的力量能够托一托他，暖一暖他，纵然仅仅是个虚幻的声音。

　　这个时刻他特别想念刘诗摇。因为除了邱栀子，他只有她一个心理上亲近些，曾有情感色彩的异性。

　　他知道前妻邱栀子和前丈母娘对自己家这样肝胆相照，他此刻最不该联系的人就是刘诗摇，可他的心灵太虚弱了，顾不了那么多了。即便她最后一次见他时说了那么伤人的话，但他事后总怀疑，她有赌气的成分。

　　他走进楼梯间拨通了刘诗摇的手机。那个熟悉的声音从一片空茫里浮了出来，抖落去多日的风尘，依然那么细柔、甜美，而他这里已是人是境非。顾顺良竟先流了泪，颤抖着半天说不出话来，却又不想让她感觉出他在哭，使劲咬住嘴唇。她说："怎么了怎么了？我正忙着要出门。"

顾顺良敏感出了她语气里的一丝不耐烦，便振作精神告诉她发生了什么事："我母亲得了重病，可能不行了。"说罢就难以自抑地嚎啕大哭起来。

她说："哦，那希望她多保重，再联系啊。"说罢匆匆地就挂了电话。他觉得自己的这个电话打得这么寡味，一切是那么的没劲。

放下电话后顾顺良一直坐在楼梯的台阶上哭，嗓子都哑了，窗外的风一直听着他的哭声。一个中年男人的哭，不是绝望和恐惧到极点的话，不会出现这样的失态，有关母亲的所有记忆在这个时刻蜂拥而来，难道，他还没有来得及回报母亲，母亲就会离他而去吗？

哭的不止是母亲，还有他和刘诗摇曾经的恋情。因为这份恋情，他被弄得妻离子散，事业崩塌，而今，在他最绝望无助，最需要力量的时候，她甚至连一句安慰的话都不肯多给。

邱栀子在楼梯间找到了他，面有喜色地喊道："手术做完了！很成功！"

"真的！"顾顺良惊喜过望，抹一把脸上的泪冲出楼梯间，母亲正躺在小车上被推出手术室，手术后的母亲虽孱弱无比，但一下就安静了下来，再不像原来那样老是去挠头。

"娘！"顾顺良喜极而泣，只是，母亲忽然嘣出一句话："你是谁啊？"顾顺良瞬间呆住，情绪又被推进了万丈深渊。顺良娘被推进了特护病房。

顾顺良和邱栀子前去问医生，医生说是这种病的后遗症，暂时性的失忆，慢慢就会恢复，他俩才放下心来。

特护病房不让病人家属陪床。手术完后的第一天夜里，担心病人万一有点什么事，必须有人守夜班。顾顺良父亲在老家照顾病人这些天，已累得疲惫不堪，邱美娥便领他回家休息。

顾顺良一个人守夜班身单力薄，邱栀子便留下来陪他。夜间，两个人坐在病房门外的一张草席上，担忧着特护室内的顺良娘。

后来，因极度疲劳，顾顺良不知什么时候躺在席子上睡着了，醒来后已是深夜，身边不见了邱栀子，那张席子完全铺在了他的身下。

"邱栀子去了哪里？为什么不把我喊醒让出席子来，难不成她坐在凉地上？"顾顺良想着，跌跌撞撞地楼上楼下地到处找，昏暗的楼道里横七竖八地躺着病人的家属，他低着头一个一个地看，可没有邱栀子，那陌生男人的睡姿总是让他一惊一吓的。

楼内没有，楼外的台阶上也没有，到处黑漆漆的，不远处就是太平间，他又回到了病房楼里，终于在走廊的拐角处，发现了邱栀子，她坐在一张旧报纸上倚着墙睡着了。

这时，顾顺良发现邱栀子身下坐着的报纸上血迹斑斑的，便摇醒她道："你来例假了?!"迷迷瞪瞪的邱栀子赶紧去卫生间换卫生巾。邱栀子从卫生间回来后，顾顺良抱着她，一字一句地说："栀子，我错了，经历了这么多事情，我才明白，我真的错了。"

那一刻顾顺良起了一个坚定的念头，一定要重新创业，追回失去的美好，有这么好的女人，他怎么舍得放弃？等到他东山再起后，再去追求她，他要用剩下的生命去疼她，和她过以后的日子。

让医护人员陪床，终究不如自己家人陪着放心。

第二天夜里，邱栀子估摸着护士快要查房赶人的时候，便爬进病房外的阳台，在阳台地上铺了张旧报纸躺下藏起来。

这是个炎热的夏季，邱栀子的衣服湿透了黏黏糊糊地粘在身上，蚊子又一个劲地咬人，她知道蚊子是传播疾病的，这医院里的蚊子更分外瘆人，似乎每被咬一口都有被传上细菌、病毒的危险。这医院里的每一处每一角，似乎都是看不见的、密密麻麻的细菌、病毒，可是她真累，真困，头一挨着地便睡着了，但她显然是睡不踏实的，过一会儿便悄悄地从窗户里爬进来，蹑手蹑脚地凑近顺良娘看看她睡着了没有，如果顺良娘没有动静，她便又蹑手蹑脚地爬回阳台，若顺良娘醒了，便喂她一点水，或者一小块西瓜。

顾顺良想刘诗摇办完了事，或者过个一、二天后无论如何也会挂个问询电话过来，然而手机寂静无声，那几天里，他执拗地看着手机发呆，整个世界都寂静无声，事后多少天里他的耳朵里还老是恍惚响起手机铃响的声响。

一种空前的绝望和悲凉。什么都是虚的，假的，曾经的那些细密的缠绵，全如对着空空的山谷唱歌。

而不久后的一天，顾顺良精神恍惚地骑着自行车在大街小巷里转悠着给母亲买鸽子汤，忽然，他自行车链条断了，整个人硬硬地摔在水泥地上，倒过来的自行车又一下子砸在了身上，他的胳膊，膝盖上都破了，四周来来往往的，全是陌生人，他瘫在那种叫天天不应，唤地地不灵的茫然无助里，世上真的有巧合的事的，顾顺良忽然看见刘诗摇和一个男人手牵着手正在逛街。

顾顺良非常惊喜，出于一种本能，向她挥起手臂，她也看见了他，停下脚步走过来，但忽然，她毅然扭头转身走了，再也没有回一下头。

"不想活了，人活在世上太没意思，太没劲了。"这个强烈的念头嗡嗡地在顾顺良的脑子里飞旋着，整个世界瞬时都成了一片黑色，他看一眼天空，或者，是前世他做了什么坏事了吗？上苍才让他认识这个女人来报应他？

顾顺良整个人都呆住了，眼中没有一滴眼泪，任自己的血就那么流着，他感觉着身旁的黏稠，感到一种莫明的快意，强烈的心理刺激使他感觉不到身体上丝毫的疼痛。他不知道自己什么时候晕过去的。

醒来的时候，顾顺良已经被好心人送进了附近的一家小门诊部，伤其实很轻，晕过去主要是心理刺激。但醒来的一刻，他像是经过了一场生死，再也不是原来的他了。

事后顾顺良千万次地想过，至于吗？即便刘诗摇不曾真爱过他，即便她恨他，即便当时躺在地上的是个陌生的路人，她也不能那样扬长而去不是？他总不相信她会从此再也没有一点音信了，然而她是真的再也没有一声过问了。

正义感可以招致女人这样深的仇恨和冷漠吗？顾顺良被这一点给惊住了。或者，她已经汲取了他所有的营养，他对她而言，像是一个被啃光了肉的贝壳，一块被嗦尽了滋味的肉，她要他这样的一个空壳干什么？

他想起了她的那些文句，那些那么柔情、细腻缠绵的美丽的诗句。他曾经认为那些句子透露出她隐秘的生命信息。

他曾经走近她，全因为受了她语言的感动和迷惑。她其实全不是那个样子，他想找到那个语言里的她。语言里的她和人前的她，哪一个更真实？当语言成为一种工具，某种搬动，而不是写作者心里自然凋落下来的声音，在制造者的心中是一种堕落还是提升？

顾顺良从来没有这么清地看清世事和明白自己的处境，却原来，在这个世上，除了邱栀子，没有一个人真的管他，风雨会使一些生活的本质裸露出来。

这世界上还有一种亲情，叫前妻前夫。

在顺良娘住院的那些天里，邱栀子每天都衣不解带地守在老人的病床前，洗脸、梳头，剪指甲、喂饭，换衣，同病房里的其他人都夸奖"真是个好儿媳妇！"她们哪里知道，邱栀子是前儿媳妇哪。而邱美娥则经常往返餐馆和医院之间，顿顿送来精心做的膳食。

过了段时间，顺良娘康复出院了，顾顺良开着车送父母回老家，邱栀子也随车前行。

当顺良娘从车上走下来，像个健康人一样走向自己的家门时，村里人都惊喜地围上来，因为当时很多人都以为她回不来了。

"是俺儿媳妇救了老伴的命啊！"顺良父亲向乡亲们说。

邱栀子发现，村子里的墙跟处，坐着一个又一个老太太。

她问顺良娘："妈，怎么村里这么多大娘哪？那些大爷哪？"

顺良娘叹息了一声："唉，都是撇下女人老头先走了。"

那一刻，邱栀子受到了很大的震动。貌似最坚强的，却先离开这个人世。

其实，男人的坚强都是强装的，他们把人生遭遇的所有屈辱、失败全隐忍在了心中。就因为他们是男人，他们没有权利流泪，没有权利失败，他们必须在妻子、儿女、父母面前做出一副强硬无比的形象。而女人，却哪怕受一点点的委屈，也会向人倾诉出来，而人类，几乎所有的疾病，都是郁积出来的。所以，情绪爱宣泄出来的女人，往往寿命更长久。

邱栀子检讨自己，在顾顺良辞职创业之前，自己对他除了埋怨之外，有过多少疼爱、体贴？女人应该是和男人并肩作战的兄弟，而不该是向男人伸着的一双索取的手。

将父母送回老家后，顾顺良便带着邱栀子继续原来的行程，去南方讨债去了。

4

这天，两个人驱车来到了杭州，按着手中的地址来到了一家门面店前，顾顺良意外道："这明明是那家书店的地址啊？怎么成了足浴按摩店啊？"便上前询问。

足浴店里的小姑娘说："哦，你找原来的书店啊？倒闭了，老板不知去哪里了。"

"倒闭了？"顾顺良紧张道。

"可不是。现今这年代，有几个人还买书啊，一台电脑在跟前，用鼠标器一划拉，什么都能看到，谁还花钱买书？"那小姑娘说。

顾顺良赶紧打那家书店老板的手机，里面显示："你拨的号码已停机。"

"那欠款岂不又要不回来了？"邱栀子苦涩道。

"唉，自认倒霉吧。这已经是我们这次讨债路上遇到的第 15 家倒闭书店了。"顾顺良愁苦道。

暮色昏暗，疲惫不堪的两个人蹲在街边各自吃着一碗拉面。

顾顺良望着眼前五花八门的小店幽幽地说："一家实体书店就是一座城市黄昏里一盏最亮的灯。而今，这样的灯在一盏盏熄灭，真是城市的悲哀啊。我发现，越是北京、杭州、上海这样经济发达的城市，书店越少，而像合肥这样的中小城市，却隔不远就有一家书店，这说明什么？经济的发达跟墨香文化是相悖的？"

邱栀子安慰道："也是社会发展的缘故，网店的折扣那么低，又不需要出门采购，自然把实体书店挤垮了。"

"是啊，也不能说纸媒文化的消退就是社会的退步，现今这个高速旋转的社会，人们很少有耐性阅读文字了，而是画面消费，可我还是喜欢纸质阅读。想象一下，一个有着细雨的日子，听着一只歌，手捧一本带着淡淡墨香的书，何等的惬意。这是任何电子读物都无法比拟的。"顾顺良道。

"我发现，年龄越大，人们对传统的东西越是心怀留恋……"邱栀子说。

顾顺良接上话茬："包括婚姻。"

两个人都无语了，久久地沉默着。

当天晚上在一家小旅店开房间时，顾顺良说："要两个单人间。"

邱栀子说："要一个双人间。"

旅店服务员说："拿出你们的结婚证看看。"

顾顺良说："还是要两个单人间吧。"

两人找到各自的房间放下行李、洗了澡后，邱栀子来到顾顺良的房间，扯开被子就要上床和他同睡。

顾顺良往外推她："这些天你这么累，回你的房间好好睡一觉吧。"

邱栀子说："我们不是说好了要复婚么？"

顾顺良说："经历了这么多的风风雨雨，尤其是破产后的经历，我才知道了谁是真正爱我的人，我想等我的事业东山再起后，重新追求你，再向你求婚，而不想靠你的同情和怜悯。"

"我也是经历了这么多的风风雨雨，才知道什么是我真正想要的生活，什么是我真正想要的人。"邱栀子道。

顾顺良道："你想要的生活是什么样的？"

邱栀子道："我想要的生活就是有一天我和你都老了的时候，还能手拉着手，在黄昏里散步，其他的什么穷啊富啊，成功啊失败啊，都是神马浮云。"

顾顺良说："说白了，我想获得重新追求你的资格。以我现今的落魄，是没有资格追求你的。"

邱栀子抓住他的手说："自从离婚后，我没有一天一刻是真正快乐的。解铃还需系铃人，和你之间，是我生命里最深的一道伤，只有愈合了，才有幸福可言。在这场离婚中，我们两败俱伤，两败俱损，没有谁是赢家，不是么？"

顾顺良说："可是，我还是想等我的事业东山再起后，再和你复婚。"

他发达的时候，她对他的很多东西都没有表达，因为一种障碍在他们之间隔着，好像是为了那些。现在，终于可以绕开那一些了吗？或者，邱栀子追求的更多的是这样的一种意念：我是纯真地在爱着你，你看，不是吗？

只是这种显示，显得顾顺良与原来不同了吗？

因而，邱栀子想了想，觉得还是应该尊重他的决定，离开了他的房间。

5

而邱美娥的讨债之路则因为出招奇特而异常顺利。

这天，邱美娥打报社的热线电话喊来了一个记者，让他跟着自己，然后拎着一只蒙着蓝布的沉甸甸的笼子进了一家电商所在的高档写字楼。笼子里偶尔传来几声"咕咕"声。

在向有关人员正式交涉，索要欠款不成后，邱美娥毅然掀开了罩在笼子上的蓝布，放出了几只活鸡！

只见那几只鸡在洁净的办公间里到处晃荡着，堂堂的高档写字间俨然变成了"动物世界"。面对员工投来的或疑惑或新鲜的眼神，那几只鸡神色淡定地迈着四方步"咕咕"叫着四处觅食，也并没有因无食可啄而心情烦躁，似乎，这大厅里的洁净如洗让它们很是新鲜，好奇地四处打量着。

"这几只鸡帮着我来讨债了！"面对这戏剧性的一幕，邱美娥在旁义正言辞地解释。

有关人员前去捉，结果反倒赶得那几只不速之客受了惊吓，四处乱飞起来，从这个办公桌上，蹦跳到那个窗台上，一瞬间鸡毛翻飞、鸡屎乱溅，那些穿着漂亮衣服的年轻姑娘们，吓得尖叫着四处躲避，办公间里顿时乱成了一团。

那个记者赶紧咔咔地拍下了几张照片。

公司大老板跑出来责问怎么回事，财务负责人说，之所以迟迟不付，是因为资金在咱们帐上趴着，利息就归咱们啦。

大老板看一眼记者，又看一眼那些'讨债鸡'和邱美娥，烦躁地挥挥手，顾顺良的欠款便被付了。

又一天，邱美娥穿了一身白色的孝衣走进了一家大书店的门，一屁股坐在书店门口像农村老娘们般大大咧咧地拍着地哭起来了：

"我那可怜的爹娘啊，我前女婿破产了，别人欠他的书款不给，我连给你们买点烧纸的钱都没有了啊！你们半夜里去叫他们的门啊！"

书店老板为了躲晦气赶紧核实了情况，将欠款打到了顾顺良的账号上。

6

这天，顾顺良和邱栀子又驱车来到了一座南方城市的一家民营大书局前，忽然见书局门口赫然贴出了这样一张通知单：

"本书局决定于后天停止营业，迁址时间、地点会另行通知。"

"坏了！又是一家要破产的书店，这是南方最大的民营书局啊，欠我们20来万书款哪！"顾顺良虚弱地叫道，赶紧停车往里跑。

书店内顾客寥寥，一片凌乱，一张张焦急的面孔将书店负责人梁总团团围住，这个说："梁总，什么时候给我们结账？"那个说："我们已经给你们供了十年的货了，三分之一的书款还没给结。"看情形都是供书商，他们的到来让冷清的店面变得热闹起来。

顾顺良挤上前去恳求："梁总，我开着车跋涉五千里而来，我自己的公司也面临破产，好歹您给结一部分？"

"款项账上真的没有，有什么想法，你们到我办公室谈吧。"梁总说。

一个供书商嚷："要谈就在店里谈，去了你办公室，我们连自己的书也拿不到了。"说罢，这个供货商随即在店里寻找自己的图书往外搬起来。

顾顺良见状受到了启发，说："既然不能给货款，那就把没卖完的书先还给我们吧。"

说罢和随后赶来的邱栀子使了个眼色，两人赶紧跑到书店的架子上寻找到了自己出版的书，然后往外搬运。

一个书商急红了眼，嚷道："既然你们迟迟不给欠款，我们就搬电脑！"说着，便去抢电脑。一个店员拦着嚷着："报警了！报警了！"现场乱成了一片。

梁总说："大家稍安勿躁，我们正在走破产程序，所涉货款等变卖完资产后进行退还！"

顾顺良说："我们没有时间等啊，只当我们自己来提退书了！过后会请你们清点数量，走正式的退书手续。"

梁总无奈道："唉，都是电子书和网络书店给冲击的，实体书店实在是举步维艰，店不聊生啊，那些网上书店赔本赚吆喝……"

顾顺良和邱栀子一趟一趟地往自己的车上搬着书，累得气喘吁吁、大汗淋漓地，将后备箱里的方便面等食物都扔进了旁边的垃圾桶里，以给书腾地方，直到将后备箱和后排座上的空间都塞满了书，两个人才停止了搬运。

顾顺良苦涩道："有这样的冤大头么？自己运作的书花了运费发送到这里，然后再自己开着车五千里迢迢地来到这里亲自将它们抢回去！"

坐在副驾驶座上的邱栀子拍拍他的肩，安慰："比起杭州那家失踪了的书店来说，多少还算有点收获的不是？"

"不错，走！再'西征'！"顾顺良自我鼓劲道，开动了车。

7

这天，他们俩来到了一个西部城市的一家书店里讨债。

"欠款！欠款！整天来伸着手要欠款的！我们房租也需要钱，店员也需要工资，周转不开啊。"那家店的薛老板不屑地撇着嘴，以那样一副高高在上的神态说道。赶远路而来的邱栀子和顾顺良饥渴难忍地一边咕咚咚地大口喝着矿泉水，边吃着手里的干面包。

薛老板接过秘书递过来的小茶杯，用另一只手轻轻掀了掀杯盖，"嘘"地吹了下茶叶，用嘴唇抿了一小口茶，姿势及其优雅地，再用白色绸帕的角小心擦了下嘴唇道："茶，讲究的是品，而不是喝。"

邱栀子的火气一下子上来了，拉着顾顺良就往外走，说道："这年头！欠债的比要债的还有理！以后谁也不给他供货了，他品茶？品他的西北风去！"

顾顺良习以为常的样子，小声道："这是一种心理战术，他是故意这么做，好给讨债者造成心理压迫，受不住的话，就只能落荒而逃，而他的目的就达到了。"说着，又拉着邱栀子回到了店长办公室。而薛老板见状却起身离开了，道："我有点急事需要出去处理一下。"说罢匆匆离开了，就把邱栀子和顾顺良晾在那里了。

"怎么办？"邱栀子问。

"他不就是想躲么？事情总得面对的。咱们就在这儿蹲守着，跟他磨！"顾顺良恨道。

这时那个秘书模样的人走过来说："对不起，店长办公室有些私密资料，请你们到外面去行么？"说着便做关门状。

两个人只得离开那里，在店长办公室门外蹲守。

一直等到下班铃声响了，店长也没有回来，办公区域的大门要关了，那个秘书模样的人又来驱赶他们，两人只得离开。

第二天一早，他们俩便去薛老板的办公室外蹲守，守了一天，薛老板也没有来上班。

顾顺良恨道："他这是为了躲我们故意不上班！我们就一直这么守着，看他有本事能坚持几天不上班！"

蹲守到第三天的时候，几个陌生男人拿着菜刀、棍棒等家伙凶巴巴地来到了他俩跟前，道："这是我们的地盘！限你们一天之内离开这里，不然让你们吃不了兜着走！"

邱栀子紧张得两腿发抖，顾顺良紧攥住邱栀子的手给她力量。

"还不走是吧？"那几个人抡着拳头上来就做欲打状。邱栀子赶紧拉着顾顺良往外逃，顾顺良硬是不走，小声说："你赶紧走，我留下让他们打几下，打了人他们就更理亏了，要到钱的可能性更大一些。"邱栀子哪里肯走，上前护着顾顺良。那几个人毕竟不是真的黑社会，对着顾顺良打了几拳走了。

到了第四天，满脸乌青的顾顺良和邱栀子依然出现在了薛老板的办公室外蹲守，那个秘书模样的人见状无奈地摇了摇头，悄悄给老板打了个电话，挂了电话后，他很快过来领着顾顺良和邱栀子去财务结了账。

8

顾顺良的车在黑夜的大地上行驶着，四周是一片茫茫的夜色，邱栀子道："虽然咱们这一路上受了很多委屈，不过世上还是好人多，很多书店见我们上门讨债，还是都给我们了。"

"是啊，已经有五十万到账了！"顾顺良欣慰道。

天下起了倾盆暴雨，忽然，车抛锚了，打不着火了，顾顺良赶紧打开双闪灯，放上警示牌，然后打救援电话，"你们具体在哪处路段啊？"对方问。

"这里前不着村后不着店的，我也不清楚具体地点啊……"顾顺良道。

打完了电话，两个人便在车里等，几米之外便看不着人，邱栀子惊恐道："高速路上的车开得那么快，雨天能见度又那么低，后面的车撞上我们怎么办啊？"

"这也正是我担心的。另外，这个路段地势很低，路面上已经积了很深的水了，万一雨越下越大，将车淹没了，那我们岂不是死路一条？只是外面的雨这么大，我们也不可能弃车逃走，在这狂风暴雨的旷野外，只淋雨，也会被淋坏的。"顾顺良紧张道。

"那我们除了等，就没有别的办法了？"邱栀子害怕道。

"是的。除了等救援来，没有任何办法了。"顾顺良道。

"我肚子饿了，当初，别都把方便面扔了就好了。"邱栀子说。

"是啊，我也饿了。当初，还不是想着书比方便面值钱，关键时刻，还是方便面顶用啊。"顾顺良说。

"这次，可体会到什么叫挣扎在生与死的边缘了。"邱栀子说。

"对不起，栀子，如果我不让你跟来就好了。"

"我来是应该的，在这样的情形下，如果没有我陪着你，将是多么凄凉的境况。"邱栀子说。终于，邱栀子按捺不住心中的苦楚，失声痛哭起来。

顾顺良抱住邱栀子，也绝望得痛哭起来。

天亮后，救援车才赶到，用拖车将他们的汽车拖到了维修站修好。

他们俩结束这次讨债之旅，回到北京之后，顾顺良的账户上多了四百来万。

第十九章　不婚主义者：摇啊摇，摇到哪里去？

1

这天，警方告诉顾顺良，他的书库火灾起因查出来了，纵火者竟是石利，顾顺良只是哑然苦笑着，久久地说不出话来。

不久，陶渊明来北京出差了，两兄弟一块儿吃饭。

陶渊明真诚道："顺良，《我是一只花蝴蝶》被禁的事我知道了，事实证明，你是对的。因为那么一个小丫头，弄得你我兄弟反目，想想真是不值。"

"公司也因她几乎破产了。您的提前撤走，无意中躲过了一劫。"

"是么？具体怎么回事？"陶渊明惊道。

"是给她出版《我是一只花蝴蝶》的那个她的相好石利，认为《我是一只花蝴蝶》的被禁跟我写的一篇批评文章有关。或者，还嫉妒我和刘诗摇曾经的关系吧，因恨纵火烧了我的书库库房。你说，如果不是那本书的价值观真有问题，仅因为我的一篇评论，出版署就会禁么？"

"是这样啊？"陶渊明道。

"哼，男人！男人是什么东西？只不过是追求名利的女人一个又一个的跳板，你的利用价值被她榨取干净后，她又汲取另一个男人的了！我现在才明白，女人爱的，是那个男人所拥有的、自己想获取的东西，比如一个想升职的女人，会很容易爱上她的上级，一个喜欢钱的女人，会很容易爱上有钱的男人。女人的爱男人，其实爱的都是自己。"顾顺良发泄道。

"听这口气，是要改邪归正，和邱栀子复婚了？"

"复婚还没有，我想等着我东山再起后重新追求她。你知道么，我现在甚至不能看见和听见婚外恋这几个字，否则就有一种生理上的反应，反胃、恶心、牙碜，浑身起鸡皮疙瘩。你说，人们为什么放着完全属于自己的坦坦荡荡的情感不悉心经营，反倒搞一些悉悉嗦嗦的名堂呢？人经历的事情多了，才会发现，什么都是虚的、假的，只有婚姻才是真的。妻子，才是这个世界上最爱你，最愿意为你付出一切的女人，此外的任何一种男女之情都不能同夫妻之间的真情相比。"

陶渊明笑道："你小子现在算是大彻大悟了，早干嘛去了？我也有这种体会，男女之间的爱这个东西是特别靠不住的，在天长日久的相处中，夫妻间产生的亲情才是彼此间最牢靠的维系。"

2

每个人都斤斤计较于自己的伤口。

而顾顺良不知道的是，那之后的刘诗摇心理上有过怎样的伤，石利因为她的《我是一只花蝴蝶》下架，蒙受了巨大的经济损失，又因纵火烧顾顺良的书库入狱，事后他把自己的劫难都归于和刘诗摇的认识，因此两人心生嫌隙。

刘诗摇在市郊租了一个院子里有果园的农家小院。她坐在地板上，看着四周空空的四壁，有限的行李受伤的鸟般耷拉在自己身边。

她看着《初恋在栀子花开的季节》中那些风干的蝴蝶标本般的文句，是她和顾顺良之间那场轰轰烈烈的爱情留给自己的唯一果实。刘诗摇嘴角挂上一丝惨淡的自嘲，是这部作品使她进入最初的文坛。

网络上疯传一句诗，"穿过大半个中国去睡你，"而她的经历是"穿过大半个中国去被他睡，还没睡着"，她在那样的一个大雪日，坐着一辆充满脚臭、鱼臭的破长途车，晃晃荡荡地穿过几千里，想向他献上女孩的初贞。可是他，对和自己的结婚推三阻四，最令她难以忍受的，是他竟然抬其他女人而贬自己！

那天在街上，她刚刚从街边买的一张报纸上看到一则消息，千指柔的《我的青春是火焰》同时卖出了电视剧版权和电影版权。极度的嫉恨之下，她看见顾顺良跌倒在地，没有上前相助，实在也是不愿再面对他。

见到他的时候，她仿佛看到了自己的前世，一个女孩最痴情的初恋，那些在内心深处最不能示人的伤痕，都像潮水般无法阻挡地涌现在面前，而她，只想快快地逃离，一分一秒也不愿再忆起。

只是，对和顾顺良的分手给自己造成的创伤的描写，使刘诗摇的文字一跃而上了一步很高的台阶，一改她原来小女儿情态的小吟小唱，文字里充满沧桑感了。

生活的种种磨难就像砸在她额头上的一块砖头，她一抬手抓住了它，转过身去就拌水泥砂浆，去砌小说的房子，房子对她的作用，化解、抵消了砖头砸在她额头上的疼痛感；又像一个迎面飞来的乒乓球，她用小说的球拍将其挡了回去，球只是在空中打了一个旋，根本没有真实地落在她的身上，她看那个球的轨迹就像看了一场表演。

3

这个夜晚，慕容雪是被梦中一个男人吮动自己乳尖的感觉惊醒的。

那是个貌相有些彪悍的陌生男人。他附在她胸前，衔着她，小猪吃食一样地啪嗒，然后抬头睁着一双眼睛看她的反应。

那种全身的痉挛和酥痒。难以遏制的快意。她闭着眼一动不动地躺在那里，让自己停滞在那种感觉里。她恼恨这梦的醒，然终究还是醒了。

她在床上翻来覆去，胡乱地抓着自己，试图让那种感觉回来，她附在床角上摩，只是怎么也不是梦中的感觉。一个真实的男体，是无法替代的，她缺，这一刻。她蓬勃的欲望像夏天的植物般疯长。

男人的暴力给这个世界带来了很多祸害。可她此刻却觉得是一种别样的美好，如果来自所爱的男人。原本是男人身体的一部分，却杠杆一样可以伸缩，像一只小兔子的头，时而趴在草窝里睡懒觉，时而探头探脑，多么可爱的生物，如果再有良善、责任心、财力和英武的外型。而此刻，床边的郑军武平静得像一潭水般兀自坐在那里看着电视里的球赛。一个男人，在以后的漫长岁月里再也波澜不惊，多么无可奈何。她抱着坚硬的床角，渴望它伸出触角，呢喃着："我可怎么办啊？"

男人明白了她，讽刺道："你若再这样，我可受不了，我告诉你！"

"我还这么年轻，我不想守活寡！"慕容雪声嘶力竭道，她忽然爬起身来，这就换衣服，收拾行李，欲走的样子。

郑军武可能感觉到了失去她的恐惧，一把拉住她以脆弱的眼神看着她央求道："我虽然身体不行了，可我的钱可以都是你的。"

"大多数人都爱钱，包括我。只是有些东西是钱买不来的，比如有孩子绕膝下的温馨，比如正常的生活。《查太莱夫人的情人》里的女主人公，即使放弃了伯爵妇人的身份，也要和守林人过充满活力的有生机的生活。"慕容雪说道，依然收拾着自己的行李。

"自和我在一起后，你习惯了贵妇的生活，是适应不了原来的清贫的。"郑军武又说。

慕容雪依然想往外走。

"雪儿，你别走！如果有对你好的，能使你快乐的男人，那你就好去吧。我再不管你了，行么？"郑军武恳求道，"我原本感觉到了自己爱你的那份力不从心。"

一个男人的话说到这份儿上了，慕容雪再也无法迈腿。她将衣箱放回原处，重又换上了睡衣，上床和他相拥着睡去。

再有陌生男人往家里打电话时，郑军武总是躲开。

但人都是有逆反心理的，原来，在郑军武管得她很严的时候，她有往外挣脱的意念，现在，郑军武对她松懈了，她立即起了一种警觉，是否又有另外的女人喜欢他了？

4

这天，慕容雪和邱栀子在公园里散着步，慕容雪说："你的几千里相伴讨债路，把我都感动了，现在，顾顺良和刘诗摇也分手了，你们干嘛还不复婚？"

邱栀子说："我是想跟他复婚啊，不怕你笑话，在外讨债的路上，我都掀开人家被窝了，又让人给推出来了，说是等他东山再起后再跟我复婚，也不知是真话呢，还是推托之辞。你说，他是不是放不下刘诗摇，指望和她旧情复燃？"

慕容雪严肃道："这事可有些严重，你和顾顺良的感情，不外乎几年的婚姻生活堆积起的什么，而刘诗摇和他，也已经有了几年的同居岁月，如果他们再牵扯不清，你就再没有优势了。"

邱栀子道："是啊，我真担心他们俩之间再有来往啊。一想起他有外遇后我的惨痛，我便心有余悸。我已经被他祸害了几年的生命，我用了几年的时间，好不容易从这件事里走出来，如果再被他伤害的话，我这辈子就毁在他手里了。"

慕容雪忽然眼睛一亮，道："要不这样，我当一次卧底间谍，帮你刺探一下敌情？"

"怎么刺探？"

"我听以前的文友说，刘诗摇现在租住在城市边缘的一个农家小院里，主张'不婚主义'，周围聚集了一帮思想激进的男女，我自己也一直很好奇，想前去看看，顺便帮你探探刘诗摇的虚实。"

邱栀子道："你好奇'不婚主义'做什么？毕竟是些边缘化状态。"

慕容雪叹息了一声，道："唉，郑军武一直不提扯结婚证的事，我也郁闷啊，你说，我算怎么回事啊，原本一个清清白白的大姑娘，这样黑不提白不提地跟一个男人同住着，如果让我老家的父母知道了，还不知怎么生气哪。"

邱栀子道："他是不是有其它难言之隐啊？"

慕容雪苦涩道："结婚这事，除了有前妻，还能有什么不可逾越的障碍？可是人家又咬定了口说自己是离异的。我们的卧室里有一个保险柜，我怀疑那里面藏着他的什么秘密，可钥匙整天在他腰上，我也不能偷他钥匙开保险柜看不是？那样我不就成了小偷了？"

"那是，你不能那么做。"邱栀子道。

慕容雪说："缺什么，想什么，你知道么栀子，自从郑军武停了药，我们之间基本没有之后，我对一个有好感的男人，很容易地就联想到他的身体，充满善意、好感、好奇地，老是产生一种想摸一摸，拉开他裤子的拉链看一看的冲动，就像男人总想看一眼喜欢的女人的裸体一样。我不觉得自己这样是羞耻的，这意味着我真正地成熟了，像橘子红了，像成熟的豆荚爆裂开来，是女人的女人味，女人的好色。但是，我没和其他任何男人有真实的关系，惧怕郑军武知道是一回事，从心里，我怕他受伤害。"

邱栀子说："雪儿，你现在还这么年轻，是否太委屈自己了？或者，你也可以尝试另一种生活？"

慕容雪道："但是，对那种事业无成的男人，我又从心里看不起，郑军武的职位、财力，已经在我心里奠定了一个男人的高度，低于他的，我是看不上的，这就是事情的荒诞吧？"

过了会儿，慕容雪又说："我现在越来越体会到亲情的重要了。就说你妈吧，自你爸离家出走后，如果没有你在她身边，她怎么活啊？还有你，离婚后兜兜给了你多大的支撑和温暖啊。"

"是啊，如果不是我妈、兜兜还有你，我真不知怎样度过那段灰暗的日子，"邱栀子说，她忽然抓住慕容雪的手认真道，"雪儿，你干脆离开郑军武吧，你跟他，既不能有孩子，又不能——他还不跟你正式结婚，我觉得你太受委屈了，别最后落得竹篮打水一场空。"

"我多少次对自己说过这样的话，可还是没勇气挣脱现有的生活，人的惯性和惰性太强大了，除非到了实在难以忍受的程度，一般人都难下决心改变现有的生活状态。"慕容雪无奈道。

"从另一方面说，女人既要男人的财富，又要男人在事业上的帮助，还要男人的身体，是否太贪了？唉，男女之间的事，真是说不清。"邱栀子想安慰慕容雪，却又不知这话是否妥当。

5

这天，戴了一副大框眼镜、换了一个假发套的慕容雪好奇地走近了那个门上挂着"诗摇农庄"的农家小院。

门响了，刘诗摇去开门，门外站着一个陌生的美貌女子，来人道："我叫游疑问，是个大龄剩女，也是你小说的忠实读者，是你的粉丝，我听说在城市的边缘，生活着一个不婚主义者的小圈子，很好奇，所以过来看看。"

同样戴着一副深度黑眼镜的刘诗摇闪身让慕容雪进来。

慕容雪好奇地打量着这个小院，院子里长着很多棵开满花的桃、梨树，花树下摆满很多桌凳，倒也清雅自在。

"'不婚主义'者，就是患了厌恶异性症？"慕容雪扶了扶眼镜框问。

"大错特错！我需要异性的情感，越多越好，就像经历过三年灾荒的人对一切称得上是粮食的谷物怀着贪婪的欲望一样。"刘诗摇伸展开长长的双臂划拉着，眼睛里泛着绿色，像一头多少天没吃到东西的恶狼的眼神。

"你的意思是说，你患了匮乏异性症？"慕容雪眼神紧张地问。

"对头！"刘诗摇模仿了一句四川话，然后改成话剧舞台上的普通话，洋洋洒洒地指画着道：

"我是一个自由的女人，谁都没有权力管我。我发现，只要跟不大熟悉的男人说笑，我就有一种莫明的兴奋。对一个顾姓男的离开，使一个巨大的事实像弹簧一样回弹回来：我，刘诗摇，有了和任何一个男人交往的权力。

读者和本市的文学界，有不少男人喜欢我。而原来，我这只美丽的花蝴蝶久久地被那个男人无形地囚着，现在，他们终于可以自由地扇着翅膀飞来了，绕过顾姓男，绕过他们久久的压抑。人，只要对一个异性转身离开，就是另一片天。

我终于发现了一个彻底忘记顾姓男，彻底粉碎原来记忆的方法：比一只真蝴蝶还轻盈。我要像一只花蝴蝶一样，轻盈地飞，朝着一切有异性的地方。"

慕容雪更加紧张，挺了挺胸，咽了口唾沫，摆出一副劳改干部教导不良妇女的神情道："初解放的时候，那么多烟花柳巷都被查封了，那么多姐妹都被劝回家了，何况现在的法制社会……"

饱读诗书的刘诗摇却似乎没理解慕容雪的意思，继续夸夸其谈道："人生在世，人们懂得，且尽量去享受一些东西，比如美食、阳光、草地、华服，可是上苍赐给人的最宝贵、最美好的礼物——异性，却被死死地限量供应着，残不忍睹，残无人道呵。所以，我决定这一生绝不要婚姻了，就是为了最大可能地结识、欣赏和领悟异性美。"

"那样，岂不成了'淫乱'？会被公安抓的！"慕容雪干脆挑明说了。

"错！我们可不敢以身试法。'不言性爱，只言相处'是我们这个圈子里的异性交往的原则。性是禁忌，而交往和精神上的沟通则天马行空般自由、随意。男女之间，这是一条界，否则，就有了扯不清的恩恩怨怨，有了占有欲，有了嫉妒和承诺。而承诺是多么累人、虚无的一种东西啊。不是吗？只要没有身体的接触，'你陪伴了我，我也陪伴了你，谁也不欠谁的，谁也没有权力约束谁。'多么清爽的交往！"

慕容雪顿时长松了一口气，擦擦额角的汗问："你的意思是说，你们是一群主张禁欲的精神恋爱倡导者？"

"爱？这不符合我们这个圈子里的规则，这里人人都没有婚姻，大家可以随意地来往，谁也不属于谁，谁又都属于大家，没有责任义务，没有道德规范，人与人之间的交往像行云流水般自然，完全靠自然的魅力、吸引决定着人的接近和疏远。"刘诗摇明确声明。

　　"这倒是对传统婚姻制度的一种挑战。只是如果大家都不结婚的话，地球上的人口岂不越来越少，最后濒临灭绝？"慕容雪眨巴眨巴眼睛问。

　　刘诗摇摆着手，以一副心力交瘁的样子道："我顾不了那么多啦！"

　　"女人年轻时倒是能尽情地享受异性了，只是年长色衰后丧失了对异性的吸引力后，身边没有丈夫和孩子的陪伴，晚景岂不凄凉？"慕容雪又眨巴眨巴眼睛问。

　　刘诗摇被击中了什么，神情黯然了一小会儿，但又同样以一副心力交瘁的样子摆着手道："我也顾不了那么多啦！"

　　刘诗摇忽然神神秘秘地凑近慕容雪说："我还告诉你一个诀窍，我发现创作欲和情欲是相伴相随的，为了保持自己创作欲的旺盛，我必须让自己身体的欲望无法挥散，这样才能把一个单身女人无法满足的欲望转化成创作冲动，转化成对一个又一个浪漫爱情小说的构写。"

　　"你的意思是说，为了多产出言情小说来，要硬硬地憋着？"慕容雪再次眨巴着眼睛问。

　　"对头！"刘诗摇又模仿了一句四川话。

　　慕容雪这次不频繁眨巴她那双充满疑问的大眼睛了，善解人意道："也就是说，吃不到葡萄才会老想葡萄的酸。"

　　"对头，就是这个意思啥，所以，我不会再和任何男人有真实的来往。"刘诗摇有些鬼祟和得意道。依然模仿的是四川话。

　　慕容雪惊讶地看着刘诗摇那张有些异化了的脸，下意识地躲远些，转身颠颠地跑了。

　　刚离开那个农家小院，慕容雪便急不可耐地给邱栀子打电话："我说原配啊，你就放一百个心吧，刘诗摇看来受的内伤也挺重的，现在已是个坚定的不婚主义者。他们的那个'不婚主义'者圈子思想也挺激进的，异性交叉交往也挺乱的，顾顺良毕竟也算个传统的男人，即便刘诗摇想回头，他们之间也已没有可能了。"

　　"是么？"邱栀子在电话那头听着，面露惊喜。

　　"所以啊，打消一切顾虑，开始复婚的打算吧，"慕容雪说，"另外，刘诗摇整个人已经被文学异化了，说是为了"吃不到葡萄才会老想葡萄的酸，所以不会再和任何男人有真实的来往了。"

　　邱栀子纳闷道："什么叫'吃不到葡萄才会老想葡萄的酸'？"

　　慕容雪道："你不是个离婚女人么？我跟郑军武之间，不也没那么，你说什么叫'吃不到葡萄才会老想葡萄的酸'？"

邱栀子这才回过味来，顿时绯红了脸，嗔怪道："你个老色女!"然后啪地挂了电话。

心无负荷的邱栀子心情大好的样子，对镜整整头发，又摩拳擦掌地对着镜子里的自己说："男追女，隔重山，女追男，隔层纱，我还就不信了，捅不破他这层窗户纸?!"

这时，慕容雪的电话又打来了，她也心情大好的样子，说道："邱栀子，我的话还没说完哪，你挂我电话干嘛?"

邱栀子笑道："快说快说，我洗耳恭听!"

慕容雪道："跟你说啊，从刘诗摇那里出来后，我对自己的遭遇，也释然了很多，郑军武不是不结婚么？就当他是个不婚主义者好了，我和郑军武之间不是匮乏那么？人家刘诗摇是主动不要葡萄的，这么想来，我觉得自己的生活状态也没什么大不了的，起码，我还有大别墅住，还有富足的物质享受，不是么?"

邱栀子道："我的雪儿，你的青春你做主，你感觉怎样好，就怎样吧。毕竟，对生活最真实的感受只有每个人自己知道，外人也不好说什么。"

6

那天，刘诗摇得了重感冒，发着高烧，又喝了一杯冷水，凉透了胃，变得食欲全无，几天的时间里，她浑身无力地蜷在被子里，望着窗外灰蒙蒙的雾霾天，心情糟糕到了极点。她给一个不太熟悉的男人打了个电话，"有什么事吗?"对方探询道。

刘诗摇烦极了这句话，在这个讲究时效的时代里，只有"事"是重要的?必须有件什么"事"做借口才能联系一下吗？事情之外的东西呢？比如因为自己心情不好，特别想和一个人说说话，最好再带着清雅淡宜的那么一点点情感。没有情感色彩的声音，像干枯的树叶，对人没有任何意义。

后来刘诗摇终于支撑着自己去医院里拿点药，医院门卫，那个七十多岁的老头一句"穿得这么厚啊。"一下子让她的泪水像决了堤，她捂住脸，在大风里往前走着，从来没有像此时那样充满了浓重的自怜。

第二十章　慕容雪结识了舞厅里的男人，
　　　　　遭羞辱离开了郑军武

1

别墅的四周，绿草环绕。在低垂的窗帘内，柔软的沙发上，绻着一只小狮子狗，刚睡醒的小狗慵懒地打着哈欠。

室内的窗帘被掀开了一角，一张漂亮的脸印在玻璃窗上，是慕容雪的。她往室外瞪大着眼睛，那张精致小脸的嘴上粘满蛋糕沫子。朝窗外看的慕容雪穿着粉红色的真丝睡衣，赤脚绻在沙发上。沙发前的茶几上，摆满了巧克力等这样那样的零食。

看了会儿，慕容雪扭回头来，拿起电视的遥控器打开电视，啪啪地换着频道，没什么喜欢看的节目，慕容雪烦躁地关了遥控器。

她百无聊赖地拿起电话机拨了个号码。

会议室内，郑军武正在给员工开会。电话机响了，他拿起电话，慕容雪在里面柔声地撒娇道："喂，干什么哪？"

"在开会。"郑军武严肃道，挂了电话。

慕容雪的电话又打来了："我一个人无所事事地呆在别墅里，太闷了，像鸟关在笼子里一样。因为长期一个人呆着，我现在就有自言自语的毛病了，到老了时还不早早成了老年痴呆症？我……"

"你们女人事真多。我不是给你买了只小狮子狗吗？"郑有些烦躁。

"我也不能整天跟小狗玩啊。"

"我说了，我在开会！我工作这么忙，压力这么大，别缠我好不好？"郑军武忽然爆出了一阵大脾气，猛地一声呵斥挂了电话。

慕容雪被击了一个趔趄的感觉，怔在那里。"那你要我干嘛哪？这栋别墅里的一个摆设吗？"她百无聊赖地抱起一个毛绒玩具扔到远处。

这时，一个年轻的物业管理的警卫正在窗外溜达，穿着警服，年轻又帅的小伙子。

慕容雪翻开电话号码本，以前工作上的，亲戚朋友的，密密麻麻一大串，平时为了冠冕堂皇的"事"而通的电话叫个不停，真到了关键时刻，却连个说说话的朋友也没有。

慕容雪翻来俯去地总算逮着一个朋友的号码，这个朋友打电话的第一句话总是爱问"最近挺好吧？"让人煞是温暖。

朋友："喂？最近挺好吧？"

"哦，挺好，挺好"以往时她总是这样说，但这次她不想再伪装，她心说我很不好，可以说糟透了，她说："我心里很烦，我们随便聊聊好不好？"

"嗯？"朋友很惊讶很不适应的样子，"我要急着出去办点事。对不起。"

慕容雪挂了电话，因丢了极大的面子而愈加烦躁。

2

慕容雪气急败坏地去了家舞厅。

城市是一锅大杂烩。城市的角落里分布着这样那样的快餐店，物质的、精神的，也有情感的，而舞厅就是一种情感的素食面的制作间，一种情感磨坊，这里的情感都是临时蒸出来，煮出来的。

在大庭广众之下，慕容雪疯狂地跳着恰恰，很多人停下来看她，她不知道那是因为她跳的美还是丑，但她不管，她只要疯狂地动着，让身体丝毫也不得闲，让脑子什么也不想。道德、规矩，什么都不存在了，快乐是她追求的唯一。除了对自我的怜悯，她顾不得其它了。外界强烈的刺激能使她暂时忘记自身的境遇。

慕容雪觉得这真是一个太过美好的所在，舞厅的门就像一只巨手，把你所有的外壳都剥去了，学历、单位、过去，是那么单纯纯粹的，自己只是一个年轻的女人，身处陌生人中的那种感觉实在是太好了，彼此就像一张白纸，没有长期交往所积淀的芥蒂，有的只是新鲜和好奇，有的男人对慕容雪有好感，邀她跳舞，跟她说话，这时候，别人善意地跟她说话就是撒在她伤口上的良丹妙药，她太需要别人的亲近。

然而跳舞场有自身的规矩，那就是必需男人请女人，这看起来是男人对女人的尊重，其实大为不然，意味着女人只能被动地像集市上的鱼陈列在那儿，由着男人来挑选、邀请。今天恰巧男少女多，女人们一个个的，像只翘首的扎撒着双翅的鸟，眼巴巴地等着哪怕是个奇丑无比的男人来请。

慕容雪举着胳膊独自跳快华尔滋，一副形单影只的样子。她的眼神其实一直在等待和跟踪舞池里一个伟岸的年轻身影，那脸上刀削斧刻般的棱角。

下一个曲子开始的时候，"小姐，能请你跳个舞吗？我叫大卫。"一个男子在慕容雪身后喊。恰巧就是那个英武无比的男人，慕容雪面露惊喜，两个人旋进了舞池。

在两手相握的一刻，彼此都有些微微的心悸。两个人的舞跳得非常默契。尤其是大卫，不止人长得高大魁梧，舞姿也非常洒脱，一招一式充满性感。

"小弟弟，你今年多大？叫什么名字？"慕容雪笑问。

"我叫大卫，今年23岁。"

"就喊我薛姐吧，不过我可告诉你了，这是个假名。"慕容雪说。

因为刚才的舞，慕容雪的额角上沁出细密的汗珠，大卫拿出自己叠得方方正正的白手帕递过去。慕容雪接过手帕将脸上的汗擦了，脸上顿时火辣辣的，一阵躁热。

两个人一支又一支曲子地跳着，都极开心的样子。"原来不会跳舞时特自豪，显得自己多纯洁似的，其实跳舞本身不也挺好么？"慕容雪道。

大卫道："你现在不纯洁了吗？"

"你呢？你能说自己是纯洁的？"慕容雪笑着逗大卫。两个人同时笑起来。

"都说会跳舞的没好人，你仔细看看我像好人么？"大卫歪着头挺认真地问。

慕容雪俏皮道："这个问题有待考证。"

"你是否想考证我？"大卫笑问。

她有一个步子未走好，趔趄了一下，差点倒在大卫身上。"我怎么往里糊涂不往外糊涂啊？"慕容雪道。两个人又是笑。

这场舞就要散了，舞曲缓下来。慕容雪边跳边往四周打量着。

"你看什么？"大卫问。

"我看看还有几个人。"慕容雪说。

"人越少危险性越大是么？怕什么？怕我会怎么着你吗，啊？"大卫歪着头俏皮地问。

"你能怎么着我啊？即便警察不抓你？"慕容雪迎着他的目光道。

两个人同时大笑起来，惹得周围跳舞的人都朝他俩看。

大卫将慕容雪揽得很近的时候，感觉到了她的身体微微地悸动了一下。

"如果我们真的亲近，她会是什么反应？这是一个敏感的身体。我愿意相信，她仅仅是对我敏感。"大卫心里说。

一对男女间，能否产生故事，第一眼望过去便成定局了。和大卫第一次两手相握、双眼相望的瞬间，慕容雪的身体便产生了强烈的悸动。她的心告诉自己，我喜欢这个男人，那种感觉是那么强烈、真实。

当天夜里。

一双游动着的大手，在她的后背上摩挲着，最后从她的脖颈里伸了进去……

一个男人的头小猪似的往她的衣服前襟里拱……

她俯在墙上，一个男人的身体在后面冲撞着她……

……

披头散发的慕容雪激灵一下醒了，兀地坐了起来，原来是一场梦。

她急促的喘息声在寂静的深夜里是那么清晰。那梦里的男人，是大卫。

她不知道，身旁的郑军武在佯装睡着，留心着她的每一丝细微。

3

第二天，待郑军武出去上班后，慕容雪又去了那家舞场。

大卫带着慕容雪旋转时，是她快乐无比的时刻。

在舞场里偶尔还会碰上不大规矩的男人，可那种昏暗的场所，她不敢反抗，她不知道这个人是干什么的，是个黑社会，也可能是个无赖，在这样昏暗的场合里，他捅她一刀子怎么办？舞厅里发生过凶杀事件。

慕容雪需要一个男人在这样的场合里把她护起来，围起来，以避免那些不明不白的男人来邀她跳舞，及偶尔没人邀请时的冷落感。

然而除了慕容雪外，大卫还常邀请其他四、五个女人。他并不想在一棵树上捆住，他想像蜜蜂采蜜一样这儿飞那儿飞地采集与异性相处的快乐。一个跳舞很好，而又身材潇洒貌相英俊的男人，在舞厅里的感觉简直像个帝王，他想邀谁就是谁。这种场合太惯男人。

看着他跟别的女人跳舞时，是他最倜傥的时刻，慕容雪羡慕和嫉妒得揪心。她把眼神绕开去，又克制不住地用眼角扫一下。"这是我喜欢的男人，然而她们和我一块拥有、分享，何况是在明处。"慕容雪心里话。他过来请她跳舞了，握着她的他的手上还沾着其他女人手上的气息，这实在是一件太过不快的事，而在慕容雪还兴趣盎然，想继续跟他跳的时候，他又去找别的女人了，那种妒心使慕容雪恨不得把那些女的一个个地咬死。女人之间呵。

任何人都没有责任让你快乐。是谁说过的一句至理名言。

自尊使慕容雪也想转移目标。对于女人来说，自尊是最重要的，是吗？她仰着脸和另一个男舞伴说说笑笑的，这舞厅里只你一个男人吗？慕容雪的一切都是做给那双眼睛看的，虽然她并不知道他是否在看她。慕容雪看着跟前这个陌生的男人，仅仅是一个有鼻子有眼的肉体的存在，且不说舞配合得不顺畅，且心灵上没有一丝感应，而和大卫，即便吃醋，即便生气，但总是喜欢的呵。

慕容雪对自己说：我实在需要和喜欢这个男人，我要想法把他勾引过来，让他只围着我转。

可是怎么勾引？单从外部条件上说，她和那几个女人差不多，都还算年轻，舞跳得好，身材不错，跳舞场上，身材是这样重要的一项感观。慕容雪不讳言这时她已有些玩世不恭了。

淑女风范是在养尊处优的情形下才能保持住的，人在特别无助特别艰难的时候，是顾不得那么多的。况且，他也明显地对她表露出了好感，他看着她时的眼睛闪闪发亮。再傻再犯贱的女人也不会对对自己没好感的男人动念头，可问题是他对别的女人也有好感，也感兴趣，这就是个很挠头的问题了，这世界上的女人总是很多的。

慕容雪对自己真正仰慕敬重的男人，什么也不敢说不敢做，那样自己的自尊就全部扫地了，就使他有了把柄，加重了心底对她的轻视？

但是大卫不同，慕容雪不由自主地受他吸引，这是真的，可在精神上她对他是俯瞰的。逛舞厅的有好人吗？彼此都隔了这样一层心理，警觉地对望着。她自己身陷在里面但又对其中的每一个人都怀着看轻。不是吗，有多少人在为事业而匆匆奔波，然这些人却整天津津乐道于追求快乐，寻求异性刺激。

大卫终于过来请她的时候，慕容雪一边跳着一边对大卫说：**"如果我有某种权力的话，就把你关到一个铁笼子里去。"**这是她真实的感受。

他笑笑，但什么也不说。他明白了，但并不马上就范，这是一个太难以驯服和驾御的男人，他应该知道，一个女人迈出这一步有多么难，他有什么了不起？

慕容雪用小手指头勾了几下他的掌心，然后迎着他的目光看他，勇敢而又挑逗地。他的神思一下就柔和起来，缅腆起来，另一个她远远地游离开去，好笑地看着这一切，她真的降服不了一个男人？嗯，男人！

慕容雪告诉给他的那个假名，让她的感觉好极了，以至连她自己心理上也产生了一种错觉，在他面前的这个人，是一个虚假的另外的，跟惯常的那个她全不相干的一个陌生人，这人的一切都无需她负责。

一曲终罢，慕容雪去卫生间了。回来的时候，看见大卫正兴致勃勃地和一个长得很有轮廓，很有异国风情的女人跳着。慕容雪只看了一眼，扭头便走了。大卫注意到了，变得忐忑不安，心不在焉地和跟前的女伴跳着舞，时不时地往舞厅门口瞅着。

过了不久，慕容雪回来了，大卫立时抛了舞伴奔向慕容雪，拉起她的手将她拥进舞池。

大卫忙乱地解释："她主动找我跳的。我不好驳别人的面子……"

"该从一种感觉里抽身出来了！我一遍遍地对自己说。可后来我忽然想到，我自己躲闪开，不反倒是把时间腾出来，让你有机会认识别的女人吗？"慕容雪断断续续地说。

大卫受不得这个。他紧紧攥住慕容雪的手，两人贴得很近地跳着。而慕容雪，还在赌气扭着头不理他。

"心里的结还没有解开吗？"大卫低着头小心地看着慕容雪的脸色问。

"解是解开了，可打结处有了疤痕了，再不是原来的样子了，"慕容雪噘着嘴道，"去将你整个人用刷子刷一遍！"

慕容雪伸出手摸大卫的脸，赌气道："你会说，女人的含蓄是一种美，对吧？可我就是要让那个女人看看，你是和我有染的男人，让她趁早死了那条心！"她仰起脸命令大卫，"吻我！"

大卫大胆地去吻慕容雪，她的长头发把整个脸部都遮起来了，丝丝络络的，大卫拂弄了好一阵子才捧出她的脸。

那几个经常跟大卫跳舞的女人都往这边看。慕容雪感到一种莫明的快意。她擦了擦自己的面颊，他的吻痕的湿迹。

"瞧瞧你这个样子！这么随意和漫不经心地，像是随意擦去落在脸上的一枚雨滴。什么意思？表示你司空见惯的世故？对男女亲昵的潇洒？这一份世故和潇洒是值得骄傲的吗？尤其对一个女人？啊？"大卫边说边学着慕容雪的动作，慕容雪终于破涕而笑。

"这舞厅里的空气太浑浊了，我们去北边那个小树林里呼吸一下新鲜空气好不好？"慕容雪挑衅地对他说。

大卫的神思又柔和起来，整个人激动起来，好奇而新鲜地看着她，跟着慕容雪走，在他那几个舞伴的目光里，慕容雪似乎能感觉到那几双眼睛被灼伤得噼噼啪啪地冒着火苗。她再次产生了一种胜利感。

刚进了小树林，大卫就激动难抑地一下拥住了慕容雪。

"好了，好了！"慕容雪嚷着，想法像一条鱼般地从捉住他的大手中滑掉，跑了，留下他呆在小树林里。她总不至于仅仅为了让他陪自己跳舞这么点小事就献身吧。

经过几次这样的伎俩之后，慕容雪终于把那些女的一个个地给击败了，把他和那几个舞伴间的关系破坏了。他是她一个人的了。

4

黄昏的小别墅里，慕容雪站在穿衣镜前，一套又一套地试穿着衣服，对着镜子照了又照，她对着镜子头朝左歪着，模仿着大卫说话的神态，娇嗔地学着他："人越少危险性越大是么？怕什么？怕我会怎么着你吗，啊？"

慕容雪又对着镜子头朝右歪着，模仿着自己对大卫说话时的神态，娇嗔道："你能怎么着我啊？即便警察不抓你？"

想到这里，慕容雪扑哧一下笑了。

忽然，有一双眼睛在镜子里盯视着他。

慕容雪惊了一下，下意识地捂住自己的嘴，兀地转过身来，是郑军武，不知什么时候进来的，盯视着他的眼里满是审视、怀疑和深深的痛楚。

"那个什么，什么……"慕容雪脸上挂着尴尬的笑，摊着两手，想解释什么，却又不知说些什么，赶紧拿起包往外溜的样子。

郑军武问："干什么去？"

"那个，我……有点事，几个朋友聚聚……"慕容雪说罢赶紧溜了。

在路上，慕容雪兴致勃勃地给邱栀子打电话："邱栀子，我给你说，我总算找着乐子了，你也来吧，来舞厅跳舞，我给你说啊，这里的男女关系像是路边树上的桃子，可以随意地就摘一个，就像孙悟空进了蟠桃园，可以随意地摘，随意地扔，可以摘一个，尝一口，便扔掉！"

邱栀子在电话那头笑："你是那蟠桃园里的桃子啊还是孙悟空啊？"

"每个人都是这园里的主人，也是这园里的桃子。"慕容雪道。

"姑奶奶，还跳舞哪，我现在每天都累死累活的，最大的追求是能早一点挨着床，足足地睡一觉。"邱栀子在电话那头说。

"姑奶奶，这些年来，咱们习惯了奋斗，习惯了压力和压抑，然而到了今天我才知道，咱们女人也可以过这种人生的，单纯的以追求快乐为目的。我给你说啊，有的舞伴只来过一次，就再也碰不到了，而你永远也料不到，明天会来些什么人。那种感觉怎么说呢？城市就是一个海洋，人就像站在海边的人，不知大海的波涛会将什么样的贝壳和鱼冲上岸来，因而就永远充满好奇和新鲜。谁说猎艳只是男人的权力？"

"你得顾及你那个郑军武的感受啊，他花钱供你寻欢作乐去？别怪我事先没提醒你啊。"邱栀子严肃起来道。

"我顾不了那么多啦，我已经无法自制地迷上了跳舞本身，我的身体像上了弦的发条，每天不跳上几小时就犯了毒瘾般难受，难受得近乎抽搐，我管不住自己了。好了，快到了，你不来我自己去了。"慕容雪匆匆地拨下通话的耳机。

在舞厅里，慕容雪和大卫跳着舞。

只那么定定地对视着，什么话也不说，也无需说，那样一种柔软的东西在眼里溢着晃着，长着。

"从未遇到过这么有女人味的女人。"他眼神迷离地看着慕容雪说。

"是吗？真的吗？"慕容雪娇嗔着，她的娇嗔使她的神色焕发出一种异样的美丽。每个人其实都想从别人那里，特别是异性那里感觉自己的，来自异性的夸赞永远都是不嫌多的。但慕容雪又马上琢磨，在男人的感觉里什么是女人味？

勾引和放荡吗？

"你知道你最美的是什么吗？神情，你向往什么、好奇什么时的神情，那真像个孩子，还有你的手，瞧这是一双怎样白皙娇柔的小手，你不知道自己有多么好吗？"说着他低一下头看一眼她的手迅速地做了一个示意的亲吻的动作，万分珍爱般的。

慕容雪低下头，能感觉到自己因为娇羞而滚烫的面颊。她看见了自己的手，在那张大手里搁着，像敛了翅膀的温顺的鸽子。

"真喜欢看你笑时的样子，这么甜净，也很少看见有人能有你这样的牙齿，整齐细密的像白色的玉米粒。"他说。

慕容雪笑着又捂住自己的嘴看他。

"瞧瞧我怀里的人，这一搂小细腰，那些人都在羡慕我吧？"他洋洋自得地看一圈四周的男人，拥紧了她。关键他说的这些并不是无中生有的。慕容雪甚至在想，她的某些拥有，某些美，是否白白地糟蹋了？

她的长发飘起来了，她的牛筋裤和短小的紧身小上衣，她的扭动像一条蛇，一阵风。这些年来她一直在有意识地压制心里的那份自我感觉良好，然而这一刻她才觉得偶尔张扬一下那种感觉对人其实是有好处的，那会让一个人的所有细胞都舒展开来，像帆。她在想，一个人，整天自我压抑着，整个人都缩着，蜷着，那一生其实是很委屈的。

她的一颦一笑，一举一动，都落在一个男人欣赏和喜爱的眼神里，那是养育女人的最好的土壤。一个新鲜的异性，是这样神奇地让人恢复了青春和活力。

慕容雪对自己说，我真的喜欢这个男人，他的舞姿，他的善解人意，他的男人气。

每感觉到慕容雪的体力不支时，他的手臂上就尤其用了力量，只跳舒缓的曲子。这是个对女人特别悉心的男人，慕容雪想。

她还想跟他说，和他跳舞本身的快乐，超过了他所有的语言带给她的舒心。

这个时候，慕容雪没有发现，在舞厅里一个光线幽暗的沙发座上，一个男人正抽着烟满眼妒火地看着她。是郑军武。他将手里的烟在烟灰缸里捻了又捻，然后起身离去。

慕容雪看了大卫的领口一眼，就再也无法看他。她整个人成了一团被抽去了筋的面团，因了他臂弯和手臂的支撑才勉强能迈动舞步，此时，如果他将她带出舞厅随便到一个什么地方，她没有丝毫的力气拒绝，这是平生第一次慕容雪这样，她对自己的身体惊讶极了。

她知道招惹起她，他身上与生俱有的，就是那种叫做性魅力的东西。不管是男人还是女人，拥有的这种魅力淡化了职业、学历、地位，成为异性眼里一种更真实、更突兀的存在。

"喜欢集邮吗？我那里有很多邮册，想不想去看看？"他凑在她耳边说。温热的气息像密密麻麻的小虫子拂动着她脖子处的肌肤。

慕容雪浑身悸动了一下。他自然感觉出了她身体的那一点，他在试探，给她和他自己一个合理的借口。一个不是爱人的男人对她的这一点透视并未使慕容雪不适，这说明在心理上，她已经跟他很亲近了？她不觉得这是丢人的，这是一个女人对男人的正常反应。她一直为自己性意识的迟缓苏醒而羞愧。

"去吗？"慕容雪脑子动了一下，那是她的经验所无法想象的诱惑，冒险，刺激。敢吗？把自己放出去一次，一场什么也不顾了的纵情燃烧？

一个女人跟男人，单纯因为自己身体的欲求，未免太低贱？她不能这么不值钱。

"不，坚决。"慕容雪笑着摇头，眯着眼睛看他，一种看穿了他的，善意的笑。

"你放心，我不会使你那么紧张的。"他怔怔地看着她说。

慕容雪再也无法支撑下去，软在就近的一个座位上。等稍稍缓和些了，赶紧躲开他逃出了舞厅。

慕容雪开车驶在回家的路上，走在树叶的纷飞中，那些灯光里的树叶也在跳舞。她向天空抬起头，"活着多好啊。"她忽然间想发出一声大喊，不知道向谁。

慕容雪神思恍惚地走进家门。

郑军武铁青着脸正坐在客厅的沙发上冷冷地盯着她。

"回来啦，"慕容雪赶紧陪着笑脸招呼，"我给你沏茶。"

"别用你那只被其他男人预热的脏爪子碰我的茶壶！"郑军武抛出一句，忽然就上前抢起胳膊啪啪地给了慕容雪几个耳光！

慕容雪捂着嘴角的血，看着这个面目狰狞的男人，兀然觉得，和眼前的这个男人是那么陌生。

"滚进卫生间里去，"他喝令道，一把将慕容雪搡向卫生间的门，"把自己洗干净后，再出来跟我说话！"

慕容雪披着浴巾出来的时候，客厅里多了一个五十岁左右的女人，又黑又壮，一副精明干练的样子。

"这是我请来的赵婶，专门陪伴你的，从明天开始，她便正式上班，你去哪里，她便去哪里。"郑军武向慕容雪解释，然后挥挥手打发那个女人出去了。

慕容雪冷笑了下："专门陪伴我？是帮着你盯着我的私家侦探吧？"

郑军武忽然咆哮起来："如果我再不看紧你的话，恐怕你就把外面的野男人领到家里来了！"

"我是一个活生生的、正常的女人！有孤寂，需要人陪。"慕容雪声嘶力竭地叫。

"你不觉得，你们这些女人都太贪了么？男人年轻没钱的时候，整天唠叨，嫌男人没本事，男人能挣钱的时候，又嫌男人没空陪你们，"郑军武气恼地指画着四周的豪华，"这些财富，都是男人一年年打拼下来的，是用岁月积累下来的，你既然想享受这些财富，那么，就得同时接受他的忙碌，还有那个男人的身体已经衰老的事实！"

慕容雪被击中了什么，但一句话也懒得再说。她把自己的被褥从主卧里拿出来，放进客房，和郑军武分床而卧了。

5

这之后，慕容雪只是一天天地蜷在沙发里看电视，从早看到晚。

几天之后，大卫的电话打来了，带着哭腔。

"你这几天没去舞厅吧？"大卫问。

"没。你哪？"慕容雪问。

"别提了，我现在还下不了地哪。还记得我们前几天跳得很开心的那个晚上吧，我在回家的路上被几个戴墨镜的男人打了，他们还警告我，以后离你远着点。你应该知道对方是什么来路？"大卫说。

慕容雪眼前闪过郑军武那张凶凶的脸，无声地放了电话。

大卫的电话又打来了："你感冒了？我刚才在电话里听见你咳嗽了，要多喝些水……"他温柔无比地说。慕容雪的眼泪当时一下子就出来了，实在是这段时间内心太孤苦凄凉了，因而这点滴的温情便招惹得慕容雪泪流不已。

就在这时，慕容雪正巧碰到了那个黑壮的赵婶警觉地窥探着她的眼神，神经质般赶紧挂了电话。

当天晚上，郑军武下班回来的时候，慕容雪讥讽道："这个赵婶，不会是你的原配吧？不然怎么会对你这么忠心耿耿？"

郑军武无语。两个人一天比一天冷漠。

这天，慕容雪干脆上街购物去，赵婶不是跟着么？就让她跟！慕容雪恶作剧般从一家商场辗转到另一家商场，买了很多衣服，赵婶拎着大包小包疲惫不堪地跟在后面。慕容雪感到些微的快意。

当天晚上，慕容雪从淋浴间出来的时候，郑军武拎着她的内裤问："这内衣上的脏是哪来的？"

"你一个堂堂的公司老板，偷窥女人的内裤，你怎么这么无聊啊？我今天出去逛街了，女人活动量多，极度疲劳时白带多也是正常的。"

"你有一个小时，没在赵婶的视线内，你到哪里活动去了？"

慕容雪用手指着郑军武的鼻子喊道："你个心理变态的老男人！"

从郑军武急剧变化的表情上，慕容雪知道自己碰了他的忌讳，但话已出口，已是泼出去的水，无法收回。

她又去卧室收拾自己的衣物，临出门时说道："这是钥匙。你给买的衣服、首饰，我一件也没拿。"

郑军武追出来，将钥匙放进慕容雪的包里，不舍道：

"钥匙先放你那里，这里的大门随时向你敞开着，什么时候回来都欢迎。"

一股伤感的泪水涌出了慕容雪的眼眶，她擦干眼泪，依然向前走去。

慕容雪拖着行李箱又走在了大街上，给邱栀子打了个电话："我无家可归了，去你家。"

过了会儿，邱栀子在沙发上温柔地揽着慕容雪安慰：

"女人是不能太贪的，想要年轻的脸庞，激情四射的身体，就能接受他的贫穷，如果想恣意享受金钱，在生计上过无忧无虑的生活，就能接受他的衰老和怪癖，因为财富都是靠打拼，靠岁月积累出来的。"

慕容雪抽抽嗒嗒道："郑军武也这么说。他明明说过，我可以找别的男人，可我跟别的男人仅仅是跳一下舞，他都受不了。"

"这么说，他也是个善良的男人。从理智上，他觉得亏欠于你，想不让你委屈着，可感情上，又接受不了。哪个男人能接受得了自己的女人跟别的男人要好啊，除非他人不正常。"邱栀子劝道。

过了会儿，慕容雪又说："你说，女人到底找什么男人啊？找有钱的男人吧，豪华别墅，锦衣玉食，可商人重利轻别离，他们又没闲陪女人了，甚至身体也不行了，女人等于嫁给了电视机，嫁给了美容院，内心的寂寞苦涩有谁知？"

邱栀子接着话茬道："嫁给怀才不遇的朴实男人吧，他倒对你倒忠心耿耿，可你换了发型半个月了，他都没注意到，还整天陪他一起谴责人间不平，时运不济；嫁给事业顺畅的文人才子吧，吸引得那各色佳人们纷纷聚拢而来了，哪里还有糟糠之妻的一席之地？"

慕容雪忽然坐起来说："或者，咱俩干脆出家当姑子去得了？找不着庙门的话，咱找刘诗摇去！加入他们的'不婚主义'圈子去！"

邱栀子赶紧相劝："别偏激，别偏激，那毕竟不是社会主流，人间正道是沧桑。"

邱栀子又真诚道："雪儿，既然你从郑军武那里搬出来了，就住我家吧，别四处找房子了。"

慕容雪笑道："我们两个单着的女人，如果再合住在一起的话，单着的时间会更长。"

邱栀子笑她："离了男人你就不能活啦？"

情绪平稳后，慕容雪通过中介找了一间地下室先落了脚，又找了份房屋中介的工作先临时干着。

第二十一章　顾顺良拍电影招引风蝶，
　　　　　邱栀子掐灭复婚念头

1

这天，顾顺良接到了父亲的一个长途电话："你长年在外地养蜂的小姨和表弟从外地赶回老家来了，给你表弟小蜂办婚礼，你回来参加吧，他们还给你带来了上好的蜂蜜。"

"好，我回去参加。小姨，还没有找着姨夫？"顾顺良问。

"没有，是个可怜人啊。"父亲说。

顾顺良从老家回来后不久，提着几瓶蜂产品来到了邱栀子的家里，刚好邱美娥也在。

"我已和几个朋友说好了，想外出拍一部电影，我已注册了个'栀子花开影视工作室'。讨回来的那四百来万，还掉原来公司的欠款，我想投在这上面，你的车钱和妈的那50万，想暂时欠着你们。"顾顺良说。

邱栀子惊异道："拍电影？这事离咱的生活多远啊，你会么？"

顾顺良道："通过那套讨债之路，我才真实地发现现在纸媒体有多么衰落，我不想再重操旧业了，想另辟路径，给自己杀出一条血路来！"

邱栀子道："拍电影不是得花很多钱么？你那点钱，哪够啊？"

顾顺良道："我租了一个高清摄像机，自编自导自出品，再加后期剪辑，我都一肩挑了，演员我找的是还没出名的，片酬很低。我已经跟我小姨说了，拍摄组跟着她和表弟的放蜂车走便可，她家的蜂箱、蜜蜂、帐篷等放蜂设施，就当我们拍摄用的现成的道具，拍摄组另买几个帐篷，夜里就扎营在她家的放蜂帐篷旁，也用她的锅做饭，所以，成本很低。"

邱栀子问："你拍什么哪？"

顾顺良道："叫《放蜂人之恋》，是根据我小姨的亲身经历编写的，是讲一对放蜂男女之间感人肺腑的爱情，和当下都市人物质第一的爱情观形成强烈的反差。"

邱栀子道："是农村片啊，会有人看么？现在不都拍商业片么？什么武打、喜剧之类。"

顾顺良坚定道："这次，我想服从自己的内心，做一件自己最想做的事儿，表达出自己最想表达的内容。现今这个物欲横流的时代，人心浮躁。工业化进程，都市化，在一步步蚕食着人类对农业文明与土地道德的眷恋，而那其实是人类灵魂深处最朴素、最美好的情感。放蜂人作为农业文明的一个人格表征，是自然之子最贴切的符号。他们与大地生灵的关系，体现着人类与自然最和谐、宁静、最古老的关系。

邱栀子点头道："立意很好，具体是个怎样的故事哪？"

顾顺良比比划划地说开了："在通信不发达的上世纪八十年代，年轻的放蜂人赶春来我们家乡采槐花的时候，和我18岁的小姨相识相恋，婚后他们俩离开了我小姨的村庄四处辗转养蜂……"

邱美娥先听得抹起了眼泪道："也是一个苦命的女人啊。"

顾顺良道："是个让人尊敬的女性。"

邱栀子道："既然你想好了，那就做吧。"

顾顺良坚毅道："即便是赔钱，我也想拍这个作品。什么事情，不能只图挣钱。现在的整个社会，都太爱钱了，以拥有金钱的多少成为衡量成功与否的标准，可是，除了钱之外，人们总应该追求些其他的东西，比如对自然的亲近，心灵的宁静，对情感的忠贞。"

邱栀子点头："不错！"

顾顺良道："我想带着儿子去，让他认识一下田野，庄稼，大地。"

邱栀子道："那怎么行？你忙着拍摄了，怎么再带孩子？"

顾顺良道："我小时候，父母在地里干活，把我放在地头上爬，不也长这么大么？那些放蜂人常年带着孩子在野外的帐篷里住宿，孩子一样健康地长大。医生不是说，转移开兜兜的注意力才能治好他啃手指的毛病么？给他换个新鲜的环境试试！"

兜兜一听这话激动得什么似的，嚷着："我要跟爸爸拍电影去！"

邱美娥念叨："你别说，带兜兜去也好，把小家伙往田野里那么一撒，由着他撒欢去！在城里，怕磕着怕碰着，车又多，空气又浊。城里的孩子，太娇生惯养了。只是，你这既当爹又当妈的，还能干事么？"

说到这里，邱美娥的眼睛忽然一亮，说："邱栀子，你也跟着去吧，帮着顺良看孩子。"

顾顺良目光烁烁地看着邱栀子道："这也正是我的意思。我们的摄影点是要先去婺源拍以油菜花为背景的戏份，再去东北拍向日葵，总之都是有花的地方，景色会美不胜收。这些年，我从没有带你和兜兜出去旅行过，这次，就当是一场浪漫、诗意的旅行？"

邱栀子激起一股憧憬之情，但转而犹豫道："那店里怎么办？"

邱美娥拍着胸脯道："店里有我看着哪，你俩外出讨债那阵，餐馆还不一样正常运转么？你就让我多当一段时间的大老板过过瘾吧！"

邱栀子一下笑了，问："得在外拍多长时间？"

顾顺良说："两个来月的样子。"

邱栀子道："好！人生需要一次说走就走的旅行，我可以担任你们的后勤总管。再说，兜兜过几个月就上小学了，那时就不能随便请假了，趁幼儿园管得松些，就带他出去玩玩。"

兜兜高兴得又蹦又跳。顾顺良赶紧回去准备了。

他走后，邱栀子问母亲："妈，我明白，你是故意撺掇我跟他爷儿俩去。"

邱美娥道："尽快复婚吧，就当是为了兜兜。解铃还需系铃人，你心底最大的不愉快是顾顺良给你造成的，只有跟他和好了，你才能真正地解脱，可你不能不给他机会。"

2

春天的大地，四周一片油菜花的海洋。

一辆载满蜂箱的大卡车摇摇晃晃地在无际的田野上行驶着，司机旁坐着顾顺良满脸沧桑的小姨和她的儿子。

后面跟着的面包车里，坐着顾顺良和他的剧组成员及邱栀子母子。车上一个十七、八岁的清纯女孩分外惹眼。她是电影里的女一号。

见到这个女孩的第一眼，邱栀子一下就被震撼住了，那么水灵的一个女孩子，通体散发出一种少女的美，娇嫩、纤弱。除了美之外，还有她纤尘不染的纯净。她整个人纯净得像一滴露水，让与她的相处没有丝毫的心理负担，就像呆在月光下的花朵边，感受到的，只有安宁和美好。

"你好栀子姐。我叫紫微。"紫微先跟邱栀子打招呼。

顾顺良在旁大大咧咧地笑道："不对不对，辈分乱了，你若喊我'顾哥哥'的话，应该喊她嫂子，可你喊我'顾叔叔'了，只得喊她'邱婶婶'了。"顾顺良学着台湾腔拿声拿调道，孩童般的调皮样子。

"婶婶？不行不行！这个称呼把栀子姐给喊老了。"紫微笑道。

"你想喊她'栀子姐'，就必须喊我'顾哥哥'，喊啊，喊哥哥，喊一声哥哥！"顾顺良拍一下紫薇的肩闹着，原本坐在车上的他忽然做摇摆身体状，学起要下蛋的母鸡样子来，"咯咯咯，咯咯咯……"那样子像足了动画片里的唐老鸭，惹得全场哄然大笑。

邱栀子笑道："紫薇？是《还珠格格》里的紫薇？"

"不是，我这个'微'是微微一笑的'微'。"

"有'紫'姓么？"邱栀子问道。

"有'紫'姓，但我不姓'紫'，'紫微'这个名字是顾导给我起的艺名。"

顾顺良在旁插言："以后会红得发紫的意思。"

紫微一直羞涩地不大好意思直视邱栀子，这让邱栀子对她倍加喜欢，她烦透了那种张狂、骄横得失去了女人味的女人。紫微的羞涩说明她是个老实娴静的女孩子？

"你今年有十八岁吧？凭你的相貌，怎么没去考电影学院的表演戏？"邱栀子好奇地问。

"我从小到大数学就没考过 30 分以上。"紫微羞怯地小声道。

"她爸还是大学教授。"顾顺良善意地冲着紫微用手指羞着自己的脸笑话道。全车人又是一场哄然大笑。

"讨厌！"紫微嗔怪着拍打着顾顺良的肩膀道。

3

凌晨的时候，放蜂卡车停在了一片油菜花地前地势平坦些的地方，小姨选定这里当蜂场，顾顺良也决定把这里当拍摄地。顾顺良环顾一眼四周，兴奋道："哦，婺源，我们终于来到了你的身边。"

不远处，就是一个村落，有白墙青瓦、古色古香的徽派建筑，邱栀子感慨："这里实在是太美了！"

一箱箱的蜂被卸了下来，大卡车开走了。小姨将鸡笼门打开了，几只鸡扑棱着翅膀跑出来了。为了防蜜蜂蜇，大家都戴上了白色的头罩，一个个像武打里的侠客一般。表弟将蜂箱的门也渐次打开，被憋了太久的一箱箱蜜蜂们蜂拥而出，向着油菜花开飞去。

放蜂帐篷随后也搭了起来。兜兜高兴的什么似的，跑来跑去地追着小姨家的一只小狗玩。

经协商，拍摄用的电线从村里接了过来。《放蜂人之恋》的拍摄之路正式开启了。

顾顺良严肃地对剧组人员吩咐：

"眼下正是油菜花开的时候，盛花期就十几天，我们必须赶在盛花期内，拍完这些以油菜花为背景的镜头。灯光师！"

……

第一场戏开始了，顾顺良严肃地坐在监视器前指挥着，邱栀子揽着兜兜也好奇地坐在监视器前看热闹。

一扇农家木门打开了，紫微扮成的乡村女孩扎着麻花小辫走出来，她在油菜花前梳着头，小蜜蜂和蝴蝶围绕在她身边上下翻飞。

女孩穿着一身白底小碎花的衣裳，穿过油菜花地，走向放蜂人所在的帐篷。在铺天盖地的油菜花海的映衬下，一身白衣的女孩像一个美的精灵，一个自天而降的天使。

邱栀子下意识道："这紫微，美的简直像天仙一样。"

"是啊，太美了。"其他人也称赞。

顾顺良痴迷地看着监视器，自得道："一部戏，只要女一号勾人魂魄，便成功了一半！"

……

演了一阵，顾顺良喊了一声"过！"

演员们都松弛下来，紫微的小助理赶紧拿着矿泉水跑上前，给紫微打着遮阳伞，用手绢擦着她额角的汗滴，还不停地给她扇着扇子。

邱栀子小声议论道："名义上叫助理，这不就活脱脱像那旧社会的小姐与丫鬟么？"

紫微跑到监视器前看刚才的屏幕效果，很自然地竟将一只胳膊搭在了顾顺良的肩上。

"怎么样？效果美吧？"顾顺良显示给紫微看。

"太好了！"紫微看着屏幕说，见顾顺良口干舌燥的样子，竟然将自己喝了一半的矿泉水递给顾顺良喝，而顾顺良，丝毫也不在乎的样子，接过来便咕咚咕咚地喝起来。

邱栀子把一切细微看在眼里，心里忽然就'咯噔'一下，瞬间如掉进了冰窟。

但她使劲按压住心底不祥的猜测，拉着儿子离开拍摄地，去帮小姨准备早饭。

小姨和表弟早已用泥巴砌起了一个做饭用的大锅灶，邱栀子和兜兜帮着去周围捡干树枝做柴禾。小姨提着个篮子在挖野菜。

"今天来不及赶集买菜了，就挖野菜做饭吧。"小姨说。

"哪是可以吃的野菜？"邱栀子牵着兜兜好奇地过来看。

"是这个模样的，记清了么？"小姨显示给她们看。邱栀子母子也挖起来，兜兜也挖了不少，兴奋道："我也会挖野菜啦！"

邱栀子在旁鼓励："是啊，我们兜兜能吃到自己挖的野菜了，多了不起啊！"

小姨养的鸡在蜂场周围咕咕叫着觅食。邱栀子问："这几只鸡，你走到哪里带到哪里？"

"可不是，蜂场一般都选在远离村庄的偏僻之处，买菜不方便，就靠自己养的这几只鸡改善生活了。"小姨说，她忽然叫起来："那只母鸡下蛋了，兜兜，快去捡！"

把个兜兜给兴奋得啊，跑过来在草窠里捡到了那只鸡蛋。

邱栀子笑道："城市的幼儿园里，怎样的游戏也没有这些生动有趣。"

兜兜可能也是这种感觉吧，叫道："妈妈，快把我的画笔画纸拿出来，我要把这些都画下来！"

邱栀子给儿子拿来了小凳和画板，小画家坐在那里像模像样地画起来，嘴里念叨着："我要画母鸡下蛋，再画小狗，还画小蜜蜂……"

这时太阳出来了，照在一望无际的田野里，大地上像撒满金子一样。邱栀子感叹："城市里的人，有谁见过这么美的日出啊，兜兜，赶快把这些景色捕捉到，画下来！"

小姨走近邱栀子说："栀子，你在北京，门路多，你回京后帮我登个寻人启事，找找小蜂爸爸好么？"

"好，我一定登。"

小姨顿时怀抱了很大的希望，神色瞬间灵活起来。

受好奇心的驱使，邱栀子又走向顾顺良的表弟小蜂的蜂场。

"在当今人类所利用的 1330 种作物中，超过 1000 种以上的作物需要靠蜜蜂来授粉。如果没有蜜蜂的授粉，绿色植物的果实将锐减，动物饿死，整个地球将会一片死寂。仅只想象一下，那是一片怎样可怕的景象。"小蜂说。

"真的啊？"邱栀子惊道。

"爱因斯坦说：'如果蜜蜂消失，人类将只剩下 4 年的寿命。'"

邱栀子更惊骇了，道："既然蜜蜂对人类这么重要，怎么很少听到这方面的宣传和教育哪？"

表弟又愤世嫉俗道："宣传和教育有什么用？为了追求利润，人们大量使用农药，而农药是小蜜蜂的天敌，大量蜜蜂因为采了喷洒了农药的作物花粉而惨死，现在地球上的蜜蜂数量已经在严重锐减，人类，早晚毁灭于自身的贪婪！"

邱栀子对表弟肃然起敬道："小蜂真不亏是年轻人，有文化，有思想，懂的就是多。"

"可现今的很多年轻人受不了长年野外放蜂的苦，都去城里打工了，而上一辈子的放蜂人，在一年年老去，放蜂人后继无人啊，可怎么办啊？"小蜂愁闷道。

这时小姨走过来说："小蜂的媳妇怀孕了，才暂时留守娘家，等我儿媳妇生产后，就带着孩子出来跟着我们一起放蜂，起码我们家，队伍越来越壮大。"

　　小蜂忽然想起了什么，对邱栀子说："对了，你们以后一定要多食用蜂产品啊，对人类的健康太过有益。尤其要多食用蜂王浆！蜂王浆可比蜂蜜的营养价值神奇多了，简单说吧，蜂王浆就是小蜜蜂的唾液，是专门供给蜂王吃的。蜜蜂的蜂蛹原本都是一样的，那个个头最大、最英俊的小蜜蜂被推崇为蜂王之后，便只吃蜂王浆，结果能活 5 年多，而其它小蜜蜂吃花粉过活，寿命只有 3 个月左右。"表弟道。

　　"蜂王浆这么神奇啊！"邱栀子惊讶不已道。

　　"可不是！资料上说，日本人的平均寿命比中国人的平均寿命多 5 年左右，这其中很大一个原因就是日本是蜂王浆的消费大国，而日本消费的蜂产品，有 80%——95% 左右来自中国，其中我国有 35% 以上的王浆出口到日本。你说这多滑稽，日本人消耗掉了我们最精华的食品之一用以养年延寿，再虎视眈眈着我们的国土！蜂蜜、王浆等蜂产品是大自然的精华，是人类无法制造的，日本人买去了我们有限的珍贵资源，再将他们人工制造的工业产品销售给我们，太便宜他们了！"小蜂义愤填膺道。

　　邱栀子也义愤填膺起来："我们国家不会将蜂王浆不卖给日本人么？"

　　小蜂黯然道："我们国家的人，吃的很少，因为对这种东西不认。"

　　邱栀子眼睛一亮，兴致勃勃道："我忽然产生了一个想法，跟你家建立长期的合作，你一年四季里把最新鲜的蜂产品快递给我，而我把蜂产品的附送作为我们餐厅的一大特色。"

　　"好啊！这样我家的蜂产品就不愁销路了。"小蜂激动道。

　　"这个想法实在太好了！"顾顺良道，他拍摄的间隙过来了，也不知什么时候过来的。

　　邱栀子接着说："也就是说，凡在我店用餐者，均根据不同体质赠送不同的蜂产品。这样，人为地让大家使用蜂产品，人为地增强大家使用蜂产品的意识，让大家强身健体是一个方面，同时使餐厅成为一扇窗口，激起大家保护生态、爱护环境的意识。'小小养生餐馆'，不应只追求赢利，而是真正提高大家的养生意识，这样，这店就开到一个境界上了。"

　　顾顺良拍手称赞，以异样的眼光看着邱栀子道："栀子，你真令我刮目相看！你看，跟我出来这一趟，反倒给餐馆拓展出一条生机。"

　　邱栀子笑说："还有别的收获哪，以后，我再也不反对带兜兜回你老家过年了。田野是儿童最好的乐园，最好的教育场所，"说到这里，邱栀子凑近顾顺良小声说，"可是原配，前提是你得跟我复婚啊。"

　　顾顺良志向满满地小声说："等我把这个电影拍完，卖出好的票房，我就向你求婚！"

两个人离开了蜂场，邱栀子说："我发现你那么喜欢小姑娘们喊你哥啊。我还有一个重大发现，你只要在紫微面前，便变得特别亢奋，也顽皮幽默起来，跟在我跟前的沉闷截然不同。"

"是么？正常的吧，我们俩老夫老妻的，有什么可亢奋的？最初认识你时我也整天很亢奋。"顾顺良一副自然坦荡的样子道。

"我们现在的关系是前夫前妻。"邱栀子校正他。

"前妻也是'妻'！"顾顺良脱口而出道。

<h2 style="text-align:center">4</h2>

黄昏里，邱栀子和紫微、小姨到放蜂场附近的一条小河里洗澡。

"栀子姐，我给你搓背吧。"紫微说。

"好，我先给你搓了，你再给我搓。"邱栀子道，淌着水走到紫微的身边给她搓着背。

紫微的身体，竟然泛着透明般的乳白色。

"真是个尤物啊。"邱栀子心里感慨，她深看一眼眼前女孩的身体曲线，忽然就砰然心动，身为女人的她嘴唇竟也禁不住蠕动了一下，产生了一种强烈的去啃咬一口的欲念，当然，她很快便使劲把这个念头摁压下去了。

连同为女人的自己对紫微都那么喜爱，生情，何况身为男人的顾顺良？如果面对这样美貌、文静的一个女孩不动情，那他就不是一个正常的男人了。她设想着一个个的夜晚，某个男人拥着尤物般的紫微入眠，那个男人所获得的满足感。如果那个男人欢欣，她就不该黯然？因为眼前的女孩确实很美啊。

这时，附近的兜兜喊了："三位女生，你们还没洗完啊，快点啊！洗完我要洗了！"

邱栀子加快了手中的动作。给紫微搓完了背，轮到紫微给邱栀子搓了。

邱栀子不知道的是，身后的紫微，那双原本纯净如水的眼睛，此刻正射出阵阵的寒气，看着邱栀子，她的手慢慢移动着，缓缓滑向邱栀子的脖颈，她忽然产生了一种强烈的冲动，想去掐邱栀子的脖颈——

"哎呀！有什么在咬我的脚？"紫微忽然发出一声惊叫，停止了刚才下意识的动作。

"怎么了？"邱栀子赶紧去摸紫微脚下，然后就将一条鱼抓出了水面。

"哎呀，这么大一条鱼！"邱栀子欢叫着，抓着那条扑棱不已的鱼赶紧跑向岸边。

这天剧组的晚饭，有鲜美的鱼汤。大家蹲在这里那里地吃着饭、喝着鱼汤。

兜兜端着个小碗，吃了一碗又一碗。

邱栀子对顾顺良说： "原来，老是为兜兜不爱吃饭而犯愁，可是你看现在!"

邱栀子又忽然惊喜道："你没发现么？自从我们带兜兜出来，他一次也没有啃过手指!"

顾顺良也这才想起来，惊喜道："可不是么？他好了! 看来，田园生活真是孩子最好的乐园。"

过了会儿，夕阳西下了，将整个大地染上了一片橘红，景色美得撼人魂魄。

顾顺良放下饭碗拿起一根树枝当土琵琶弹着唱起了《花儿为什么这样红》，其他人学他，也捡起根树枝当土琵琶跟着唱起来，而紫微则载歌载舞地跳起了新疆舞。邱栀子和兜兜也受了感染，跟大伙儿一快儿唱起来：

花儿为什么这样红

花儿为什么这样红，为什么这样红
哎，红得好像红得好像燃烧的火
它象征着纯洁的友谊和爱情

花儿为什么这样鲜，为什么这样鲜
哎鲜得使人鲜得使人不忍离去
它是用了青春的血液来浇灌

嗯……
哎红得好像红得好像燃烧的火
它象征着纯洁的友谊和爱情

花儿为什么这样鲜为什么这样鲜
哎鲜得使人鲜得使人不忍离去
它是用了青春的血液来浇灌

嗯……

一片欢乐祥和的气氛。谁也不知道，在平静的生活后面，刚才发生过什么。

邱栀子神情异样地看着顾顺良，这时的他，这么快乐，有情趣，是因为紫微在他身边的缘故？或者，这才是真正属于他的生活和圈子吧？

　　大家尽兴之后，邱栀子拿来梳子给紫微梳头、编辫子，又摘来小花插在紫微的头发上，还给紫微洗换洗的衣服，惹得紫微的小助理因无用武之地，一脸不快。

　　邱栀子手忙脚乱地表达着对紫微的善意和真诚，似乎这样，就能化解掉她隐隐恐惧和担忧的事情。潜意识中，还有一层心理，她在讨好紫微，潜台词是，"你就手下留情，别跟我抢顾顺良啊。"因为知道，紫微来抢的话，她肯定是残败而归。

<h2 style="text-align:center">5</h2>

　　暮色渐浓，剧组人员夜里休息的帐篷也搭起来了，为了防蜇，他们的帐篷有意搭在远离小姨家的放蜂帐篷的地方。

　　兜兜跑了一天，早已累得睡着了。顾顺良抱着电脑钻进了邱栀子和兜兜的帐篷，忙着整理白天拍完的部分，又悄悄对邱栀子说："我对剧组的人不是说我们是一家三口么？所以我得等到夜深人静，他们都睡着后，再回自己的帐篷睡觉，不然会露馅的。"

　　邱栀子因为某种担忧，一把抓着顾顺良说："既然你给他们说我们是一家三口，你就在这个帐篷里睡吧。这么大的孩子在旁边，我不会怎样你。"

　　顾顺良忙完当天的工作后，果然就在她娘儿俩的帐篷里躺下了。可他翻来覆去地就是睡不着，和身边的前妻邱栀子，毕竟自离婚后，几年的时间没有亲近了，而今，身处一个帐篷里这么狭小的空间里躺着，不能说没有想法。后来，他困倦得实在熬不住了，爬起来便走出帐篷回到了自己的帐篷里，躺下便睡着了。

　　邱栀子懊恼不已，她一不留神的功夫，他便溜出去了，可她在自己的帐篷里怎么也呆不住，因为某种极度的恐惧，说白了，她是担心顾顺良夜里钻紫微的帐篷去，或者，紫微钻顾顺良的帐篷去。

　　后来，她干脆披了件厚衣服拿着小凳走到顾顺良的帐篷门外坐着，蚊子很多，环绕着她嘤嘤地叫着，她胡乱扑打着，还是被咬了很多包。后来又冷得不行，回帐篷拿来一床被子捂着自己。

　　顾顺良半夜醒来出来欲小解的时候，忽然看见自己的帐篷门外一个黑影，惊得吓了一跳，叫道："是谁？"

　　"是我。"邱栀子应声。

　　"栀子，你半夜不睡觉坐在这里干什么？"顾顺良疑惑道。

　　"我，我听说这周围的山里有狼，所以看着你。"邱栀子慌乱地解释。

　　"给我看狼？"顾顺良看一眼四周黑魆魆的旷野，"哪里有什么狼啊？看狼的话你也应该给儿子看啊，再说，谁整夜不睡觉专门看狼啊，不太傻了么？赶紧回去睡觉吧。"说着，便欲拉邱栀子回她的帐篷，邱栀子坚决不回，执拗道："我就坐在这里看狼！"

顾顺良气道："好好好，你也看了半夜了，狼也有打盹的时候，你也回去打会儿盹吧？总不能，整宿不合眼地看狼吧？"

邱栀子依然像块磐石般坐在小凳上，执拗道："我就整夜不合眼地坐在这里看狼！"

顾顺良气得实在不行了，说道："好，那你就坐在这里看吧。"扭身回帐篷躺下了，因为白天的拍摄实在太累了，他躺下便又睡着了。

邱栀子委屈得不行，他没有看到她的神情有多惨淡、多凄凉么？对一个新鲜女孩子的激动使他已无暇顾及她的种种细微？

邱栀子捂紧被子坐在小凳上，她抱住自己的腿，头俯在膝盖上，默默地流泪。

小姨家的公鸡叫了，天已蒙蒙亮了，小姨和小蜂的帐篷里有起床的动静，邱栀子才回到了自己的帐篷里倒头便睡。

剧组拍摄的动静吵醒了邱栀子，她看了下手机，才睡了一个多小时。再怎么睡也睡不着了，干脆起来帮着小姨做早饭去。

第二天晚上，也是差不多的情形。好在这次顾顺良半夜没起夜，所以没发现她的帐外蹲守。邱栀子内心惊恐道，"人连续两整夜不睡觉的话，就容易发大病，这样下去，我岂不活不成了？"她忽然起了一个念头，当面包车去县城采购油盐酱醋的时候，她跟了去。

从县城回来的时候，邱栀子的包里多了一样东西。当从面包车上下来，提着那个包走向自己的帐篷的时候，邱栀子神情鬼祟，她慌张地看着其他人，唯恐人家发现了她包里的东西。

第三天夜里，当顾顺良忙完工作，又要回自己的帐篷里休息的时候，邱栀子认真地问："你确实想等这个片子成功后就跟我复婚？"

"确定。"他回答。

"那么说，我现在有权管你了？"

"有权。"

"那就好，"邱栀子推醒了兜兜，"儿子，到你爸的帐篷里睡觉去。"

兜兜揉着惺忪的睡眼走出去了。

邱栀子从包里忽然就拿出个镣铐将自己和顾顺良的手腕拷在了一起，得意道："你今晚老实在这帐篷里睡觉，哪儿也别去。"

顾顺良惊道："邱栀子，你现在还是个正常人么？"

"我很正常，我在实施自救行为。已经两个晚上了，我为了看狼，只睡了两个来小时，今晚再不正常睡眠的话，我这条小命就报销了。"

"你昨天晚上又在我的帐篷外坐了一夜？"他吃惊地问。

"是的。仅仅因为我们一同坐了那一路车，我便感觉出你和她之间产生了什么。"

顾顺良这才醒悟过来，猛拍一下自己的头道："你是说紫微？你所谓的夜间看狼，就是看我和她？"

"是的。你喜欢她，她也爱慕你，这是个事实吧？"

"不错。这种感觉在我和她之间确实存在。但这个世界上，有多少男女都互相暗自喜欢着，但没有任何事情发生，那是人们都懂得自律。我给你说这个紫微是谁，她是我大学恩师的小女儿，恩师将她托付给我，你也听见了，紫微喊我'叔叔'的，我这个当'叔叔'的，能对人家孩子有非分之想么？再说了，紫微父亲是大学教授，妈妈是做生意的老板，她家家境那么优越，长年有住家保姆的，这不，出来演第一个角色，便雇了助理，每天连头都是助理给梳的，这样娇生惯养的女孩，怎么可能当我农民子弟顾顺良的妻子？

再说了，凭紫微的长相和气质，在演艺事业上会前途无量的，我自认凭我顾顺良的能力，压根罩不住她，她现在是初出茅庐，所以对我有些青春期的迷恋，是很不稳定的，等到她的事业得到契机飞速上升后，就看不见我了。

还有，她迷恋的，只是我导演和制片人的身份。如果我现在不干影视了，再去干我图书出版的老本行，跟这个女孩子的人生理想没有任何帮助和瓜葛了，她对我的迷恋就会瞬时消失。"

邱栀子忽然说了一句话："你一古脑给我说了这么多，说明这些问题在你脑子里真实地反复盘旋过。"

顾顺良被击中了什么，脸一下红了，为自己辩解："很多女人迷恋刘德凯、刘德华，很多男人喜欢刘亦菲、范冰冰，可大家都在自己的小圈子里该谈恋爱的谈恋爱，该结婚的结婚。"

邱栀子定定地问："你的意思是说，紫微是你心目中的云中月，镜中花？"

顾顺良说了句："你简直是胡搅蛮缠！"生气闭眼睡了。

邱栀子痛楚不堪道："不错，异性间的两情相悦是一件很愉快的事，也合乎生物间的本能，可是对另一个人来说，是如焚的痛楚。生命原本脆弱，就因为她爱一个人，因此就有了伤害她的能力？"

顾顺良睁开眼睛说："我在剧组的人面前，都说我们是夫妻，是一家三口，从没透露出我们的关系是前妻前夫，这说明了一切！"

也许是这些话短时间内给邱栀子吃了一颗定心丸，也许是那个拷在一起的镣铐保证了顾顺良今夜肯定无战事，邱栀子很快睡去了，而且一夜无梦，沉沉地睡到了天明。

6

第二天正常拍摄了一天，天黑时忽然下起了雨，剧组人员无法在帐篷里过夜了，便坐着面包车要去县城的宾馆住。

临走时邱栀子和顾顺良都劝小姨跟着一块去，只是小姨一再坚持不去，说："夜里万一有来偷蜂蜜的怎么办？我和儿子得看着蜂箱。"

"那我就雇辆卡车来，把蜂箱装上，运到县城宾馆的院里去。"顾顺良说。

"可不敢把蜂箱停在人群密集的县城里，蜜蜂蜇了人不知会惹出多少赔偿来，"小姨道，又说，"你们快走吧，我在外放蜂二十多年了，风里来雨里去的，都睡了几十年帐篷了，什么天气都习惯了。"

大家只得乘着面包车离去了，在夜色的雨幕里，小姨家帐篷里的烛光像一只萤火虫，在风雨中飘摇。那么大的雨点啪啪地打在车窗上。

顾顺良感慨："在这样的风雨天，跟天空间只隔着一顶薄薄的帐篷，放蜂人的艰辛和伟大可想而知。你们知道我小姨为什么这把年纪了，还坚持长年在外风餐露宿地放蜂么？她是在寻找自己的丈夫，也就是我的小姨夫。"

顾顺良停顿了下，开始讲诉：

"在通信不发达的上世纪八十年代，年轻的放蜂人赶春来我们家乡采槐花的时候，和我18岁的小姨相识相恋，婚后他们俩离开了我小姨的村庄四处辗转养蜂，历经艰辛。我小姨怀孕后，为了保胎不得不回老家待产，小姨夫一个人在外放蜂。

我小姨生下了儿子小蜂，老家的槐花又开得漫山遍野了，但我小姨夫却没有按约归来，我小姨便带着儿子外出放蜂寻找小姨夫……二十年过去了，我小姨母子还在四处放蜂寻找着小姨夫的下落。

听其他放蜂人说，二十年前，我小姨夫一个人在东北的深山老林里放蜂时，被大雨所困，为了救被河水冲走的蜂箱，他冲进河里……二十多年前的那个暴雨日，我小姨夫可能已经为了救蜂箱而牺牲？小姨二十年的奔波纯属一种徒然的寻找？

但我小姨并不相信这些，她还在一直寻找下去。

我这个小姨就是咱们现在拍的这个电影《放蜂人之恋》的人物原型。我一次次地想，这个历经沧桑的长辈，也是一个柔弱的女人，靠什么支撑着度过那一个个的日子？是爱，是对坚韧爱情的执着。我拍这个电影，就是想表达这种对把爱当做一生信仰的人的崇敬，希望大家明白了这个片子的主旨，对每个细微的把控便心中有数……"

车内除了顾顺良动情的声音，再无半点动静，大家都以敬畏的目光看着顾顺良，一字不漏地听着他说话。邱栀子看见紫微眼里噙着泪花，以痴迷的眼神目不转睛地看着顾顺良，头轰地一下又要炸了。

第二天一早，雨依然下着，剧组人员都聚拢在宾馆门口整装待发，但雨却迟迟不停。

顾顺良看着连绵的雨愁闷道："高清摄影机的租赁费，演员的片酬，工作人员的工资，都是按天算的，下雨天不能拍摄，那些钱等于哗哗流走了，真像流血一样啊！"

第二天，雨依然不停，剧组人员又都聚拢在了宾馆门口整装待发，嘴上已起了火泡的顾顺良实在忍不住了，举着伞拿着相机就要往外走，邱栀子扯住他说："这么大的雨，你干嘛去？"

顾顺良说："我到县城公园里给人拍照挣钱去，挣一点就多一点拍摄经费，不然这么个耽搁法，恐怕最后连大家回去的路费都没有了。"

邱栀子说："我回头就给妈打电话，问问她店里的账户上还有多少钱，我记得好像有六万左右哪。"

这时紫微晃着自己的手机说话了："我的手机支付宝账户上有一百来万零用钱哪，拍摄经费不足的话，用我的，就当我入股不行么？哪里需要你下雨天给人拍照去？你是咱们剧组的总舵手，若淋病了，这个片子怎么运转下去？"

顾顺良听罢像吃了定心丸，焦躁的神情舒缓了很多。

邱栀子尴尬不已，牵着兜兜扭头回房间等待去，刚走进一个拐角处，就听到后面传来紫微的声音："顾导，你一个电影人，怎么会找一个开餐馆的老板娘呢？你们俩能有共同语言么？"

邱栀子的脸色又一下青了。

7

好在第三天雨便停了，拍摄重又开工了。

这天拍摄时，顾顺良望着一望无际的油菜花地随意地感慨了句："唉，如果有大摇臂就好了，拍摄这种大的油菜花场面，太需要大摇臂了，只可惜啊，钱不多啊。"

顾顺良的这句话刚落地，就见紫微便到一边打手机去了。

第二天，一辆大卡车便运着大摇臂晃晃荡荡地来到了拍摄现场。

顾顺良惊喜万分地茫然四顾道："怎么回事？观音菩萨听见了我的心声？"

紫微洋洋自得道："是我听见了你的心声。昨天听见你说那话我便给我妈打了电话，我妈便给她在南昌的生意伙伴打了电话，这事就成了！"

"紫微，你真是我的天使！"顾顺良激动忘形得竟然上前拉起紫微的手两人便转起圈来。

神情黯然的邱栀子沮丧无比地走到一边去，凭紫微家的经济实力，自己压根是没法比的，不错，自己曾陪他几千里讨债，曾帮忙给他母亲看病，可和紫微所拥有的相比，她邱栀子的一切，实在是太微不足道，太不足挂齿了。

以顾顺良现今的身份，应该和这些露珠般清洁、花朵般美貌的未婚姑娘般配的。他现在是离异身份，意味着他和众多的女孩都有可能性，他和她们会陷入一场又一场火热的爱情，没有她的份。她只能以一种局外人的目光看着，她的心在痛，她妒火如焚。

想到这一点，邱栀子感到一种徒然的自卑，觉得自己被抛在了顾顺良的世界的外面，是他火热生活的指缝里漏掉的一粒沙子。

不，她不能要这样的结果，她得自己给自己保住点面子，她要自己退，而不能让人扔。那一瞬间，她忽然心生了一个决定。

等顾顺良的几个镜头拍完，短暂的休息时间，邱栀子拉他到一边说："我想今天就带兜兜回北京去。"

"怎么回事？不是说好了一块儿将这个电影拍摄完么？"顾顺良惊异道。

"眼不见心不烦，我实在受不了种种的刺激了，保命要紧，我甘拜下风，逃了。"邱栀子道。

"还是因为紫微，是吧？我说过了，不管我和她之间的感觉到底怎样，我会自律。那些中老年男人，哪个见到花朵般的妙龄女孩不垂涎三尺？可令人不齿的事情发生的也并不多，不是么？那些因为好男人们都懂得自律。因为男人的自律，这个世界因此变得更加美好。"

"这个电影拍完后，你还会和她有合作么？"邱栀子痛楚地问。

"那是肯定的。紫微是我们工作室签约的第一个女演员，我也是她的经纪人，也就是说，以后她的演艺酬劳，我都抽百分之二十，所以必须鼎力打造她，我还指望以后她红了后，给工作室带来巨大利益哪，怎么可能不合作？"顾顺良道。

邱栀子的眉角绝望得抽搐了一下，转身就去收拾东西。

兜兜正在帐篷前玩，摇头晃脑地扇着一把捡来的破扇子唱着："鞋儿破，帽儿破，哪里有不平哪有我，哪儿有不平哪有我。"

"兜兜，跟妈回北京去！"邱栀子说着便上前拉扯。

正玩在兴头上的兜兜一听这话，嚷道："我不回去！"说着便钻进帐篷里的被子里藏起来赌气。

邱栀子跟进来说："你不回去？妈妈如果继续呆在这里，坚持不到这个电影拍完，妈妈的心就碎了，你说回不回去？"

兜兜听到这里，便掀开被子找自己的外套，收拾自己的小书包。

邱栀子的行李也很快收拾好了。

司机开着面包车将邱栀子母子送往车站，离顾顺良和他的拍摄基地越来越远了。

车上的兜兜还念着歌谣："天当被来，地当床，追着花期走四方……"

小姨家的小狗追出去很远，才停了脚步。

8

当邱栀子带着兜兜回到北京的家里后，母亲感觉到了事情有些不妙，问："怎么这么几天就回来了？你们俩吵架了？"

邱栀子伤感道："剧组里一个十七、八岁的女演员喜欢他，那女孩人又美，家里又特有钱，我和他之间，没戏了。"

"唉。"母亲无奈地摇摇头，叹息一声，干自己的家务去了。

邱栀子在那里自言自语道："这个世界上，总是有很多同性的。一想起曾经受的伤害，我便心有余悸，我脆弱的心灵能承受几次这样的伤害？"

邱栀子在网上和报纸上帮小姨登了那个寻人启事后，便一心扑在了自己的工作上，开始在餐馆实施食客用餐便免费送少量蜂产品的活动。

身体里有炎症的，餐前送上一勺皇王浆；有糖尿病的，赠送几粒蜂胶……

邱栀子并将有关养蜂和蜂产品知识的光碟在餐厅的电视里轮流播放，加强人们对蜜蜂的认识。电视台和报纸来人做了专题报道，"小小养生餐馆"因此名声大噪。

这是唯一值得邱栀子欣慰的，婺源一行，没想到却给自己餐馆的生意带来了另一片生机。

第二十二章　三路拆军，在邱栀子和蒋成一交往以后（1）

1

两个月后的一天凌晨，邱栀子的手机忽然响了，是顾顺良沙哑的声音："栀子，是我，电影拍完了，我刚出了北京车站，你们都挺好的吧？"

"都挺好的。后面的拍摄过程还顺利么？"

"唉，一言难尽。好在总算杀青了。你们好就好，有什么事给我电话。"说着，顾顺良便挂了电话，声音极度的疲惫。

过后两个月里，再没有顾顺良的任何消息。邱栀子忍不住给他的影视工作室打了个电话："请问顾顺良在么？"

"哦，我们顾总一个月前便去外地出差了，还没有回来。"接电话的陌生女孩说。

"那，紫微在么？"邱栀子小心翼翼地问。

"她跟顾总一块儿去外地了，也没回来。"女孩说。

邱栀子嫉妒得牙齿都打起哆嗦来。

2

蒋成一就是在这种情形下，又走进了邱栀子的生活。

那似乎是正常的一天中午，邱栀子正在餐馆里忙着。

一个高大魁梧的男人走进了店里，目光烁烁地走向邱栀子，待走近后绅士般弯腰施礼："这位女士，请我吃顿饭好么？"

邱栀子抬起头来惊喜道："是蒋成一？快请坐！"

邱栀子将蒋成一让到了一个僻静的座位上，然后给他按了会儿脉搏说：

"我给你上一道'地胆头炖猪月展'吧，是采用生长在少污染山区的地胆头，加上精选的猪月展，秘方炮制，再经清炖 3 小时后而成，汤色极清，具有解毒清热去火之功效。"

蒋成一笑看着她说："听你的。"

邱栀子继续给他按着脉搏，又说："再来一道菊花粥。"

蒋成一说："到了你的一亩三分地上了，一切听你的。"

邱栀子笑说："我发现几年不见，你改变了很多，原来总说'听我的'。"

或许是回想起了过去的一些细节，两个人的脸腾地一下都红了，气氛有些异样。

蒋成一扭转气氛道："你现在是老板娘了，我是顾客，自然要都听你的。"

邱栀子笑问："今天是什么风把你吹来了？"

蒋成一道："是你离婚的风。我去你原来的医院看病时，才听说你已离婚并已辞职开店的事，便马上跑了来。现在，我们之间没什么障碍了，我可以光明正大地追你了么？"

邱栀子苦笑问："真是好事不外传，坏事传千里。人家离婚，你倒幸灾乐祸起来。"

服务员很快将菜端上来了。

蒋成一津津有味地喝着汤吃着菜，心满意足道："找到一个既当过营养科医生又是餐馆老板娘的太太，这辈子还夫复何求？"

邱栀子扑哧一下笑了："让你这么说，我这个'豆腐渣'还成烫手的山芋了？"

蒋成一说："我觉得上苍真厚待我。"

邱栀子苦笑道："我现今已经是沧海桑田，热情已经被前一段婚姻耗尽了，恐怕会辜负了你。"

蒋成一看着她的眼睛定定地说："我的使命就是来暖你的。"

待吃完饭后，蒋成一说："看你的脸色，平时太疲劳了吧，要注意劳逸结合，走，我带你出去透透气，我们去舞厅跳舞去！"

"去跳舞？"邱栀子的眼睛一下子亮了，但马上又黯然道，"可店里离不开我啊。"

"你离开一晚上，生意依然兴隆。"蒋成一说着，起身帮她拿起外套，并亲昵地牵起邱栀子的手，往店门走去，到了门外，很绅士地帮她拉开了车门，做了一个请的姿势，邱栀子上了蒋成一的车，在员工们的众目睽睽之下。

玻璃窗内，挤满了众员工的脸和眼睛。

邱美娥这时从外面走进店来，问大家："怎么回事？不好好干活。"

小翠指着外面神神秘秘地说："老板！老板！"

邱美娥转脸看去，店门外一个人也没有，回头说："好好干活！"

舞厅内，蒋成一带着邱栀子跳着一支欢快的舞曲。

她心怀感激地看着眼前的男人，这些年来所有人生的不易和坚韧都涌到邱栀子的心头来了，小时家中的贫苦，考学的巨大压力，工作后的小心翼翼、倍受欺压，她一直在用一种强大的意志力自律着自己，勤奋、上进、守道德、守规矩，从不讲究吃穿，从不化妆享乐，是标准的好孩子、好学生、好女人。

今天，她终于可以单纯地追求快乐了吗？在她已是满心满面的沧桑的时候，这些年来她实在是太累太累了，她心里盛装了太多太多的苦，那原不该是她的年龄所应承受的。

她仰着头，看着眼前这个高大的男人，这个带给她麻醉般快乐的人。离婚给她造成的创伤也被渐渐地抚平了。这世上还是有很多好男人的，还是有好男人会爱怜她的是吗？因而此刻邱栀子对蒋成一充满深深的感恩，不由地往他跟前偎紧了些，他也揽紧她。外面已有些秋凉了，来自他的体温是那么真实，动人。

或者，他是上苍送给自己的一个恩惠？上苍看着命运对她太不公了，它不能总亏待一个虔诚地仰望它的孩子。或者，她命里所有的劫难都已经过去，所有注定遭遇的恶人、克星也已从她的命里鱼贯而过，且背影已模糊，从此以后，沐在她身上的全是恩惠，迎面走来的，都是大把大把的充满阳光的日子？

当天回到家后，邱栀子拿来化妆盒坐在梳妆台前，往脸上搽了层厚厚的膏脂，涂了口红，女人化不化妆效果差异这样大的，又对着镜子甩动了下刚做了离子烫的长发，很顺滑，也有美感。这个离异女人，并不是很灰暗的？

从那以后，蒋成一经常带邱栀子吃饭、爬山、划船，邱栀子那颗伤痕累累的心，终于得到了些许的疗治。是什么东西在复活？她的头发、肌肤、身材，重新在一个异性的眼睛里生动，她的生命中重新出现了爱的感觉了。

3

这天晚上，蒋成一带着几个生意上的朋友来"小小养生餐馆"吃饭了，进了一个雅间。

6点左右，十来个二、三十岁的男人也来到了"小小养生餐馆"，他们围坐在一桌上，点了很多菜，还自带来了一箱白酒。

小翠走近邱栀子悄声说："老板，咱餐馆规定酒水不能自带，这伙人，怎么办？"

邱栀子仔细打量了这帮人几眼，看得出是一伙儿社会上的混混，脖子上挂着金链，手臂上有纹身，便对小翠说："大家出来吃饭，图个开心，算了，别管他们了。"

晚上9点时，那伙人桌子上的菜盘都见了底，地上堆满了空酒瓶。

其中一个男子酒气熏天、摇摇晃晃走到吧台前喊道："结账！"

小翠拿出计算器算了算，道："一共897块！"

男子从口袋里拿出100块钱摔在桌子上，"今天是我大哥生日，打个折，其它抹掉！"

一旁的邱栀子明白，遇到了吃白食的，上前说道："那可不行，本来我们店规定不让自带酒水的，看见你们兄弟几个喝得这么高兴，我们也没多说什么，既然是你们大哥的生日，我们也算送一份小小的生日礼物，把97元的零头抹掉，收你们800元。"

"送97元的生日礼物？你当我们大哥是要饭的？"男子扔下100元道，"就这么多，你们再废话揍死你！"说完和朋友往饭店外走。

就在这时，忽然传来一声喊："慢着！"是蒋成一听见动静出来了，他上前一把抓着那个男人的胳膊厉声道："此店是我开，留下吃饭钱！"

那个男人喊着："你找打啊？"就举起拳头打将过来，其他几个喽啰也摆开了架势，只见蒋成一几个拳脚就打趴下了几下，其中那个带头的男子乖乖往柜台上放了897块，便和那几个残兵相搀相扶着赶紧逃去了。

邱栀子带头鼓起了掌，上前由衷道："谢谢！"

蒋成一笑道："原来只是几个纹了纹身唬人的小混混，压根也不是什么练家子。"

邱栀子笑道："你是练家子？"

蒋成一道："我原来搞过体育。以后再遇上喝醉酒闹事的，马上电话我，或者报警。"

4

这个时候，邱栀子开始真实地考虑和蒋成一结婚的可能性，又找慕容雪商量去了。

"你说，我和蒋成一，有结婚的可能性么？物以类聚，人以群分，我以为这社会里的人是有着两种类型的，一种是强大、锋利、张扬、油滑的，比如像蒋成一，一种是柔顺、弱小、忠厚、质朴的，像我和顾顺良。那个阵营里的男人从来都对我没有好感的，甚至可以说看不起我，而我，对那种类型的男人也有着本能的疏远和躲避。而和那种质朴型的男人，见了面则彼此眼睛一亮的感觉。和同类型的男人交往，安全、保险，不会受伤。"邱栀子念叨。

慕容雪玩笑："再找一个和顾顺良相似的？你已经有过一个顾顺良，何必再要一个相似的男人呢？换换口味？"

邱栀子去捶她："什么换口味啊这么难听。你说，我和蒋成一，是两大阵营里的一分子，有相爱的可能么？我甚至都不敢和那个阵营里的男人交手，更别说指望得到他们的爱了。"

"问题是那个敌方阵营里的人现在不是已经向你示爱了么？有一种理论说，找对象就要找性格互补的。"

"是么？"邱栀子受到了鼓舞，说，"这个蒋成一，我觉得他从小到大，大概从没有被人欺负过，而只有他欺负别人的份。你不知昨天他来我们店里遇到那几个想吃白食的无赖时表现的那种英雄气概，几个拳脚就打趴下了几下，我觉得我开餐馆，还真需要这样一个人。"

慕容雪笑道："得，捡一免费保镖。"

邱栀子道："你不知道开餐馆有多难，要面对南来北往的各种各样的人，跟顾客打交道，得讲究艺术，也是一门学问。有时就因一句话，可能就会惹祸上身。作为服务行业，肯定是要忍让的，有时明知客人是错的，我们也会妥协一下，大事化小，但是遇着那种专门来上门挑衅的，生意就没法做了。以后有了蒋成一，我觉得腰粗气壮了很多。"

慕容雪笑她："瞧你这小表情，明明心里喜欢人家，还跟我商量什么？"

"一个器械厂的老板，工作中即便跟女性有接触，也应都是和我一样的平常女子，而不是像顾顺良那样，被女演员环绕。所以我觉得还是跟他踏实一些。"邱栀子边想边说。

"那就二人会议通过了，你那丘比特，开弓吧。"慕容雪笑道。

5

这天黄昏，在自家的楼外墙角处，还穿着校服、背着书包的小学生兜兜气呼呼地拨着手机："110 么？"待对方接通后，兜兜忽然对着手机放声大哭道："警察叔叔，我家进坏人啦，你们快来啊！我家住在……"

很快，几个警官根据兜兜提供的小区家属楼的单元和楼号，赶到了一家住户门外，兜兜跟在后面。两个警官各自手持一把手枪分别躲在门的两边做警备状态，随时准备着往里冲的样子。第三个警官上前敲门："砰砰砰！"

"谁呀？"门内传来一个女音。

"物业查水表的。"敲门的警官喊。

门开了，是头发凌乱的邱栀子。邱栀子困惑地看着来人："你们？"

几个警官快速冲进门去，各屋里打量。一个男人迎上前来，是蒋成一。

"警察叔叔，就是这个坏蛋！"兜兜手指着蒋成一大叫，气愤得额头上的青筋暴露。

邱栀子厉声道："兜兜，不许对叔叔这么不礼貌！"

"怎么回事？这小家伙报警说家里进了坏人。"警官问，见状放松了下来，将手枪入盒。

邱栀子愁苦着脸解释："我是这孩子的妈妈。我是离异家庭，这是我新交的男朋友。我儿子对父母的离异一直持强烈反对意见，对我结交其他男人更是反感，所以才……对不起，麻烦你们啦!"

"以后好好处理家庭关系啊，110是随便打的?"一个警官生气道。

"对不起!对不起警察同志!"邱栀子忙不迭地道歉。那几个警官走了。

邱栀子疲惫不堪地坐回沙发上，无奈地看着儿子兜兜。

话说半个小时前，当蒋成一温热的双唇刚一接触到邱栀子的时，她却本能地推了他一把，躲开了，以陌生的眼光看着眼前的男人。

"怎么了?"蒋成一尴尬地问。

"兜兜他爸，是不抽烟的，我不习惯，这种烟草味。"邱栀子尴尬地解释。

蒋成一悻悻地站起来道:"你卫生间有新牙刷么?我去刷刷牙。"

"有。"邱栀子低着头小声说。

蒋成一很快刷了牙回来，坐在沙发上，搂住邱栀子刚要接吻，忽然，他们俩听到了钥匙在锁里转动的声音。

兜兜放学后回家打开房门，发现屋里除了母亲外还有一位陌生的男子在家，两个人挨得很近地坐在客厅的沙发上，神色上有些慌乱。

兜兜虽年幼，但也隐约嗅出了些什么，他手指着蒋成一警觉地问道:"你是谁?我爸爸一会儿就回家!"

蒋成一赶紧满脸堆笑地迎过来摸他的头道:"你是兜兜吧?长这么大了，真可爱!"

兜兜条件反射般躲开蒋成一，推搡着他叫道:"你出去!这是我爸爸的家!"

邱栀子上前拽着儿子劝道:"兜兜，不许对叔叔这么不礼貌，叔叔是妈妈的朋友。你小时候叔叔还救过你，还抱过你哪，我不是经常跟你讲么?人，要懂得知恩图报。"

兜兜冲母亲叫道:"可我爸爸不在家，我不喜欢别的男的来家里!"

邱栀子的委屈上来了:"你这么点小人儿也管起我来了，你怎么不去管你爸爸，让他不去找别的女人?"

兜兜叫道:"我就管你!我不准别的男的进这家的门!"吵罢生气地摔门离去。

但很快，兜兜又开门回来了，恶狠狠地指画着母亲和蒋成一说:"你们等着!我让警察来抓你们!"说罢又摔门离去了。

邱栀子没想到兜兜真喊来了警察，一脸苦涩。

这会儿，警察走了，邱栀子想认真地跟儿子谈一谈："兜兜，到妈妈怀里来。"

兜兜偎进妈妈的怀抱。

邱栀子说："好儿子，妈妈和你爸爸已经离婚了。我知道你不喜欢这样，可这已经是事实，妈妈的心里很苦，需要一个叔叔帮着，你爸爸那里，也有了新阿姨，你也得试着接受。"

兜兜什么也不再说，只是默默地流泪。这么点男孩的泪水针一样扎着邱栀子的心，她也流起泪来了。

蒋成一见状赶紧说："我们三个去儿童游乐园玩儿怎么样？"

"好啊，咱们去坐摩天轮！"邱栀子赶紧应和，瞅着兜兜的脸色。她分明看见，儿子的眼睛亮了亮。

"好，咱们这就出发！"邱栀子喊道，这就换衣服穿鞋子，领着兜兜出了门。

这天的天气很好，三个人去了儿童游乐园，这里那里地尽情地看着玩着。兜兜的脸上也露出了久违的笑容。蒋成一还给兜兜买了很多小汽车、小火箭等玩具。

"兜兜，叔叔下次带你去动物园玩儿，好么？"

"真的？拉钩？"兜兜兴奋地看着蒋成一道。

"好，拉钩！"

回家路上，蒋成一帮邱栀子背着兜兜，尽情地玩耍了一天的兜兜有些累了，趴在蒋成一的后背上睡着了。看着他们的背影，邱栀子有一瞬间的恍惚，或者，这个男人也可以做兜兜的爸爸？

邱栀子感动地看着蒋成一道："老天并不是想绝我的，不是么？至少他还将你赐给了我。"

蒋成一说："我也是这么想。你放心，我会跟兜兜好好相处，让他慢慢接受我的！"

6

这天，蒋成一和邱栀子、兜兜在外看电影后送邱栀子母子回家到了她楼下的时候，忽然下起了狂风暴雨。

"回去的路上再出点什么事，我去你家呆会儿，行么？"蒋成一看着邱栀子的眼睛恳求。

邱栀子看一下风雨，确实让人担心，便应道："好啊！快进家吧。"

因为邱栀子住的小区没有地下停车场，停车处离楼道有段距离。3个人淋了一点雨湿淋淋地跑进了家里。

邱栀子和兜兜很快进了卧室换衣服。邱栀子打开衣柜给蒋成一找衣服，顾顺良的几件衬衣还挂在里面。

"这是我爸爸的衣服！"兜兜小声叫道，忽然就不高兴了。

邱栀子认真道："儿子，你放心，妈妈不会将你爸爸的衣服给其他任何男人穿的。"

邱栀子拿着一件宽大的女式外衣从卧室走出来，对蒋成一说："我的一件外套，你把湿衣服脱下来快换上，在自己家里，别在乎那么多了。"

蒋成一接过去很快从卧室里换了邱栀子的衣服出来，不伦不类的样子，3个人忽然笑得弯腰捶胸的。

"我给大家熬姜汤喝。"邱栀子笑着跑进了厨房。

蒋成一随后跟进来，"我有点饿了，看有什么食材，我给大家做顿夜宵。"

邱栀子意外地眼睛一挑："你一个公司老板，还会做饭？"

"不但会做，而且做的杠杠的！"蒋成一笑道。

3个人很快吃上了蒋成一做的夜宵。自从离婚后充满凄风苦雨的屋子里添进了一份热闹和温馨，邱栀子的脸上一直挂着难得的笑容。

兜兜困得合不上眼了，邱栀子便哄孩子前去睡觉。

户外的暴风雨丝毫没有停歇的意思。

"已经这么晚了，我今晚不走了，行么？"蒋成一定定地看着邱栀子的眼睛问。眼睛里有很多其他东西飞虫一般窜出来。

邱栀子的脸一红，躲开那个眼神，便在客厅的沙发上给蒋成一铺了一床被褥。

"我进你屋睡。"蒋成一腻歪。

"回去。"邱栀子揉着蒋成一回到他的沙发床上，自己进了卧室插了门。

夜里，邱栀子忽然被自己剧烈的咳嗽声弄醒来了，可能是感冒了，她轻手轻脚地开门到客厅里去拿感冒药和水。

回到房间的时候，她惊了一跳，蒋成一穿着一身单薄的内衣神情异样地站在她的床前！

"我睡不着，老也睡不着。"他说。

他浑身微颤着，似乎很冷。房外有树枝被风雨折断的声音。

邱栀子怔了一下，很短的一小会儿，便掀开被窝，把他让了进来。

　　这场风雨似乎把外面的一切都隔绝了，挡住了，只剩下了这间小屋，这跟前的人。对方身体的温热在这个寒夜里是那么真实、可靠，何况是久违和生疏了的。两个同样孤单的人紧紧地偎在了一起。

　　邱栀子仰着的身体像弓一样弯向蒋成一，弯了又弯……

　　却仅仅是邱栀子的想象。

　　此刻的蒋成一忽然把邱栀子搂在怀里，这里那里地吻着她。

　　久未沾男人的邱栀子整个人几乎要瘫软了，应和着他的吻，两个人的喘息声在寂静的深夜里是那么激烈。

　　但忽然，气喘吁吁的邱栀子下意识地冒出一句"有一双眼睛在看着我们哪！"便挣脱开蒋成一的环抱，把他推了出去，啪地一声将卧室的门从里面插上了。

　　她倚着门站在那里，像着了火一般，胡乱地抓着自己，焦渴地眯着眼仰着头，渴望着一场暴风骤雨的蹂躏。

　　人能很轻易地，就将自己交给一个男人么？彼此的了解、情感，必须到了一定的程度和分寸，这是个怎样的男人，有着怎样的为人处世，她心里一点数也没有。

　　她是懂得男人的。一旦……，她就在这个男人跟前，再没有任何的尊严和把持的了，只能一滩烂泥一样，扔在了他脚下的地上，由着他捡拾或抛弃。

　　对于门外男人进一步要求的拒绝，她给出自己这样那样的理由，只是，真正的原因，她其实不愿承认，是那双眼睛，在这栋房子里确实有一双眼睛在看着她，无时不在，无处不在地，是顾顺良的眼睛。

　　她不知道，其实刚才，另有一双仇恨的眼睛盯着她的卧室，是兜兜，正站在自己的门口。

　　邱栀子没想到，蒋成一留宿的这一夜，却因兜兜那张小嘴的传播而给自己招惹来了顾顺良和母亲。

7

　　几天后的一个周末的中午，邱栀子正在厨房忙着，忽然有人敲门。

　　头发乱糟糟的邱栀子上前开了门。是胡子拉碴，憔悴不堪的顾顺良，手中举着一大束玫瑰花，站在那里。看见顾顺良的一瞬，邱栀子脸上闪过一阵慌乱。

　　"栀子，我成功了！"顾顺良激动不已道，除了牙齿和眼白是白的，脸被晒得黑成了一片。

　　"什么成功了？"邱栀子一时间没反应过来。

这时兜兜从儿童房跑出来，喜出望外道："爸爸！"

"好儿子！"顾顺良走进屋来，坐到沙发上，揽着儿子亲了一阵，然后喝了口水，激动不已地叙说起来，"就是那个电影，《放蜂人之恋》啊！回到北京做完后期制作之后，主流院线挤不进去，我就带着发行和主创人员直接奔赴各地市的影院去了，一家影院一家影院地跑，一个省一个省地跑，每个省找一个点，把口碑打出去，结果先在一些地级市的二级市场出现了风靡景象，然后我们就乘胜追击，带着我的团队足迹遍布了大半个中国，从一个地区走向另一个地区，最终形成了多面开花的结局。然后我们又以二级市场的口碑影响主流市场，虽然没大红大紫吧，但现今很多家主流院线都在放了，而且还在国际上获得了一个奖项。"

"是么？太为你高兴了！"邱栀子由衷道。

顾顺良郑重地将手中的玫瑰花递给邱栀子道："我说过，等我这部电影成功后，就要求与你复婚。"

邱栀子犹疑着是否接，不知所措的样子。

就在这时，一个男人从厨房里走了出来，身上还系着围裙。是蒋成一。

两个男人眼神相撞的一瞬，都有些警觉。

蒋成一上前亲昵地揽着邱栀子的肩问："栀子，来客人了？"

顾顺良顿时呆住。邱栀子的脸色一阵不自然，尴尬不已的样子，躲闪开蒋成一，分别介绍："这是兜兜爸爸，这是我的朋友。"

"哦，你好！我叫蒋成一。"蒋成一先向顾顺良伸出了手，两个男人的手迅速地碰了一下，又触电般闪开。

顾顺良的脸色忽然发生了剧变，说道："我想起来了，在我去上海创业期间，有一次回家，碰见你们在楼下……"

"是我。我和栀子是老朋友了，"蒋成一坦然地承认，他站到顾顺良跟前，魁梧的身材像一堵厚实的墙挡住顾顺良，嘴里却以一副主人的样子让顾顺良，"快请坐！"一副盛气凌人的傲慢。

顾顺良迅速地变了脸，竟然去门口换拖鞋了，他看一眼旁边蒋成一换下的男皮鞋，眼睛像被灼着一样疼。

这时兜兜拍着手发话了："爸爸，你也来包饺子，我很久没吃到爸爸做的饭了。"

顾顺良换完拖鞋后挽胳膊捋袖子地做开工状："你们在包饺子？这个邱栀子也真是，怎么能让客人动手呢？"说着，顾顺良进了厨房，故做吃惊道："韭菜馅的？这是我平时最爱吃的，怎么，预料到我今天回家？"顾顺良扭头看着邱栀子问道，故做亲热道。

"哦，对了，"顾顺良忽然想起了什么，倒了一杯热气腾腾的茶来，递给蒋成一道："请喝茶。我们家邱栀子不善于应酬，也不会招待客人，你别见怪。她就是这么一个实在人，没办法，唉。"说着叹了口气。

这时，蒋成一发话了，有些挑衅道："顾先生，我记得好像看过你们俩的离婚证，那，不会是一个假证吧？"

顾顺良脸上瞬时闪过一丝不自然，但很快恢复了常态说："你们之间领证了么？怎么连个假证也未见过哪？"

蒋成一被抢白得没有心情再坐下去，起身道："告辞！"

邱栀子紧张地看一眼蒋成一的脸色，赶紧出门相送，刚走出门，就听见顾顺良的声音从身后传来，"慢走，让邱栀子送送你，我就不送了。"

邱栀子既愧疚又尴尬地跟在蒋成一后面连连道歉："真对不起，我没想到你们俩会碰上，我……"

蒋成一黑着脸不快道："恕我直言，我觉得，在开始新的生活之前，应该先把以前的生活打扫干净再说！"

邱栀子被抢白得停住了脚步。

蒋成一又停下说话了："我自己是离过婚的人，我知道，一对男女之间，不将彼此伤到体无完肤，谁肯轻易离婚？那么多的恩恩怨怨，已将关系损伤得千疮百孔，已无法修补。而一张白纸上，可以绘最美的图画。摆在你跟前的，就有一张现成的白纸，有什么必要再去糊那张旧纸？"

邱栀子受到了鼓惑扭身回屋了，气冲冲道："顾顺良，你什么意思？故意搅散我们是吧？"

"同性相看的感觉是最准确的。我一看就知道，这个家伙的性格太强势，眼神又虚伪，不是适合你的类型，即使结了婚，还是会离的，我怕你第二次受伤。"顾顺良说。

邱栀子冷淡道："你凭什么这样说？告诉你，我们相处得很好，你别管那么多！"

顾顺良生气转身便离开了邱栀子家。

8

第二天晚上，顾顺良在外面和朋友喝酒应酬，已经过了深夜十二点了。

席间经常有别人的电话响起，看一下来电，不耐烦地说"媳妇的。"然后出去接电话了。

而顾顺良的手机却一直寂静无声。

又一个男人的手机响了，男人躲到墙角去，小声对手机里说："我没喝多！

放心吧，不会喝醉的！知道了，吃完饭直接回家，不洗脚也不唱歌。好，我保证半小时候后到家，好吗？"

电话的两端，一个尽力解释，一个拼命缠磨。那一刻，顾顺良忽然心生感慨，一对男人和女人，不就是因为彼此间的这份纠缠，才构成婚姻的内涵么？而一个平凡的妻子对丈夫的依恋，不就是通过这些细微处的纠缠表达着么？

男人关了手机，苦笑道："女人真麻烦！没结婚的时候多好，多自由！"

而他顾顺良，离婚前在外应酬的深夜，也曾被邱栀子一次次地纠缠与骚扰，他也曾不耐烦，而现今，再没有邱栀子的骚扰电话了，顾顺良忽然觉得一种莫名的空虚，有人缠着，有人惦着，一个人存在的意义才能显现出来啊。在这样的深夜，除了那个叫"妻子"身份的人，谁还会在乎你，牵挂你哪？

这时，顾顺良的电话忽然响了，竟然是儿子的，兜兜在电话里说："爸爸，我犹豫再三，觉得还是该告诉你，昨天你在妈妈这里遇到的那个叔叔，前天晚上是睡在咱们家的。"

顾顺良手里的手机一下子掉在地上了。

他捡起来，接着打："儿子，明天爸爸带你吃肯德基，你再给我详细汇报……"

9

顾顺良带着儿子吃肯德基。

顾顺良坐在一边，静静地看着儿子的狼吞虎咽。兜兜吃饱后，便比比划划地给父亲诉说着什么。

吃罢了饭，顾顺良将儿子送到了自家的楼下。

往常到了这个地方，顾顺良总是让儿子一个人跑回家。

"爸爸，跟我回家吧。离家这么近，你为什么不回家？"儿子牵起他的手，仰着头问父亲，眼中成了一汪泪。

顾顺良无言地摇了摇头，他的眼里也有泪花在闪现。

"爸爸，回家！"儿子往家里拽着父亲。

顾顺良静默无语。儿子的小手攥得那么紧，顾顺良使劲去掰都掰不开。

"爸爸，我困了。"兜兜忽然眯起了眼，就要躺倒在地上了。

他睡着了。顾顺良只得将儿子抱上楼。一阵敲门后，邱栀子前来开了门，将儿子接了过去，小声道："睡着啦？"

顾顺良点点头。这时，兜兜却忽然睁开眼睛，对父母笑了笑，原来他是佯装睡着了！

顾顺良惊得不行，这么小的一个小人儿！他的小脑袋瓜里对世事能懂得多少呢？

兜兜上前拽着父亲说："爸爸，你看，这是你的衣服，那个叔叔的衣服淋湿了，妈妈说，她不会将爸爸的衣服给其他任何男人穿的。"

顾顺良的眼圈一下子湿了。一旦进了这个家门，那么熟悉的家具、摆设，曾经生活的气息便扑面而来，很多的坚持又纷纷崩溃了。

"爸爸以前经常坐在我旁边教我画画的，现在什么都不管了。"兜兜又说。

邱栀子也一阵心软，道："既然回来了，就吃顿饭再走吧。"

过后又解释什么地说："你回到北京打了那个电话后，久久没你的消息，我便给你单位打了个电话，结果听说你带着紫微去外地出差都一个多月了还没回来，我就绝望了，因此，就和别的男人来往了。"

顾顺良苦笑道："你一听说我带着紫微去外地出差了就想别的了？紫微是主演，一些发布会她能不到场么……"

第二十三章　三路拆军，在邱栀子和
蒋成一交往以后（2）

1

几天之后的一个黄昏，顾顺良在酒吧里一杯一杯地喝着闷酒，脑中闪过和邱栀子过往日子的一幕幕情景。之后，他提溜着一个酒瓶子跌跌撞撞地来到了前妻邱栀子住的楼下。这时，他忽然看见邱栀子和那个蒋成一从一辆车上下来，两个人手牵着手提着水果进了楼道。

进了家门后，邱栀子按亮了灯，两个人便开始吃水果。

过了会儿，蒋成一过来拥住邱栀子，吻她，然后关灭了灯，把她压在床上，邱栀子仰身躺在床上，他的手摩挲着去解她的纽扣。

"不行！"邱栀子忽然坚硬着身体坐了起来，并重新打开了灯，往四周看着。

"怎么啦？"蒋问。

"好像到处都是我前夫的眼睛在看着我！"她环顾一眼四周道，"虽然办了离婚手续，但总感觉着，我还是他的人似的，心里的那道坎，我迈不过去。"

蒋成一苦笑了下："人家的日子过得风生水起的，你这里，还为人家守着，图什么呀！"说罢，生气舍下邱栀子一个人去了客厅坐着。

顾顺良在楼下的路边徘徊着，他仰着头，看着自家那个窗子的灯光明明灭灭，内心如刀割般难受。过往里的一个个日子，一个个夜晚里，都是他和邱栀子在那团昏黄的灯光里活动的。

室内，邱栀子见蒋成一还在客厅里赌气，便也跟过去坐在他身边，两个人坐在沙发上喝着茶，邱栀子这才发现，一对男女之间，如果硬硬地抽掉了性的成分，那其实是很枯燥的。

这个时候，邱栀子家的门外忽然响起了噼噼啪啪的爆炸声，两个人惊得一下子从座位上弹起来，奔向门口。"慢着！别开门，会是恐怖分子么？"邱栀子叫道，躲在蒋成一身后。

蒋成一打开门，一股火药的气味扑面而来，空气里飘满了烟雾，而地上，却落了厚厚的一层鞭炮的红碎屑。而旁边，胡子拉茬的顾顺良站在那里，手中还拿着一挂未放的鞭炮，以一种得意的神情看着蒋成一和邱栀子。

邱栀子走上前，嘴角上挂上一丝滑稽的苦笑，说道："还曾是公司老板，知名人士哪，跟个 10 岁小男孩的把戏差不多！"

眼睛红红的顾顺良抢着酒瓶子嚷道："我要把这房子炸了！炸了！这房里的地砖是我一块块地铺的，家具都是我一样样选的，你却让另一个野男人进了家门，住在里面，我受不了！真接受不了！我的心痛得都要碎了！！我要把那小子炸得血肉横飞、片甲不留我告诉你！"

邱栀子生气道："那么，你和别的女人上床时，考虑过我的感受吗？想没有想过我能否接受得了？"

蒋成一生气转身进了里屋。

顾顺良在后面以一种胜利者的口吻敲着酒瓶子唱道："帝国主义夹着尾巴逃跑了！"

几个邻居大婶都被动静吵得出门过来看个究竟，问："这不是顾顺良么？干嘛闹这么大动静？不怕把派出所的给招来？"

"派出所的应该把那小子给抓起来，他们非法同居！"顾顺良指画着数落。

邱栀子气得什么似的，分辩："谁非法同居了？顾顺良！你别在这儿诬陷人！"

"这是我亲手装修的房子，一把汗一把泥的，凭什么让别的男人进？"顾顺良数落着，忽然蹲在地上嘤嘤地哭起来了，"大婶，我给你说实话吧，我就是接受不了！我接受不了邱栀子再找别的男人，虽然我们离了婚，可我感觉，她还是我媳妇儿，属于我的管辖范围。"

大婶劝："闹腾什么呀你们俩？都是离了婚的人了，也不怕人家笑话。早知今日，何必当初离婚？"

"这就是惯性，感情的惯性。长年的生活，对方已经成了自己生命的一部分了。"顾顺良诉说。

邱栀子生气道："顾顺良，还不回去！你就别在这里丢人现眼了，不行么？没有一个人永远呆在原地等你。"

而顾顺良，却依然在那里耍着酒疯，拿了另一挂鞭炮来，拿着打火机又要点。邱栀子赶紧上前夺过火柴，她想找个顾顺良的朋友来帮忙，手机记录中却只有紫微一个人的，无奈地拨通了紫微的手机号，那个她不愿意磕碰的声音。

"紫微，你们领导在我家门前耍酒疯哪，你能不能再喊个同事来，一块儿将他扶走？"邱栀子气呼呼地说罢挂了手机。

紫微和一个小伙子很快赶来了，架着顾顺良离开了邱栀子家。邱栀子这样做，其实也是做给蒋成一看的。

屋内的蒋成一听见外面没动静了，气冲冲地拿起自己的外套仓皇走了，赌气连个招呼也没跟邱栀子打。

邱栀子疲惫不堪地拿起扫帚、簸箕扫着门外的鞭炮屑，一抬头，儿子兜兜背着书包站在门外的暗影里看着母亲，也不知站了多久。

兜兜一句话也不说，只是上前默默地夺过母亲手里的扫帚和簸箕，默默地把那些鞭炮屑清扫干净。那一刻，邱栀子看着儿子，忽然觉得儿子懂事了很多。

再说那顾顺良，被紫微和小伙子架到了他的大房子里后，扶他躺下后还在叫嚷："那房子里的每一块地砖都是我自己亲手铺的，每一块墙皮都是我自己刷的，每一个龙头，每一样家具都是我跑断了腿选的，现在，里面却要住进另一个男人？我接受不了！我无论如何也接受不了！不行！我要拿着一个炸弹，把那小子炸出来！我就是把那房子炸没了，也不能让别的男人在那屋里住！"

紫微拧了热毛巾给他擦了脸，又喂他喝水，劝道："既然栀子姐已经开始新的感情生活了，你的负疚感也可以减轻了。就不要再管人家的事了。"

顾顺良忽然又嘤嘤地哭起来了，数落："她怎么会变成这样的，不是说不会爱上别人的吗……"

紫微内心生气道，"你对摆在身边的幸福不知道珍惜，却去纠缠一段失去的过去，岂不太傻么？你怎么能忍心如此残酷地伤害我这颗深爱你的心？"

再看那顾顺良，已经呼呼地睡着了。

紫微和那个男同事见状轻手轻脚地给他脱了鞋子，盖好被子，便离开了顾顺良的住处。

半夜里，正搂着兜兜熟睡中的邱栀子忽然被开门声惊醒了。

邱栀子惊恐地摇醒了儿子，小声道："兜兜，有人在撬咱家的门！"即便是个小人，但终究也是一个伴，一份力量啊。

"妈妈，我也听到了，怎么办？"兜兜小声道，吓得浑身哆嗦。

"我打 110？不，我给小区的保安报警，这样人来的快些！"邱栀子牙齿打着颤说，这就带着哭腔打电话，"保安么？快来 6 号楼 402，有小偷在撬我家的门！"

门外好像有钥匙的声响，好像怎么也塞不进锁孔里。

邱栀子在床边摸着了手电筒，然后在黑暗中抱紧兜兜，等待着救兵的到来。

门外很快响起一阵杂乱的脚步声，"不许动！举起手来！"有人喊。

是保安来了！将小偷抓住了！邱栀子长舒了一口气。

"你们误会了，这是我以前的家，我曾住在这里的。"邱栀子听见外面有男声分辩。

"邱栀子，开门给我证明！"那个男声又喊，那声音像是顾顺良，又有些含糊。

"砰砰砰"一阵敲门声,"是我们,小区保安,开门!"外面喊。

邱栀子到厨房里摸了一把菜刀给自己壮胆,然而打开灯开了户门,一下愣住了,被保安五花大绑着的,正是醉意薰薰的前夫顾顺良!

"保安同志,他确实是我孩子的爸爸,是我的前夫。对不起了,给你们添事。"邱栀子赶紧道歉。兜兜也过来喊"爸爸!"

"没想到,你不给我开门,还报警。太绝情了。"男子伤心地质问邱栀子。

"我真不知道拉门的是你,我以为是小偷呢。"邱栀子解释。

一个保安给顾顺良解开绳索,不耐烦道:"瞎胡闹什么!半夜三更的!以后好好处理家庭关系啊。"三个保安打着哈欠离开了。

"爸爸,快进屋吧。"兜兜将父亲拉进门。

顾顺良半醉不醒地这屋那屋地查看了一遍,喜道:"那小子没住这儿啊。"

原来,顾顺良半夜里忽然醒了,他回想着自己在楼下仰头看着前妻家窗子明明灭灭的情形,躺在床上翻来覆去睡不着,终于,他起身又打车回到了邱栀子居住的小区,敲她家的门,没人应答。他急了,便拼命拉、摇防盗门的把手……

"我渴了,给我倒点水行么?"眼睛红红的顾顺良说。他的酒还没有完全醒。

邱栀子给顾顺良倒了水,又给他喂了点醒酒的醋,很快,顾顺良便躺在沙发上呼呼睡去了。

邱栀子给他脱去了鞋子,盖好了毛毯,又生气又无奈地对着那个呼呼大睡的男人道:"你算是一个怎样的身份呢?一个没有任何法律身份的看守者?"

第二天早晨,紫微提着早餐来看顾顺良,却是屋门紧锁。

她打了他的手机。却是兜兜接的,"喂?"

紫微有些意外,问:"喂,顾总在么?"

"我爸爸刚睡醒,他出去买包子了。"兜兜说道。

紫微听见兜兜在电话里喊:"妈妈,稀饭熬好了么?我饿了。"

紫微瞬时变了脸。

2

邱美娥提着菜篮子打开屋门刚要出去,"妈!"一声热辣辣的喊扑面而来。

邱美娥吓了一跳,门外闪过来一团黑影,竟是前女婿顾顺良,大包小包地提了很多礼物。

"顺良,什么事儿啊?这一大早的就过来?快进屋!"前丈母娘赶紧将前女婿让进屋。

"妈，你向来是这个家的主心骨，你得为我做主！"顾顺良一屁股坐到椅子上，做委屈状，"我现在总算体会到了那句'一失足成千古恨'的话。"

"顺良，你到底想跟妈说什么哪？"前丈母娘丈二和尚摸不着头脑。

"别的男人进了她家门了。"顾顺良说。他的一股泪水忽地汹涌而出。

"谁家门啊？"前丈母娘一时没有反应过来。

"邱栀子啊。"顾顺良说，又一阵痛哭袭击了他，他捂住自己的脸。

顾顺良一阵比比划划的诉说之后，前丈母娘总算明白了事情的原委。

只是还没等到邱美娥向邱栀子发问，邱栀子自己先送上门来了，对母亲说："妈，我交往了一个男朋友，你见见他？今儿一块儿吃顿晚饭，早点过来啊。"

"是谁啊？"邱美娥警觉道。

"见了他面你就知道了。"

黄昏时，将店里安排妥当后，母亲到邱栀子的家里来了，在见到蒋成一的一瞬，邱美娥愣了愣，下意识道："我们好像见过？哦，我想起来了，在我女婿去上海创业那段时间，你找过我们家邱栀子？"

"是的伯母，我对邱栀子，爱慕已久。我总也忘不了她。"蒋成一有些炫耀道。

邱美娥的脸马上耷拉下来了，道："勾搭有夫之妇，还好意思说。"

蒋成一一阵难堪，讪讪道："邱栀子现在已经恢复了自由身了不是？"

"妈！"邱栀子见气氛不对，赶紧用眼色制止母亲。

"那个，我出去再买点水果。"蒋成一脸有不悦，找了个借口出去了。蒋的外套搭在椅子上。

邱美娥拿起那件外套甩在沙发上，不快道："这个椅子是顺良跑了很多店才买的！"但她忽然想起了什么，又将外套从沙发上拿起来道："哦，这个沙发也是顺良买的！"她拿着那件外套在房子里转来转去的，最后只得又扔回椅子上。

邱栀子痛楚道："在这套房子里，你能找着一处跟顾顺良无关的地方么？"

邱美娥泪眼汪汪道："顺良当初为了装修这套房子，累得什么似的，现今，却让别的男人出出进进的。这原本是顾顺良的家！"

"可这个家，是他顾顺良不要了的！"邱栀子痛道。

"可他现在说后悔了，浪子回头金不换。"邱美娥说。

邱栀子道："婚姻就像是一只碗，破了很难再恢复原状，即使粘上了，裂痕也永远都在。"

母亲继续唠叨："这些年来，顾顺良给咱家干了多少活？厕所的抽水马桶堵了，让顾顺良来掏，咱家灯泡坏了，让顾顺良给拾掇，家里没酱油了，让顾顺良赶紧上超市买……除了女婿这个身份，顾顺良简直就是咱们家的厨师、电器修理工、泥瓦匠、修车师傅、水暖工，说那个一点，简直是咱们家的万能长工，不错，他是犯了点小错，可哪个男人年轻时不偷点腥？他现在知错了，想回头了，你又不要他了！坚决不行！"

这时，邱栀子在厨房里叫："妈，你的凉拌藕调的味好，你来拌，蒋成一特喜欢吃这个菜。"

母亲进了厨房拌着凉菜，拌着拌着，忽然就将小盆往厨房台面上一蹲，摔摔打打道："我凭什么伺候给他吃喝？他是谁啊？他算哪根葱哪头蒜啊？"

这邱美娥，虽然也世俗，也小气，但本质上终究是个良善的人，对顾顺良的女婿身份，心理上已经接受了，长年的共同生活，顾顺良已成为了这个家中的一员，对那另外的男人，心理上便有着强烈的排斥心理。

这时，蒋成一的电话来了，说："我感觉，你母亲很不喜欢我，我正好单位有点事，先回去了。"

邱栀子赶紧劝说："回来吃过饭再走吧，你千万别在意啊，这一关，终究要过的。对了，你的外套还在这里哪。"

"我改天再过来拿。"蒋成一说着挂了电话。

这时，兜兜从学校回来了，看见了蒋成一的那件外套道："是不是我不喜欢的那个男的又来家里了啦？姥姥，这个家你是怎么看的？"

邱栀子埋怨儿子："你个没良心的白眼狼，还要人家的玩具，还被人家背着上动物园，转脸就不认人了。"

兜兜道："我要是这么容易就被那个人收买了，才是对不起爸爸的白眼狼哪！"

邱美娥赞赏地举起大拇指道："好孙子！你爸爸没白养你一场。谁的孩子，就是谁的。"

原本有些怅然若失的邱栀子把火撒在这祖孙俩头上道："你们仨这是干什么呀？我的日子刚有些温乎气，你们就一拨又一拨地来捣乱，难道，非要看着我苦死了，你们才肯死心么？"

邱美娥赶紧解释："我不是不让你找，我不也到处托人给你介绍么？只是这个蒋成一，我不喜欢。"

邱栀子愁苦道："我的亲妈啊，蒋成一到底哪一方面不好？你看着他这么不顺眼。"

"妈虽然没有读过多少书，但我毕竟比你多活了近三十年，这个蒋成一，他的眼神没有顾顺良的干净。"

邱栀子嘲讽道："你还能看出谁的眼神干净不干净？你的眼里，不是只能看见钱么？"

邱美娥一下子恼了，指画着闺女数落："邱栀子，在这个世界上，你就会冲着你妈耍横。若不是你妈我眼里只看见钱，你早就饿死啦！"

"你就会冲着你妈耍横！"兜兜又跟着姥姥学，数落他自己的妈妈邱栀子。

邱美娥扑哧一下子笑了，过了会儿又道："不管怎样，我就是觉得那个蒋成一没有顾顺良靠得住。"

"蒋成一这不好，那不好，你们倒是给我找个比蒋成一更好的来！你们有本事，把一个现成的未婚夫放在我跟前，立码、现在！"邱栀子烦躁道。

"那你也不能这样饥不择食，"邱美娥数落，"现成的未婚夫不是没有，就是兜兜他亲爸！"

"对，就是兜兜她亲爸！"兜兜也跟着姥姥起哄。

邱栀子不吱声了。

3

在邱栀子的指点下，蒋成一很快提着大包小包进了邱美娥的家，但也不一会儿，那些大包小包便被扔出了邱美娥家的家门。

"你想腐蚀革命干部？没门！"门内的邱美娥喊。

蒋成一灰溜溜地提着他那些大包小包走了。

蒋成一的电话很快打来了，也在妈家的邱栀子躲到卫生间里小声接："喂？"

"刚才你妈那个态度，怎么可能答应咱们结婚哪？"蒋成一急切地问。

"我妈就我一个宝贝闺女，我的终身大事她不是发自内心地同意的话，我心里多别扭啊。"

"是啊，我也不能强娶豪夺啊，我一定要感动她，让她发自内心地接纳我。"

邱栀子由衷道："真是个好同志。"

"面对追求自己心上人道路上这样一块无法绕过的巨大绊脚石，你认为我应该如何面对？放弃么？非也！知难而退非君子！俗话说得好：与天斗，与地斗，与丈母娘斗！"

邱栀子又道："真是个好同志。"

"看我的表现吧！"蒋成一挂了电话，一副摩拳擦掌的样子。

4

过后，邱栀子想将蒋成一的那件外套挂到大衣柜里去，挂衣杆上，明明有顾顺良的衣服，两件男式衣服挂在那里，那感觉，像是那两个男人挨在一起站着，邱栀子被蜇了一下般赶紧将蒋成一的外套拿出来，在这个家里转来转去的，却没有一个合适的地方放。

"这房子里，到处是顾顺良的气息，我受不了！顾顺良！这辈子你可把我害苦了！前世无冤，后世无仇，你干么要这样害我？我不能让这种坏情绪把自己给呕死，我必须开始新的生活！我儿子，我母亲，还需要我养活。"邱栀子内心道。

第二天，她便又去了中介处，挂出了卖房信息。房子很快便被人订去了。为了避免横生枝桠，邱栀子这次没有跟母亲商量。

很快便到了过户的日子，邱栀子给顾顺良打去了电话："我要将房子卖了，因为房产证上写着我们两个人的名字，出售时必须两个人签字。你明天来过户大厅签字吧。"说罢便挂了电话，没容顾顺良多说。

"要把那套房子卖了？"顾顺良自言自语道，怔在那里。他的眉头痛楚地拧在了一起。那套房子是一个空间，装盛着她和邱栀子曾经的情爱、苦痛、欢笑，而今，邱栀子要将那个容器扔掉，抛弃，意味着，她想将两个人的过去彻底抛弃。

他明白，这是邱栀子的某种决绝。他一个人轻盈地离开了，过去的生活痕迹让她一个人擦抹，所有的残局让她一个人收拾，确实也未免太不公平。

第二天的过户大厅里，人很多。邱栀子、顾顺良、中介和买家都坐在椅子上排着队。

邱栀子和顾顺良挨着坐在一起。

顾顺良回忆说："你还记得么，当初，我背着你妈妈攒的一麻袋零钞去付的首付。"

"怎么会忘哪，那一麻袋零钞不知我妈走街串巷地收了多少纸盒子，卖了多少酒瓶子才攒够的。"邱栀子惆怅说。

"房子才打完地基我们便时不时地去看这房子的进度，想象着咱们的家在空间的那一个点上，实在等得心焦，我们还主动帮民工推小车。"邱栀子又说。

"房子拿到钥匙以后，我们高兴的啊，是跑着跑到房子里去的。"顾顺良说。

"房子装修完后，你是抱着我上的新家，总共是 72 个台阶，我说这是通向幸福的 72 个台阶。那时，我们以为，只要有了新房子，从此就幸福无忧了。"邱栀子说。

"你担心新房里甲醛超标，买了 30 个花盆种吊兰，那么冷的冬季，你在楼下用手往花盆里抓那些泥巴，你的手都冻僵了，那么沉的花盆，一个一个搬上四楼。"顾顺良又说。

……

两个人随意地聊着天，想到哪儿说到哪儿，说着说着，不知什么时候已是泪流满面，两个中年人，当着过户大厅里的那么多人，那么难以自制地，纵情流泪。

人们纷纷侧目看着这两个中年男女的失态，有好奇，有探究。只是他们俩还是难以自制。

"房子卖了，就是把过去的那些日子给连根拔掉了，就像把一棵还活着的树生生地给劈成了两半。"邱栀子说。

"不，那种感觉，就像将一个活生生的人给生生地劈成了两半。离婚这件事，太痛了！"顾顺良痛心地说。

邱栀子忽然扭过头来看着顾顺良说："那就不卖了！"

顾顺良惊喜道："好，不卖了！"

买家听罢紧张地说道："都已经交了定金，怎么能变卦呢？"

顾顺良从包里掏出几叠现金交给买家说："对不起，这是违约金，我们舍不得卖了。"

中介道："我们的中介费呢？我们跑前跑后地忙活了那么久……"

顾顺良又从包里掏出一叠现金交给了中介。

中介和买家无奈地走了。

顾顺良看着邱栀子的眼睛说："原来总吃你做的饭，今天我去你家给你露一手怎样？"

邱栀子的眼睛一亮："好啊！"

两个人去了菜市场，买了很多菜，还有红酒。

邱栀子倚在家里的厨房门上，看着前夫顾顺良忙忙碌碌地洗米、煮饭、洗菜、切菜，觉得一种久违的温馨。

每当炒菜时，他就把邱栀子往外赶，说："炒菜油烟太多，别熏着你的脸。"

邱栀子说："你这家伙怎么啦，离婚之后反倒成了好男人。"

等将所有的菜都端上桌了，顾顺良给邱栀子和自己各斟了一杯红酒，认真地说道："栀子，咱们复婚吧？人生苦短，咱们俩经过了这么多风雨，就别再互相折磨了。"

邱栀子犹豫道："你现在的工作性质，太容易招女孩了。"

顾顺良说："经历了这么多，如果我还看不清谁对我真好的话……"

就在这时，门忽然被砰砰地敲响了，邱栀子走过去打开门，蒋成一站在那里。

在看见顾顺良和房间里的温馨场景的瞬间，蒋成一的那张大脸变得有些扭曲。

"栀子，你在家啊，我来拿我的外套。"蒋成一走进门来说。

"哦，快请进，一块儿吃点吧。"邱栀子慌乱着客套。

"好，那我就不客气了，"说着，蒋成一竟然真就坐在了餐桌旁，端起邱栀子座位上的酒抿了一口，又夹了一口菜吃，评价，"味道不错，还真丰盛啊。"

这时，轮到顾顺良的脸变形了，他气得起身拿起自己的包和外套便往外走。

"别走啊，吃了再走，你费了这么多心做的菜……"邱栀子在后面喊。

顾顺良踏出家门后，门随之"哐当"一声被带上了，惊得邱栀子一激灵。

见将情敌挤走了，蒋成一啪地一声摔了筷子，道："你又在跟他来往！你死里逃生般，好不容易有了现今安稳的日子、安稳的心境，何苦再去招惹那个男人？没有人伤害你，你是否浑身痒得慌？"蒋成一气道，语气有些发抖，眼睛里都是伤。

邱栀子撒了个谎："我们是在谈孩子的事。"

"越抹越黑。"蒋成一脸色难看道。他越想越气，挪开餐椅便去找自己的外套。

邱栀子赶紧从阳台上拿来他那件外套递给蒋成一。

蒋成一看着手中的外套，脸色扭曲得更厉害了，邱栀子顺着他的视线看去，这才发现，那件外套的里子和内衬，全被剪刀剪坏了！

"对不起啊，肯定是兜兜，肯定是兜兜不懂事给剪的！我过后找他算账！"邱栀子愧疚地不停说道。

蒋成一拿着自己的外套便气冲冲地出去了，门随之也"哐当"一声被带上了，惊得邱栀子又一激灵。她懊恼地坐在沙发上，不知如何是好。

没过多大会儿，楼下忽然传来争吵声，隐约是蒋成一和顾顺良的声音。邱栀子赶紧跑到阳台上往下看，确实是他们俩，已经扭打在了一起。顾顺良明显处于劣势。

邱栀子刚要离开阳台下楼拉架，忽见母亲牵着兜兜从外面回来了，只见母亲和兜兜看见两个男人打架，上前就拉起偏架来，母亲拽蒋成一的衣领子，兜兜抱着蒋成一的腿拉架，街坊们过来看热闹，人越聚越多，邱栀子又疲惫又难堪地缩在屋里不出去了，由着他们吧。

过了会儿，母亲和兜兜拽着顾顺良上楼来了，他的鼻子在流血，邱栀子赶紧去拿药棉，疲惫得一句话也说不出来。

5

几天后，邱栀子正在店里忙着。蒋成一给邱栀子打来电话，神神秘秘地道："你跟我出去一趟！"

邱栀子冷淡道："什么事啊？这会儿客人很多，我在忙着。"

"见面再说，你先出来吧，我的车就停在你店外。"蒋成一以一副不容推托的语气说。

母亲邱美娥警觉地走过来问道："是谁啊？"

邱栀子道："是蒋成一。见一面，就见一面吧，我跟他当面说清楚，我想和顾顺良复婚了。"

母亲挥挥手："赶紧去吧，把话说清楚，别在两个男人之间周旋，最后弄得鸡飞蛋打就坏了！"

邱栀子出了店门，上了蒋成一的车。

"到底去哪里啊？"邱栀子问。

"不说，给你一个惊喜。"蒋成一道，一路上都兴致勃勃的样子，开车带着邱栀子驶进了一个崭新的住宅小区，打开了一套装潢讲究的房子的门，道：

"看，这是我新买的房子，作为我们的婚房，可好？你尽快搬过来，这样，我们就能摆脱你前夫的纠缠了。"

邱栀子心事重重的样子，心不在焉地随意问道："怎么连家具都有了？"

蒋成一自得道："我直接买的样品房。"

"在这套房子里，你没有任何心理障碍，不是么？在这里，开始我们新的生活！"说着，蒋成一便揽邱栀子入怀，解她的衣扣。

邱栀子直起身离开蒋成一的怀抱，坐到远他远些的地方，道："我有些话，想跟你说说……"

蒋成一说：你到阳台上看看，外面的景色怎样？

邱栀子走到阳台上去，说：不错。我有些话，想跟你说说……"

蒋成一说：你看过韩国电影《美人》里的一个场景么？男女主人公在阳台上……

说着，蒋成一从背后抱住邱栀子，把她的身体压在阳台墙上，吻她的后脖颈。

邱栀子警觉地再次像一尾光滑的鱼一样从他的怀抱里挣脱开,回到客厅里坐下。

她从来没有将自己的身体放松下来,承受这个男人的温情和关爱。

自始至终,他们之间就像森林里一只松鼠和老虎的感觉,因为自己的娇小,对老虎的雄壮威武自然是爱慕的,也有私心,想从这个比自己庞大的身体上得点保护和好处,有点狐假虎威的意思,但又先入为主地时刻提醒自己,这是一只伤人的老虎。仰着头细声细气、小心翼翼地跟他说话,老虎也坐下来跟她应答,和蔼可亲,看起来并不凶,松鼠便有些受宠若惊的样子,往前挪一挪。老虎生气的时候,也只是跺跺脚,吹吹胡子瞪瞪眼,并没有踩她、踢她,于是松鼠再小心翼翼地向前挪一步,但又时时刻刻地提醒自己:这明明是一只老虎啊。

蒋成一去厨房倒了一杯茶来,偷偷将一点粉末状的春药放进了杯子里。蒋成一端着那杯茶来到客厅递给邱栀子,说:"先喝口水"。

邱栀子什么也没多想便喝下了那杯水,她看蒋成一的眼神,有些迷离。她觉得他,比以往的任何一刻都雄壮。蒋成一拉着她的手来到了主卧,说:"你看这张床怎样? 等我们结了婚,我们俩每天就在这张床上醒来——"

邱栀子说:"我有些话,想跟你说说——"

蒋成一的手抚在她的嘴唇上说:"嘘,在这样的时刻,最好什么也别说。"

仅仅是他的手触着了她的嘴唇一点,她便感觉自己的身体最柔软的部位像一枚石榴一样兀自裂开了。他的手伸进她衣服里去,在她的身体上到处摩挲,她瘫软在他的怀里,没有一丝力气拒绝,蒋成一将两个人的手机都关掉了,她什么也不管了,一切由着他……是眩晕得要到了云端的感觉。

狂风暴雨平息之后,外面已是黄昏。

蒋成一扯过浴巾给自己蒙上,很平静的样子对她说:"我去洗洗,你做晚餐。"

"好,你去吧。"邱栀子柔声说,自己给自己穿好衣服。被男人脱下的衣服,自己穿上,这就是性事中女人的境遇。况且,她已经是个 35 岁的离异女人,在这样的时刻,难不成像个未婚的小姑娘那样,一哭二闹三上吊? 那将会被人笑掉大牙,何况,刚才,她也眩晕得不能自己,何况,对于性,她已经缺了那么久。

邱栀子忽然想起了什么,叫道:"兜兜,他这会儿早放学了!"这就赶紧开机打电话:"兜兜,对不起,妈妈在外面,你在哪里?"

"妈妈,我打你手机关机,便给爸爸打了电话。我这会儿跟爸爸在一起。"

"对不起儿子,妈妈这就去接你!"邱栀子放下手机,蒋成一已站在了她身边,不快道:"在这节骨眼儿上,把一个精疲力竭的男人抛下不管,你觉得合适么？"

"好了，有功了。"邱栀子嗔笑道，这就又给儿子挂了手机："好兜兜，你跟爸爸一起吃饭吧，妈妈晚点再过去接你。"

没想到她的这句话，又激起了蒋成一的另一个坏主意。

邱栀子放下电话赶紧做饭。她发现她和蒋成一之间，已起了一种细微的变化，她下意识地在讨好他，而他，心理上对她起了居高临下的傲慢之心。原就因为，形势不同了，她在他面前，再没有什么可把持的了。

吃罢饭之后，他以不容置疑的语气说："今晚留下来，在这儿睡，我们顺便商量一下结婚的事。"

"不行，我不能在这儿过夜。"邱栀子坚持道。

蒋成一黑着脸起身走到屋门口处，将屋门从里面反锁上了，然后拿着钥匙走到另一个房间去，回来的时候，张着空空如也的双手恶作剧般看着她坏笑道："你可有本事自己走出这个房子去？"

"黑手党！"邱栀子嗔怪道。

"这双手，可不能白担了那罪名。"蒋成一说着，又上前将那双毛绒绒的大手伸进她衣服里去，直接去了她的两腿间抚揉着，顺便灭了灯。

邱栀子嘴上说走，她的身体其实一直在魂不守舍地盼着另一次亲昵的来临。和一个还不太熟悉的长得像黑手党般的魁梧男人之间的身体纠缠，其刺激远远超过了和太过熟悉而又文质彬彬的前夫顾顺良之间的感觉。身体的放纵需要的，就是一个借口。现在好了，这个借口来了：她是被强迫留下的。

情欲就是这样的一种属性，在汹涌来临之际，人会什么也不顾，什么也不管。

过后，当蒋成一说打算将婚期定在两个月后的时候，邱栀子默默地点了点头。已经这样了，还能再分开么？她还没有开放到和一个男人有了一夜肌肤情之后，没事人般用一块抹布抹掉便走开的程度。

当天夜里，顾顺良看着熟睡中的兜兜，痛苦得抓耳挠头、起起坐坐，一夜难以入眠。作为一个成年男人，用脚趾头也能猜到一个夜不归宿的女人那里发生着什么。从他最初向她提出离婚的那一刻，他就应该预想到会有这样的状况发生。可是，事情真发生了，他却发现自己丝毫没有这种心理承受能力。

她和那个人之间，一些具体细节是怎样的？像是怎么扑也扑不灭的鬼火，在暗夜里眨啊眨的。这怎么可以？明明是他的妻，即便现在是前妻了，可那个熟悉无比的身体上落满了他的手印，怎么会有一天，向另一个男人打开？哪怕最初是他先向她提出的离婚，她可以被闲置在一边晾着，但怎么可以，她也会有其他男人在侧的夜晚？

　　谁都不是一棵树，永远站在原地，一直翘首等着谁归来。大家都是移动的人，奔走的不仅是身体，还有一颗易受外界诱惑的心。顾顺良第一次清晰无比地体味到了当初自己出轨时邱栀子的痛苦。婚姻最严重的后遗症就是，因长年的共同生活，对对方已经形成了一种完全的占有欲。

<h1 style="text-align:center">6</h1>

　　第二天早晨，邱栀子去顾顺良家接兜兜的时候，眼神始终躲闪着，没有勇气和顾顺良的眼神对视。邱栀子避开兜兜，低着头小声告诉顾顺良："蒋成一说，我们两个月后结婚。"

　　顾顺良苦笑道："就在一天前，我们俩还合计着复婚的事……"

　　邱栀子内心伤感道："一夜之间，便人世皆非。我已经是经历过另一个男人的不洁了，再不是你那个清凌的邱栀子。我们之间，隔着那么多纷繁芜杂的世事，已经回不到原来了。"

　　是啊，谁也没想到，一夜之间，事情便急转而下，她得给他一个交代。原本是一次复婚的机会，而她，又没有好好把握住。而人终究会认识到，这一生，很多话来不及说，就错过去了。人生在世，有几次关键的路口，经得起几次错过呢？

　　顾顺良痛楚地皱了皱眉，道："我一再强调，你们俩不合适！"

　　邱栀子道："他整天跟器械打交道，我心里终究踏实些，不像你，老跟女演员接触，我一个平凡女人，太没有安全感了。"

　　顾顺良知道，那个他一直以为会永远等着他的家，那个永远属于他的女人，已不存在。

第二十四章　蒋成一的前妻和女儿来了

1

这天，邱栀子和蒋成一从外面回到蒋成一的住处，在那栋楼的门口处，忽然，蒋成一看见一个女人和一个十七、八岁左右的女孩坐在门前的石阶上，身旁放着一个很大的旅行箱。

蒋成一的脸色一下就变了，拉着邱栀子的手扭头便往回走。

"是谁啊她们？"邱栀子问，她隐约猜到了什么。

"是我这辈子也不愿再看见的！这个给我带来打击与耻辱的女人！"蒋成一说。

"是你的前妻和女儿？"邱栀子小心翼翼地问。

蒋成一烦躁道："不错，是我前妻许枫和女儿蒋妖红。"

两个人继续往前走，蒋成一走着走着，忽然停住了脚步，有些牵挂道："但或者，她是因为女儿的事来找我的？"

邱栀子强装笑脸，表现出很大度的样子："事情总要面对的，她们都来了，去见见吧。"

蒋成一刚要转身的时候，背后忽然传来一声貌似深情的喊："成一！"

是那个叫许枫的女人追上来了，在叫。许枫看到蒋成一身边的邱栀子，眼中流露出疑问和嫉妒。

"你怎么来北京了？"蒋成一冷着脸问那个女人，"你不是弃暗投明，追求幸福去了吗？来找我干什么？"

"我被骗了，他拿走了我的所有积蓄后，将我赶了出来。"许枫说这话时，语气中带着对蒋成一的乞求。

"这与我有什么关系？"看着她哭丧的脸，蒋成一得意道，"你这叫自作自受！"

"爸爸！"那个叫蒋妖红的女孩上前扑进蒋成一的怀里。那女孩倒也浓眉大眼，长相漂亮，穿着时尚，只是打扮妖冶，一副太妹样子。女儿的这声喊和这个动作，让蒋成一的心一下子软了，道："先回家再说吧。"便上前拿起箱子。

邱栀子见状告辞道："我还有事，先走了。"

在蒋家，许枫说明了来京的意图："女儿没考上大学的事你也知道了，我给她做了很多工作，她还是不想再复读了，说想来北京寻找当演员的机会，因此我们母女俩就来找你了。她说想先找个补习班上，再结识一下人脉。你先给我们点钱，我明天陪她出去买几身行头，见见导演什么的。"

"好。"蒋成一将一张卡和写着密码的纸条递给女儿蒋妖红。

蒋妖红拿到卡后便各屋里去转，问道："爸爸，哪是我的房间？哪是妈的房间？"

蒋成一道："你既然是来找发展机会的，在北京便是长住，我到楼下的房屋中介那里给你们俩租一套。"

"那又何苦哪？爸爸这有现成的三室二厅的新房子，我们何必再花那个冤枉钱？再说，我和妈妈都想跟爸爸多聚聚啊。"蒋妖红亲热地抱住父亲说道。

蒋成一犹豫了一下，说道："实不相瞒，我两个月后要在这套房子里再婚。"

许枫听罢脸色一变，马上起身拉着自己的行李道："闺女，咱们走！"

"就是今天跟爸爸在一起的那个女的？感觉很一般嘛，"蒋妖红说着，给母亲使了个眼色，"我们先在爸爸这儿住下，两个月后你再婚时我和妈再搬走，如何？爸爸，你就忍心将我们娘儿俩赶到大街上去？"

蒋成一只得点头同意了。那母女俩兴致勃勃地去自己的房间整理行装去了。

2

第二天，蒋成一递给蒋妖红的那张卡上的刷卡短信过一会儿便响一下，每看一次，蒋成一的脸色便难看一次。

晚上，那娘儿俩提着大包小包意犹未尽地回到家里的时候，蒋成一黑着脸坐在客厅的沙发上正等着她们，他指一下手机说："一天就刷了八万！你们这是吃钱哪?! 一个小姑娘家家的，买那么贵的衣服干什么？把卡还给我！"

蒋妖红噘着嘴把卡还给父亲，嘟囔道："我这是给自己的演艺事业投资。人家蔷薇妹妹父亲，拿出一百多万给他女儿炒作，你看现今蔷薇妹妹多红，你可好，几万块钱就心疼了，真抠！"

蒋成一道："如果真是为我闺女的事业投资，我自然不会吝啬，只恐怕是为别人的虚荣买单了吧？江山易改，本性难移。"说着瞟了许枫一眼。

蒋妖红有些心虚，道："我进屋试衣服了，妈，你帮我看看。"说着给母亲使了个眼色，母女俩拎起大包小包迫不急待地进了蒋妖红的房间，并从里面插上了门。

房间内，母女俩各自忙着试自己的新衣服。

蒋妖红穿着新衣揽着母亲对着镜子道："啧啧，这哪像母女啊，简直像姐妹俩，一对姊妹花啊！"

许枫嗔笑着打了闺女一下。

许枫穿着一件新貂皮大衣，对着镜子左照右照，快意道："今天不是沾闺女的光，我这辈子哪能穿上貂皮大衣？"

蒋妖红说："我的亲妈，你如果能跟爸爸复婚成功的话，爸爸的钱还不就是你我的钱？由着我们娘儿俩金银珠宝、山珍海味地享受？"

许枫为难道："咱一进门，你爸爸就给我们来了个下马威，人家的婚期都订在两个月后了，哪还有我的戏？"

蒋妖红道："两个月的时间，难说会有多少变数，从那个女人的年龄来看，应该也有孩子了，如果爸跟她结婚了，爸爸的财产不知会被她们分去多少，所以，我们一定要想法阻止他们结婚！"

许枫的眼睛亮了亮道："能有这种可能么？"

蒋妖红道："一切都事在人为，就看我们怎么谋划了……"

母女俩鬼鬼祟祟地小声商量起来。

3

第三天，蒋成一下班后一进家门，一桌丰盛的菜等着他，还有穿戴暴露的许枫，露着半截胸乳。许枫又是接包又是递拖鞋的，一副贤惠妇女样。

蒋成一转移开自己的眼神道："你外面再套件衣服去，这么大岁数了，也不怕把闺女带坏了。对了，闺女哪？怎么不回来吃饭？"

许枫说："妖红刚打了电话回来，说在外面逛商场，在外面吃了，让我们别等他了。"

蒋成一说："哦，我还有个应酬，也不在家吃了。"说着拿包欲出门。

许枫一把拽着了他的胳膊，道："成一，你在家吃吧，我想跟你好好谈谈。"

"朋友还等着我哪。"蒋成一说着依然往外走。

许枫几步上前一下守住了门口，两眼直直地望着蒋成一乞怜道："成一，你给我一次机会，你没觉得，我变化很大么？我原来错了，希望得到你的原谅。"

蒋成一回身扔了包坐在沙发上说："你到底想要多少钱，直说吧。"

"我不是来找你要钱的，只想找你谈谈。"许枫低三下四地一副真诚的样子道。

蒋成一嘴角浮上一丝嘲讽，说道："既然你不要钱，那我们就没什么可说的了。"说完疾步向门外走去。

走到门口时，蒋成一又回过身来一字一句地说："如果你真知道自己错了，就不该再来找我，让我再次回忆起曾经受的屈辱！"

4

第四天一早，蒋成一开车去上班了，许枫一路尾随他，暗中观察到了蒋成一的上班地点。

这天，待蒋成一外出后，许枫提着瓜子水果，踩着高跟鞋穿着貂皮大衣气质雍容地进了蒋成一的公司，像检阅车上的首长一样不停地摆着手道："大家好！同志们好，我是你们的老板娘。"

不明真相的员工们纷纷给许枫点头施礼："老板娘好！"

……

蒋成一从外面回到单位后，发现他的前妻许枫已跟自己的员工们打成了一片，大家都围坐在她的身边热络地聊着什么，地上扔满了瓜子和果皮。

蒋成一走近后，只听许枫在问财务负责人："你们这公司，一年能盈利多少？"

蒋成一听罢脸色刷地一变，转身进了自己的办公室，许枫看见蒋成一回来了，随后跟了进来，说道："你再给蒋妖红投些钱，听说，有一个剧组花十万块钱能买到一个小角色。"

"用角色卖钱的剧，能播出来么？即便演了又能怎样？"蒋成一不以为然道。

许枫不快道："孩子在事业发展的关键时刻，你舍不得给她投钱，是不是想把钱都花在邱栀子身上？"

蒋成一道："是孩子的事业需要钱，还是你需要钱，你我心知肚明。我自己挣的钱，想花在谁的身上，是我自己的事。我再明确告诉你一次，我绝没有和你复婚的意思，要不是看在女儿的份儿上，早和你翻脸了，请你自重！"

许枫变了脸，转身离去了。

待许枫离开单位后，蒋成一走向前台，对着那小姑娘咆哮道："你是怎么看门的?!"

5

蒋成一这天回家时已是深夜，他悄悄地打开门，悄悄地换了拖鞋，灯也不开，在黑暗中蹑手蹑脚地摸向自己的房间，像一个贼。

进了自己的房间后，他啪地按开灯，忽然发出一声瘆人的惊叫："啊！"

蒋妖红在自己房里听见父亲的这声惨叫后抿着嘴窃笑了一下，并不出来看。

原来，是许枫，穿着件透明低胸睡衣四仰八叉地躺在蒋成一的大床上，在等着他，见他回来了，许枫稍微欠了下身，做了个撩人的姿势，说道："叫什么呀，跟杀猪的似的，我怎么着你了么？"

"你想干嘛？你起来！"蒋成一叫道。

许枫说："闺女要上个演艺补习班，需要两万块钱的学费。"

蒋成一嘲讽道："是你自己又想花钱了吧？"

许枫开始摇晃起自己的身体，内裤的轮廓暴露无遗，两个超大的胸乳几乎完全露在了睡衣外，晃荡来晃荡去地，晃荡得人心烦意躁。

蒋成一觉得自己就要被逼疯了般，叫道："我再重复一遍，以后在家里，多穿点！我们已经是离异多年的陌路人了！你赶紧出去，别让我动手！"

许枫不以为然地嘟囔道："嚷什么呀，弄个跟个正人君子似的，你若是个正人君子，蒋妖红是哪儿来的？你若没看我，怎知我穿的少？前夫也是'夫'，俗话说，'肥水不流外人田'，你瞎嚷什么呀，像被谁强暴了似的。"

蒋成一烦不胜烦地大叫道："我再给你重复一遍，我两个月后就要再婚了，她叫邱栀子，是'小小养生餐馆'的老板娘，你就死了那条心吧！"

说着，蒋成一从包里拿出两万的现金来塞进许枫的手里，硬拽着她的两条粗腿，将她拖下床来，"蒋成一，你干什么？你小子来横的呀！"许枫像杀猪似的叫。

许枫蹭搭着腿不想出去，她一只手拿着钱，另一只手死死地拽着床腿，蒋成一将她的手硬掰开了，将她拖向门边，"妈呀！蒋成一，你的劲怎么这么大呀！"许枫依然像杀猪似的叫。

她的那只手又死死地拽着了门框边，还是不想出去，蒋成一再次将她的手硬掰开了，将她拖向房间外，"好你个蒋成一，真是个爷们！你有种！"许枫依然像杀猪似的叫。

蒋妖红在自己房里听见母亲的种种叫唤后时不时地捂着嘴窃笑一下，她以为母亲是在叫床呢。

蒋成一终于将那团白花花的肉砣子拖出了房间外，他赶紧回身逃进房间内，插上门，倚在门上气喘吁吁不已。

6

第二天中午，蒋成一来'小小养生餐馆'用餐了。**他不知道，在他走进餐馆大门后，尾随而来的许枫面含嫉恨地躲在角落里记下了餐馆的地点，并已用心观察四周的环境。她发现一个老板模样的中年男人从"小小养生餐馆"隔壁生意冷淡的"老杜家餐馆"里走出来，满含仇恨地看着"小小养生餐馆"门前的顾客如织。**

邱栀子当然脱了白大褂上前作陪。蒋成一在一间雅间坐定后，心烦意乱地对邱栀子说："烦死我啦！烦死我啦！这可真叫'英雄难过赖皮关'。"

邱栀子温柔道："怎么啦？"

蒋成一道："就那我前妻许枫，不止把我当'提款机'，还整天在家里穿着件透明睡衣晃荡来晃荡去的，那内裤，那什么，都暴露无遗，纯粹是对我进行性骚扰！"

邱栀子笑道："或者，你自己另租套房子，搬出来住？"

蒋成一苦笑道："我搬出去住？凭我对她的了解，我搬出去后，她会乐得什么似的，长期驻扎在我家了，说不定还领家个野男人去，过起小康日子来了，我等于被扫地出门了，凭什么呀？"

邱栀子笑道："会这样啊？那你年轻时怎么找人家？"

蒋成一道："年轻时不懂事，看她漂亮呗，她那时不像现在这么胖。"

邱栀子玩笑道："哦，现在你看人家年长色衰了，嫌弃人家了，我也会有她那个岁数的一天，到那时，你又该抛弃我另找小姑娘去了？"

蒋成一笑油嘴滑舌道："到那时我都老得动不了了，怎么去找？"

邱栀子亲昵地刮了一下他的鼻子。

蒋成一唠叨："我现在也学乖了，每天下班后在办公室加班或找其他事由在外面磨蹭到夜深再回家，以为那时她娘儿俩睡着了，我就清净了呗，哪成想昨夜回去时她四仰八叉地躺在床上等我呢，你说吓人不吓人？"

听到这里，邱栀子的脸刷地变了色，蒋成一的那张曾带给她销魂般感受的大床上，在想象里另一个女人在上面翻滚作态的情景，一下就将她刺伤着了，她下示意地摆了摆手，痛苦不堪道："你以后，别跟我说这样的话题行么？另外，你如果还想跟我结婚的话，那张床上，你别让别的女人上，行么？"

蒋成一伸手攥住了邱栀子的手，认真道：

"我也不遮家丑了，把离婚的实情对你说了吧，当年我离开大连来北京进修期间，她耐不住寂寞，跟一个有点钱的老板出轨了。当然，也不完全因为寂寞，她平时就整天嫌我没有本事，嫌我挣钱少。我进修完回到大连后，发现了她的丑事，果断地选择了离婚。离婚后，女儿也判给了许枫，过后，我除了每个季度往许枫的卡上打一笔抚养费外，再没什么联系。"

"那她还有脸来找你？"邱栀子不平道。

"说的就是么，可是邱栀子你，几年前，同样是丈夫在外地，夫妻两地分居，同样是丈夫当时的经济境况不好，你就能抵制住我的诱惑，她当时怎么就不能？"蒋成一愤愤不平道。

邱栀子兀地怔住了，看着蒋成一的眼睛问："你不会是因为这个心结，才对我念念不忘的吧？我说呢，凭你的条件，找个没结婚的大姑娘都很容易，怎么会对我一个带着儿子的离婚女人这么用情？"

蒋成一脸上掠过一丝被人看穿了的虚弱，但很快便掩饰道："瞧你说的，你这么不自信么？我说那些的意思，是想告诉你，我跟许枫，有那么深的积怨，绝无复婚的可能，你想啊，她为了一点钱都背叛我，怎么能指望她老了时她对我不离不弃？所以，你大可放心，别让她的不请自来影响到你我之间的关系。哼，她现在看我事业有成了，有钱了，又来纠缠复婚了，世间有这么便宜的事么？她把我蒋成一当什么了？捡破烂的？"

邱栀子点着头，却联想到了自己和顾顺良的关系，虽然她在婚前抵制住了蒋成一的诱惑，没真的出轨，但在顾顺良创业成功前，自己在心底对他和他的父母是有些怠慢的，当然没母亲那些明显，而在顾顺良事业成功后，自己对他多了小心和讨好。对这些，顾顺良不会没有感觉和想法，或者，有时他也会在人前这样说自己吧？是啊，这世上原没有无疮孔的情感，好马不吃回头草，白纸上方能绘更美的图案，想到这些，邱栀子攥紧了蒋成一的手。

这时，在雅间的玻璃窗外的一个隐蔽处，许枫看见了他们，嫉恨地咬着自己的牙齿。

7

当天黄昏时，邱栀子正在餐馆忙着，手机上来了一个陌生的号码。她接："喂？"

对方是一个沙哑的女音，说："你是邱栀子吧，我是蒋成一的前妻许枫。我想跟你见一面。"

邱栀子回答："没这个必要吧？你们之间的问题，你们自己解决，我是一个局外人。"

许枫说："你是局外人么？如果你们不久后结婚的话，你就是我女儿的后妈了。我这个亲妈，总应该看看我闺女的后妈人怎样吧？那老年代里，娶偏房都要事先经过正房同意的。"

许枫的这话让邱栀子很不快，不快极了，道："我正忙着……"就要挂电话。

许枫道："等等！如果你不跟我单纯见面的话，我就直接去你店里谈。"

邱栀子看一眼四周的顾客和员工，无奈道："好吧，在哪儿见面？"

许枫穿着一件貂皮大衣跟邱栀子在一间咖啡屋见面了。

这许枫，面色白皙，浓眉大眼，年轻时身材发福前应该是个美人胚子。她坐定后一直在扯扯这儿，弄弄那儿，搔首弄姿地想将邱栀子的目光吸引在自己的貂皮大衣上，最后终于克制不住地显摆道："这是我来北京后我们家成一给我买的。"

邱栀子脸色有些不自然，下意识道："是么？"

邱栀子忽然想起个事来，问："对了，你怎么知道的我的手机号？"

许枫显摆道："我和我前夫住在同一个屋檐下，他的手机不是我随便看的么？"

邱栀子的脸色更加不自然了，下意识道："是这样啊。"

许枫道："新房主卧里的那张床我不满意，太软，还有窗帘啊、冰箱啊，都什么呀，那些摆设，看着新，但明眼人一看就是二手货。"

邱栀子的脸色瞬时变得铁青，起身要离开。

许枫一把抓住了她，道："咱打开天窗说亮话吧，我想复婚。我已是人老珠黄，除了抓自己的前夫，没别的指望了，可你不同，你还这么年轻，机会有的是。"

邱栀子道："你找错人了吧？你想复婚应该找你的前夫蒋成一去。选择权在他那里，我们两个女人在这里谈实在是滑稽至极，以他的性格，是我们随便能让来让去的么？"

许枫道："那天你也看见了，我们俩还有一个那么大的女儿。夫妻间只要有一个孩子，这辈子都牵扯不清的。"

邱栀子道："这个我懂。"

许枫道："你不打算放手？"

邱栀子道："我已经说过了，主动权不在我这里！"说罢，起身走了。

背后传来许枫的一声恶声恶语："别敬酒不吃吃罚酒！走着瞧！老娘可不是好惹的！"

8

几天之后的一个中午，邱栀子正在餐馆忙着，那天的客人很多，"小小养生餐馆"内，人声鼎沸，食客满座。

画了浓妆的许枫带着包括蒋妖红在内的几个男女忽然气势汹汹地闯进餐馆来，一看那个架势，就是来挑衅的，店里的气氛顿时紧张起来。

邱栀子赶紧迎了上去，陪着小心道："想吃点什么？到雅间去？"

许枫四处打量了一番说："装修还不错。你这家餐馆，是我们家蒋成一给投资的吧？"

邱栀子赶紧解释："我最初开这家店的时候，还没跟蒋成一重逢哪，我是将我和我妈的房子都抵押给了银行，才换来的开店的本钱。"

"重逢？你们俩认识多少年了？我们俩的离婚，不会也和你有关系吧？"许枫马上警觉道，用仇恨的眼睛盯着邱栀子，高声叫嚷道，"对了，他就是在北京进修完之后，回大连才跟我提出的离婚，你就是那个第三者?! 呸！不要脸！"说着，冲着邱栀子跟前的地上，狠狠地啐了一口唾沫。

不知真相的店员和顾客们，对邱栀子纷纷侧目，嘀嘀咕咕地小声议论着什么。

邱栀子心烦意躁地这就给蒋成一打电话："你前妻来店里闹了！你赶紧过来，跟她把话说清楚！"

意外的是，蒋成一的回答竟是："我正在谈生意上的一个重要合同呢，你别理她，她那人是个人来疯，没人理她，她自觉无趣了，就走了。"说着竟挂了电话。

邱栀子再打的话，蒋成一竟然关机了。一阵寒意向邱栀子袭来。

许枫听见了电话的内容，更加恣意蛮横，上前恶狠狠地对邱栀子说："没有你的话，我和我们家成一早复婚了，你嫁不出去吗，这么稀罕一个离婚的男人?!"

这时邱美娥买完菜从外面进来，看见店里的气氛不对劲，便赶紧给顾顺良打电话："顺良啊，店里好像来闹事的了，你赶紧多带几个男的，抄点家伙过来！"

挂了电话后，邱美娥满脸堆笑地上前拱手施礼道："各位姊妹兄弟，想吃点啥？雅间里请？"

许枫张牙舞爪地大声嘲讽道："这小三开的店里，能有什么好吃的？肯定都是腥的、臭的、骚的！没骚味的话，能把别人的老公勾引来么？"

邱美娥猜到了这事可能跟邱栀子有关，用眼睛问询着女儿，邱栀子上前跟母亲小声说："这是蒋成一的前妻，来闹事了。"

再看许枫身后的那帮人，一个个挽胳膊捋袖子的，欲打架状。而店里的店员们，也一个个摩拳擦掌的，随时准备应对状。

邱美娥马上明白了当前的形势，她掸了掸身上，抚了抚头发，拿了个拖把在旁，坐在一把椅子上，架上了二郎腿，那架势像足了佘太君一般。

邱美娥字正腔圆地开始铿锵发话了：

"这位妇女，你这话可就不对了，那个蒋成一，我从来就没同意过他跟我家闺女交往，即便他们俩现在正式交往，那也是女未嫁，男未婚，天王老子也不管的事，你算哪根葱哪头蒜啊？我闺女勾引谁的老公了？你把和蒋成一的结婚证拿来给大家伙儿瞧瞧？拿不出来的话，我就告你个骚扰商家罪！别以为我们家好欺负！我一个人拉扯闺女这些年，没让任何人碰着过她一个手指头！你是瓷器，我就是瓦缸，我邱美娥也不是个好碰的茬!"说着，猛拍了下自己的大腿。

邱美娥发表这些言论的时候，一直在偷偷往店外看，看援兵是否到了，她也故意把话说慢些，以拖延时间。

许枫带来的那帮人受了些威慑，往后退了几步。

而理亏词穷的许枫忽然发飙道："还等什么？给我砸场子!!"说着带头踢翻了一把椅子，她带来的那些虾兵蟹将也摔盘子、掀桌子的忙活起来了，包括蒋妖红。而邱栀子的店员们也开始上阵跟他们厮打。

邱美娥抢起那杆拖把一副拼命三娘的样子就冲着许枫打去！打在她头上了！可人家许枫晃了晃头，没事人一般，只是把她精心做的发型给弄乱了，邱美娥所选择的这个武器的杀伤力太弱了。许枫赶紧拿出自己的小镜子照着，整理自己的发型。

就在这时，只听一声大喊："住手!"是顾顺良领着几个民警到了。顾顺良接到邱美娥的电话后便去了旁边的派出所报案，领了警察前来。

许枫等见惊动了警察，赶紧住了手。

邱美娥拍着顾顺良的腰对许枫说："看见了么？这是我的前女婿，是我闺女根正苗红的候选女婿，我们都在撮合他俩复婚哪，你就把那心放在肚子里吧，别跟只没头的母苍蝇一样到处乱闯。"

"你!"许枫想反驳什么，却又一时想不出用什么话来反击。

邱美娥小声嘀咕："嗯，一只描眉画眼的母苍蝇。"

这时蒋妖红一个箭步闯到顾顺良跟前说："你就是邱栀子的前夫？你自己的媳妇，为什么不好好看管？我爸爸和你的女人之间有奸情，你竟然坐视不管？"

蒋妖红继而走到邱栀子跟前，刻薄道："也不看看自己的衣着，也没点自知之明，是我爸爸那样档次的男人能看上的么？"

"你爸爸那样的男人怎么啦？有什么可牛气的？我们邱栀子是那么美好的一个女人，凭什么配不上他？"顾顺良竟然反驳说。

"哦，你的意思是说，盼着我爸爸看上你女人了？"蒋妖红反击。

顾顺良竟然被一个初出茅庐的小丫头将了军，面红耳赤地扭头走了。刚走了几步，又听蒋妖红在背后说道："我爸爸夜里睡觉时都喊邱栀子的名字，难道你这个根正苗红的候选女婿就没点危机感么!"

顾顺良听罢脸色一下子变了。

许枫气恼地冲着邱栀子嚷道："邱栀子，你等着!"便气哼哼地领着她的人马欲撤走。

"慢着！当事人都跟我们去做笔录!"警察喊住了许枫等闹事人员。

事后，邱栀子和母亲、店员们一起收拾着店里的一片狼藉。

邱栀子把地上那些碗碟的碎片一块块捡起来，忽然，她疼得丝哈了一下，是手指被碎瓷片扎伤了，她吮着手指的血，眼里的泪水忽然就涌出来了。

邱美娥说："好在因为警察的及时赶到，给店里造成的损失也不大。这次，亏了顺良了。"

母亲指画着邱栀子又数落："我说闺女啊，你放着原装的原配不复合，跟这家人瞎搅合什么呀？你看看他的家事，多复杂啊。这个样子，以后还会有清净日子过么？"

邱栀子心中有些伤感，心里话，"妈，你哪里知道，我跟蒋成一已经发生关系了，顾顺良也已知道了这事，他心里会不舒服的，如果我和他复婚的话，他心里会有阴影的。"

"我最初一看蒋成一的貌相，就感觉他不是个善茬，所以才一再反对你和他走近，老俗话说，不是一路人，不进一家门，那蒋成一像个黑手党啊似的，他的前老婆和孩子会好惹么？你一个老实巴脚的孩子，若跟他结了婚，怎么跟他的家庭相处啊？"母亲又说。

邱栀子有一种说不出的疲惫，什么也不说，只是默默地收拾着歪倒的桌椅，让她心寒的是，蒋成一竟然到这会儿也没回个电话来。

在派出所，许枫被罚了一笔赔偿款。

夜深了，餐馆打烊后，邱栀子走在回家的路上，她没有发现，身后有一双脚在跟踪着她，是许枫。

9

几天之后的一个黄昏，邱栀子牵着兜兜的手提着菜篮子下楼出去买菜的时候，许枫忽然从一个墙角处窜出来，用手中的笤帚指着邱栀子尖叫道："把蒋成一还给我，你这个不要脸的狐狸精！"说着上前扯着邱栀子的衣服，跳着脚抡着手中的笤帚就打她。

就在这时，忽然一个男人跑过来把她拉开了，竟是顾顺良。

"你到餐馆里还没闹够？以后再骚扰我儿子她妈，我就对你不客气了！离开这儿！"顾顺良指画着许枫喊道。

在围观的小区居民面前，顾顺良牵着邱栀子和孩子回家了，无意识中用手轻轻环住了邱栀子的腰。这个动作让许枫有些茫然，眼睁睁地看着那三口人离去了。

进了家门后，邱栀子问："你出现的怎么这么及时？"

顾顺良说："前几天许枫在餐馆那个闹法，不放心，过来看看。"说着给邱栀子的头发上、身上择着、掸着那些笤帚茎屑。

邱栀子越想越气，这就给蒋成一打电话："你前妻动不动就对我搞'突然袭击'，你为什么不管？她到餐馆去闹已是极限，没想到她还找到了我住的小区闹！难道就由着她整天这样阴魂不散地闹腾？"

蒋成一道："她是个神经病，我最近也快被她缠疯了，你别理她就是了，也多担待一些她，毕竟是她孩子的母亲。"

"难道就因为她有一个母亲的身份，就能随意骚扰人？"邱栀子道。

"你要从气势上压倒她，从精神上藐视她，以不在意的态度面对她，把她当成与你不相干的人，你自然就不会为此产生烦恼了。"蒋成一在电话里说道。

顾顺良忽然夺过邱栀子的手机对着里面的蒋成一气冲冲道："邱栀子的隐忍，换来的却是你前妻愈演愈烈的肆意妄为。什么时候是个头？我感觉你怎么像棵墙头草一样，毫无原则？"

蒋成一一听换成了顾顺良的声音，妒火中烧，同样气冲冲道："这跟你有什么关系？你不是找别的女人去了么？邱栀子现在属我的势力范围，她的事轮不到你管！像墙头草的是你！"

"她是我孩子的妈！她的安危我当然要管！"顾顺良大声说道，气得关了电话，又对邱栀子埋怨，"你找的这是什么家庭啊？以后能有素净日子过么？"

见邱栀子坐在沙发上泪水汹涌地直喘粗气，脸色又那么差，顾顺良的心又软了，看了眼那个空菜篮子，轻声道："还没有吃晚饭？"

"气都气饱了，还吃什么饭？"邱栀子说道。

顾顺良打开冰箱，见有几个西红柿，也还有鸡蛋，便说："我给你们做个西红柿蛋面吧。"说着便进了厨房，很快将两碗面蹲在了邱栀子娘儿俩跟前。"你怎么不吃？"邱栀子问。

"我已经吃过了。"

待这娘儿俩吃完饭后，顾顺良收拾了碗筷去厨房洗净了，然后对邱栀子说："早点睡吧，沉沉地睡一觉，情绪就好了。"说着将邱栀子房间和儿子房间的窗帘都拉上，然后离开了，

离开前，将门从反面锁上。

将儿子安顿到床上后，邱栀子一头扎在了自己的床上。

10

这天，邱栀子正在餐馆忙着，她的手机上忽然来了一个短信："蒋成一这阵子忙着给我闺女找角色，你别约他！"不用说，是许枫的。邱栀子哭笑不得，气

得把许枫的手机号设成了黑名单。

又一天晚上，邱栀子的手机上忽然收到了蒋成一发来的短信："我已决定和许枫复婚，你我之间，且不要再联系了。"

邱栀子看罢后感觉很蹊跷，跟蒋成一几天前的言语南辕北辙，但既然人家发来了这样的短信，她也不好再主动联系，所有的憋屈只能压在心里，自己慢慢消化。

两天后的晚上，蒋成一又走进了餐馆，凑到邱栀子跟前甜腻腻地说："今天有什么好吃的?"

邱栀子板着脸道："不是说你已决定和许枫复婚，咱们不联系了么? 干嘛又来?"

蒋成一吃惊道："这话从何说起啊? 我什么时候说过那话?"

"前天晚上你自己发来的短信啊。"邱栀子将手机给他看。

蒋成一牵着邱栀子的手进了雅间，看到那个短信后，蒋成一恨恨地道："我想起来了，前天晚上那个点我去洗澡了，手机可能被许枫拿去发了这个短信。"

"烦死了! 她这样，已经严重干扰了我们正常的生活。"邱栀子烦躁道。

"我完全可以动粗的，把她搡出家去，把行李给她扔出去，可是闺女在家，她依然能回来啊，"蒋成一的眼睛一亮，一下抓住了邱栀子的手道："或者，你跟我到家来一趟吧，把我们的结婚情况准备一下，明确地显示给她，新的女主人要入住了，让她给腾地方。也许，她一气之下，便会回大连去，这样我们就能摆脱她，以后的日子就清净了。"

"她会么?"邱栀子怀疑道。

11

夜里，邱栀子正睡着，家里客厅里的座机忽然响了，她被惊醒了，鞋也没顾得穿，光着脚就跑去接，"喂?"接了后对方没有说话声，她便跑回床上，刚躺下，电话又响了，她又去接，"喂?"对方还是不说话。邱栀子便又跑回床上重新躺下，刚睡着，电话又响了，被再次吵醒的邱栀子烦躁不已地过去接，对着电话嚷道："到底是谁??"

这时，话筒里忽然传来冷笑声："嗯嗯，邱栀子，你让我过不了好日子，我让你也没有好日子过!"是许枫的声音。

邱栀子惊恐得话筒一下子从手里掉出来了，她赶紧拔了电话线。

这时，被吵醒了的兜兜打着哈欠走出来看究竟，"没事了，没事了。"邱栀子歉意地挥了挥手让他回屋睡觉去。

回到床上的邱栀子烦躁地起来又躺下，躺下又起来。

是个夜晚，邱栀子和蒋成一在他新房里的那张大床上相拥睡着。

一双脚在悄悄地向这个房间走近，门被一寸寸打开了，是面目扭曲的许枫，一手提着一桶汽油，一手拿着打火机溜进了他们俩的房间。

许枫提着汽油桶蹑手蹑脚地开始在床的周边泼洒汽油，而邱栀子和蒋成一却浑然不知，许枫点燃了打火机，将地上的汽油点着，火势在蔓延，床也被点燃起来了……

邱栀子和蒋成一这才醒来，他们惊恐地看见，许枫在火光中狂笑不已……

……

邱栀子忽然醒来了，激灵一下坐了起来，吓得气喘不已，看一眼四周，是自己的房间，夜也很静谧，她这才明白，刚才的场景是一场梦。

天亮后，邱栀子这就给蒋成一打电话："我可不敢在你前妻在家的情况下进你家的门，她给我水里下毒的可能性都有。她这样隔三差五就上门滋事，一副要与我同归于尽的架势，我实在是受不了了！我就要崩溃啦！要谈感情，谈家庭，谈未来，都可以，把前面的关系撇干净了再来！"说着摔了电话。这后面的一句，她是学当初蒋成一对自己曾说过的话。

蒋成一的电话很快打回来了，说："我也实在受不了许枫了，这样，我另找一套房子住，再不给她娘儿俩一分钱，想必就把许枫震慑住了，她便再不敢找你的麻烦。"

邱栀子气道："既然你有能震慑住她的招，为什么不早用？"

蒋成一无奈道："他不是我孩子的亲妈么？不到万不得已，我也不能做得太绝……"

邱栀子生硬地挂了电话，满心的疲惫，她给慕容雪拨了个电话：

"离婚，是打碎一个旧世界；再婚，好比是在废墟上建设一座新城。废墟建城，谈何容易！它更像购买一套经年的'二手房'，要面临旧房主遗留下来的各种问题……"

"如果他真是个玩弄感情的高手，会善待前妻吗？他完全可以撒手不管，然后和你一起过二人世界，潇洒自在。曾经多年的感情都可以置之不理，这样的男人你敢嫁给他吗？"慕容雪在电话里劝道。

第二十五章　各自的孩子

1

这天，蒋成一给邱栀子打来电话："你明天能到我的新住处来过周末么？我专门安排蒋妖红在家里，既然我们要结婚，闺女这里，绕不过去的，多接触接触，培养培养感情。"

邱栀子想了想后说："我也带兜兜过去，可以么？"

蒋成一犹豫了一下，说："好吧。早点过来，咱们一家四口，好好吃顿团圆饭。你也露一手。"

蒋成一的这"一家四口"四个字，让邱栀子心生一份久违的感动，也对新的生活，充满憧憬。

第二天一早，邱栀子便拉着兜兜去了菜市场，精心挑了很多菜和水果，另外还去商场给蒋妖红买了一件新衣服带着，然后兴致勃勃地打的去了蒋成一的新居处。

邱栀子一趟趟地从车里往蒋家提着菜蔬，连兜兜也跟着一趟趟地提，小脸上沁满了汗滴，手上都勒出了红痕。蒋成一也在门口接着，而蒋妖红，则小猫一样一直蜷缩在沙发里吃着零食，玩着平板电脑，连个招呼都不打。

搬完东西后，邱栀子将新衣服递给蒋妖红，满脸是笑道："妖红，给你买的，也不知是否合适，试试？"

蒋妖红眼皮也不抬，接过后便将衣服扔沙发上了，看也不看一眼。

邱栀子忍着不快，脱了外套、系上围裙便家庭主妇般忙活开了。

兜兜好奇地上前问蒋妖红："姐姐，你是谁？"

蒋妖红傲慢道："应该是我问你是谁吧，这是我的家。"

兜兜回答："我叫顾兜兜，小学生，是顾顺良和邱栀子的儿子。"

蒋成一听了很不悦，打断他们的话道："蒋妖红，别光顾了玩，去厨房给你阿姨打打下手。"

邱栀子赶紧说："不用了，我自己能行，妖红花朵般的年龄，厨房的活会损伤她的手。"说着，邱栀子还将一个自带来的木瓜洗净后用小勺插好送到蒋妖红面前道："快吃吧，木瓜养颜的，女孩吃好。"

蒋妖红这次倒是起身了，却是将那个木瓜啪地扔进了垃圾筒。

邱栀子强忍不快，装作不在乎地继续到厨房里忙了。

饭在锅里蒸着，汤熬着，厨房里的零活忙完了，只等时间了。

邱栀子到卧室里给蒋成一做着按摩。

两个孩子坐在客厅的沙发上看电视。

"再这样按按。"蒋成一扭着自己的脖子说。

邱栀子的手上更用了劲。额头上的汗都出来了。

"真舒服。我的颈椎是老毛病了，需要经常按摩。"蒋成一挺享受的样子道。

这时，客厅里忽然传来了两个小孩的吵闹声。两个大人赶紧出去看。

"我要看《大头爸爸小头娃娃》！"兜兜叫，手里举着遥控器。

"我要看《新月格格》！"蒋妖红叫喊着，去夺兜兜手中的遥控器。

"兜兜，你是小男子汉，得让着女孩子，不是么？快，把遥控器给妖红姐姐。"邱栀子上前劝着兜兜，欲将那个遥控器从儿子手中哄来。

"可她是姐姐，我是弟弟！"兜兜叫嚷着，躲避开妈妈的手。

这时，蒋成一竟然上前一把就从兜兜手中夺过了遥控器递给她女儿，兜兜哇地一声就哭了。而蒋妖红，则用遥控器打开了播放《新月格格》的电视频道，洋洋自得地看着。

邱栀子面有不悦，而蒋成一则更加烦躁，叫道："别哭了小祖宗，因为这么点小事就哭个不止，烦死了！"

邱栀子赶紧上前哄兜兜："妈妈带兜兜出去买糖葫芦，好么？"

兜兜闻讯停止了哭闹，母女俩就要出门，蒋成一这时说话了："快到饭点了，还是吃了饭再去吧。"

邱栀子听罢便对兜兜说："等吃完了饭，再去买糖葫芦好么？"

兜兜虽然不悦，可也没办法，只好缩到沙发的一角去了。

饭好了，邱栀子将精致的菜肴一道道端上桌子。

蒋成一有意调节气氛道："今天咱们可有口福了，你邱阿姨做的这一桌，若在她们店里吃，得两千多块。"

邱栀子顾不得自己吃，主动给两个孩子剥虾，蒋妖红瞪着大眼睛使劲朝邱栀子翻眼珠子，剥好的虾也被她扔到了桌上，叫道："我想吃'宫爆鸡丁'！"

蒋成一讪讪着解释："'宫爆鸡丁'，确实是蒋妖红最爱吃的菜。"

"那我这就去做！"邱栀子赶紧起身去厨房。

'宫爆鸡丁'很快被邱栀子端上了桌，蒋妖红吃了一口后一下就吐出来了，叫道："难吃死了！"

邱栀子有些紧张地赶紧伸筷尝了一口，纳闷道："味道还可以啊，我觉得。"

蒋成一不快道："我原本特别喜欢当医生的女人，觉得她们会保健好男人的身体，后来你又开了餐馆，在饮食上又颇多研究了，我觉得你就是个完美的女人了，没想到，连个小孩的口味都照顾不好！"

邱栀子眼里一下噙了泪，质问蒋成一道："你堂堂一个公司老板，难道觉察不出，你闺女是故意刁难我的么？你想找的是我，还是一个保健医生？免费保姆？"

蒋成一上前一把拉着邱栀子进了卧室，关上门后说："一心不能二用，你干脆把你儿子的监护权让给他亲爸去！"

邱栀子惊诧地看着蒋成一："凭什么啊？"

"本来就，二手的男人是个宝，二手女人是根草，好么，他现在可以心无牵绊地找年轻小姑娘过逍遥日子去了！让你带着个拖油瓶，这对你很不公平，不是么？"

"可我是个做母亲的人，呵护自己的孩子是我自己的感情需要。"邱栀子分辩。

"现在你要嫁给我，做我的妻子，做我女儿的好母亲，才是你的首要事项。"蒋成一道。

"可是难道我为了再婚，就得远离自己的亲生儿子么？你跟兜兜多接触接触，接触多了，你就会喜欢上他，好么？"邱栀子以恳求的眼神看着蒋成一道。

蒋成一拉着邱栀子又回到了饭桌上。

蒋妖红这会儿开始多话了："爸，距离我妈的生日还有 10 天，我送她什么礼物呢？你说哪邱阿姨？"

邱栀子道："'儿生母苦'，我觉得蒋妖红你应该在这一天好好表现对你母亲的爱，感谢她对你的生养之恩。"

蒋妖红又说话了："爸，我妈年轻的时候真漂亮啊，如果她那时有机会，肯定能当上演员的。"

蒋成一以沉默作答。

蒋妖红又说了："爸，你说我妈那双眼睛，真是风情万种啊。"

邱栀子回过味来了，也是实在难以忍受了，啪地把筷子扔在桌子上，对蒋妖红说道：

"今天，是你爸主动邀请我来你们家做客的，进了家门之后，我让你十指不沾阳春水，把你这快二十岁的大姑娘当三岁小孩般照顾着，是想尽量让你感受到正常家庭的温暖，你怎么不将心比心体谅我呢？一再地当着我的面谈你妈，什么意思？你懂不懂对客人基本的尊重？你父亲不跟你母亲复婚，那是他们俩之间的事，跟我一毛钱的关系也没有，你别把怨气都撒在我身上，既然你喊我一声阿姨，我就有权力教育你，像你这么没素养，以后哪个男人喜欢你？"

蒋妖红跳将起来，张牙舞爪地叫道："邱栀子，这是我的家，我有权力想谈谁就谈谁！倒是你，是个不受欢迎的人，是偷我爸的贼！"说着便拨电话："110吗，我家进贼了！"

邱栀子气得牵起兜兜的手就往外跑，蒋成一在后面喊："栀子，对不起，你别走！"

外面下起了雨，邱栀子牵着兜兜走在雨里，忽然就想到了几年前在宋庄的那个餐馆前，也是在这样的雨里，顾顺良和刘诗摇坐在车上，她和兜兜走在雨里，今天，又遇到了相似的情景，哪里是她和儿子的家？似乎只有手里牵着的小手才是真正属于自己的。

2

这天，邱栀子和母亲邱美娥要前往重庆进一批食材。

临出发前，邱栀子说："妈，既然顾顺良也出差去外地了，我想让蒋成一帮着带几天孩子。"

邱美娥顾虑道："听兜兜讲，他家那个闺女，不讲文明，不讲礼貌，像个小巫婆，黑眼珠子一眨巴一个坏主意，兜兜放他家，会不会受委屈啊？"

邱栀子道："蒋妖红不经常去他爸那儿，不一定和兜兜碰上。蒋成一好歹也是兜兜的后爸候选人，我也有意想让儿子和蒋成一多接触一下，看看这两个男人能否融合。再说，咱俩来回也就四、五天的事，给他添不了多大麻烦的，只不过接送一下孩子。"

邱美娥无奈道："随你吧。你现在，凡事有自己的大主意了，不听我的了。"

邱栀子无奈道："人到中年了，再找个人也不容易，所以凡事尽量迁就吧。"

邱栀子便匆匆地给蒋成一打去电话，说明了自己的意思。

"没问题，你就放心吧。"蒋成一在电话那头很仗义地说。

第二天，蒋成一去学校门口将兜兜接回家后，来了个电话，他对兜兜说："冰箱里有牛奶、面包，你自己吃晚饭，我有急事出去一下！"说罢便匆匆离家了。

蒋成一今晚有个生意上的场合，应酬时他喝了点酒，是被代驾送回来的。

蒋成一醉熏熏地进了家门后环顾四周："那小子哪？"

从房间里走出来的兜兜凑上前来，小声恳求："叔叔，我饿了，我想吃糖葫芦。"

蒋成一气不打一处来的样子，对兜兜埋怨："吃！吃！就知道吃！"

蒋成一拿起桌上的一个空杯子厌恶地朝兜兜投去："别让我老看见你！"

兜兜惊地一下弹跳开，兀自蜷到沙发角上啃手指去了。

蒋成一上前将兜兜的手指头拽开了，烦躁地扑打着兜兜道："小爷，你就别啃啦！我一看见你这副样子就心烦！"

但兜兜吮手指的那个动作像回弹似的，他又去吮自己的手指去了，而且啃得津津有味的样子。

蒋成一火气更上来了，凶巴巴地指画着兜兜道："再啃小心我把你的手指头剁下来！"

但兜兜依然去啃。

蒋成一忽然想起了什么高招似的眼睛亮了亮，进屋拿来胶布把兜兜的嘴粘起来了，用布带子把他的右胳膊捆在了腰上，但像弹簧回弹、条件反射般地，兜兜依然艰难、顽强地克服着障碍试图去啃自己的手指头。

"这日子可怎么过啊？"蒋成一绝望得一下子坐到了沙发上，捂着了自己的脸。

但他很快又走上前来，揪着兜兜的衣领子将兜兜像只小鸡般地拎起来，逼问："自己说，你是谁的种？"

兜兜以一副混沌未知的神情看着蒋成一，泪水如注般淌过兜兜惨白、无辜的小脸。

因为蒋家刚买了新电视，装电视的纸盒子还没来得及扔，放在客厅的角落里。

兜兜挣脱开蒋成一后钻进那个纸盒子里去了，可能他觉得那里面相对更安全些。

蒋成一看着这个孩童的古怪举动，有些纳闷。过了会儿，他好奇地打开纸盒子的盖，看见兜兜正瑟缩在里面低头专注、起劲地啃着自己的手指头。

"怪不得爱钻纸盒子，自己觉得是见不得人的？对不对？"蒋成一气得揪着兜兜的耳朵又往外拎，"自己说，你到底是谁的种？"

泪水再次如注般淌过兜兜惨黄、无辜的小脸。

蒋成一更加烦躁，将那个纸盒子扔到了屋门外面，指着兜兜卧室的方向对兜兜吼道："离得我远远的，别让我再看见你！"说罢，蒋成一便晃晃荡荡地进自己的卧室去了，一挨着床，他便发出了浓重的鼾声。

兜兜没有进给他安排好的卧室，而是背起自己的小书包走出蒋家门去，并随手带上了门。

兜兜背着小书包来到了街上。夜晚的街上，灯光凄清。

兜兜走近一个夜摊问："叔叔，你这里有糖葫芦卖么？"

"这个点了，哪儿找糖葫芦啊？我们这里有烤香肠，你买么？"

"买。"兜兜说，他从自己的小书包里掏出两块钱来，换回了两根香肠。

兜兜拿着那两根香肠在街上边吃边走着，一只小狗耷拉着尾巴在后面跟着兜兜。兜兜停下了，小狗便停，兜兜往前走，小狗也在后面跟着走。

"狗狗，你的家在哪里？也是爸妈不愿要的么？"兜兜蹲下来抚着小狗。

小狗偎在兜兜身边瑟瑟发抖。

"狗狗，你在发抖，是饿的？"兜兜拿出剩下的一根香肠来递给小狗，"这是我仅剩的一根了，给你吧。"

小狗香甜地吃起来。

夜深了，兜兜形单影只地在街上走着，他瑟缩地抱住自己的肩，根据自己的记忆走回了蒋成一家的门前。

他这才想起，刚才自己出门时随手带上了门，更糟糕的是，没有带钥匙。他开始拍门，喊着："叔叔！叔叔开门！"

一个不到十岁的孩子手劲本来不大，屋内的蒋成一又因酒醉而睡得极沉，所以压根听不到孩子的呼唤。

"叔叔开门！我是顾兜兜。"门外的兜兜手都拍得疼了，门内还是没有任何响动。

后来他实在是太困了，他看见了刚才蒋成一扔出来的那个纸盒子，眼睛顿时亮了，他打开纸盒子的盖，钻了进去，瑟缩在里面，很快睡着了。

刚才的那只小狗不知什么时候跟来了，它趴在纸盒子的旁边，偎依着纸盒子也睡着了。

而屋内的蒋成一，正睡得香甜。

3

邱栀子从四川回来后，"那个蒋叔叔，他打我了。"兜兜见面后就郑重其事地对邱栀子说。至于在纸盒子里睡了一夜的事，兜兜并没有给母亲说，以他的感觉，没觉得那是一件苦事，所以也不值一提。

邱栀子心里咯噔一下，一下抓着了孩子的手，急问："宝贝，你跟妈妈说实话，妈妈去外地这几天，蒋叔叔他，对你不好？"

"当着妈妈的面的时候，他对我假好，妈妈离开后，他就对我凶。"兜兜说。

一股冷气兀地向邱栀子袭来，那个男人，那个当面跟自己甜言蜜语的男人，背后竟对自己珍爱的孩子下手？这是她最忌讳的孩子会面临的处境。

这一句话就终结了她和那个男人的关系？

但在某一刻，邱栀子又忽然想到，是确凿的事实呢？还是兜兜隐约感觉出了这个撞进他生活的男人跟母亲的关系而人为地破坏？兜兜就曾打110喊警察来驱逐蒋成一不是？

她决定前去找蒋成一问个究竟。

"在我面前你对我孩子那么和蔼可亲，还经常给他买玩具、陪他玩，难道这些都是假的？"在见到蒋成一的第一眼，邱栀子便质问。

"不错，那都是假的！统统都是假的！我告诉你！我很爱你，也想做到爱屋及乌，但真心里我就是接受不了那个孩子，看到那个孩子我就想到你曾和别的男人……在以前的某一个夜晚，那真叫人恶心！这稚嫩的孩子身上，有另一个男人的影子，这多么让人硌硬！"蒋成一说。

"你最近是怎么了？跟原来的那个你完全不同。"邱栀子问。

"不错，在对这个孩子的态度上，我平时都是伪装的，强装的笑容，刻意的关心，连我自己都觉得虚伪，我不想再继续虚伪下去了，给你说句实话吧，我很不愿意见到那个孩子，一眼都不想见到！"蒋成一说。

邱栀子道："可孩子是我的命根子。既然你接受不了他，我们就只有分手了。"说罢转身毅然离去了。

蒋成一对着邱栀子的背影喊："我不会放弃你的！"

心情灰暗的邱栀子给慕容雪打电话："我和蒋成一，分手了。"

"怎么了？"慕容雪关切地问。

"他对兜兜不好。当着我的面的时候，他对兜兜的好，其实都是假装的。"

"男人是目标型动物，在男人的思维意识中，婚姻某种程度上是一个项目，为了完成这个项目，他会做出很多改变，甚至是违背意志的事情。但是当这个项目基本达成之后，他就会回复本来的面目。"慕容雪道。

"你还给我说什么，'人必须往前走，走着走着，或许就遇上了新的人和事，'这都遇到的是什么新人啊？还不如顾顺良哪。"邱栀子发牢骚道。

"所遇到的新人都不如旧人，这也是走的价值啊。"慕容雪说道。

邱栀子听了这话，眼睛一下子亮了，她挂了慕容雪的电话后马上给顾顺良打了电话："你有时间么？我们见一面谈谈好么？你到家里来吧。"

4

顾顺良进了家门后，邱栀子便急不可耐地道："如果你和那个紫微真的没什么，如果你不嫌弃我，还能接受我……我想马上和你复婚。"

顾顺良问："你这么着急，发生了什么事？"

邱栀子说："前几天我和妈去了重庆进食材，你不也刚好去外地出差了么，我把兜兜交给蒋成一带了几天，没成想，他竟然打孩子，我去当面质问他，你不知道他卸掉面具后的那个神态，对孩子的那种憎恨和厌恶的感觉，简直太可怕啦！他若成了兜兜的后爸，不知会怎样虐待咱儿子。"

"什么？他敢这样对待我的儿子！"顾顺良腾地站了起来，拳头攥成了一个疙瘩，"我找他评理去！"

邱栀子拉住了他，劝道："其实，我对他女儿的好，也有伪装的成分，从理智上，我也想当一个好后妈的，可真面对他的孩子时，我无论如何也产生不了对兜兜的那种感觉。我这下可算明白了，网上曝光的，那些后妈怎么会用热水烫孩子的脸，其实是对配偶'过去'的'潜嫉妒'。"邱栀子说。

"想当初刘诗摇还给兜兜的水里放安定，离婚，受伤害最大的，真的是孩子。"

"回想我妈当初劝我的那些话，说为了孩子别离婚，又说为了孩子要复婚，真是不听老人言，吃亏在眼前。在美国的一项调查中，说没有父亲的孩子犯罪率在75%以上，并且大都缺少责任心、上进心、奋斗心、宽容大量等很多好的思想品德。"

顾顺良说："今天，你主动要求复婚，真好，感觉你成熟了很多。"

邱栀子苦笑道："当初，我跟你离婚时最直接的理由是，'我爱的人，我要能够占领他整个生命。'现在呢？且不说你，已有过其他的女人，我自己，也不再是只有过你一个男人的清洁，各自的生命皱折里都已沾着其它异性的气息，我问自己，我不是一个对情感太过讲究的女人么？是什么让我学会对现实妥协了呢？那时候，终究是太年轻，对情感的要求太完美。随着阅历的增加，才感受到，这世上哪有无疮孔的情感？"

顾顺良道："是啊，人活着要承受的东西很多，要学会妥协。无论是继父还是继母，都不可能有亲生父母对兜兜好，就当是为了孩子，我们也应该复婚。"

邱栀子道："我妈和兜兜一直都在盼着这一天。"

顾顺良道："我现在正在筹备一个都市情感题材的电影《别碰我的婚姻》，里面的很多场戏就发生在一个餐馆里。我想把《别碰我的婚姻》里的很多拍摄场景就设置在你的'小小养生餐馆'里，而且在电影里直接沿用"小小养生餐馆"的店名和你们店现成的菜式，并且让电影里的厨师和服务员都穿上印有'小小养生餐馆'字样的制服，这样，如果《别碰我的婚姻》票房好的话，会对你的'小小养生餐馆'的生意产生不可估量的影响。"

　　邱栀子惊喜得什么似的，憧憬道："那可是百年难遇的良机！如果你的电影火爆了，那我的店岂不名扬全国？"

　　"说的是啊。所以啊，我现在正全力以赴地在为这部戏做冲刺，经常夜里才睡三、四个小时。现在既然你同意了复婚，我想这样安排，《别碰我的婚姻》的开机典礼，就是我们的复婚典礼，两件喜事合在一起办，你看怎样？"

　　"太好了！"邱栀子激动难抑道。

　　就在这时，蒋成一开车带着蒋妖红来到了邱栀子家的小区里，两人下车后提着大包小包的礼物向邱栀子家走来。

　　蒋妖红一副不情愿的样子。

　　蒋成一在旁拉扯着蒋妖红说道："闺女，你长这么大了，也该懂事了，我把和你妈之间的旧日积怨统统告诉了你，你就应该知道，这种性质的积怨，是无法化解的，因此绝无复婚的可能。闺女也该是爸的贴心小棉袄不是？你也希望爸爸的后半生有个女人知冷知热地照顾不是？我对邱栀子的儿子态度不好，她那天去咱们家时你又那个态度，你妈妈还整天那个闹法，我们可能触到她所能承受的底线了，我和她的事，要黄了，所以才登门道歉，极力挽回，可你还这个态度！"

　　父女俩来到了邱栀子的家门前，敲门。门开了，邱栀子站在那里，看见蒋成一的瞬间，脸色有些不自然，但还是请进了。

　　父女俩迈进门来的瞬间，便看见客厅的一角放着一双男式的大皮鞋，43号左右的。蒋成一的脸色马上便变了。这时，顾顺良从卧室里走了出来，面有喜色的样子。今天的邱栀子也一改往日的忧郁，喜气洋洋的样子。

　　蒋妖红因为去砸餐馆那次见过顾顺良，知道他的身份，因而马上咂摸出了什么，翻脸道："邱栀子，没想到你是这样水性杨花、朝三暮四的女人，一边跟我爸爸谈婚论嫁，一边跟你的前夫暗度陈仓，你倒挺会合计的啊，一边用我爸爸的钱开着店，一边让你前夫为你冲锋陷阵、铺床叠被！还餐馆老板娘哪，什么呀，破鞋！"说着，朝邱栀子跟前的地上吐了一口唾沫。

　　顾顺良上前护住邱栀子，将蒋妖红指画着邱栀子的那只手拨拉开，严肃道："如果不是因为我们家邱栀子跟你爸交往过一段时间，大家也算是朋友，今天，我就让你亲手把这口痰擦了，一个年轻姑娘家，整天撒泼打滚的，以后能嫁到什么好人家？"

　　顾顺良回身揽过邱栀子对那父女俩宣告："明确说吧，刚才，我和栀子在商量复婚的事。"

　　蒋妖红气恼地将那些礼物一样样摔在地上道："这都什么呀，那边都要复婚了，这边还收人家的礼物，破烂、娼妓！"

蒋成一实在听不下去了，想马上制止女儿，也想极力地挽回些什么，便对女儿说："蒋妖红，不许这么没礼貌！跟你说实话吧，你栀子阿姨的这个前夫是获过国际大奖的电影导演，你栀子阿姨若是喜欢你的话，在你顾叔叔面前给你说句好话，你岂不有了当演员的机会？"

没想到蒋成一的这句话一下就给邱栀子和顾顺良惹来祸端了，那蒋妖红，脸上的表情转瞬间转了三百六十度的弯，像是蕴积了千年的火山，在那一瞬间迸发，上前双手攥住邱栀子的手，热辣辣一声唱腔般的热叫："小妈！！"

喊罢，蒋妖红马上拿餐巾纸蹲地上擦净地上的唾沫，又把那些礼物一一捡起来放好。

顾顺良见状对邱栀子说："我先走了，你把话给蒋先生说清楚。"说罢换上鞋匆匆离去了。

过了会儿，蒋妖红才反应过来，追出去喊道："顾导，您的手机号？"

蒋妖红追到楼下的时候，顾顺良已经开车走了。

蒋妖红返回邱栀子家，又是给邱栀子捶肩捏背，又是跪在邱栀子跟前抱着她的腿摇晃着撒娇："小妈，你把顾导的手机号给我？或者给他说说好话，给我个角色？"

邱栀子欲站起来抽身道："我已决定和兜兜他爸复婚了，别喊我'小妈'了。"

蒋妖红依然抱着她的腿不松手，甜腻腻道："小妈，您就是我的贵人了，救人一命胜造七级浮屠，您就帮帮我吧。"

蒋成一在旁也说："是啊，栀子，你就帮帮她吧，妖红从小就想当女明星，孩子的成长阶段，有时只需关键的一步。妖红母女做的有很多不对的地方，你大人不计小人过，就原谅她吧。"

蒋成一把话说到这份上了，邱栀子只得说："电话号码？我过后问问他是否想给你，我倒是听说他在筹备一个叫《别碰我的婚姻》的电影，也不知是否有合适的角色，回头我问问他，再给你们个回话。"

蒋妖红这会儿倒机灵了，大眼睛眨巴眨巴道："《别碰我的婚姻》？里面肯定有一个小三的角色，我演小三最合适了！"说着起身搔首弄姿起来。

蒋成一也眼睛一亮说道："如果能争取到再好不过，为了表示诚心，我也可以投一部分资。"

蒋妖红听罢这话，激动得上前抱着父亲的脸亲道："老爸，我爱死你了！"

邱栀子也受了感染，跃跃欲试道："你们先回去等我的回话吧。"

父女俩从邱栀子家走出来后，蒋妖红不停地埋怨父亲："爸，你怎么不早给我说邱栀子前夫是个导演这事哪?"

蒋成一说:"我也是刚听说。"

估摸着顾顺良到了单位,不开车了,邱栀子的电话便打了过去:"蒋妖红说想当《别碰我的婚姻》中小三的角色,她爸说还可以投一部分资,有可能么?"

顾顺良马上就回绝了,答道:"《别碰我的婚姻》中的小三是个研究生,人选已定,就是你认识的那个紫微,蒋妖红与那个角色差距太大,绝对不行的,也不能因为她爸有可能投一部分资,便随意更换至关重要的女二号。"

"好,我知道了。她还想要你的手机号,给她么?"

"别。我现在集中心力筹备开机,不希望有任何无谓的干扰。"

"好,我知道怎么做了。"邱栀子道。

随后,邱栀子便把顾顺良的意思转告给了蒋成一。

5

蒋妖红在电话里听罢父亲的转述后,开始行动了。

第二天黄昏,邱栀子提着袋垃圾开了门打算出去倒。

门外站着的一个人吓了她一跳。是蒋妖红,手中提着一篮红枣,倚墙站在那里,也不知已站了多久。

"小妈,我给你送来了一小篮新鲜的红枣。"蒋妖红不由分说地进了门就将那篮红枣放下了。

"哎呀,别!"邱栀子往回推。

蒋妖红进屋后洗了手又用涂了红蔻丹的五指拿起几个红枣来递给邱栀子吃。

"我不想吃。"邱栀子推辞。

"小妈,我的手已经洗干净了。"蒋妖红将自己的手伸到邱栀子的跟前看。

"我真的不想吃。"邱栀子客套地推辞。

"小妈,我的手真的已经洗干净了,不信你拿显微镜看看是否有细菌。"蒋妖红执拗地将自己的手在邱栀子的眼皮底下顽强地伸着。

邱栀子只得接过几个红枣吃了。

"小妈,你再跟顾导推荐一下我?好么?"蒋妖红又盯着邱栀子的脸色小心地央求着,一脸的讨好。

"我说了,他说不行。"邱栀子真诚道。

"小妈,我给你倒垃圾去!"蒋妖红又不由分说地就从邱栀子手里夺垃圾袋。

"不用,我自己去倒。"邱栀子往回夺。

"你就给我一次做好事的机会吧。"蒋妖红近乎乞怜道，使劲地扳邱栀子的手，只把邱栀子疼得咝咝哈哈的，被迫松了手。

蒋妖红提着那袋垃圾兴冲冲地下楼去了。

又是新的一天，邱栀子走出了家门。

"小妈，你今天的这身衣服搭配得真好！"一个人影忽然从暗处弹跳起来，奔过来对着邱栀子喊，是蒋妖红。

邱栀子的情绪马上变得烦躁起来，装作没听见般直往前走。

蒋妖红从后面追着邱栀子还在喊："你今天的这身衣服搭配得真好！"

"谢谢。"邱栀子说罢继续自己的路，又进了一家超市……

当邱栀子提着大包小包从超市里出来的时候，蒋妖红又不知从哪个角落里窜出来的，冲上前去，从邱栀子的手里夺那些包："小妈，我帮你提着！"

"谢谢，不需要的。"邱栀子说道。

"我已经表现得这么卑贱了，你还想怎么样？"蒋妖红内心非常不满地。

邱栀子躲开蒋妖红径直往前走着。

蒋妖红冲上前去，挡住邱栀子的道路，小圆脸几乎凑到了邱栀子的脸上，以一副善良、体贴的真诚语气对邱栀子说："你的性格太孤僻啦！"

"你已经让我忍无可忍啦！"邱栀子再也压抑不住了，爆发出来。

又是新的一天，一道门缓缓地开了一条门缝，一个头悄悄地探了出来，是邱栀子的，她看见楼梯的一个拐角处露着一个裙角，蒋妖红的裙角！邱栀子吓得赶紧缩回头来。

邱栀子打开了窗子，身上绑着绳子，从窗户里爬了出来……

总算落地了，邱栀子紧张地往四下里张望了下，甩掉身上的绳子撒腿就跑。

邱栀子气喘吁吁地到了小区的保安处。

"有一个人，老是跟踪我，骚扰我，求你们快着点啊，拿绳子去把她抓起来，捆起来，拽到警车上，然后把她拖走，不然，我就疯掉了！"邱栀子扯着一个保安的胳膊神经质般地央求。

"因为什么抓他？"那个男保安好奇地看着她。

"她老是接近我，跟我说话。"

"他跟你说话也是犯罪么？我们能拿胶布把他的嘴封起来么？即便我们是保安。这可不是社会主义国家的法律所许可的。"那个保安好奇地看着她。

"说白了，她就是骚扰我。骚扰不也是一种犯罪么？"

"他怎么骚扰你了？你口头上说骚扰就骚扰了吗？你得取证。"那个保安又说。

"还取证？"邱栀子惊讶道，"怎么取证？"

"比如他对你有什么越轨的举动啦，你就用相机拍下来；他对你说过什么淫秽或挑逗的语言啦，你就用录音机录下来。"

"那倒没有。她就是老来找我，或跟踪我，找借口跟我说话。"

"你说了这么多，我终于明白啦，他只不过是在追求你，再正常不过的事情。你结婚了吗？男大当婚，女大当嫁。"那个保安说。

"她跟我一样，是个女的！！"邱栀子气得扭头走了。

<h2 style="text-align:center">6</h2>

家里，蒋妖红气急败坏地对母亲说道："她邱栀子以为挡着我的道就能阻止我成名了？"

她在电脑上搜索了一番，忽然惊喜道，"妈，我查到顾导的'栀子花开影视工作室'的地址了，我明天直接杀将过去，演个小品给他看看！"

"好！我闺女眼看成名在望了！"许枫拍着手道。

第二天，蒋妖红袅袅婷婷地走进了'栀子花开影视工作室'，对顾顺良道："顾导，我对影视圈儿太好奇了，就想看看你们平时做什么，我免费给您端茶倒水，外加打扫卫生行么？保证一分工资也不要！"

"这，不大好吧？"顾顺良犹豫道。

蒋妖红不等顾顺良答应，便自顾自地抹桌子、拖地地打扫起卫生来。

顾顺良忙自己的工作时，蒋妖红时不时地偷看一眼，越看越觉得顾顺良顺眼。

尤其是紫微进进出出地出入顾顺良的办公室，向他请示这请示那时，蒋妖红更觉得顾顺良英俊无比了。

这天蒋妖红梳了一个很美的发型，她蒋妖红有一头多么美的头发啊，她希望顾顺良能注意到这点，蒋妖红去向他借一瓶胶水。

蒋妖红进去的时候，紫微正和顾顺良说着什么话，因蒋妖红的闯入他们的话嘎然止住了，蒋妖红感到了紫微微微的紧张，"紧张什么呢你们？"蒋妖红心里话。

"他们之间？"一个念头兀地跳了出来，蒋妖红再看紫微的眼神便充满敌意了。

今天的紫微穿得及其亮丽动人，一会儿照一下镜子，一会儿梳一下头发，那样忐忑不安的，似乎满腹的心事和喜悦，蒋妖红怀疑他们俩下班后有约会。

下班后，他们俩果然一块儿走了。

蒋妖红戴了墨镜，化了浓妆，新买了个绿色头套戴着，疯了般在大街上跟踪他们俩，"我爱他！我刻骨铭心地爱他，我不能让别的女人沾他的边！凭什么别的女人能沾到他的边？"这个念头在蒋妖红的脑子里陀螺般地盘旋着。

顾顺良和紫微进了一家商店，蒋妖红便也进了那家商店。"你说，我买这件礼物作为送给你爸爸的生日礼物，可好？"顾顺良指着柜台里的一块男式手表问紫微。见紫微点头，顾顺良便让服务员包了。蒋妖红没有看清，误解道，"天啊，他都给她买订婚戒指了！"

顾顺良和紫微后来又拐进了一条胡同，蒋妖红也尾随进了那家胡同，"他们会进入某个房间么？他们见了面后就会拥抱……"蒋妖红想象着，她实在受不了了，内心话，"如果他们俩抱在一起的话，我就要冲上前去将他们俩像一棵树似的从中间劈开！"

只是忽然，前面的那两个人不见了。蒋妖红把他俩跟丢了。

"干什么的？"这时，忽然有人从背后抓住了蒋妖红的肩，蒋妖红回过头去看，是一个警察，还有紫微和顾顺良。

"就是这个人！老鬼鬼祟祟地跟踪我！"紫微指着蒋妖红对警察说，但一下就惊得呆住了，她认出了蒋妖红。

"蒋妖红？你为什么跟踪我们？"顾顺良也疑惑极了。

"我？我？"蒋妖红恼羞地一把扯下自己的头套扭头跑掉了。

第二天，蒋妖红走到顾顺良跟前说："顾导，我，我不可救药地暗恋上您了！"

顾顺良口里的茶一下吐出来，好笑地看着蒋妖红道："是想表演个小品给我看？"

7

"妈，你是我的亲妈，你一定要帮我啊，我就是无可救药地爱上那个顾顺良导演了。"蒋妖红说道。

"怎么帮啊？"许枫犯愁道。

"那天咱们去砸店时他那个前丈母娘不是说了么，他们都在撮合顾导和邱栀子复婚，看那天的情形，顾导对邱栀子感情也挺深的样子，他们俩自己也说，很快要复婚了。"

"你到底想说什么？"

"我的意思是说，邱栀子的存在是我追求顾导的一个绊脚石，一个严重的障碍。"

"那你的意思是？"

"我的意思是说，亲妈，你能不能牺牲一下自己的感情和需要，全力撮合我爸爸和邱栀子结婚，这样，她就对我和顾导之间，构不成威胁了。"

许枫以陌生的目光看着女儿辛凉道："人，还是跟自己近啊。"

"你错了妈，等我和顾导好了，我得到了角色，成了名之后，那钱还不哗哗地挣？到那时，亲妈你就是我的经纪人，那些钱你想怎么花就怎么花！"

许枫的眼睛一下子亮了，道："也是这个理，啊？好，妈就成全你！不过，不过……想到你爸爸和别的女人结婚，妈就难受得受不了。"

过了会儿，许枫的眼睛忽然泛起一丝贼亮，道："或者，等他们新婚之夜的时候，我把煤气阀门拧开，或者，我悄悄地潜入他们俩的新房里，干脆直接放火！"

蒋妖红赶紧抚着母亲的胸口，道："亲妈，亲妈，消消气，法律这个东西，是禁忌，是绝对不能碰的，因为碰了后，谁也救不了你。"

"我知道，我知道的，你说，有什么办法，在不触犯法律的情况下，把邱栀子给害了呢？"许枫自言自语道，那双邪恶的大眼睛转啊转的，一副苦思冥想的样子。

第二十六章　慕容雪又回到了郑军武的身边

1

有一种感觉像飞。

大卫用摩托车载着慕容雪风驰电掣般穿过城市的街道，又来到了郊区，慕容雪伸出双臂，享受着风的吹拂。

在一处景色优美的地方，两个人下了车。大卫一朵一朵地摘着野花，扎成一束，送给慕容雪，又将其中的一朵戴在她的发间。

"你真是美！真是可爱！"大卫目光烁烁地看着慕容雪说。

"我头一次结识这么生动，这么有女人味的女孩！"大卫又凑近慕容雪的耳边说。

慕容雪的神态变得那么娇嗔。在一个欣赏她的男人面前，慕容雪发出了由衷的娇嗔："甜言蜜语一罐一罐的，这里倒一匙，那里倒一匙？"说着用手指勾了下大卫的鼻子。

大卫一把将慕容雪抱住，揽着她走到一棵大树下坐下来。

慕容雪依偎在大卫的怀里，两人低低絮语。

四周是明澈的中午的阳光，树叶在风中微微摇曳。

他的甜言蜜语不断。弄得慕容雪的自我感觉那么好，这种自我感觉对慕容雪是多么重要啊，对一个青春将逝的三十多岁的女人来说。

"现在我知道了什么叫柔情似水，你如果真的变成一杯水就好了，我把你全部喝下去，在我心里装着，任谁也看不见，谁也尝不到。"大卫说。

慕容雪娇嗔道："柔情似水能当饭吃啊？给你说，我可笨了，连碗面条都煮不好。"

"我手艺很好的。我经常去给你做饭？我不要报酬的，只要更多地看见你。"大卫说。

慕容雪笑道："那岂不是引狼入室？"

大卫说："我就是一只狼。今夜我就去敲门，'小兔啊乖乖，把门啊开开。小兔一开门，大灰狼就叼起小兔跑了。'"

慕容雪掐了下大卫，娇嗔道："坏蛋！那岂不是引狼入室？"

或者，因为某种联想，大卫的手忽然就不老实了，在她的身上不知停在哪里才好，似乎把她揉碎了内心的火焰也喷发不出来……

"雪儿，你是对我好的，你总是对我好的不是？你肯定恨死我了，你恨我吧我没办法!"大卫喃喃着,这里那里地吻她。

这时,慕容雪的电话响了,她打开看,是郑军武打来的,便起身走到一边去接。

"雪儿,你在哪儿?"郑军武在电话里关切地问。

慕容雪回话:"我不会告诉你我在那儿,你也不用管,不过,我过得很好,很快乐,也很幸福。"

"是吗?那就好,那就好。"郑军武疲惫的声音似乎舒了一口气,他被生活折腾得这般疲惫,疲惫得已无暇顾及她?每个人都觉得自己至关重要,其实,谁离了谁不能活?

"什么时候觉得不好时,就回来,我总在这里等你的。"郑军武顿了顿后说。慕容雪的心一下变得柔弱而无力,眼泪止不住涌了上来。

"是谁的电话?"大卫忽然问,他不知什么时候来到了她的身后。

"哦,是我,以前的一个朋友。"慕容雪慌乱地解释,擦着眼角的泪。

"是男朋友吧?不然为什么背着我?"大卫黑着脸问道。

慕容雪主动去吻大卫。

"不理你!"大卫赌气,"烦你!"

在慕容雪主动吻他的时候,他还依然对慕容雪发脾气。是否因他窥见了慕容雪生命中最柔软、最薄弱的部分,所以才这样肆无忌惮?慕容雪忍受着,享受着这种屈辱,这就是男人气吧?其实她是喜欢那种对男人臣服的感觉的。

在他这里,慕容雪甚至有些低三下四,像只可怜兮兮的小猫舔着他的爱。他的爱?他的凭空的爱,仅仅是他的身体、他的环抱,和一些甜言蜜语,一种空泛的没任何兑现的甜言蜜语。可慕容雪需要,这对慕容雪的心灵,对慕容雪的生命,也是一种丰盈和充实。

大卫的情绪被哄了过来,两个人挽着手着,又回到了那棵大树下。大卫重新拥慕容雪入怀,吻她。

这一刻她感到自己的身体像成熟的石榴微微地,兀自裂开,这就是女人了,她想。慕容雪抓住大卫的手,感觉到自己被嫁接到了一个充满力的体上。只要慕容雪触到他,或者被他触到,哪怕是彼此的手,不经意间的一点肌肤相触,甚至于一个执着的四目相对,都是打开慕容雪的隐秘和生动的开关,而这之前慕容雪从未有过这种感觉。

这就是美了?

这就是生命的质量?

原来,原来慕容雪并不是一块木头,只是一直未遇到能触发她的人。虽然知道这一点晚了些。

原来，她仅特别愿意偎在郑军武的怀里，而不愿意和郑军武有真实的亲昵。她原来以为她本身就是那种女人，那种偏于精神的女人，可和大卫接近之后她才知道她不是，是呵，这一切来得不太晚了吗？

慕容雪一边抚揉着他的头发，一边眯着眼看着他，他的体育型的身量，和满脸硬硬的胡茬，一种草样的火焰便又在慕容雪的眼神里疯长蔓延。那种勃勃的雄性气息从他身上袅袅不绝地散发出来，使慕容雪像枚桃子一样一丝一缕，一寸寸地，由熟而软。慕容雪愿意亲近他，就想亲近他，这是没办法的事。

她忽然意识到了某种危险，一对男女在这样的野外，这样的气氛下，如果不及时刹住的话……

她挣脱开他的怀抱，站起身来，拿起大卫刚才送给她的那束野花向着回城的大路上跑去。

大卫只得推着摩托车追去。

2

邱栀子得到消息后请慕容雪来'小小养生餐馆'吃饭，安慰她："来，欢迎出走的娜拉！"

慕容雪心情很不好的样子。

邱栀子瞅着她的脸色道："真决定离开了？你真能舍得那么优越的生活条件？"

"我现在才三十多岁，不能那样守活寡！我要学《查太莱夫人的情人》，宁肯跟一个守林员过活生生的日子，也不要一个贵妇的虚壳！有钱又怎样？有别墅住又怎样？当钱到了一定的程度，感觉里就像纸一样了，多少钱也抵不过幼儿绕膝下的温馨。你知道么，那个大别墅，只有我一个人的时候，就像一座坟墓一样！"慕容雪絮叨。

"既然已经想得那么明白了，干嘛还闷闷不乐？"邱栀子举起酒杯，"来，走一个！庆祝你从此获得新生！挣自己的钱，活自己的人生！"

这时，邱美娥端着一盆鱼过来，关切道："慕容姑娘，我亲手给你烧了一个拿手菜，尝尝！以后不愿做饭时，就来这里吃！咱自家开的餐馆，方便！"

"谢谢阿姨。"慕容雪由衷感谢道，眼泪又出来了。

这时，慕容雪的手机响了，"哦，是大卫啊，我现在每天上班到夜里十点，只有轮休时才有时间去跳舞，届时再约你。再见。"

邱栀子警觉道："又跟舞伴牵扯上了么？在舞厅里认识的，有好人么？"

"你那是偏见！可帅了那小伙子！嘴又甜。每当我情绪不佳时，他说上几句话就能把我的情绪拨过来，那是个聪明过人的男人，只可惜没学历，不然的话，真的是个人才的。"慕容雪面有喜色道，一扫刚才的阴晦气氛，"你知道么？只要走近他的身边，我的身体就有一种莫明的悸动。"

邱栀子道："根据你的描述，我怎么觉得那人像个小白脸啊？"

慕容雪扑哧一下笑了："去你的！"

大卫和几个哥们在一块儿吃饭，硬拉慕容雪参加了。

在肮脏、昏暗的小酒馆里，一帮穿着劣质衣服的男人们，划拳、喝酒，弄得烟雾缭绕，烟头、酒瓶子扔的满地都是，每个人十块钱地凑份子。

大卫将慕容雪介绍给他的兄弟们："这是我新认识的女朋友，大学生，还在杂志上发表过小说。"

慕容雪忽然就回过味来，大卫想让她成为他的一个显摆，无怪乎是："看看，看看我找了一个高层次的女友！"

她看着四周的嘈杂，忽然心生悲哀，她慕容雪怎么成为了其中的一员？"我还有事，先走了。"慕容雪说了声后起身离去了。

"慕容雪！"大卫在后面追过去。

慕容雪生气道："我什么层次……为什么拉我参加这个聚会？"

大卫异样地看了慕容雪一眼道："你和我混在一起，我的层次就是你的层次。不是么？"

慕容雪哑口无言。

3

几天后，慕容雪骑着一辆旧自行车驮着一个肥胖的妇女看房回来。

"姐，下定决心租了么？"慕容雪殷勤地问。

"我再考虑考虑，去那家中介看看。"那妇人说。

"姐，就租一套房子，我驮着你看了有二十家了，你还……"慕容雪耐着性子道。

那妇人不再搭理慕容雪，像个肥胖的鸭子般一扭一扭地走向另一家中介。

旁边的车里，一个戴墨镜的男人一直坐在里面疼惜地看着慕容雪，是郑军武。他从车里走出来迎向慕容雪。

看见郑军武的一瞬，慕容雪的眼圈一下子潮了。

郑军武什么也不说，上前强迫性地揽着慕容雪让她上了自己的车。

在一家饭馆里，两个人边吃边聊。郑军武说："是我错了。一个人闲着，终究会生出事来。现在的这份工作，太辛苦。你到我下属的这个分公司当负责人吧，有事情做了，心情就会好很多。"

慕容雪面露惊喜，但沉默了一会儿，一字一句地问："如果我不跟你回去住，你还肯给我这份工作，这个职位么？"

郑军武嘴角闪过一丝痛楚，道："当然。就当我对过去的补偿。我必须学会尊重你。我原来，就是因为不懂得这个，所以失去了你。为了表示对你的完全信任，这家分公司的一切都由你做主。"说着，郑军武伸过手去攥慕容雪的手。

慕容雪将自己的手抽出来，认真道："我会好好干这份工作，我要证明给你看，我会不愧于这份工作和这个职务，我尤其要证明给你看——我慕容雪，绝不仅仅是一个寄生虫！"

郑军武以鼓励的眼神看着慕容雪："我相信你！"

过了会儿，慕容雪小心地问："你，不再担心我的心会野了？"

"担心，但我明白，凡事得靠舒疏，而不是硬堵。我自然期盼着你能早一天回'蔷薇别墅'，回咱们的家，只是，我希望你是让自己的心牵着回去，而不是在我的强迫之下。"

"你也可以让我做你的秘书，一举一动都在你的监视之下。"慕容雪说。

郑军武马上严肃起来道："绝对不行。我和你之间这种不正常的上下级关系会让其他员工感觉到，而影响企业的凝聚力，那是开公司的大忌讳。"

慕容雪抬头看着郑军武，尊敬道："或者，你的很多角度是我没有看到过的。"

郑军武伸手抚摸着慕容雪的头发道："年轻，真好。这样如花的青春守着我这样一个老头，确实委屈你了。"

4

"这是分公司新聘用的负责人，慕容雪小姐。大家欢迎！"

在分公司的会议室里，郑军武将慕容雪介绍给大家。

有几个女孩眼中露出嫉妒与羡慕的眼神，有一刻，慕容雪想，我所得到的，是其他女孩百般渴求的，我是否不懂得珍惜？

员工们对郑军武的毕恭毕敬，也让慕容雪对郑军武另眼相看。

临走，郑军武说："好，这一摊就交给你了，"他走了几步，又回头对慕容雪说，"你穿职业装的样子，真好看。"

坐在宽大的办公桌后面，俯瞰着写字楼外的楼群，慕容雪自我感觉良好，又心生感恩之情，她知道，如果不是郑军武，混到这一步不知要多少年。

慕容雪上任不到一个月的时间，就接了几个广告大单。

郑军武闻讯过来看她。

慕容雪兴致勃勃道："就因为我的文案做的好，才接到的那几个广告大单，原来的文学修养，在这里派上大用场了！"

看着她忙忙碌碌的样子，郑军武神思迷离，由衷道："看着你工作时的状态，真好。我过去，真的错了。喜欢一个女人的话，就应该给她活力四射的生活，而不是像对待一只小鸟一样，将她关在笼子里。"

"我也是，你在员工跟前的样子，真有魅力。这才是健康的人生。我喜欢我们之间的这种相处方式。"慕容雪说。

"即便相差30岁，我觉得我们之间也能生发出真正的爱情？"郑军武看着慕容雪说，神思有些迷离，他上前攥起她的手。

慕容雪再次抽出自己的手，郑军武对她发过的脾气，她还心有余悸。

郑军武自尊上受了点伤害，起身离去。

这时，大卫的电话又打来了："想出来跳舞么？"

"不了，工作太忙。"慕容雪说。

"出来放松一下吧，活动一下筋骨。"大卫劝。

5

那天晚上，慕容雪和大卫的一场舞下来后，大卫忽然说：

"我们是否该结一下账了？我已陪了你很多次，这些天你过得很快乐，我是称职的，不是吗？"像是克服了某种心理障碍过后的理直气壮、顺理成章。

"你说什么？我怎么，没有听懂？"慕容雪说。她看着他的眼睛，那里面好像兀地撤去了那种火辣辣的东西，她一下子恐慌极了，像是住在一所漂亮的大房子里，自以为得到了幸福，得到了快乐，然而一觉醒来却被告知这只是在排一出戏，所有的布景都是临时搭起来的，而且马上就要拆了。

"这是我的职业。"大卫说，很平静，很淡然地。

他是专门干这个的?！那种舞厅里专门伴舞的，偶尔也出场的"少爷"？他把她当成了那种有钱的寂寞少妇？虽然她在报纸上也偶有所闻，但从没有把报纸和现实连一块，也绝没想到自己误打误闯，闷头闷脑地，就撞上了一个。

"不！决不！"慕容雪执拗地咬着嘴唇说。为了她的感情，她的，女人的尊严。

怎么才能使自己屈辱的情感得到抚平？长这么大，她何曾这么不择手段，自轻自贱地追求过男人？结果却……幸好，幸好她的身体没有成为自己欲望的奴隶，和他真的怎样，否则，那道创伤将永远也无法愈合。

"别忘了是你把我抢过来的，我在寻找合适的目标可是你硬硬地把我从别的女人手里抢了过来。"大卫说。

"可你损失了什么？贞操吗？你还未失去不是?!"慕容雪失控地说。

那是个怎样昏天黑地的日子。那般刺耳的音乐。

那般刺耳的喧响使慕容雪几乎要倒下去。她明白其实真正使她欲倒下去的是她的坏心情。她极力地支撑住自己。周围晃动的人像一群蜂，在别人的眼里她的晃动可能也是一只丑陋的蜂。没什么的，就当被蜂蜇了一口，她安慰自己。此时此刻，她整个人变成了一个伤口，流着屈辱的血。暗花的沙发散发着肮脏和污浊的暧昧，一切都让人恶心，包括她自己。来一场大雨吧，将这一切冲刷得无影无踪，干干净净。

然而是她自己跑到这种地方来的，舞厅是一个垃圾场，而她是其中的一袋垃圾，是她自己提着自己扔进来的。她真是太委屈了自己。

够了。

慕容雪逃出那个地方走在街上，清新的空气扑面而来，轰轰地涌来的，还有大卫给她说过的那些甜言蜜语，像是漫天的黑煤渣，遍地的苍蝇的尸首，黑压压的一片，她忽然蹲在一棵树下吐起来，然什么也未吐出来。

6

几天之后，慕容雪的心平复了些，她自己，不也是靠曾和郑军武同居而拥有的现今么？

说起来，也是一个出卖女色的，和大卫，又有什么不同？所谓同是天涯沦落人，同是社会底层的挣扎者而已。

大卫其实真的是极机警，极有才干的，否则，慕容雪也不会那么喜欢他。他只是确实未遇到恰适的位置？这样想的时候，慕容雪的心情顺畅了很多，对大卫也充满了一种母性的爱怜。

这时，一个管人事的下属走进来向她汇报："慕容总，今天的招聘会上一个广告业务员也没招着，没有底薪，压力又大，所以大家都不愿干，白花钱租了场地。"

"各招聘网站上发了招聘广告了么？"慕容雪问。

"也都发了，没有应聘的。"

慕容雪这时忽然想到了大卫。

在黄昏的暮色里，大卫沮丧地迈着铅似的步子走下那段幽暗的楼梯，打开租住的那间地下室的门，刚要拿起一包方便面来泡，房东过来了，不快地喊道："你的房租已经拖了几天啦，还想不想继续住啊?!"

"我还没有找到新工作，带来的钱快花完了，我身上总得留点吃饭钱啊。"

大卫乞怜道。

"别给我说这些没用的！我这里又不是慈善机构，快交房租啊，不然，立码给我走人！"房东凶巴巴地甩下一串恶语后走了。

大卫放下那包方便面，情绪低落地出了地下室，进了住所旁边的一家烤串店里，问一个老板模样的女人："请问你这里需要钟点工吗？干几个小时的活能管一日三餐？"

女老板审视着上下打量着大卫，犹豫着。

大卫可怜巴巴地赶紧解释："我暂时没找到新工作，身上的积蓄快花光了。"

这时，旁边车里的一个女人正以同情的目光定定地看着大卫。正是慕容雪。

慕容雪按了下车喇叭，招呼大卫进了车。

"想做广告业务员么？"慕容雪将自己的名片递过去，"这是我的名片。"

大卫看罢后眼睛一亮："您是位老板？"

慕容雪自我感觉良好地撩一下头发。

"你能给我份工作？"大卫眼睛滴溜溜一转，恳求道，"我可以做你的助理，给您拎包、开车，外加伴舞，优质的一条龙服务。"

"明天你去单位报到，做广告业务员。你的能说会道，很适合干这个。鉴于你的特殊情况，我破个例每月先发你1500元的底薪，安顿一下生活。"慕容雪说道。

"真的?!"大卫兴奋不已道，目光烁烁地看着慕容雪，"广告业务员是做什么的？我愿意干！我随便什么工作都可以！就是暂时打扫卫生都可以啊！不然，我得睡到大街上去了。"说着，大卫眼里的泪水一下就涌出来了。

大卫上班半个月后，便向慕容雪提出："当业务员整天低三下四的，我不干了。你再给我换个工作！"

为什么偏偏是他？慕容雪的心理感觉很不好。他不晓得一份情感的纯粹是比什么都重要的吗？人生苦短，人生不易，大家为什么不都互相捧个场？

慕容雪忽然地嘲笑自己了，这实在有些滑稽，她还在追求情感的纯粹？如果他要那份纯粹的话，或许不会跟她慕容雪有情感纠葛？是啊，他比刘诗摇小十多岁，何况，那么英俊魁梧。

"旁观者清，你真的适合这项工作的。当业务员最难的是前三个月，这三个月挨过去了，往往路就通出来了，况且，干好了，可以拿提成，比拿死工资的强多了。"慕容雪苦口婆心地劝。

"我横竖都不干了，到处求人，好像低人一等似的。"大卫道。

“大卫，凭良心说，以你的聪明和机智，如果有文凭，有机会的话，不定能升到怎样的职位，命运对你不公。你自己要争气啊。”

“那你给我安排个其他工作吧，这个工作，我坚决不干了。”大卫坚持。

慕容雪想了想安排：“那就呆在广告拍摄组吧，帮着扛扛摄影机什么的，跟摄影师学点摄影技术。”

大卫扭头离开的时候，慕容雪忽然喊住了他：“大卫，去买件新衬衣好吗？那种棉布的，暗格的那种，上班时也显得体面。你有那么好的身架子，穿那种衬衣肯定显得很帅气。”慕容雪像个大姐姐似的说。

第二天早晨，慕容雪刚进了办公室，大卫便溜了进来，显示他新买的衬衣：“看看，怎么样？昨晚刚买的。”

“一看就是从小摊上买来的几十块钱的便宜货，”慕容雪看罢后气不打一处来的样子，“你看看这办公楼上的男人，哪个身上的衬衣不都是几百块钱一件的？”

大卫一副嬉皮的样子道：“我没钱啊，谁让你不多发我工资。”

“可你放着原本有可能拿高收入的业务员不好好干！”慕容雪气道。

她潦草地挥了挥手，将他打发出去了，她慕容雪，竟曾和这样贫穷的一个男人卿卿我我，她被怎样的羞辱了？

半个月后的一天，慕容雪穿着严谨的职业装，迈着严谨的步子刚进了自己的办公室，大卫随后又跟着进了办公室，噘着嘴道：“我不想在剧组干了，整天被导演凶三喝四的。”

他还是不满足，总是不满足。

慕容雪皱了下眉，感到一种说不出的疲惫，不耐烦道：“以后进我办公室的时候，要记着敲门。另外，有些事情，必须靠自己去化解。一个男人，必须有自己担负起自己的能力。”

“我还是希望做你的助理，给您拎包、开车，外加伴舞，优质的一条龙服务。”大卫再次说着，竟然在办公室里就来攥慕容雪的手。

慕容雪被蜇着般恼火地抽出自己的手，恐惧地看一眼办公室的门，“不能这样下去的，”她一遍遍地对自己说，“这样迟早会出事。”只有她自己清楚拥有今天的位置，靠的是什么。

“这是一个不懂得保护自己的男人。他不懂得单位的可怕吗？”慕容雪内心里哼出一声，“如果我慕容雪身败名裂，一无所有了，这个男人能为我做什么?!”

他甚至不在乎自己在慕容雪心中的感觉，不在乎慕容雪作为一个女人的感受。一个女人，如果因为这样而得到一份和男人的关系，女人会觉得自己比妓女还低贱。

当然，他有他的艰难。这慕容雪可以想象得到。

7

犹豫了几天之后，办公室里的慕容雪打了个电话："大卫，你到我办公室来一下！"

很快，大卫推门径直进来了。

慕容雪苦笑道："你还是没敲门。我已经说过多少次了，进我办公室之前要敲门！不过，这是你最后一次进我办公室了。"说着，将一个信封放到大卫跟前。

大卫看一眼那个信封，有些紧张："什么意思？"

"这是一个月的工资，从明天开始，你不必来这里上班了。"慕容雪严肃道。

大卫恼羞成怒道："你想将我扫地出门？"

慕容雪强按下自己的性子道："今天我就给你说个实话吧，这是我以前男朋友的公司，他是同情怜悯我，而给的我这个职位。我是让人家养着的，不能再养你。朋友一场，我希望你自立，你还这么年轻，长得又好，又这么机警，你完全可以靠正常的工作，争取一份好的前程，而不是靠女人！在这个竞争残酷的社会，我们很多人可能无法做到洁身自好，可我们可以尽量向着光明的方向走。"

大卫调整了下自己的表情，嬉皮笑脸道："别生气啦，生气容易长皱纹的，你笑的时候最美了。"

"你这些口才，怎么在拉广告的时候不使用？你倒是最不吝啬甜言蜜语，你认为语言是最廉价的东西？"慕容雪看着他，气愤道，"看看你自己，这样高头大马的一个男人，才23岁，身上有着蓬勃的活力，又那么聪明，有多少事业可以去做，有多少事情能做到，然而你却津津于在女人面前的油嘴滑舌，多么让人瞧不起！"

"你厌倦我啦？"大卫懊恼地问。

"是的，就是那么一种执拗的心理，厌倦了，嫌弃了。说起来，我还是摆脱不了在男女关系上的惯性思维，总觉得女人傍男人，靠男人，才是合理的，我骨子里到底还是一个世俗的女人。"

"这话不错，男女之间，没有给与，就没有爱情。可我对你慕容雪说过那么多甜言蜜语，我用那么多的时间陪你，你把本捞回来了，就想甩了我！"大卫争辩。

慕容雪气道："对，我把本捞回来了，就想甩了你！"

"你说过你喜欢我！"大卫气呼呼地对着慕容雪嚷。

慕容雪苦笑着："就因为我说过喜欢你，就得照顾你一辈子?!"说着拿起办公桌上的资料冲着大卫投去。

大卫拿起那个信封落荒而逃。

慕容雪回到家后疯了般地打扫卫生，将和大卫一块跳舞、兜风时穿过的衣服统统扔进洗衣机里去。

窗台上水瓶里的那束从野外带回来的花，早已枯萎了，丑陋不堪地耷拉在那里，诉说着和大卫之间曾经的激情，曾经的迷恋。慕容雪忽然就吐起来，将那束花扔进了垃圾桶里。

这时，大卫又打电话来："雪儿，我想你，我怎么办啊?"

慕容雪烦得一下把手机关了。

座机又响了，慕容雪去接，大卫在电话里醉薰薰道："雪儿，你不会见死不救的，是吧?"

"这里不是你耍酒疯的地方！"慕容雪又气得一下就把电话挂了。

她把座机的线拔了，又急不可耐地跑到楼下的超市里买了个新手机卡，一时一刻也不能停！她就是想快点甩掉他，甩去这份关系，像甩去身上的一摊污迹。当情感消失后，所有的记忆都成了污迹。

回到住处将新手机卡换上后，慕容雪的心一下静了下来，粉红色的窗帘微微地拂动着，终于安静了，清净了，安全了。

一个和她纠葛了多日的男人，就这样了结了这份关系。

一个男人对女人，如果全无世俗的用处，女人要他做什么？这不是一个太浅显的道理么？

这个时候，慕容雪又想起郑军武的种种好处了，起码他还懂得呵护女人，给予女人。

8

第二天下班后，慕容雪提着行李又来到了那片别墅前。曾经那么熟悉的一切，还能再属于自己么？

郑军武的车停在车库里。他在家？

"军武?"慕容雪朝里面喊。

没有人应答。她又拿出手机拨郑军武的手机，手机铃声在房内响起，却没有人接听。

她拿出钥匙，打开门，先看一眼门边，并没有年轻女人的鞋子，那颗紧张的心一下放松了。

她一步步走进别墅内，忽然，和一个人的眼睛对视上了，是郑军武那双惊喜的眼睛，他正痛苦不堪地捂着胸口蜷伏在地板上。

"怎么啦这是？"慕容雪惊恐地疾走上前问道。

郑军武示意她去拿桌上的速效救心丸。

慕容雪拿过救心丸便放进郑军武的嘴里，随后拨打了120。

"怎么时候又得了心脏病呢？保姆哪？"慕容雪心疼地不停揉着郑军武的胸口。

"保姆出去买菜了，"郑军武语气微弱道，"谢谢你，要不是你及时回来，我恐怕就去见阎王了。"

"都怪我不好，不该离开你。"慕容雪的眼里涌出了泪水，将郑军武拥在怀里。

"这是你第一次为我流泪，"郑军武嘴角绽出一丝凄美的笑意道，"你不是去找年轻男人了么？为什么回来？"

"你是那个对我最好的男人。这就足够了。其他男人在我这里，只是想索取，而你对我，总是给予。感恩也是可以转化为爱的。你劳碌半生，多年的辛苦积累供我享受着，我为你，牺牲一些其他的，有什么不该？"慕容雪由衷道。

"谢谢！你知道我为什么对你管得那么紧么？因为内心的紧张，我恐惧你让其他年轻男人给拐跑了，金钱有数，然青春无价。我一年年地衰老下去，拥有一个年轻的姑娘，似乎就能抓住岁月的流逝……"

一辆救护车很快驶来，慕容雪和医护人员一起将郑军武抬上了救护车，救护车疾驶而去。

医生做了相应抢救后，郑军武度过了危险期。

慕容雪在医院里衣不解带地昼夜照顾着，人一下瘦了很多。

"和你静静地在一起的感觉，真好，你再也没有理由往外跑了。"身体孱弱的郑军武说。

"我也这么觉得，"慕容雪说，"原来都是你在照顾和给予我，也该给我机会照顾你了。"

两个人紧紧地依偎在一起。

9

经过一段时间的精心护理，郑军武出院了。

慕容雪搀扶着郑军武回到了蔷薇别墅，也将自己的行李搬了回来。

黄昏的晾台上，对面的山影和绿树像贴上去的一幅画，小别墅在暮霭里静静地喘息着。月亮上来了，在云中飞着，那么美，那么温柔，似乎有悠悠的音乐从上苍淌来。郑军武躺在藤椅里，慕容雪坐在一个矮凳上头枕在他的腿上，两个人静静地说着情话。

"我离开你之前那段日子，有陌生男人往家里打电话时，你总是躲开。什么意思？所有的进退和分寸都让我自己把握？对我们两人的感情有足够的把握认定我不会和其他男人好？以你心力的羸弱无力管我？还是巴不得找个人把我推出来，将我脱手？"她说。

"我怕把你这一辈子都耽搁了。"他说。

"不知是有你这句话垫底还是怎么的，我和别的男人交往时才有恃无恐，才因此而有了和那个舞伴大卫的龌龊。善良的军武，你又怎知另外的男人是否会善待你的女人呢？纵容绝不是一种爱的极致啊。"她说。

"原谅我原来的自私，如果有合适的男人，我真的不想再拦着你。"他说。

"女人很容易得到，但我还是渴望得到一份真心。"郑军武抓紧她说。

慕容雪瞅空给邱栀子打了个电话："栀子，告诉你一声，我又回到蔷薇别墅，回到军武身边了。"

邱栀子惊讶道："怎么回事？不是开始新生了么？你那个小白脸呢？"

慕容雪："我已将那个男人从我的生活里彻底打扫出去了。说白了，我是不能用军武辛辛苦苦赚来的钱养他的。"

"哦，你自己的感觉，只有你自己最能体会。我也不说什么了，既然选择了，就好好珍惜眼前人吧。"邱栀子在电话里说。

慕容雪道："我会的。我现在算明白了，男女之间，仅有性爱是无法相爱的。我现在也才体会到，离了郑军武，我其实什么也不是。什么是爱？爱情里，感恩占了很大的比例，我是站在他的肩膀上，才有了一切，我比别人的女人少奋斗了三十年，其他方面受点委屈不算什么。"说罢，便挂了电话。

第二十七章 邱栀子的餐馆出事了

1

许枫一个人呆在大房子里，百无聊赖地嗑着瓜子琢磨："到底怎样在不触犯法律的情况下把邱栀子害了哪？"她已经就这个问题想了好多天了。忽然，她终于想出了一个诡计……

2

那看起来像个正常的日子，没有任何征兆。

中午饭点时候，又像往常一样，很多食客涌进了"小小养生餐馆"，而隔壁的"老杜家餐馆"却没有一个人进去吃饭。

"老杜家餐馆"外，有一双妒火如焚般的眼睛正在紧盯着"小小养生餐馆"的一举一动。是杜老板的眼睛。

邱美娥骑着三轮车离开"小小养生餐馆"去菜市场买菜了。

"小小养生餐馆"内，顾客们纷纷点"醋溜土豆丝。"

隔壁餐馆的杜老板穿着件肥大的外套也走进了"小小养生餐馆"，对小翠说道："一个顾客也没有，懒得开火，给我份西红柿鸡蛋盖浇饭吧！"

邱栀子迎上前去刚要跟杜老板打招呼，这时来了个电话，她接道："什么？区卫生局的？让我马上过去一趟，好，我这就去！"

邱栀子脱下白大褂对小翠说"区卫生局让我过去一趟，你看着店。"说罢急匆匆地就往外走去。

邱栀子刚离开不一会儿，刘诗摇正巧路过，她饿了，见玻璃窗内是家餐馆便走了进来，急匆匆地找了个挨着操作间的空餐位坐了，对凑上来的小翠点道："来一份清蒸鲈鱼，一碗米饭。"

店内，"那菜快点啊！我还有急事！"一个顾客叫。

"都等了二十分钟了！"刘诗摇也叫，百无聊赖地摆弄着手中的手机。

厨房所在的操作间就在餐厅的用餐餐位旁，用透明玻璃隔着，操作间内的一切细微顾客们都可以看到。这会儿，厨房的师傅们忙得热火朝天地，一个个快速翻动着手中冒着火焰的炒锅。**切菜桌上摊着一大堆切好的土豆丝。**

刘诗摇点的"清蒸鲈鱼"被端出来了，品相很好的样子。

杜老板的盖浇饭也被端上来了。

"水池在哪儿？我进去洗把手。"杜老板自言自语着，进了厨房的水池处洗手。厨房的师傅们忙着手中的活，没人注意他。

刘诗摇尝了一口，很满意的样子，兴致勃勃地用手机拍着那道"清蒸鲈鱼"道："不错，拍几张发一下朋友圈！"

杜老板从厨房回来后扒拉了几口盖浇饭便匆匆离开了。

刘诗摇吃完饭去柜台结账的时候，忽然发现了墙上邱栀子的照片，一下怔住了，她赶紧去瞅柜台上方的墙上挂着的营业执照上的名称和法人名字，不错，写的是"小小养生餐馆"，法人也是邱栀子。

小翠见刘诗摇关注这些，便显摆道："我们老板原来是中医院营养科的医生，精通营养学，所以我们的菜肴搭配是非常科学的。"

"原来的职业也对，看来，千真万确是那个邱栀子了，自己误打误撞地进了邱栀子的店里吃了一顿饭。"刘诗摇心里话，她表情复杂地赶紧离开了这家店。

邱栀子赶到店里的时候，小翠问："栀子姐，卫生局找你什么事？"

邱栀子说："我过去后，回拨那个电话，说欠费停机了，问了卫生局内跟我们有关的业务部门，都说没人找我，那个电话也不知到底是谁打的。"

这时，店里的气氛异常起来，顾客们一个个都往厕所跑，有的还恶心得呕吐起来，包括一个孕妇。

"哎呀，头怎么这么晕啊？"一个顾客喊，忽然一个趔趄倒在了地上，晕厥过去了！

"哎呀，头疼！"另一个顾客又抱着头喊，他忽然便口吐白沫、四肢抽搐起来。

邱栀子吓得脸一下白了，医生出身的她第一反应便是：这些顾客食物中毒了！

她慌乱不堪地赶紧拨打电话："120 吗？这里是栀子花路 929 号'小小养生餐馆'，发生多人食物中毒！赶紧来救护车！"

她又对小翠大喊："快查！这些有症状的顾客都吃了哪样菜?!"

小翠跑到点菜机前，查看了一番后慌乱地叫："都吃了土豆丝！"

熟悉医学知识的邱栀子脱口而出："是食用了龙葵素？发芽土豆里的有害物质龙葵素？"

她跌跌撞撞地跑进厨房，厨房地上的土豆都是正常的，并没有生芽的，或变黑变绿的。

这时，几辆救护车赶来了，医护人员和店员们一块儿将病人们一个个抬上车。

一个护士大喊："这个患者全身发紫，好像已经死了！"

邱栀子听罢身体剧烈地哆嗦了一下，赶紧打电话给顾顺良："店里出大事了，快来！"说罢两眼一黑，一下晕倒过去了，邱栀子和其他患者先后都被抬上了救护车，开往医院抢救去了。

警车也随后开来了，在"小小养生餐馆"外拉起了一道警戒线。几名身穿白色制服的卫生防疫人员匆匆出入。

3

一家商城首饰店前，蒋成一在挑选钻戒。"服务员，这个钻戒多少钱？"

"五万。"服务员说。

"好，帮我包起来吧。"蒋成一说，他心里说，"他们俩已经在谈复婚的事，我再做一次最后的努力吧。"他想象着自己一进店门就跪倒在地，在众目睽睽之下，将戒指带在邱栀子手指上，向她求婚的情形，心中涌上一丝甜蜜。他将买好的戒指放进裤兜里，然后走出商场开车向"小小养生餐馆"的方位驶去。

远远地，蒋成一便发现了"小小养生餐馆"的异常。餐馆外来了很多围观的观众，杜老板也夹在中间。

顾顺良很快赶来了，急问小翠："发生了什么事？"

小翠哭哭啼啼道："栀子姐说可能是顾客们吃了发了芽的土豆，中毒了！"

顾顺良焦急地环顾左右，问："你栀子姐哪？"

"栀子姐晕倒了，跟那些中毒的患者一起被拉到医院去了！"

推着三轮车买菜回来的邱美娥一听这话，喊了句"老天啊！"脚一下软了，顾顺良赶紧扶住邱美娥，喊道："妈，咱们快去医院！"

顾顺良交代小翠："你留在这里，好好配合警方调查！"然后开车带着邱美娥匆匆向医院驶去。

在身后的蒋成一听见了一切，随之也开着自己的车向医院奔去。

医院的急诊室外，一个又一个的患者被推进急救室。

顾顺良和邱美娥、蒋成一3个人赶到医院的急诊室外时，一个医护人员正在四处找："'小小养生餐馆'的！谁是'小小养生餐馆'的？快去交押金！"

"我们来了，交多少？"顾顺良急问。

"20个患者，得交30万。"

"30万？"邱美娥一听傻了眼。

"妈你别着急，我身上带着卡哪。"顾顺良说着跑向交费口交款。

顾顺良交完了款，跑去找主治医生："医生，一定要用最好的药全力抢救患者啊！"

在得到"小小养生餐馆"斜对面的那个小伙子的报信电话后，办公室里的郑军武赶紧赶往"小小养生餐馆"。

杜老板夹在围观人群中向一个年轻警察反映："准是这家店的二老板邱美娥买了发芽变质的土豆给顾客吃！她这人可抠了，每天专等早市快散场时才去买菜，专捡那些菜农不要的烂菜买，便宜啊。"

那个姓唐的年轻警官拿出一个记事本将这话赶紧记下来。

小翠分辩："警察同志，你别听他瞎说，二老板确实是每天专等早市快散场时才去买菜，因为那时便宜，但她绝不会买变质的。开始时她买的菜确实差些，为此我们老板栀子姐狠狠地说了她一次，母女俩还为此大吵过几次架，从那以后，二老板就注意了。"

唐警官说："防疫部门会取样化验，给大家一个说法。"

邱栀子醒来的时候，发现自己躺在医院的病房里，旁边站着母亲邱美娥，顾顺良和蒋成一，都在关切地看着她。

"闺女，你总算醒了！"邱美娥泪水盈盈道。

邱栀子很快回忆起来发生了什么事，激灵一下坐起来问："那些患者怎么样了？"

"正在实施抢救！"顾顺良回答。

邱栀子这就想下床，又一阵眩晕，她拼力支撑着下了床，跟顾顺良和蒋成一打招呼："辛苦你们俩了。"两个男人谁也不看谁。

这时，一帮人围过来，抓住邱栀子和邱美娥母女俩就打，一个嚷道："你们俩是餐馆的老板？如果我的家人有个三长二短，让你们抵命！"

另一个喊："赔偿我们的损失！"是中毒者的家属，一个个怒不可遏的样子，冲着邱栀子和邱美娥就打。"干什么你们？！有话好好说！"蒋成一喊道，和顾顺良一起上前拉扯，怎奈寡不敌众，两个男人也挨了打。

"都给我住手！！"顾顺良忽然发出一声大喊。家属们被这声大喊震住了，都住了手看着顾顺良。顾顺良上前一手揽住邱美娥，一手揽住邱栀子说："这是我妈，这是我前妻，餐馆的一切有我担着，我已给医院说了，让他们用最好的药，最好的医生，竭尽全力治疗患者。至于赔偿，警方已经在介入调查，等调查清楚后，我们会依据法律给大家一个说法，不会差各位一分钱，现在，先治疗患者要紧，其他的，以后再说行么？！"

那些家属的情绪得到了些控制，去急救室门口等待各自亲人的消息了。

邱栀子等也来到了急救室外焦急不安地等着。邱栀子看了下时间，走到一边小声给慕容雪打电话："亲爱的，这几天我有事走不开，你帮我去学校接兜兜吧，你照顾他几天。事情处理完后我会跟你联系。"

"出了什么事了？"慕容雪在电话里问。

邱栀子这边电话已挂了。

过了一阵，一个医生走出来说："幸亏抢救及时，18 个患者已经脱离生命危险了，几天后便可出院，只有 2 个人出现的严重反应十分罕见，病情罕见如中蛇毒，国内外暂无成熟的治疗方法可借鉴，目前我们只是按照这个类型的中毒情况在治疗，情况难料。"医生说。

邱栀子听罢哆嗦了一下，问："那两个重病人现在具体什么情况呢？"

"目前还在昏迷着，靠呼吸机维持呼吸。"

"只这两人，得准备 60 万医疗费。"医生又说。

大家都吃了一惊的感觉。

这时，病情已缓解的几个患者从急救室走了出来。

一个孕妇说："中毒事件后，因在治疗过程中使用了大量药物，加上龙葵素本身的毒性，医生已经告诉我胎儿有可能受到损害或致畸形，我决定将胎儿打掉。我属于大龄孕妇，花费了大量金钱和精力，经过长期治疗后才成功怀孕的。因为龙葵素在体内有残留，打胎后我能否怀孕还难说，我会向你索赔 20 万余元，外加精神损害抚慰金 8 万元。"

另一个人说："我本来要和国外的一个生意伙伴订一份价值上千万的合同，因为我的中毒，耽搁了时间，我那个生意伙伴已飞回国外了，这个损失你们得给赔偿！"

邱栀子的心一下子冷到了极点，感觉自己像根皮筋一样，已经拉到了极限，整个人接近崩溃的边缘。她只能不断地鼓励自己，一定要坚持，坚持，事情已经到了最难的地步，还能糟糕到哪里去！

邱美娥神情呆滞地喃喃着："天啊，这得赔多少钱啊，银行肯定会将我们娘儿俩的房子都没收了。你爸爸再也找不着咱娘儿俩了！"说罢，忽然就吐出了一大口鲜血。

"妈！"邱栀子惊恐地扑上前去搀住母亲，又大喊"医生，快来救人！"

就在这时，"美娥！"忽然背后传来一声喊，是郑军武。

嘴角上流着血的邱美娥一下就呆住了，恍如隔世般眼神直直地看着郑军武，千言万语涌上心头，却只有一句问："苏一雄？真的是你？你终于回来了。"

"是我，离开的这些年，我无时无刻不在惦记着你们娘儿俩。"郑军武说。

邱栀子看看郑军武又看看邱美娥，惊问："是爸爸？跟原来的照片变化太大了。"

郑军武走到邱栀子跟前，伸手抚着邱栀子的面颊，动情道："是我的小小？邱栀子？其实，在你的婚礼上，爸爸便看见你了。"邱栀子一脸纳闷。

邱美娥解释："当年，你离家出走之后，我一气之下，让小小改了我的姓，将苏小小的名字改成了邱栀子。苏一雄，你好狠的心啊！"说罢，趔趄了一下，差点栽倒在地上。

郑军武上前搀住邱美娥说："美娥，我回来了，家里的事该我担着了，你放心，一切由我，你别着急。"邱美娥心情舒缓了很多，点了点头。

郑军武转身又对那些患者说："要赔偿多少，法律会给出一个公正的判决，不会由着个人随意说多少。"

慕容雪领着兜兜来了，对邱栀子说："我在电话里听见你的口气不对劲，便打电话到了店里，才知道出了事，便直接跑这儿来了。"

忽然，慕容雪看见了郑军武，意外道："军武，你怎么会在这儿？"

邱美娥和邱栀子一下愣住了，呆呆地看着慕容雪。

慕容雪笑道："邱阿姨，栀子，你们怎么啦？我们才几天没见啊，就不认识我啦？对了，给你们介绍一下，这是我那位。"说着上前亲昵地揽着郑军武的胳膊。

邱栀子上前追问慕容雪："你那位？他就是你整天念叨的郑军武？"

郑军武尴尬地跟邱栀子解释："孩子，离家出走后，为了斩断跟过去的一切联系，我改了名字郑军武。"

"等等，我有点糊涂了。"慕容雪拍着自己的头。

"再简单不过，你的郑军武就是我离家出走二十多年的爸爸苏一雄！"邱栀子说。

慕容雪虚弱地一下坐在了椅子上，喃喃着："这世界太小了。"

邱美娥的脸色也一下变得惨白如雪，呆如木鸡般。

邱栀子拉兜兜过来："兜兜，快喊，这是外公。"

"外公！"兜兜一声稚嫩的喊，顿时让郑军武泪如雨下，将兜兜紧紧地抱在怀里，"我都有外孙了。小小，爸爸对不起你们。我离开的这些年，你们过得怎么样？"郑军武（苏一雄）想象过千万次的见面，最终只化成这一句问。

见到眼前鬓角满是白发的父亲，邱栀子突然觉得，自己二十多年中对这个人的怨气，从这一刻起烟消云散，只一句质问："爸爸，你为什么不早回家看看我们？"

郑军武叹了口气道："当年带着那个小姑娘江碧柔离家出走后，因为丢掉了原来稳定的工作，又一时找不着更好的工作，我一下子变得穷困潦倒，江碧柔只跟我在一起呆了半年，就坚持不下去了，跟另外的男人跑了。我无颜回家，也无颜回到原来的人际圈子里，又怕你妈妈找到我，便改了名字'郑军武'到处打零工，后又注册了自己的小广告公司，生意上也是多灾多难，一直不顺，直到前几年，生意才有了突飞猛进的发展，我买了别墅，有了可观的积蓄，才去咱家的前楼上窥探你娘儿俩的生活。但就在这个时候，我认识了慕容雪，一下就喜欢上了她。"

"爸爸，难道，你就一点也不想念我和妈妈么？"

"自离家后，愧疚和悲伤始终折磨着我。但糟糕的处境使我无颜面对你们，我对自己说，等我混出个人样来，就回家来找你们。从此，我拼命地工作，赚的每一块钱都存起来。"

"爸爸，你知道这些年妈妈为你流了多少泪？你知道因为你的离家出走，我和妈妈受了别人多少嘲讽和鄙夷？我们压根、丝毫不关心你混的怎样，只要你的人回来，只要你健康、平安地活着，就是我们俩最大的幸福。"邱栀子说。

"对不起！"郑军武发白内心地愧疚道。

"哦，这是兜兜爸爸。"邱栀子将顾顺良介绍给父亲。

"好！好啊！"郑军武打量着顾顺良道。

"爸，啊，伯父，好。"顾顺良不知怎样称呼。

蒋成一在旁很尴尬的样子，主动跟慕容雪打招呼："你好。"

郑军武问慕容雪："小小现在的名字叫邱栀子，是否就是你经常念叨的你那个闺蜜邱栀子？"

慕容雪点头。郑军武苦笑道："邱栀子的事经常在我耳边提起，我却不知道那是我女儿，两条线到了今天才交汇。唉。"

"爸，这是我朋友蒋先生。"邱栀子又将蒋成一介绍给父亲。

"伯父好！"蒋成一亲热地握住郑军武的手。

这时，一个医生陪着那个唐警官走到邱栀子跟前说："化验结果出来了，患者确实是食用了发芽土豆中的龙葵素导致的中毒事件。"

邱美娥在旁声辩："可我这几天买的土豆都很新鲜，没有发芽的呀。店里的菜一直都是我负责买的。"

邱栀子说："我开这家餐馆之前是个医生，对食材的选择一直非常小心的。我母亲平时确实比较过日子，爱节俭，因此我每次都对我母亲买来的菜尤其留心检查，但没有发现有变质的。今天事发后，我马上去了厨房查看，剩下的土豆也是新鲜的，没有发芽现象。"

"也有可能你们恰巧把发芽的土豆使用了，剩下的，是没变质发芽的。事情出在你们店里，你们有什么证据能证明自己的清白哪？据你们的邻居反应，负责采购的邱美娥平时专爱捡那些菜农不要的烂菜买。"唐警官说。

"切土豆的厨师能证明！"邱美娥脱口而出。

唐警官说："我们已经询问过厨师了，他也这么说，不过，你们是一个店的，他的说词不能算数。"

"是谁这么缺德，在这个节骨眼上说我专捡烂菜买？"邱美娥气呼呼地问。

"你们隔壁的'老杜家餐馆'的杜老板说的，"唐警官说，"凭你们自己的感觉，有什么仇家？或生意上的竞争对手？根据我们以往的办案经验，给餐馆下毒的多是生意上的竞争对手。"

邱栀子和邱美娥面面相觑，隐约有什么在她俩心中一动。

邱栀子琢磨着道："要说生意上最大的竞争对手，就是隔壁'老杜家餐馆'的杜老板了，自从我们店开业以后，生意异常火爆，对杜老板原来的生意分流很多，他对我们又嫉又恨，平时里，我们都小心翼翼的，唯恐惹着他。有一次，我店前没有停车位了，一个客人把车停在了他的店前，而进了我的店吃饭，结果这个客人吃完饭后发现自己的车被划了，凭直觉，我就猜到是杜老板因妒给划的，可苦于没有证据，也就不了了之了，这次，会不会又是他？"

邱美娥说："肯定是他！"

邱栀子忽然回想起了那个蹊跷的电话，便把实情一一对唐警官说了。

唐警官说："你把那个号码给我，我打个电话让同事马上查一下。"

不一会儿，唐警官的同事回话了，说那个号码是没有实名登记的。

"是不是有人故意打那个蹊跷的电话把我支开，然后下毒作案？况且我离开店前杜老板也进了我餐馆。"邱栀子猜测。

郑军武、顾顺良、蒋成一等眼睛一亮。

唐警官说："你们提供的这个线索很重要，过会儿跟我们去做一个详细的笔录。我们就先索定杜老板为最大嫌疑人重点排查。但破案需要的是证据，你们自己找找，我们也会尽最大努力。但如果找不着其他人人为下毒的证据，医疗费和所有赔偿都由你们店承担，并且病人如果有个好歹的话，你们得承担相应的刑事责任，希望你们有所准备。"

听到这里，蒋成一下意识地松开了裤兜里紧攥着戒指盒的手。

邱栀子惊恐道："承担刑事责任是什么意思？我会坐牢么？"

顾顺良也赶紧问："像这种情况一般会怎么处理？"

唐警官说："若为故意，应当负行政或者刑事责任，且应承担民事赔偿；如果是疏忽大意，则只会面临行政处罚和民事赔偿；如果是老板之外的第三人故意投毒，老板尽了注意义务，则不需承担责任。"

"警察同志，该我们承担的责任，我们一定会承担的。目前，我们会全力配合医院救治患者。"郑军武表态。

"那就好，我们必须先将餐馆负责人和采购人扣押，待情况调查清楚后，再做处理决定。"

"暂时扣押？"顾顺良和郑军武一听这话趔趄了一下。

唐警官将邱栀子和邱美娥带走了。

天色已黑，蒋成一迈着沉重的步伐走向那家商城的首饰柜台前，道："小姐，这个钻戒我刚买的，可以退么？"

"刚买的，怎么就退？"女服务员问。

"因为我女朋友那里出了很大的状况，我想把求婚的事暂时推迟。你给帮帮忙，退一下？"蒋成一说。

女服务员不愿退，道："买都买了，既然是暂时推迟求婚，那就把戒指先放在你那里好了，过一阵子再用。"

蒋成一忽然捶着柜台生气道："我就要马上退！你们明明承诺有 15 天的退货期的！"

女服务员见状只得办了退货手续，嘟囔道："明明是自己不想求婚了，还跑到这里来撒气。"

4

刑侦处，警官们正在加班讨论案情。

唐警官说："经专业人员检验，'小小养生餐馆'出事那天在厨房采检的食材均为当天上午采购，未发现有过期变质现象。厨房为封闭式厨房，也符合卫生标准，人为投毒的可能性比较大。但经我们调查，没发现餐馆的工作人员和老板有积怨现象，因而内部人员下毒泄愤的可能性不大，更多的可能性来自外部人员。"

于是他们便去调出事那天"小小养生餐馆"前路段的监控录像。

一个警官指着画面上的一个人影说："看，这就是杜老板，出事这天他确实出入'小小养生餐馆'了，看他这个样子，鬼鬼祟祟的，一看像是有事的样子。"

唐警官忽然发现了什么，"等等！"他让工作人员停住了几个画面，仔细看后说道："这个杜老板，进出'小小养生餐馆'时好像有什么不同，出餐馆时身材瘦了一些，怎么会一顿饭的功夫就有这样的身体变化呢？是不可能的事。"

另一个警官眼睛一亮道："你的意思是说，或者，他进餐馆前衣服里藏了什么东西？而出餐馆时，那些东西已经被留下了？"

"只是"小小养生餐馆"没有安装监控像头，对于他在餐馆内的举动，我们一无所知。"唐警官说。

"餐馆内的员工和中毒的食客都说没发现什么异常，那些当天用餐的未中毒的客人哪？也不知他们能否提供什么线索，只是到哪里去找他们？"另一个警官自言自语道。

"那么，就把餐馆中毒的消息在晚报上发布出来，万一有什么目击者。"唐警官说。

"只是报道出来的话，恐怕对餐馆的负面影响会很大？"另一个警官说。

唐警官道："现在顾不得其它了，还餐馆负责人一个清白是第一要素，如果她确实清白的话。"

很快，"小小养生餐馆"的顾客中毒案便在报纸上发了出来，但没有人向警方提供有价值的线索，事情陷入一筹莫展中。

5

扣押室内，邱栀子默默地抚摸着小屋的墙壁。无声的岁月不定什么时候就吐出它噙着的沧桑，将谁击中。现在，击中她和母亲了吗？

邱美娥道："这次，咱娘儿俩可遇到大麻烦了，这个坎，也不知能不能迈过去。"

邱栀子黯然道："想不到咱娘儿俩有一天竟然落魄到这种地方。"

顾顺良尽量每顿都拎着好吃的饭菜来看邱栀子母女，说这些天他和郑军武到处奔波着给她们请好律师。而在她们还吃着饭的时候，顾顺良在门外的地上铺一张旧报纸，倚坐在墙上就睡着了。

顾顺良说："你知不知道，疼一个人其实是一种很心碎的感觉。"

每当那道小门一开，顾顺良蓬头垢面，强装笑脸着向邱栀子扬起手臂，她眼中瞬时一片潮润，懂得了什么是生活中最朴素、最本质和最动人的东西。

郑军武也来看她们，说那两个重病号的病情已得到缓解，他已向医院交足了医药费。

这期间，蒋成一一次也没有来看过她。

邱栀子从来没有这么清地看清世事和明白自己的处境，却原来，在这座城市里，在这个世上，除了顾顺良和父亲，再没有一个人真的管她和母亲，风雨会使一些生活的本质裸露出来。

小翠也来看她俩了，说"小小养生餐馆"已被勒令停业，餐馆大门上贴上了封条。

6

这天，那个出事那天在"小小养生餐馆"用餐时玩微信的刘诗摇来派出所找唐警官，说她从外地回来后看见了一张过期报纸上"小小养生餐馆"的食物中毒新闻，便将她那天吃饭时用手机无意中拍下的几个画面给唐警官看，在那几个画面的一角，置身厨房里的杜老板鬼祟地从怀里掏出个塑料袋来，然后往案板上倒着土豆丝！

唐警官看罢后心身释然，刘诗摇将画面转发进了唐警官的邮箱。当唐警官让刘诗摇留下姓名时，刘诗摇借口去卫生间离开了，然后再没有回来。

走在离开派出所的路上，刘诗摇心情大好的样子，心里说，"邱栀子，我对你的愧疚感，总算有所弥补了。"

警方立即提审了杜老板，杜老板对一切供认不讳。

事情的经过是这样的：

前几天，一个戴着墨镜、身材发福的中年女人（是乔装改扮了的许枫）走进了"老杜家餐馆"，问："谁是你们的老板？"

杜老板正和几个伙计打牌，见有人来了，放下纸牌面有惊喜地迎上前去问："我就是老板。欢迎光临，请问几位？"

许枫嘴角撇上一丝嘲讽，道："你隔壁的店开得这么火爆，你还能坐得住打牌？"

杜老板懊恼道："坐不住又怎样？这家店简直像我的克星一样，把我的老顾客都抢去了，我恨不能一把火把她店给烧了，可我没这个胆啊。"

"难道除了放明火就没有别的撒气的办法么？"戴墨镜的胖女人扔下这句话便走了。

杜老板受了这句话的鼓动，走来走去地想着，他的脸上渐渐绽出一丝奸笑。

一番筹划之后，他便找了些发芽的土豆切成丝藏在外套里，进了邱栀子的店后，乘人不备，溜进厨房后将有毒的土豆丝混进案板上已切好的新鲜土豆丝中……

杜老板交代后，赔偿了这起中毒事件的所有损失，并被警方以涉嫌投放危险物质罪，依法逮捕了，而'老杜家餐馆'也被迫关闭了。

邱栀子和邱美娥均被无罪释放了，她俩喜极而泣，分别奔向等在门口的顾顺良和郑军武。

"小小养生餐馆"重新开业了。

邱栀子走进被停业多日的餐馆，百感交集，对小翠安排道："去找人来，在餐馆内安装上 70 个探头，仅厨房就安装上 30 个探头进行全方位安全监控！"

邱美娥道："对，安！我们是一朝被蛇咬，十年怕井绳啊。"

这时，一个陌生女人走进了邱栀子的店里，说道："我是原'老杜家餐馆'铺面的房东，你是否想租原'老杜家餐馆'的这片店面？"

邱栀子眼睛一亮，喊着母亲跟着女房东走进了那片店面，只见里面空间特别宽敞，给的价格也合适，邱栀子说："租！"

两个店铺很快打通了，"小小养生餐馆"扩大经营了。

只是恢复营业的"小小养生餐馆"生意一落千丈，客人寥寥。

顾顺良来餐馆吃饭了，他望着空荡荡的餐厅，纳闷地问邱栀子："怎么回事？怎么餐馆扩大经营了，反倒生意这么惨淡了？"

邱栀子情绪低落地说："跟扩大经营没关系，根本是土豆中毒事件造成的负面影响，很多客人都走到门口了，就因有人说了句'她家让人投毒了，赶紧换一家吧'，然后就去别的地方吃饭去了。"

顾顺良自言自语道："是这样啊，怎么消除这件事对餐馆的负面影响呢？"

顾顺良忽然产生了一个念头，道："现在的养生书非常容易畅销，或者，你把自己开中医养生店的食谱和经验写出来？我找人帮你出版发行，你自己有了些名气的话，可以带动餐馆的正面宣传。"

邱栀子眼睛一亮："我可以么？"

"试试吧，健康是人的第一需求，养生书很容易火的。"顾顺良道。

"另外，你精心设计一席'养生宴'，我让参拍《放蜂人之恋》的全体主创人员过来吃，过后再发一则新闻稿，消除投毒案的负面影响。另外，我再加紧促使《别碰我的婚姻》的早日开机。"顾顺良又道。

那个瞬间，邱栀子感动得两眼濡湿，攥住顾顺良的手说："谢谢。在我的事业面临灭顶之灾时，在这个世界上，除了父亲，只有你肯伸手拉我一把。"

顾顺良感慨莫名道："在我破产后的穷困潦倒之时，帮我的，不也只有你和妈么？"

这时，顾顺良的手机忽然响了，是紫微的来电，"顾导，我爸说请您晚上到我家来吃饭，我们等您哦。"紫微在电话里嗲声嗲气道。

邱栀子听见了电话里的内容，脸色一下变了。

第二十八章　郑军武和邱美娥复婚了

1

餐馆恢复正常营业后，邱栀子总算松了一口气，她去找慕容雪了。两个人约在公园里见面。

"你希望我称呼你什么？闺蜜还是后妈？"见面后的第一句邱栀子就问。

"邱栀子，我和军武好的时候，压根不知道他是你父亲。当初，你和顾顺良过得贫困不堪时，不也羡慕过我的选择么？现在，又来指责我了，由此看来，这世间并没有什么正义与非正义，只有立场的不同。"慕容雪说。

"对于感情的事，我们都懂得很多，不会用简单的道德观评判一切。何况，从单纯女人的魅力来说，我妈压根没法跟你比。只是，雪儿，你这么年轻美貌，满大街的男人你可以随便找，可对我妈来说，我爸爸是她这辈子唯一的男人。"邱栀子近乎乞怜地抓着了慕容雪的手说。

"我原来对你无话不谈，我所有的秘密你都知道，包括我和大卫的关系，你想破坏我和军武的关系的话，很容易。"慕容雪说。

"我不会那么做，我爱妈妈，也爱爸爸，我希望他心中有爱，不管是对我们，还是对你。"

"我们这么多年的友谊，我绝不会跟你妈妈抢男人，问题是，如果你爸爸对妈妈有男女之爱的话，不会近三十年弃阿姨于不顾，不是么？"慕容雪说。

"是的。我妈妈从单纯女人的魅力来说，确实欠缺了些，可自从她被父亲抛弃后，我们母女俩相依为命，靠着微薄的捡垃圾所得生活。我妈这些年，实在太苦太难了，现今虽然我们因为餐馆的经营经济上吃喝不愁了，可她的感情世界还是一片空白，眼看着她一年年老去了，也不知还能再陪我多少年。雪儿，我能不能求求你，把我爸爸施舍给我妈妈，行么？"说着，邱栀子一下跪在了慕容雪跟前。

慕容雪一下站了起来，拉邱栀子起来道："栀子，你这是干什么？快起来！"

邱栀子拒不起来，坚持道："雪儿，你若不答应，我就不起来。这么多年，都是我妈在对我付出，现在，我想为她做一件事。只要你把我爸施舍给我妈，我就欠了你一辈子的情分，我一辈子为你当牛做马都可以！"

慕容雪着急道："我答应你会认真考虑这事，你先起来！我会尽快做一个决定，行么？"

邱栀子破涕为笑，站了起来。

慕容雪道："其实，自从知道军武是你父亲后，我也不知道以后再和他怎么相处。我和你爸爸在别墅里吃香的、喝辣的，可一想到你们母女曾过着那么艰难的日子，我便寝食难安。"

2

邱栀子见了慕容雪后便给父亲打了个电话，约他回母亲所住的老房子里看看。

郑军武说他其实也想回老房子里看看，离开这么多年了，他也很想念那个从前的家。

邱美娥干脆也喊了邱栀子、顾顺良和兜兜前来，说要包饺子，大家吃顿团圆饭。

临去那天，郑军武担心慕容雪多想，便喊她一块儿去，慕容雪装作大度地说："你自己去吧，我霸占了你这么长时间了，也该分给邱阿姨一些。"

郑军武回到原来住过的院里，有一种沧海桑田的感觉，原来住过的旧楼变得更加斑驳不堪，离开多年的家门外，放着一个铁皮的垃圾桶，竟还是他们以前用过的那个，只是已经变成黑色了的，苏一雄心里又升起一种莫名的惆怅和辛酸。

郑军武进门的时候，邱美娥正挽胳膊撸袖子地忙活着和面，说："还是包你最爱吃的牛肉大葱馅的。"邱栀子他们已经到了，邱栀子在拌馅，兜兜和父亲在择葱剥蒜。

走进那套离开近三十年的老房子，郑军武的眼睛一下子潮润了，房子竟还是原来的装修，只是陈旧了太多。

一个盖垫还挂在墙上。郑军武又颤抖了一下，他深深地看了一眼那个盖垫，竟还是他离家之前用过的那个，已陈旧不堪，缝隙里落满已发灰的面粉，落满那些他看不见的日子。他的眼睛被灼疼了般马上从盖垫上移开，他下意识地扶一下门框来支撑一下自己。

作为一个家庭顶梁柱的男人兀然抽去后，这么多年里，邱美娥娘儿俩在这老房子里相依为命，尤其是邱栀子出嫁后，就只剩下邱美娥一个人在这房子里走来走去了，不知她怎样度过一个个孤寂的白天与黑夜的？

饺子包完后邱美娥下楼倒垃圾去了。而邱栀子说发现家里没有吃饺子的醋，郑军武便自告奋勇地下楼去买。

刚到了楼下，正巧看见邱美娥提着垃圾走向垃圾筒，在垃圾筒前的地上，躺着一个可乐瓶子。邱美娥迅即地去捡，就在这个时候，另一个又胖又壮的妇女也冲上前去抢。

"是我先看见的!"邱美娥叫。

那妇女叫:"是我看见的!"

"凡事总有个先来后到。"邱美娥跟那人理论。

那妇女开口便骂起邱美娥来了:"怪不得你老公不要你!你个没人要的货!"

邱美娥听罢失控地扑上去就和那女的撕打起来。

"住手!"郑军武见状赶紧大喊道,他冲上前去拉扯开两个女人,将那个妇女搡在了一边,救下了前妻。但邱美娥终究还是吃亏了,头发被撕下了几绺,脸上也被抓出了好几道血印子,那女的留着污长黑脏的手指甲。

邱美娥饮泣道:"苏一雄,当年你一抬脚就离家出走了,你可知,我从此便抬不起头来做人了,你让我在哪个女人跟前都矮一截啊!"

郑军武抓着邱美娥的手臂叫道:"美娥,你现在已经是餐馆的二老板,我也发达了,不需要你再捡垃圾了!"

邱美娥抹了抹眼角的泪水,以一副淡然的样子说:"都已经成习惯了,看见垃圾就想捡。"

那一刻,郑军武忽然就感到羞愧无比,他给慕容雪,花十几万买一件首饰,他跟生意伙伴应酬,一顿饭有时候花近万元,可他女儿的生身母亲,为了跟人抢一个能卖一毛钱的可乐瓶子,被人抓挠得鼻青脸肿。

如果不是觉得那一毛钱对她如此重要,她不会这么奋不顾身地跟人去抢!

这曾经是自己的女人,也曾年轻如花,也曾跟自己相濡以沫,为他生下女儿。

而自己当年,为了追求所谓的爱情,就这样义无反顾地抛弃了她,由着她一个人拉扯着女儿,风里来,雨里去,也不知她默默地承受过多少难以言说的辛酸和苦涩,他第一次发现她老了那么多,干枯花白的头发在风里柔弱地飘着,以她的年龄,头发不该白成这样啊。

近三十年的岁月,就在空无的寻找和等待中度过了。他用什么来弥补?生命是一场无法逆转的磨损过程,被岁月蒙尘,被人为划伤,事后多少弥补,也无法再现最初的光泽。

待郑军武在一楼小卖部里买了醋后,邱美娥拉起他的手就往家走,神神秘秘的样子。

回到家里后,邱美娥从床底下掏出一个大麻袋来,里面装着一个个的塑料小包。邱美娥拿出一个塑料布的小包,她一层层地将塑料布打开,里面是一块裹着的毛巾,将毛巾一层层地打开了,里面又是一层手绢,将手绢打开了,才是一叠钱，有五毛、二毛的、五块、十块的。

邱美娥显摆道："他爸，我就是靠捡垃圾攒的二十万零钱付首付给栀子买的婚房！厉害吧？你猜自从给栀子拿出那二十万后，我靠捡垃圾又攒了多少了？"

"攒了多少？"郑军武问。

"三万块了！"邱美娥亢奋道，"我要一直攒着，给兜兜长大后上大学、买房子、娶媳妇用！那开餐馆挣的钱，是我和栀子合伙挣的共有财产，靠捡垃圾的钱，才是我自个儿挣的。"

说着，邱美娥将剩下的五块、十块的钱走到窗口对着太阳照了照，然后精心地叠了，叠成了若干小船形的元宝的形状，然后重新一层层地包了掖进麻袋里，然后将麻袋塞进床底，脸上始终带着喜色。

郑军武一阵辛酸，说："美娥，现在兜兜还小，离结婚还远着哪，你不用那么辛苦的。"

这时邱栀子喊了："饺子出锅了，开饭喽！"两人便去了客厅。

大家围坐在了一起，邱美娥端起酒杯说："不是有句老话么？出门面条，回家饺子。今天是为栀子爸爸回家接风的，来，一起干一杯！"

这个时候，郑军武才发现，邱美娥的手那么粗糙，她的袖口磨得毛都掉光了。

郑军武端起酒杯泪湿道："是的，我是喜欢吃饺子的，尤其喜欢吃牛肉大葱馅的，没想到都已离家快三十年了，我的老妻，哦，不对，该称为老前妻，竟然还记得这一点，还有放生饺子的那个盖垫，竟还是原来的，连屋门外的那个垃圾桶竟还是我在家时用的那个，这么多年，她娘儿俩是怎么过的呀，我为什么不早点回来看看呢？"说着，揪着自己的头发趴在桌子上嘤嘤地哭起来了……

邱栀子上前相劝："爸，咱一家人久别重逢是件高兴的事，啊，不伤心了，吃饺子！"

"好，吃饺子！"郑军武擦干眼泪刚要开始吃饭，忽然想起了什么道："对了，药还在我包里，我去拿。"

邱栀子拿过父亲的药看着道："爸爸吃的这是？是心梗的药？"

"是啊，上次犯过一次，可严重了，如果不是慕容雪及时回家，我恐怕今天就见不到你们了，老了，病也来了。"郑军武伤感道。

"是啊，我们都老了。"邱美娥道。

吃完饭后，邱美娥打开衣柜，拿出一床被子来，念叨："今天天晴，我得晒晒，这还是你离家前盖过的那床被子哪！"说着，将被子抱到阳台上去晒。

是的，确实是他盖过的那床，竟然洁净如初。

邱栀子在旁辛酸地说："妈妈每到换季的时候，就将爸爸的被子拆洗一遍，好像随时等着你回来似的。还有你的枕头，每天晚上都放在那里。"

郑军武的眼泪夺眶而出。

邱美娥又从衣柜里翻腾着一些东西给郑军武看："一雄，快看，这是给你织的手套、棉袜子，都是毛线降价时买的，一会儿你走时想着带上啊。这是棉布店降价时，我囤的布，原本给咱闺女结婚时做被子用的，可没用完，以后给兜兜结婚时用吧。"

就在这时，郑军武忽然在衣柜的一角发现了一个旧得发黄的日记本，他伸手拿过来，翻开来，竟是邱美娥的字迹，出于好奇，他将那个日记本偷偷塞进了自己的衣兜里。

郑军武临走前，邱栀子将父亲拉到房间里单独聊了一次。

"爸爸，不错，妈妈没有其他女人年轻，没有其他女人有魅力，但妈妈对你，有一份真心。这些年，不少人给妈妈介绍男人，可她就是因为幻想你哪天会回来，幻想和你复合，一概拒绝，连面都不见。"邱栀子说。

郑军武沉默无语。

邱栀子又说："爸，你说实话，跟雪儿在一起，你有安全感么？"

郑军武警觉道："你这话是什么意思？你是否知道雪儿些什么？"

邱栀子说："雪儿对我无话不谈，她这些年，只爱过你一个男人。只是你俩毕竟相差 30 岁，谁能确定她以后会怎样？我年龄越大，越体会到，人最需要的，是一份安全感，是一个人不管出了任何事，都有一个不会抛弃自己的人。在妈妈这里，起码，爸爸不会受到伤害。"

郑军武说："今天，我自己认为已经不存在的很多感情在慢慢苏醒……"

3

回到别墅的当天晚上，看着慕容雪睡着后，郑军武便倚着床头打开了邱美娥的那本日记。

只有小学五年级文化的邱美娥字写得歪歪扭扭的，他在家时她也从没有写日记的习惯，想必是他离家出走后，她的日子太寂寞、孤苦了，才写日记排遣吧。

郑军武一页页地翻着：

某年某月某日，晴

垃圾堆里简直就是一个百宝箱啊，谁能猜到这里面会有那么多有用的东西呢。

这几天的运气真好，没顾得天天写日记，现在一一道来：

前天上午捡了一件小孩衣服。这件衣服为什么要扔呢？不就是少个扣子吗？拿回家后洗了，晾干后从针线簸萝里翻出一颗扣子钉上，给邱栀子穿了。

昨天，又发现了一个鞋盒子，急急地打开了，真的是一双皮鞋！并没有坏啊，人家为什么扔呢？拿在手里翻来覆去地看着，惊喜地琢磨，或者是人家嫌样式不时兴了？往自己的脚上试了试，尺码小了些，有些夹脚，但终究还是能穿的，当然，到外出有事的时候再穿，平时里可舍不得穿皮鞋。

今天上午拣到了半瓶牛奶和几根火腿肠，跑到附近的一个水笼头下洗了，仔细辨认着上面的日期，并没有过期啊？马上跑到小学校给苏小小送去了！苏小小也惊喜得成了一只快乐的小鸟，巴不得马上吃进嘴里，从她爸爸苏一雄离家出走后，她再也没吃过这种上档次的食物，可孩子将牛奶和火腿肠送到嘴边了，我又不敢让孩子吃了，心想，既然没过期，人家怎么会扔呢？百思不得其解，自己先尝了口，没有变味，肚子也未闹起来，这才放心地递给孩子吃。

今天下午，从垃圾堆里捡了一个酱油瓶子，回到家后将瓶子底朝天往下空着，空了一天，空出了一些酱油渣子，酱油渣子是可以炒菜的，每只空瓶子还能卖3分钱。

某年某月某日，晴

今天是周日，苏小小没去学校。像往常一样，早晨把她放到三轮车上骑着出门了。平时拣垃圾可以一车车地拉，但孩子在的时候，只能装的很少，女儿坐在旁边，又不能拣那种脏和臭的。但有女儿陪着，心情就好了很多。

今天傍晚秤完了破烂后，脸上带着喜色走到苏小小跟前说："你猜妈妈今天卖了几块钱？"

"三块？"苏小小问。

我喜滋滋地摇头。

"五块？"苏小小问。我还是摇头。

"六块？"苏小小兴奋得几乎都不敢猜了。

我用手指头比划出一个数字来，"八块，妈妈今天卖了八块钱！"

苏小小高兴得惊呼起来，她的眼睛很快眨了眨，脸上带着低声下气的笑央求："妈妈，给我买一盒饼干吧？"

"等你过生日的时候再买？"

"别糊弄人。我求你了好妈妈。"

"咱买斤糖，蒸糖包子好不好？一斤糖蒸的可以够吃多少顿。而一斤饼干几块钱，一会儿就让你小耗子似的给糟蹋完了。"我说。

"糖包子是糖包子，我今天就是想吃饼干！"苏小小执拗地说。

"好孩子，等以后妈妈捡的多了，多卖了钱，一定给你买！咱还要割一斤肉！"

苏小小憧憬地喊："我想要一本《唐诗全集》！"

"好！就给你买本《唐诗全集》，等攒多了钱，咱再买台彩色电视机！"我说。

"彩色电视机？"憧憬之情激得苏小小的脸上也出现了一丝红晕。

但很快，我又觉得自己的想象过贪，有些不好意思起来，问："苏小小，你长大了想干什么？"

"挣钱！"苏小小脱口而说。

"挣钱后给妈妈买什么？"

"买咸菜。"苏小小又是脱口而出。

"只买咸菜？"

"还要买白菜。"

"真是妈的乖女儿，长大了给妈买白菜。"我倍感欣慰，抱住苏小小的脸啃着。

某年某月某日，阴

有时捡着捡着垃圾，我就咕咚一下栽在地上了，光想事了，下一步再去哪里找啊？怎么找到苏一雄啊？

这天，我听到消息，说有人好像看见苏一雄和朋友王良在一块儿吃过饭。

我去找王良。"好吧，我找找他。让他跟你联系。"王良当时说。

几天后我再去找王良，他也躲起来了。无奈，我去找王良的媳妇。"请问王良在这儿住吗？我是邱美娥。"我敲门。

"你找他干嘛？他不在家。你别烦我们家好不好？"里面忽然爆发出一个女人疯子般的尖叫。

"我不是想让他给提供点线索吗？"我语气很软地说。我对这种态度早有心理准备。

"提供什么线索！认识你对象我们家算倒霉了！你就不能让我们过点清净日子吗？"女人依然在尖叫。门还关着。

"你就不能同情同情我们娘儿俩吗？我到处跑断了腿总也找不着，只有指望从朋友嘴里找了。"我说。

"同情你？你先检讨一下自己吧，谁让你当初攀高枝。"女人的声音几乎能划破玻璃。

我的身体趔趄了一下差点倒了，赶紧扶住墙支撑住自己，"都是女人，都是当母亲的，一切不都是为了孩子吗？"我哭诉着，"是别人给我出的主意，说你去找找王良的媳妇吧，那人心软，心眼好，挺善良，你们都是女人，坐下来好好啦啦，说不定她能帮你一把。"其实根本没人说这话，长期的寻找已使我练就了一张好口才。

房内像退了潮一样没动静了，片刻之后，披头散发的王良媳妇打开了门，在看到我的第一眼，她的神态一下就柔和了。

我猜想，一定是门外站着的这个女人身上的那种苦难感让她一愣，我们俩是同龄人，可我比她显老多了，肯定这让她感觉特别好，她想她比我幸福多了，应该自足多了。

"一雄他把我坑苦了啊！他一分钱也不给我们，又不照面离婚，没离婚使我们娘儿俩连困难补助也享受不到，两张嘴吃我捡垃圾的那点钱啊。"我哭诉。

"当然，苏一雄又不傻，正常离婚离得了吗？你同意吗？即便你应了，法院肯定会将孩子判给他抚养，因为你没工作啊，即使你养孩子，他也得付抚养费啊。"王良媳妇说。

"是啊，他的小九九算得可真好，这样一走百了了，什么责任也不担了，可坑死我了，苦死我的孩子了。"我说。

"刚才真是对不住，"王良媳妇真诚地说，"要我说，你干脆找法院起诉离婚，然后趁着年轻再另找个男人吧。"

"我担心再找的人对我闺女不好，不敢走那一步。再说，我还是放不下苏一雄，指望有一天他能回心转意。"我说。

"唉，那你这辈子可生生地让这个婚姻给毁了。"王良媳妇叹息着。

"也只有认命了，横竖我们娘儿俩在一块儿。"我说。

某年某月某日，阴

总期盼着某一天，一雄的脚步声，他拿钥匙开门的声音会在门外响起。每天外出捡垃圾回来时，都盼着看见门开着，他像往常一样坐在家里，然而一次次地失望着，每天都被希望和失望反复揉搓着，揉搓得我的心都快碎了。老天爷啊，我凭什么该受这种折磨，我做了什么你这样惩罚我啊？

内心的想念和呼唤都快把时间给绷断了，然而就是没有他的一丝讯息。

还幻想着，哪天从垃圾里拣到一大笔钱，或者其它的什么机遇使我变得很富有，很有本事，让苏一雄后悔，然而，这也仅仅是电影、电视里爱出现的情节。

某年某月某日，阴

苏小小是个异常敏感而自尊的女孩，平日里和小伙伴们很疏远，不合群。

"一看到那些欢蹦乱跳地被爸爸又接又送的同学，我就伤心自己，我不看她们！"苏小小说。

我的心一阵针扎似的疼，这孩子的心这么敏感，她怎么度过以后长长的一生啊。

我走过去抱了抱苏小小的肩膀，说："可是你比她们强多了，你会背那么多唐诗而她们不会！"

苏小小从小就特别喜欢和依赖爸爸，因为爸爸比妈妈懂很多，他爸爸的内心是一个多么丰富的宝藏啊。

然而那一天，她爸爸忽然就走了。

苏小小比原来更加勤奋，经常半夜了还在灯下涂涂写写。"苏小小，该睡觉了。"我经常迷迷糊糊地喊。

"妈妈，等到我会背的诗多了，会写的字多了，爸爸就会回来了？"苏小小说。

我的眼泪噼噼啪啪地落下来，又是一夜的无眠，一夜的哭。

某年某月某日，大雪

这是大年三十的晚上，我们娘儿俩像往常的这个日子一样默默地坐着，默默地期盼着什么，眼睛老往窗外看，然而都不说破。

"妈，你把门打开，我看看爸爸回来了吗？"苏小小一直在催。

"门开开就管事了吗？"我伤心地问。大年夜的饺子都从锅里盛出来了，只是我们娘儿俩都没心情吃下。

干活的间隙我也一直望着窗外。望窗外都成了我习惯性的动作了。外面的树绿了又黄，黄了又绿，可眼睛都望穿了，也见不到那个熟悉的身影向家里走来。

灯忽然灭了，是保险丝坏了，对电这玩意儿，我总是不敢碰，可是家里没男人，有什么办法？我摸着黑搬着一个凳子，踩上去，哆哆嗦嗦地动这动那，灯还是不亮。家里没有多余的灯泡。我和苏小小就在黑暗里坐着，不过别人家一阵阵的鞭炮和烟花总是将我们家映亮，倒也省电了。

"妈妈，那些鞭炮怎么这么响啊。"苏小小说。

"妈妈，我实在受不了这些鞭炮了！"苏小小又说。

终于，我们再也支撑不住了，娘儿俩抱在一起，蒙在一条被子里放声痛哭起来。在这样的时辰，我们不想让邻居听见我们哭，人家会看我们的笑话的。自从他爸爸离家出走后，我们就经常被看笑话。

过了很久，是苏小小先擦干的眼泪，"哭是没有用的，我们等吧，没有等待，爸爸怎么会回来呢？"她说。

她的小脸贴在玻璃上目不转睛地看着窗外面，窗外正下着鹅毛大雪，一个人影也没有。

她又搬了个小凳倚坐到门口外去。

"苏小小，进来吧，外面的风太冷了。"我一遍遍地喊。夜已经很晚了，已过了十二点，远近的鞭炮声也稀落了，苏小小还执拗地倚坐在那里。

"不！爸爸喜欢我，我等爸爸就灵。"苏小小说。

"苏小小，说不定明天醒来的时候，爸爸正坐在旁边看你呢？"我哄她。

"会吗？真的会吗？"苏小小的眼睛一下就亮起来。她终于肯回屋安静地睡下了。

凌晨里，苏小小忽然就咳嗽不止起来，小脸憋得都红了，我摸了摸孩子的额头，烫得吓人，我把一块湿毛巾给苏小小敷上，这就跌跌撞撞地踩着雪出去找药店给孩子买退烧药，然而大年初一的，附近的几家药店都关门了。我又回到家里，将家里翻了个遍，只找到 10 块钱，无论如何是无法送苏小小去医院的，天亮后一家家地去借钱，人家都知道我家的穷，清楚这钱是有借无还的，支吾着不愿借，到了初二的时候，才借到钱将苏小小送进医院，然而医生说，孩子已经烧成肺炎了。

在急诊室里，苏小小的嘴微微地动着，我流着泪将耳朵附到女儿的嘴边："乖女儿，你想说什么？"

"我想爸爸，我想见爸爸。"苏小小气息微弱地说，那一刻孩子羸弱的像一只小猫。

老天有眼，我孩子的病好了。苏小小的这场病好了后，我去派出所给孩子改了名字，我说："从此后你叫邱栀子，你没有一个叫苏一雄的爸爸！"

……

翻着翻着，郑军武拿日记的手剧烈地哆嗦着，泪水已模糊了他的双眼，泪滴雨点般啪嗒啪嗒地掉在旧日记本上，他悔恨地揪着自己的头发，骂道："郑军武，你这个畜生啊！"

他忽然就趴到床上，用被子蒙住自己，失声痛哭起来。

旁边的慕容雪坐了起来，以一副痛楚的神情看着他，其实，她刚才一直是佯装睡着的，她一直在悄悄留心着他的一举一动。她将郑军武手里的日记拿过来，一页页地翻看着……

4

第二天早晨，郑军武醒来的时候，枕边已没有了慕容雪，"雪儿?"他冲外屋叫，依然没有回声。他下床来到客厅里唤："雪儿?"依然没有她的身影。他打开别墅门，小花园里也没有。他忽然升起一种莫名的恐惧，回屋打开衣橱，发现她的衣服不见了，他绝望地一下瘫坐在了床上。

晨曦笼罩的别墅区里，景色依旧，却让人寂寞得苍凉。慕容雪拉着行李车，一步一回头地离开这片花园般的让她深爱的别墅区，还有郑军武。

她上了出租车后，给郑军武发了一个短信：

"面对曾历经苦难的美娥阿姨，我只有落荒而逃。军武，我走了，离开你，也离开这座深爱的城市。我不能跟一个苦苦期盼了你近三十年的阿姨争抢你。何况，她还是我最好朋友的母亲。"

"雪儿离开我了。"郑军武喃喃着，拿手机的手剧烈地抖动着，他将这条短信转发给了邱栀子。

"妈，快看，爸爸转发来的短信!"昨夜留宿在母亲家的邱栀子赶紧将那条信息给母亲看。

"雪儿离开你爸爸回老家了?"邱美娥下意识道，她的脸上露出了久违的狂喜，但她很快冷静下来，问女儿："昨天我就看见你把你爸爸拉到一间屋去嘀嘀咕咕了那么久，是不是你做拆散他们俩的工作了?"

"妈，和爸爸复婚，难道不是你此生最大的愿望么?"邱栀子说。

"是倒是是啊，可是，我不能只顾着自个儿。我知道闺女疼妈，可他也是你亲生的爸呀，你也得疼啊，你爸天天和一个如花似玉的年青女人在一起，活得多有兴头，多滋润啊，我本来就没什么文化，又年长色衰了，哪里还配得上你爸啊?如果你爸没混好，我肯定会兜着他，只是他现在这么成功，我们之间的差距更大了。我原本就配不上他的。"

"他们俩的差距太大了，相差 30 岁，我担心以后慕容雪会抛弃爸爸。"

"你爸这些年活得肯定也不容易，你就让他活一年乐呵一年吧，不是有句话说么，笑一笑，三年少，他整天跟个年青女人在一起，经常乐呵呵的，会长命百岁的。再说，我一个人过了这么多年，也习惯了。"

"可是，我还是盼着爸妈能复婚!"

邱美娥打断邱栀子的话，着急道："你忘了昨天你爸还吃着心梗的药了?万一慕容雪一离开他，他一伤心再犯了病怎么办？你这孩子，怎么不知道个轻重缓急哪？"

邱栀子一听母亲说这话害怕起来，紧张道："哪怎么办？"

邱美娥道："赶紧给你爸打电话，让他拦着慕容雪别走！"

"好！"邱栀子赶紧打通了父亲的电话，"爸，我妈说还是希望你和慕容雪在一起，你别让她走了。"

"晚了，她已经离开我，可能去回老家的火车南站了。"郑军武失魂落魄道。

邱美娥夺过电话喊道："还不快去火车站追！我和闺女也去，咱们兵分两路！"

"好！"郑军武似乎这会儿才反应过来，3个人往外跑去。

出租车上的慕容雪整个人如木偶般，到了火车站后又去排队买车票，眼泪不知不觉流了一脸。

一个小时后，黯然神伤的慕容雪拉着行李，回头再留恋地看一眼北京，然后向检票口走去……

就在这时，忽然背后传来一声喊："雪儿！"

慕容雪扭过头去，是郑军武在唤她，在他的身后，还有邱栀子和邱美娥。

……

5

在邱美娥和邱栀子的祝福下，郑军武和慕容雪准备正式领证结婚了。

这天，郑军武坐在慕容雪的跟前，认真谈事的样子：

"雪儿，你想要一个隆重的婚礼，是吧？我知道的，每个女人结婚时都希望有一个隆重的仪式。"

慕容雪猜到了什么，大度道："但是我不该有这种奢望。因为担心邱阿姨伤感，受刺激，栀子的事业又刚度过瓶颈，我们大肆热闹也不合适。所以，我们要低调一些。"

郑军武放松地舒了一口气，拉过她的手，又感激又愧疚道："雪儿，你真是个善解人意的好姑娘，那我们就领了证后，和家里人坐在一起吃顿饭，不再大肆操办了？"

慕容雪佯装高兴地点了点头，但难掩心底的伤感。

今天，是慕容雪和郑军武要去领证的日子，两个人都穿戴一新。

郑军武从腰间掏出钥匙打开卧室墙角的那个保险柜，拿出一叠材料向慕容雪解释说：

"这就是我原来迟迟不跟你领结婚证的原因。这张旧报纸上，有邱美娥在我离家出走后登的解除婚姻关系的声明，上面写的名字是苏一雄，还有我的户口本上，也有原名苏一雄的记录。这都是办结婚证时必须出示的材料，我不愿让人知道我的过去，所以不愿将这些东西拿出来示人。"

"我明白了。"慕容雪释然道。

这时，郑军武的手机响了，是邱美娥打来的。

邱美娥在电话里说："军武啊，你们的证扯了么？领完后来'小小养生餐馆'啊，我们今天对外暂停营业，专门给你和雪儿办一场'养生宴全席'，再办一场婚礼。我们娘儿俩是你的亲人，应该给你操办一个像样的婚礼，算是我们娘儿俩对你们俩的一种祝福吧，这样你才能安心地开始新的生活。"

"谢谢！"郑军武听罢眼圈红了。

再说卧室里的慕容雪，她发现郑军武刚才因为取材料，那串钥匙还挂在保险柜上没有取下来，那个对她来说一直神秘的所在，那仅属于郑军武一个人的，她不能碰的禁区，此刻就敞开着，"他还有什么秘密是我所不知道的？"她克制不住这个好奇，一步步走向那个保险柜，翻看着。

有部分现金、金条、股票、存折、账本什么的，忽然，慕容雪看到了郑军武的一份遗嘱。

那上面写着："如果我郑军武发生意外，这栋别墅和公司都留给邱栀子和邱美娥，账上的现金留给慕容雪……"

慕容雪翻了下账本，压根没多少现金。

慕容雪拿着那份遗嘱，忽然就全身冰凉，脸色煞白。

她对自己说，结这个婚，她不是单纯图人家的钱财的，可她还是心寒如骨。

书上有句话说，男人给一个女人钱的话，并不一定表示爱她，但他舍不得给这个女人财富的话，他肯定是不爱他的。

这个时候，电视里在放一则节目，是读书版的主持人在做刘诗摇的专题采访，衣着华美、容光焕发的刘诗摇面对镜头侃侃而谈。

相比之下，慕容雪觉得自己是这么渺小和失败，她为了和郑军武的这份关系，关闭了一道又一道的门，爱好、孩子、性爱、社交，甚至连一场像样的婚礼都没有，而最终得到了什么？

这个时候，郑军武走了进来，看见了慕容雪手中的遗嘱，脸上有些不自然，解释道："医生说，我的心梗还会有复发的可能性。为了以防万一，我便写了这个。这些年，我亏欠她娘儿俩太多。我若有个三长两短，你很快便会有其他男人，而她娘儿俩，却只有我一个亲人。"

慕容雪辛凉地苦笑道："她娘儿俩只有你一个亲人，我除了你还有谁哪？为了和你结婚，我甚至放弃了当妈妈的权力。"

"我最初的遗嘱里给你的多些，可自从看了美娥的那本日记，我又修改了遗嘱。虽然我把……但我把感情给了你，我爱的是你，"郑军武试图解释什么，却似乎怎么也解释不清，"我把我的人给你，财富给她们娘俩，行么？"

慕容雪惨淡地苦笑道："你的人是什么哪？如果你的感情，你的财富是属于另外的人的。感情这东西，看不见，摸不着，财富是衡量感情的确切标准。"

郑军武苦涩道："我曾设想过我发生意外后这栋别墅留给你的情形，你会和其他的男人在我一砖一瓦地辛苦挣来的房子里欢声笑语、激情做爱？这在我是无论如何受不了的。"

"我在你的感觉里是什么哪？一个宠物？"慕容雪问道，她苦涩地笑了一下，默默换下了那身红衣，道，"不过，我一点也不后悔和你的相识，起码说明你是个念旧情的男人。"

过了会儿，换了日常衣服的慕容雪拖着行李箱向门外走去。

"雪儿！"郑军武在背后发出一声痛苦的喊。

慕容雪停下了脚步，头也不回地解释："我要去找个和自己年龄相当的男人，一块白手起家，一块儿生儿育女，过柴米油盐的日子，哪怕贫穷，但或许能过出一份真感情来。"

"其实，我早就应该明白自己，如果没有丰厚的财富托着，我只不过是一个糟老头，跟一切糟老头子没什么两样。"郑军武颓废地喃喃道。

慕容雪似乎连听的兴致也没有，兀自往外走去。

6

"小小养生餐馆"内，到处贴着囍字，悬起的彩带飘扬，顾顺良和兜兜也在忙活。

郑军武垂头丧气地走了进来。邱美娥故做自然道："吙，新郎官来了！新娘哪？"

邱栀子出门去看，爸爸的身后明明没有跟着慕容雪。

"一雄？你怎么一个人来了？雪儿哪？"邱美娥问。

"她离开我了，不结婚了。"

"为什么？"邱美娥惊问。邱栀子和顾顺良听罢都吃惊地凑到跟前来。

"因为她看到了我写的那份如果我发生意外后，那栋别墅和公司都留给你和栀子的遗嘱。”郑军武苦笑道。

大家都沉默了，不知说什么好。

郑军武疲惫不堪地坐在一把椅子上，回忆说：

“二十多年前的那个夜晚，我过够了那种贫穷琐碎的庸常日子，烦透了你整天没完没了的不满和唠叨，提着一个箱子就牵着那个小姑娘走了。我对自己说，这辈子不追求到一种理想的生活，我是绝对不会罢休的。可经过了这么多年的磕磕绊绊，我才认识到，其实，所有生活最终都是由最简单的细节构成的，即便取得了所谓的成功、财富，可人这一辈子，需要的只不过是一床一椅，一粥一饭。”

大家都受了感染，陷入了一种莫名的情绪里。

郑军武继续说：“男女之间，年轻的时候往往讲究什么‘是否有共同语言了’，‘是否年轻漂亮了’，可年龄越大，越意识到，其实，没有任何附加条件，还和你在一起的那个人，才是你的终身伴侣。”

说到这里，郑军武走到了邱美娥的跟前，从兜里拿出一枚戒指来说：“如果你愿意，我想用剩下的生命来陪你。”

大家听罢都惊喜莫名的样子。邱美娥又惊又喜，慌乱道：“我一个捡垃圾的，厨房打下手的，跟你这公司老板差距太大了。”

邱栀子上前拥住母亲说：“妈，别谦虚了，你现在，不是咱们餐馆的二老板么？”

“我嘴碎，爱抱怨。”邱美娥又说。

“让女人心生抱怨，是男人做的不够好。”郑军武说。

“我爱沾小便宜，爱斤斤计较。”邱美娥又说。

“那是因为她的男人给她创造的生活不够富裕。”郑军武说。

“不管怎样，我还是觉得自己配不上你。”邱美娥羞涩道。

郑军武牵起邱美娥的一只手说：“我现在也老了，还患有严重的心脏病，在岁月面前，我们都是弱者，弱者之间的温情，也许比那些所谓的爱情更靠得住。”

邱美娥百感交集地看着郑军武，泪水夺眶而出，深情喊着：“她爸！”

邱栀子也激动地看着父亲，喊着：“爸！咱们一家三口要永远在一起。”一家三口紧紧地拥在一起。

顾顺良将兜兜也紧紧地揽在怀里。他忽然心生一念，说道：“干脆，这个婚礼现场，为岳父、岳母举办，可好？”

大家拍手称欢，餐厅内成了一片欢乐的海洋。

7

这是个阳光灿烂的日子。

一辆搬家公司的货车将邱美娥的那些家当都运到了郑军武的别墅门口。

郑军武、邱美娥、邱栀子、顾顺良、兜兜都帮着工人往里搬。

邱栀子嗔笑道:"妈,我说了多少遍了,把你的这几件旧家具扔了吧,放在这高档别墅里,多不配套啊。"

"那可不行!这家具,是当年你爸爸为我们结婚亲手打的,结实着哪。"邱美娥笑道。

"还有这些布,棉花,都放了多少年了,扔了吧。"邱栀子又说。

"那不行,我得囤着,为兜兜娶媳妇时做被子用。"邱美娥说道。

大家全笑了。

"妈,你现在是贵妇人了,得换个思维生活,得讲究点小资,有点情调。"邱栀子又说。

"不管什么时候,艰苦朴素,勤俭节约都是优良的传统。"邱美娥又说道。她给郑军武送来一杯茶:"努,给你泡的养生茶。"然后又去拾掇了。

郑军武一脸幸福地看着邱美娥的背影对邱栀子说:

"你妈妈这个人,浑身溢着、泛着生活的味儿,她整天满脑子想的就是照顾丈夫、孩子的吃啊穿的,从不考虑人生的大意义,但她让家人一天三顿吃的汤汤水水、有滋有味的,把家人照顾得无病无灾、平平安安的,这就是幸福吧?虽然这是俗的幸福。可惜我以前没有意识到这点。"

过了会儿,家基本搬完了。邱栀子和父母坐在别墅院里的葡萄架下择着韭菜,而顾顺良和兜兜则还在收尾。

邱美娥看着顾顺良的背影说:

"闺女啊,跟顺良复婚吧。从法律上按说他现在跟咱没有什么关系了,可咱的餐馆一出事,还是跑前跑后地忙活,没白在一个锅里吃过饭啊。我现在才想明白,什么穷啊富的,有本事没本事的,人品好,重情意,才是最关键的。女人嘛,一辈子求的还不是个知冷知热么?"

郑军武说:"我旁观着,顺良确实人不错。能复婚,最好。"

看着顾顺良忙前忙后的样子,邱栀子也很感动,说道:"离婚后我历经了多次相亲,可是人家一知道我的实际情况,不是嫌弃这就是嫌弃那,我尤其接受不了的,是他们对兜兜不好……"

"是啊,孩子,还是和自己爸妈生活在一起是最好的。你看兜兜跟他爸爸在一起的时候，有多欢腾！你们俩就当是为了兜兜，复婚吧，"邱美娥苦笑了一下道，"说什么好马不吃回头草，问题是，人这一辈子，能抓住几根可以吃的草？"

"嗯，做生意有那句说法，做生不如做熟，这人和人之间也如此，回头的人有一份了解和旧情，总比那陌生人强。"郑军武也劝道。

"唉，"邱栀子深深地叹息了一声，冷静道，"只是爸妈，你们不懂，现在的顾顺良，可不是原来的顾顺良了，他现在是一个成功的电影制片人。影视圈的人，太花，太乱，那些女孩子为了得到角色，什么代价都愿意付出。我一个平常女人，怎么能跟那些美艳的女演员们比哪？一个女人如果找了影视圈里的有权男人，等于将自己置于了万箭穿心的境地，说句严重的话，不亚于将自己弄上了绞刑架。"

母亲一下紧张起来："这么严重啊？你要这么说，还真得疏远他。"

"是啊，我已经离过一次婚，感觉像走了一趟鬼门关一样，好不容易捡了一条小命回来，现今那伤口也有些结疤了，我不能再将自己置于万劫不复的境地，我经不得了，妈。"邱栀子道。

"那是自然。那就再等等看。"郑军武说。

"你说这个顾顺良，当初，真没看出他还有这本事，还拍起电影来了。当初，他第一次进咱们家的时候，穿的那件衬衫，也就 20 块钱，穿着一双篮球鞋，我一看，天啊，你要是嫁了他，这以后的日子可怎么过啊。"邱美娥笑说。

"那你是偏见了，妈，你不知道，农村出身的孩子，身上蕴藏着巨大的潜力，因为他们倍受歧视，所以他们内心有一股强大的力量，要出人头地，让人刮目相看，因此他们特别勤奋，能受一般人受不了的苦。"邱栀子认真道。

"那是自然，你妈我不也是农村出身的么？所以多勤劳！"邱美娥拍着胸脯道。

大家扑哧一下笑了。

不久，郑军武开着一辆吉普车带着邱美娥全国各地自驾游去了，他说要让妻子看看外面的世界。

第二十九章　顾顺良与邱栀子复婚了

1

这天，蒋成一出面请顾顺良吃饭。邱栀子和许枫、蒋妖红都在场。

顾顺良道："我那个戏里，确实没有适合蒋妖红的角色，那个当'小三'的年轻女孩的角色，是貌相清纯的那种，已经有人选了，是我们工作室的签约演员紫微，而蒋妖红，貌相比较妖，不适合那类角色。"

听到紫微的这个名字时，蒋妖红嫉妒得紧咬住自己的嘴唇。

蒋成一在旁随意地议论："当演员容易，当明星难。演员这个行当，不是想努力就能成的，尤其是女演员，自身的外貌条件到哪个台阶上，事业上才有到哪个台阶的可能，你看现在那些著名女演员，相貌实在太过惊艳，再加上自身的努力，所以才到了事业的顶峰。"

没想到他的这句劝导却起了反作用，蒋妖红忽然兴起一个念头来："我去整容！爸爸，你给我一大笔钱，我要去韩国找最好的整形医生整容！"

蒋成一和许枫一听这话愁得什么似的。

顾顺良赶紧说："整容成功的也有，但绝大多数是失败的。"

邱栀子忽然想起个事来，在旁说道："我有一个大学同学，在整形医院当医生，我明天带你去看看，那些整容失败的有多恐怖，你就能打消这个念头了。"

许枫在旁感激说："你的店里那么忙，耽搁你们的宝贵时间，真是过意不去。"

邱栀子道："应该的。青春期的孩子，属迷茫期，正是需要人正确指导的时候。"

蒋成一在旁埋怨许枫道："母亲是女儿最好的老师，想想你这个当妈的身上的那些毛病和习性，会无形中怎样引导女儿？"

许枫愧疚道："我确实给了她一些不好的教唆和纵容。我是一个不合格的母亲。"

第二天，蒋妖红被邱栀子领着从整形医院回来后说："我绝不考虑整容的事了。"

2

这天，顾顺良正在办公室里忙得不亦乐乎。

一个电话响了，他拿起来接："喂？"

"是顾导啊？我是电视台文化频道的主持人，想对您做一个访谈。"

"谢谢，还是算了吧，正在忙于下一个项目。一切让作品说话。"顾顺良推辞。

紫薇走了进来，说道："顾导，一个投资方想见你，说只要二十分钟的时间便可。"

顾顺良苦笑道："原来穷困潦倒的时候，想找点投资难于上青天，一旦有一个成功的作品了，投资追着人跑。"

这时，又一个电话响了。"喂？"顾顺良接道。

电话里久久地不出声。"哪位？说话！挂了啊！"顾顺良焦躁道，欲放电话。

"是我。刘诗摇。"电话里赶紧传过来一个女音。

当对方说出她的名字的时候，顾顺良怔了一下，有一种恍如隔世的感觉，他疑惑自己有一天会连她的声音都听不出来了。在听出她的一刻，顾顺良的脸色便变了。

"我看到了你的报道，现在是大名鼎鼎的顾导了，祝贺你，成功转型。"刘诗摇说。

"不足挂齿。你有事么？"

"没什么具体的事……"刘诗摇支支吾吾道。当对顾顺良把握不准，而又特别想感觉他的时候，刘诗摇便去碰顾顺良的声音，指望从磕下来的一些碎屑里能感觉出他对她的一些细微。

"你过得好吗，这两年？"刘诗摇很体贴似的问他。

"还行。"顾顺良淡淡地说。

"那次，在街上，过后你没事了吧？你母亲，后来怎样了？"刘诗摇又语气柔软地说。

顾顺良早已愈合的伤口又开始锥心地疼痛起来，不是刀口，是他的心口。像电影的镜头一般，当时的情景，那潜意识里已被他摁进了记忆的死角里的，他生命中最痛楚、最绝望、最刻骨铭心的感受一下子汹涌而来，这样深刻地，又一次将他击中，他像只断翅的鸟，无力地一下子跌进那忧伤的泥沼里去了。

"都过去了，不提了。你哪，还是那个样子？"顾顺良强作镇静地问。他说起一些闲话，市面上流行的几本书，好像他们之间根本未发生过那揪心的一幕。他不知自己潜意识里出于一种什么心理，想在他面前显得一切都轻描淡写。

"我老了，脸上有了很多的皱纹。"刘诗摇说。

"这跟我有什么相干呢？"顾顺良心里说，"我的心比谁都苍老，然而跟你有什么相干呢。"他发现自己对于她，连恨的兴致都没有了。

"那今天就这样吧。"情绪很不平静的顾顺良说着，挂了电话。他一直想尽快地收线。像一阵不期而至的陈芝麻、烂谷子，飘进了顾顺良的窗口里来，灰尘溅了他一身一脸。

电话挂断了。刘诗摇呆怔在那里，被顾顺良的冷击了一趔趄的感觉，久久地回不过神来。"你又何苦对我如此？"她心中久久盘旋着的，只是这一句话，想把这句话用短信发过去，却没有丝毫的力气。

从顾顺良的反应看，寂静一片似乎是最好的方式。什么都是无味、多余的，一撇一捺，一句话。那一刻，刘诗摇想，她永远也不会再给顾顺良电话了？她再也不给他机会，表达对自己的厌烦，只这一次，便足够了。都是聪明人，懂得不能纠缠。他可以不爱她，不理她，但刘诗摇接受不了自己在他心中太斑驳不堪。

时间是这么可怕的东西，有些东西，已经风干了。这是最无奈的，人，是经不得分离的，刘诗摇怎么就没有想到这一点呢？

而放下电话，顾顺良也呆怔了半天。

那个声音和话语像陈年的灰尘在空气里扑扑棱棱的，"这就是那个曾在自己的生命里占有那么重要位置的声音？那个我经常无声地对着空中喊着的名字？"顾顺良问自己，是的，那是她，只是在他的感觉里，那已成了个被风干了百年的小昆虫的尸首，岁月已将她的声音风干得挤不出丝毫的感情汁水了，像一个生疏的路人的声音。

过了会儿，他的手机上发来了刘诗摇自作的一首诗：

如何面对一棵开花的树

作者/刘诗摇

你团团转着，对着那棵开满花的树
哀怨它开的不是时候
警觉它的到来是幸呢还是灾
它的开放呵，成了你的一块心病
没有丝毫的快乐，而是深深的痛

而今，满树的枝桠再绽不出新蕾
篮中捡拾的旧花也散失了往日的香气
不管风怎样从四面八方吹
终于可以各自平静地走开
你又何苦给我最后的一击

"又来这一套!"顾顺良看罢后苦笑了声,果决地删了。

"我没有招惹生活,也没有招惹谁,我不明白她为什么,这样莫名其妙的,将我安宁的日子砸破,她有什么权力?她什么意思?事到如今,如果她认为她对我还有力量,还有作用的话,也未免太高抬了她自己,她有什么脸面让自己的声音在我生命里再次出现?她不明白,彻底忘记她这个人的存在是上苍对我最好的馈赠吗?好好的日子她给我添什么堵?"顾顺良愤愤地想。一天的情绪不好。

所有的一切都成了顾顺良不再愿忆起的陈年旧事,包括刘诗摇这个人。

这个女人,就像一袋剔除不净的垃圾堆在顾顺良的生命里,他不知怎样才能将其清除干净。如果能像用橡皮擦掉一些铅笔字迹那样将那些记忆从脑子里彻底划掉该多好,他会拼命地擦啊擦,恨不得把纸擦破,如果不是他自己就是那张纸的话。

顾顺良发现在心里彻底否定这个喜欢过的女人,那种感觉好极了,丝毫不心软不留恋,所有的过去都成了污脏的尸首,踩过去,埋起来,深深地,直到永远。

3

但第二天,刘诗摇还是上门去找顾顺良了,手里拿着自己新出版的一本新书。其实,对于刘诗摇来说,昨天的跟顾顺良联系,要说单纯是因为感情的话,那实在是有些牵强的。

"我想让你看看,这本小说,有可能改编成电影么?"刘诗摇将那本书放到顾顺良的跟前说,脸上带着怯怯的谄媚的笑。

原来如此!这就是她重新联系他的目的!

顾顺良看了下内容提要后说:"这个选题不行,现在的影视选材,主题必须是充满正能量的、反映真善美的东西。"

"可它卖得很火。"刘诗摇强调。

"图书的销售量,电影的票房,电视剧的收视率,这些东西不能成为评价一个文化作品好坏的唯一标准,因为人们的心理有很多低俗的东西,迎合低俗往往就会有市场。作为公开示人的文化产品,应该肩负着提升灵魂、净化社会的责任,不能单纯为了迎合市场而趋向低俗。"顾顺良果决道。

然而终究,顾顺良还是被刘诗摇拉着坐在了一家茶馆的卡座里,桌子很窄,两人面对面地坐着,刘诗摇几乎能感觉到顾顺良的气息。

她怔怔地看着他的脸,想从那张脸上看出些什么来,而顾顺良几乎不怎么看刘诗摇，他的神情很游离，有一搭无一搭的，他的心在另外的地方，很多的人和事，那对于顾顺良是无比重要的，极可能的，和一个未知的女孩的热恋中？这不是很正常的么？顾顺良现今社交广泛，有着种种的机会。

而即便看刘诗摇的时候，顾顺良的眼神也已变得很淡漠。

刘诗摇变得很淡，像是从过去里走出来的一个人。

他的人生一程一程向前走着，很多东西被冲涤在后面了，包括刘诗摇这个人，和跟她的那点纠葛。

刘诗摇感觉自己像一个往昔的壳，一个蝉蜕，被一阵莫名的风吹到顾顺良面前了，不知所以地找上门来了，怯怯懦懦地坐在他跟前，微低着头，绞动着自己的双手，顾顺良实在不知该怎样待刘诗摇才好。顾顺良很茫然。

就是这样的一种感觉。茫然。

"如果我确知了你已决定疏远我。我不会纠缠的。我只是未能确定。"刘诗摇低着头小声说，泪水哗地一下就出来了，眼泪啪嗒啪嗒地落在桌子上。

旁边就有纸巾。顾顺良并不管刘诗摇，让她自己在那里哭。

刘诗摇只得咬住自己的一根手指克制住。顾顺良已经是个阅历丰厚的男人了，也和女人共同生活过多年，不能指望顾顺良像初恋的男孩那样，看见身边的女孩哭就慌乱无措的样子。

刘诗摇脸上露着怯怯的不自然的笑，喝一杯茶。这次约会，刘诗摇变得很柔顺，一言一行，什么都依着顾顺良，再不敢反驳顾顺良，跟顾顺良顶撞些什么，因为感觉出顾顺良在冷淡她。再不像以往，敢跟顾顺良撒娇、赌气。

一个孩子，哭着，闹着，敢跟大人撒娇赌气，全因为有一种被大人娇宠的前提，如果自知人家打心眼里嫌她、烦她呢，那一切的哭闹将是多么的乏味、寡味和让人厌烦，因而也就闹不起来的。

这时，邱栀子无意中恰巧在茶馆外路过，无意间就看见了坐在里面的顾顺良和刘诗摇，她一下子就怔住了，眉头痛苦地皱着。

而顾顺良无意中一扭头的时候，正巧也看见了邱栀子，邱栀子见顾顺良发现了自己，扭头便跑。

顾顺良抛下刘诗摇便去追邱栀子。终于追上了。

"你嫌她给你造成的伤害还不够么？"邱栀子气喘吁吁地埋怨。

"她这次来联系我，绝不是什么重温旧情的，而是看到我现在转型成功了，对她又有利用价值了，便来找我将她的小说改编成电影！"顾顺良在后面气喘吁吁地解释。

事后，刘诗摇在街上走着，有一种无处躲藏的感觉，今天来到顾顺良面前，有什么意义呢，她这样纠缠不休，顾顺良实在是厌烦了。顾顺良一定觉得刘诗摇像空气里的灰尘，怎么都掸不掉？

有过感情纠葛的男女，绝不能随意见面的，那是一项太过冒险的行为，就像伸进炉膛里的一根棍子，有可能使空气流通了，把炉火捅旺了，也或者这里捣一把，那里捣一把的，把原来的那点温热都鼓捣散失了，比如这次。

4

这个周末，蒋妖红忽然敲响了顾顺良所住的大房子的门。

"是蒋妖红，有什么事吗？"顾顺良打开门后看见来客有些吃惊地问。

"我，我爱上你了，满脑子都是你，白天晚上都是你……"蒋妖红激动难抑地诉说着，走进门来。

"嗯？哦，我知道了，那只是你不成熟的一种心理。"顾顺良面露尴尬地轻声道，低下头去看自己的脚尖。他无意撒落的一些种籽，在她那里已长成枝叶繁茂的参天大树了，且枝叶时时地来拍打他的窗口，成了骚扰他的一种负担。

"我在网上都看到了，这个圈里的潜规则我知道。"蒋妖红说。

"别老看那些负面新闻。这个角色不适合你，以后还有另外的哪，你还这么年轻。我还有事，先出去忙了。"顾顺良客气地转过身欲出门，留给蒋妖红一个僵硬的背影。

不知哪来的一股强烈的力量，蒋妖红忽然冲到门口前，挡住顾顺良，并缓缓脱下了自己的衣服，挑衅道："面对这样的青春，你难道没有半点感觉？"

蒋妖红完全继承了她妈妈许枫年轻时的身材特点，双乳像双月般高高耸立，皮肤白皙如瓷。

顾顺良的眼睛像被灼伤了般赶紧挪开，面对这么诱人的青春，他产生了一种强烈的冲动，想什么也不顾了地上前去啃去咬，但作为一个已经历经世事的中年男人，他又明明知道，和世俗女人一夕之欢后，就会成为她们一生索取无度的借口。想到这些，顾顺良绕开她跟跟跄跄地走向门边。

蒋妖红在身后声嘶力竭地叫道："我知道你和邱栀子有复婚的意向。她人确实不错，可是我，并没有说要婚姻，我可以不要身份的，我已经这样自甘下贱了，还能怎样？"

"这只是你一时的冲动，而非深沉而稳定的情感。"顾顺良说罢，逃出门外了。

蒋妖红怔在顾顺良的房间里，久久地。

所有的话他都收下了，然而没有一丝回应。她全身没有一丝片甲地走到一个男人跟前，然而那个男人，客气而平静地走开，人为地躲着她。

蒋妖红蜷在他卧室的床上，把所有的被褥都蒙在自己的身上，他就这样无声地跑了，给她无比的羞辱。"妈呀，我这次，人丢大了。"她心里话。

他会怎么想？觉得她像粘在空气里的灰尘，怎么掸都掸不掉？她将自己藏到哪里去，才不让人看见她？蒋妖红将身上的被子裹得紧了又紧。

后来，她从屋子里找来一瓶白酒，对着瓶嘴一口口喝起来。

5

正在家中看电视的许枫忽然收到蒋妖红发来的一条短信："妈妈，没有顾导的爱，我活不下去了，你要好好活着。"

许枫顿觉天昏地暗，"女儿，你别做傻事啊！"她心里喊着，只是再回拨电话，女儿不接，发短信也没回音。许枫赶紧给蒋成一打电话："妖红要自杀！好像因为追求顾顺良不得的缘故。"

蒋成一听罢也吓白了脸，赶紧给女儿打电话，女儿也不接，发短信也没回音。

蒋成一不知道顾顺良的电话，只得打给了邱栀子，把情形说给了她，邱栀子听罢赶紧给顾顺良联系上。顾顺良马上拨打了蒋妖红的电话，这次她接了，声音颤抖着："喂？"

"妖红，你在哪里？"顾顺良急切道。

"我的死活你都不管，你管我在哪里干什么？水都漫到我腰上了……"蒋妖红哭泣着回答。

"我当然关心你，我有很多很多话想对你说，可是你不告诉我你此刻在哪里，我怎么对你说哪？"

"你真的有话对我说？我现在在永定河里。"

"永定河很长，你所在的地方旁边有什么标识？"

"有一个电信大楼，还有……"精神恍惚的蒋妖红道。

"妖红，你等我啊，我马上过去！"顾顺良急切道。挂了电话后，顾顺良马上拨了110的电话，又拨了邱栀子的电话，邱栀子拨了蒋成一的电话，蒋成一拨了许枫的电话，几路人马从不同的地点向出事地点奔去。

大家赶到时，蒋妖红已半截身子在水里，情绪激动地大哭不止着。

民警们纷纷下河向蒋妖红跑去。蒋妖红见有人过来营救，反倒继续往河中间走去，喊道："你们别过来，让我死了算了！"

"孩子，你别做傻事啊，快上来！"蒋成一喊。

"闺女，你若有个好歹，不是要妈的命么？"许枫喊。

"你别乱来啊，河里淤泥很深，危险！"顾顺良喊。

"你不是对我不管不顾么？这会儿跑来做什么？"蒋妖红哭道。

这时，两个民警已涉水过去抓住了蒋妖红，可她使劲挣脱着，就是不肯配合救援，哭嚷着："没有你的爱，我活着做什么？"说着便故意往水里蹲，并用手机猛拍自己的头部。

"妖红，我爱你！"顾顺良忽然大声喊出了一句。

邱栀子、蒋成一、许枫等纷纷侧目向顾顺良看去。尤其是邱栀子，感觉时光瞬时停住。

这句话像是定海神针一般，蒋妖红的情绪一下稳住了，随后被民警用绳子固定住，连拉带扯地将她拽上岸。

被救上岸后的蒋妖红头发、衣服全都湿透了，整个人瑟瑟发抖，身体十分虚弱的样子，她嘴角含着一丝凄美的微笑伸手抓住了顾顺良的衣角，忽然就晕过去了……

急救室内，一阵紧急救治后，医生走出来说："病人身体含大量酒精，由于醉酒、惊吓、心情抑郁等原因，有虚脱现象，但并无大碍。"

听罢，守候在急救室外的蒋成一、许枫、顾顺良和邱栀子都放松地长吁了一口气。顾顺良将邱栀子拉到一边去解释："当时，我只是为了救人，是不得已的应急之策，所以才说那样的话，过后怎么收场啊？"

邱栀子面色不悦道："这事你还问我，我能怎么说？你自己把握吧。"说罢自己走了。

病房内，蒋妖红醒来了，但看起来还很虚弱的样子，蒋成一和许枫在旁守护着，许枫欲喂粥给她。

蒋妖红充满希翼地四下里打量着道："顾导哪？"

见房间内没有顾顺良的身影，蒋妖红伤心道："他不来，我就不吃饭！"说罢把眼睛一闭，扭过头去。

蒋成一关切道："孩子，那就喝点水？"

蒋妖红又向另一个方向扭过头去，顽强地闭着嘴，一副绝食到底的样子。

两个人好说歹说地劝了一天，蒋妖红还是滴水未进。

蒋成一只得给邱栀子打电话，请她让顾顺良来一趟。

顾顺良和邱栀子很快赶来了医院。

顾顺良在门外招手示意蒋成一和许枫走出了病房外，说："当时的情形你们也看到了，我纯粹只是为了救人，是不得已的应急之策，所以才说那样违心的话，我把你们家妖红当晚辈，绝没有非分之想的。"

蒋成一说："难道你就忍心看着她不吃不喝？也就是请你陪着她，哄她吃个饭，好让她快点康复出院。"

顾顺良为难道："可我若这样做，岂不是更给了她希望吗？"

一旁的许枫一下就给顾顺良跪下了，说道："我就蒋妖红这么一个女儿，你就发发慈悲，等她精神和身体恢复好一点，我会好好劝她，认清形势的。"

顾顺良犯愁道："这是饮鸩止渴啊，最后怎么收场？"

但许枫就那么一直给顾顺良跪着，不停地哭着央求道："你救救我的女儿！"

这时邱栀子说话了，劝道："顺良，人命关天的事，什么也没有身体要紧，你就先陪陪妖红，一切等她恢复健康再说。"

顾顺良看着邱栀子的眼睛问道："你真同意我这么做？"

许枫又转向给邱栀子跪着，拉着她的手央求道："你救救我的女儿！"

邱栀子努力遮掩住心中的痛楚，大度地对顾顺良说道："快进病房劝妖红吃饭吧。"说罢转身离去了。

蒋成一在背后说："栀子，谢谢你！妖红母女曾对不起你，我代她们向你道歉。"

邱栀子停了下脚步，但没有回头，疲惫不堪地兀自前去了。

顾顺良进了病房，说道："妖红，我来看你了。"

蒋妖红猛地睁开了眼睛，看见真的是顾顺良，惊喜得眼里流出了眼泪，饮泣道："我以为是做梦哪。"

因身体的极度虚弱，蒋妖红的脸色非常差，嘴唇没有一丝血色。顾顺良道："赶紧吃点东西？"

"是啊，赶紧吃点。"许枫从保温杯里倒出一碗热粥来。

"你喂我，我就吃。"蒋妖红对顾顺良撒娇道。

"好，我喂你。"顾顺良接过热粥一匙一匙地喂给蒋妖红吃，蒋妖红一脸幸福地大口喝着。

蒋成一一脸无奈地示意许枫跟自己一起离开了病房。

6

邱栀子踉踉跄跄地走到了医院院里的一个僻静处，赶紧扶住了一棵树，"螳螂捕蝉，黄雀在后。"她脑子里蹦出了这一句。

女人们都盼着男人有本事，只是，当男人有了'本事'，那其他的爱慕者也就聚拢来了。

她兀地产生了一种心力交瘁的感觉，并不知道在未知的所在，还蛰伏着多少女人，不定就在哪一个路口，哪一块地面冷不丁地就冒出来，扑也扑不灭，她感到一种万箭穿心般的痛楚，整个人摇摇晃晃的，像风中一个千疮百孔的纸人。一个男人，只要有好的相貌和身体，有蓬勃的事业，就总会有一茬又一茬的女人往上扑的。一个男人，纵是怎样有定力，恐怕也难以抵挡女人们处心积虑的讨好和逢迎吧？

这是一个多么美好的时代，人们可以纵情地追求自己的情感，何况，在过往的年代里，顾顺良一直很压抑，他的魅力一直虚无着，浪费着。

是啊，这个年代，原是他这样成功而潇洒的男人和年轻美貌的女人们的欢乐场，身为一个餐馆老板娘的邱栀子算得了什么？邱栀子原就在生活的外面，一切热闹的外面。

那张熟悉无比的脸已不是她邱栀子能随意碰触的了？

7

夜晚来临的时候，蒋成一和许枫走进了病房，对蒋妖红说："顾导照顾了你一天，人家也累了，让他回去休息吧，我和你妈照顾你。"

顾顺良站起身欲走的时候，蒋妖红欠身一把抓住了顾顺良的手，撒娇道："我要顺良陪我！你们回去休息。"

"你一个清白的小姑娘家，我夜里在这儿陪床不合适。"顾顺良着急道。

"我不管！我就要你陪！"蒋妖红说着，死死地攥住顾顺良的手不松手，又闭上了双眼，一副誓将要赖进行到底的样子。

蒋成一无奈道："顾导，那就拜托你再辛苦一夜？"

顾顺良愁闷道："也没别的选择了。"

蒋成一做了个拜托的手势，拉着许枫走出了病房。许枫犹豫道："行么这样？他们孤男寡女的，咱闺女别再吃了亏。"

蒋成一道："放心吧，如果顾顺良肯对咱闺女怎样，她就不会这样寻死觅活的了。唉，冤孽啊。"

顾顺良就这样在医院里衣不解带地守了一夜。

第二天早晨，蒋成一和许枫提着早饭要进病房的时候，从窗口里看见顾顺良趴在他们女儿的病床前睡着了，而蒋妖红，时而轻轻地抚摸着顾顺良的头发，时而亲吻一下他。

两个人被蜇着了般赶紧闪身躲开，许枫着急道："看样子，妖红是真爱上他了，怎么办啊？"

蒋成一愁闷道："你问我，我去问谁？"

8

在顾顺良的精心照顾下，蒋妖红很快康复出院了，蒋成一、许枫、顾顺良将蒋妖红送回了蒋家。"妖红，你在家好好休息，我去上班了。"顾顺良行色匆匆道。

"不行！我要你在家陪着我！"蒋妖红又故伎重演，一把抓着了顾顺良不松手。

"我已经几天未上班了，还有一大摊事在等着我。"顾顺良皱了皱眉，有些烦躁道。

蒋成一也厉声道："妖红，不能这么不懂事，顾导已经陪了你几天，你不能再影响人家，男人的工作是耽搁不得的！"

顾顺良赶紧往外走，蒋妖红拽着他的胳膊在后面亦步亦趋道："我跟你上班去！"

栀子花开影视工作室内，顾顺良手忙脚乱地处理着工作上的事，蒋妖红坐在一边吃着瓜子看着他；顾顺良上厕所的时候，她也尾随着，在男厕外等着，等顾顺良从厕所出来后，她又跟着他回到了办公室；中午顾顺良想出去吃饭的时候，蒋妖红已打电话喊来了外卖，而且吃饭时还动不动夹着菜喂顾顺良吃，弄得下属们纷纷偷看；因为这几天的昼夜照顾蒋妖红，顾顺良午饭后疲惫得倚坐在办公室的沙发上便睡着了，蒋妖红便坐在他的办公椅上，就那么一寸不离地"黏"着，耗着。

晚上下班时，顾顺良跳上车便快速启动了，以为这样总算甩掉了蒋妖红，洋洋自得着。

在一个有红绿灯的路口等绿灯时，顾顺良忽然发现，蒋妖红就坐在紧跟在他身后的一辆出租车里，正对着小镜子涂口红呢，顾顺良沮丧地拍了下方向盘，待绿灯亮起时，他快速开动车，在车流中左钻右闪，以为总算将后面的小尾巴甩掉了，嘴角快意地浮上了一丝笑。

到了家门口了，顾顺良用钥匙打开了家门，尾随而来的蒋妖红一个箭步上前，又要跟进去。顾顺良的忍耐到了极限，咆哮道："姑奶奶！你落水时我说那句话，是为了救你性命的权宜之计，我们之间的年龄差距、心理差距都太大，我对你，真的没有别的意思。再说，我最近想和邱栀子复婚，我的工作很忙，心理压力也很大，你就别这样缠着我了，这样下去，我会疯掉的！"

这阵乍然而起的斥责让蒋妖红真受了伤，她眼含悲伤地看着顾顺良，然后捂着脸跑掉了。

　　夜里，顾顺良躺在床上，忽然回想起了蒋妖红离去时的神态，又联想到她前几天的跳河举动，有些不放心，便给蒋妖红拨了电话，电话响了好一阵蒋妖红才来接，语气孱弱道："喂？"

　　"妖红，你没事吧？"顾顺良紧张地问。

　　"你这么早联系我干什么？明天早晨再来和我父母一起给我收尸！"蒋妖红生硬地呵斥着便挂了手机，

　　顾顺良惊恐地一下从床上爬起来，再拨蒋妖红的手机，她已关了机，怎么打也不通了。他只得赶紧给邱栀子打电话："蒋妖红又做傻事了！我不知道他父母的联系方式，你快通知蒋成一！"

　　另一个房间里的蒋成一接听到邱栀子的电话后，迅速地跑向蒋妖红的房间，看见已昏迷的女儿手腕上有刀痕，地上血迹斑斑，蒋成一惊恐地大叫道："许枫！快打120！"

　　让蒋成一更加惊恐的是，女儿的旁边，竟然还躺着一个陌生的女孩！也深度昏迷了！

　　……

　　急救室内，又一阵紧急救治后，医生走出来说："病人失血太多，目前在输血，是否有生命之忧，有待观察。"

　　听罢，守候在急救室外的蒋成一、许枫、顾顺良和邱栀子都心急如焚，忧心重重的样子。蒋成一忽然一把抓住顾顺良的手说："你把我女儿娶了吧，我就这么一个女儿，我所有的家产，公司的财富，以后都是她的！"

　　一旁的邱栀子听罢沮丧地瘫坐在了旁边的椅子上。

　　顾顺良使劲掰开那双死死地攥住自己的手说："你让我再想想，看看有什么能做通她思想的办法。"

　　心急如焚的蒋成一对身旁的许枫说："只要女儿这次能度过此劫，我定要促成他们俩！"

　　许枫道："我反对，这哪成？蒋妖红是个18岁的黄花大闺女，他的孩子都快十岁了，闺女还整天腻在我膝前撒娇哪，难不成一进门就给一个那么大的孩子当后妈？"

　　许枫忽然想了什么，质问道："哦，我明白了，你是让闺女跟了他，拆散了他跟邱栀子，你的机会就来了，是么？有你这么当爹的么？为了自己再婚拿闺女当礼物？"

　　蒋成一说道："你别胡搅蛮缠，你看女儿的情形，我们还有其他选择的余地么？"

从洗手间回来的邱栀子听见了一切，苦笑道："我发现你们家这三个成员，都特别自我，好像整个地球都应该围绕着你们的需求转似的。"说罢转身离去了。

蒋成一和许枫被击中了什么，面有愧疚地低下了头。

这时，一个面色苍白的女孩缓缓从急救室里走了出来，竟然是紫微！

蒋成一满面愁苦地一连声问："你是谁？怎么还偷跑到我女儿的房里自杀去？你们这些小女孩，上厕所约伴，逛街约伴，怎么自杀还约伴？？"

顾顺良和邱栀子都吃惊非小的样子。

旁边跟出来的医生说："我们给她做了检查，她没有实施任何自残手段，她的昏迷，是受惊吓所致。"

大家顿时松了一口气。在顾顺良的一再追问下，紫微说出了事情的来龙去脉：

今天黄昏时，紫微打通了蒋妖红的电话，说："听说你为顾导跳河自杀了？你真勇敢！我也暗恋顾导，但我就没有这样的勇气。"

这时的蒋妖红刚刚离开顾顺良的家门口，刚刚受了羞辱，她面色扭曲道："我更勇敢的事情在后面哪，今天晚上我要为他二次自杀！手段会更惨烈！"

"二次自杀？"紫微在电话里惊道，她忽然升起了个念头，说道，"我也要为他自杀！这样便会成为影视圈儿一个爆炸性新闻，肯定上明天的报纸头条。可是我没那个胆量，或者，我去找你，咱们一块儿？"

蒋妖红的心情似乎好了些，说道："好吧，今天晚上，等我爸妈各自睡了后，你偷偷来我家，你到了我家门外后，给我发短信，我悄悄地给你开门。我这就把我家的地址发给你！"

于是，当天晚上，紫微偷偷溜进了蒋妖红的卧室，可是，当紫微看见蒋妖红割腕后沁出的血后吓得一下子就晕过去了，她晕血。

顾顺良听罢气得什么似的，团团转着道："你这不是胡闹么？万一你出点什么事，让我怎么给你父母交代？我可再不敢让你呆在我身边了。"说着，顾顺良便打电话喊来了紫微的父母，把详情给她父母说了。

紫微父母听了情况后两个人商量了一番，最后说，决定送紫微出国学导演系去，会以最快的速度办理有些手续。

好在经过一番救治，蒋妖红又脱离了生命危险，被从急救室转进了病房。紫微坚持要留下来照顾蒋妖红到康复。

为了安抚蒋妖红的情绪，顾顺良又像上次那样一匙一匙地喂给蒋妖红阿胶水喝。而紫微，则在旁又是擦脸又是盖被地照顾着。

病房内，顾顺良耐心劝导着："你们俩爱的压根不是我这个人，而是你们的人生理想。你们特别想当女明星，以为导演能让你们当上演员，而我又是你们认识范围内唯一的导演，所以便把所有的希望都寄托在我身上，所以才有了种种迷恋的感觉。等到你们认识了比我更牛的导演和制片人，对我的这种感觉自然就散失了。"

蒋妖红一副茫然的样子，执拗道："我不管，我就是深爱上你了。"

顾顺良忽然想起一个主意来，道："我找一个和你们有过相似经历的姑娘，让她以身说教，来跟你们谈谈，也许能真正解开你们的心结。"说罢，他便走出病房去，打了一个电话。

刘诗摇看到顾顺良的来电，惊喜异常，急不可耐地接道："顺良，你是对我那个剧本有拍摄意向了么？"

顾顺良恳切道："不是的。有这样一件事，我希望你能帮帮她们，有两个小女孩，闹自杀，是因为……"

刘诗摇挂了电话，原来的兴奋潮水一样已褪去，她犹豫不决地走来走去。

第二天，刘诗摇走进了蒋妖红的病房，和蒋妖红、紫微久久地谈着。

两天之后，蒋妖红精神焕发地跟着刘诗摇走出了病房，对守候在病房外的蒋成一、许枫和顾顺良、邱栀子说："我想通了，你们放心吧，我再不做傻事了。"

蒋成一和许枫激动地上前将女儿紧紧抱在怀里。

紫微也说："我也想通了。"

顾顺良走上前对刘诗摇说道："由衷感谢你。"

刘诗摇走到邱栀子跟前道："由衷地向你致歉意，对不起！"说着向邱栀子深深鞠了个躬。

这时，曾负责"小小养生餐馆"中毒案的唐警官正巧来医院办事，看见了刘诗摇，惊喜地招呼道："嗨，你不是那个……"

唐警官也看见了邱栀子，指着刘诗摇介绍："就是这个姑娘，提供的杜老板给你餐馆下毒的证据，还不留名就走了，是个无名英雄！"

邱栀子和顾顺良听罢都很惊讶，以异样的眼光看着刘诗摇。

邱栀子真诚地对刘诗摇道："谢谢！"

刘诗摇将邱栀子的一只手和顾顺良的一只手攒在一起道："让我给掰开的婚姻，是否该复位了？"说罢转身离去了。风吹着刘诗摇的长发和衣裾，看起来很美。

　　许枫走到邱栀子跟前，再次一下跪在了她面前道："我也由衷地向你致歉意，害你餐馆的事，虽然我没有具体参与，但也对杜老板起了鼓惑的作用，你和顾导都是好人，你们这样以德报怨，我原来那样对你，太不该了！"

　　邱栀子赶紧拉起她道："过去的，就翻篇了。"

　　顾顺良对蒋成一和许枫说："我一朋友说，传媒学院最近在办一个表演专业的两年期的进修班，很多名星、明导都会授课，蒋妖红若有兴趣的话，你们可带她去看看，开拓一下她的视野。"

　　蒋妖红欢跳道："我要去！我要去！快给我去办出院手续。"

　　顾顺良笑着对蒋妖红说道："远离了一棵树走到山顶，你就会看见眼前有一片森林。"

9

　　顾顺良开车离开了医院，邱栀子坐在副驾驶座上。

　　顾顺良将车停在了一处环境优美的地方，两个人下了车。

　　顾顺良忧虑道："咱们复婚的事，什么时候去办？"

　　邱栀子道："你现在这么抢手，那些美貌的妙龄女孩都抢着要，还悲悲切切地做什么？"

　　"那你怎么不想来抢我？"顾顺良问。

　　"我倒是想抢啊，只是顾虑抢在手里扎手，"邱栀子苦笑道，"还是你现今的职业，让我太没有安全感，太心有余悸了。事情真是荒诞，女人都盼望自己的男人事业成功，然而，这追求成功的路上，会遇到一个又一个的女人，那成功后的光环裹挟来的，也不仅仅是自己女人的爱慕。"

　　"这个世界上总会碰到很多异性的，心中有了真爱的话，便会自律。刘诗摇不是一个铁的教训么？那些步入名利圈的女人，往往被异化了，她们爱的并不是某一个具体的男人，而是她们通向更大成功的一级一级的台阶。男人只是给她们带来名利的工具。别人不说，就说张一谋吧，想要哪个女明星得不到？可他偏选择了一个普通的老师做妻子，是他身在名利场中，把一切看得太透了，那些美貌女子的爱情，都是冲着他大导的身份来的。"

　　"你们这些男人，都是些生理动物，又哪里分得清哪是真的哪是假的？"邱栀子痛苦道。

　　"你爸爸那几句话说的对，没有任何附加条件，还和你在一起的那个人，才是你的终身伴侣。我知道，如果哪天，我落魄成了个一无所有的流浪汉，还肯给我一碗热粥喝，还肯给我一张温暖的床睡的女子，就是我要娶的人。而我觉得，你就是那个人。"顾顺良说。

"纵使你再有定力，恐怕也难以抵挡那些美貌女孩的攻势，像这个蒋妖红，如果再兼备刘诗摇的才华，紫微的清纯，你还能抵挡得住么？"邱栀子还是顾虑道。

"你以为，男人心里就只有男女那点事么？你知道么？我每天上班时都苦心研究各地影院发来的有关票房、上座率的报表，时时刻刻都处于一种不安全感中，做成功一部电影，不代表永远成功。我永远也不知道下面等待我的是什么，影视这个行业，风险太大，一个题材选错了，便会让人倾家荡产，所以，我有什么心力，去和那些有着强烈目的性的小姑娘们做一些感情的游戏？复婚吧，栀子，这是众望所归的事情，连儿子都说如果每天一睡醒，能看到爸爸是最开心的事情。亲情才是婚姻里最牢固的情感因素。"

"可是，我还是……"邱栀子道。

顾顺良说道："栀子，经历了这么多，你还没有发现我们之间的问题在哪里么？那就是欠缺信任，实话告诉你，我是在离婚后才发现，刘诗摇还是个处女。"

邱栀子听罢眼睛都直了，惊讶不已地看着顾顺良。

"对于我们之间的问题，我想过很多次，如果不是因为刘诗摇的从中作梗，我们俩不会离婚，也不会承受那么多的离婚之痛，兜兜小小的年纪也不会承受那么多他本不该承受的东西；如果你不是因为我的制片人身份而怀疑我和紫微怎样，你和蒋成一之间，便不会开始，你也不会因此受到那么多伤害。现今，你还要再不信任下去么？"

10

而顾顺良，则开始用实际行动重新追求邱栀子了。

他隔三差五拎着水果和鲜花送到店里去。

这天晚上，顾顺良捧着一束花，拿着戒指来邱栀子的住处正式求婚了，邱栀子听到敲门声从猫眼里看见是顾顺良，便犹豫着不去开门。

他打过电话来说："我倒是从蒋妖红那里学到了某些，你若不答应复婚，我就在楼道上一直站到天亮。"

顾顺良果真在楼道长时间站着，惹得邻居议论纷纷。

邱栀子迟疑良久，终于开了门，接过了顾顺良手中的鲜花和求婚戒指。

"我们明天便去办复婚手续。"邱栀子说。

顾顺良做欢呼雀跃状，说："办完复婚手续后，我们便加紧筹备复婚典礼，同时也是《别碰我的婚姻》的开机典礼。"

"好！"邱栀子答应。

顾顺良又说："《别碰我的婚姻》拍完后，我们带着兜兜一家三口回老家一趟看看我的父母？家里用我寄去的钱盖起了二层小楼，听说村里在搞建设社会主义新农村，变化可大了！"

"好！"邱栀子又说。

这时，兜兜从身后走出来，难以置信地问道："是真的，爸爸妈妈要复婚？"

"是的儿子。"顾顺良说着抱起了儿子。

"就是说，我每天早晨醒来的时候，能看见爸爸妈妈同时在家？"兜兜再次问。

两个大人点头默认。

兜兜激动得开始发抖。可能是各种感情交织在一起吧，这个男孩竟然抑制不住地全身发抖。那情景，看着让人心碎。

不久后，电影《别碰我的婚姻》开机典礼在"小小养生餐馆"举办了，当然，也是顾顺良和邱栀子的复婚典礼，同时也是邱栀子完工了的那本中医养生书的出版上市日。

正如顾顺良所预料的，电影《别碰我的婚姻》上映后的票房很好，那本养生书的销量也不错，推波助澜地带动了"小小养生餐馆"的宣传，从此后生意好得不得了，又开了多家分店，而顾顺良的事业，也上了一个台阶。

慕容雪离开郑军武之后自己又找着了一份小报记者的工作，每天紧张地奔波于每个采访点之间，这天下班后，疲惫不堪的她路过一家舞厅的时候，被里面传出来的欢快的音乐声吸引住了，她走进久违了的舞厅，一个人跳着恰恰。

一曲舞吧，她坐在沙发椅上休息，一个高大的男人走近了她，问："小姐，可以请你跳支舞么？"

慕容雪抬起头来，来人是蒋成一。

（全文结束）